The Decameron

十日谈

·全译本·

（意）薄伽丘　著
陶谦　译

汕頭大學出版社

图书在版编目(CIP)数据

十日谈 / (意) 薄伽丘著 ; 陶谦译 . —汕头:汕头大学出版社, 2018. 1(2020. 6 重印)
ISBN 978－7－5658－3280－2

Ⅰ. ①十… Ⅱ. ①薄… ②陶… Ⅲ. ①短篇小说－小说集－意大利－中世纪 Ⅳ. ①I546. 43

中国版本图书馆 CIP 数据核字(2017)第 317038 号

十日谈 SHIRI TAN

作　　者: (意) 薄伽丘
译　　者: 陶　谦
责任编辑: 邹　峰
责任技编: 黄东生
封面设计: 门乃婷
出版发行: 汕头大学出版社
广东省汕头市大学路 243 号汕头大学校园内　邮政编码:515063
电　　话: 0754－82904613
印　　刷: 北京楠萍印刷有限公司
开　　本: 880mm×1230mm　1/32
印　　张: 23
字　　数: 540 千字
版　　次: 2018 年 1 月第 1 版
印　　次: 2020 年 6 月第 3 次印刷
定　　价: 45. 00 元
ISBN 978－7－5658－3280－2

前　言

《十日谈》是文艺复兴时期的意大利人文主义作家薄伽丘的代表作。

薄伽丘，生于一三一三年，他与他的朋友彼特拉克同属文艺复兴时期首批优秀作家之列，与其他人一起开创了文艺复兴的文学浪潮。

文艺复兴运动实际上是资本主义思想在文化上的表现。薄伽丘的《十日谈》的主要意趣在于对封建势力的无情嘲讽。它通过文学的形式，揭露了封建社会的虚伪以及对正常人性的压制，歌颂人性中美好、光辉的一面，它是资本主义思想对封建势力开战的檄文，所以，它的出版引起了封建势力的巨大恐慌，他们把本书的内容宣称为“淫秽”，这本书长期以来都受到禁止，因为它所讲述的故事，都是针对封建社会的禁欲主义而言的。文艺复兴运动正是以《十日谈》的出版揭开了战斗的序幕。

《十日谈》讲述了这样一个故事。一三四八年，爆发了一场可怕的瘟疫，劫难逃生的十个男女青年来到了城外的一个小别墅，他们每人每天讲述一个故事以作为消遣，住了十多天，讲了一百个故事，这些故事就构成了本书的主题。

这些故事涉及最多的是代表封建势力的天主教会。在这些故事里，对教会的神甫的愚昧、虚伪、贪婪和无耻进行了淋漓尽致的讽刺。

当然，本书的意义并不仅仅在于它的思想性，同时还在于它的文学性。薄伽丘的文笔优美，构想奇特，语言风趣幽默，令人读后忍俊不禁。

虽然我们的时代离此已经很远，读者对于书中所揭露的现象可能比较陌生，但是我们今天重读这本书，仍然会对其中所反映出来的智慧赞叹不已。

2018 年 1 月

原　序

悲悯那些遭遇不幸者，这是一种高尚的品德。 人人均应是这种高尚品德的拥有者——特别是那些人，他们曾对怜悯充满了渴望，而且领略怜悯的珍贵。 我就是那些确实体会到这种悲悯之情可贵的人中的一员。 从风华正茂时开始，一直到如今，我一直狂热地恋着某人，她是如此高雅，我是如此低微，我真担心我不够格。 开明的先生们听说我的罗曼史后，却十分尊敬、称赞我。 然而，他们不明白为了这份爱恋，我承受着几多煎熬呵。 并不是由于我的心上人过于无情，让我伤心；而是由于我想入非非，一股无法压抑的欲火在心中熊熊燃烧。 这本来是件难以得到圆满结局的事情，于是，有时候，我得到的只是烦恼。

爱情苦苦折磨我的那段时间里，幸好，总是有一位友人登门出言相劝，如果没有他，我可能早已告别人世了。 然而，天主无所不能，他凭借千古永恒的规律，让世上的一切事物最终都有一个了结。 对我的心上人，我心怀爱恋，尽管我的爱超过了任何人，不管我如何压抑，别人如何劝慰，以后为此蒙羞，坏了名声，这是难以避免的，都无法使我的这份情怀受挫或改变，然而，岁月如流水，最终使我的这份恋情褪色了。 如今，在我的心灵中，留下的只是幸福的回想——这份礼物爱神只赏给那些没有沉醉于爱河中的人。 我的这段恋情，以前曾让我受尽折磨，如今苦楚消失了，只有幸福的往事伴随着我。

虽然我已摆脱了苦楚，然而，那些由于对我关心备至而为我悲伤，给我慰藉，向我伸出援助之手的人依然在我的记忆里。 对他们的热忱，我会一辈子记在心中，终生不忘。以我之见，在众多优秀品质中，最应称赞的乃是感激，与此相反，最卑劣的做法便是恩将仇报。出于证实我并非是个恩将仇报的人的目的，趁现在可谓是无拘无束、一身轻松的时候，我拿定主意，想根据我的疏浅的知识，写点文字，给那些向我伸出过援助之手的人阅读，帮他们排遣忧愁，以示答谢。我的安慰对那些聪明睿智、春风得意的人不一定必要，但对另一些人来说，还是有点用处的。

尽管这种书不一定会鼓舞那些时运不济的人，换句话说，给他们带来多少慰藉，然而，我认为最好应向最需要此书者奉献上它。因为它更能给他们以帮助，更显珍贵。如此一来，什么人能不承认，将此书——一份轻微的慰藉，与献给一位先生相比，奉献给一位害相思病的小姐更恰当呢?

女人们由于胆小，怕丑，只得将爱情隐藏在她那不胜娇柔的心里。与为人所知的恋情相比，这是更为凶猛的力量（凡经历过此事的人都明白）。另外，她们必须遵守父母、哥哥、丈夫的想法，顺从他们，听凭他们管束自己。一天到晚，她们都要待在那狭小的世界里，毫无意思，无比烦闷，似乎心中有某种渴望却又毫无办法，为情所困、老是快乐不起来。

如果她们由于为思念所苦，总是满面愁容，如此一来，如果不是有啥新近才出现的娱乐，这种忧愁是无法消除的。另外，论韧性，女性根本无法与男性相比，男人一旦坠入情网，这种事情是绝对不会发生的，这一切是众人所亲眼目睹的。即使他真的无比愁闷，心情忧郁，也会有不少排解忧愁的方法。只要他愿意外出溜达，能够进入他的眼帘或耳中的事情不计其数，他可以外出猎鸟、猎兽、垂钓，纵马飞奔，也可以前去赌一把或者做生意。由于有这不少的娱乐，男性最少能够短时间里排遣、甚或消除一些心中的苦闷。最后他不是在此处便是在彼处获得了慰藉，慢慢地将苦楚抛到了九霄云外。

易动感情的女性最不能缺少的便是他人的劝慰，对她们来说，命运之神反而表现得十分小气。为了或多或少地减少一点遗憾，我才准备著成此书，向心中满怀对情人的思念的女孩子或年轻女性献上些微慰藉与援助。——因为针线、卷布木杆、纺车都无法使世间所有的女性得到满足。此书讲述的故事共计一百个——或是一百个寓言，一百篇启示世人的小说，一百段乡村野话，随便你们怎么认为都可以，在近来瘟疫大肆蔓延的那段日子里，一些地位显赫的女性——七位少女，三位小伙子讲述了这些故事，历时十天。除了这些故事，还有许多歌曲，七位少女唱着它们，以此排遣忧愁。

通过这些故事，我们能够欣赏到有情人的不少分分合合经历，或从古到今的许多荒诞古怪的故事。上层社会的女性们翻阅着这些令人动心的事迹，可能会寻到许多快乐，与此同时，这些事情还会给他们带来一些很有用处的启示。原因便在于由于这些故事，她们能够知道应该躲避哪些事情，可以试试哪些事情，如此说来，此书能为她们排遣忧虑稍尽绵力。

如果真的能如此的话，（希望上帝同意吧！）如此说来，让他们对爱神心存谢意吧，帮我摆脱爱的约束的便是他，我从他身上汲取了力量，为她们的幸福而写了这本小说。

目　录

第一天

这便是《十日谈》的第一天，首先，作者解释了十位男男女女聚在一起的前因后果。下面就是在潘比妮亚的带头下，他们每个人随口讲述的传说。

温柔高雅的女士们，我深深地知道，你们生性具有很大的同情心，翻阅着此书，难免会以为故事的开头过于凄惨与忧愁了，令人不由自主地心有戚戚地回忆起前不久四处蔓延的那场恐怖的瘟疫，对亲身经历过这种事情，或者亲耳听说过这些事情的人来说，此事都令人伤心难受。 但是，请不要认为阅读此书，又会让你们长叹、落泪，从此没有胆量继续阅读了。 此书的开头尽管悲凄，然而如同一座高大而险要的大山，把一片极为漂亮的原野拦在了身后，越过眼前的大山，便抵达了那令人心旷神怡的地方，攀越山峰的辛苦会带来双份的幸福，快乐到了极点固然会悲伤，悲伤到了极点，也会带来出乎意料的幸福。

因此这只是短时间的悲凄——我说是短时间的，因为也只是极少的几页而已，伴随着它的便是一片幸福，如同刚才所预言的那般——如果不是如此首先发表声明，说不定你们无法猜到苦到了尽头还会有甜头呢。 说实在话，我真不想拖累你们沿着这条凹凸不平的小路前行，然而除此之外，又找不到别的路，由于没有回首一下悲凄的昔日，我无法说明白摆在你们的面前的那些故事，是在怎样的情境下萌发的，因此只得为此书采取了这个开端。

上帝降临人间的第一千三百四十八个年头，意大利最漂亮、热闹的城市——即佛罗伦萨，一场可怕的瘟疫席卷全城，不晓得是什么给这场瘟疫带来了影响，还是严厉的上帝如此惩治胡作非为的人类。 最开始时，东方乃是这场瘟疫的发源地，没过几个年头，死亡人数已经难以计算了；并且目睹这场瘟疫渐渐地四处扩散，到最后，倒霉的是，西方也出现了它的足迹。 众人都毫无办法，一点都使不上劲儿。已有人清扫过城中每一个肮脏的角落，不准患者进城的命令早已公布于众了，各种各样保护健康的方法都付诸实施了，另外，无比忠诚的人们常常三个一群、两个一伙的，常常三三两两地一而再、再而三地向上帝祷告了，然而当那一年的春天来临时，古怪而可怕的症状最终还是显现出来了，灾祸顿时不可收拾了。

发生在这儿的灾难，与东方的不大相同，每当患者鼻中流出了鲜红的血时，他将面临的只有死亡，然而，另一种兆头却出现了。 被病魔侵袭的男人和女人，开始时是一个肿瘤出现在鼠蹊间或者胳肢窝中，其后，肿瘤日益变大了，其大小相当于一个小苹果或者鸡蛋。 有些人称这种肿瘤为“疫瘤”，不用过多久，如同死亡的征兆一般的“疫瘤”，便会从那两个部位向身体的其他部分扩散。 然后，征兆又发生了变化，黑色或者紫色的斑点出现在患者的手臂上、大腿上，直至全身的各个部位。 或者是成块成块的，不太密集，或者是细小的，密集的。 但是，不管怎样，都与早期的有毒的肿瘤没有多大差别。它预示着死亡。

不管你如何看病吃药，反正这种疾病是无法治愈的。 说不定这本来便是一种无法医治的病。 或者是因为医生才疏学浅，没有查出真正的病因，所以也没啥恰当的治疗手段。 ——那时候，不计其数的对医术一窍不通的男人和女人们，竟然也如同训练有素的医生一般，开始悬壶济世了。 总之，一句话，所有染上此种疾病、碰巧治好的人，实在是少得可怜了，大部分患者都在染上“疫瘤”的三天里便告别了人世，并且多数人均没出现发烧或别的一些情况。

这场瘟疫实在是恐怖极了，身体正常的人只需碰了一下患者，便会被传染上了，那样子如同干燥的柴火接触大火一般易于燃成更大的火。不只是如此，情形要严重得多呢，别说接触患者，与患者交谈，便会染上致命的疾病，甚或只需碰过患者弃穿的衣裳，触摸过的事物，也会马上身染疾病。

还有更加令人恐怖的事情呢，如果不是我，以及不少人亲眼看见，如此一来，即便是最老实的人向我讲述了这种种情况，我也没有勇气以为这是真的，更别提记下它。这场瘟疫的扩散如此恐怖，不只是人们之间互相传染，甚至除了人类以外的其他动物，只要碰一下患者或者死人用过的物件，便会被传染上，没过多长时间便会告别人世，此情此景，屡屡再现。有一日，我目睹了这样的一件事情：马路上，许多破旧的衣裳被丢弃在那儿，很清楚，这些东西是一个被疾病夺去生命的穷汉所留下来的，此时此刻，两头猪走了过来，众人心里都清楚，猪老是爱用鼻子，拱触物件，也该它们不走运，伸出鼻子，拱翻了衣服，一口咬住，胡乱撕咬，挥舞一番；没过多长时间，这两头猪便连续滚来滚去，又过了片刻，如同将毒药咽入了肚子似的，躺在破衣裳上，气息全无。

尚在人世的人们，每一天亲眼目睹这种大大小小的凄惨的事情，惧怕以及各种各样的稀奇古怪的想法充斥心头，然后，差不多不管是谁都选择了极端残酷的方法：所有患者或患者使用过的物件，一律避免伸手触摸，在他们的眼中，如此一来，他们便可以远离危险了。

有的人认为只有压抑欲望，生活得很节制，才可以摆脱这场瘟疫。因此，他们每人找了几个伙伴，选择没有容纳患者的干干净净的房子，居住下来，彻底地与外面断绝了一切联系。他们品尝着极其讲究的东西，饮用极其美味的酒，然而老是竭尽全力地控制自己，根本不愿稍微多喝一点。至于屋外的传染病和死亡的情况，他们根本不过问。 唯有依靠音乐以及别的招儿来让时光流逝。

还有的人的心中所想与此截然不同，在他们看来，只有尽情地寻欢作乐，狂饮高歌，竭力使自己的所有欲望得到满足，一切都可以付之一笑，这种措施才能有效地与瘟疫作战。 他们真的按照自己想法开始行动起来，常常是昼夜不分，放开肚子狂饮，一家酒店一家酒店地逛，甚或心血来潮，恣意冲进别人家，恣意妄为，无人前来进行阻拦，原因便在于众人都是过一日算一日，如何会想到啥产业呢。 因此，大部分人家的房子居然为公众所有，任何一个从此路过的人都能肆无忌惮地冲进房去，就像是在自家中一样占为己有。 然而，虽然他们如此胡乱冲撞，而碰到患者还是尽快躲避开来。

面临着一场劫难，城中的法律和教规差不多都消失了，由于牧师和掌刑的官员，和众人一样，或告别人世，或一病不起，或是没有一个仆人，很难履行自己的职责了，于是，几乎人人都能任意妄为。

另外，不少人又表现出一种不偏不倚的样子。 他们不但不若前者那般拼命压抑自己的饭量，也与后者不同，不若他们那般放开肚子拼命吃喝、毫不控制自己。 尽管他们也让自己的欲望得到满足，然而却总是到一定的限度便停止，他们并不是整天待在家中，也出门散散步，只是常常要手持花儿香草或香料等类别的东西，偶尔凑近鼻头闻闻，提提神，以为唯有这般才可以除去空气中充塞的患者、药以及尸体发出的味儿。

有的出于对自己的安全的考虑，居然持有一种更加无情的观点。他们宣称，想与瘟疫抗争，只有一条路——只有一个方法，即离瘟疫远远的。 拥有此种思想的男人们，女人们，一心想着自己，对别的不闻不问。 他们告别了自己的城市，将老家抛在身后，还有家人、家产、向异乡跑去——最少也要向佛罗伦萨城外跑去。 如同是上帝由于人们做了坏事，心中甚怒，便进行惩治，然而，唯有一些没有弃城逃走的人受到了这种惩罚。 只要步出城门一步，便如同摆脱了这次瘟疫，换句话说，在他们的眼中，与城相守的人们已经面临死期，马上便会全军覆没了。

上述各色人等拥有互不相同的观点，然而，并不是每个人都死去了。也并不是所有的人都幸免于难。每个地方都有许多形形色色的人，当自己身强体壮之时，最早树立典范，告诉他们不要前去理睬染上疾病的人。其后他本人生病卧床了，人们同样对他不理不睬了，无人照料他，如此这般，他告别了人世。

说真话，最后众人你不想见我，我不想见你，左邻右舍，都对别人的事情不闻不问，亲朋好友差不多不再打交道了，即便说句话的机会不多，还保持着极远的距离。这还算不上什么，更有甚者，由于这场瘟疫，大家都惊恐不安，居然到了哥哥弃弟弟于不顾，叔叔伯伯置侄儿于不顾，姐妹弃兄弟于不顾的地步。甚至老婆弃丈夫于不顾的事情也是屡见不鲜的。最让人难受，令人无法相信的便是甚至为人父母者都不愿照料自己的孩子，似乎这些孩子并非他们亲生似的。

因为这个缘故，不少卧床不起的男人或女人都无人照料，有时也会有几位友人怀着同情心，前来对他们进行劝慰。然而，这种情况却屈指可数。有时候有些下人为数目不菲的报酬而心动，愿意前往照顾患者，然而也为数不多，并且大部分人都是些没有文化，野蛮的人。对看护一窍不通，只知道为患者倒茶递水等等。除此之外，便只会眼睁睁地目睹患者被死神带走。这些照料患者的下人，大多数人便由此把性命丢了，白白地挣了那些钱财。

由于当身染重病时，左邻右舍，亲朋好友便对你不闻不问，下人又不太容易找到，于是一种从来没有听说过的做法席卷全社会。那些夫人小姐，无论原来长得如何貌美如花，如何地位显赫，每当染上瘟疫，她便不再在意找来一位男士来侍候她，也不在意他是老者还是少年，都会旁若无人地将衣裙解开，面对着他，把一切部位都展现了出来，把他当作一位同性侍女。如此这般，她们也是为疾病所迫，没有办法，其后，有些女士侥幸死里逃生的，便不再如昔日那么庄重，可能也是由此引起的吧？

有不少患者，如果可以获得良好的休养的话，原本能够死里逃生，如今却都成了一抔黄土。瘟疫来得如此猛烈，患者又难以得到看护，无论怎么喊叫，都无人回应。因此城中每天每夜都有许许多多的人去见阎王，那情形让人万分惊恐，更不要说是亲眼目睹了。至于那些有幸而幸免于难的人，为这种情况所迫，对不少历史悠久的风俗进行了更改。

根据流传至今的习惯（如今还存在于某些地方），人告别了人世，亲朋好友、左邻右舍的女性都必须在遭到不幸的人家家中集合，劝慰亡人的家人，办丧事的人家的男性便与邻人们，还有来自别的地方的市民们在门口汇合。然后，神父到达了，人数的多寡，则将由办丧事的人家的场面而决定。亡人的友人抬着棺木，众人手持一支燃烧的蜡烛，嘴里哼着悼念的歌曲，沿途很热闹的，一直向亡人活着的时候确定的教堂抬去。然而，因为瘟疫日益凶猛，即使这种风俗尚未彻底根除，也几乎即将消亡了。代替它的是一种从前所没有的风气。患者丧失了生命，不仅身边缺少女人的哭泣声，常常是在弥留之际却是孤身一人。实在是很少有几个患者能够让亲友悲痛，洒下泪水，亲戚们绝不会前来悼念的——他们正抓紧时间寻欢作乐，在大吃大喝，在彼此开玩笑呢。女性本来最容易产生怜悯之心，然而，如今，为了使自己幸免于难，居然丝毫不为背叛自己的本性而感到惋惜，接受了这种世风。

另外，一旦人离开了人世，十个或八个街坊前来送其归西的情况极少发生，而送葬者绝对不会是一些地位很高的名门望族，然而是一些地位卑微之人——他们说自己以掘墓为业，实际上，他们做这种事情，最终的目的便是想得到钱。因此老是把尸架抬起来后，便风风火火地拔腿就走，并非按照死者的指令送到教堂，而总是将其抬到距离最近的教堂，便算完成了任务。五六个教士在前面领路，常常是手持数根蜡烛，偶尔双手空空。只要有墓穴出现在他们的面前，他们便命令挖墓人向坑中扔下死尸，不再自寻烦恼认真地为亡人举行归土之礼了。

下层人民，还有大多数中间阶层的人，情况就极其悲惨了。由于身无分文，他们可能是心存侥幸，大多数人都待在家中，最后染上瘟疫，这样的人每天都有很多。又由于他们得不到基本的治疗，又没有人照料，差不多全都离开了人世。无论是白天还是夜晚，老是有不少人在大路上死去。不少人横尸家中，直到尸首烂了，散发着刺鼻的怪味，街坊们这才明白他早已不在人世了。

如此这般，城里尸横遍野，附近尚在人世的人如果能请得到脚夫，便命脚夫帮忙将死尸抬走，搁在门口的地上，如没法雇到脚夫，便亲自来做这件事情，他们之所以这样，并不是心存怜悯，而是担心已经烂掉的尸体对他们的生命带来威胁。每天天一亮，便能发现尸体都在每家每户的门口堆放着。然后人们又将尸体抬上尸架，抬走了，如果无法找到木架，便以木板来代替。

经常有两三具尸体堆放在尸架上，或是夫妇两人，或是父子俩，或是兄弟仨人，一起在尸架上堆放着，这件事情是再平常不过的了。众人也不明白多少次亲眼目睹两个神父，手持十字架，在前面走着，三四个尸架被脚夫们抬着，他们走在他的身后，经常会有这种事情，神父以为只为一个送葬，然而，突然，六七具尸体被送到了他的面前，一起被埋入土中，偶尔甚或比这还要多呢。不再有人为亡人洒一滴泪水，将蜡烛点燃，为他送葬了，那时，一个生命消失了，如同如今一只山羊死了一般，根本没什么。原本一个机智聪明的人，一生中有时候不太顺心，也不容易学会忍耐，而如今呢，经过这场前所未有的灾难的洗礼，显而易见，甚至是最野蛮的人，也能泰然面对任何事情了。

每一天，甚或每一个小时，总有人向全市的教堂一次又一次地搬运许多尸体。教堂里再也没有空余的墓地了，特别是有的人家，根据风俗习惯，非要在祖坟里安息，情况便愈加不好收拾。当坟地里再也没有空地时，只得在附近挖些土坑，土坑很长，而且十分宽敞，坑里安息的便是后送来的数以千计的尸体。如同把货物堆放在货舱中一般，人们将这些尸体堆积起来，堆放在土坑之中，上面覆盖的只是一层薄土，当尸体积满了土坑之时，这才填满坑封起来。

那时候，在这座城中，形形色色的悲惨的样子没有必要详细地讲述一番。我只想补充一下，当瘟疫席卷全城之时，这场浩劫也波及了城外的市镇和农村，只是与城中的情形相比，声势稍有逊色而已。令人同情的乡下人（还有其亲属），在冷冷清清的村中居住，或是在人烟稀少的偏僻的原野上，一旦染上疾病，不但没法请到医生，而且无人前来照料，死在大道上，或在田野上，或在大门口。他们离开了人世，好像死去的并不是人，而是一头牲畜而已。

灾难迫在眉睫，市民们抛弃了所有的东西，一心只想着四处寻乐；农村的农民们，心中明白大限已经来临，不再肯去田间劳作了，找到啥就吃啥。昔日，他们将多少心血倾注在田间牲畜上，它们寄托着他们多大的希望，如今，这一切是无法顾及的了。如此一来，牛、驴、绵羊、山羊、猪以及别的家畜、还包括对人类忠贞不贰的伙伴——狗。无奈告别了圈栏，在田野里四处乱跑——田间的麦子早已到了收割的季节，早该脱粒，抬进仓中了，然而，无人理睬这一切。许多牲畜似乎很有灵性似的，白天，它们在田间填饱了肚子以后，一直到夜幕降临的时候，尽管牧人没有前来驱赶，他们会主动返回农庄。

请允许我们将话题从农村转到城市吧，实际上，除了认为上帝待人类过于冷酷了，又能如何呢（自不必说，在某些地方，还必须责怪人类过于无情）？因为这场来势汹汹的瘟疫，由于人们没有胆量走进患者，不愿出来照料他们，甚至不闻不问，从三月份开始，一直到十月份，有超过十万的佛罗伦萨人丧失了生命。当瘟疫尚未来临之时，无人料想到有这么多人居住在佛罗伦萨城中。

唉，气势磅礴的宫殿，豪华的高楼，宏伟的房子，昔日达官显贵进进出出，川流不息。如今却是人烟稀少，甚至都无法寻到一个地位极其卑微的下人。这里有多少赫赫有名的姓氏、价值不菲的财产、丰富的产业，却缺少继承人！有几多倜傥风流的男士、貌美如花的少女、开朗快乐的年轻人（甚至盖伦、希波克拉底、伊斯克拉庇斯都不得不坦诚认可他们身强力壮）①，清晨时分，他们还与家人共用糕点，一副兴高采烈的样子，当夜晚来临时，他们却在阴间与他们的先人共进晚餐了。

告诉你们这些凄惨不堪的事情，我本人心中也酸酸的；因此，最好就讲到这儿，此时此刻，在下文里，我只有一件想法，即谈及一件事情。

佛罗伦萨市民一个接一个走向了死亡，全城差不多空空如也。但是，后来，一个诚实的人告诉我，有一个周二的清晨，弥撒过后，肃穆的圣玛利亚、诺凡拉教堂里一点都不热闹，唯有七位姑娘还待在那儿，每人都身穿黑色丧服，与这个年头倒十分相称。她们之间不是亲朋好友，便是街坊。最长者只有二十七岁，最少者也已年满十八，这些女士都很美丽，举止也十分高雅，修养也不错，显而易见，他们的出身都很高贵。

---

① 此三人均为医生或医药之神。盖伦、希波克拉底是古希腊人，以医术高超而闻名遐迩。根据希腊神话，伊斯克拉庇斯主管医药。

如果没啥不便的话，我本应向你们告知她们的名字，然而，以下所写的便是她们的言语，还有别人告诉她们的各种传闻，我不想未来某一日，使她们羞愧。如今的世风，又渐渐地趋向严肃，没有昔日那般肆无忌惮——那时候，不仅如她们那般年纪轻轻的少女，甚至是年纪最大的女士，无法避免受到这种世风的影响（至于这种社会风气是如何产生的，前文对此有所提及）。我也不想使那些老喜欢诽谤他人，老是看不惯单纯洁净的品质的人趁此机会恶语相向，使这几位女士名声扫地。因此，我只得根据她们每个人的脾气，重新为她们取名，这个名字比较适合他们——或不管怎样对她们都比较合适的名字，以便使读者知道在她们中间发言的是哪一位，而不至于搞不明白。

首先，最年长的女士，我给她取名“潘比妮亚”，第二位女士是“菲亚美达”，第三位女士的名字是“菲罗美娜”，第四位叫“爱米莉亚”，第五位女士叫“劳丽达”，第六位叫“妮菲尔”，最后的这位小姐拥了一个十分恰当的名字，即“爱莉沙”。

这一天，她们是碰巧聚在一起，事先并未约好时间。在教堂里的一个角落里，众人排成一个圆圈，纷纷落座，又唉声叹气了一番。然后便停止了祈祷，仅仅相互议论时势。众人保持顷刻的缄默之后，潘比妮亚的话语传入了众人的耳中。

“好姐妹们，也许你们与我相同，很早以前便听人说过，一个人安分守己地做事是不可能惹来别人的责怪的。努力保全自身本是苍天赋予芸芸众生的一项权利。为了保全自己而置他人于死地，甚或不必付出任何代价。要是护卫大众的利益的法规还能不追究这种做法，那为了不让自己失去生命，我们使用了无害于他人的方法，自不必说是入情入理了。每当想起今天清早，以及过去那段时光是如何度过的，然后想起在这几天里我们的所有的谈话，我便觉得——你们肯定也有同感，我们之所以忐忑不安乃是为了自己的性命呀！对这一点，我并不感到稀奇，令我感到稀奇的是，作为女人，我们能够做出判断，干吗不为自己考虑考虑，与这悲伤绝缘呢？

“我们不离开此地——据我所见——最多只是瞧瞧又有几具即待下葬的尸体被运来了，或者倾听坚守阵地的那几位牧师是否还准时高唱圣歌，或是用穿在身上的丧服对每位前来教堂的人展现降临到我们的头上的是多么深重的灾难。从这里的教堂里走出来，映入我们的眼帘的便是抬着尸体或患者的人充斥着每一个角落，或是我们亲眼目睹过去遭到当权者流放的囚徒，现在对法律毫不在乎，仅仅是在大街上、小巷里，四处趾高气扬地晃动，因为他们明白那些法令的执行者或死或有病在身，还目睹城里的那些最卑微的人，他们称自己为掘墓人，我们的血喂饱了他们，他们乘着马匹，四处闯荡，口中还哼唱着极其无耻的小曲，对我们的不幸进行大肆讥讽。从东面到西面，传入我们的耳中的只是‘某某离开人世了’，或是‘某某已是奄奄一息了’。如果有人离开了人世，尚有哭丧者，如此一来，在这座城里，传入我们的耳中只是哀声阵阵而已。我不清楚你们家是否也如我这般，我的家人全都告别了人世，这么宽敞的门庭，只有我与侍候我的下女两人，每当想及至此，我便全身颤抖，我在家中不管是坐着还是站着，老感到面前有不少鬼魂，我所看到的并非熟悉的那些面孔，却变得极其恐怖，真吓死了我。

“如此一来，我无论是待在此处教堂中，门外的大街上，或是待在自己家中，老是忐忑不安的，特别是由于所有如我们这般身强体壮、有能力的人，跑得一个不剩，只有我们几个人留在此处。即使留在这里的尚有一些别的人，我经常听到别人说——也目睹过——无论他们是孤身一人，或是一群人，老是不分昼夜地大吃大喝，寻欢作乐，也没有啥是非之别了。不仅是世人，甚至在修道院中修行的人也觉得他人公开采取的行动，他们也可以效法，于是，居然背叛了誓言和戒律，以此获得肉体的愉悦。 如此一来，为了打算摆脱这场瘟疫，人们变了，显得淫荡而荒唐。

“假如事情真的是这样的话，那我们为什么还要待在此处呢？ 我们还抱有什么希望呢？ 我们还有什么梦想呢？ 我们干吗不如他人那般早点考虑到自身的安危？ 难道性命于我们便比不上对他人那般珍贵么？ 换句话说，难道我们居然觉得自己拥有比他人强的生命力，因此不必担心灾难会降临到我们的身上？ 我们犯了错误，我们被骗了。如果我们确实如此寻思的话，那我们的头脑是何等糊涂呵！ 我们只需想一下，在这场灾难中，有多少风华正茂的男人或女人丧失了生命，如此一来，我们所得到的结论便是相当明确的了。

“我不清楚你们是否也会这么想，成千上万的人或走或溜，在我看来，如果我们不想将自家的性命当作儿戏，等待着死亡的降临，我们最好也早点告别佛罗伦萨城吧。 但是，如同避免死亡一般，我们也要躲避他人所过的那种荒淫的生活。 在农村，我们各自置办了几所别墅，我们到农村去居住吧，安静地生活着；在那里，我们能够大胆追求幸福，然而，依然遵守理性的规则。

“在农村，我们可以倾听鸟儿鸣叫，可以放眼四望，欣赏青青的山，碧绿的原野，一望无垠的田地，麦浪此起彼伏，还有形形色色的树。 广阔的天空还会出现在我们的眼前，虽然老天对我们如此无情，然而，它那持续永久的美在我们的面前一览无余——这与我们所居住的那座空无一人的城市相比，却是更为美丽。 另外，农村的空气也较此处的清新，在这种时候，在乡间，会有不少烦恼离我们而去，增加的是许多生命的快乐。 尽管农村的农民与城里的市民一样，相继离开人世，然而，到底是人烟稀少，还没有到如此令人惊恐万状的地步。

“再考虑到另一点，根据我的观点，我们并未将谁抛弃在这里。不是么，说心里话，反而是别人遗弃了我们呀！ ——你瞧，我们的亲人非死即逃，扔下我们不管，让我们独自承受那深深的不幸，如同我们与他们并非亲人一般。

“如果根据我的主张，对我们来说，责备是不会有的。如果不如此行事的话，相反苦楚、麻烦，甚至死亡都会降临到我们头上。因此我心中寻思，如果众人不对的话，我们可以与侍女一道，让她们把生活必需品带好，向城外逃去，从一处别墅逛到另一处别墅，借如此美好的机会，痛痛快快地享受享受。让我们采取这种生活方式吧，只要死亡不降临到我们身上，总有一日，我们能够亲眼目睹上帝如何宣告这场灾难的结束。请你们不要忘记，我们大大方方地离开这座城市，不一定比很多女人在城里过着荒淫放荡的生活更无耻呀！”

听罢潘比妮亚的一番高谈阔论，众人对她的见解都佩服得五体投地，并且居然立刻商谈起具体的措施了。似乎当商议妥帖之后，她们一起身，便会马上踏上征程。然而，菲罗美娜生性谨慎，她开口说话了：

“姐妹们，诚然，潘比妮亚讲述的事情很不错，然而，我们也不可随心所欲的，说动身就动身呀！请你们不要忘记，我们均是妇道人家，我们也是大人了，不会到了还不知道几个女人待在一块儿结局不会很好的道理的地步。如果缺少男性充当领导者，女人肯定会搞得乱七八糟的。因为，我们心眼过多，又过于任性，容易胡思乱想，过于胆小成不了事儿。因此，我只担心我们肆无忌惮的，无人充当领导者，如此一来，不用过多长时间，我们便会很不愉快地分开了，使得众人面子上都过不去，让我们把这个问题安排妥当之后，再启程吧。”

爱莉莎也说话了，“说实在的，没有男人领导女人，无论做任何事情，我们很少能将它做好。只是我们如何能寻到男人呢？众所周知，我们的亲人大部分都已离开了人世，幸免于难的也早就与人结伴，自奔前程了，也不晓得他们去了何处，随随便便地找几位素不相识的男士加入我们吧，又不太合适，因为我们不仅要保全自己的性命，与此同时，我们还要避免被他人飞短流长的，避免为了幸福与宁静，我们反而惹了不少麻烦。”

这几位女士正议论纷纷之时，正好，三位小伙子向教堂里走来——说他们是小伙子，最年轻的一位也已年满二十五岁了。他们的感情丰富而狂热。这样的日子是何等的恐怖呵，亲友大部分都已告别了人世，自己也是惶惶不可终日，然而这种种情况均无法使他们的爱情稍稍降温——更不必说彻底地浇灭这种爱情之火了。这三位男士，一位是“潘非洛”，一位是“菲洛特拉托”，第三位男士的名字是“第奥纽”，他们的一言一行都十分惹人喜爱，在此多灾多难的日子里，他们只想能见到自己的心上人，对他们来说，这便是最大的慰藉。碰巧的是，在这七位女士中间，便有他们各自的心上人，而他们与其他几位女士中的几位也是亲戚。

他们刚刚踏进教堂的门槛，那几位小姐便进入了他们的视线。她们也发现了他们的到来，于是，潘比妮亚满面笑容地说道：

“你们看，我们是何等走运！不是有三位俊俏而又明白事理的小伙子来了，使我们的想法可以变成现实吗？只要我们愿意把他们留下来，他们肯定心甘情愿地为我们带路，并且充当我们的向导和随从。”

在这三位男士中间，便有一位是妮菲尔的心上人，闻听此言，她不由自主地满面绯红，答道：“潘比妮亚，看在上帝的份上，你说话也应三思呀！我心里十分清楚，无论如何，他们三位也是作风正派的年轻人，并且显而易见，远比这更大更重要的任务他们也能完成。我也觉得，不必说请他们充当我们的伙伴，即使是请他们充当远比我们美丽地位甚高的女士的伙伴，他们也是十分适合而让人高兴的好朋友。然而人人都清楚，此时此刻，他们正对我们中的几个人心存爱慕，我只是担心，如果让他们加入我们，虽然大家都清清白白，造谣中伤和飞短流长依然会降临到我们的头上。”

菲罗美娜接过了话头，说道："这又能怎样呢？ 只要我心中一点都不愧疚，不管别人如何说，我绝对不会心怀忐忑的。 我们的名誉会得到上帝和真理的护佑的。 如果他们愿意成为我们中的一员，如此一来，正如潘比妮亚所言，我们实在是太走运了，他们是应上帝的派遣前来把我们的心愿变成现实的。"

随之而来的是一片缄默。 这表明闻听此言，姑娘们都没有表示反对，都同意过去和那三位小伙子打招呼，并告诉他们这个决定，而且询问他们是否愿意与她们前去乡间居住。 潘比妮亚没有再说话，站了起来，走向他们，原来他们中的一个与她是远亲。

那三位年轻人停下了脚步，注视着这群姑娘们。 潘比妮亚带着满脸的笑容向他们行礼致意，并把她们商定的计划告诉了他们，而且按照全体女士们的名义，向他们提出了请求，让他们以兄弟一样真诚的爱，成为他们的队伍中的一员。

开始时，那三位小伙子还以为她在和她们开玩笑呢！ 然而当他们发现潘比妮亚的语气十分严肃，疑虑也就一扫而空，极其高兴地一口应承。 为了能够早点上路，他们马上开始进行必不可少的准备工作。

次日乃是星期三，他们已经做好了一切准备工作，已有人事先前去他们即将去的地方传递信息了。 于是，七个女孩子带着各自的侍女，三位小伙子带着三位下人，沐浴着淡淡的晨辉，告别了城市，踏上了旅程；还没走完六里路，便抵达了事先准备稍作停留的地方。

在一座小山上，建有一座别墅，与纵横交错的大道隔着一段距离，四周长满了各种各样的花草树木，郁郁葱葱的一片，景色相当迷人。 山顶上便是别墅，带有一个宽敞的院子，过道是露天的，客厅与卧室的摆设都十分高雅，色彩斑斓的图画装饰着墙壁，更让人觉得美丽。 房子的四周，或是草坪，令人心旷神怡，或是清澈透明的山泉。屋里还挖有地窖，里面收藏了名目繁多的佳酿，只是无奈，只得任凭善饮的人去享用了，对安静庄重的女士们来说，它们只是一些无用之物。预先已有人将整幢房子清扫得一尘不染，睡房里的被子都叠得极其整齐，在每个房间里，各种各样的鲜花到处都是，一层灯芯草铺放在地板上。当他们抵达以后，见眼前所有的一切都安排得如此整齐，他们的心里洋溢着愉悦。

众人坐了下来，便开始议论起娱乐的办法。在这个世界上，第奥纽可以算是一位最快乐、最幽默的小伙子了。他最先说话了：

“各位女士，幸亏有了你们的巧妙的想法，而并非凭借我们的眼光，我们这才抵达了此处。我不晓得你们是否准备除去忧虑，而我呀，刚才我与你们启程之时，便已在城门处抛下了忧虑。因此，我向你们提出一个请求，即和我一同随意大笑高歌，只要不损及你们的庄重便可以了；不然的话，你们最好让我返回那座充满灾难的城市，再次背负着伤感过日子吧！”

潘比妮亚像早已将忧愁抛到了九霄云外，兴高采烈地对他说道：“第奥纽，你没说错，让我们纵情快活吧——因为我们将灾难抛在了身后，其目的也就在此。只是所有的事情，如果缺少规章制度，就会寿命极短。我最早组织，让如此众多的好友聚集在一起，我也想让我们能够长期快活，因此我心中寻思，我们最好选一位组织人，众人都应该敬重他，不违背他，而他呀，应一心一意地寻思如何使我们大家生活得更加愉快一些。为了让人人，无论男士或女士，都可以领略到当权者的职责与荣耀，同时，也为了让我们之间不产生嫉妒，我心中想，最好让每一个人轮流担负起这份辛苦与荣耀。大家一同推选第一位领导者，当晚祷来临之时，便让他，或是她，选好次日继承他的位置的人，从此便照此而行。在每位领导的任期内，我们寻找快乐的地方，还有如何寻求快乐等等事情均由他或她负责选定。”

听罢潘比妮亚的一席话，众人都感到很快乐。他们都同意让她充当今日的女皇。菲罗美娜轻盈地向一棵月桂树跑了过去，将数支细细的枝条摘了下来，编织成一顶王冠，既漂亮又显贵——因为人们常常对她说，桂冠会把荣耀和敬意带给人们。如今，对他们来说，这顶王冠象征着权力，无论是谁将它戴到头上，其他的人便归他领导。

潘比妮亚欣然接受了，成了女皇，于是她发布命令，让众人静一静。然后她又命令叫来随他们前来此地的三个男仆和四位侍女，说道：

"先由我来树立典范，从此，当你们当职时，肯定会做得比这还好，如此一来，众人便可以自由自在，快活之极，而一切都很有条理，按制度办事，这种日子我们想过多长时间便能够过多长时间。我任命侍候第奥纽的巴梅诺担任总管，他负责家里的一切日常生活，特别是饭厅里的一应事情。财务与采办的事情由侍候潘菲洛的西利斯科负责，总管有啥命令，也让他着手操办。两人都有事可干了；丁大洛便专门服侍菲洛特拉托，第奥纽，以及潘菲洛，厨房里的事情全部由侍候菲罗美娜的莉西丝卡，侍候我的米西亚来做。总管负责把原料配置好，负责精心调制的便是莉西丝卡、米西亚。女士们房中的仆人便是侍候劳丽达的喜美拉，以及菲亚美达的斯特拉蒂莉亚，负责将我们起居之所清扫干净的也是他们俩。我还必须嘱咐你们，要是你们希望让我喜欢你们，那好，无论你们去了何处，来自何处，耳闻目睹了一切，我只允许你们捎回令人高兴的信息。"

众人纷纷同意她的这些话，分派好一切以后，她便轻盈地站起身来，对众人说道："此处花园、草坪、和令人心旷神怡的地方到处都是。你们还是随便散散步吧！只是当敲打晨钟的时间来临时，都必须返回原地，趁此时天气比较凉爽，先用早餐。"

这些无忧无虑的少男少女们，当女王同意之后，便迈着缓慢的脚步在花园中漫步，谈笑风生的，并且编织着色彩绚丽的桂冠，嘴里哼唱着情歌。当女王吩咐好的时间来临时，众人便返回了屋里。此时此刻，巴梅诺早已费尽心机地布置好了一切。刚跨进楼下餐厅的门槛，映入他们的眼帘的便是早已铺好桌面的洁白无瑕的台布，玻璃杯如同银子一般，闪耀着夺目的光辉，四处摆满了金雀枝花。众人接受了女王的吩咐，首先把手洗干净了，随即按照总管布置好的位置坐了下来。下人端上了精美的饭菜，手边摆好了佳酿，并且有三个下人无声无息地走动着，服侍主人们用餐。一切事情都布置得如此妥帖，安排得如此完美，众人都极其满意。饭桌上，只听见他们高谈阔论。

这些小伙子小姐们都擅长跳舞，其中几位还是弹琴、唱歌的能手，用罢早餐，收拾好桌子，女王便命令会弹奏的拿来乐器，第奥纽将一个曲柄琵琶抱在怀中，菲亚美达将一只六弦琴拿了起来，两人开始一同演奏一支极其好听的舞曲。女王命令下人自己去用餐，她本人则与小伙子和小姐们开始跳起了慢步舞。跳完舞，他们又唱起了轻松愉快的歌。

他们玩得十分开心，直到女王觉得午睡的时间来临了，才吩咐活动到此结束了。三个小伙子和女士们都走回了自己的卧室——他们的睡房分布在两个地方，下人都把床布置得十分整齐，并且也如餐厅一般，摆满了鲜花。三位小伙子返回睡房里以后，便宽衣解带，上床安睡了。小姐们也是如此。

刚刚敲罢午后的祷告钟声，女王第一个起床，并且叫醒了其他的小姐，随即又命令下人前去把三位小伙子喊醒，说白天如果睡得过久，便会有损身体健康。然后，他们结伴向一片草地走去，那里绿油油的一片，森林如同帐篷一般，将阳光遮得严严实实的。阵阵微风轻轻拂过，女王命令众人坐在草地上，围成一个圆圈，随即开口说道：

“你们看，天空中艳阳高照，热气阵阵，除了从橄榄枝上传来的蝉的鸣叫声，差不多是一片寂静。要是选择这时外出游玩，那实在是傻到家了。唯有此处还比较清凉舒适，你们看，此处还放着棋子以及骰子，你们可以玩玩，只是以我之见，我们最好不要玩棋和骰子，因为玩这些东西，老是有赢家、输家，总会有人感到萎靡不振，神情沮丧，而对手和旁观者却未因为这一点而感到怎么好玩。我们还是讲述故事，以消磨今天最炎热的时光吧！一人讲述故事，能够给众人带来快乐，当众人把故事讲述完后，太阳即将隐入地平线了，热气也减退了一些，到那时随便我们去何处游玩，都可以变成现实。如果你们都同意我的提议，那我们便如此行事。如果你们反对这么做的话，那我也不会为难你们，你们随便活动吧，我们在做晚祷的时候见面。”

小姐们，小伙子们无一反对。

“既然你们都同意这么做，”女王说道，“在活动的首日，我同意你们把各自喜欢的故事讲述给大家听，什么题目都可以。”

随后，她回头注视着在其右边坐着的潘菲洛，微微笑了一下，命他开个头，为大家讲一个。听罢指令，潘菲洛马上将以下的那个故事讲给众人听，众人都专心致志地听他讲述。

故事一

弥留之际，恰波莱托胡乱捏造了一篇忏悔，神父被其骗得团团转。尽管他活着的时候胡作非为，而他告别人世之后，人们则视其为圣徒，并送给他一个尊称，“圣恰波莱托”。

亲爱的女士们，我们不管干任何事情都必须在最开始时使用崇高圣洁的缔造万物的人的姓名。既然我最先讲故事给你们听，我便准备选择一件关于上帝的奇事为素材，你们听了之后，可以对永世存在的上帝拥有更加坚定的信心，并且以更深的狂热与诚挚始终称赞他。

世界上的一切，原本都是变化无常，并且同时必须承受肉体和精神上的各种艰难、烦恼，蒙受无尽的灾难；在世界上的一切事物之中，并且便是这一切之间的一部分。尽管我们人类，确实软弱平庸，不但没法抗拒来自外界的欺侮，也无法承受各种各样的苦难——幸而仁慈而宽厚的上帝为我们赋予了力量和才智。

然而我们必须深信，我们之所以得到了这恩宠，并非是凭借我们每个人的功劳，不要如此认为，要明白这都归功于上帝的仁慈和圣徒的祷告。

而那些圣徒们，最开始时也是普通人，和我们并无不同之处，然而当他们活在世界上时，时时刻刻牢记着上帝的命令，所以现在在天堂里接受人们的祝愿，永生不灭了。在作祈祷时，我们没有胆量直截了当地把自己的心愿讲给如此高尚的审判者倾听。只好将自己相关的要求向圣徒们倾诉，让他们代为向上天传达呼声——因为他们必须根据自己的经历，对人性的不足之处洞察得明明白白。

尽管我们普通人的双眼没法私下预测神明的旨意的深奥，然而真的明白上帝的仁慈是无边无际的。偶尔，我们普通人被他人欺骗了，居然会想到找那些永世被驱逐、禁止他们朝圣的人传递祷告，上帝却是不受欺骗的。尽管如此，上帝依然看在祷告中的真挚热忱的份上，对他的无知既往不咎，也没对被驱逐者的极大的罪恶斤斤计较，依然倾听误将罪人视为上帝身侧的圣者的祈祷。在我即将讲述的故事中，我已清清楚楚地表示了这一点，我所谓最明白，并非是指上帝的评判，原本是就我们人类而论的。

过去曾有位法国富商，他的名字是卡夏托·法兰西兹。由于他既富有，又得势，因此担当了朝廷的爵士一职。那时，查理——法国皇帝的弟弟，受到了教皇卜尼法斯的接见，正准备动身前往托斯卡纳，并派他陪同前去，两人一同启程。如同普普通通的生意人一般，等到即将动身之时，他发现还必须处理好不少事情，由于时间极其仓促，没有时间在短时间内处理好这一切。只好千方百计地委托他人处理这些大事小情，唯独没有委托别人处理一件不易办妥的事情，即他借了不少钱给勃艮第人，尚未物色到一个靠得住的人前去把债收回来。因为他心里明白，这些勃艮第人都很不好惹，根本不讲信誉，又蛮不讲理，因此他犹豫不定，短时间很不容易思索出一个聪明能干的人，能够应付他们那蛮横的做法。

他思索良久，然后脑海里才浮现出一个人的身影，此人个子不高，衣着华贵，常常进出他在巴黎的家。此人的名字是恰贝莱洛·达·普拉托，“木桩”的谐音是恰贝莱洛，这一点法国人不明白，只发现他穿着时髦，还以为恰贝莱洛与卡贝洛（花冠）是一样的音调，因此便改称他“恰泼莱托”（这是对花冠的昵称），如此这般称呼他为“恰泼莱托”，“恰泼莱托”，反而无人晓得他的真实姓名了。

提起此人，他的一举一动确实够让你看的。他从事的职业是公证人，然而捏造虚假文件是他最擅长的，要是他确实书写了一份没有任何虚假的字据，这反而让他羞愧无比，恨不得钻进洞里去。幸亏每经过他插手的文件，大部分都是虚假的，只有极少部分是真实的、完整的，更巧的是你不必花钱请求他动手，他心甘情愿地造一份虚假的文书给你。他愿意白送给你。为人立下虚假的誓言，这种事情是他最愿意做的事情。无论你请求他做，或是不请求他做，他总是不愿让这机会从眼前白白地溜走。那时，法国人极其看重立下誓言，没有胆子胡乱立下誓言，然而每当法庭要求他出庭充当证人，以他的信念立下誓言时，他老是随随便便地立下一个非比寻常的虚假的誓言，因此每次都凭借这种卑鄙的做法成为胜诉人。

无论是在别人家人、友人之中，还是在没有关系的人中间，他还坚持不懈地搬弄是非，撒下仇视的种子，麻烦越惹越大，他便愈加高兴。每当有人让他陷害别人，或者做别的好事时，他每次都是满口应承，从不拒绝，被他陷害因而失去生命者比比皆是，至于上帝和神明，他总是进行亵渎，即使是因为与他毫无关系的琐事，他也能大发雷霆，他不曾越过教堂的门槛半步，一说起圣礼圣餐，他老是很不文雅地胡说八道，似乎在评论一种不足以谈论的东西一般。另外，在酒吧和污秽的地方，总是时时刻刻晃动着他的身影，他不能没有女人，如同恶狗不能没有木棒一般，再也不会有如他那般卑劣，不讲人情的坏人了。每当他充当劫匪时，他毫不愧疚，如同牧师向上帝献出生命一般。他贪图享乐，弄坏了自身的身体健康。与此同时，他又是一个远近闻名的赌徒，老是作弊，扔铅制骰子，把他人的钱财骗到自己的手中。

然而我干吗要啰里啰唆的呢，自远古时代开始，可能再也没有如他这般的恶人了。总而言之，有段时间里，他以自己的狡猾效力于卡夏托，而卡夏托以自身的财富和势力庇护他于翼下，使他不止一次免受他人的报复，法律的惩罚。

此时此刻，他便浮现在卡夏托的脑海里，他对恰泼莱托的经历一清二楚，以他之见，想应付那班狡猾奸诈的勃艮第人，此人选非他莫属。于是他派人前去请来了恰泼莱托，并对他说："恰泼莱托，你晓得，我即将出国，从此不晓得何时回来，然而勃艮第人欠了我的一些钱，尚未处理好，这些人实在狡诈，我认为，如果不让你前去处理，便无人能收回我的钱了。另外，目前你也无事可干，如果你肯前往的话，以后，我便会找皇上要护照送给你，你把钱收上来以后，你就从欠款里拿一笔钱，作为我对你的酬谢。"

这时的恰泼莱托恰好闲着无事，经济状况也不太好，要是素来关照他、护卫他的友人一出国，那时情况就更坏了，因此他不假思索，满口应承，两人商量好此事后，卡夏托便动身走了。

恰泼莱托随身携带着委托证明和朝廷颁发的护照，启程抵达了勃艮第。那儿没有一个人与他认识，可他竟然一改过去的做法，态度和蔼而公正地催要欠款，作风也很正派，十分尽职，似乎他要隐藏起许多卑劣的做法，打算到关键时刻全部付诸实施。

他暂时住在两个佛罗伦萨人的家中，他们均以放高利贷为生是两兄弟，见恰泼莱托受卡夏托的委托，前来此处，确实很热情地招待他。没料到，他病倒在他们家中，没多久，他们便请来了医生，还派人来照顾他。所有能够努力做到的事情他们都一一做到了。

然而一切都毫无效果，他已年迈了，过去又过着荒淫的生活，只见病情日益加重了，最后医生告诉他们，恰泼莱托已是无药可救了。结果兄弟俩焦灼不堪。有一天，在与病房相邻的房间里，兄弟俩正在商议对策。其中一个向另一个说："我们如何处置他呢？此事可有点棘手呀！如果将他拒之门外吧，于情于理都不合，别人肯定会责骂我们。众人见我们收留了他，然后又四处为他寻医，让仆人照顾他，如今当他奄奄一息了，肯定不会做有害于你我的事情，但是突然发现我们将他驱逐出家门，这怎么行呢？反言之，在他的一生中，他老走歪路，绝对不愿悔罪，让教会举行圣礼，万一去了另一个世界，他的尸首是绝对不会允许进教堂的。难道不是如同一条狗一样被丢在污水沟里吗？即使他肯承认自己有罪，他犯下如此多的罪行，而且罪行又是如此严重，无论牧师还是修道士，无人愿意将他的罪行赦免，或者有能力这么做，如果人们不肯赦免他，那岂不是葬身污水沟吗？要是发生了这种事情，本地人本来就讨厌我们做这种事情，老是责怪我们掠取不义之财，便会逮住良机，蜂拥而至，闯入我们家，抢走钱财，还高声叫了起来：

'这些伦巴第恶狗，甚至教堂都不愿把他们留下来，赶紧滚蛋吧！'

"他们如此破门而入，不仅将我们的财富抢劫一空，恐怕还会置我们于死地。因此不论怎么说，万一那个人离开了人世，肯定会连累我们。"

刚才已经提及，恰泼莱托和兄弟俩之间只有一层隔板，病人的耳朵又特别，因此他听到了兄弟俩的谈话。他请来兄弟两人，如此说道：“你们没必要放不下心来，或者担心我将累及你们。刚才，在邻屋里，你们的交谈一字不漏地传入了我的耳中，如果事情的进展与你们所想的那样，如此一来，后果必定如此。然而我能够扭转这种局面，在我的一生中，我没有遵行上帝的旨意为人处世，不晓得犯下了几多罪行，如果在弥留之际，再次犯下罪行，反正也没有什么差别。你们赶紧把一个最忠诚最高尚的神父请到我的面前来——如果在此世界上，这种人物果真存在的话。你们什么都不必管，我能够周到细致地处理好这件事情，你们会对此感到满意的。”

尽管这兄弟两人所抱的希望极其渺茫，然而他们依然来到了修道院中，说家中的一个伦巴第人已经奄奄一息了，想把一位高尚而学识渊博的牧师请到家中，为其举行终敷礼，于是修道院让一位品德高尚、学识渊博、通晓《圣经》，深受城中所有居民的敬重的神父随他们走了。

神父来到了病房之中，坐在床沿上，先说了几句宽心话，以慰藉患者，然后便问他最后一次做祷告是何时，距离现在有多久，这一生，恰泼莱托从不做忏悔，然而他答道：

“神父，我平常都是一周做一次忏悔，偶尔还多做几次呢。然而实在的话，自从我卧床不起之后，我已有八天没做忏悔了，病魔把我折磨得如此痛苦！”

于是神父答道：“孩子，你如此行事，很不错，这个习惯你不应该放弃。既然你常常悔罪，那么我便没有必要过多地倾听或打听了。”

患者答道：“神父，别如此说话，无论我做了多少忏悔，我依然时时刻刻希望一五一十地向你倾诉我能回忆起来的一切罪行，打我出世时开始，一直到现在忏悔时为止。因此，好神父，请你将我视为从不悔罪的人，仔仔细细地对我审问吧，别因为我卧病在床便对我格外开恩。我宁愿奉献我身体的舒坦，也不肯让拯救我的恩人那付出了珍贵的血的代价而得到的灵魂坠入黑暗之中！”

听罢此言，神父非常快乐。觉得这证明恰泼莱托心地单纯，圣洁，真的赞扬他对上帝的忠诚，因此便问他是否曾与女人鬼混，犯下了淫罪。恰泼莱托发出了一声长叹，答道：

“神父，至于此事，我有点难为情，无法向你吐露真言，我担心自己犯下自负的罪行。”

神父对他答道：“你放心说吧，只要你没说假话，那么无论是在悔罪，还是在别的时候，你是不可能犯下罪行的。”

“既然你如此发话了，”恰泼莱托回答说，“我便说实话了，我依然是位贞洁童子呢，如同我出生时那般一尘不染。”

“啊，希望上帝给你带来福音，”神父叫了起来，“这种品质十分可贵呀，你主动立下誓言，守身如玉，功劳远远超过了我们还有别的被清规戒律约束的人。”

然后神父又问他是否冒着惹上帝不高兴的风险而犯下了贪吃贪喝的罪过。

恰泼莱托连续长叹，说他有过这种罪行，他也不晓得自己犯下了多少次这种罪行，除了如其他的信徒那般每年都进行四旬斋的禁食，每周他最少要进行三次斋戒，只以一些面包和凉水为生，然而他开始喝水时——尤其是当他做祷告，疲惫之极，或者在向圣地进发感到疲惫之时——却放开肚子畅饮，并且还有滋有味地喝水呢，如同酒徒敞怀畅饮一般。另外，有不少次他极其渴望品尝一下女士们进城时所做的那种平淡无奇的菜，偶尔，进食会让他感到快乐，这种事情确实不应该发生在他这种潜心禁食的人身上。

“孩子，”神父又对他说道，“这些错误本来是常有的事情，本来没什么，你也没有必要过分对自己的良知进行指责，人人都是如此，无论怎样对上帝忠诚，在进行了长时间的斋戒之后，又开始吃饭，在身体疲劳乏力之时，也会为之精神振奋的。”

“啊，神父，”恰泼莱托说道，“不要用这些言语来给我带来慰藉吧，你晓得我不是不晓得，所有关于服侍上帝的事情，都必须真诚，没有丝毫怨言地动手去做，不然的话便是犯下了罪行。”

听罢此言，神父极其兴奋。于是向他说道：“你有此心意，我十分快乐，我也不由自主地想称赞你那真诚而善良的品质。然而请对我说，你是否曾经犯下了贪婪的罪行呢？——例如攫取不义之财呢，或者将不属于你的财富据为己有。”

“神父，”恰泼莱托说道，“请别认为我在以放高利贷为生的人的家里居住而对我产生了疑心，我与他们并无丝毫关系的，不，我前来此处，原本是出于规劝他们的目的，以使他们重新做人，不再涉足那种重利而剥削他人的事情。我深信我本来能够做到这一点，如果没有上帝的宣召的话。你还要明白，我的爸爸十分富有，他老人家离开人世之时，曾把一大笔产业馈赠给我。我拿出了一大部分，无偿地送给了他人，为了生存下去，同时也是为了支援穷人，我开始成为一个小商人，意欲得到一些利钱，然而我老是将挣到的钱财分为两部分，留下了一部分给自己，又向贫困不堪、告借无门、对上帝无比信奉的人们献出了另一部分。多谢上帝的仁慈，我的生意一帆风顺，生意日益慢慢地发达起来了。”

“你能如此行事，实在是太好了。”神父说道，“但是你是否经常大发脾气呢？”

“哦，”恰泼莱托答道，“我只得对你说，这是依稀平常的事情！又有哪一位能亲眼目睹他人成天胡作非为，全然不顾上帝的清规戒律和最终的审判，而忍住满腹的怒气呢？一天之中，我有多次愿意辞别人世，也不肯存活于世，目睹年轻人追名逐利，怨天怨地，立下虚假的誓言，出入于各大酒店，却从来不肯走进教堂。他们只晓得走上世间的道路，不晓得选择上帝那通往光明的道路。”

“孩子，”神父说道，“这是理所应当的怒火，我无法让你将此事视为罪行，进行忏悔，只是你是否心血来潮，夺人性命，伤害他人，诽谤他人，或者让他人蒙受委屈呢？”

“哦，神父，”病人答道，“我想你是上帝的门徒，如何能这么说话呢？正如你口中的各种罪行，不要说真的这么做了，即使是有一点点这种思想，难道你能觉得上帝可以始终宽以待我吗？这些行为都是小偷坏人才会做的呀，每当与这种人见面，我每次都会告诉他们，‘走吧，希望上帝能让你们受到教化！’”

“希望上帝给你带来福气！”神父答道，“然后告诉我，我的孩子，你是否充当过假证人谋害他人，是否对别人进行过诽谤？你是否曾将他人的财物占为己有？”

“唉，神父，说实在话，”恰泼莱托说道，“我确实说过别人的坏话，过去有一个人与我为邻，常常有事没事地虐待其妻，我看不过眼，有一回，我便前去通知了她的娘家人，说他如何坏——我确实为那位倒霉的女人伤心，他喝酒喝多了，醉了，便动手打女人，天晓得他是何等凶狠。”

然后神父又问他，“你说你是个生意人，如此说来，你是否如同普通生意人那般曾骗过他人？”

“啊，神父，这种事情确实有过一次，”恰泼莱托说道，“然而我无法晓得是哪一位倒了霉了。他买了我的布，账尚未支付，后来他给我钱时，当时我并未数数，便向钱箱中扔去。一个月过去了，我把钱拿了出来，数了数，发现他多给了四文钱。我便把它放在一边，以便还给他。然而在等待中，一年过去了，我根本没见到他的人影，直到这时，我才向贫困者捐出了这四文钱。”

“此事也没什么，”神父说道，“你十分妥善地处理好了这件事情。”

然后，他又问了恰泼莱托一些别的事情。恰泼莱托如刚才那般老老实实地做了答复。后来，当神父正准备为他举行赦免礼时，他提高嗓音叫了起来：

“神父，我尚有一桩罪行没向您忏悔呢。”

神父赶紧问是啥事，于是他说道：“我没有忘记，在一个周六，午祷结束之后，我便吩咐侍女进行扫除，我本应对上帝的‘圣安息日’予以尊重，可我却违背了这条规矩。”

“哦，孩子，”神父又说道，“这也没什么。”

“不，”恰泼莱托答道，“你不要如此说话，这事没什么，圣安息日是一个节日，上帝在这天复活，本应接受怎样的尊敬呵！”

神父又发问了，“如此说来，你是否犯下了其他的罪行呀？”

“哦，神父，”恰泼莱托答道，“有一回，我本人也不晓得自己在干啥，居然站在上帝的教堂里，一不在意吐了口痰。”

神父脸上带着笑容，说道，“你没有必要在乎此事，孩子，每一天，我们牧师也在那儿吐痰呢！”

“如此说来，你们实不应该如此行事了，”他答道，“其他的尚不太重要，上帝的圣殿反而变成了奉献祭礼的地方，本应让其一尘不染才对。”

总而言之，这种事情他还讲了不少，然而随即他却叫唤不止，最后干脆痛痛快快地哭了起来——只要他愿意，他完全可以将伤心不止的表情扮演得像真的一样。神父带着慌乱的神情向他发问：“孩子，你干吗如此悲伤？”

“哦，神父，”恰泼莱托向他答道，“我还隐瞒了一桩罪行，尚未告知于你，我没有胆量告诉你，因为我已是无比羞愧，我只要一回忆起此事，便如你亲眼目睹的那样失声痛哭，以我之见，此桩罪行是永远无法得到上帝的原谅了。”

然而恰泼莱托依然哭泣不止，他一面哭泣，一面向神父诉说，“唉，亲爱的神父，我犯下了深重的罪行，如果不是你助我一臂之力，上帝被你的祈祷深深地打动了，无论如何，我是没有勇气奢望被上帝赦免了。”

于是神父对他说道：“你放心地诉说吧！我愿意为你祈祷。”

恰泼莱托依旧在哭泣，只是不愿开口说话。神父安慰了他好长时间，他这才长叹道：

“神父，既然你承诺给我祈祷，我就告诉你吧！你必须明白，我还是个孩子的时候，有一回对自己的亲生母亲大肆诅咒呢。”说罢此话，他又大声痛哭了。

“孩子，”神父说道，“在你的眼中，这桩罪行是何等深重吗？不晓得有多少人每天都在对上帝恣意诅咒，然而，只要对上帝进行亵渎的人开始进行忏悔，上帝便会原谅他们。你只是犯下了如此琐碎的罪行，便觉得一辈子都无法被上帝原谅吗？不要哭泣呀，放心吧，我告诉你，你能如此进行深切的反省，如我此时此刻亲眼目睹你的这种样子，即便你伙同他人将耶稣与十字架钉在一起，上帝肯定会原谅你的。”

“哦，我的神父，你在说什么呀？”恰泼莱托答道，“我的生身母亲整整怀了十个月，我才来到这个世界上。她无数次地抚抱我，我才长大成人，我居然大肆辱骂她，真可谓罪孽深重呀！如果你不为我向上帝进行祈祷，我便终生终世无法获得上帝的宽容了。”

神父发现恰泼莱托没有什么罪行需要忏悔了，于是为他举行了赦罪礼，为他进行祷告，只以为他所说的每一句话都出自内心，在他的眼中，恰泼莱托变成了世界上对上帝最忠诚的人。这番话语都是一个处于弥留之际的人亲口说出来的，语气又是如此诚恳，任何人听了，又岂会起疑心呢？行罢仪式，神父再次开口说道：“恰泼莱托先生，由于上帝的援助，你即将病愈了，然而要是上帝的指令想让你那纯洁、善良的魂灵去面对他，你是否肯在我们的修道院安息呢？”

“当然，我心甘情愿这么做，神父，”恰泼莱托答道，“我不肯让灵魂在别处安息，因为是你为我向上帝进行的祈祷，另外，我极其敬仰你们的教派。因此，我请求你返回修道院后，便为我带来每日清晨坐在圣坛之上受你们敬奉的上帝的‘真身’，原因便在于我尽管没有资格拥有这份荣耀，然而我依然渴求你能对我许下承诺，接受圣餐，然后便举行‘终敷礼’，如此一来，当我活在人世时，尽管是个犯下了罪行的人，告别人世之时，最少也能够如信奉上帝的信徒一样。”

心地善良的神父听罢此言，无比兴奋，说他的这一番话讲得真不错，而且同意马上为他送来圣餐。离去了片刻之后，真的有人为他送来了圣餐。

至于那对兄弟，他们请来了神父，然而始终放不下心来，担心恰泼莱托会故意和他们捣鬼，因此便在另一间屋里躲了起来，隔着板壁进行窃听，恰泼莱托告诉神父的那番话语，他们都听得清清楚楚。曾有多次，他们差不多忍俊不禁，他们悄悄地说道：

“此人真可谓伟大之极！无论是衰老还是病痛，都无法打倒他。他也毫不顾忌死神近在咫尺，片刻之后，他将面对着上帝接受主的审判，却依然要弄着奸诈而狡猾的手腕，死到临头，都毫无悔意！”然而既然他依据天大的谎言，可以在教堂里安息，这一切，他们也无法顾及了。

没过多久，神父便为恰泼莱托举行了圣礼，他的病情日益加重了，终敷礼也已举行完毕了，正在他进行深切的忏悔的那一日，做罢晚祷告，他便离开了人世。于是，兄弟两人用恰泼莱托带来的钱，为他举行了十分排场的丧事，与此同时，又派人前往修道院，请修士前来，根据风俗习惯，为死者进行晚祷，又让他们于次日早上充当殡仪的主持者，处理所有的事情。

倾听恰泼莱托进行忏悔的神父得知他已故去的消息后，便去拜见院长，敲响了钟声，召来了院里所有的牧师，并对他们说，死者是一个何等神圣纯洁的作风正派的人——你只需倾听一下他的忏悔便能晓得这一点。他期望上帝以他表现出不少的奇迹，因此，规劝众人，应该极其敬重而忠诚地迎来他的尸体。听他说了这么一席话，院长以及修士们都深信不疑，全都表示同意这么做。

那天夜晚，他们抵达死者恰泼莱托的尸体的停放处，为他做了晚祈祷，场面极其肃穆，十分排场。次日一大早，他们全都身穿法袍，头戴法帽，将《圣经》拿在手中，十字架悬挂胸前，一路上，他们吟唱着圣歌，举行了最隆重的仪式，前去迎候恰泼莱托的尸体的到来。全城的市民都为此轰动，无论男女，全部紧紧地跟随着他们向前行进。当灵柩被抬到了教堂里以后，那位倾听亡人忏悔的道行颇高的牧师便来到了神坛之上，对恰泼莱托的生平事迹进行了宣扬——提及了他的斋戒、童贞、圣洁、一尘不染等等，在这些良好的行为里，他特别讲述了那位善良的人如何失声痛哭，对他进行忏悔，为他眼中最不可饶恕的罪过，他费了九牛二虎之力，这才使那位神圣的人深信他的罪行会获得上帝的赦免。说罢，他便对坛前的听众们进行了斥责：“然而你们，上帝无法容忍的你们，甚至绊住你们的脚的那根小草，均会对上帝、圣母、和一切神明进行亵渎！”

除此之外，他还大大地宣扬了一番他的虔诚和神圣，总而言之，对他的这些话语，听众们都深信不疑，他们的心被深深地打动了。仪式刚刚结束之后，他们便蜂拥而上，抢着对亡人的双手和双足进行亲吻，彻底地撕毁了他的衣服，甚至都露出了他的背部。只要手中能抢到一片微小的碎片，便感到无比地荣幸。 最后只好整天停放着他的尸体。 以便让众人怀着崇敬的心情欣赏他的容颜。 当夜幕降临之后，他们这才带着严肃的表情让他安息在位于小教堂里的一个用大理石制成的墓穴中。 次日，人流如同潮水般地涌向教堂，他们的手上都拿着烛火，向他做祷告，进行祝福，也有不少许了愿拿着蜡像前来还愿谢恩的。

他的圣名越发远播了。 人们对他的崇敬和仰慕之情日益增加，甚或至最后，所有遭受苦难的人都对他进行祷告，至于别的圣徒早被他们抛到了九霄云外，他们对他的称呼是“圣恰泼莱托，”直到如今，这个称呼尚在使用之中，还四处宣扬，上帝通过他，让不少奇迹都呈现在世人的眼前，就是在此时此刻，只要你心地诚挚，向他请求，奇迹每天都会层出不穷的。

恰贝莱洛·达·普拉托便是如此活在世界上，如此告别人世，又如此摇身一变，成了圣徒。 诸位对这一切早已无所不知了，我不准备说面对上帝，他没有受到祝福的可能。 尽管他这一辈子做尽了坏事，然而在离开人世的那一瞬间，他或许会深切地悔恨，而上帝或许会特别宽容他，让他走进天堂，只是这些事情我们已无法看到了。 我们只得凭借通晓易懂的常理来对此进行猜测，这时候，他应待在地狱之中，在魔鬼的控制之下，而并非待在天上，与天使们在一块儿。 如果真的如此的话，我们便能体会到上帝赐给了我们多么大的恩惠呀！ 对我们的蠢笨，他根本不当一回事儿，只洞悉我们心中的真诚，我们误将上帝的仇人视为上帝的朋友，他也毫不在意，我把我们的愿望讲给他听，上帝依旧倾听我们做祷告，如同我们选择的代为祈祷的人是个货真价实的圣徒一般。

凭借上帝的恩惠，我们才可以如此时这般，过着幸福快活的日子。 快快乐乐地聚在一块儿，以便平平安安地摆脱这场苦难，如此一来，让我们称赞他吧——我们也只是凭借称赞他的名义着手讲述故事的，对他满怀崇敬之情吧，在艰苦的关头，忠诚地对他进行祷告吧，我们的祈祷一定会为他所接受的。

说到此处，潘菲洛便将故事画上了句号。

故事二

有位犹太人，名叫亚伯拉罕，他接受了好朋友杨诺的建议，抵达了罗马，亲眼目睹了教会那荒淫不堪的一幕，当他返回巴黎之后，却成了信奉天主教的忠实信徒。

从开始到结束时，女士们都专心致志地倾听潘菲洛讲故事，有的细节还使得她们开怀大笑，等他讲完故事以后，大家都异口同声地叫好。然后女王便命令与他坐在一块儿的妮菲尔接上，给大家讲故事。妮菲尔不仅是长得美丽，而且举手投足之间尽显温柔，随即便满心欢喜地接受了她的吩咐，就这般开头了：

刚才，潘菲洛讲述的故事使我们明白了，宽容的上帝对我们所犯的错误并不在意，只要是因为人类的知识是有限的，没法分辨出善良与凶恶，我们才犯下了这些过失。如今，我打算讲述上帝凭他那没有限度的宽容，悄无声息地原谅了那些人的罪过。根据常理，他们本应用语言用行为来使上帝的恩惠和真理得到弘扬。然而一举一动，每每都是逆向而行，不仅仅是这样，上帝还用他们的罪行来证实了他那永远存在的真理，以便让我们对上帝的信念更加坚定。

亲爱的姐妹们，有人对我说过，昔日，有位巴黎巨商，他的名字是杨诺·德·雪维尼，他心地善良，刚正不阿，做丝绸呢绒生意，而且规模还不小。亚伯拉罕是他的一位好朋友，是一位犹太人。他和他一样，也是一位生意人，也十分富有，并且和杨诺一样，为人忠厚，杨诺见好友拥有如此善良的心肠，知识又是如此渊博。只是因为没有成为真教信徒，以后，无法避免的是，他那心肠很软的灵魂将待在地狱里，为此，杨诺心中焦灼不堪。于是便态度诚恳地规劝他不要信奉虚假的犹太教，成为实实在在的天主教教徒。他告诉亚伯拉罕，即使是犹太人，也能目睹基督教是何等圣明公正，因此信奉者日益增多。可显而易见，犹太教在缓慢地走向没落，彻底消亡的一天总会有的。

可那位信奉犹太教的人却告诉他，以他之见，在此世界上，唯有犹太教才是圣明而公正的，他天生就是犹太教徒，直至离开人世，他还必须是犹太教教徒，在这个世界上，无论是什么，都无法使他改奉其他的宗教。

尽管这个答复斩钉截铁，然而却无法使杨诺的热忱消减，几天过去了，他再次谈起了此事，依然对他进行规劝，向他解释我们的宗教怎么会比犹太教稍胜一筹。尽管他的话语十分容易理解，（那时候的商人原本拥有有限的文化知识，）而亚伯拉罕又对自己的法律无一不知，然而，也不晓得是友谊打动了他的心呢，还是上帝通过那些幼稚心地善良的人的嘴所讲的话语很有效应，这一回，对好友的一番话语，他居然全都听进去了。然而，他依然没有放弃自己的信念，不容许他人来改变。然而他愈是不肯改变主意，杨诺对他的逼迫更加紧急，最后，那个犹太人没法说服他，只得如此说道：

“杨诺，我告诉你，你总想着让我成为天主教教徒，如今我也不再反对了。只是还必须让我去一趟罗马，怀着崇敬的心情去欣赏你所说的上帝派到人世的‘代表’，瞧瞧他以及与他是手足的四位红衣主教的行为和风范，要是亲眼目睹他们的风范，如同接受了你的规劝一般，让我产生了一些感受，体味到你们所信奉的宗教正如你一再地解释的那般，那样一来，我肯定会根据你所说的话去做，不然的话，我依然做我的犹太教信徒。”

闻听此言，杨诺万分焦急，心中暗暗寻思，“虽然我想得很好，我算是白白地浪费了力气，如果他真的动身前往罗马教皇皇宫，使他目睹了教士们骄奢淫逸的荒诞生活，不要说他终生不会成为基督教教徒，即使他已成了基督教教徒，肯定会重新信奉犹太教了。”因此，他转过身来，向亚伯拉罕说道：

“哦，我的好友，你干吗特意去一趟罗马呢？ 不但如此费钱，途中又要历尽艰辛；另外，像你这样的富翁，不管是坐船还是乘车，在途中，时刻都会不太安全。 你难道觉得此地缺少为你举行洗礼的人吗？ 如果对于我向你解释的教义，你还有地方不懂的话，难道除了此地，在其他的地方，还有更加通晓教义的学识渊博的人来详细地为你解释和启发你吗？ 因此依我之见，你此番前去罗马实属多此一举。在那里，你能见到的主教与你在此处所亲眼目睹的那种情景实际上并无相异之处，只是由于接触到教皇，他们更加高明而已。 照我看，这次，你不远千里，跋山涉水，不如等以后‘禧年’来临之时，再去朝见圣人。 这样旅行的意义更大。 当那种时候来临时，或许我将与你结伴而行，前去朝圣呢！”

信奉犹太教的亚伯拉罕答道：“杨诺，我认为你说得很不错，但是总而言之，我已经想好了，要是你真的想让我接受你无数次的劝告，成为你们的宗教的信徒，那么我必须去一趟罗马；不然的话，无论如何，我是不会成为天主教教徒的。”

杨诺见朋友已经打定了主意，难以劝其回头，只好说道：“走吧，祝你一路顺风！”然而心里却老是极不舒服，以为当罗马教皇宫廷里的各种情景一一进入他的眼帘之后，从此不再做天主教教徒了；然而杨诺无可奈何，只好顺其自然。

亚伯拉罕做好了一切准备，然后骑着马儿上路了，一路上马不停蹄，当他抵达了罗马以后，那里自然有犹太朋友们十分庄重地款待了他。在交际之余，他对自己此次旅行的目的绝口不提，一面偷偷地注意暗访教皇、红衣主教、主教、教廷里别的主教的一言一行。他本来头脑精明、非常细致，根据他亲眼目睹、还有道听途说的各种事情，他便明白这一群人，从领导到属下，无一不是卑鄙无耻，犯下了玩弄女性的罪行，甚或不讲人道，宠幸男性，甚至都没有丝毫的顾忌和羞愧的心理，所以竟然到了妓女和娈童横行无忌，人们想向朝廷请求什么，反而要通过他们。并非只是这样，他还发现他们全是如此，人人都是贪吃贪喝的酒徒饭桶，那种胡吃海喝的样子，极像一头野兽。首先，他们是贪慕女色的饿鬼，其二，称得上是肚子的俘虏。

他又进行了一段时间的考察，又发现他们人人视钱如同性命，十分贪婪，甚或进行人口（此意是指基督徒的肉体）交易，如同买卖牲畜一般，至于别的神圣之物，不管是教堂里的位置，还是摆放在祭坛上的器皿，都能够随随便便地买卖。交易的规模，经商人的数量，众多的经营丝绸呢布的商人或做其他生意的生意人都无法与此同日而语。他们凭借“委任代理”的好听的名称来进行圣职的买卖，以“保护健康”为借口，以便胡吃海喝，似乎上帝和我们普通人没什么区别，能够拿悦耳的词语作为遮丑布，因此，他也与我们普通人没什么区别，无法洞察他们那无耻的灵魂与卑鄙的想法了！

这种种情景，还有别的不少难以用语言明白地表达出来的罪行，使那位庄重的犹太人满心愤懑。他觉得自己早已看够了真实的一幕幕，因此便动身踏上回家的路。

闻听朋友打罗马返回家中，杨诺赶紧登门拜访，他心中根本不奢望亚伯拉罕会成为天主教教徒。二人久别重逢，其欣喜之情就别提了。当然，杨诺没有进行过多的盘问，两三天过去了，他也进行了一番休整，这时，他才问他罗马教皇、红衣主教以及教廷中的别的教士给他留下了什么样的印象。顿时，犹太教徒脱口而出：

“以我之见，这些人理应受到上帝的惩罚，不能饶恕任何一人。如果我没看错的话，那么，在那里，修士们都没有资格称得上神圣、忠诚、品行良好，都说不上为他人做榜样。那些人一心想着淫乱、贪心、吃吃喝喝，说得上是把坏事做绝，已经坏到了极点，没法再坏了。这些罪行与他们的胃口是如此相合，我只是认为罗马并非‘圣洁的京城’，而是一个大熔炉，可以包容所有的罪行！以我之见，你的那位‘牧羊人’高不可攀，还有别的一些‘牧羊人’，本应支撑着天主教，成为其基础，然而他们却夜以继日、费尽心机、绞尽脑汁，想让天主教早日崩溃，直到有天它在世上不再存在。”

“然而无论他们如何努力想颠覆天主教，可它依然高高地耸立着，反而越来越壮大。这让我觉得肯定有圣灵支撑着它，充当它的基础，如此说来，你们的宗教与别的宗教相比，确实更加公正、更加圣洁。因此尽管前一段时间，不论你如何对我进行规劝，我始终无动于衷，不肯改信你们的宗教，如今，我坦白地告诉你吧，不再有啥东西能够阻止我改信天主教了。我们结伴前往教堂吧，抵达那儿之后，请你们根据你们的圣教所举行的仪式，为我举行洗礼吧！”

杨诺实在没有料到他反而会有这种推断。闻听此言，他的兴奋差不多无人能及。他马上与亚伯拉罕结伴前往巴黎圣母院，让修道院中的神父为亚伯拉罕举行洗礼，院中的神父闻听犹太人心甘情愿加入天主教，接受洗礼，便马上为他受洗了。在洗礼盆前，杨诺负责搀扶起亚伯拉罕，并为他取了教名，即“约翰”，从此，杨诺便将最负盛名的学士请来，为他进行教义的讲解，他取得了极快的进步，最终变成了一位崇高虔诚的好人。

故事三

一个名叫麦启士德的犹太人讲的故事是有关三只戒指的，因此，由于头脑聪颖，他使苏丹妄图置他于死地的计谋宣告破灭了。

当妮菲尔讲罢故事后，众人都赞不绝口，然后，菲罗美娜接受了女王的指令，开始讲故事了。

刚才，听罢妮菲尔所讲的故事，我不由自主地想起了降临到另一位犹太人身上的危险。上帝，还有为我们所坚信的天主教的教规，我们已经说得很明白了，如此一来，此时此刻，我们可以重新议论世上的事情，察看一番普通人的经历与行为吧！此时此刻，我将为诸位讲述一个故事，听罢我的故事，再遇到别人向你询问什么的话，作答复时就将会特别小心了。亲爱的姐妹们，你们心里都明白，蠢笨常常会让人们从快乐的地方跌落，掉入苦难之中。而机智者却常常可以以聪明，平安无事地摆脱危险，迈上广阔的大道。有的人原本可以生活得十分幸福，只由于头脑蠢笨，搞得一天到晚愁容满面。类似的例子举不胜举。每天举出一千个也并非很难，因此，我不准备多费口舌了。此时此刻，我意欲讲一个很小的故事，使你们明白：我们之所以幸福、快活，是因为我们明白事理。

开始时，萨拉丁本是一个小角色，没多大影响，然而，由于他十分勇敢，万夫莫敌，因此居然迅速升为苏丹，统治着巴比伦。并且连战连胜，使伊斯兰教和基督教的王国臣服。声势很盛。然而，由于他不停地出征，趾高气扬，使国库空空如也，有一天，他急着要用一大笔钱，直到此时，他才发现已是不名一文了。在短时间，他也不知道应该前往何处筹齐钱款。幸而，他想到了居住在亚历山德利亚的一个巨富，他是个犹太人，名叫麦启士德。此人以放高利贷为生，要求他出手相助，这是不易做到的。可萨拉丁不想逼迫他，然而却又必须拿到钱。无论如何，他必须想出一个计策。最终，他拿定了主意，找一个堂而皇之的借口，套住麦启士德，就不必再担心他不把钱拿出来。因此，他便请来了麦启士德，对他百般款待，还让他在自己的身边坐了下来，因此，他便如此说道：

“好先生，不少人对我赞叹你知识渊博，深刻地认识了各种各样的教规，因此，我渴望请教你，犹太教、伊斯兰教、天主教，究竟哪种宗教才能称得上是正宗的宗教呢？”

那个犹太人确实称得上是明白事理，头脑聪明，闻听此言，便明白萨拉丁意欲设计套住他，只要有只言片语被他逮住了，便不再有机会解释清楚了。因此，便决定绝对不偏爱哪一个宗教，从而贬低另两种宗教，如此一来，萨拉丁就无处下手了，随后，他绞尽脑汁，马上想出了一些不但体面而且又相当妥当的话语，以作为答复。“皇上提出了举足轻重的问题，然而，想对这个问题作出答复，必须允许我先把一个小故事讲给您听。

“我不曾忘记有人多次对我说，古时代，有位巨富，在他的家中，珍珠宝石，不计其数。在这些宝贝之中，有一枚戒指是他最喜爱的，它很漂亮，而且价值连城。他想让这枚戒指传给他的万代子孙，作为传家之物，不让外人得手。因此，他有心在遗嘱上写得清清楚楚，只要能将这枚戒指弄到手，便可继承他的财产，别的儿子、女儿都必须尊其为家长。

“那位获得这枚戒指的儿子也同样留下了一份遗嘱，子女们都不得违背它。如此这般，那枚戒指从几代人手中经过，最终，某位家长得到了它，他生有三子，每个人品质都很优秀，才华横溢，非常孝敬爸爸，因此，爸爸对这几个儿子也是疼爱有加。三位小伙子都明白，自古以来，这枚戒指是成为家长的证据，众人都想成为家长，于是便十分细心地照顾垂垂老矣的爸爸，以便让爸爸日后让他继承戒指。

“本来，那位老人同样疼爱三个儿子，不分彼此，于是不晓得到底应让哪一个儿子继承戒指，儿子们请求他，他一一应承了。他心中暗想，最好的办法便是一一满足三位儿子。因此他偷偷地请来了一位匠人，他技术高超。仿照样子打制了两枚戒指，果真与原戒指一模一样，放在一块儿，甚至那位匠人本人都无法晓得哪枚戒指是真品。”

“那位爸爸临死之时，便分别让三位儿子得到了戒指，爸爸离开人世之后，那兄弟三人纷纷要求成为一家之长，继承财产，你不让我，我不让你，三人纷纷把戒指拿了出来，以此证明。然而那三枚戒指实在是像极了，居然无法分辨出哪枚戒指是真品，到底谁真的是家长这个疑问一直没有答案，直到如今，尚属悬案一桩。

“因此，皇上，我告诉您，上帝将三种信仰赐给了三位民族，情形与这一模一样。你问我哪种宗教才称得上是正宗的，在众人的眼中，自己信仰的宗教才称得上是正宗的呢！在他们的眼中，只有自己才能继承上帝的位置。分别将自己的教规与清规戒律抬了出来，以为这些律条才具有了真正的意义。这问题很不容易解决，如同三枚戒指一般，让人难以断定。”

闻听此言，萨拉丁便晓得这个犹太人生性警觉，早已摆脱了他的诡计。既然他急着要用钱，便只好一五一十地向那位犹太人讲述了情况。看他是否能助他一臂之力。那位苏丹还对他说，如果不是他如此完美地回答了问题，那么他原本准备如何对付他的。

那位犹太人非常大方地一口应承了萨拉丁的全部要求。其后，萨拉丁手头有钱了，依然一分不少地偿还了他，另外，他还向他赠送了极其名贵的礼品，而且视其为好友，常把他接进皇宫，以上宾之礼相待。

故事四

一位年轻的修士违犯了清规戒律，本应被重重地惩罚一番，然而他却巧妙地设下计策，证实这个错误也曾经发生在院长的身上，因此他便摆脱了受责罚的危险。

菲罗美娜的故事接近了尾声，随即屋里十分安静，与她坐在一起的第奥纽明白已经轮到他了，没等女王下命令，便如此讲开了：

深情依依的女士们，如果我正确地理解了你们的意思的话，那么，我们在此聚集，其目的是借讲故事排遣忧愁。只要坚持了这个核心目的，那么以我之见，我们不如随便讲一些你觉得最有意思的故事——难道不是如此吗？刚才，女王还说我们可以如此行事。行了，我们知道了信奉犹太教的亚伯拉罕幸亏接受了杨诺·德·雪维尼真挚而热情的规劝，挽救了灵魂，也知道了麦启士德如何凭借智慧，没有被萨拉丁的诡计套住，使自己的钱财得以保全，因此不怕你们责怪，我准备把一个小故事讲给你们听，即一位年轻的修士如何灵机一动，摆脱残酷的责罚，使自己免受皮肉之苦。

与此距离很近的地方，有座修道院，位于佗尼嘉奈，那时，与现在相比，教规还要严厉，修道院中的修士的人数也多于现在，在他们中间，有一位年轻的修士，风华正茂，甚至斋戒与晚祷均难以控制他的欲火。有天中午，兄弟们都安然入梦了，他独自跑到了修道院的外面，四处散步。此修道院所处的地方原本十分宁静，然而这一日正好有位美丽的少女——也许她的爸爸是位佃户——正在田间摘花，她顿时进入了他的眼帘，一阵难以抗拒的诱惑控制了他，他向她走去，向她问好，聊天，最终双方你情我愿了，他便与她返回自己的睡房，此事无人知晓。

他实在是过于疯狂了，也太不小心了，正好院长醒来之后，经过小房门口，里面有声音传入了他的耳中，他感到纳闷，便悄无声息地向门口走去，听听究竟发生了什么事情。当他听明白原来有一女子藏在屋中，便马上想打开房门，然而又思索了一番，他的想法又发生了改变，居然悄无声息地回到了自己的卧室里，等年轻修士出房后再打算。

尽管那位年轻人正兴致盎然，全部心思都放在少女身上，然而，他到底还比较小心，迷迷糊糊地发现门外传来了脚步声，便附在门缝上，向外望了望，果真，他非常清楚地发现门外的院长正竖起耳朵仔细偷听，这回他实在是吓怕了，他屋中有女人，院长已对此一清二楚了。这一次，残酷的惩治肯定是够受了。

虽然他心惊胆战，然而依旧镇定自若，只是偷偷地计划如何脱险。顷刻之间，他真的思索出了一个好办法，他便佯装早已痛痛快快地与那位少女过了瘾了。对女孩说道："此时此刻，我必须想出一条妙计，以便当你离去之时，无人发现你了。你先不要说话，就在这儿待着，片刻之后，我便回来。

他向门外走去，反锁上了房门，径自前去拜访院长，拿出自己的钥匙（每位修士出院时，都必须这么做），极其平静地说道："师父，今天，我没有时间搬回清晨砍下的柴火，如果你同意的话，我希望马上去一趟林中，搬回剩下的柴火。"

院长以为刚才他在睡房外窥视，年轻修士对此毫不知情，因此十分高兴地把钥匙收下了。同意他外出，以便好好研究研究案情。当年轻修士离去了以后，院长便寻思该如何处理这件事情。是否要在所有的修士在场时把房门打开，让所有的人都瞧一瞧，以免日后惩罚他时，有人为年轻修士求情？或是先盘问那位少女一番，她是如何抵达此处的。随后他又寻思，如果那是一位出身高贵的夫人或是千金，那么，他可不能刁难她，让她在大庭广众之下丢脸呵。如此一来，他便拿定了主意，前去瞧瞧再作打算。然后，他蹑手蹑脚地向小房走去，把房门打开了，走进房中，并随即闩上了门。

那位少女发现一位大师父走进房中，十分惊慌，断断续续地哭泣着，以为这位大师父会残酷地指责她。我们的院长仔细端详了一番那位少女，发现她很娇艳，尽管他的年纪已经大了，然而，突然，他感到全身灼热，十分难以克制，居然与他的弟子适才的样子十分相似。

他自言自语地说道：“上帝啊，我干吗不可趁此机会去快活快活呢？每天，我十分费心，你瞧这位女孩的长相是何等惹人怜爱呵！并且，她在此处，无人知晓。如果我可以让她心动的话，以我之见，我干吗不这么做呢？什么人会晓得发生了这种事情呢？此事会无人知晓的。任何一件罪行只要能瞒住他人，罪名也就消减了二分之一。这种时机真是千载难逢呀！我心中寻思，如果我头脑聪颖，便应知道如何抓住到手的机遇，才不会有愧于上帝的成全。”

如此寻思一番以后，那位院长便彻底地抛弃了适才跨进门槛时的打算，便走近那位少女，十分温和地出言相慰，叫她不必伤心，他劝慰了她好长时间，最终，表达出了想与其寻欢作乐的意图。

那位少女并不是心肠硬的人，见院长如此劝说，便难以抑制自己了，任凭他死死地搂抱着自己。待拥抱、亲吻过以后，院长又与她在年轻修士的床上躺了下来。说不定他老人家知道自己身上肥肉嘟嘟，少女又如同一朵艳丽无比的花儿，生怕把她给压坏了，因此便不愿意压在女孩的身上，与此相反，他让少女在自己肥胖的躯体上躺着。如此这般，两人同样寻欢作乐了好长时间。

至于那位年轻的修士，他佯装前往树林之中搬运柴火，实际上，他却是藏在自己的房中。他发现院长孤身一人进了他的卧室，心中暗想：他的这条巧妙的计策的成功率为百分之九十。当院长从房中锁上房门的声音传入他的耳中之后，他越发认为自己可以大放宽心了。因此便悄无声息地，从藏身之处走了出来，紧紧地靠近那条墙缝，院长的一言一行，全部落入他的眼中、耳中。

片刻之后，院长觉得他已玩得心满意足了，便让那位少女待在屋中，锁上了房门，然后返回自己的睡房中，片刻之后，年轻的修士前来拜见他，院长还以为他把林中的柴火搬回了院中。打算声色俱厉地大骂他一通，其后把他送进牢中，进行关押，如此一来，这位小宝贝儿不就属于他一个人了吗？ 因此他老人家吩咐一声，派人叫来那位年轻人，面沉似水，破口大骂了他一通，然后命令下人将他打入地牢。

没想到，那位年轻人镇定自若地答道："师父，我成为黑衣教徒的时间并不长，尚不怎么懂得教中的所有规定，你指导我如何进行斋戒和进行晚祷。 然而你尚未把躺在女人身子底下进行艰苦的修炼的功夫传授给我。 如今，承蒙师父给了我教导，要是这一次你可以不惩罚我的话，那从此以后，我绝对没有胆量再放肆了，一定根据你的样子去做。"

院长头脑聪颖，闻听此言，便晓得年轻修士比他棋高一着，他避人耳目所做的事情，全都被年轻人看得清清楚楚，不知不觉，满脸绯红，他已犯下了同样的过失，怎么有脸来对别人进行惩罚呢？ 只得原谅了年轻的修士，还嘱咐他万万不可向别人宣传被他看到的那一幕。他俩偷偷地送走了那位少女。 只是，有人说，后来，这对师徒又把那位少女接到修道院里去了好几次，每次都是寻欢作乐。

故事五

蒙费拉特侯爵夫人用大母鸡做原料，制成佳肴，辅以下酒。另外又说了几句玩笑话，使法兰西国王对她动的歪心思烟消云散了。

第奥纽给女士们讲故事时，开始时，他们都很不好意思。 不知不觉之中，满面绯红。 她们彼此面面相觑，最终，她们都忍俊不禁，一面倾听，一面偷偷地笑。 当他讲完故事之后，她们免不了轻描淡写地骂了几句第奥纽，认为他不应把这种故事讲给女士们听。 于是，女王转过头，吩咐与第奥纽相邻而坐的菲亚美达接下去。 见女王发了话，菲亚美达便十分欢快，姿态万千地在草坪上向朋友们讲述了如下一个故事：

我十分快乐，适才，在大家所讲述的那些故事中，我们发现了，如此敏捷体面、严词以对的答复，其中是多么富有说服力。要是说，一位颇有见解的男士老是对地位高于自己的女性展开追求。如此一来，所有生性谨慎、明白事理的女性，就应知道如何来保护自己免受伤害，不要让拥有高于自己的异性成为自己的爱情的获得者。如今，漂亮的女士们，接下来我要讲述的一个故事是关于一位出身尊贵的女士，如何急中生智，很会说话，抗拒了一位极有权势的异性对其展开攻击，并且让他打消图谋不轨的念头。

蒙费拉特侯爵一直以勇敢而广为人知，十字军出现时，他是一位旗官，成为教会军队中的一员，渡过海洋，进行征战。那时，作为基督教教徒的王公大臣几乎一一加入了十字军，法国皇帝独眼腓力也打算率军东征，跨出国外，进行战斗。在启程前的一天，侯爵的勇敢被宫中的人传得沸沸扬扬，有位骑士还宣称，侯爵与侯爵夫人确实称得上是天造地设的一对。在这个世界上，再也无人能与之相匹敌。因为尽管侯爵大人无比勇敢，别的骑士无法与之相提并论。即使是他的妻子，无论是容貌，还是品行，也同样是别的贵族妇女无法相媲美的。没想到，这称赞侯爵夫人的寥寥数语传入了法国皇帝的耳中，一直进入到他的心灵深处，虽然他从未见过侯爵夫人，然而，他的心中却燃起了极旺的爱情之火。

于是，他拿定了主意，先经陆路，抵达热那亚，其后再经水路。如此一来，他便可以凭借顺便登门造访的口实，大大方方地前去看她了。据他心中所想，既然她的丈夫不在家中，那么他的心愿肯定会变成现实的。

果然，他根据他设计的想法去行事，派了全军将士开路进发，而他身边只有几个跟班的仆人却径直前往热那亚。当大概再走一天，便可抵达侯爵的领地时，他便让使者前去对侯爵夫人说一声，说第二天，国王将光临她家用餐，夫人本来非常明白事理，很懂礼节，顿时便高兴地表示，对国王的到来，她十分欢迎，说国王大驾光临，真可谓将至高的荣誉给予了她。

当使者离去了以后，侯爵夫人便开始思索了，一国之王，干吗居然趁她的丈夫不在家时前来她家做客呢？思索了片刻，她便猜到了，国王此次前来家中，只是对她的美名十分渴慕，特意打算见见她。

幸亏，她生性细致，很有胆量，依然打算尽作为人臣的礼仪，接待国王的来访。因此，她便把待在城堡之中的绅士全都接到家中，让他们帮忙安排一下，准备迎接皇上的到来。唯有饭桌的菜，由她一人负责。她立即命令下人，对邻居们家的母鸡进行彻底的收购，无论多少。又嘱咐厨师以母鸡为原料，制作名目繁多的菜肴，以热情招待皇上。

次日，果真不假，法王登门了，也不早，也不迟，侯爵夫人出门相迎，仪式很狂热，也很排场，法王端详了一番侯爵夫人，只是认为与臣子们对夫人的描述之词传入他的耳中后，从而出现在他的心灵深处的影像相比，夫人生得更加艳丽，更加尊贵。他实在是又惊又喜，大声赞叹，没完没了。因而更加拜倒在她的石榴裙下，夫人早已特意把几间豪华的房间准备好了，让国王进房休息一会儿。当吃午饭的时间来临时，法国国王与侯爵夫人同桌吃饭，另外，她还安排了几桌酒菜甚丰的宴席，让跟班们根据职位，一一入席。

国王所在的那一席，下人们端上了菜肴，一道又一道，最名贵的美酒溢满了酒杯，另外，长得无比艳丽的侯爵夫人在一旁作陪，使他一饱眼福，真让他快乐到了极点。然而最后，他到底发现了连续端上桌来的菜肴，无论使用了如何相异的烹调方法，都是母鸡罢了。他不禁感到纳闷，他晓得，在这个地方，生长着众多的野禽，而他前往此地时，又曾经事先派人对侯爵夫人说了一声，如此说来，她不会来不及让下人去捕捉野味的，然而虽然觉得纳闷，他也不肯直截了当地点破，只是毫不在意地以母鸡为题，满面笑容地向夫人问道：

"夫人，此处难道母鸡应有尽有，而没有一只公鸡吗？"

闻听此言，他的弦外之音被侯爵夫人彻底地体味到了。她认为显而易见，这是上帝助她一臂之力，于是，便趁如此良机，以表示自己的品行，从从容容地向他答道：

"皇上，可不是吗？只是住在这地方的女性，即使有不同的衣服或地位，实际上，与其他地方的女性没有什么区别。"

闻听此言，国王突然领会到了侯爵夫人为什么以母鸡待客，觉得她在向他暗示自己一尘不染的品行。他晓得如果对如此的一位女性以话相激，那只是白费心机罢了。如果强行达到自己的目的，那更不用说了。即便他为自己的名声而考虑，也该早点抑制住这般滑稽的情欲。见侯爵夫人很会说话，他没有胆量再与她开玩笑了。唯有消灭那份欲念，自顾用餐。吃罢午餐，他一心只想及早离去，以掩饰他刚才前来赴约的不良意图，他为侯爵夫人的热情款待而向其道谢，同时又祝福她，于是急急火火地启程直奔热那亚而去了。

故事六

一位刚正不阿的人说了一句尖刻而不失体面的话语，将神父的表里不一讥讽得千疮百孔。

至于侯爵夫人的忠贞纯洁，还有她以只言片语说得法兰西国王无言以对的那份智慧，女士们都赞叹不已。与菲亚美达相邻而坐的是爱米莉亚，她根据女王的指令，马上开口说道：

我也打算讲述一个与此类似的故事，提及一位刚正不阿的普通人如何以其锋芒毕露的一番话语，使得对钱财无比贪婪的神父哑口无言，令人听了，不仅会笑出声来，而且心中还会涌起一股敬意。

亲爱的女士们，前不久，一位任职于异教裁判所的圣方济各派的师父与我们同城为邻。与别的神父没有什么不同之处，他看上去也是一副正人君子的样子。对上帝无比虔诚，确实也极有道行，实际上，他不只是对人们是否信奉上帝负责，而且甚至连人们是否带有钱财，他也要过问。根本不愿稍有松懈。对这些事情，他是如此狂热，有一回，他与一位拥有庞大家产，头脑幼稚的老好人邂逅了。也是因为那人饮酒过多，口没遮拦地对大家说，甚至耶稣都可以饮用他正在享用的这种佳酿。他口出此言，原是借着心血来潮，并不想对宗教进行亵渎。没料到，那位裁判官听说了这句话，于是，大事不妙了。他听说那人广有良田，又极其富有，便急忙吩咐手下，将其捉拿归案了，罪名还不轻哩！他处理这些事情，并非为了使被告人对宗教的信仰增强，而是想根据他的一贯作风，从被告人的口袋里攫出金钱，以填满自己的腰包。

他派人前去唤来了那个人，问他是否承认曾经发生过这样的一件事情，那位老好人承认确有此事，并且就那时候的情景向他作了说明，那位裁判官作为一位神父，是多么神圣呀！对“金胡髭圣约翰”又是何等地敬仰呀，闻此听言，他便出言相驳：

“根据你的说法，如此一来，基督便成了一位酒徒，与你们这些视酒如命的人在酒店里鬼混，对酒的好坏进行品评了？你还有脸如此毫不在乎，毫不重视此事哩！你别再犯迷糊了，要是根据法律来处理这件事情，那么便不可避免地将你绑在刑柱上，活活地烧死！”

另外，那位裁判官还十分严厉地说了一席话，仿佛将把这位可怜兮兮的人与对灵魂不朽进行否认的伊壁鸠鲁相提并论。他的这种样子吓坏了那位老好人。只想裁判官能够宽容他一些，从轻处治他。因此，他赶紧请别人为他疏通疏通，心甘情愿地把一大块金黄金黄的“脂膏”送给了神父，使其将之涂抹在眼睛上，以便治愈牧师们一看到金钱便双眼通红的顽疾——听人说，对那班无论如何均没有胆量接触一下金钱的圣方济各派的神父，这是一个极其有效的办法。

尽管盖伦在其所著的医药书中对这种药膏从未提及，然而它极其有效。那位裁判官本来誓言旦旦地要将其缚在火刑柱上，如今，他竟然大施恩泽，把一个十字架挂在受罚人的身上，并且有意规定字迹为黄色，底子为黑色，如同把一面美丽的军旗赐给了他，使他看起来像要渡过大海前去攻打土耳其人的十字军一般，拿到金银后，他便将那位善良的人关在拘留所中，几天过去了，他命令这位善人每日清晨前去圣克罗契教堂举行弥撒，表示进行忏悔，当裁判官吃饭之时，他还必须在其身边站着服侍他。在一天之中，完成了这两件任务以后，他便能自由自在地四处走动了。那位善人一丝不苟地执行裁判官的指令，丝毫不敢有所疏忽。

有天清晨，当弥撒仪式正在举行之时，一段福音的曲子传入了那位善人的耳中，歌中有这么一段话，“你只要献出一个，必然获得成百倍的补偿，而且获得永生。”这句话深深地印在这个好人的心中，当用餐的时间来临之时，他便根据指令，站在裁判官的餐桌边，服侍他进餐。神父向他问道，今天早上，他是否做了弥撒，他连忙做出了答复：“老爷，我已经做了。”

“你是否有啥问题不明白，打算让我指导你吗？”

“是的，”那位善人回答说：“对我耳闻的一切，我当然毫无疑心，而且对这些话语的正确性坚信不疑。只是有人对我说了一件事，真让我担心你，担心你们神父，我不由自主地想起你们将拥有何等恐怖的来生啊！”

“有人对你说啥了，让你如此为我们担忧？”裁判官向他发问。

“老爷，”那位善人答道：“请让我告诉你吧，每天我前来此处，发现你以及你的弟兄们吃不完的菜汤被你们修道院中的人赠给了在门外聚集的贫困者，偶尔一大铁锅，偶尔两铁锅，如此一来，要是你把一锅菜汤送给了他人，来生你便会收获一百锅菜汤，那你们如何忍受呀——肯定会在菜汤中送命！”

当这句话传入一大桌用餐的人的耳中之后，大家都忍俊不禁，那位裁判官却认为这如同迎头打了他一棒，因为此言刺到了他的痛处，彻底地揭露出他们这些做神父的贪婪和伪装仁慈的面目。他如此敢于嘲弄他和他们那些没有任何作用的神父，本来这个罪名足以置他于死地，幸运的是，他被惩治没多久，那位裁判官只好阴沉着脸儿，将其驱逐于门外，了结了此事。打这以后，他不再让此人出现于他这位裁判老爷的面前。

故事七

贝加密诺所讲述的故事是有关波里马索和克伦尼院长的，他以此为题，嘲弄了一位贵族这段时间以来的铁公鸡做法。

爱米莉亚讲给大家听的故事，还有她谈话时那副惹人怜爱的神态，让众人还有女王都大声笑了起来，而且多次赞叹那位以前从来没有过的十字军士兵说出的讥讽之语，当笑声消失了以后，菲洛特便接着讲了下去，他如此开头：

尊贵的女士们，一位射手一箭中矢，而那个目标是固定好了的，当然应该称赞，然而，要是有啥东西忽然出现在他的面前，他也能一箭中矢的话，这才称得上伟大呢！教会中的修士的生活荒唐奢侈，这便是众人的目标，只要你愿意，你可以尽情地讥讽嘲弄教会，这是十拿九稳的，对那位好人，我赞叹不已，他让裁判官大跌面子，当着众人的面，使那些神父的假仁慈的面孔暴露无遗。他们把本应抛弃、或当猪食的残羹冷炙施给了贫困者，还为之取了一个美丽的名字——“救济！”只是欣赏完这个故事后，一个更应受到称赞的人便浮现在我的脑海之中，此时此刻，我即将讲给你们听的故事便与此有关，他假装讲述一个很有意义的故事，而实际上，他却以此为借口，借故事之中主人公之口来嘲弄一位显贵人物，其姓名为坎·台拉·史卡拉，讥讽他不应该没有缘由地变得小气得不得了。

自腓特烈二世继承王位以来，那位叫那坎·台拉·史卡拉的贵族在意大利的权贵之中也称得上是出类拔萃的了。无论在哪一方面，命运都特别宠爱他。其名早已享誉海内外。有一次，他原本准备在维洛那举办宴会，其规模很大。附近所有的人，特别是一些会说会唱的艺术家，全都闻风而至。然而不晓得是怎么回事，事到临时，他又改变了主意，把一笔数目不大的钱拿了出来，让这些人都打道回府。唯独有一个人没有离去，那人的姓名是贝加密诺，他伶牙俐齿，没有与他面谈过的人几乎无法想象他具有何等灵活的舌头！不但贴补他一分未拿，而且打道回府的指令他也没有收到，于是，他便待在维洛那没走，希望以后有时机获得一些弥补。没想到，坎大爷有自己的主意，他觉得无论给予贝加密诺什么礼物，都不如抛到火堆里去，因此，他没有当面向他做出解释，也没有让别人通知他一声，如此这般，他没有给予贝加密诺只言片语。

几天过去了，贝加密诺一直没有发现有人登门造访他，向他指教，而他与侍从、马儿，住在旅馆之中，每天却免不了要花钱，于是，他焦灼不堪。只是他还有一线希望，待在那里，并未离去。他把三件华丽而富贵的衣服藏在衣箱之中，这都是一些贵族老爷们赠予的礼物，以便他能穿得好看些，出席他们举办的宴会。店主人前来找他要房钱，他便把一件袍子拿了出来，用以抵偿欠账。一些日子又过去了，他无奈，只好又把第二件袍子拿了出来，用以抵账。后来，他只得依靠第三件袍子度日了。此时此刻，他已经想好了，能够住多长时间就住多长时间，希望万一有那么一天，当确实无法可想时，再启程也不晚。

就这样，他便把度日的希望寄托在第三件衣服上。有一日，他满面愁容，与坎大爷相遇了。这位老爷正在用餐，发现了他以后，也并非想让他为自己讲一些引人发笑的话语，而是故意想嘲弄他，开口说：

“贝加密诺，你如此沮丧不堪，心中有事呀？对我们说说，发生了什么事情？”

闻听此言，贝加密诺如同早已心中有数一般，便脱口而出，故事如下，以表明自己的处境：

“大爷，你肯定晓得，作为一位学者，泼里马索对拉丁语十分精通。一提起笔作诗时，既快，又好。无人能与其同日而语。因此，他声名传播。虽然有不少人与他本人素未谋面，而他的声誉却无人不晓。

“有一回，他在巴黎停留。他没有钱——他一辈子都穷困潦倒，因为你学识渊博，富有的人是不会重视你的，听别人经常提及修道院院长克伦尼，听说在服侍天主的教会中，除了教皇，他便拥有最多的年收入了，别人还说他气派非凡，总是大门洞开，当他正在吃饭时，如果有人向他乞求，他每每以酒菜相待。泼里马索原本爱结交有钱而知晓礼节的人，听说此事后，便拿定主意，前去拜访这位院长，看他如何地心胸宽广。他便问别人，院长家与巴黎市之间的距离是多少。有人对他说，如今，院长在巴黎二十里外的一栋房子里居住。泼里马索心中寻思，要是明天一早他便启程上路，这样一来，他便能赶上用餐时间。

“他向别人打听了路线，然而他发现无人到这里来。他生怕走错了方向，到达一个去处，在那里，根本找不到食物，因此便把三只面包带在身上，以应付突发事件。幸好，清水处处都不缺，只要你不认为它淡淡的，没有什么味道。他将面包放进怀中，便上路了，一路奔走，劲头十足，幸好午饭还未开，他便抵达了院长家中。

“他向屋内走去，难免左顾右盼，然而，看见那儿早已摆放了不少餐桌，厨房中，还有别处，仆人们都在忙碌不堪地做午饭，因此，他心中暗暗寻思：‘这位院长确实颇负盛名，非常大方！’

“如此这般，他等待了片刻，心中思绪万千，早已应该用餐了，屋中的总管便命令下人把水端上来，以便大家净手，净罢手，餐桌旁，众人各就各位。巧的是，泼里马索的位置与睡房门口相邻，院长将会走出这所大门，前往餐厅用餐。

“大院里早已立下了规定，院长不坐在餐桌边，饭菜便不会端上桌来。不管是面包，还是酒，仆人便不会把食品和饮料端上桌。因此，所有的准备工作都完成了以后，总管便会前去请院长出房用餐。仆人已经为院长打开了门，他即将走出房间了，然而，巧的是，院长向门外走来时，看了一眼门外，于是，泼里马索便进入了他的视野，院长与他素昧平生，只认为那人过于衣衫破旧了；突然，一个前所未有的小气想法浮上了他的心头，他自言自语地说道：“看，这种人竟然受到了我的热情款待。”因此，他转身吩咐下人关上房门，向身边的人问道，那个在门边饭桌上坐着的穷家伙是什么人；但是，众人都告诉他，此人与他们素不相识。

泼里马索奔波了半天，肚中早已饥肠辘辘，并且他素来不戒斋，因此，等待了片刻，见院长还没有走出房间，于是，他把面包掏了一个出来吃了。至于那位院长，待在卧房里，片刻之后，派人前去观察一下，泼里马索是否已经离去了。那位男仆回复院长说：‘尚未离去，老爷，此时，他正在享用面包呢——也许他随身带了些面包。’

“于是，院长吩咐说：‘行了，只要他自己带了食物，让他用吧，然而，今天，我的东西；他想也不要想。’

“院长不愿将波里马索驱之门外，然仍盼望他主动告辞，没想到，一个面包吃完以后，见院长还未走出卧房，他便继续吃面包了，奉令去对泼里马索的一举一动进行观察的人便向院长汇报了这件事情。

“最后，第二个面包吃完了，院长的身影还是没有出现，第三个面包便又被他掏出来了。仆人也向院长汇报了此事，于是，他心中寻思：

“唉，今天，我咋会如此想呢？干吗如此小气，如此轻视他人呢？这是对什么人呀？许多年过去了，只要有人找我要饭吃，我从不在意他地位卑微还是出身显贵，富有还是贫穷，是经商还是行骗的，我都不加区别地对他们进行款待。各种各样的地痞坐在我的餐桌边大吃大喝，这一幕我看得清清楚楚；然而，如今天这般对那个人所持的想法可从未出现在我的脑海之中。能够使我产生小气的想法，绝对不会是普普通通的。在我的眼中，这个人成了无赖，实际上，他肯定是个举足轻重的人物，所以，我才不愿对他进行款待。

“然后，他便打听此人的姓名，经过打听，才晓得原来是泼里马索大驾光临了（院长早就听说过他的名声），并且是出于对院长热情待客的行为的仰慕，特意前来观察一下院长究竟拥有如何广阔的气度。这下子真让院长感到难为情了，于是，赶紧请他原谅自己，热情地对他进行款待。吃罢宴席，他还向泼里马索赠送了一套富丽的服装，以示尊敬，并且还把一笔钱和一匹马儿送给了他。并且告诉他，无论是回返巴黎，还是在他家中逗留，一切都随便他。泼里马索欣喜不已，一再地谢过院长，便踏上了返回巴黎的路途——他是步行而来，如今，可以纵马回去。”

坎大爷本是个聪明人，不必多费口舌，顿时便明白了贝加密诺的弦外之音，于是，带着满面笑容，说道："贝加密诺，你确实伶牙俐齿，以一个故事为题，表达了你受到的不公正待遇，你的才华，我的小气，还有你对我的希冀，说实在话，我素来并非小气之人，然而，这一次，我却很吝啬地对待你。只是我是打算用你给予我的木棍，驱走我心灵深处的吝啬鬼。

果然，贝加密诺所欠的房钱被坎大爷付清了，而且还向贝加密诺赠送了一套富丽的衣服，还有钱财和马匹，并且只要他愿意，可以在此逗留或者返回家乡。

故事八

行吟诗人波西厄尔讲了一句尖锐的话来讥讽一个吝啬鬼，使他幡然悔悟。

劳丽达坐在菲洛特拉托的下面，当众人对贝加密诺的智慧的赞叹声传入她的耳中之后，她晓得自己该把故事接下去啦，没等女王发号施令，用快乐的口吻开始讲了：

亲爱的朋友们，适才所讲述的故事使一个机智的行吟诗人浮现在我的脑海之中。他同样对一位贪得无厌的人富翁出言相讥，也产生了某些作用。尽管这故事与适才所讲述的故事具有大致相同的主题，然而，幸亏有一个完美的结局，同样会令你们感到快活的。

过去，有位绅士居住在热那亚，他的姓名是厄密诺·德·葛列马策，当时传得沸沸扬扬的，说就属于他的金银田地而言，意大利最富有的财主都望尘莫及。然而，就像他比任何一个意大利人都富有一样，至于他那贪得无厌和小气的作风，在这个世界上，也无人能与之相提并论。他把一分钱都当作生命，他的便宜无人能沾。即使是对自己，他也非常吝啬，热那亚人对自己的衣饰也十分重视，然而他却不舍得用钱，甚至都缺少一身拿得出手的衣服。至于吃喝，他也一样苛刻。因此，后来他连姓氏都没有了也是情理中的事情，无人叫他“葛列马第”大爷，只得称其为“守财奴厄密诺”了。

一方面，他出手吝啬，另一方面，他又努力积蓄钱财，正在此时，一位说话不凡，地位很高的行吟诗人抵达了热那亚，他的姓名是葛利摩·波西厄尔。提及如今普通的行吟诗人，虽然做无耻下流的事情已成了他们的专利，却拼命佯装绅士、显贵，实际上，与宫中的行吟诗人相比，他只有被称为驴子的资格。然而葛利摩绝不是这种人。过去，当贵族之间产生矛盾时，行吟诗人老是认为自己应该解决纠纷，使战争根源烟消云散。他们为人做媒，使人们团结一致友情加深。他们安慰苦恼的人，用灵巧而又好听的话语取悦皇上，而如同严父一般声色俱厉地指责有过失，自命不凡的人——尽管这些事情所得的酬劳少得可怜，他们也高兴如此行事。然而现在这些普通行吟诗人老喜欢挑拨离间，扩散仇恨，老说一些有伤风化的话语。更糟糕的事情便是，他们胆大妄为地对这人说他卑鄙，对那人又说他令人生厌。他们用邪门邪道，诱骗好人家的子女去做那是滑稽下流的事情。然而语言最下流、做法最卑鄙的人，却深受肤浅无味的显贵们的迎合和崇敬，获得最多的酬劳。对我们这个时代来说，这正是一大耻辱。也恰好说明品德的消亡，我们倒霉的人正在罪恶的深渊苦苦挣扎。

此时此刻，我们还是掉头来讲述故事吧——由于心中充满了正义的愤懑，我的话语已经有点远离主旨了。我告诉你们，在热那亚，所有的绅士都很敬重和欢迎葛利摩，他待在那里，几天过去了，许多与厄密诺有关的贪得无厌和小气的故事传入了他的耳中。于是葛利摩拿定主意，前去拜访拜访他。

葛利摩的声音传入了厄密诺的耳中，尽管他生性贪得无厌，到底有点涵养，尚知书识礼。因此，他便十分温和地迎接了葛利摩的到来，并与他谈笑风生，夸夸其谈。他又率领着他，以及数位作陪的本地人，对一栋刚竣工不久的富丽堂皇的公馆进行访问，他带着他们一一参观过房中的每一个角落，于是，开口说道：

“葛利摩先生，你见识广博，你能否对我说一种众人前所未见的东西，你可以将之描绘于会客室中。”

一听他提出了如此滑稽的要求，葛利摩便回答说：“先生，我担心我短时间里无法说出什么东西是大家前所未见的，除非是大家打呵欠等事情。然而如果你愿意，我可以告诉你一件事物，你肯定从未见过它，对此，我深信不疑。”

出乎厄密诺的意料的是，他竟会碰一鼻子灰，便毫不在意地说道：“这是啥呀？请你赶紧对我说吧！”

葛利摩立即答道：“你在府中的墙上描绘上大方吧！”

闻听此言，厄密诺羞愧到了极点，甚至本来就有的习惯都因之发生了改变。他开口说道：“葛利摩先生，我一定会有意描摹出‘大方’，以便让你和别的人，从此不再说，对它我前所未见，或者不曾见过它了。”

只由于被葛利摩的这句话给深深地打动了，从此，他突然改变了过去的所作所为，热情地对当地人以及来自异乡的人进行款待，成了一位出手最大方，最知礼节的热那亚绅士。

故事九

在塞浦路斯岛，国王十分平庸，毫无能力。一位夫人对他出言讥讽，从此，他便变了，他十分英明，而且很有能力。

后来，女王唯独没有对爱莉沙发号施令，因此，女王还没出语命令，她便如此高兴地讲道：

诸位好姐妹们，一个人一旦犯下了过失，偶尔，不管我们如何出言相责，他依然十分固执，然而，漫不经心之中，恰巧说了只言片语，反而很有作用。从劳丽达所讲述的故事中，我们能十分清楚地发现这样的一个现实：我同样准备再为你们讲述一个小故事，以使这一说法得到证实。一般来说，一个不错的故事可以发挥很好的效力。因此，无论是什么人讲故事，总应该专心致志地去倾听。

另外，在塞浦路斯岛，在第一位国王的任期内，戈弗雷·德·布戈早已光复圣地，正在这时候，一位来自加斯科涅的夫人已经结束了朝拜，返回家乡。当她途经塞浦路斯岛时，与一群坏人相遇，他们强奸了她，尽管已经告知官府了，然而动静全无，她心中寻思，要想把这口怨气发泄出来，唯有前去向国王请求，为她做主，只是，又有人告诉她，求国王根本没用，因为国王十分无能，极其窝囊，不仅他人有了冤情，他无法为其伸张正义，甚至别人多次欺侮他，他也由于性格软弱，心甘情愿跌面子。因此每当有什么人不满意国王时，便肆意辱骂，而国王也不以为然。

听说国王是这样的一个人，那位夫人也没有心思申诉冤情了，然而她心中寻思：嘲讽一番这样没出息的无能之辈，把气撒出来，也不错。于是，她便哭泣着，前来拜见国王，开口对他说："皇上，我此次前来，并非请求你为我申冤，只是因为别人告诉我，别人也欺侮了你，因此，我特意来让你指导指导我，你是如何默默承受别人给予你的那无数的欺侮？说不定我可以向你学习，当别人欺侮了我时，我会平心静气地逆来顺受。上帝明鉴，我是何等高兴地能看到你如何承受别人加在你的肉体上的欺凌呀！因为这可表现出你具备非常出色的涵养呀！"

这个素来平庸怯懦的国王，闻听此言，如同刚从梦中醒来，顿时精神抖擞，首先，他对那群坏人进行了严厉的查处，为这位夫人出了口气，从此，所有有胆量对国王的尊严进行亵渎的人，都被他着着实实地惩治了一顿。

故事十

亚尔培多大爷对一位花容月貌的寡居女人产生了单相思，寡妇意欲嘲弄他，最后反而遭到了他的一番含蓄的讥讽，使她羞愧不已。

爱莉莎说完故事以后，唯有女王尚未讲故事了，女王姿态万千地开口了：

尊贵的女士们，夜晚清澈的天空上，繁星点点，翠绿的草地上盛开着朵朵春天的花朵，在交际场合中，也是如此，令人忍俊不禁的话语为文静高雅的举手投足、令人高兴的交流带来了光彩。令人忍俊不禁的话语由于精炼而简洁，因此，当女人说出来时，尤其合适。女人无法如男性那般一旦说话了，便夸夸其谈的，特别是在能够简洁地开口之时。这也可以说是我们女性的耻辱，现在，能够明白玩笑话的含义的女人已经少得可怜，或者即使明白了，与人交谈时也不晓得如何将其用到实践中。过去的女人对修养十分重视，如今的女人只晓得重视服饰。在她们的眼中，只要身穿十分花哨的衣服，头上满是首饰，拥有高于别的女人的身价，与其他的女人相比，她们更能受到敬重。实际上，她们不记得要寻思寻思，如果打扮起驴子来，可以将更多的东西叠放在它的身上，然而别人终究还是将其视为一头驴子而已。

我如此说话，心中羞愧不已。因为我责备其他的女人无异于责备我本人。这些女人身着盛装，脸上涂满了脂粉。或者如同大理石雕像一般，在那儿站着，一句话都没有说，没有知觉，或者是答非所问，还不如不开口为好。她们还让你信以为真，她们在正式场合不会与人交际，是因为生性忠厚，十分纯洁。其实，在她们的眼中，迟缓成了文静，似乎唯有与那些侍女，洗衣服的女人、做面包的人的妻子交谈的人才有资格称得上是文静。要是她们的话也让老天爷信以为真的话，肯定不愿意她们如此兴致盎然地聊天。

说实话，我们说话如同做事，时间、地点、交谈对象一一在我们的考虑之列。有的男人和女人，常常打算说些好话，嘲弄别人，然而就由于没有好好评估一下自己和他人的能力，最后，是自己被搞得满脸绯红，而并非旁人。因此，说话时，我们应时时刻刻地对这样的地方予以关注。以免使一句老话得到了证实，即“女人素来无法做好事”，今天，我之所以最后讲这个故事，其意图也正在于此。同时，为了使你们知道，既然我们拥有高贵于别人的心灵，我们就应该拥有端庄于别人的一举一动。

前几年，在波伦涅，有一位医术高明的大夫，他的大名，世人皆知，也许此时此刻他尚在人世。亚尔培多便是他的姓名，若就他的年龄而论，已是年近古稀的老者了，然而，他依然是一副很有精神的样子。尽管他的体力大不如前了，然而，心中依旧燃烧着星星点点的爱情之火。有一回，在一个晚会上，他邂逅了一位花容月貌的丧夫的女人。听说她是玛格丽达·特·基索莉爱莉夫人。他顿时爱上了她，爱情之火在他心中熊熊燃烧起来。居然如同满怀深情的年轻人一般，如果白天没有一睹他的那位美人的容颜，晚上，他就无法睡个踏实觉。

为了一睹那位美人儿的仪容，他总是抓住时机，在她家门前走来走去，或徒步走路，或者纵马而行。最后，他总是如此在她家门前走来走去的情形被那位遗孀和她的同伴晓得了，她们认为如他这般已经年迈、知晓事理的人居然也为情所困，真是滑稽，因此，暗暗地讥笑他，似乎在她们的眼中，只有年轻人那肤浅的头脑中才允许有那份依依深情的存在。

如此这般，他依然在那位遗孀的门前走来走去。有一天，正在过节，门前，遗孀以及女伴坐在一起，一见远处出现了亚尔培多先生的身影，她们便计划好了，将他请进屋，而且还热情地接待他，然后对他的执着进行嘲弄。当他走得越来越近时，她们起身欢迎他的到来。请他进屋休息休息，带他来到一个非常凉爽的院落里，把最好的佳酿和糖果拿了出来，热情招待他。后来，她们向他发问，语气中一半透着尊敬，一半透着取乐，既然他明明晓得如此众多潇洒快乐的年轻人正在追求她，怎会依然对她产生爱情呢?

如此“颇讲礼节”的嘲弄，实在出于那位医生的预料，于是，他满脸堆笑地说道：“夫人，洞晓事理的人不可能会为我的深情感到诧异的——特别是因为我对你产生了爱情——如此一位应该获得别人喜欢的宝贝儿。尽管我已年迈，被自然所限制，谈起恋爱来，老是有心却无力。只是一位老者依然晓得应对谁产生爱意，晓得如何好好地去喜欢别人。其实，与年轻人相比，老年人的经验更加丰富，见识更加广博，不少年轻人都对你展开了攻势，至于我，一个老家伙，也异想天开地对你产生了爱意，原因便在于此：我常常发现女人们在用餐时，以扁豆和韭菜为菜，韭菜这东西并不是什么美味，只是韭菜根不辛不辣，还可以吃。如今，你们这些夫人小姐，却有别的爱好，把韭菜根紧紧地抓在手中，嚼着韭菜，一副有滋有味的样子，实际上，那叶子散发着气味而且很辣，是啥美味呢？夫人，我咋能对你说，我一定晓得你不是以此手段来选择丈夫呢？要是这样的话，那么十拿九稳是我入选，而别的追求者都会碰一鼻子灰了。”

他说罢这番话，那位遗孀心中满是愧疚，对他说道：“医生，我们狂妄至极，居然触犯了你，本应接受指责，然而你手下留情，只轻描淡写地批评了我们，对你的爱情，我十分看重。我们总应该尊重有才有德者的爱情。从今天开始，我的心便是你的，凡是有关我的名声的事情以外的一切，我都听你的。”

那位医生从桌边站了起来（别的客人也离席而起，）为主人的热情款待表达了谢意，满面笑容，欣喜不已地离去了。

由于没有辨清对象，那位夫人意欲嘲弄别人，反而遭到了别人的嘲弄。因此如果我们头脑不笨的话，就应小心谨慎，不要让这种事情发生在自己身上。

当七位女士，三位小伙子把故事讲完以后，夕阳已经落山了，热气全都烟消云散了。女王带着高兴的神情说道：

“亲爱的朋友们，此时此刻，我这一天的任务已宣告结束了。接下来我为你们选择女王，以便让她来负责我们第二天的日常起居以及做游戏的安排计划。原本当今天晚上来临时，我才彻底地没有了权力，只是要是事先没有选择好继承王位的人的话，便会手足无措，因此我心中寻思，此时此刻，继任者应该走马上任。以便让其事先计划好第二天的一切事务。所以，为了表示尊敬赋予万事万物以生命的上帝，也为了考虑到我们所有人的权益，此时此刻，我选择菲罗美娜——一位具远见卓识的少女来统治我们的王国，成为第二天的女王。”

正说到此处，她站了起来，摘下头上的王冠，带着恭敬的神情为菲罗美娜戴上了，第一个向她行礼致敬，接着不少小伙子、女士也纷纷向她致敬，以示对她成为统治者的赞同。

实在是出乎菲罗美娜的预料，自己竟然戴上这顶王冠，红云不由自主地飞上了她的双颊。只是适才潘比妮亚的一番话语又浮上了她的心头，于是，她努力抑制自己的惊慌，大胆接过了大权。开始时，她对潘比妮亚的所有指令予以承认，然而告诉众人，次日依然待在此处。又将次日的程序以及今天的晚饭都安排好了。然后对众人说：

“我最亲爱的朋友们，承蒙潘比妮亚的一番美意，让我做你们的女王，这并非是因为我有啥出众之处，实是因为她对我的厚爱。因此，至于如何布置我们的共同生活，我不想一意孤行，你们还必须提出建议。此时，我想简洁地介绍一下我的计划，有啥不当之处，你们可以提意见，以便补充或改动。

“以我之见，今天，对所有的一切，潘比妮亚都布置得很不错，让我们快快乐乐地度过了今天。如果你们并不厌倦要重复这样的生活，或有理由表示不同意，那么，以我之见，没有必要改变程序。”

“当我们做好此事以后，你们就可以走了。去寻找自己的快乐。当太阳掉入了地平线下面以后，沐浴着凉爽的夜风，我们就可以开饭了。吃罢晚饭，我们高歌几曲，玩耍玩耍，其后上床休息。第二天，一大早我们就起床，各自随便漫步，到了一定时间，如同今日一般，你们回家用餐，用罢早餐，我们翩翩起舞，片刻以后，我们就该睡午觉了。等睡罢午觉后，也和今天一样，大家返回此处，讲述故事——在我的眼中，最有意思，也很有作用的事情便算讲故事了。

“大家匆匆忙忙地推选潘比妮亚担任女王一职，没有时间为大家对讲故事的范围做出规定，我心中暗想，幸好此时此刻我们的时间十分充足，我可以规定一个题，以便你们能够预先编好一个属于这个范围的好听的故事。我告诉你们，打开天辟地到现在，命运之神一直控制着人类，以后也必定如此，一直到世界末日来临之时，因此，如果你们对此故事的主旨没有异议，我准备做出以下规定：每一个人都讲述一个故事，都是开始时历经艰辛，后来又遇难呈祥、欣喜不已的故事。”

所有的男男女女们全部赞成此项决定，以示心甘情愿地服从，然而，当所有的人都不再说话时，突然，第奥纽的声音传入了她的耳中：

“女王，大家说出了我的心里话，我认为，应该称赞你所规定的办法，会使我们兴致盎然，只是我希望你能特别给予我恩泽（并且，我渴望，在我们欢聚一堂的这些日子里，这一恩泽能始终惠及我们），即，你这法令对我没有约束力，并非必须按照主题的规定，为你们讲述一个故事，如果我愿意，我便能够把一个我最喜欢的故事讲给你们听。为了避免你们觉得我如此请求女王，原因便在于只晓得几个故事，从此，我愿意成为最后一个讲故事的人。”

女王晓得，他为人幽默，也知道他如此请求，自有他的想法。换句话说，要是当主题相同的故事使你们产生厌倦之感的话，他便可以选择别的故事，作为调剂品，因此，当大家没有表示异议以后，他的这项特权获得女王的恩准。

然后，每个人都站了起来，离开了草坪。迈着缓慢的脚步向清泉走去，小山头上，泉水缓缓流淌，从山岩乱石、青苔绿荫间穿过，在长满了树木的山谷里消失了。他们全部赤裸着双脚双臂，走进水中，打闹着，当开晚饭的时间即将来临时，他们才结伴返回家中，然后便快快乐乐地吃饭。

用罢晚餐，女王命令把乐器拿出来，又吩咐劳丽达充当领舞人。爱米莉亚引吭高歌，第奥纽弹奏着琵琶，为她充当伴奏人。当劳丽达开始展示舞姿时，果然，在她的身边，爱米莉亚高唱一曲，十分宛转，所唱歌词如下：

我喜欢自己的美丽，
我唯独为自己释放热忱，
对于除此以外的爱情——
我毫不理解
除了爱情，我不想得到任何东西。

透过镜子，我凝视着自己，
我的容貌使我怜惜不已

现在的情形，过去的回忆——
我的快乐是这一切所无法剥夺的
这个世界上还有什么惹人怜爱的，
可以使我的心灵深处
洋溢着前所未有的依依柔情？

每当我回忆起我那美丽的身影
它总是历历在目
它从未让我绝望忧伤
它老是满面笑容，深情依依的
使我疲惫不堪，无法表白自己的欣喜
除非呵，你我同样怜惜不已
这情意的深厚，你一辈子都不会明白

我愈是看着这惹人怜爱的仪容，
我的心中，爱情之火愈旺，
我向它奉献了我自己，
其代价便是无限的幸福
与目前相比，以后的幸福会更加增益
然而，如此强烈的爱又曾洋溢在谁的心中

当劳丽达引吭高歌此曲时，众人都努力地附和着她，还有几个人仔细地体味着歌词，众人又跳起舞来，过了一会儿，夜色已经渐渐地暗下来了，夏天，本来夜晚就不长，因此，女王便吩咐首日的程序宣告结束了，侍从把火炬点了起来，女王命令众人好好睡一晚，然后，每人都返回睡房休息了。

第二天

《十日谈》的次日从此拉开了序幕，女王是菲罗美娜，众人又开始讲最开始时历尽艰辛，然后又遇难呈祥，欣喜不已的故事。

清晨的太阳光辉四射，新的一天又开始了。绿绿的树枝上，鸟儿的鸣叫声十分悦耳，每一声都钻入人们的耳膜深处，如同报春一般。正在这时候，住在别墅中的女士们、先生们都已起床，全都向花园里走去。草地上，露珠点点，他们随意漫步，而且将花草摘下，编织成花冠，十分漂亮。他们玩了好长时间，和前一天没有什么区别，沐浴着绿荫，他们用罢早餐，又开始跳舞，然后开始午睡，一直到中午时分，午后，按照女王的吩咐，众人结伴走向清凉的草地上，坐在女王身边，围成一个圆圈。

女王把花冠戴在头上，显得十分美丽，她先打量了众人一番，然后吩咐妮菲尔第一个为大家讲故事，妮菲尔毫不推辞，非常愉快地讲开了。

故事一

马台利诺装扮成瘸子，佯装与圣阿里古的尸体相接触后，病态立即消失了，人们看穿他的计谋，痛打了他一顿，人们押着他，送交官府，他差点在绞刑架上送了命，最后，他保全了性命。

最亲爱的姐姐，一个人对他人进行讥讽，常常是自己受到侮辱，特别是本应表示尊敬的东西，你也以此与他人逗乐，免不了会吃苦受累。如今，我服从女王的命令，第一个开始讲故事，以表明她规定的主旨——我打算讲的故事有关一个本地人的经历，开始时，他如何历尽艰辛，其后又如何遇难呈祥，甚或都出乎自己的意料。

前不久，有位日耳曼人居住在特莱维索，他名叫阿里古。他十分贫困，为别人充当脚夫，赖以谋生，只由于他刚正不阿，十分清高，人们对他十分尊敬，在他们的眼中，他非常纯洁。也不晓得这是句真话还是假话，听说本地人立下了誓言，当他处于弥留之际时，在特莱维索大教堂中，居然万钟不敲自鸣。

在众人的眼中，这如同一个奇迹，于是，他们便认为阿里古是受上帝派遣，前来此处的圣徒。顿时，全城居民都向他的家中涌去，抬着他的遗体，走出他家的大门，根据应该为圣徒举行的很讲排场的仪式，一直抬到大教堂里。然后众人又四处忙碌，找来瘸子、瘫子、瞎子，还有不少别的残废人，顽疾不愈者，总想让他们接触一下圣体。这样各种病痛都不治而愈了。

当众人如此叽叽喳喳，吵闹不休之时，正好我们的三位同乡，抵达了特莱维索，他们分别是史台希、马台利诺以及马凯斯。这三人是杂耍小丑，对他人的一举一动和神情模仿得惟妙惟肖，经常进入宫中，进行表演，以取悦王公大臣们，此次前来特莱维索，对他们而言，尚属第一次，却发现此处的居民老是四处奔波，难免有点纳闷，其后听说发生了这么一件事情，便也想前去瞧瞧。他们来一家旅店放好行李，马凯斯便开口说道：

“我们也可以前去欣赏那位圣徒，然而，以我之见，这目的可能不太容易实现。别人告诉我，广场上，人山人海，都是日耳曼人。城里的长官生怕出事，又派了不少兵前往广场值班。他们还说，教堂里挤得水泄不通，到处都是人。进去？你想都别想。”

“不要因此琐事而愁闷不堪嘛！”马台利诺接过了话头，他本人前去瞧瞧的心情也十分迫切。我对你们发誓，我会有办法的，使我们能够面对着圣徒。

“你有啥法子呀？”马凯斯向他问道，马台利诺回答说：“告诉你吧，我可以装扮成瘸子，你与史台希就把我当作瘸子，一个在左边，一个在右边，搀扶着我，只告诉人们，将带我前去拜访圣者，让他医治。当众人发现这种情形以后，又有什么人不为我们让路呢？”

对这个想法，马凯斯与史台希十分赞同。随即，他们三人走出客店，到了一个悄无声息的处所。然后，马台利诺使出了本事，刹那间，他的双臂和双手扭曲了，瘸了腿，嘴巴也歪了，斜着双眼，那张脸怪怪的，一眼看去，恐怖极了。不管是谁目睹他的这副尊容，肯定都认为他是彻底的废人。于是，这个装病的人被马凯斯、史台希一左一右地搀扶着，径直踏上了去大教堂的路。去的路上，他们一脸无比忠诚的样子，十分卑微地请众人看在上帝的份上，为他们让让路。果然，众人纷纷让路。

总而言之，他们成了众人的目光的焦点。差不多人人都高声叫了起来，“让让，让让！”如此一来，他们便面对着圣阿里古的尸体。几位先生站在一旁，立刻抬起了他，让其平躺在圣体上，以便让他恢复健康。

人人都专心致志地盯着马台利诺，看他到底会变成啥样。在现在的情形下应如何演戏，这一点马台利诺非常清楚。他躺在圣体上，片刻之后，他的一个指头伸直了，然而，他又抬起了手臂，张开了双臂。后来，他最终全身都变直了。见发生了这种奇事，大家不约而同地高声呼喊起来了，称赞阿里古的欢呼声震耳欲聋。这种时候，即使平地响起一声惊雷，也会淹没在这片呼叫声中。

正好在这一日，教堂里有位佛罗伦萨人，他是马台利诺的熟人。只是适才，当两个伙伴搀扶着马台利诺走进教堂时，马台利诺佯装成残废人，因此竟没把他认出来，然而，当马台利诺的全身伸直了以后，他立刻被这位佛罗伦萨人认出来了。此人不由自主地笑出声来，叫了起来：

“但愿上帝不要饶恕他，瞧他走进教堂时的那种样子，又有谁不信以为真呢，以为他已残废了呢。”

当几位本地人听到此言后，不由自主地发问：“啥！难道他很正常吗？”

“只有老天爷才晓得。”那位佛罗伦萨的生意人叫了起来，“他和我们没有什么不同，全身挺直，只是他本事通天，可以随随便便地扭曲他的身躯而已。”

闻听此言，大家不再问了，便拥了上去，喊了起来：

“他是个坏人，居然有胆量与上帝、圣徒逗乐！他并非是残疾人，他是佯装成残疾人，以讥刺我们，还有我们的圣徒，把他逮住！”

如此一喊，于是，他的头发被他们抓住了，并从圣徒的尸体上拖下了他，撕碎了他的衣裳，用拳头揍，用脚踢，让人难以招架。差不多教堂的人都握拳蜂拥而上。马台利诺十分着急，发出了哀号，请求大家“看在上帝的份上，饶了我吧！”他意欲躲开，意欲还手，然而又有啥用呢？他激怒了众人，围观者也愈来愈多。

一见这种情形，史台希与马凯斯便晓得坏事了，而且担心众人会揍打自己，没有勇气前去救人，反而与大家一同高声叫了起来，“把他打死！”他们一面叫喊，一面却在绞尽脑汁，意欲使其摆脱怒不可遏的人们。幸亏马凯斯灵机一动，打定了主意，否则，说不定他真的会被大家置于死地。教堂外，所有的警察都在值班，马凯斯连忙从教堂里挤了出来，向一位警官跑了过去，叫了起来：“看在上苍的份上，赶紧助我一臂之力吧！我的钱袋被小偷偷走了，袋中有一百个金币呢。赶紧去逮住他，帮我追回丢失的钱财。”

闻听此言，那位军官马上率领了数十位士兵，根据马凯斯的提示，跑进了教堂。可怜兮兮的马台利诺，这时候，已经变成了石臼，大家不停地捣鼓他。费了好大劲儿，那些士兵才挤进了人群之中，从大家的手中抢下了马台利诺，押着他，直奔官府而去。马台利诺已是满头血污，全身肿胀了。然而在大家的眼中，他侮辱了他们，大家还不愿就此罢手，全都跟在他们的身后，后来，有人告诉他们，他是被逮住当作窃贼处治的。他们心中寻思：这也还行，可以折磨折磨他，于是，便你一句，我一句地叫了起来，认定他们的钱包被他窃走了。

官老爷本来脾气急躁，闻听有个窃贼被逮住了，便马上对犯人进行审问，谁晓得马台利诺镇定自若，用开玩笑的口吻回答他的问话。这一下气坏了官老爷，他吩咐将犯人捆在刑床上，三次收紧绳子，三次松开绳子，目的便在于逼他认罪，以便用套住他的脖子的绳子，让他死在绞刑架上。

当绑绳被松开以后，那位官老爷又问他是否招供，马台利诺晓得，有理说不清，无奈地答道："我甘愿认罪了，请您传来原告，问他们到底在何时、何地不翼而飞的钱兜，这么一来，我便能够承认我偷了哪些人的钱包，没偷哪些人的。"

官老爷说道："这也可以。"于是，吩咐传来几位告状人，进行了询问。有一位说，在八天前，他的钱包被马台利诺偷走了，另一位告诉他，是在六天以前，还有人说是在四天以前，还有些人说今天，他们的钱包被马台利诺偷走了。

听罢这些人所说的话，马台利诺便开口了：

"大人，他们在胡言乱语，我能够说明我并非在胡说八道。我在几个时辰以前才抵达此地。过去，我从没涉足此处，也该我注定背时，刚到此处，便前往教堂，怀着崇敬的心情观赏圣徒的尸首。没想到却被人痛打一顿。变成了这种样子。我的每一句话都是真的，如果大人还有疑虑的话，你可以前往找负责入境人员的官员，进行核实。把他们的登记簿拿来看看，而且可以向店主人询问。要是调查结果说明这是真的话，那我向大人提出一个请求，不要对那些坏人的话语信以为真，对我进行刑罚，并判定将我处死吧！”

另外，在官府门外，站着马凯斯与史台希，有人告诉他们，对马台利诺，审判官不讲情面，早已用刑了，他们万分焦急，惊慌失措，说：“大事不好了，我们使他摆脱了油锅，没想到，又让他跌入了火中。”于是，他们连忙返回旅店，找来店主，向他诉说了他们惹的麻烦。闻听此事，店主觉得十分滑稽，于是带着他们前去拜访当地的一位士绅，此人便是桑德罗·阿戈兰第，此人与总督相处得很不错，店主向他一五一十地讲述了事情的经过，还帮着他们请求他救救马台利诺。听了这个故事以后，桑德罗放声大笑，然后前去拜见总督，请求他放了马台利诺，总督一口应承了。

差仆遵从总督的指令，前来找审问官要人。他看见马台利诺待在那里，身上只穿有一件上衣，正在接受审问，惊慌失措，不晓得该怎么办，原来无论他如何为自己辩护，那位官老爷对他的话总是充耳不闻，也不晓得是否是佛罗伦萨人尤其遭这位官老爷的忌恨。总而言之，他决定让马台利诺在绞刑架上告别人世，甚或不愿让来人带走他，后来，由于为总督的指令所迫，无可奈何，这才让差役带走了马台利诺。

马台利诺前来拜见总督，一五一十地向总督诉说了事情的经过。还对总督提出请求，发发慈悲，让他走。而且说除非他一帆风顺地返回佛罗伦萨，他老是感到有根绞绳套在脖子上一般。

听罢他的背时事情，总督大声地笑了起来，对他的要求一口应承了。并且让每个人都得到了一件衣服的赏赐。如此一来，他们逢凶化吉，一帆风顺，返回了故乡。

故事二

在旅行途中，林那多遇到了劫匪，顶风冒雪，抵达居利莫城堡，幸亏一位遗孀将他留下，次日，丢失的钱财物归原主，他平平安安地返回了家乡。

听罢马台利诺大受折磨的经历后，女士们全笑得直不起腰来，即使是那几位小伙子，也感到十分滑稽。特别是菲洛特拉托，妮菲尔的下边便是他，女王命令他继续讲下去，他从从容容地开始讲了：

漂亮的女士们，我给你们讲的故事是关于宗教的，在这个故事中，风险、爱情并存。当这个故事传入众人的耳中之后，说不定会因此受益，特别是，无论是谁走上了凹凸不平的爱之路，便会晓得，如果他不朗诵朱理安的主祷词，那么即使他拥有一张睡床，而且十分舒适，他依然无法入梦。

在阿索担任法拉拉侯爵的那段日子里，有位生意人叫林那多·达司蒂的抵达了波伦那，处理私事，如今已办好了一切事务，便动身返乡。当他纵马离开了法拉拉境地，在向维洛那进发的旅途中，与几位外出者相遇了。一眼看去，有点像生意人——实际上，生意人处处都有，其实是些劫匪，拦路打劫，胡作非为。林那多不晓得这一切，居然与他们结伴而行。

他们看他像个生意人，随身带着一些银两，经过一番商议后，打定主意，当时机成熟时，便开始抢钱。为了使他安心，他们努力佯装成作风正派的人，途中与他从不说不正经的话。听他们说话，看他们的行为，真可谓是又虚心又热情，本来只有一位侍从跟随着林那多，他乘马赶路，如今他与这些人相识了，大家结伴赶路，感到十分走运。

一路上，他们谈笑风生，其后提及人类向上帝祷告。在三位劫匪中，有一位向林那多发问："好先生，请问你外出旅行时，常常朗诵什么祷文？"

林那多答道："说实话，我是个普普通通的人，不太知晓这种事情，理解的祷文也不多。我本人是老思想，在我眼中，一毛钱便是十个子儿。只是我在外经商，每天清晨走出旅店之时，依然朗诵一遍《我父在天》以及《圣母颂》，是为了圣朱理安的双亲的灵魂，然后我便对上帝以及圣朱理安做祷告，让他们保护我在夜晚在一个十分舒适的地方休息。在旅途中，很大的危险多次光临我，然而每回我都遇难呈祥了，而且当夜晚来临时，我居然寻到一个没有危险的处所，还有一张很舒服的床。这是圣朱理安为我求来了这份恩泽，对此，我毫不怀疑。如果我早上不记得去做祈祷，那么我白天奔波，肯定会遭遇坎坷，夜晚休息，也必定无法找到好去处。”

“如此说来，今天清早，你是否做祈祷了？”此人又向他发问。

“我做祈祷了。”林那多答道。

这位询问的劫匪心里十分清楚，今天肯定会发生什么，心中寻思：“你确实应该为自己祈祷呢，如果我们没犯过失，那么今天夜晚，你必定要受委屈，无法找到好地方休息了。”因此，他转过身来，对林那多说道：

“我四处奔波，也不是第一次离家外出了，尽管常常有人对我说做这种祈祷的益处，然而我始终没做过。然而，每一个夜晚，我不是安然入梦了吗？——说不定，今天夜晚，你便能目睹这一幕了。对我们两个人来说，到底哪一位拥有舒适的床——是祈祷的你，还是与祈祷从来无缘的我呢？说实在话，你那祈祷我是不做的，只朗诵‘休要毁坏’，或‘至福童贞’，有时是‘临近阴间’，从内心深处，我向你祈祷，我奶奶曾经告诉我，只有这些祈祷文才是让人受益的呢！”

如此这般，他们一面与林那多结伴而行，一面聊天，当机会和地方比较合适时，他们便会开始抢钱了。

当天色渐渐地暗下来以后，来到居利莫城堡附近的渡口不远处时，地方既偏且静，而黄昏又即将来临了，三位坏人不再顾忌什么，于是向他扑了上去，剥光了他的衣衫，唯有一件衬衫还穿在他的身上，除了这一点，他们抢光了他的全部钱财、衣服、马儿，当他即将离去之时，他们还对他高声叫了起来：

“走吧，今天夜晚，你瞧你的圣朱理安会不会如我们的圣徒一般努力，让你拥有一个和我们同样舒适的床。”说完此话，这些人便过了河，走了。

服侍林那多的下人确实没有出息，一见劫匪俘虏了主人，没有勇气助他一臂之力；与此相反，他转过马头，落荒而逃。直到居利莫城堡清清楚楚地呈现在他的眼前，跑进了城里，他才让马儿停下了脚步。然后，他在一家旅店里住下了，对别的事情不闻不问。

天气寒冷，天上，大朵大朵的雪花飘扬着。林那多双足赤裸，只身着一件单衣，冷得全身哆嗦，牙齿相碰，夜幕又降临了，他根本想不出办法，望了一眼四周，意欲寻一个去处，以度过今晚，以免在雪地里被活活地冻死。没想到，前不久，一场战祸席卷此处，烧光了一切，怎会有处所呢？他感到冷得难以忍受，只得拼命地跑向居利莫城堡，也不晓得他的侍从去了那儿，或者向别处逃去了，心中老想着只要能够跨进城门，便可以凭借上帝的仁慈，发现生存的希望。

然而当再走大约三里多的路程便可抵达城市时，夜晚已经来临了。当他迈着蹒跚的脚步抵达城墙根下时，城门早已关闭了，吊桥早已收好了，怎么能进城呢？由于悲伤失望，他不由自主地流下了泪水。无奈之下，只好在附近找个躲避风雪的地方，他终于看见那边的城墙下有所房子，较其他的房子有点出众，于是，他决定前往那所房子，暂歇一晚。等拂晓时再说。

他走向房子，发现有扇门，然而，已被锁下了，他只好在旁边拾了一些枯草，在脚下铺开，坐在上面，非常悲惨，心中对圣朱理安充满了怨恨，认为他不应叫他的信徒得到如此下场。然而，圣朱理安终究并未对他置之不理，没让他受多长时间的委屈，便为他布置了一张床，十分舒适。

城中有位丧夫女人，长得很漂亮，阿索侯爵对其无比宠信，如同自己的心肝一般，让她住在一栋豪华的宅院里——此时此刻，林那多便在这栋豪宅的披屋下躲避风雪。这一天，侯爵抵达城市，本已偷偷地与他的情人约好了，夜晚将来她家过夜。她特意准备了一盆热汤，以作洗澡之用，还有一桌酒菜，十分丰盛——布置好了一切，只等着侯爵前来享受。没想到，突然有人把一份紧急的公文送给了侯爵，由于匆匆忙忙的，侯爵只好派人前往情人家中，捎个消息，吩咐她没必要等了。自己马上骑马离去了。那位妇人的兴奋劲儿烟消云散，现在是万般无奈，便用准备好的热水，打算自己洗一下身子，独自用了晚餐，准备休息了。然后，她向洗澡间走去。

洗澡间与一道与城外相通的门相邻，而背时的林那多正好宿在门外。所以，当她洗澡时，一声声的呻吟传入了她的耳中，牙齿相碰击的声音也传入了她的耳中，如同一只鹳鸟待在那儿磨牙一般。于是，她唤来女仆，说："到楼上去看看吧，墙外是什么人，他在干啥？"

女仆向楼上走去，凭借明亮的夜色，一位男人映入了她的眼帘。他两脚赤裸，身穿单衣，在地上坐着，全身哆嗦，她便问他是什么人，令人同情的是，林那多说话都结结巴巴的，非常勉强地向她诉说了自己的经历，哀求她发发善心，别眼睁睁地注视着一位倒了霉的人在屋外活活地冻死。

女仆见他如此情形，同情之心油然而生，于是，她转身走进屋里，向女主人诉说了这一切。主妇闻听此事，也十分同情他，她回忆起有枚钥匙插在门上，侯爵常常偷偷地出入于这道门。于是，她命令女仆说："你轻轻地打开门，让他进屋吧，反正家里摆放着一桌饭菜，没有人享用，再说，他暂住一晚的地方，这儿又不是没有。"

女仆对女主人的善良赞叹不已，就去把门打开了，领着他，走进屋来。女主人见他几乎全身僵硬了，便对他说：“好人，赶紧洗洗吧——水依然没凉呢！”

林那多怎会不愿意呢。没等别人再三请求，他便使热水漫过全身。洗罢澡，身上暖呼呼的，此时此刻，他像是重回人世。女主人又给他拿来她那刚刚去世的丈夫的衣裳，让他换上，他穿好衣服，竟然非常合身，似乎那套衣服是为他定做的呢！他一面待在那儿，听候女主人发号施令，在内心深处，他早已谢过了圣朱理安以及上帝——他们终究以慈悲为怀，使他摆脱了一夜的风雪，幸免于难，并让他前往如此不凡的公馆中过夜了。

女主人歇息了一会儿，吩咐燃旺厅中的炉火，然后，她本人也来到大厅里，向她的女仆打听，那位先生长得啥样，女仆告诉她：“夫人，他早已穿好了衣服，作风很正派，举手投足之间，也透出文静，似乎此人颇有教养呢。”

女主人吩咐道：“那你前去请他来大厅里烤烤火，填填肚子吧！——我心中寻思，他还饿着肚子呢！”

女仆带着林那多，走进了客厅，他发现，显而易见，这位女主人出身显贵，不敢迟疑，连忙走上去，问候她，并对她的救命之恩感谢不已。女主人亲眼目睹了林那多的模样又倾听了他的话语，认为女仆说的都是真的，于是，十分和善地款待他，请他坐下，与她一同烤火。然后又打听他咋会如此落魄。于是，林那多便老老实实地向她诉说了那天的一切。

自从黄昏时分侍候林那多的男仆跑进城中后，他所讲述的一切，早已闹得满城风雨。她也有所耳闻，因此，此时此刻，对他所说的一切，她深信不疑。并且向他传递了他的男仆的音讯。说第二天，他便能很容易地找到他。正在此时，女仆已布置好了晚饭，林那多遵从女主人的吩咐，净手，然后就与她同桌用餐。

他正值壮年，而且又人高马大，很有风度。长相，举手投足都不俗气，因此，在吃饭的时候，女主人老是盯着他，认为她很喜欢这位先生。那天夜晚，本来侯爵与她有约，使她春心荡漾，因此，不由自主地寻思：此人正好填补这个空缺。

用罢晚餐，起身离席，女主人暗地里和女仆计划好了，既然侯爵不来赴约，使她白白地高兴一场，如此一来，这自送上门的良机，她能否可以接受。女主人的心中所想，女仆已是清清楚楚，便极力鼓动她，然后，女主人再次返回大厅，发现他依然如她适才走开时一样，一个人坐在炉火前。她向他走了过去，满含深情地看着他，对他说道：

“哦，林那多，你为什么如此忧愁不堪呢？难道被人抢走了马儿，还有几件衣裳，因此就无法快乐起来吗？你暂且不要想它，精神抖擞些！你前来此处，如同待在自己家中一般，难道不是吗？我还要告诉你一句话，我的先夫的衣服穿在你的身上，我真的误以为你是他呢！今天晚上，无数次，我都渴望把你搂在怀中，亲吻你呢，如果不是担心对不起你，我早就采取行动了。”

林那多这人并不是个榆木疙瘩，闻听此言，又发现她的双眼中光芒四射，于是将双臂伸开，向她迎了上去，说道：

“夫人，本来是你救了我的命，要不是你，我就会在雪地里活活地冻死。不必提及此事了，我应该努力服侍夫人，讨你欢心，不然的话，我这人实在是不晓得好歹了。如此说来，好吧，你可以尽情地搂抱着我，尽心地亲吻我，我肯定愿意给予你以回报。”

已经到了这种地步了，还要说啥呢？女主人公早已无法控制自己了，坐在他的怀抱里，她把他搂得紧紧的，亲吻他，已经有了一千次了，也让林那多亲吻了她好多次。这时，两人站了起来，返回睡房。也不再浪费时间了，便宽衣解带，寻欢作乐，一直到拂晓时分。

当天色刚刚发亮时，两人马上起床了——因为女主人担心别人会晓得这件事情。她又拿出一套旧衣，让他换上，并把钱装在口袋里，直到塞得满满的。与此同时，她又向他提出请求，万万不可让他人提及昨天夜晚所发生的事情，又告诉他如何到城里去，寻找侍奉他的男仆，随即让他依旧走出了昨晚他由此进屋的那扇门。

当天亮以后，城门开启，于是，他佯装成一位不远千里而来的旅人，走进城中，与自己的男仆重逢了，把放在马鞍袋中的衣服拿了出来，然后换上了。如此巧妙的事情也是命中注定，他正打算骑上男仆的坐骑，没想到昨天对他拦路抢劫的三个坏人，做另一桩生意时，没有成功，落入了官府的手中，被押送进城，他们痛痛快快地承认了自己犯下的罪行，所以，一切都完璧归赵，林那多重新得到了马儿，钱财，还有衣服。最后，唯独丢了一双袜带，由于无法调查此事，它已去向不明，别的都保存完好。

对上帝和圣朱理安的恩泽，林那多深表谢意。然后，他骑着马儿，顺顺当当地返回了故乡，还有那三个胡作非为的歹徒，次日就被送上了绞刑架，了却残生。

故事三

有兄弟三人，挥金如土，结果家道中落。他们的侄子受挫，返回家乡。在回乡路上，一位年纪轻轻的院长与其邂逅。此人本是英国国王的女儿，她便让他做了自己的驸马，并且助他的三位叔叔一臂之力，重振家业。

当菲洛特拉托讲述完林那多的经历后，女士们都为之赞叹，称赞他那忠心耿耿；与此同时，也对帮助林那多摆脱苦难的上帝和圣朱理安深表谢意，至于那位承蒙上苍成全，知道对自送上门的良机不要放弃的遗孀，她们也不肯出言相责，说她做了愚蠢的事情——尽管她们并未把自己的观点表达出来。她们正对那个夜晚她是何等快活而议论纷纷，并且偷偷地笑时，潘比妮亚与菲洛特拉托相邻而坐，她晓得这次轮到她了。于是便暗暗寻思讲什么，当女王果真如此发令时，她便兴高采烈，从从容容地开始讲了：

尊贵的女士们，我们十分注意尘世中的一切，便会感到，要是说到造化弄人这一方面，那是怎么说也说不完。世人只晓得让自己保管自己的钱财，却不晓得其实命运之神控制着这一切，只要对此我们心中有数，便不会对我的这一提法深感惊讶了。根据难以猜测的命运之神的旨意一个人不断地神秘地得到另一个人的钱财。无论在何时何地，都可以充分地证实这一点。并且刚才所讲的几个故事已对此有所论述了。只是既然女王为我们规定了这个主题，那么我想再做一些补充，当我讲完这个故事后，不但可以帮你消除烦恼，说不定还会受益呢！

过去，有位先生住在我们的城市里，即戴大度，有的传言他是兰培第家的后代，还有人发现其子孙一直经营着一桩生意，直到如今，情况依然如此。于是，便觉得他是阿古兰第家族的子孙。他的家谱我们暂且不予过问，只要晓得那时候他富甲一方便可以了。他生有三子，兰培托是长子，戴大度是次子，阿古兰特是他的幼子。这三人都风华正茂，潇洒迷人，十分英俊。当那位先生离开人世时，长子尚未满二九。于是，根据法律，三兄弟成了这么庞大的家产的继承人。

当这三位年轻人知道他们拥有金银珠宝，田地宅院，动产，不动产这一切以后，便随心所欲，大手大脚地挥霍钱财，他们养的骏马、猎犬、猎鹰数不胜数，服侍他们的仆人更是成千上万。他们又敞开大门，迎四方来客，可谓是从不拒绝，并常常开办竞技与比武会。总而言之，他们享受了所有富有的公子哥儿们可以享受的一切，更由于少年不更事，尽情享乐，只晓得毫无顾忌。

还没过多久如此奢侈的生活，他们便把从爸爸那里继承来的金银挥霍一空。尽管收入还是有的，然而于事无补。他们缺钱花，只好或卖掉房子，或抵给他人。今天把这种东西卖给别人，明天又把那种东西出卖。没过多长时间，三人差不多一贫如洗了，直到此时此刻，他们才睁开被钱财遮得严严实实的双眼。

有一日，兰培托唤来两个弟弟，对他们说，爸爸活着的时候家中是多么富有，而他们又生活得多么舒适，可爸爸一离开人世，我们大手大脚地花钱，挥霍掉了如此庞大的家产。如今即将不名一文了。然后，他为众人想了一些好办法，趁目前尚未揭穿空架子之时，一一变卖剩下的全部家产，与他结伴离乡外出。

三兄弟按照这个主意行事，既不四处宣扬，也没辞别亲戚，便悄无声息地告别了佛罗伦萨，一路奔波，抵达了伦敦，这才停下脚步，在伦敦，他们把一间小屋租了下来，开始定居了。他们辛辛苦苦地生活着，开始以放高利贷为生。也该他们走运，没过几个年头，他们便攒下了不少的钱财。

兄弟三人纷纷返回了佛罗伦萨，买回了以前出卖的大多数家产，还买了一些新的家产，全都成家立业了，过上了稳定的生活，只是在英国，他们依然有贷款的业务，于是打发他们的年纪轻轻的侄子，一个名叫阿莱桑德洛的小伙子去接管这一切，兄弟三人在佛罗伦萨定居，尽管都已有了妻子儿女，然而又恢复了常态，把过去所经受的苦处抛到了九霄云外，一心只想乱花钱，还有所有的商号，只要兄弟三人说一句话，随便欠多少钱都可以，因此与昔日相比，他们更加大手大脚地花钱了。幸亏在英国，阿莱桑德洛向达官显贵们发放贷款，以城堡以及别的家产作为抵押品，由此而获得相当可观的一笔利钱。所以，每个年头家中都会收到一大笔钱，使他们的亏空得以弥补。就这样，几个年头过去了。

兄弟三人随心所欲地花钱，如果手头缺钱，他们便找人借钱。把所有的希望都寄托在来自英国的汇款。然而又有谁能够料想到英国国王和王子之间突然产生了矛盾，双方都动武了，全国一分为二，或对老王忠心耿耿，或是投靠王子，他们将贵族们作为抵押品给阿莱桑德洛的城堡采地占为己有。所以，阿莱桑德洛便没有生活来源了。他老是希望有那么一天，老王与王子握手言和，如此一来，本金和利息就会无忧了。毫发无损，因此依然没有离开英国。然而居住在佛罗伦萨的三兄弟依旧大手大脚地花钱，越来越债台高筑。

几个年头过去了，三兄弟眼巴巴地期待英国汇来的钱。他们不仅彻底失信了，而且由于长期拖欠，债主们将他们逮捕了。公家没收了他们所有的家产，也无法偿清欠账，债主追着要剩下的欠款，所以，他们锒铛入狱了。他们的妻子、儿女都已分散，非常凄惨，也许这一生再无东山再起之日了。

另外，在英国的阿莱桑德洛左顾右盼，几年过去了，他老是希望天下太平，后来见希望渺茫，认为如果再待在这儿，可能会危及生命，于是拿定主意，返回意大利。他孤身启程返回家乡，也很凑巧，当他从布鲁日路过时，恰巧邂逅了一位身穿白色僧衣的年纪轻轻的院长，凑巧正在此时，带着不少随从向城外走去。只见走在他的前面的便是许多牧师，成千上万的仆役，还有一辆大货车。两个年迈的爵士纵马走在他的身后。阿莱桑德洛发现这两位爵爷和国王是亲人，走近前去，招呼了他们一声，他们顿时欢迎他成为他们队伍中的一员。

在向前方进发之时，他悄声地向他们打听，走在最前面，带着无数跟班的，乘坐着马儿的那些修士是什么人，他们正走向何处，有位爵士答道：

“那位骑在马背上的年轻人是我们的一位亲友，近来，他受命担任修道院院长，这是英国最大的一座修道院，只因为他过于年少，根据规定，尚无法坐在如此举足轻重的位子上。因此，他前往罗马，我们作陪，向教皇请求，准许通融通融，准许他担任此职——然而，你万万不可向别人说起这件事情。

新院长骑在马背上，时而带头，时而押后，一会儿在队伍的前面，一会儿在后面，就像常常映入我们的眼帘的达官显贵外出时的那种样子。从而他附近的阿莱桑德洛引起了他的注意。阿莱桑德洛风华正茂，又生得十分清秀，另外，一举一动，落落大方，非常懂礼节，在这个世界上，又有谁能与之相提并论呢？当他刚刚进入院长的视野后，院长便高兴不已，认为他是世界上最可爱的人。于是，他唤来阿莱桑德洛，与他进行交谈，和颜悦色地问他是干啥的，来自何方，又准备前往何处。阿莱桑德洛一五一十地向他诉说了自己的身世以及目前的情形。总是认真地回答他的问话。还宣称甘愿侍候院长，不管职务是多么低微，他都愿意遵命。

听了他所说的这些条理分明的话语，又见他的一举一动十分庄重，于是，院长私人认定，虽然他从事的行业十分低贱，然而肯定是出身于豪门大户。所以，认为他更加惹人怜爱了。不由自主地非常同情他所遇到的一切，于是对他好言相慰，叫他大放宽心，只要作风正派，虽然命中注定走到了这一步，上帝自然会扶助他，使他重新成为过去的自己，甚或拥有远远高于昔日的地位，这也很难说呢！

此时此刻，他们正前往托斯卡尼。因此院长又向阿莱桑德洛提出请求，让他陪伴他一路前行，对于院长的安慰，阿莱桑德洛表示感谢，并且说，不管院长命令他干啥，他都心甘情愿地服从。

自从与阿莱桑德洛邂逅之后，不晓得咋回事，院长的心中充斥着一股无法表达的体会。如此前行，几天过去了，他们抵达了一座村庄，此地甚至都没有一个看得过去的旅馆，院长却坚持在此留宿。幸亏阿莱桑德洛认识旅馆的主人，便嘱咐他布置一间最好的睡房，以便院长歇息。如此一来，由于做事老练，阿莱桑德洛就像是院长的管家一样，并且他为别的跟班的也想尽了办法，帮助他们每人在村里找到一个留宿的处所。

院长吃罢晚餐后，夜色已经暗下来了。众人纷纷歇下了。于是，阿莱桑德洛问店主，他本人在何处歇息，出乎意料的是，店主答道：

“说实在话，我也不晓得你能宿在何处。你瞧，屋里挤得水泄不通，今天晚上，甚或我以及我的家人也只得在木凳上过夜。然而，有几袋粮食堆放在院长歇息的房中，我可以暂时让你睡在麻袋上，就凑合一个晚上吧！”

“这咋行呢？”阿莱桑德洛说道，“你晓得院长的睡房本已很狭窄了，甚至他的修士也不曾在那里过夜。我咋可以去吵闹他呢？早晓得情况是这样，趁尚未放下帐子，我就可以让修士在麻袋上歇息，让给我一张床。”

“这咋行呢？”店主人说道，“事已至此了，你最好凑合一夜吧！接受我的建议吧，在那儿，你也可以睡得舒适，院长早已进入了梦乡，早已放下了床帐，我便悄无声息地为你安排一个床铺，以便你歇息。”

以阿莱桑德洛所见，如此行事，倒也不会把院长吵醒，便表示同意了。悄无声息地向麻袋堆上爬去，躺下了。

谁晓得院长由于春情激荡，此时此刻，尚未进入梦乡。阿莱桑德洛和店主的谈话一五一十地传入了他的耳中。阿莱桑德洛会歇在什么地方，他非常注意。一阵狂喜袭上了他的心头，他私下里寻思：“显而易见，上帝赐予我一个让心愿变成现实的良机，如果这次不抓住机会，这种机缘不晓得何时再能遇上。”

院长想好了办法，然而，当客店里毫无动静时，便用轻柔的嗓音呼唤着阿莱桑德洛，让他上床，与自己同睡。阿莱桑德洛一而再、再而三地婉拒，无奈，只得同意了。

他把衣服脱掉了，爬到床上，躺在院长的身边，院长伸出一只手，放在他的胸前，不停地爱抚着他，如同狂热的女孩爱抚心上人一般。这种行为让阿莱桑德洛惊诧不已；他还以为院长让他来使自己的邪恶的念头得到满足。也不晓得是根据直觉，或是根据阿莱桑德洛的姿势，院长立刻晓得了他的心思，偷偷地发笑，于是把内衣解开了，把他的手拿了起来，放在自己的胸前，说：

“阿莱桑德洛，不要想入非非了。这儿，你摸一下——看我把什么东西藏起来了。”

阿莱桑德洛摸了一下院长的前胸，触及了两个东西，很小，圆圆的，十分结实光滑，如同用象牙雕刻的一般——女孩子的乳房。直到此时，阿莱桑德洛才恍然大悟，原来院长是个女儿身，他一言不发，便搂住了她，要亲吻她，然而她阻止了他，对他说：

“等一下！你想和我好，先让我说清楚，此时此刻，你已晓得了，我是个女儿身，并非是男的。我告别家乡时，本是黄花闺女，此次前去拜见罗马教皇，目的是让他为我择婿。也不晓得是你走运，还是我倒霉，那一天，你一进入我的视野，我就对你产生了爱情——从未有女人如我这般狂热的。我只想让你，而并非他人与我结成连理，要是你不肯娶我为妻，那么你马上到地上去，在自己的床铺上睡吧！”

尽管阿莱桑德洛对她的身世一无所知，然而见她身边侍从众多，认定她肯定是千金小姐，出身名门，又见她一副花容月貌，便没有犹豫，马上答应了，说只要她不轻视他，他怎会不心甘情愿地与她结为天地之合呢？

闻听此言，她与他从床上坐起身来，并送给他一枚戒指，并让他站在一幅不大的耶稣的画像前，立下誓言，会娶她为妻，举行完仪式后，他们才紧紧地搂在一起，彼此亲吻，这天夜晚，他们十分恩爱，非常快活，真是一言难尽。

天已拂晓了，根据彼此商量好的办法，阿莱桑德洛悄无声息地走出了房间，如同昨天晚上进房一般，如此一来，昨天夜晚，他借宿何处便无人知晓了。一路上，他与院长的队伍结伴赶路，得意扬扬的，经过辛苦的奔波，好几天过去了，他们终于抵达了罗马。

经过几天的休息之后，院长与两个爵士，以及阿莱桑德洛，前去拜见教皇，根据惯例，她向教皇致敬，开口说道：

“圣明的父，作为人，若想过得纯真、正派，第一，他必须远离所有诱使他背叛的东西，与任何人相比，你应是最深刻地领悟到这个哲理的人。正因为此，我必须做一个作风正派的女人。便装扮成男人——如您亲眼目睹的那样——悄悄地跑出了我的爸爸，也就是英国国王的宫廷。我的父亲全然不顾我是如此青春年少，想让我做年纪较大的苏格兰国王的王妃，我也许并不嫌恶这位苏格兰国王的年迈，然而我只是担心自己过于年轻，没有坚定的意志，万一做了他的妻子，无法抵抗引诱，说不定会做出一些事情，与上帝的清规戒律所不符，我们英国王室的声誉会因此受到损害。因此，我把爸爸的大多数财宝都带走了，偷偷地前来此处，向您提出请求，让我的终身大事得到完美解决。”

“上帝为人们所设计的一切肯定是正确的。当我长途奔波时，我深信不疑，是仁慈的上帝让我与他为我选择的夫婿邂逅了。此人便是那位小伙子。”（说完，她用手指着阿莱桑德洛）“在您的眼前，他与我并排而立，根据他的品质和长相，不管是出身怎样显贵的女士，他也有资格娶她为妻——虽然他缺乏尊贵显赫的出身，他是我的爱人，也是我所要的人，除他以外，我的心中不会有任何人——也不在乎我的父亲及他的大臣们会怎么想。我爬山涉水，本是为了自己的终身大事，现在，这目的早已荡然无存了，我依然来到了这里，一面是为了怀着崇敬的心情欣赏罗马的一些名胜，还有拜见教皇陛下，一面是为了就您在场时——即大家都在场时，再说一遍，我与阿莱桑德洛早已私订终身，唯一的见证人便是上帝。我向你恳求，不要否认上帝与我所认同的他，而且祝福我们吧！在尘世里，您代表了上帝，您为我们祝福，便是上帝加倍地称赞你，如此一来，活着的时候，我们能彼此相守，离开人世以后，彼此也能同穴，一辈子颂扬上帝，以及您的光荣。”

实在是出乎阿莱桑德洛的意料，他居然与英国国王的女儿结成了夫妇。听罢这些话，他真可谓惊喜交加，然而，当她的这番话传入了两位爵士的耳中之后，他们极度惊讶，幸好是当着教皇的面，否则，或许由于一时心血来潮，他们会采取不利于阿莱桑德洛的行动，甚或还会要了公主的命。

教皇同样如此，他亲眼目睹公主身着男装，又见她宣称自己早已选好了夫婿，非常惊讶，然而事已至此，也是水到渠成，没有挽回的余地了。最终对她的乞求一口应承下来了。开始时，他对两个爵士以言相劝，叫他们别发火（他晓得他们正在气头上），使他们对公主与阿莱桑德洛不再心存反感，然后开始为举行婚礼做准备。

当定好的日子来临时，教皇早已安排了一个宴会，很讲排场，请来了教廷中的红衣主教，罗马的达官显贵，然后请英国公主走了出来，与一屋子贵宾见面。她身穿皇家服装，非常华丽，脸上散发着青春的光泽，十分艳丽迷人，惹得大家赞叹不已。新郎官阿莱桑德洛也身穿华衣，看看他那容颜，一举一动，极像一位王孙贵族，过去的那个以放贷为业，靠利钱过活的年轻人早已消失得无影无踪了。甚至两位爵士的心中也满怀崇敬之情。在教皇充当主持人的婚庆仪式上，一对新人再次海誓山盟，在众目睽睽之下，教皇祝福他们，真可谓非常肃穆，非常热闹。

告别罗马以后，公主采纳了阿莱桑德洛的建议，夫妇两人踏上了去佛罗伦萨的路程。在佛罗伦萨，他们结成连理的消息已是弄得满城风雨了。因此抵达佛罗伦萨后，人们非常敬重他，三兄弟欠下的钱被公主偿清了，重新获得了自由。这还算不上什么，出卖的家产也被公主买回来，并且接来了这三户人家的妻子，儿女。他们十分感谢公主。当阿莱桑德洛告别佛罗伦萨时，向阿古兰特发出了邀请，请他结伴上路。他们抵达了巴黎，法国国王十分热情地接待了他们。

那两位爵士一前一后返回了英国，他们竭尽全力地向国王为公主求情，果然，公主得到了英王的谅解，英王兴高采烈地对女儿以及女婿的归来表示欢迎。没过多长时间，英王封阿莱桑德洛为伯爵，并把康华尔采地赏赐给了他，而且仪式相当隆重。新上任的伯爵做事老练，使英王与太子之间的纠纷宣告平息了。全国一片歌舞升平的景象，民众都已警醒了，所以全国人民对他充满了敬重和仰慕之情。

至于阿古兰特，他收齐了他以及他的兄弟发放出去的贷款，又当着阿莱桑德洛伯爵的面接受了爵士的封号，衣锦还乡，返回了佛罗伦萨。伯爵及其夫人一辈子过着奢华的生活，传言他由于才华横溢，英勇善战，父王对他又备加关照，后来，苏格兰向他俯首称臣，他当上了苏格兰王。

故事四

兰多福做生意蚀了本，坠落为海盗，后来成了热那亚人的俘虏，被押解上了商船。突然，一场暴风雨来临了，商船沉入了海底，他将一个箱子抓住，顺水飘至科孚，有人救了他一命，他又发现箱中装满了宝贝，返回故乡后从此富甲一方。

坐在潘比妮亚身边的是劳丽达，她发现前者的故事已宣告结束，结果很不错，于是，连忙接过了话头：

善良的姐妹们，我告诉你们，命运确实具有无比巨大的力量，而其伟大之处就表现于此：一个地位卑微的人如同晴空里一声霹雳，居然摇身一变，成了皇上的亲戚。刚才，潘比妮亚的故事中的主人公阿莱桑德洛便是这种人。如今，既然已有规定，每个人所讲的故事必须在这个范围内，如此一来，我不以简洁为羞，想把一个故事讲给你们听——尽管这个故事没有如此让人引以为荣的结果，但是，比刚才的那个故事相比，其中更是充满了艰辛与痛苦。我只担心二者相比之下，诸位听了这种故事，不会兴致盎然的，但是，除此之外，我没有更好的故事可讲。只好请诸位予以谅解。

大家都说，在意大利，景色最好的地方当数自莱乔至加爱达的沿海地带——特别是与萨莱托相距不远的一片小山，阿玛尔菲便是当地人对这片山坡的称呼。那地方背靠小山，面对着大海，许多规模不大的市镇出现了，花园也不少，还有许多喷泉，许多大老板，大富豪在那里居住。一位叫“拉兹洛”的小镇便坐落在此处，那儿的居民大部分腰缠万贯，（直至现在，依然如此），其中有位叫兰多福、鲁福洛的大富豪，其家产庞大，然而依然不知足，有钱了，还希望更有钱，最终差点变得一无所有，甚至都无法保全自己的性命。

所有的生意人都十分精明，经过再三思量，他拿定主意，决定出海做生意，于是把一艘大船买了下来，花了不少钱，买了货物，整整装满了一船，动身前往塞浦路斯岛。然而他很不走运，抵此之后，才晓得有人已经运来了相同的货物，总计好几船呢！他只得咬着牙齿降低价格，几乎是白白送人。如此一来，他差不多面临着破产的命运。

他的每一天都是在忧愁中度过的，也不晓得该怎么办才好。见自己即将从一位富豪摇身变成不名一文的人了。所以他决定冒风险了。要是不死，那么他的损失便能够用抢到手的钱来弥补，以免腰缠万贯地出门，身无分文地回乡，他想办法卖掉手中的大船，又把卖货所得的款子凑上去，另外将一艘快船买到手，快船个头较小，比较灵活，海盗用正合适。这艘船马上被其全副武装，布置好这一切后，他有意充当海盗。将在海上航行的商船拦劫下来，特别是属于土耳其人的商船。也该命中注定，与做生意相比，他当起海盗来，更是得心应手。

从这以后，他抢劫了成千上万艘土耳其人驾驶的商船，还没过一年，他行劫所得的钱财，不但使他做生意亏的本钱得到了弥补，而且有本钱的一倍之多呢！他这人跌过跤，难免警惕性较强，便不愿再铤而走险，觉得积了这么多，也知足了，所以他没有勇气再次经商，打定主意，返回家乡，坐着那艘使他变富的小船，踏上了回乡之路。

当船儿抵达爱琴海时，一天夜晚，东南风骤起，迎头刮过，海浪翻滚，小船几乎要失控了，他只好向一小岛的港湾中驶去，以避避大风，等待风平浪静的时候的到来。他的船儿刚驶进海港没多长时间，另外两艘船儿也出于避风的目的，勉勉强强地驶进了海港。

这两艘体积庞大的商船是热那亚人的，来自君士坦丁堡。海港的一只小船映入了船上的人的眼帘，又有人告诉他们，拥有这条小船的便是大名远扬的巨富，名叫兰多福的，这些人原本贪财，永不知足，此时此刻，便马上把大船横在路上，没有给予小船逃脱的时机，以便开始抢钱。而且他们又让一队人马上了岸，拉开了弯弓，瞄准小船，不让小船上有一生还者。别的人不约而同地从小艇上跳了下来，借助于海水的推力，顷刻之间，便靠近了兰多福的小船，轻轻松松地夺来了小船，小船上无人逃离。他们将小船上的货物和钱财占为己有，然而他们押着兰多福，上了大船——令人同情的是，他只身穿一件背心，没过多久，他们便砸沉了小船。

次日清晨，风向发生了改变，两艘大船鼓起了帆，向西方驶去。整整一天过去了，航行一帆风顺。然而当黄昏时分来临时，天上刮起了大风，汹涌的波浪如同连绵不断的山峰，扑向了大船。两艘大商船无法经受海浪的袭击，早已分道扬镳了，兰多福也是太背时了，他所在的那艘船被海浪包围了，漂走了，一下子与圣法伦尼亚岛相撞了，如同脆脆的玻璃一般，彻底地碎了。顿时，货物、箱子、木板全都漂浮在海面上，在海浪中此起彼伏。夜幕已经降临了，海上茫茫的一片，风急浪涌，掉入海中的人，有的会游泳，便努力地游着，手一碰到什么，便把它抓得紧紧的。

在这些人中间，其中就有背时的兰多福。那一天，他多次寻思，不如早点死去，省得将来一贫如洗，回乡后过着艰苦而穷困的日子。然而当关键时刻来临时，他又变得胆怯起来了，如他人一样，将手伸出，把漂向自己的木板抓在手中——似乎上帝有意要救他于危难，有心让他迟些沉入海底似的。

他在木板上趴了下来，不管暴风狂浪的吹打，如此这般，一直漂到拂晓时分。每逢箱子漂向他时，他心中就忐忑不安的，生怕箱子撞翻了身下的木板，因此也不管身体虚弱发软，当箱子向他漂来时，他便努力地推开箱子。如此凶猛的冲击，木板无法经受，马上翻了个个儿。他也沉入了水中。经过一阵无望的挣扎，也不晓得他的力量从何而来，他竟然又漂到水面上。见木板早已向远处漂去，可能已无法抓住了，又亲眼目睹箱子距他不远，于是他向箱子游去，把它抓在手中，趴在箱子上，双手拍打着海水。

就这样，他漂在海平面上，一天一夜过去了，他的腹中满是海水，却没有任何食品，也不晓得自己现在何处，望一眼四周，映入眼帘的只是无边无际的大海而已。

次日，他已如同海绵一般，吸饱了海水，然而，双手紧紧地抓住了箱子柄——即将淹死的人总是如此紧紧地抓住身旁的东西，也不晓得是上帝的旨意，或是凭借风力，海浪将其冲至科孚的海滩上，正好在这时候，海边来了一位贫穷的女人，用海水、泥沙冲洗锅釜。突然她发现，有东西漂向她，也不晓得是什么，她害怕得直向后退，发出了一声惊叫。 此时此刻的兰多福舌头都已发僵了，双眼也模模糊糊的，当然没有办法向她说明这一切，幸好当他距离海滩更近一些时，那位女人发现漂来的是只箱子，再细细端详时，她又发现一只手臂放在箱子上，然后兰多福的面孔又映入了她的眼帘，此时此刻，她晓得发生了什么事情。

这时候，海上已经风平浪静了，她产生了怜悯之心，便向水中走去，把兰多福的头发抓在手中，拖着他还有箱子，向岸上走来。 兰多福紧紧地抓住箱子，那女人实在是非常费劲地将他的手弄开了。 她让与她一同来到海边的孩儿用头顶着箱子，她本人如同抱婴儿似的抱着兰多福，向家中走去，并倒好热水，为他洗了澡，抚摸着他，后来，他身上开始变温暖了，也慢慢地恢复了活力。 那女人见洗澡发生了效应，于是扶着他，走出澡盆，并拿了一点佳酿，让他喝了下去，并喂他糖吃。 如此这般，几天过去了。 他的体力竟然也恢复了，也清醒了，晓得此时自己在什么地方。 那女人始终保存着他的那只箱子，认为如今可以让他拿走了，与此同时，还可以让他再作别的打算。

那只箱子早已被兰多福抛到了九霄云外了。 既然这位心地善良的女人认为这是他的箱子，他便接受了，心中寻思，箱中应该有比较有价值的物件吧，能够让他过几天日子。 然而他抬了一下箱子，发觉轻飘飘的，不禁感到希望渺茫。 然而，当那女人离去以后，他依旧拼命地把箱子弄开，看看箱子装了些啥。 当他打开箱子以后，发现里面装满了宝石，或是镶嵌的，或是不镶嵌的，他本来能够鉴别宝石，一眼就晓得这是一些价值连城的宝石，感到欣喜不已。 为上帝依旧记挂着他而深表谢意。 在如此短暂的时间内，命运之神给了他两次重创，担心又会来第三次，因此拿定主意，带回宝石，务必非常谨慎，于是，他拿出破布，包好这些宝贝，告诉那位善良的女人，那只箱子他不想要，愿意赠送给他，只请求她拿个袋子给他。

那女人欢天喜地地拿出一个袋子，递给了他，对她的救命之恩，他多次道谢。然后扛着袋子，向她道了别，坐在小船上，抵达了勃林地西，然后沿着海岸线进发，一直抵达了特兰尼。在这儿，他与几位做布匹生意的商人相遇了，一交往，却发现是同乡。他向他们一五一十地讲述了如何遇到强盗，如何跌入海中、如何被人救起等等，然而，他毫不提及有关箱子的事情。听罢他的讲述，他们十分同情他的遭遇，于是送了一套衣服给他，并且让自己的马儿充当他的坐骑，送他抵达终点站拉维洛。

他一帆风顺地返回了老家，再次对上帝的庇护深表谢意，随即他把袋子打开了，重新仔细地审视了一番这些宝石，认为这些珍宝价值非凡，即便不按市场价格计算，低价出卖，与离家时相比，他也拥有两倍于此的家产了。他千方百计地卖掉了宝石，然后给那位心地善良的科孚女人汇去了许多钱，以对她的恩情予以回报。然后又向特兰尼汇去一笔钱，收款者即是那些曾经把衣服送给他的人。他把剩下的钱留了下来，供自己过日子。从这以后，他一辈子都过着奢侈的生活，不再出门做生意了。

故事五

做马匹生意的安德罗乔前往那不勒斯购买马匹，一夜的时间里，他三次面临危险，最终危险都一一化解，并且随身携带着一枚宝石戒指，返回了故乡。

现在，菲亚美达应该接着讲下去了，她开了口：兰多福得到宝贝的故事使另一个故事浮上了我的心头，这故事充满了惊险，比起劳丽达的故事来，丝毫不逊色。只是她的故事历时长达好几年，而我的故事只发生在一夜之间。

有人说，过去有位贝鲁加年轻人，以贩卖马匹为生，他名叫安德罗乔·狄·彼得。有人告诉他，在那不勒斯，马匹的价格比较低，于是，他把五百个金币放在钱兜里，与其他的生意人结伴前往该城，说实话，他从未出过远门呢！抵达该城时，正好是周日的黄昏时分，当晚祷的钟声即将敲响的时候，他连夜请教旅店店主，次日一大早便前往市场选购马匹。他确实对好多马匹都能中意，然而他与不少贩子谈价钱，企图压低一些，最后依旧双手空空。他真是一个乡下人，为了说明自己前来购买马匹的诚意，他居然不停地把钱袋拿在手中，向从他身边经过的路人炫耀。没想到，此时此刻，正好有位生得花容月貌的西西里少女悄无声息地经过他的身旁，这一切她都看得一清二楚。本来她是卖笑为生，且是位行家里手，于是，她马上打定了主意："如果我得到了这笔钱，难道不好吗？"

有位老太婆与这位姑娘在一起，她也来自西西里，当安德罗乔进入她的视野之后，她便从姑娘身边走开了，向他走去，并热情地拥抱着他。至于那位少女，待在一边注视着这一切，等待着，默默无语。另外，当安德罗乔转过头来时，认出了老太婆，十分热情地问候她。并邀请她前来他暂时栖身的旅店玩玩。然后，两人互相道别了。在市场上，安德罗乔依旧与小贩们砍价，只是整整一个早上，他依旧没买到马儿，空着双手回来了。

开始时，那位少女看到了安德罗乔的钱袋，其后又发现老太婆与他相识，原来她已打好了好主意，意欲将他的钱占为己有——或是所有的钱或是一些，然后便仔细地询问老太婆，他叫什么，来自何处，有何来意，她与他是如何相识的。那老太婆一五一十地向她诉说了安德罗乔的身世经历。即使是安德罗乔本人也只能这样详细地叙述了，在他的爸爸的家中，她曾经度过了一段时间——开始时是在西西里，其后便是在贝鲁加。她还告诉了姑娘安德罗乔在何处居住，他此番前来有何贵干等等。

听罢老太婆的这番话，那位姑娘便记住了他姓甚名谁以及他的亲人的姓名，意欲以这些素材来骗骗安德罗乔。回到家中以后，她便有意吩咐老太婆做事，一天都不能空闲。使她无暇前去登门拜访安德罗乔。当黄昏来临之时，她便吩咐一位专门从事这种勾当的女仆前往安德罗乔暂住的旅店。恰好她到旅店时，安德罗乔正孤身一人待在门外。所以她一开始便打听到了他。他答道，他便叫安德罗乔，然后她拉着他，走到一边，开口说道：

"先生，在这个城里，一位女士打算邀请你趁着空闲时前去聊聊呢！"

闻听有一位女士约他，安德罗乔不由自主地自上而下地端详着自己，以为自己真的潇洒英俊，所以认为那位向他发出约会信息的女士已经对他产生了爱情——似乎在那不勒斯，再也没有年轻人能与他同日而语了。因此对此他满口应承，又问那位女士准备在何时何地见他。那位女仆对他说道：

"先生，随便你什么时候前来都可以，她在家中等待着你的光临。"

安德罗乔没有把这一切告诉给旅店里的人，便对女仆说："那么你在前头带路，我跟在你的身后吧！"

女仆带着他，来到那位女士的家中。那栋房子位于险穴区——只要这名字传入你的耳中，你便能明白这个地方是什么样子的了。然而他对此一无所知，也无法猜到，只以为他去的地方很体面，他将见到一位出身显贵的女士。如此一来，他便从从容容地跟在女仆身后向屋中走去。当他向楼上走去时，女仆便冲她的主人叫了起来："安德罗乔到了。"随即他便发现那位女士走向楼梯口，向他表示欢迎。

她正适风华正茂的年龄，拥有苗条的身材，又生得很美，身着华丽的服装。见安德罗乔即将向楼上走来时，她便走下三级台阶，前来相迎，并将双臂张开，把他的脖子抱住了，似乎一时又悲又喜，非常激动，都说不出话来。然后她又在他的前额上亲吻着，流着眼泪说，甚至嗓音都发生了改变了："啊，属于我的安德罗乔，非常欢迎你的到来！"

安德罗乔真可谓是又喜又惊，不晓得该如何回答她，只好对她说道："女士，能够与你见面，我真是非常荣幸！"

她没有再说下去，只是把他的手拉住，与他一同向客室里走去，然后又拉着他走向睡房，玫瑰和橘花堆满了房间，还有不少香料，各种香气扑鼻而来。接着，他发现了一张睡榻，垂挂着锦帐，许多衣服挂在墙上，所有的摆设无一不是根据本地的气派，十分豪华，他从来没有见过这一切。所以他毫不怀疑她出于富贵人家。她让他坐在床边的箱子上，然后这样开口了：

"安德罗乔，我晓得，我的哭泣，还有我的拥抱肯定会让你感到丈二和尚——摸不着头脑。因为你从没见过我——说不定我的名字你都从没听说过，然而我对你讲一件事情，你肯定会感到万分惊讶的，我们是姐弟俩——也是上帝施恩，让我在这一辈子里能够与自己的同胞兄弟相见，即使我离开人世，我也无怨无恨了——然而，如果我能一一见到我的兄弟们的话，我会是多么快乐呀！你有一个姐姐，也许你从来没有听说过，那好，让我对你说吧！

"你我的爸爸都是彼得罗，你应该晓得，他始终在帕勒莫居住。只由于他很温和、亲切，又十分幽默，所有晓得他的人无一不喜欢他，——即使到如今，还没有忘记他，他深深地爱着一个人，此人便是我的妈妈，她出身显贵，那时候，她的丈夫刚离开了人世。对于爸爸兄长的监视，她毫不顾及，不在乎自己的名声，认识了他，就这样，我来到了这个世界上——我长大成人了，便是此时此刻站在你的面前的这个人。

“后来，我们母女俩遭到了安德罗乔的抛弃，他离开了帕勒莫，返回了贝鲁加，住了下来，——那时我只是一个小姑娘呢，据我所知，从那以后，我和妈妈便被他抛到了九霄云外了。要是他并非我的生身父亲，我会训斥他对妈妈过于冷酷——暂且不说对我这个女儿，他还欠有一份情，而我的妈妈并非下贱女人——你寻思寻思，我的妈妈只是由于专一地爱着他，然而不晓得他为人如何，便向他献出了自己的全部，还有自己的肉体。然而结果如何呢？以前所犯的错误，虽然你摇头长叹，也没有挽回的余地了，事情便发展到这种地步。

“他丢下我，让我待在帕勒莫时，我依然是个小孩。然而我最终长大成人了，几乎就像如今这样。我的妈妈本来拥有富裕的家境，让基根底的一位令人尊敬的先生娶我为妻，由于对我，以及我的妈妈，他心存爱意，因此将家搬至帕勒莫，和我们母女俩住在一起，他属于教皇党，起中坚作用，与国王查理秘密计划在西西里起事，然而计谋尚未变成现实，腓特烈皇帝察觉到这一点，于是，我们只好惊慌失措地逃出了西西里——否则，在这岛上，我的身份将是头号贵妇人，随同我们上路的只有一些东西——之所以说一些，是因为我们曾经拥有如此众多的东西——把庄园抛弃了，前来此处，以避避风头，幸亏查理王没有忘记昔日我们曾向他立下誓言；以其忠诚，以及随之而带来的损失，把许多田地赐给了我们，以示补偿——并且他尤其优待我的爱人——即你的姐丈，以后的一切你能看见的。如此一来，我便前来这座城市，住了下来。没想到就是在此处，由于上帝的恩泽，我最终与我的好兄弟重逢了。”

说罢，她再次把他搂在怀中，在他的额头上亲吻着，轻轻地哭了起来。听罢这篇令人感动的故事，安德罗乔又见她说得如此有条有理，没有任何停顿，又回忆起他爸爸真的来过帕勒莫，并且度过了一段日子，他还以自己与他相比，想到一位年轻人是如此好色，另外还有她那流淌的泪水，温柔的相拥，圣洁的亲吻，于是，对她说出来的一切，他便毫无疑心了。当她说完这些话语以后，他便对她说道：

“夫人，你也能猜到，这件事情令我惊诧。对你们母女俩，我的爸爸居然只字不提——或是他说过了，却并未传入我的耳中，因此你的存在，我根本就一无所知，如同这个世界上没有你似的。我前来此处，本是人地两生，然而，出乎我的意料的是，我居然与你相认了，真让我无比快乐。说实在话，以我之见，这个世界上的男人，无论有何等显贵的身份，也愿意与你相认——更不用说我这种小人物了，但是，请你对我说一件事情，我在此处居住，你从何得知的？”

于是她答道：“今天早上，我向一位经常拜访我家的老太婆处打听来的。她告诉我，那年，你爸爸住在帕勒莫，贝鲁加时，她总是在他那儿帮佣。我本来应该早点登门拜访你，只是由于寻思一个女人前往一个素不相识的男人家，不太体面，最好请你到我们家来。”

随后，她又说出了他的一些家人的姓名，并且打听他们现在如何，安德罗乔也一五一十地做了回答，这一下子更让他对本应怀疑的事情深信不疑了。

如此这般，他们交谈了好长时间，天气十分炎热，她吩咐仆人把希腊酒和蜜酒端上来，吃罢一些东西，他见该用晚饭了，于是站了起来，向她道别，然而不管怎样，她都不肯同意，佯装对他生气，把他搂在怀中，说道：

“上帝呀！直到如今，我才晓得你根本就不在乎我！你刚刚与你从未谋面的姐姐相见，你现在便待在她家，你本应不要离去才对呀！没想到你才来没多久，就吵着要返回旅馆用晚餐。今天夜晚，你必须在此用餐。很遗憾，我的丈夫已经外出了，然而我依然要尽一个女主人的职责接待你！”

安德罗乔无言以对，无可奈何，只好说，在我的眼中，你是我的同胞姐姐，但是如果我不离去，便会让他们整晚等着我回店用餐，这就有点太失礼了。

“我的好上帝呀！”她叫了起来，“难道我家就空无一人吗？ 我吩咐仆人前去打声招呼，让他们不要等你就行了！ 只是，如果你真的晓得知晓礼节，那么你就应该请来你的朋友，当用罢晚餐，你执意要回去时，便可以与他们结伴同归。”

安德罗乔告诉她，今天晚上，他不打算请朋友们来，但是他本人乐于从命，不离开了。 然后，她佯装派人前往客店通知他们不要等他用餐了，又和他胡扯了几句，随即一同用晚饭。 她准备了不少菜，一心想耗费时间，当用完晚餐了，夜幕早已彻底地降临了。 安德罗乔站了起来，准备道别，可是她不肯同意，说那不勒斯的晚上不能随便赶路，特别是一个对它很不熟悉的人，夜间赶路更加危险，并且刚才让人前往旅店关照他在外面用晚餐时，顺便告诉他们，今天晚上他要在外面度过。

对这一番话，他同样毫不怀疑，而且愿意与她待一段时间，因此果然被其骗得毫无戒心，没有返回旅馆。 两人又聊了好长时间，一直到夜深时分——当然，对此，她也有自己的理由，然后，她安排安德罗乔在自己的睡房里过夜，并让一个男仆留下来服侍他，自己与女仆睡在别的房间里。

这天夜里，天气闷热，女主人离去以后，他便只穿着紧身衣，床头堆放着他的衣服，就在这时，他感到腹中肿胀难忍，要方便一下。便向男仆打听何处有便桶，那小男孩手指着一道门，说：“到里面去吧！”

安德乔把侧门打开了，十分从容地走了进去。 没想到，一脚踩在木板时，他，还有木板一同掉下去了。 幸亏上帝保护，尽管从高处下落，然而毫发无损，只是脏物弄得他一身都是。 为了让你们知道究竟发生了什么事情，还有后来如何，允许我在此作一下说明。 这是一条小胡同，夹在两栋房子之间，同过去一样，各有一对椽子位于面面相对的墙壁上，有几块搁板被钉在上面，这便是坐人的地方，此时此刻，他，以及一块搁板，一同向下面坠去。

自己竟会掉入这种地方，这实在是出乎安德罗乔的预料，他万分焦急，使劲地狂唤那位男仆，令人意想不到的是，当他掉下去的声音传入男仆的耳中之后，他连忙前去告知女主人，她便匆匆忙忙地来了，第一件事便是把他的衣服拿到手，一番搜索之后，口袋里果然装着钱，——原来这个愚蠢的东西担心别人把钱偷走了，一直随身携带着，这位自称是来自帕勒莫的夫人，××的姐姐，一旦做好圈套，骗到钱财后，便对那位来自贝鲁加的男子的存亡不闻不问了，她顺便关上了那道让他坠落下去的门。

安德罗乔如此大叫，男仆却毫无动静，他便更加拼命地大叫，然而依然没有反应，最终他心中升起了疑云——然而此时此刻才晓得是怎么回事，也太迟了。他从小巷中的一道低矮的墙上翻了过去，到了外面的大街上，便向深深地被他记在脑海中的那栋房子跑去，敲打着大门，高声喊叫，如此这般闹了好长时间，然而屋里依然悄无声息的。正在这时，他彻底地醒悟过来了，晓得自己上当了，便失声痛哭，大声叫道："唉，背时呀！为什么一眨眼功夫我的五百个金币以及一个姐姐就消失得无影无踪了呢？"

他喊叫一段时间，便使劲地敲打着大门，高声叫喊起来，他如此大叫大喊，旁边的人们早已被他吵醒了。窗前站着那位好夫人的女仆，佯装成一副还没睡醒的样子，向他高声喝道：

"敲门的是什么人？"

"啥？"安德罗乔高声叫了起来，"你认不出来我了吗？我叫安德罗乔，与菲奥达丽索夫人是姐弟呀！"

仆人回答说："可怜的人，要是你已醉了，那么就赶紧返回家中休息，如果有事的话，第二天再来吧！我与安德罗乔素昧平生，你在说什么，我一点都不明白，以我之见，你最好冷静些，让我们休息吧！——行么？”

“啥！”安德罗乔答道，“我所说的话，你真的不明白吗？说实在话，你是明白的。要是你们西西里人都如此翻手为云，覆手为雨地对待亲友的话，至少应该归还我的衣裳，如此一来，我不再说什么，转身离去。”

“令人同情的东西！”她答道，似乎既将笑出声来似的，“以我之见，你尚在梦中呢！”说罢，她把身子缩了回去，“呯”的一声关上了窗子。

此时此刻的安德罗乔已经失去了希望，晓得别人拿走了他的钱，再也无法要回来了。可这一下子却令安德罗乔怒不可遏，他心中寻思：既然与她们讲理，毫无用处，为了弥补损失，就必须用暴力，然后把一块大石头拿了起来，砸向大门，与刚才相比，气势更加凶猛了。

附近被他闹醒的人以为他在故意找麻烦，有意编故事胡搅蛮缠。房中的女人，又讨厌他如此使劲地砸门，使得别人无法得到安宁，都来到窗前，如同本地犬对一只陌生狗使劲叫喊一般地向他喝问道：

“人家老老实实的，深更半夜，你对她家大喊大叫一些前后矛盾的话语，确实是卑鄙之极！看在上帝的份上，令人同情的人，你消停些，离开这儿吧！我们要休息了。如果你真的要和她算账的话，那么你明天再来，别闹得别人整夜都不安生。”

在如此老实的女人家中，没想到，还有一个身形高大的男人待在那儿。安德罗乔刚才从未见过此人——此时可能邻居的声音传入了他的耳中，更加胆大了，便走到窗前，十分凶狠地喝叫道：

“在街上大吵大闹的是什么人？”

当这声音传入安德罗乔的耳中后，他抬起头，向上望去，也看不太清楚，只觉得似乎是个凶神恶煞的东西，脸上长满了黑须，一面打着呵欠，揉着双眼，似乎刚起床似的。安德罗乔开始慌张起来，答道：

“这家的夫人是我的姐姐……”

没等他把话说完，楼上的那个男人截住了他的话头，高声叫道，比起刚才来，更加凶狠了：

“我却感到纳闷，干吗不下楼痛痛快快地揍你一顿，直到你没有胆量吭声，你如此折腾得别人不能好好休息，显然，你是个令人生厌的醉汉！”

说罢，他便转身走进房中，关上了窗子，有的街坊对此人的脾气摸得一清二楚，便轻轻地向安德罗乔劝道：

“看在上帝的份上，令人同情的人，别在此处送死，为你自己想想吧！早点离去吧！”

这个男人的凶狠的表情和高声的喝叫使得安德罗乔惊慌失措了，又见街坊们纷纷出言相劝，心想他们大多是一片好心，就只好离去了——他把金币给丢了，十分沮丧，顺着来时女仆带他走的路，走回了客店。他全身肮脏不堪，臭不可闻，所以又打算前去海边清洗清洗，然后，他向左边走去，走在卡达拉奈大道上，当他到达城市的最尽头时，有两个人进入了他的视野，他们举着灯笼，向他走来。他还以为来者是巡丁或是啥强盗，也许会对他下毒手，便在旁边的茅屋中躲了起来，然而他们似乎早已心中有数似的，也径直走向那儿，向茅屋中走去，他们本来背着几种铁器，此时此刻却拿下了肩头，着手进行检查，一面开始高谈，突然，其中的一个人说：

“这是怎么回事？如此臭不可闻的气味，我可是第一次闻到。”

这么说着话，他便把灯笼举了起来，就着灯光，看见了可怜的安德罗乔，就带着惊诧的神情问道：“你是什么人？”

然而安德罗乔却默默无言。他们拿着灯笼，向他走来，问他前来此处有何贵干，干吗这种样子，安德罗乔一五一十地向他们讲述了自己的遭遇，对事故发生的地点，他们寻思了一番，一同说道：“这件事情肯定是在史卡拉朋·布达富柯家中发生的。”然后，其中的一个人转过头来，向安德罗乔说道：

“令人同情的人呀！ 尽管你把钱丢了，你依然应该对上帝表示感谢，因为你掉下来，从此不能再到屋里去。 如果你没摔这一跤的话，那么有必要说，当你进入梦乡以后，他们肯定会对你下手，最后他们拿走了你的命和钱，此时此刻，你再难受又能如何呢？ 你想把一文钱拿回来，可能难于把天上的一颗星摘下来呢，不仅仅如此，如果你说出了一切，传到那个家伙的耳中，可能你都难以保全性命呢？

两人又嘀咕了几分钟，然后又对安德罗乔说道：“你听着，对你，我们十分同情。 如今我们打算做一件事情，要是你愿意加入到我们中间来，与我们同去的话，那么，我们敢于保证，以后你得到的益处，除了补偿你现在的损失外，还会有所剩余呢！”

安德罗乔正无路可走，便对他们说，他乐于参加。

原来，就在这一天，名叫菲利浦·米奴托罗的那不勒斯大主教正要入土为安，他穿戴得华丽非凡，特别是手上，有一个红宝石的戒指。 其价值远远超过五百个金币，他们两人准备把这东西占为己有，并向安德罗乔透露了这个计划，此时此刻，只要能受益，他也不管这些事情能否做得，便与他们一同上路了。 在前往大教堂的途中，有一个人实在难以忍受安德罗乔身上的味道，于是开口说道：

“我们是否可以想想办法，让他把身子洗一下，免得如此臭不可闻？”

“行，”另外一个人答道，“离这儿不远的地方有口井，辘轳上老是吊着一只桶，我们就去那儿，让他把身上冲一冲吧！”

他们向井边走去，然而他们所看到的只是一根绳子，吊桶没有了。 于是他们拿定主意，用绳子捆住安德罗乔，放进井中，等他洗干净了身子，便摇晃着拉绳，再拉他上来。

如此这般，安德罗乔才到井里去了，便有几位巡警，由于天气炎热，又对一个坏人进行了追捕，有些口渴，便到井边来喝口水。一看到巡警，那两个小偷便趁他们尚未看到自己，拔脚就跑。

井里，安德罗乔洗净了身子，便摇晃着拉绳，前来弄水喝的巡警们此时已将小盾、兵器、披风全都放下了，把绳子拉住，以为自己拉的是满满一桶水。到达井口之后，安德罗乔便把手中的绳子松开了，把井栏抓得紧紧的。一见拉上来的是一个人，巡警们吓得三魂丢了两魂，把绳子丢在地上，一声不吭，迅速逃走了。安德罗乔也十分诧异，幸好他把井栏抓得紧紧的，否则的话，他早已掉入了井中，也许会伤着哪儿，或连命都没了。他好歹千方百计地爬上来了，地上的几件武器映入了他的眼帘，他更加害怕、更加百思不解了。因为他的两位同伙都是双手空空的，他想不明白发生了什么事情，又担心其中又有圈套；他拿定主意，不碰这些东西，悄无声息地走开——然而，他不晓得该去何处，实在是令人同情。

没走多远，他便与刚才的两位同伙相遇了。——原来他们意欲返回井边拉他出来。见到他，两人感到非常诧异，便问是什么人把他拉上来的，安德罗乔无法做出答复，只好向他们述说了事情的经过，并且告诉他们他在井边发现了什么。竟然发生了这种事情，实在是出乎他们的意料，因此笑容浮上了他们的面庞。便对他说明了一下适才他们干吗要跑走，拉他出井的又是一些什么人。此时此刻，夜已深了。他们没再言语，径直向大教堂走去。没费什么周折就进去了，向大主教的坟墓走去。这是一座大坟，所用的材料是大理石，他们拿出扛来的铁棍，撬开覆盖着坟口的分量不轻的大石板，又拿东西撑住它，恰好一个人能够进去，安排这一切以后，其中的一个开口说道：

“哪一个到里面去？”

“我不到里面去。”另一个人答道。

“我也一样，”前一个人说，“安德罗乔，你到里面去吧！”

“我不肯到里面去。”安德罗乔说道。没想到那两人不约而同地转身向他说道：

“啥！你不肯到里面去？如果你不肯到里面去，那么，头顶苍天，我们只需把大铁棍举起来，迎头棒击你一下，你的小命就会没了。”

安德罗乔心怀恐惧，只得爬到坟墓中去了，然而，他的心中却在寻思：“这两人迫使我爬进坟中，其实是想让我上当。等他们从我手中拿走了坟中的一切，我自己才努力地从坟墓中爬出来时，他们早就消失得毫无踪影了，只有我双手空空。”

因此，他打定了主意，先让自己的利益得以保全，到了墓中以后，他们所说的那枚价值不菲的戒指立刻浮上了他的心头。他赶紧把大主教手上的戒指拿了下来，给自己戴上了。然后拿起手杖、帽子、手套等物，一件件地交给了他们。并告诉他们，这便是全部的东西。其实也只有死者身上的一件衬衫没被他们拿走。坟外的两人老问他是否还有一枚戒指，非要他找到戒指不可。坟中的他回答说没发现，然而却佯装正在寻找，让他们久久地等待着。然而与他相比，那两人更加聪明，一面装作吩咐他继续寻找，一面却把撑柱抽走了，忽然，石板轰然落下，把坟墓盖得严严实实的。另外两人却转身走了，对他的死活不闻不问了。

一声巨响传入了坟中的安德罗乔的耳中，此时此刻，他心中作何感想，想一想也能知道。曾有好多次，他意欲以头和双肩顶起石板，然而竭尽全力，石板依然纹丝不动。他彻底地失望了，昏了过去，倒在大主教身上。此时此刻，如果他身边有人目睹这一幕的话，根本无法分清哪是死人，哪是活的。当他苏醒过来时，他失声痛哭，发现目前只有两条路可以走；如果无人前来把石板挪开的话，他便要与这蛆虫众多的尸体待在一起，给活活地饿死，浑浊的空气使他窒息；如果有人前来把石板移开了，看到了他，那么他将以盗墓罪被送上刑台。

当他正无比伤心的时候，突然，他听到有几个人来到了教堂里，他们交谈的声音传入了他的耳中。 他马上揣测到这些人此番前来此地的意图和他以及他的两个同伴的来意相同。 这让他更加害怕了。 然而当他们把石板撬开，并且以棍子撑好之后，谁到里面去的问题立刻出现了，无人愿意进去，争来争去，好长时间过去了，一个神父站了出来，开口说道：

“你们害怕啥呢？ 难道是担心死人会把你们吃掉呀？ 死人是不会把人吃掉的——让我到里面去吧！”

说罢，他便在坟墓边上趴了下来，头向外，两脚向墓中伸去，意欲让自己进入墓中。 见他真的将到墓中来了，安德罗乔便立刻站起身来，把神父的一只腿拉住了，假装要将其拉入坟中，神父察觉到了这一点，不由自主地发出一声尖叫，拼命地向坟外爬。 别的人一见这种情形，吓得一溜烟地跑了。 似乎有无数个魔鬼在他的身后追赶着，就这样，墓穴口依旧敞着，无人过问。

安德罗乔晓得时机来临了，马上从墓中爬了出来，真是欣喜不已，通过入口从大教堂里逃了出来。

此时，天已拂晓了，戒指戴在他的手上，只有有路便走，一直到达了海边。 随即便把路找到了，返回了旅馆。 再次与他的同伙和店主见面了，他的去向不明曾让大家担忧不已，一夜都无法宽心。 他向他们讲述了自己的一番遭遇，店主人出言相劝，让他马上远离那不勒斯。 他没敢停留，马上启程返回贝鲁加，他离家外出本是为了购买马匹，最后没买到马匹，却用一切钱换回一枚戒指，回到了家中。

故事六

西西里岛成了法国人的领地，白莉朵拉夫人携子惊慌失措地逃走了，又遇到强人，孤身一人漂到了荒无人烟的荒岛上，和两只羔羊住在一起，后来有人救了她，她便埋名隐姓地在龙尼基那住了下来。她的孩子也长大了，前来此处为人当差，偷偷地和主人的女儿谈起了恋爱，被人发现后，他被打入了大牢。后来西西里发生了政变，母子重逢了，两个儿子都成家立业了，全家团聚。

无论是女士还是先生，当菲亚美达讲完安德罗乔的经历后，全都高声笑了起来。于是遵从女王的指示，爱米莉亚接着讲道：

凄惨和充满苦楚的经历，是无限回环往复的命运展现出的人生的一面；然而我们经常接受幸运的花言巧语而把黑暗的一面忘得一干二净，因此当别人为我们讲述了一个凄凉的故事时，便会觉得从梦中恍然惊醒似的。以我之见，不管是走运的人，或是经受折磨的人，都可以倾听一下这个凄惨的故事，因为对经受折磨的人而言，这也算得上是一种慰藉，而快乐的人，恰好相反，将之视为一个提示，因此心中早有防范。尽管我们早已讲过许多凄惨的故事，然而这段确实存在过的凄惨的故事我依旧想讲给你们听听。尽管故事有着很好的结尾，然而以前所遭受的苦楚如此深刻，又历时如此之久，我真难以相信最终得到的微不足道的幸福能够抵消了那无比深重的凄苦酸楚。

亲爱的姐姐，你们都晓得，自腓特烈二世告别人世之后，曼夫莱便成了西西里的统治者。在他的手下中间，有位爵爷深受他的宠幸。此人即阿列凯托·卡贝斯，是那不勒斯的显贵。总督全岛的权利都掌握在他的手中。白莉朵拉是他的夫人，也是在那不勒斯出生的。当查理一世取得贝尼文士捷，打得西西里军溃不成军时，曼夫莱王死在他的屠刀之下。 岛上的人们纷纷成了他的顺民，当这消息传入他的耳中之后，对西西里人那无法信任的忠诚，他颇有疑虑，又不愿意成为曼夫莱王的仇敌的降臣，便做好准备，打算逃出西西里。 不幸的是，此事被人察觉，忽然，他落入了他们的手中。 还有他的不少亲友和仆人，纷纷成了俘虏。 被押到查理王面前——此时此刻，整个岛屿都已成了他的囊中之物。

白莉朵拉的丈夫突然失踪了，不晓得他是死是活，她只是胆战心惊的，认为灾难降临了，免不了会被仇敌欺侮；她扔下了一切的家产，也不管自己已怀有孩子，匆匆忙忙地与年仅八岁的吉夫莱惊慌地上了一条小船，向利巴利逃去。 她在利巴利把孩子生下来了，并为他取了一个名字，叫“史卡乞托”，并请人充当他的奶娘，老老少少一共四人，乘船准备前往那不勒斯投亲靠友。 然而天公偏偏不作美，在前往那不勒斯的途中，起了风暴，船被人卷到了庞扎岛的一个小港中。 船没再启程，当暴风雨消失了以后，再把缆绳解开了，继续向前航行。 见大家都到海岸上去了，白莉朵拉也来到了岸上，来到一个无比荒芜而又不易被人发现的地方，孤零零的，丈夫的事情浮上了她的心头，她不由自主地失声大哭。

每天，她都要来到海岸上散散步，美其名曰是漫步，实际上也为自己找个去处，以痛痛快快地哭一场。 一日，小岛上，她正一个人伤心，突然一只海盗船驶了过来，趁船上的乘客毫无防范，一下子抢走了民船，还有水手、乘船的人，无人逃出他们的手心。 当白莉朵拉痛痛快快地发泄完心中的伤悲之后，像往常一样返回海边，以照看一下自己的儿子，没想到，当她返回船只停泊的地方时，已是空无一人。她不禁大吃一惊，不晓得发生了什么事情，后来，她睁大双眼，向海上望去，果然，一只大船映入了她的眼帘，船后系着一只小船，尚未走远。 直到此时，她才晓得她不仅失去了丈夫，也失去了儿子，只有她一个人无依无靠，两手空空，流落到荒芜的小岛上，那儿根本就没有人类留下的踪迹，也不晓得这一辈子能否与丈夫儿子重逢，白莉朵拉大声而悲哀地呼唤着他们，最后倒在了海边，失去了知觉。

在这个荒芜的小岛上，怎么会有人把冷水食物拿来，把她救醒呢，所以她的灵魂离开了肉体，四处飘荡，也不晓得过去了多长时间，她的灵魂才附着在历经沧桑的肉体上。她一面哭泣，一面不停地用悲怆的嗓音呼唤着她的娇儿，在岛上四处乱跑，呆呆地找遍了所有山洞，也无法找到两个儿子。夜幕降临了，她才想到了自己，不晓得还能有啥盼头，也不晓得该去何处栖身，只好离开了海边，返回她时不时地前去发泄忧伤的山洞里。

在惊惧和无边的悲哀中，白天终于来临了。又是新的一天开始了。做晨祷的钟儿被敲响的时间已经消逝了，她开始发现腹中饥饿——打昨日开始，她尚不曾进过食呢！她只得去找一些长在野外的植物来填入饿肚中，随便地吃了一些，然后，她又开始哭泣了，对毫无希望的将来忧心忡忡。

正在这时候，她发现一头母羊向旁边的一个山洞走去，没过多长时间，它又走出了山洞，跑进了树林。她站了起来，迈着轻轻的脚步来到了那个山洞里，发现有两只小羊待在洞中，也许今天便是它们的生日，她只是感到，在这个世界上，如这般漂亮、惹人怜爱的一对小东西是再也不会有的了。她生下儿子没多长时间，奶水尚未枯竭，便温柔地抱起了两只小羊羔，让它们吸着自己的奶头，它们显得十分从容，便以为她是母羊似的。从此，它们也不分是在喝母羊的奶水，或是喝她的奶水。在这座没有人烟的荒芜的小岛上，她总算找到了做伴的东西，她、小羊、母羊，彼此之间都非常熟悉。在这座小岛上，她自己便踏踏实实地定居下来了。以野菜填肚，以山泉解渴，偶尔，当丈夫、孩子的身影，还有昔日的各种情形一一浮上她的心头之时，她便失声痛哭。一位衣来伸手、饭来张口的贵妇，现在成了一个山村野妇。

就这样，几个月之后，白莉朵拉几乎成了野人。一天，一艘来自比萨的小帆船，由于狂风的侵袭，驶进了荒岛的海港，停泊在那儿，时间长达好几日。

有位显贵人物便在这艘船上，此人的姓名叫居拉度，是位来自马里比纳的侯爵，与其同行的有他那贤惠、忠贞的夫人。夫妇俩一一朝拜了阿普利亚地区的一切圣地，如今正从海路返回家乡。一天，由于百无聊赖，居拉度与夫人带着几位仆役来到了海岸，四处走动，并且还带着小狗。他们向距离白莉朵拉安身的山洞很近的地方走来，当正在吃草的一对小羊被小狗发现以后，狗儿便凶恶地向它们跑去——这时，一对小羔羊早已长大了，能够独自觅食了。当猎狗进入了它们的视野以后，它们十分恐惧，便向白莉朵拉栖身的岩穴逃去。一见小狗向这儿跑来，白莉朵拉一跃而起，手持一根木棒，驱退了小狗。居拉度与夫人踩着小狗留下的足迹向这儿走来，此时此刻，他们正好到了洞边，见到一位又黑又瘦，长着一头乱蓬蓬的头发的女人，不由自主被吓了一大跳，然而突然见有陌生人来到面前，她更是惊慌失措。他们听从了她的话，唤回了猎狗，便十分温和地问及她的身份。以及前来此处有何贵干。于是她原原本本地向他们述说了自己的出身、充满灾难的经历，最后补充说，尽管她在荒岛上生活得十分艰难，然而丈夫、儿子都已失去了踪迹，她不再愿意返回人间。

本来居拉度与阿列凯托是熟人，闻听此番话语，他不由自主地洒下同情之泪，竭力劝她别如此不抱希望，不如走出荒岛，让他护送她回乡，或是接她前去他家住下来，当她当作姐妹一般，有拨去乌云见晴天的那一日来临时，再作打算。然而他的这番善意，白莉朵拉如何都不愿意接受，他毫无办法，便让夫人留下来陪伴着她，自己返回小船，派人把一些食品送了过来，又挑了几件夫人的衣裳，送给了白莉朵拉——因为她穿的衣服已是褴褛不堪了，而且要求自己的夫人努力劝说她来到他们乘坐的帆船上，那位夫人与白莉朵拉待在一块儿，开始时为其经受的折磨流下了泪水，好长时间过去了，当仆人送来衣服食品时，她千方百计地劝说她吃一点东西，把衣服换好以后，然而她告诉夫人，无论如何，她是不能返回有人会把她认出来的地方。最后，白莉朵拉终于接受了夫人的劝告，同他们一起前往伦尼基居住。白莉朵拉也带走了一直与她待在一块儿的两只小羊，一头母羊。正在这时候，母羊返回了山洞，对白莉朵拉显得十分热情，一边的夫人对此十分惊讶。

天气变好了，白莉朵拉便跟在居拉度夫妇身后来到了小船上，她身后的母羊、小羊也走上小船。乘客们不晓得她姓啥名谁，（她不愿透露她的身世），便给她取了个绰号，即“母羊”，他们一路平安，没过多久，船儿便到达了马加拉河河口，在此居拉度下了船，到达了自己的城堡。在这儿，她身着遗孀的服饰，一举一动，十分温柔谦和，如同侍候居拉度夫人的女仆，与此同时，对两只小羊，她依然爱护有加，自己看管它们。

另外，那些强盗抢走白莉朵拉曾经搭乘的船只后，便押着这么多乘客（唯独白莉朵拉不包括在里面），抵达了热那亚。在这儿，他们瓜分了财物，一个叫加斯帕林·道利亚的人得到了奶妈、两个小孩以及别的一些东西。他带着他们三人，返回了家中。让他们侍候他。一想到主母孤身一人待在荒岛之上，自己与两个孩子被带到了异乡，与人为奴，不禁悲从心起，放声大哭了好长时间。尽管她出身于小户人家，然而却非常有远见，通情达理，晓得再哭也没有用，幸好她与孩子们同在一起与人为奴，她只得以此作为慰藉。她又考虑到目前的境况，如果让人知道了孩子们的真实姓名，反而会有害于他们。说不定有一天，命运发生了改变，那么他们便能重新获得地位、家财。因此她拿定主意，不到一定的时候，绝对不把他们的身世经历告知他人。每当有人问起这一点时，她老是回答说，她是她们的母亲。她为大孩子吉夫莱改了名字，叫贾诺托，又让他姓自己的姓，至于小孩子，以她之见，没有必要改名换姓，她十分诚恳地向吉夫莱解释，干吗她要改变他的名字，如果有人认出他是某人所生之子来，那会给他带来多大的危险。她多次与他谈及这一切，本来这个孩子机灵聪明，因此把乳母的叮咛牢牢地记在心里，对过去的一切闭口不提。

那兄弟俩与乳母共同生活，在加斯帕林家，他们过着艰苦的生活，几个年头过去了，从年头到年尾，他们都身着褴褛衣衫，脚着破烂不堪的鞋子。从早到晚，干着被人瞧不起的重活。做哥哥的栗诺托早已长成了大人，年满十六，很有志气，不甘心长期侍候别人，于是他告别了加斯帕林，坐上了一艘开往亚历山德利亚的船儿，四处飘零，却没有机会发展自己的事业。

在离开热那亚后的三四个年头里，他已经变成了一个身形高大，风流潇洒的年轻人了。他四处漂泊，唯一能够慰藉自己的是，过去只以为爸爸早已不在人世了，现在却听人说爸爸没死，只是被查理王关在监狱里。后来，他来到了伦尼基那，也是命中注定，投靠在居拉度名下，从那以后，快快乐乐、克勤克俭地在他府上做事。他的妈妈便在这座府上栖身，常常侍候主妇，因此有时也能相见，只是你不认识我，我不认识你而已——母子俩分别这么多年了，早已不是当年的容颜了。

居拉度生有一女，名为史宾娜，早已成了别人的妻子。倒霉的是，她的丈夫很早就离开了人世，成了遗孀，便和父母住在一起。那时候的史宾娜年仅二八芳龄，正是风华正茂的时节，又生得美丽动人，因此没过多久，她的心中便有了贾诺托，而贾诺托心中也有了她，不知不觉之中，两人开始恋爱了，没过多长时间，便有了夫妻之实。这几个月以来，无人察觉到这一点，然而越往后，他们的胆子就越大，不记得这本是避人耳目的事情，不若过去那般保持警惕了。

一天，全家前往郊外游玩，小姐与贾诺托有意走在最前面，来到枝繁叶茂的树林里，当他们来到荫凉处时，以为早已远远地抛开了众人，便挑了一个地方，躺了下来，以繁茂的花草为被，以四周的树为屏，做起风流事。 如此这般，他们享受了好长时间，还以为只是片刻功夫，没想到，忽然，开始时是那位小姐的妈妈，然后是她的爸爸，闯进林中。 女孩子的爸爸目睹两人做出了这种勾当，不由自主地大发雷霆，一声不吭，便命令身边的三个仆人抓住这对情侣，用绳子捆得紧紧的，押解着返回了城堡里。 一气之下，他拿定了主意，处死两人，一个不留。

那位为人母的尽管也恨女儿干出了这种勾当，觉得应该严厉地惩治她，然而不忍心做出极端的事情来，要了女儿的命，当丈夫表示他要如何惩罚这两个犯人时，不由自主地前来向他讨情了。 如今，他早已年迈，她恳求他万万不可因短时间的气愤而置亲生女儿于死地，也万万不可让一个侍从的鲜血使他的双手变得肮脏不堪。 他能够采用别的手段来处置他们，——即将两人关入大牢，让他们在牢中哭泣，对自己所犯的罪行进行忏悔。 幸亏有如此善良贤惠的妻子一而再、再三而地劝说居拉度，于是他开始时的想法早已消失得无影无踪。 他命令手下分别将两人关进牢中，进行严密的看护，每天的饭菜只是一些稀饭菜汤，使得她们处于半饥饿状态，无法吃饱，多受些苦，以后再想办法惩治他们。 他一声令下，于是这对情侣便马上被人关进了监狱。每天他们都流着泪水，吃不饱，腹中饥肠辘辘，这些苦难是很容易能够想象到的。

在那个凄凉的牢笼中，贾诺托与史宾娜已经度过一年了，他们差不多已被那位当家的抛到了九霄云外，正在此时，正好阿拉贡约彼得罗王借助于纪安·狄·普罗奇达，怂恿西西里岛的人背叛了查理王，将暴君手中的西西里岛占为己有，居拉度本是保皇党中的一员，当这个信息传入他的耳中之后，欣喜不已。待在牢中的贾诺托也从看守口中打听到了这条新闻，却不由自主地高声叹息道：

“唉，我的命真苦呀！在异乡，我已漂泊了十四个年头，心中也没有别的盼头，就只希望有这样一天，没想到现在果真有了这样的一天，我的希望一下子破灭了。我被囚禁在牢中，除了了却生命，这一辈子我是无法出去了。”

“你怎么这么说话呢？”那位看守向他问道：“这事只与两位大皇帝有关，对你会有什么影响呢？西西里与你又有什么相干的？”

贾诺托答道：“每当回忆起我的爸爸，以及昔日他在西西里的职位，我便感到十分痛苦。我从西西里逃出来时尚是个小孩，然而我没有忘记以前曼夫莱王没死时，我的爸爸担任了西西里总督一职。”

“如此说来，谁是你的爸爸呢？”看守又问道。

“如今我可以对你们说出我爸爸的名字了，”贾诺托答道，“过去，我一直不敢随随便便地告诉别人，生怕会惹来灭顶之灾，我的爸爸便是阿列凯托·卡贝斯，如果他老人家尚在人世的话，那么他的名字便是这个。至于我呀，我并不叫贾诺托，吉夫莱是我的真实姓名。如果有一天，我会获得自由，返回西西里的话，我肯定会身居要职的。”

那位对主人忠心耿耿的看守没有再问下去，一旦有了时机，便一五一十地向居拉度汇报了这一切。听到这番话后，居拉度便佯装此事毫无重要意义似的，让看守走了，然而转身去见白莉朵拉，十分有礼貌地问她与阿列凯托是否生有一子，名叫吉夫莱。白莉朵拉泪水盈盈地说不错，此人便是她的大儿子，如果他还没有死的话，如今他该是已满二十二岁的人了。

闻听此言，居拉度并知道贾诺托系白莉朵拉所生，因此他马上想到自己可以完成一件两全其美的事情，一方面，他是做了一件好事，另一方面，可以把他女儿以及他家的耻辱清除掉——换句话说，让待在牢中的阿列凯托的儿子获得自由，让他娶自己的女儿为妻。然后，他偷偷地派人叫来了贾诺托，对他的出身进行了详尽的盘问，他的答复显而易见证实了阿列凯托的儿子吉夫莱便是贾诺托。因此，居拉度如此告诉他：

“贾诺托，我对你很好，那么作为一个侍从，你应该如何为你主人家的名声利益考虑，这才对呀，却没想到你反而勾结我的女儿做出如此丑事，为我带来耻辱，你干出这种勾当，早就应该置你于死地，只是我一直无法硬起心肠。如今既然你说自己并非地位卑微的人，父母出身显贵，那么我就不记旧仇，放你出来——只要你自己肯这么做——便可结束你的苦难，使你的名声得到恢复，与此同时，我家的名誉也得以保全。你和我的女儿史宾娜通奸（至于此事，错在双方）你晓得，她死了丈夫，有笔嫁妆，价值不菲，她的品德，出身，你都知道得清清楚楚，至于你如今的处境，我不用说什么，因此，只要你愿意，那么我也愿意让她从此不再避着他人充当你的情人，而是正正经经地嫁你为妻。至于你，既然娶了我的女儿，便与她同住在我府上，随便你住多长时间都可以。

由于被关在牢中过了一年，尽管贾诺托肉体上遭罪不小，然而他出身的高贵，熏陶出来的崇高的性子，使他对心上人的一片真诚依然如初。尽管居拉度这时候告诉他的一切正是他所渴求的，也晓得他能够决定自己是死是生，然而他依然没有任何顾忌，以他那坦荡无私的心胸，滔滔不绝地说道：

“大人，我所看中的绝对不是你的权力，渴望获得你的财产，或是有其他的目的，以狡诈的方法来诬陷你或是让你上当。对你的女儿，我本来心存爱慕，如今依然爱着她，以后也爱她，至死不变。因为我这么爱她，值得。如果根据世俗人的看法，我如有愧于她的话，那么我的过失便与‘青春’并肩相连，紧密连在一块儿，你想使自己的罪行消失得无影无踪，那么第一件事情便是让人类的青春彻底消失。如果老人想一想往昔，自己也曾经有过青春时期，有过过失，再把过去的过失与现在的过失进行一下对比，那么他就不会如你这般与普通人没有什么区别，将此事视为十恶不赦的了。另外，尽管我有对不起你的地方，然而我并非故意如此，出发点是好的。刚才你提出的建议，正是我无时无刻不在渴求的。如果我早点晓得你愿意这样，我早就会请求你这么做。此时此刻，我也没有胆量指望啥了，然而我却得到幸福了。这真让我欣喜不已！然而要是你没有讲心里话，那么就没有必要对我进行哄骗了。不如重新将我关入牢中，你愿意怎么严惩就怎么严惩吧！既然我对史宾娜情有独钟，看在她的份上，无论你如何待我，我依然对你保持着一份尊敬和爱戴。”

听罢这番言语，居拉度感到非常惊奇，晓得他拥有不俗的风度，对爱情忠诚，便更加认为他不同凡响。居拉度站了起来，把他搂在怀中，亲吻着他，而且立刻向仆人发号施令，悄悄地带来他的女儿。

由于过了一年的囚禁的生活，他的女儿早已是脸色焦黄而瘦削，容颜憔悴，昔日的那份娇媚艳丽已是凋谢的黄花了——如贾诺托一般与昔日相比，已是判若两人了。当居拉度在场时，这对有情人都没有反对，举行仪式，结为秦晋之好。

在几天的时间里，居拉度就悄悄了配置了新婚夫妇的一切生活必需品，然后，他觉得时机已到，应让两位当妈妈的高兴高兴。所以，他请来了自己的妻子，还有母羊，他先向母羊说道：

“如果我让你与你的长子再度重逢，而且目睹我的女儿成了他的妻子，夫人，如此一来，你认为如何？”

“母羊”向他答道：“如果能成全此事，我只得说以后我所得到你赐予的恩泽更深了，因为你让我重新得到了远比我的性命珍贵的人，你带来了他，正如你所言，同时你把我早已破灭的希望也带给了我。”

说到此处，泪水溢出了她的眼眶，她激动得说不出话来。居拉度又对妻子发问道：

“夫人，如果我让你得到了一位这样的女婿，你心中又有何感想呢？”

夫人答道：“不要说是出身于显贵人家，即使他是一位农夫，只要你高兴，我也一样。”

“不错，”居拉度说道，“我想，几天以后，让你们两人都成为快乐的夫人。”

当这小两口变得身体丰满，过去的容颜又重现时，他便让他们身着华丽的服装，然后向吉夫莱问道：

“如果你亲眼目睹你的妈妈也在此处，那么你是不是认为双喜临门，幸福无穷呢？”

吉夫莱答道：“我没有胆量想象，经过这般的大苦大难，如今，她依然活在人间，然而事情果真如此的话，那么我最亲的人便是我妈妈了，我深信不疑，有了她的指导，西西里岛的大部分财产便会完璧归赵。”

然后，居拉度请来了两位夫人，当这对新人站在她们面前的时候，两人欣喜不已，向他们表示祝贺，心中却感到十分纳闷，究竟是什么打动了居拉度的心，突然，他十分平静地让贾诺托娶了自己的女儿为妻。但是，居拉度过去告诉她的一切浮上了白莉朵拉的心头，于是，她十分细心地打量着贾诺托，因为有一种神奇的力量连接着儿子与妈妈，突然，看着贾诺托的长相，有关自己的儿子的回忆慢慢地浮上了她的心头。也不等用别的什么来证实这一点，她便将双臂伸开了，向贾诺托扑了过去，把他的脖子紧紧地搂住，再也不肯松开了。她那无法抑制的心情和无限的母爱，使她感到十分疲惫，说不出一句话来——果然，在儿子的怀抱中，她失去了知觉。

见此，年轻人感到万分惊讶，他没有忘记，过去，在这座城堡中，他不止一次见过这位夫人，却不晓得她是何人，然而他马上想到此人便是自己的亲生妈妈，不由自主地责备自己过去过于粗心，于是一面温和地把亲生母亲抱在怀中，泪水盈盈地亲吻着她。见到这一幕，居拉度的夫人和史宾娜早已拿来了凉水和药物，进行紧急救助。慢慢地，白莉朵拉醒过来了，她更加紧紧地搂抱着儿子，心肠太软的妈妈的泪水长流不止，并温柔地说了不少话语，一百次，一千次地亲吻着自己的儿子。他也只想着仔仔细细地打量自己的亲生母亲，显得十分温柔，一面应着她。

就这样，经过多次的拥抱之后，母子俩分别讲述了自己的经历，旁观者的心无不为之深深地打动了，然后，居拉度派下人前去将女儿的终身大事的喜讯通知各位亲戚朋友，而且打定了主意，要举办丰盛的宴席，对这对新人表示庆贺，这一下，众人更加喜不自禁了，然而吉夫莱却告诉他：

“大人，你给予了许许多多的幸福，在这十多个年头里，你又供养着我的妈妈，此时此刻，我还要请求你再次赐给我一个恩泽，如此一来，你对我便就做到仁至义尽了。过去，我曾经告诉过你，海盗抢走了我，还有我的弟弟，并且把我们带到了热那亚，侍候加斯帕林一家，我离开了他家，可我弟弟依然待在他家，我向你请求，请派人前去接来我的弟弟，让他也出席这喜宴，如此一来，这个喜宴便更加完美了，我与母亲两人便更加幸福，对你更加充满感激之情了。另外，我还有一个请求，请派人前往西西里岛，打听一下该地的形势，打听我爸爸阿列凯托是死是活，如果他尚在人世的话，他目前处境如何，以便回来一五一十地告诉我们。”

闻听此言，居拉度表示赞同，他立刻派了两个很有能力的人，一人前往热那亚，一人前往西西里，那位前往热那亚的仆人找到了加斯帕林家，用居拉度的名义向他提出要求，让他带走史卡夏托与乳娘，而且还向他讲述了居拉度为吉夫莱以及他的妈妈所做的一切，听罢这一切，加斯帕林感到十分纳闷，便向他说道：

“自不必说，我愿望效劳于居拉度，至于你要求带走的那个小孩以及他的乳娘，他们确实在我府上度过十四个年头，我也十分愿意让你带走他们，然而当你返回居拉度家后，请你转告他，对贾诺托所说的一切谎言，请他不可轻易信以为真，如今，他突然说自己便是吉夫莱，又有谁晓得这家伙到底是啥样的人呢？”

他让居拉度派来的人住了下来，而且安排得十分周到，一面悄悄地唤来乳娘，十分平静向她打听此事的始末。西西里人揭竿而起和阿列凯托依然活在人世的消息早已传入了乳娘的耳中，她不再顾及什么了，便一五一十地向他诉说事情的经过，而且还解释了过去她干吗要隐瞒真相。

听罢乳娘的一席话，主人发现与居拉度派来的人所说的一切毫无出入，于是便有点相信了，然而他生性精明，又想方设法地四处询问此事，最后又获得了一些确凿的证据，他不禁感到羞愧不安，非常后悔不该如此慢怠这孩子。为了挽回自己的过错，又晓得孩子的爸爸是什么样的角色，便让他娶了自己的女儿为妻，他的女儿生得一副花容月貌，年仅十一岁，并且还送给她一笔价值不菲的陪嫁。当热闹非凡的婚礼结束了以后，他便率领着女儿、女婿、奶娘，与居拉度派来的人一同乘坐一艘大划船，该船已被武装了一番，向伦尼基那驶去。当他们抵达该城之时，岸边，居拉度早已等候多时，这所有的人便骑马向距离此地很近的，属于居拉度的一个城堡走去，在那儿，为了举行丰盛的宴席，一切准备就绪。

母亲与儿子，哥哥与弟弟，骨肉重逢，兄弟团圆，还有无比忠诚的奶娘与女主人见面了，真是高兴不已，众人又表示欢迎加斯帕林以及他的女儿的到来。面对着大家，这父女俩也高兴不已，这一家大人，小孩，男人，女人，还有居拉度夫妇，他们的子女，亲友，都感到了一种无法用语言描述出来的幸福，只好请姐姐们慢慢地去领悟这一切吧！

上帝真是仁慈而大方，要么不给予人以恩泽，一旦予以恩惠，总是十分丰厚。正在这时，不早也不晚，传来了阿列凯托尚在人世的消息，原来，当宴席开始，所有的贵宾刚刚品尝第一道菜肴时，受命前往西西里的仆人恰好返回了府中。他把有关阿列凯托，还有其他的各种各样的事情一一告诉了居拉度。当人民揭竿而起时，查理王依然把阿列凯托关在监狱里，人民群众如潮水般地向牢中冲去，把看守监狱的狱卒打死了，救出了阿列凯托，因为他与查理王是生死冤家，便一致选他为带头的领导人，在他的率领之下，法国人或死或被驱逐了，所以彼得罗王非常重视他，不仅让他拥有自己昔日的军衔和权力，而且把他过去的家产重新分给了他。因此过得很不错。使者又诉说了他如何受到了阿列凯托的厚待，当他把妻儿的音讯告诉阿列凯托的时候，他是何等地高兴呵！自从他被打入牢中之后，尚不曾打听到妻子儿女的任何音讯呢，如今他早已派人驾驶一艘快艇和几位绅士来迎接他的妻儿返回家乡。

众人十分热情地欢迎这位仆人回来，都带着高兴的表情倾听他说着这一切。当他讲完这一切以后，居拉度马上离开了餐桌，与几位亲戚朋友一同前去对受命前来接白莉朵拉、吉夫莱的绅士们表示欢迎。众人见面之时，都显得十分高兴，居拉度向他们发出邀请，请他们一起到他的府上去喝酒。还未吃完一半的喜宴，正是众人兴奋不已之时，吉夫莱携其母，还有各位亲戚朋友，纷纷站了起来欢迎他们的到来，真是热闹非凡，这是一种从前所没有的盛况。在尚未落座之时，那几位绅士以阿列凯托的名义热烈感谢居拉度和他的妻子照顾他的妻子、儿子。他甘愿竭尽全力地向他们夫妇俩给予回报。然后又转过身来，冲加斯帕林说道，以前，他们从没预料过他会如此优待他们，他们有胆量判定，要是阿列凯托晓得他如何款待史卡夏托，那么他肯定会同样或者更甚地感谢他的。

道过谢以后，他们重新与两对新人一起举着酒杯，痛痛快快地喝酒。在这一天里，居拉度不仅热情地招待他的女婿，以及各位亲友。而且大肆举办宴席，一连好几天，直到白莉朵拉与吉夫莱，还有别的许多人认为辞别他们的时刻来临了，喜宴才结束。

快要分手之时，大家都是一副无比依恋的样子，流下了许多泪水。最后，白莉朵拉与两对新婚不久的夫妇，还有侍候他们的人，登上了快艇，踏上了回乡的路途。途中一帆风顺，没过多少天，他们便抵达了西西里，在帕勒莫，阿列凯托迎候夫人以及儿子儿媳的到来。这一家人的幸福真是难以言表，从此以后，他们便定居在帕勒莫，过着快乐的日子，对上帝赐给他的深厚的恩泽表示深深的感谢！

故事七

埃及的苏丹让女儿远嫁他乡，她经水路前往加波国举行婚礼，在前往该国的途中，暴风雨骤起，船只沉入了海底。在异乡，公主度过了颠沛流离的四个年头。先后被九个男人欺侮过，其后当她返回故国时，其父王居然以为她仍然是个黄花闺女，依旧让加波国王娶了他的女儿为妻。

听罢白莉朵拉夫人所经历过的灾难，女孩子们的心中充满了苦楚。如果爱米莉亚所讲的故事会更长一些的话，也许这些女孩子们都要泪水盈盈的了。讲完这个故事，女王吩咐潘菲洛接过话头，他不敢再拖延了，便如此开口了：

漂亮的女士们，偶尔我们自己也不晓得，到底什么东西才有益于我们。举个例子吧，我们常常能够发现，在有的人看来，只要富有了，生活便会变得快快乐乐、自由自在了，因为为了钱财，他们不仅要不辞辛苦地向上帝做祈祷，而且千方百计，勇往直前地想拥有世间的财富。原本在一无所有的时候，两人成了朋友，然而一旦你变得富有了，别人不禁会嫉妒你，最后反而被朋友要了命。另外有些绿林人物，经过了成千上万次的艰苦的战斗，使他的兄弟朋友纷纷喋血，成了国王，统治一方。他以为从此以后，他便可以过着养尊处优、无比奢华的生活。没想到一旦成了统治者，他反而是惊恐而又忧愁地度过每一个白天和夜晚，一直死到临头才晓得原来毒药就藏在丰盛的宴席上的金杯里。也有不少人老是想让自己拥有非同寻常的体力，或是美丽多情，或者一一具有别的各种各样的优点，却不晓得这会给他们带来灾难，甚或是性命之忧的正是这些优点。

我也不希望谈到人类的每一个欲念，然而我可以从从容容地说，在我们所不放弃的欲念中，均不能为我们带来幸福而让我们摆脱上帝的安排。因此，我们最好是听命于上天，诚挚地收下上帝的赏赐——因为唯有上帝才会明白什么东西才是我们所需要的，也唯有他才能让我们得到我们所需要的东西。为了种类繁多的欲望，男人们犯下了罪行，然而你们呢，温文尔雅的女士们，最主要的原因便是犯下了一种罪行，即对花容月貌的盼望，对于上天给你的容颜，你并不满意，而且还绞尽脑汁地巧妙地使自己更加迷人。所以，如今，我打算为你们讲述一个漂亮的伊斯兰教少女的故事，让人同情的是就因为她长了一副闭月羞花的容颜，在四年的时间里先后落到了九个男人的手中。

古时候，在埃及，有一位名叫贝密纳达的苏丹。在他的人生路上，可谓是处处得意，样样称心，生育了众多的儿子，在这些孩子中间，有位名叫阿拉蒂的公主，所有亲眼目睹过她的美貌的人，都惊叹她是天人。此时，阿拉伯人兴兵作乱，前来侵略埃及，而且来头很不小，幸亏加波国王慷慨支援，出手相助，苏丹才挫败了敌人的进攻，将之打得落花流水。因此，当后来加波国王请求迎娶公主阿拉蒂为王后时，苏丹满口应承，以示非同一般的恩宠。为了让公主出嫁加波国，苏丹特意制造了一艘大船，十分豪华，价值连城的陪嫁品堆得满船都是，并派大队官兵护送公主前往加波王国，还吩咐一队官员和侍女，专门照顾公主的日常起居。动身的那一天来临了，苏丹亲自将女儿送上大船，并祝她幸福。

当他们乘坐的船儿驶出亚历山德利亚海港之时，风和日丽，船上的风帆胀得鼓鼓的。好几天过去了，船儿都是顺风行驶，不知不觉之中，船儿已将撒丁尼亚岛抛在身后，目的地就在眼前了。没想到，有一天，海上刮起了大风，而且来势日益凶猛。船儿又怎是它的对手，船上的人们多次断定已面临绝境了。然而这些水手十分英勇，竭尽全力地与风浪展开了搏斗，两天两夜过去了，当第三个夜晚来临时，风头更足，风势更大，此时乌云汹涌，迷雾顿起，天空被罩得严严实实的，放眼四望，只见天昏地暗，船儿早已迷失了方向，只是在浪尖上颠来颠去的。当它漂到马霍卡岛附近时，突然，船只的底部现出了一条缝隙，看来，它即将沉入海底了。

在这种危险关头，众人一心想着活命，哪里还能考虑到他人。水手们搬出小船，放进海里，各自跑了进去，只以为尽管船儿体积不大，与进水的大船相比，生存的希望还是大一些。当他们跳进小船之后，立即把小刀拔了出来，不准身后的人们跳入船中，然而大船上的人们依然争先恐后地向小船里跳，真可怜呀！他们原本希望以此找得生路，没想到立即就把性命赔进去了。一艘小船里又能坐得下几个人呢？海浪狂风又是如此汹涌，因此马上翻了。坐在小船上的人，无一不是喂了鱼。

只有公主与几位侍女待在大船上，面对汹涌的海浪，她们早就吓得昏死过去，躺在甲板上，毫无知觉，尽管船儿裂开了一道缝隙，海水溢满了船舱，然而由于风儿来得太凶，依然在海中飞快地漂来漂去，最终被风儿卷到了马霍卡岛岸边，扎在海滩上，距离岸边有一箭之遥。这一扎势头更猛，居然死死地被沙泥掩没了，在这个夜晚，风浪再也没有卷走船儿。

拂晓的时候，风势稍稍变弱了一些。公主醒转过来了，全身乏力，竭尽全力地把头抬了起来，呼喊着女仆。然而，当她叫完了所有的侍女的名字后，也无人应答。原来她们之间相距甚远。她的身旁空无一人。公主感到非常惊讶，也分外恐惧了。她强撑着站起身来，看见她的女仆们，还有其他一些女人乱七八糟地在船上躺着，她分别呼唤着她们，然而只有少数人奄奄一息，别的人由于无法经受海浪的颠来颠去，以及极限的恐惧，早已没命了。这一下子，她更加恐惧了。她不晓得自己现在在什么地方，身边没有可以商量的人。她万般无奈，只好拼命地摇晃着那些奄奄一息的女仆，直到她们苏醒过来。她们没有找到一个男人，不晓得他们去了什么地方，又发现船儿陷在沙滩上，船上到处都是水，众人不由自主地高声哭了出来。

她们频繁地向岸上眺望，盼望有人来救救她们。一直到午后时分，才有人从海岸上经过。原来事情是这样的，此时此刻，有位名叫贝利康·达维多哥的绅士，骑着高头大马，率领下人，在回乡途中经过此地。当这只搁浅的大船进入他的视野之后，他晓得发生了事故，便命令一位下人赶紧爬上大船，看看是怎么回事，然后赶紧回来向他汇报。那位下人十分艰难地爬到了大船上，发现一位年岁尚轻的小姐与几位女仆缩头缩脑地藏在船头上的桅杆下，发现一位男人到船上来了，她们都泪水盈盈地，反复请求他发发善心。然而，他并不明白她们在说什么，而她们也不晓得他在说啥，便只好用手比划着，讲述她们那悲惨的遭遇。

仆人仔仔细细地察看了一番大船，然后返回贝利康身边，向他诉说他亲眼目睹的一切，贝利康马上让下人前来搭救几个女人，还有把船上能够搬运的价值不菲的东西全部搬到他所居住的城堡之中。开始时，他让她们用些食品，然后去休息休息。贝利康发现阿拉蒂身着华丽的服装，心中寻思，她应是一位淑女，出身显贵，又发现别的女子对她毕恭毕敬，觉得更加可以证明自己猜得不错。尽管在海上备受折磨，脸色苍白如纸，头发乱糟糟的，然而风度韵味依然暗示她生就了一副花容月貌。贝利康马上暗中寻思：如果她尚未嫁为人妇的话，自己便让她做自己的夫人，不然的话，也可以让她充当自己的情人。

贝利康身体健壮，神情严肃，自从公主来到他府上之后，他便竭尽全力地让她静养。没过多长时间，公主的身体已经康复了。果然，她十分娇艳而迷人，越是看着她，他的心中就越发洋溢着爱慕，然而为无法交流所苦，他不理解公主在说什么，而他的话公主也听不明白，所以，至于她的身份，他无法知晓。然而他十分留恋公主，只好满面笑容地以手比划，想与她寻欢作乐，盼望她一口答应下来，然而出乎他的意料的是，公主毫不为之所动，斩钉截铁地回绝了他的要求。他的一番努力化为了泡影，然而他的心里却更加火急火燎的，公主也察觉到了这一点。在他的府上，她已经度过了好几天了，看看身边所有的人的吃喝起居，她晓得自己与基督徒住在一块儿，又想想在这种国度里，即便她能够讲清自己的来历，也不会有益于自己，与此同时，她也担心无论她是心甘情愿还是无可奈何，迟早她都让贝利康遂了心愿。然而她并不是一个平平常常的妇道人家，她心高气傲，不愿屈服于充满灾难的命运。因此便嘱咐随侍她左右的三位女仆——若把公主本人除外，唯有她们三人逃脱了死神之手——除非在于她有利的情形下，能够获得援助，以及重新自由自在地做人的良机，万万不可让外人晓得她的身份。她还努力规劝她们不要失去贞洁，而且还说自己早已发誓了，终生终世，保持清白。除了她的夫君，绝对不让别的男人玷污她。 三个女仆都对公主的誓言赞不绝口，纷纷表示对公主的命令甘愿服从。

眼睁睁地看着面前站着一位美人胚子，却始终无法得手，这真让贝利康的日子一天比一天过得艰难。 既然她不为花言巧语与诱惑所动，他拿定主意，要一下手腕，让她就范。 要是还不能奏效的话，那么只好用最后的一招了，即用施暴的办法来达到自己的目的。 好几次，他都注意到了，公主常爱喝点酒。 原来在她以前的地方，酒是禁止饮用的，因此一直不易品尝到。 于是他心中寻思：酒会乱性，说不定它能取代维纳斯，而助他一臂之力。

一天夜晚，他准备好了丰盛的酒宴，热情地招待公主，只佯装与公主从没发生过令人不高兴的事儿。 酒宴上满是山珍海味，他又命令服侍公主的下人，为公主倒酒，他吩咐下人将好几种佳酿配成这种酒，公主不晓得这是一个圈套，只感到酒香扑鼻，不停地喝了下去，不知不觉之中，她不再克制自己了，也把自己的不幸抛到了九霄云外，显得十分高兴，充满勃勃生机。 她发现几位女士正在翩翩起舞，那是马霍卡舞，于是她也离开了餐桌，跳起了只有亚历山德利亚才有的土风舞。

目睹这种情形，贝利康心中寻思，事情已有些转机，便分外热情，又是好菜，又是好酒，轮流不断，一直到深夜，宴会才宣告结束。 最后，来宾纷纷告辞了，他自己又送公主回房休息。 此时此刻，她喝的酒开始发生效力了，早已不是平常那般冷冰冰的了，当贝利康在场时，她居然毫不顾忌地把衣服脱了下来，上床休息了，似乎以为贝利康是她的侍女似的。 贝利康没敢耽搁，马上吹灭了屋中所有的烛火，飞快地向她的床上爬去，搂着她，居然不费吹灰之力。 公主毫不反抗，贝利康如愿以偿。 出乎她的意料的是，男人原来是如此令人喜爱，一旦尝到了其中味道后，似乎十分后悔昔日不应该多次谢绝贝利康，从那以后，当贝利康尚未去请求她成全时，她便时不时地主动前来请他去寻欢作乐——不是用嘴说，因为他不明白她在说什么，而是比划着告诉他。

贝利康与公主生活得十分幸福，没想到命运之神并不因为将王后贬为绅士的情人而停止了摆弄她，而且还打算让她的身子被另一位出身低贱的人玷污。

贝利康有位名叫马拉多的兄弟，他年满二十五岁，是位年轻人，如玫瑰般惹人怜爱。当他与阿拉蒂相见时，他认为如此令他满意的女人是不会再有第二个人了。又因为她的表情与一举一动，判定她很喜欢自己，他们两人无法待在一块儿，并不是因为别的，而是因为贝利康紧紧地守护着阿蒂拉。所以，没过多久，一个坏想法浮上了他的心头，而且马上动手，从不犹犹豫豫的。

此时此刻，正好有只货船停泊在海港里，它即将驶向希腊的克拉伦萨，只要风向发生了改变，船就马上要启程了。船是属于两位来自热那亚的小伙子的。马拉多与他们合计好了，允许他在第二天夜晚与一位姑娘乘坐他们的船只出港。便是在第一个晚上，他与一些手下人和朋友勾搭好了，并带着他们来到城堡里，躲起来了。贝利康丝毫没有防范，当夜深人静的时候，他第一个带头向贝利康和公主歇息的房中冲去，举起刀来，将正在做好梦的贝利康砍死了。睡梦中的公主被惊醒了，哭泣不止，他们大声喝叫她住了嘴，他们不准她发出声音，不然的话，马上让她去死。便这样，他们把美人抱在怀中，把属于贝利康的不少价值不菲的东西一洗而空，趁着无人发现，便向海边逃去。马拉多强行拉着公主来到船上，他的同伙便一哄而散，各自回去了。由于顺风劲吹，船上水手马上把缆绳解开了，上路了。

两次遇到倒霉事情，公主左思右想，悲伤到了极点，幸好由于马拉多具有上帝给予男人的那个很有用的东西，马上使公主得到慰藉，得到了她的欢心，使她老老实实地和他共同生活在一块儿，早把贝利康抛到了九霄云外。

然而当她刚刚开始满意自己的处境时，命运之神并不由于已让她受到两次折磨而停止摆布了，又一次磨难降临到她的身上。

前面已有提及，阿拉蒂本是举世无双的绝代佳人，举手投足，又是风姿绰约，所以两位船主——即那对来自热那亚的年轻人居然也对她产生了爱情。尽管他们害怕马拉多，害怕被他发现，然而分分秒秒都在考虑如何与她亲近，被她爱上。两人的心中所想，彼此心照不宣，没法不让对方知道，所以他们就悄悄地合计好了，决定先团结起来，将公主占为己有，其后二人轮流与她睡觉——似乎爱情也如同钱财货物一般，能够彼此各占一半。

然而他们察觉到马拉多将她防范得非常严格，无法得手。一天，船只飞快地向前行驶，船尾，马拉多正无聊地向四处眺望，对他们的一举一动没有在意，于是，这俩兄弟马上悄悄地走近他，紧紧地抱住了他，一瞬间的功夫，便向大海里抛了下去。当众人得知马拉多坠入大海时，船离出事地点已超过一海里了。当这个消息传入公主的耳中之后，她见无法进行搭救，不禁又哭了。于是，那两位情人马上走向她，说着各种各样悦耳动听的话语，劝她宽心，还答应以后怎么怎么对她好。只是公主根本不明白他们兄弟俩在说什么。其实，她之所以伤心，大部分是为自己命运不济，而并非为了那背时的情夫。就这样，两人待在她的旁边，轮流劝她，啰唆了好长时间，觉得已经劝动了公主，然后两人又吵吵嚷嚷的——到底哪一位该最先与她同床。

两兄弟都想最先与她同床，谁也不愿谦让，两人争吵得满脸通红，接着措辞严厉，脸色阴沉，最终怒气冲天，把刀子拔了出来，开始拼命了。船上的人正打算上去将两人劝开，可彼此都已挨了好几刀，其中的一个当时就倒在地上，死了。另外一个也身受重伤，差不多只有一口气了。见此情形，公主见无人能够充当自己的救命恩人了，便更感伤心，又担心那两位来自热那亚的小伙子的亲戚朋友，均视她为灾难之源，要她以命相抵。幸好那位身受重创的年轻人为她讨饶，而且没过多长时间便到达了克拉伦萨，好歹她也摆脱了一场灾难。

她跟在那位身受重伤的年轻人的身后，来到了岸上，在一家旅店里住了下来。没过多长时间，全城的人都久仰她的美名，甚至传到了正在克拉伦萨停留的莫莱亚亲王的耳中，而且他渴望见她一面。两人一旦相见了，亲王便认为她的仪容体态，比传言中所描绘的更加卓越。从此以后，居然日日夜夜地想着她，除了他，他对什么都不在意。听到她漂泊到此地的经历，他认定自己很容易得到那位美人。

正当他如此算计，采用何种手段将她夺在手中的时候，那位身受重伤的年轻人的亲人早已听说了这一切，赶紧把美人儿送给了他。亲王的高兴劲儿就甭提了，即使是公主也暗暗地为自己庆幸，以为从那以后，便可以平平静静地过日子。那位亲王见她不仅生得美丽动人，而且风姿绰约，流露出一种高雅的气质，尽管无法问清她的身份来历，猜测她肯定不是出身于平凡人家，所以，便分外地喜欢她，根本不以情人对待，而视其为自己的爱妻，让她拥有了作为一个王妃所应得到的尊荣显贵。

一回忆起昔日各种各样伤心的经历，公主便认为目前的处境很好，因此心中豁然开朗，焕发出青春的活力，显得分外娇丽动人，使得所有的希腊人不住口地称赞她的美丽动人，如此一来，雅典公爵也听到了公主的美名。

公爵本是一位身形高大的英俊的年轻人，与亲王又沾亲带故，两人早就有来往，此时此刻他一心想着见一见那位美人，便借口说前来拜访亲王——身后跟着一队跟班的，他们都是经过精挑细选的，他们抵达了克拉伦萨，亲王向他表示热烈的欢迎，热情地招待他。

几天过去了，这两位显贵谈论起公主的仪容，于是公爵向亲王发问，她是不是真的像大家传言的那般漂亮，亲王向他答道："与传言相比，她还要迷人。只是我如此评价她是白费气力，还是你自己来评判吧！"

对公爵来说，这种机会正是他所求之不得的，便向亲王提出请求，让他带他前去目睹公主的芳容。事先早已有人告知了公主，她兴高采烈地走了出来，迎接公爵的到来。又让两人坐在她的两边。遗憾的是，由于语言不通，他们无福与她交谈，只得用欣赏奇迹的目光注视着她，特别是公爵，几乎视其为天神。公爵一心只想着一饱眼福，然而不晓得他如此大睁双眼发呆之时，他已在品尝着浓烈的爱情之酒，不由自主地为之深深地陶醉了。

他与亲王双双走出公主的卧室后，便一个人思前想后，认为如此一个动人的女人落到了亲王的手中，他真可谓是最有艳福的男人。他的心像十五只水桶打水似的，忐忑不安的。最终，道义让路于邪念，他拿定主意，不惜任何代价，要把这举世少见的珍宝从亲王手中夺过来，占为己有。

他贪恋女色，而且心情迫切，巴不得立刻动手，结果早已把公理、正义忘得干干净净了。老想着施展阴谋诡计，不达目的，誓不罢休。亲王有位亲近的随从，此人名叫朱利亚契，被他用金钱买通了，公爵悄悄地准备好了骏马，行李，一旦打算离去，马上便能够启程上路。一天夜晚，他与另一刺客带着利刃，那个被他收买的侍从悄悄地在前头带路，三人来到了亲王的睡房中。这天夜晚十分闷热，公主早已进入了梦乡，亲王贪凉，正全身赤裸着，在靠近海边的窗前站着，让从海上吹过来的风轻轻地从脸上拂过。公爵已吩咐了那位刺客，他蹑手蹑脚地走了上去，把匕首抽了出来，使劲地刺入亲王的后背，把他的腰部刺了一个洞，顺手又把他的身子抱了起来，向窗外扔去。

亲王的王宫位于大海岸边的地势较高的地方，从窗口眺望，地势较低处建有民房数间，比较矮小，然而由于海水的冲刷，民房已经毁于一旦，变得人迹罕至了，因此当亲王的尸体被扔出去时，居然无人察觉到这一点，这与公爵的心思正好相符。

与公爵一道前来行刺的刺客见已经做好了一切，佯装要与朱利亚契相拥，然而已迅速地在他的颈部套上了一根偷偷带进来的绳子，拼命地勒了一下，使他没来得及发出一声喊叫。正在此时，公爵便走进屋里，两人一起勒死了他，如同亲王的尸体一样，他们也将他的尸体抛出了窗口。

做完这些事情，幸好公主没有被惊醒，别人也没有注意到他们。公爵端着烛台，悄无声息地走近公主床边，轻轻地把被子掀了起来，展现在他面前的公主全身赤裸，正甜甜地沉浸在梦乡之中呢！他仔仔细细地端详着他，不禁暗暗地叫好，本来她身着衣衫的时候，他已十分着迷了，此时此刻，这位美人儿竟光着身子睡在他的面前，真让他狂喜不已。欲火驱使着他，他也不顾自己早已犯下了怎样的罪行，他的双手沾满了死者的鲜血，居然爬到床上去了，与她同床共枕；在迷迷糊糊之中，她以为他是亲王。

公爵过着天堂般的日子，做完这一切以后，他马上穿衣起来了，叫来自己的仆人，命令他们劫走公主，不让她发出任何喊声。他们走出公爵适才进屋时的隐蔽的门，让她坐在马背上，然后，公爵带着大家，飞快地跑回了雅典。只是公爵早已娶妻成家，因此没有胆量带着公主进入雅典，而是偷偷地让她在雅典城附近的一栋相当考究的临海的小楼里，竭尽全力地养着她，照顾她；虽然如此，此时此刻的公主成了最伤心的人。

次日，一直等到中午时分，亲王的随从们都没有看见亲王起床，屋里又没有动静，便轻轻把房门推开了（门尚未锁上），走进房中，然而却空无一人。他们以为亲王与他的美人儿偷偷地外出游玩去了，因此毫不在意。

第三天来临了，一个疯子前往海边被海水冲倒的平房边散步，发现了亲王和朱利亚契的尸首，回家时，便把套住朱利亚契的颈部的绳子握在手中，居然拖出了尸体。众人都认识死者是谁，非常惊讶，便花言巧语地骗他，让他带领他们前去尸体的发现地点，在海边，亲王的尸体被他们发现了。这个消息一传开，城中所有的人都非常悲伤而痛苦，为亲王举行了隆重的葬礼。对于这件十恶不赦的命案，他们进了一番研究，认为雅典公爵悄悄地走了，非常令人怀疑，杀害亲王的人肯定是他；与此同时，他又抢走了美人儿，于是他们马上推举亲王的兄弟继承亲王之位，要求他一定要为亲王讨回公道。新亲王上任以后，又调查了一番，又从别的方面使公爵的罪行得到了证实，认定大家的猜想，并不是无中生有的事情；于是便将亲友侍从们叫到一块儿，组成一支颇具实力的军队，前去征讨雅典公爵。

当消息传到公爵耳中之后，他赶紧征调军队，以备应战。不少显贵纷纷前来助阵，太子康士坦丁与皇侄曼纽厄尔也受君士坦丁堡的皇帝的派遣，亲率三军赶来援助。公爵，特别是公爵夫人诚挚地接待这两位贵宾——原来他们与公爵夫人是兄妹。

形势越来越不容乐观了，交战已经迫在眉睫了。公爵夫人让两位弟弟来到自己的卧房里，泪流满面，一五一十地向他们诉说了战火燃起的原因，公爵金屋藏娇、不告诉妻子等事情，又非常悲伤地请求两位弟弟为他想想办法，如何能让公爵的名声不受损害，与此同时，又使她心中的恼怒烟消云散。

这两个年轻人早就听说过公爵的事情，因此没有再问下去，只是好言好语地劝她，让她宽心。他们向她打听清楚那个女人现在的藏身之所后，便离去了。他们时常听到别人称赞她绝美的容颜，便非常渴望见她一面，于是向公爵提出请求，允许他们欣赏一下她的姿色。莫莱亚亲王只是由于让别人见到了她，落得什么样的下场，这早已被公爵抛到了九霄云外，他居然一口答应了。次日，在公主居住的花园中，公爵摆下了丰盛的宴席，然后与这两位内弟以及其他的几个作陪的人，前往花园与公主一同进餐。

公主的身边就坐着康士坦丁，他老是盯着公主的身子，居然走了神，心中寻思，自己什么时候看见过如此美若天仙的女子！又认为无论是公爵还是他人，为了将这位妙人儿占为己有，所以做出了十恶不赦的事情，于情于理，都可以谅解。他又瞧了瞧公主，越发认为她美丽如花。也同公爵一样，离去以后，他天天都想着她，无法忘怀。他早已彻底地忘记了战争以及别的。心中只是盘算着如何才能将公爵手中的公主占为己有。另外，他镇定自若，以免他的心思被人察觉到。

正当他的欲火中烧时，对手亲王的三军早已距离公爵的领土很近了，战争迫在眉睫了。公爵、康士坦丁，还有别的人纷纷告别了雅典，根据事先的安排，向边境进军，保住前线，将敌人拒之门外。尽管他们身处前线，在这几日里，妙人儿依然占据了康士坦丁的心儿，他心中暗想，此时此刻公爵外出，他正好借此如愿以偿，便佯装生病，要返回雅典养病，公爵同意了他的请求，康士坦丁将兵权移交给了曼纽厄尔，返回雅典，和姐姐待在一块儿。几天过去了，他有意让他的姐姐再次讲述起公爵不告诉她在外面秘密地供养着情人，然后他便接过了话头，他有个主意，即趁如今这个良机，让那个女人住到别的地方去，从今以后，消灭祸患，如果姐姐同意的话，他便着手做这件事情。

公爵夫人以为他是出自一片善意，为了爱护自己的姐姐，怎想到实际上他的目的是占有另一个女人；于是对他说，她百分之百地赞成这个办法，只要以后公爵不会怀疑她是这个事件的幕后指使者，就可以了。康士坦丁让她不必担心这个，然后她便让康士坦丁一手处理这件事情，让他看准时机，再行动。

康士坦丁悄悄地准备好了一艘快船，一天，黄昏时分，他让人在公主住的花园旁停泊好船，预先叮咛他们该如何行动，然后与几个友人一同前来别墅拜见公主。公主带着女仆，一同迎了出来，而且和他们一起前往花园散步，他们的身后跟着侍候公主的女仆和他的朋友。康士坦丁说公爵托他捎一句话，只带着公主来到临海的门边，他的一个伙伴早已打开了门上的锁，此时此刻，他便把信号发给了在门外停泊的快艇，康士坦丁马上吩咐手下把公主抢了过来，然后跳进船中，他本人转过身，向侍候公主的女仆说道：

“如果谁大叫，反抗的话，就不要妄想逃命！我的来意并非是把公爵的这个女人占为己有，而是为我姐姐洗刷耻辱。”

无人敢吭声，于是，康士坦丁率领手下跳入船中，在哭成一个泪人儿的公主身旁坐了下来，命令船夫们齐心协力地划船，远离雅典。水上的船儿飞也似的迅速离去，次日一大早，船儿早已抵达了埃伊纳岛。他们停止了前进，来到岸上休息一下。趁此机会，康士坦丁大享艳福。至于公主，为她的命运不济而悲伤地哭泣着，然后众人又来到了船上，继续向前进发，没过几天的时间，船只便抵达了希俄斯岛。

康士坦丁生怕他父王责备他，费尽心机抢到手的美人儿又要飞出他的手心，于是，为了安全，他打定主意，定居在希俄斯岛。为了自己凄惨的经历，公主哀哀地哭着，一连好几天，幸亏康士坦丁采取不少人曾经尝试过的方法来给她以慰藉，使她如昔日那般，又慢慢地听命于上帝安排给她的命运了。

这对男女是如何生活的，这一点我们暂时不说。另外，此时此刻，土耳其国王奥斯贝正与君士坦丁堡国王作战，而且历时很长。有一回，奥斯贝前来士麦那公干，听说君士坦丁堡国王的儿子把别人的美人给拐走了，在希俄斯岛隐居，生活荒淫奢侈，而且并无防范。于是奥斯贝命令一支军队，分别乘坐几艘小巧的战艇，借助于夜幕的掩护，悄悄地向希俄斯岛发动了进攻。 那些希腊人依然沉浸在美好的梦乡之中，土耳其军队便占据了这个城市。 也有几个士兵稍微警醒一些，妄图挣扎一番，然而却被人杀死了。 奥斯贝吩咐放火烧掉这座岛屿，用船装载着俘虏和战利品，返回了士麦那。

奥斯贝是位年轻的小伙子，当他对俘虏进行检查时，走近阿拉蒂，晓得自己的手下是从康士坦丁床上俘虏了这个女人，此人便是康士坦丁的情人。 当她进入他的视野之后，奥斯贝欣喜不已，立刻让她做了自己的妻子，举行结婚仪式，如此一来，两人十分快活地生活在一起，一直延续了几个月之久。

当此事尚未发生之时，君士坦丁堡皇帝本来希望与卡帕多西亚国王巴山诺结成联盟，两人同时向土耳其发动进攻，然而由于巴山诺提出了过分的要求，双方无法达成妥协。 此时此刻，当儿子中了对手的圈套的消息传入他的耳中之后，感到伤心而气愤，便没再斤斤计较了，对卡帕多西亚国王的要求一口应允了，催他火速派兵，向土耳其发动猛烈的进攻，皇帝也召集军队，打算从另一个方向攻击土耳其。

当这个消息传入奥斯贝的耳中之后，为使两面被人夹攻的形势得到改变，只得带着大队人马，先与卡帕多西亚国王的军队展开战斗，让美女住在士麦那，让一个亲信看护她。 没过多长时间，两军对垒，战争结束之后，奥斯贝的军队无一人存活，奥斯贝本人也被战争夺去了生命。 巴山诺一路进发，一路上竟无人抵抗，占据了士麦那，当地人纷纷臣服于他。

另外，那位接受奥斯贝的叮咛，照顾阿拉蒂的亲信，他的姓名是安提哥，他早已年迈，然而一见她生得如此美若天仙，竟然也为之动心了，对她产生了爱情，把主人的嘱咐抛到了九霄云外。 她的母语他也会说，对此，她异常兴奋。 在这几年里，她在异乡漂泊，就像一个不会说话、听不见声音的人。 别人在说什么，她也不明白，她在说什么，别人也不明白。因此没过多长时间，安提哥和她十分熟悉，没过多长时间，这两个人已由友情发展到了私情，对床笫之欢无比贪婪，彻底地忘记了在前线迎敌的主人。其后传来了消息，奥斯贝已在战争中送了命，巴山诺驱军直入，其经过的地方，已被抢劫得干干净净，他们偷偷地合计好了，决定乘仇敌尚未攻到此地时便结伴逃走，并把本属于奥斯贝的财物席卷一空，向罗得岛逃去了。然而在罗得岛，他们还没住多长时间，突然，安提哥身患重疾，病情十分严重。他有位贴心的朋友，是位来自塞浦路斯岛的生意人，此时此刻，他正好在罗得岛逗留，安提哥晓得自己活不了多久，拿定了主意，让他照看自己的家产和他最爱的女人。弥留之际，他让这两个人来到自己的面前，说：

“我晓得我是不可能逃过这一劫了。我心中非常难过，因为在我的人生中，如近来这般幸福的日子是前所未有的。然而，有一件事让我觉得即便以生命为代价也不感到惋惜，即在我亲近的两个人的怀中死去——一位是你，我这一辈子最好的朋友；一位是她，自从我与她相识了以后，我对她的爱远远超过对自己性命的珍爱，我始终无法放心的便是，当我离开了人世之后，让她孤零零地待在这儿，举目无亲，无人照顾他。如果我不晓得你待在此地，或者怀疑你是否能尽心尽力地照看他，如同照看你的知己朋友一般，那么在我即将告别人世的时候，心中会更加难过了。因此，不管怎样，我都要你提出一个请求，当我告别人世之后，你收下我的全部财产吧，还有她，请你照看这一切，你可以任意支配这一切，只要能够给我的灵魂带来慰藉就可以了。

“至于你，我最爱的人儿，我向你恳求，当我与世长辞以后，不要忘记了我。如此一来，在另一个世界上，我依然可以引以为荣，当我活着的时候，世上最漂亮的女人将她的爱给予了我，如果这点你们都没异议的话，那么我可以安安心心地走了。”

当这番话语传到商人和公主的耳中之后，两人放声大哭起来，一边好言相劝，一面神态庄重地表示同意，说万一他不在人世了，他们肯定遵从他的遗言，没过多长时间，他真的离开了人世，他们为他举行隆重的葬礼。

几天过去了，商人已经处理好了他在罗得岛的所有生意事务，准备坐一艘西班牙的船，返回家乡。他问公主是否愿意与他结伴前往塞浦路斯岛，公主告诉他她愿意这么做，只是希望他看在安提哥的份上，以兄妹之礼相待于她。商人答道，他一一听从她的吩咐，然而，在回乡途中，为了避免别人轻薄她，在没有抵达塞浦路斯岛之前，对外称是夫妻。然后，他们到船上去了，船上的人为他们安排一间小房，位于船尾。既然他们说是夫妇同行，只好在一张小床上睡觉。面对这种情况，开始离开罗得岛时谁也不曾预料到的事情悄悄地发生了。由于夜幕的诱惑，又被温暖的同床共枕的氛围包围着，两人都欲火炽热，把对死去的安哥提的交情与爱抛到了九霄云外，居然动起了手脚。船儿尚未抵达巴发（此处是商人的家乡），他们便十分亲热了。船只到达巴发以后，她便与商人住在一起，过了一段日子。

巧的是，有位名叫安提古诺的老先生来巴发办事，他已年迈，经验丰富，然而却没有什么家产。现在，此人算是效力于塞浦路斯国王，在他宫中做事。然而上苍从未让他得意过，一天，商人前往亚美尼亚做生意去了。这位老者走过公主的家门口，发现窗前站着一位美丽的姑娘，不觉发起呆来凝视了她片刻，突然，他想起这个美丽的姑娘曾经在什么地方见过，只是到底在何处见过她，却无法回忆起来。

命运百般地捉弄这位美若天仙的公主，如今否极泰来，时运开始好转了。当老先生进入公主的视线后，公主便想起了昔日她与他曾在亚历山德利亚见过面，他效力于她的父王，很有地位的。忽然，她的心中萌生了希望之火，说不定有他帮助自己，也许自己能够重新成为金枝玉叶，因此，趁商人外出的时机，她连忙请来了这位老者，当他走进门以后，她便带着羞涩的神情问他是不是来自法马古达的安提古诺先生，那位老者承认自己是叫安提古诺，而且说道：

“小姐，我感到你看上去很熟悉，然而却想不起在何地与你见过面，原谅我的冒昧，请你告诉我你的名字。”

公主听说他真的是故乡来人，不禁泪流满面，把他的颈部一把抱住（对此，他十分惊讶），问他是不是从未在亚历山德利亚与她见过面。她这么一提示，老者马上知道此人便是阿拉蒂，是苏丹的女儿，别人一直以为她已喂了大鱼。他想向她行君臣之礼，她坚决拒绝了，并且让他在自己身边坐了下来，当安提古诺落座以后，便带着毕恭毕敬的神情问她怎么在此定居，是何时来的，来自何处，因为在几年以前，她就葬身鱼腹了，在埃及，这一点已是无人不知，无人不晓了。

“如果我真的被海水淹死了，”公主回答说，“那也不错，以免经历了那么多的苦难，我心中寻思，如果我爸爸晓得我落到这种下场，那么他肯定希望我早点死去。”

谈及此处，她不由自主地放声大哭起来，然后安提古诺向她说道：

“公主，你干吗如此伤心呢？如果你不怪罪的话，我想让你向我讲述一下你以前的经历，以及如今你的处境，也许上天赐福，我会有办法救你，这也并非是不可能的。

“安提古诺，”那位美若天仙的公主说道，“一见到你，我如同见到亲生父亲一样。因此，根据为人子女的尊敬和爱戴，我本来可以不告诉他人的身份，现在让你知道了。在这个世界上，几乎无人让我像见到你那般高兴，因此我如同向自己的亲生爸爸诉说一样，一五一十地向你讲述了历尽艰辛，始终深埋心底的种种悲哀，当我说完这一切后，你可以为我拿个主意，以便让我返回宫廷，那么请你帮帮我吧！如果你也没有别的办法的话，那么我向你恳求，一辈子都不要告诉他人，你曾在此地与我见过面，或打听到了有关于我的事情。”

说完这一切以后，她含着泪水，一五一十地向他诉说了自马霍卡岛船儿搁浅以后，一直到如今所受到的种种折磨。安提古诺一面倾听着，一面不由自主地洒下了怜悯的泪水。思索了片刻，他便开口说道：

“公主，既然你经历了不少折磨，然而无人知晓你是谁。如此一来，我完全能让你回到爸爸身边，让他比昔日更加爱你，然后让你前往加波国举行婚礼。”

她问他有何主意，于是，他详详细细地对她讲了自己的安排。避免夜长梦多，他没有停留，马上启程返回法马古达，朝见皇上，对国王禀告道：

“皇上，如今，有件美事想恳求你，此事会让你感到无比荣耀，与此同时，我可以谋到一个好职位，您也不必花钱。自从我为您效劳以后，不曾得意过，请你看在这个份上，也许会很高兴地表示同意的。”

国王问是何事，安提古诺回答说，

“苏丹有位公主，美貌如花，过去，众人纷纷传言，她早已葬身鱼腹了，原来这不是真的，此时此刻，她便暂时在巴发居住。为了使自己不被玷污，她经受了不计其数的折磨，而如今，她的处境更加不妙了。因此绞尽脑汁想返回父王身边，如果你愿意让我把她护送回故土的话，那么，对你来说，此事非常体面。而且也会有益于我，我相信你的恩德会一直被苏丹牢记于胸。”

国王本来心胸宽广，立即同意了他的请求，他让手下举行了隆重的仪式，接来了阿拉蒂。公主被接进王宫之后，国王和王后热情地接待了她，当他们提及她所经受的一切折磨时，她便按照安提古诺教的那样，回答了他们的问话。几天过去了，国王无法留住她，便让一队士绅和贵夫人服侍她，安提古诺负责将她护送回故土。至于苏丹是如何兴奋不已地迎接遇救的女儿，送她回国的安提古诺以及仆人进宫，就没有必要一一讲述了。

公主只稍稍歇息了一下，她的父亲便十分迫切地想搞清楚她如何会死里逃生，一直住在何处，这么多年过去了，她为什么从不给他捎个信。公主已经能熟练地背诵安提古诺所教的话语了，便做出了这样的答复：

“父王，告别了你之后，也许有二十多天吧，暴风雨骤起，船破了，在黑黑的夜晚，在海上四处漂泊，搁浅在西方阿勒莫达旁的海岸。船上那么多的男人下场如何，我一点都不晓得，以后，也没人告诉过我，我只记得次日一大早，我似乎侥幸逃生了。当破了的船只被本地人发现以后，他们蜂拥而来，进行抢劫。我与两位死里逃生的伙伴只好离开了大船，走上海岸，刚刚来到岸上，几位年轻人便抢走了那两位同伴。她们去了何处，我一直都不曾耳闻。

“我本人也被两位小伙子抢了去，无论我如何挣扎，如何喊叫，他们把我的头发抓住了，拖着我向前飞跑，意欲将我拖入树林，幸好，正当他们即将到达大道的另一边时，有四个人经过此处，他们都骑着马，那两个家伙见此情形，便马上不管我了，赶紧逃跑了。

“我猜想，那四位纵马奔跑的人肯定都是高官，看到这一幕，他们马上向我跑了过来，不停地问着什么，我也拼命地想让他们知道我的经历，只恨语言不通，无法交流，双方都不明白对方所说的话。他们合计了好长时间，便让我在马背上坐着，送我去了一所女子修道院，修道院中的女人服从他们的法规，将自己献给宗教。那几位先生走进修道院，也不晓得说了些什么，只是我和她们住在一起，众人对我都非常热情，而我也随着她们对‘幽谷新月’充满了崇拜之情——这些圣徒深受那儿的女人们的仰慕。

“我与她们一同生活，没过多长时间，她们说话，我慢慢地也有些明白了。她们便询问我的身份，来历，我只担心万一实话实说，她们便会因我信奉不同于他们的宗教，把我赶出修道院，只好对他们说，我来自塞浦路斯岛，我的爸爸出身显贵，本来要前往克里特岛举行婚礼，倒霉的是，在去的路上，海上刮起了大风，风浪把船打翻了，所以便漂泊至此。”

“我生怕他们发现破绽，对她们的生活习惯十分注意，像她们那样去做。其后，修道院的负责人，一位被称呼为‘院长’的先生，问我是否想返回塞浦路斯，我便告诉他，我巴不得这样，然而此人对我的贞洁十分在意，不愿无所谓地让前往塞浦路斯的人带我回乡，一直到两个月以前，几位法国先生携家人打修道院门口经过，准备前往耶路撒冷朝拜圣地——就是在那里，耶稣——一位被他们尊为上帝的人死在犹太人的铁钉之下，人们将他们埋在那儿。在这些人中间，有位夫人与院长大人沾亲带故的，因此她便让他们带我同行，并向他们提出请求，顺便送我到塞浦路斯，亲自送到我爸爸面前。

“至于这些先生以及他们的夫人如何对我的加入表示欢迎。热情地接待我等等，没有必要一一提及了。我与他们一同来到船上，在海上度过了好几天，才抵达了巴发。可怜我抵达巴发以后，举目无亲，又不晓得如何解释给先生们听——本来院长已经叮咛过了，让他们将我送到我爸爸面前，幸好上苍眷顾我，当船儿抵岸时，便在岸上与安提古诺相遇了，我马上把他喊住了，说着我们的母语，乞求他（如此一来，我们的谈话便不会被那些先生和夫人们所理解）请他允许我认他做爸爸。他马上听懂了我的话，佯装非常高兴，便认了我做女儿。虽然他的处境很不好，依然努力地准备着，以对这些先生和夫人们进行热情地招待。后来他带我前去拜访塞浦路斯国王，国王的热忱，真可谓无以言表，如今又因他生就一副古道热肠，吩咐手下护送我返回故乡。如果还有啥我尚未解释明白的话，那么让安提古诺接着说吧，他已多次听我诉说过我的各种磨难。”

安提古诺连忙转过身来，向苏丹禀告说：

“皇上，适才她所述说的一切，早已多次告诉过我，护送她返回故乡的先生们和夫人们也是如此谈论的。她只漏掉了一处，说不定原因便在于她感到不好意思告诉你，即护送她前往塞浦路斯的先生与夫人们纷纷称赞她庄重，曾经过着圣洁无比的修道院生活，当他们带她来到我面前，即将与她道别的时候，不管是先生，还是夫人，十分留恋，泪如雨下。如果一五一十地复述他们称赞她的话，可能即使花一昼夜都无法讲完呢！总之，根据出自他们口中的赞扬的话语，还有我自己的留意，公主不仅仅是貌若天仙，而且品格纯真，皇上拥有一位如此优秀的公主，在国王中，也可以引以为荣了。”

当这些话语传入苏丹的耳中之后，他的快乐真是无以言表，不停地向真主祈祷，使他可以对那些看护他的女儿的人给予丰厚的回报——特别是如此隆重地送公主回国的塞浦路斯国王。几天过去了，苏丹送了一份丰厚的礼品给安提古诺，允许他返回塞浦路斯，然而又分派特殊使节，带着国书，对向公主伸过援助之手的塞浦路斯国王的恩情深表谢意，然而他打算按照过去的婚约行事，让加波国王娶阿拉蒂公主为妻，所以便在写给加波国王的信中讲述了事情一波三折的经过，并且还对他说，要是他依然希望让阿拉蒂成为他的妻子的话，那么就赶紧派手下前来迎亲。

当这封信被送到国王手中时，他快乐得到了极点，真的让专使郑重地前往该国，接来了阿蒂拉公主，他万分高兴，便与她举行了婚礼。只是有一点让人惊奇，她与八个男人同床无数次，在花烛夜的床上，竟然让她的丈夫深信她依然是一个黄花闺女。从那以后，她便成了加波国王后，与国王幸福地生活在一起。老话说得真不错，“被人亲吻过的红唇，其风韵依旧；如同一轮弯月，有月缺之时，也有月圆之日。”

故事八

安特卫普伯爵平白无故地被人陷害，畏罪潜逃，将两个子女留在英国，骨肉分离；十多个年头过去了，他装成要饭的回到了故乡，发现子女都变得十分富有，而且很有地位，于是，他随英军返回了法国，为军队喂马，其后他申了冤，重新成了伯爵。

当美若天仙的伊斯兰教少女所经受的各种灾难宣告结束以后，小姐们不由自主地唉声叹气。然而又有什么人晓得她们为什么唉声叹气呢？说不定有几位女士一面对她的经历表示同情，一面也在为自己惋惜，自己无法如她那般做过那么多男人的妻子。然而这一点就不好意思询问了。在故事的末尾，潘非洛引用的那句老话使得众人都哈哈大笑。女王晓得他的故事已经结束了，于是回过头去，吩咐爱莉莎接着讲，她听从了女王的吩咐，高兴地开口了：

今天，我们所讲的故事的范围极广，使得我们大家不仅能在其中转一个圈，就是转十个也是宽广无比，你寻思寻思，那无法捕捉的命运的主题是何等众多，既然成千上万的悲欢离合构成了人生，那么我便为你们也讲一个这种故事吧！

当日耳曼人征服了法兰西人，罗马帝国的政权宣告易主以后，两个国家之间的恩怨愈结愈深，战火连绵不断。法兰西皇帝与王子以保家卫国为借口，带着不少亲戚朋友，调集国内的军队，猛烈地攻击敌人。国王外出征战，国内无人当政了，幸亏他深深地知道，安特卫普伯爵戈蒂厄为人谨慎，刚正不阿，无比忠诚，可以百分之百地信任他，因此，尽管伯爵对战略毫不陌生，国王却把更加复杂的职责交给了他，让他担任摄政官一职，处理国内一切事务，他本人却带领三军，开始了远征。

自伯爵做了摄政官以后，处理国事，条理分明，无论是什么事情，都与王后和太子的妃子合计，然后再作处理。尽管若论职权，摄政官本应约束王后与妃子，然而在伯爵的眼中，她们依然是女主人，他对她们十分敬重。

这位伯爵即将年满四十了，伯爵夫人去世过早，生有两个孩子，一个是男孩，一个是女孩，而伯爵本人长相英俊，一举一动，都十分高雅，真是一位正人君子，态度亲切而温和；更稀奇的是，他是那时候最潇洒、最会打扮自己的骑士，国王与太子外出作战，凡是国家大事，伯爵经常到宫里来，与王后，妃子合计。没想到相见的时候越多，那妃子居然十分满意伯爵的气质品质，不禁对他产生了爱情。她心中寻思：一位如花儿般娇艳的少妇，一位是丧妻的男人，要想遂了心愿，该不会很难，只是不好意思表明她的心思，然而没过多长时间，她便想好了，将廉耻抛至脑后，向他表明了心迹。一天，只有她一人待在宫中，她认为机会来了，便请来了伯爵，只对他说，有重要事情和他商量。

伯爵心中所想与妃子的心思根本不同，一有人前来召唤，他马上到宫中去，与她见面。她在一张榻上躺着，吩咐伯爵坐在他的身边，此时此刻，只有他们俩待在屋中。伯爵问是何事，两次发问，她都一声不吭。后来，一切都让位于她的欲火，她满脸通红，也不讲究廉耻，颤抖着哭泣似的，吞吞吐吐地向伯爵讲述了她的心思。

“亲爱的伯爵，我最亲爱的友人，如你这般机灵的人，本应知道，无论是男人，还是女人，缺点总是有的；你也应知道，原因各异，每人就拥有不同的软弱性。因此，一个绝对公正的法官，对同一件案子，会由于罪犯的情况各异，而采取不同的处置方法。举个例子，如今，有个靠做体力活生存的贫困的男人或女人，竟然意欲模仿那养尊处优，整天无所事事，样样都有的夫人，想风流风流，那么，又有什么人会不批评她肤浅、自高自大呢——我寻思，关于这一点，无人会否认的。

“因此我认为，一个显贵世家的夫人，因为缘分，不慎坠入爱河，我们就不该严厉责备她，要是中她心意的情人长相英俊，那么，就可以彻底地宽容她了。对我来说，这两个前提十分符合，另外，我青春年少，丈夫外出，因为种种理由，那么，面对着你，我更有理由为我本人的狂热说好话了。你并不笨，听了我这番话语，肯定会明白我心中的苦楚，请为我想个办法，助我一臂之力吧！”

“说实话，我一个人待在家里，无力抗拒欲火的冲击和爱情的诱惑，它来势是如此凶猛，不要说一个柔弱女子会向它屈服，即使是那英勇非凡的男子汉也会被其征服。我又不愁吃喝，整天空闲，更觉得需要爱情，使我自然而然地坠入爱河。我晓得，如别人晓得此事，是十分丢人的。然而如果别人对你在干这种事毫不知情，那么就谈不上羞耻了。爱情对我分外慷慨，它不仅没有遮掩我挑选心上人的双眼，使我不晓得怎么办才好；与之相反，它让我更拥有一双更加明亮的双眼，让我看得十分明朗，你正是这样的一个人，值得我这种女人如此仰慕。如果我看清的话，在法兰西的土地上，你这位骑士是最英俊，最令人喜爱，最有生命力，最有涵养的了。既然我的夫君外出了，而你的妻子也不在人世，因此，我向你乞求，请看在我的满腔痴情的份上，怜悯我的年华，与我恩恩爱爱吧——我的这颗年轻的心儿如同冰块与烈火相遇一般，为了你，都已化为冰水了。”

说到此处，泪水溢出了她的眼眶，滚了下来，奔腾不已的狂热使她无法再说什么了，她低着头，只是流着泪水，似乎再也不晓得该如何求欢一般，依偎在伯爵的胸前。

伯爵原本作风正派，见妃子鼓动他做那种勾当，于是十分严厉地回绝了她，厉声批评她，那位妃子将双臂张开，意欲把他的脖子搂在怀中，顿时被伯爵摔倒在地，他立下誓言，即使是尸骨无存，他也绝对不能做愧对国王之事。

闻听此言，那位妃子恼羞成怒，立刻忘记了适才的欲念，高声叫了起来：

“不晓得好歹的东西！ 我的一番美意岂能容你如此践踏吗？ 你都不会得到上帝的原谅。 既然你要我死，我就会让你去死，不让你留在这个世界上！”

一面说着，她一面真的伸出双手，将自己的头发弄得乱蓬蓬的，把前胸上的衣服也扯破了，大声叫道：

“救救我！ 救救我呀！ 安特卫普公爵要对我施暴啦！”

她如此大声叫喊，惊慌失措的反而是公爵，他之所以如此，并非由于自己干出了有愧于心的事情而恐惧，而是担心朝中百官平常妒忌他，此时便对陷害他的妃子的单方面的话深信不疑，怎么会给他狡辩的机会。 因此他马上从宫中逃了出来，连忙返回自己府上。 刚来到家门口，也不敢多停留片刻，马上让儿女们坐在马背上，自己也翻身上马，竭尽全力地奔向卡莱。

当妃子的喊叫声传入侍从们的耳中之后，他们赶紧跑了过来，见妃子如此狼狈不堪，又见她如此说话，都深信不疑，认为伯爵往常那副谦和勤劳的样子，都是装出来的，以借此使他个人的目的得到满足，所以都凶神恶煞地前往他家捉人。 没想到，屋中已经无人了，这些人便将伯爵府上所有有价值的东西洗劫一空，只剩下一栋空房子，马上将之夷为平地。

当军中人得到这个消息以后，更是将伯爵说是十恶不赦，当此消息传到国王和太子的耳中之后，两人气愤不已，马上判定流放伯爵以及他的后代，永世不得回来。 而且向全国发出告示，要是谁能将伯爵捉拿归案，不管死活都重重有赏。

另外，伯爵与儿子、女儿来到了卡莱，他想无论自己如何纯洁，如此潜逃，无异于证明自己有罪，心中不禁非常伤心。幸好途中无人认识他，于是，他马上坐船远行，抵达了英格兰，并且穿上了穷人的衣服，向伦敦进发。在未抵达伦敦之时，他再三嘱咐儿子女儿，有两件事最重要，其一，命运让他们经受磨难，虽然他们没有恶行，然而依旧应该多多忍耐。其二，他们要是想活命，就万万不可将真实身份告知他人，或者是让别人知道他们的来历。

伯爵的儿子大约九岁光景，名叫路易，女儿大约七岁，名叫维奥兰，尽管两个孩子都年幼，然而却非常明白爸爸的劝诫，而且从那以后，真的十分小心。伯爵认为必须为孩子另外取个名字，于是便让儿子叫贝洛，女儿叫珍妮特，就这样，三人来到了伦敦，穿着破烂不堪的衣服，到处要饭，如同法兰西的要饭者一般。

一天早上，在教堂门口，他们正在行乞，一位英国将军的太太走出了教堂，目睹伯爵与一对儿女要饭，便问他来自何处，那两个小孩是否是他的儿子女儿，他告诉夫人，他来自皆卡第来，只由于他那不争气的长子生性邪恶，使他只得拖儿带女地在外漂泊。那位贵夫人心肠很软，见公爵的女儿生得十分清秀，举手投足，显得十分高雅而文静，非常惹人怜爱，所以，不禁十分怜惜她，于是说道：

“好人，要是你愿意让我领养你的女儿，那我甘愿周到而细致地照看她，因为我见她生得眉清目秀的，要是以后她成了大人，没有让我的希冀化为泡影，我会好好地为她许亲选婿。”

闻听此言，伯爵高兴不已，马上一口答应了。含着泪水让那位夫人带走了自己的女儿。即将分手之时，他反复请求她好好地看护这个孩子。

女儿已找到了存身之地，他也晓得收养的那户人家如何，便宽了心，拿定主意，要马上离开那儿。他带着儿子贝洛，一路要饭，双脚丈量了岛国的大部分土地，抵达了威尔士。原本他们不喜欢如此跋山涉水，因此狼狈不堪。英国国王的另一位将军住在这儿，他家门庭壮观，侍从众多，伯爵常常和孩子在他家门口要饭。

将军之子，还有其他贵族家的子女，经常在院中蹦蹦跳跳的，贝洛去的次数多了，便和他们一同玩耍，不管是什么游戏竞赛，他都显得十分机灵，偶尔水平还越过了他们。好几次，这孩子进入了将军的眼帘，他认为小孩的一举一动和表情都惹人怜爱，向侍从们打听，才晓得他的父亲经常到门口要饭，并且身无分文。便派手下去与他合计合计，说将军想让这个孩子做他的养子。闻听此言，伯爵认为这显然是上帝的眷顾，毫不犹豫地同意了，只是骨肉生离，不禁无比伤心。

如此一来，伯爵的子女都有了栖身之地，他拿定主意，不再在英格兰停留了，于是费了好大力气，乘船抵达了斯坦福，它属于爱尔兰，来到一位被一位伯爵领导的爵士府上，做了马夫，喂养马儿，无所不为——就这样，他一声不吭，任劳任怨地度过了几个年头。

几个年头过去了，珍妮特已长大成人了，生得非常美丽，不仅深得将军夫妇的欢心，而且他们全家上下，还有与她见过面的，纷纷称赞不已。另外她的举手投足，都显得高雅而文静，所以，大家都觉得，即使是与最尊贵的千金小姐相比，她也毫不逊色。她的养母老想着根据她的地位为她安排一桩婚事。然而遍查世间好坏的上帝，晓得她身世显贵，她堕落为地位卑微的人是因为别人干了坏事，因此慈善的上帝不忍心让位这显贵小姐落在地位卑微的人家，下面的这件事便发生了：

珍妮特的养母有位儿子，老两口视其为掌上明珠，万般疼爱，父母总是对自己的孩子无比疼爱的，然而这个孩子确实知晓事理，品质高尚，理所当然，他的双亲会更热爱他。他年长珍妮特六岁，见她生得如此迷人，又如此文雅，不由自主地对她产生了深沉的爱意。他的心中只有她，除此之外，别无他人。只是他只道珍妮特地位低微，没有胆量向父母提出请求，让他娶她为妻，生怕父母又骂他，说他忘记了地位，滥生爱意，因此，只得让这片深情藏在自己的心灵深处，为此他苦恼不堪。

他难以忍受这种精神上的苦楚，最终一病不起，让多少医生来瞧过了，无人能说出他染上的到底是啥病，所以人人都无计可施，不晓得该如何用药，这一下子可急坏了他的双亲，他们十分伤心，一而再、再而三地恳求他让他们知道他为什么身染重病，他只长叹了一声，作为答复，换句话说，他只感到自己愈来愈有气无力了。

一天，一位医术高明的年轻的医生在他的床边坐了下来，为他搭脉，正好在这时候，珍妮特来到了房中——因为她对老夫人满怀尊敬爱戴之情，常常替她竭尽全力地照看患者，一见她向房中走来，患者尽管依旧一声不吭，也不见有任何举动，然而他的心中燃烧着熊熊爱火，心荡神怡，脉搏跳动的速度加快，这一变化马上被医生捕捉到了，他非常诧异，仔细地观察着这种速度会延续多长时间。

片刻之后，珍妮特向病房外走去，于是病人的脉搏的跳动速度下降了，医生认为自己已有几分把握，知晓他为何生病了。 等待了片刻，他又让珍妮特走回了房中，似乎要询问她什么似的，一边依然把手搭在病人的脉搏上，果然不假，她一走回房间，脉搏的跳动速度如刚才一样，她一离开房间，速度又下降了。 这一回，医生便晓得了他生病的原因。 然后，他来到了病房外面，请来小伙子的父母双亲，向他们说道：

“您儿子的病，并非是大家所能诊治的，要想让他重新健康起来，珍妮特有办法。 根据许多确凿的现象，我觉得您儿子患上了相思病；从另一面看，好像珍妮特还不晓得您儿子对她朝思暮想呢。 如果你们珍视他的性命，那么赶紧想个主意吧！”

闻听此言，老两口稍稍宽了心。 因为医生已为他们指出了一条路，可以从死神手中夺回他们的儿子。 然而也愁闷不堪，担心以后珍妮特会真的嫁给他们的儿子。医生离去以后，老两口走近病人，夫人说了这么一番话：

“孩子，你心中有事，却不告诉我，这实在出乎我的预料，你甘愿相思成疾，如此憔悴不堪。你不要担心，任何事情，只要可以让你高兴起来，无论它是体面，还是有失体面，我都会像做自己的事情那样去做，为你做好。偏偏生了你这个孩子，牙关紧咬，无论怎样，都不愿让妈妈知道你的心事。幸好上帝与你不同，他依然十分珍爱你，不肯目睹你形容憔悴，直至死去，向我做了指点，使我明白了你的病根，原来，并非因为其他的事情，而是患上了刻骨铭心的相思病，对一位姑娘朝思暮想，也在你这个年岁，本应是花前月下的时候，不必害臊，也不必不告诉别人。如果你不理解爱情，那么，在我的眼中，你反而成了一个无用的小孩了。因此，孩子呀！不要再把我蒙在鼓里了，向我敞开心扉吧！把那让你染上疾病的苦闷抛到九霄云外去吧！你放心好了，不要怀疑你的母亲，只要你告诉我，你想得到什么，你母亲都会努力地让你的心愿得到实现，因为她对你的爱，远甚于对自己生命的热爱。赶紧将胆怯和恐惧的感觉抛到脑后吧，一五一十地向你妈妈说出来：为了你的爱情，她是否可以助你一臂之力。如果你发现母亲没有帮助你，或者没有办好事情，那么你便认为她是这个世界上最无情的妈妈好了。”

当妈妈的话传到年轻人的耳中之后，开始时，他依然十分害臊，然而随即他心中暗想，除了妈妈，无人会让他的愿望变成现实了。于是，他开口了：

“妈妈，我患了相思病，始终没有胆量告诉你们。原因便在于我发现不少人一旦年岁大了，便将他们的青年时期忘得一干二净了。如今你如此宽容我，如此一来，我不仅承认你猜得很对，而且我还要对你说，是什么人占据了我的心，只希望你按照你所承诺的那般去做，救我一救！”

夫人还以为她有别的路子，能够满足儿子的欲念，却未必真的根据他的意志行事，于是一口应允了，而且告诉他，只要他愿意说出心中的想法，她立刻去做，让他实现自己的愿望。

“母亲呵，”随即年轻人说道，“我家的珍妮特生得真美，真柔和，我对她产生了爱情，她的柔情，我却无法获得——甚至我心中对她日思夜想，她也毫不知情，我又没有胆量让别人知道我的隐情，最后就成了这样，你表示同意助我一臂之力，如果你无力做到的话，我便活不了多长时间了。”

夫人明白如今只能以言相慰，而不便出言相责，于是，脸上带着笑容，说道：

“哎，孩子，就因为这件微不足道的事情，你竟病成如此模样了吗？赶紧放下心来吧，早点恢复健康吧！等你病体康复了以后，我来为你办好一切！”

如今那小伙子有了盼头，没过几天，他的病情就好转了很多。见此，他妈妈确实十分高兴。便开始寻思如何来使她的承诺变成现实。一天，她派人唤来了珍妮特，在漫无目的闲聊中，她佯装开玩笑似的，十分亲切地问她是否已有了心上人了，珍妮特满脸通红，答道：

“夫人，如我这般一个无依无靠的少女，甚至都没有家，只能寄人篱下，要口饭吃，又怎会有资格谈情说爱呢？”

于是，夫人说道：“如果你真的尚未遇到意中人，那么我想把一个人介绍给你，你们两相厮守，快活之极，这才不会白白浪费你的年华和美丽，如你这般美丽的女人，甚至都没有心上人，这还不好说呢！”

珍妮特答道：“夫人，当我爸爸一贫如洗的时候，你收养了我，待我如同亲生女儿一般，把我抚养大，为了这种恩泽，我本应一切服从你的吩咐，然而至于此事，我只好让夫人谅解我——我无法服从——我认为我只得如此行事。要是你为我寻了一位夫君，那么我会执着地爱着他，然而我无法对别人产生爱情，因为如今除了从先人那儿继承下来的清白之外，我已是两手空空的了。而我发誓，我要一辈子保持清白。”

闻听此言，夫人感到要兑现她对儿子的承诺，不太容易，然而她到底是一位心地善良的夫人，不禁从心底里对她佩服得五体投地，于是，她说道：

“咋啦，珍妮特？如果现任国王——他是位骑士，而且风华正茂，恰好你是位美貌少女——如果他让你嫁给他，你也不同意吗？”

她想都没想，就答道：“国王可以使用暴力，迫我屈服，然而除非他光明磊落地向我求爱，否则我一辈子都不会答应他。”

见她态度坚定，夫人不好再说什么了，然而她依然想试试她，于是，她前去告诉儿子，等他身体痊愈之后，她会让他们待在一间安静的屋里，到那时，他便可以亲自向珍妮特表明心迹了。另外，她还说，要是她出面，如同一位老鸨一般，为儿子充当月下老人，是很不体面的事情。

这个办法不仅没有让小伙子变得快乐起来，与之相反，忽然，他的病变得严重起来。到了这一步，夫人只好向珍妮特全盘托出心中的想法，出乎她的预料的是，她的态度更加坚定，无法改变。于是，夫人便向丈夫讲述了这一情况，二人合计了一番，也伤心了好长时间，拿定主意，同意儿子的要求。尽管此事极不符合他们的原意，然而让一个出身低微的少女充当他们的儿媳妇，却从死神手中夺回他们的爱子，总要比他无法得到心爱的女子郁郁而终要好一些。两人合计好了以后，马上着手准备此事。珍妮特十分高兴，真挚地向上帝道谢，为他依然记得她，然而她依旧自认自己是平民之女，不敢道出实情，那位小伙子真是快乐到了极点，马上就康复了，与他的心上人结婚了，从那以后，两人过得十分幸福。

至于伯爵之子贝洛，他被威尔士的一位英国将军收养了，这时，他已是一个大人了，相貌堂堂的，将军十分喜欢他，他又会武艺，每当岛上的各种赛事开始时，无人能与之匹敌，所以，他声名远播，无人晓得他便是贝洛·毕卡德。

上帝向他的妹妹眷顾，然而也十分厚待他，并没将他抛到九霄云外。原来，有一年，一场恐怖的瘟疫席卷全岛，有一半的人死去了，剩下侥幸死里逃生的，大多数惊慌地背井离乡了，好端端的一座城市，一眨眼的工夫就变得十分凄凉。将军家里将军，夫人，独生儿子、兄弟，还有不少晚辈，纷纷撒手西去了，如此一个豪门大户，只有正当妙龄的女儿、贝洛、还有几位侍从侥幸逃生，后来，瘟疫慢慢地消失了，由于贝洛长相英俊，很有能力，得到了将军之女的仰慕，她与几位幸存的长辈进行了一番合计之后，便嫁给了贝洛为妻，让他做家长，父母遗留给她的全部财产均由他负责掌管，没过多长时间，将军死去的消息传到了英国国王的耳中，他又晓得贝洛无比勇敢，于是下令让他继承死者之职，做了将军。这一切便是安特卫普伯爵与子女生生离别，不再有任何联系之后，这对毫无过错的儿女的大致命运。

至于那位伯爵，自从从巴黎逃出来以后，去了爱尔兰，不辞艰辛，十八个年头过去了，由于想念自己的儿女，因此，他打算前去找找他们，看看他们生活得如何，在他的脸上，昔日的容颜早已荡然无存了，他苍老不堪，只是由于一年到头干着体力活，与昔日养尊处优的时候相比，他的身体更加结实了。他告别了老东家，双手空空，去了英格兰。他先去了当年贝洛被带走的地方，晓得他已是一位将军了，家产丰厚，又目睹他长得身形高大，英俊非凡，伯爵十分高兴，然而，尚未晓得珍妮特境况如何，因此他不愿让别人晓得他的身份。

他又日夜兼程，抵达了伦敦，十分委婉地向人问起将他女儿收为养女的将军夫人，还有珍妮特的境况，才晓得了珍妮特已经成了夫人的儿媳妇，心中非常快活。见一对儿女都已长成了大人，生活得十分幸福，伯爵感到他过去所经受的各种各样的磨难，真算不了什么。

他渴望见一见他的女儿，于是他经常在她家门口要饭，一天，他的女婿杰美·拉密斯站在家门口，发现了他，认为这个老头子令人同情，于是吩咐仆人带他进来，拿一些食品给他，也是做了件善事，仆人服从指令，带他进屋了。

珍妮特和杰美已经生儿育女了，最大的孩子年仅八岁，然而都生得眉清目秀，天真可爱，真是不多见的。见伯爵在进食，他们纷纷向他跑来，围在他的身边，和他十分亲热，似乎有种神奇的力量使他们凭直觉晓得此人便是他们的外公似的。一见到他们，伯爵就晓得他们是他女儿的孩子，那高兴劲儿，真是无以言表，分外抚爱他们。孩子们更无法与他分开了，无论他们的老师如何叫唤，都毫无用处。

当外面的吵闹声传入珍妮特的耳中之后，她便走出了自己的房间，走向伯爵吃饭的地方，对孩子们吓唬说，谁不服从老师的教导，她就要打谁。孩子们哭了起来，说他们想与这个善良的老者一同玩耍，因为与老师相比，他更加喜欢他们，闻听此言，珍妮特和伯爵都笑了。一见孩子的妈妈走了出来，伯爵赶紧站了起来，如贫困者对贵妇人致敬那般，不像父亲见到了自己的女儿，然而，他颇感慰藉，珍妮特根本无法认出他就是她的爸爸，他变化太大了，容貌也老了不少，头发开始变白了，胡子很长，黑瘦黑瘦的，与昔日相比，就像换了一个人似的。一见孩子们不愿与老者分开，如果拉开他们，就大哭不止，她只好让教师允许他们玩耍片刻。

当孩子们正围着老者吵吵闹闹的时候，正好杰美的爸爸回到了家中，教师便让他讲述了此事，本来他就十分鄙视自己的儿媳，听了这一切以后，他便说道：

“别管了，上帝让他们背时吧！ 真是有什么的种子，就有什么样的后代。 他们的妈妈本来就是叫花子出身，他们爱与要饭的待在一块儿，这有啥大惊小怪的？”

闻听此言，伯爵心中溢满了痛苦，然而他只耸了一下肩膀，默默地承受了这种耻辱，如同对许多其他的耻辱，他也逆来顺受一般。

闻听孩子们十分亲近老者，杰美尽管心中不甚愉快，然而由于对自己的子女的爱，不忍心让孩子流泪，便吩咐仆人前去询问他是否愿意待在这里，侍候他们。 伯爵答复说他巴不得这样，只是他也没有别的技能，只善于照料马儿，因为他一辈子都是侍候马儿。 将军家中的人立刻让他照顾一匹马儿，从那以后，照顾好马儿以后，便与孩子们玩在一起。

命运如此安排伯爵和他的儿子、女儿的时候，法兰西国王已与日耳曼人签订了合约，没过多长时间，他便告别了人世，太子成了新国王，当年诬陷伯爵的王妃也成了王后。 后来，条约到期了，边境上又燃起新的战火，此时，英格兰国王与法兰西国王结亲了，一同助战，率领大军的是大将军贝洛，另一位是将军之子杰美，杰美府上的老者——即伯爵——也与军队一同开拔法兰西，照顾马儿，一直无人认出他，本来伯爵善于指挥作战，因此在军中屡立大功，常常出谋划策，实在是出乎别人的意料。

正当两国交兵之时，宫中的王后身患重病。 晓得自己马上就要死了，面对被全国上下公认为最纯洁的鲁昂大主教，她开始了死前的忏悔，一五一十地说出一生所犯的罪行，其中一件便是，安特卫普伯爵如何遭到了她的诬陷。 她不但对大主教坦白了罪行，而且，当大臣们全在场时，原原本本地讲述了这件事情，委托他们为她向国王提出请求，要是伯爵还没死的话，马上让他重新得到伯爵封号，所有的财产都完璧归赵，不然的话，一切归他的儿子女儿所有，刚刚做完忏悔，她便离开了人世。大臣们为王后举行隆重的葬礼，使者来到了军队里，向国王汇报了王后弥留之际的忏悔。

听到这一切以后，国王想到让好人蒙冤，不由自主地叹息不止，立刻吩咐通知三军，通告全国，所有知晓安特卫普伯爵或者他的后代的去向，去向他汇报的人，都重重有赏。以前伯爵被放逐，确实是蒙冤了，幸好王后临终之前做了忏悔，一切都已清楚了，如今国王打算让伯爵拥有爵位，甚至给他封号，以表示弥补。

伯爵改名换姓，在军中照料马儿，当这个消息传到他的耳中之后，他打听到确有此事，于是前去拜见杰美。请他陪他前去拜见贝洛，说关于国王重金找的那个人，他可以提供线索，三人相见之后，伯爵便对贝洛说：

"贝洛，杰美做了你的妹夫，你的妹妹却一点陪嫁品都没有，为了不让你妹妹两手空空地嫁为人妇，我心中寻思，应该让他得到那笔重赏——让他——而并非他人——前去拜见国王，把我们报告给国王。因为你的爸爸就是安特卫普公爵，他的夫人便是你的妹妹，名叫维奥兰若，而我本人便是安特卫普伯爵，是你的爸爸。"

闻听此言，贝洛仔细地打量了他一番，发现他真的就是自己的爸爸，于是，他在伯爵面前跪了下来，流着眼泪说道：

"爸爸，与你相见，我是何等快乐呀！"

当伯爵的话语传到杰美耳中之后，又见贝洛这种模样，真是惊喜交加，差不多出了神。片刻之后，一想起自己将伯爵视为马夫，呼之即来，挥之极去，惭愧不已，于是便跪在伯爵面前，流着泪水恳求他原谅他过去的各种罪行。伯爵赶紧扶起他，好言相劝，让他别记着昔日的往事。

三人谈论着昔日的经历，时而泪水直淌，时而快活地笑了，贝洛和杰美让伯爵把衣服换一下，然而伯爵始终不同意，他吩咐杰美前去报告国王，将国王的赏银领到手中，随即便身着马夫的破烂不堪的衣衫，与他一同前去拜见国王，以便羞羞国王。

杰美与伯爵、贝洛前去拜见国王，说伯爵和他的子女已被他寻找到了，特意前来要赏银。国王立刻吩咐侍从把一份丰厚的礼品拿了出来，在杰美的面前放了下来，说只要他能真的带伯爵及其子女前去见他，他便可以拥有这份厚礼了。于是，杰美转过身来，带着马夫和贝洛走了上去，说：

“皇上，此人便是伯爵，这是他的儿子。他还生有一女，嫁给了我，此时此刻，她不在此处，上帝如此仁慈，不用过多长时间，你就会见到她。”

听了这番话语，国王便开始端详伯爵。尽管伯爵已显得苍老不堪，然而细细瞧瞧，也能认出来。他热泪盈眶，扶起了跪着面对他的伯爵，亲吻着他，与他相拥，对贝洛也非常和蔼，然后他吩咐手下为伯爵更衣，给了他马匹、奴仆、还有与他地位相符的一切东西。他一声令下，没过多长时间，一切都准备好了。国王也厚待了杰美，其后便问起了伯爵四处漂泊的经历。

由于把伯爵及其子女的去向汇报给了国王，于是国王重赏了杰美，在接受赏赐时，伯爵告诉他：

“这是国王的恩典，你不要推辞，希望你要记住告诉你的爸爸，你的子女——即我的外孙，——他的孙子的妈妈并不是要饭的人的女儿呀！”

收下这笔赏金后，杰美让仆人前去接来了夫人和妈妈。贝洛也让他的夫人来到了巴黎。众人与伯爵一同生活，幸福极了。国王不仅让伯爵拥有了昔日的家产，而且与过去相比，其风光更甚。后来子女们离开了伯爵，都返回了自己的家中。伯爵在巴黎定居，一生都过着尊荣富贵的生活。

故事九

贝纳卡上了坏人的当，将赌注输光了，命人将他那毫无过错的妻子杀死，幸好她死里逃生，身着男装，投靠苏丹，得到了一官半职。后来她与那个坏人相遇了，让人前去热那亚，带来了她的丈夫，三人当面对话。最后一切水落石出，坏人受到了处置，她又穿上了女装，带着满满的一船货物，与丈夫一起返回了故乡。

当爱莉沙那充满伤感、令人感动的故事宣告结束以后，女王菲罗美娜开始接过了话头。女王生得非常美丽，身材纤长，而且脸上总是带着笑容，称得上是群花之首，只见她从从容容地开口了：

我们本着对第奥纽守信用，如今既然大家都讲完了，只有他和我没讲，那么我先讲故事吧，因为他早就提出了要求，让他最后讲故事。

有句老话，我们经常说，即“害人等于害自身，”要是没有事实证实，可能人们不会对这句话深信不疑，好姐姐们，此时此刻，我准备开始讲故事，以便证明给你们看，此言并不假，一方面，它属于我们所规定的主题范畴。也许你们不会不喜欢听的——这种故事能教导我们防范恶人。

巴黎，有家旅店，一次，几位来自意大利的富有的商人前来投店。在巴黎，他们都有自己的事情要办。一天夜晚，他们共进晚餐，大家都非常高兴，七嘴八舌地交谈起来，最后，每人留守在家的妻子成了话题，其中，有一个开玩笑地说：

“我不晓得我妻子一个人待在家中时会做些什么，然而我敢这么说，如果我与一个令人中意的小姑娘邂逅了，不去与她快活快活，反而一心惦记着自己的妻子，这才奇怪呢！”

“我心中也是这么想的，”另一位商人开口说道，“因为不管我是放心，还是不放心，在我外出的日子里，我的夫人有高兴事儿总要高兴的，因此这便是彼此彼此，以牙还牙，以眼还眼。”

然后，另一个人表明了一样的观点，结论是相同的，总之，众人几乎一致觉得，留守家中的妻子，只要有时机，绝对不肯一人独守家中的。

其中只有一个人来自热那亚，他叫贝纳卡·伦美里尼，他拼命地要推翻他们的观点，说承蒙上帝施恩，他的妻子贤良聪明，在整个意大利都难以找到第二人，她不仅具有女性所有的可贵品质，甚至她的身上还汇集了只有骑士与绅士才有的大部品质。她风华正茂，长得又美，身材丰满，十分壮实。若论刺绣，她是女中状元。另外，她安排宴席的能力，甚至富贵人家的管家也不能与她相提并论——凡此种种，都应该归结为她出身显贵，生性聪颖，为人平和，然后，他又称赞妻子善于骑马，放飞猎鹰，知书识礼，善于算账，比起哪位生意人来，也毫不逊色。如此称赞了一番以后，他又谈到适才所说的主题上，保证说天下再也不会有比他老婆更善解人意，更纯洁的女子。他毫不怀疑，即便他离开家长达十个年头，或者一辈子都在外面，她也绝不会与其他的男人有丝毫亲热的举动。

在这些谈得兴致勃勃的商人中间，有一个名叫安勃洛乔·达·皮亚桑扎的人，年岁尚轻，闻听贝纳卡称赞他的老婆是世界上最纯洁的女子，不由自主地笑了起来，并且用非常刺耳的讥讽的语气问道：“想必是皇上赐给他如此好福气！”

贝纳卡有点生气，回答说这福气的赐予者并非皇上，而是上帝——他比皇上有更大的权力，无所不能。

于是安勃洛乔说道：“贝纳卡，你的话绝对是发自内心的，这一点我深信不疑，但是，我认为你好像尚未透彻地琢磨万事万物的本性。如果你真的多多注意这些东西，我寻思你也并非是一个糊涂蛋。

肯定会懂得不少道理的，如此一来，在提及这个题目时，你就不会夸下海口，我可以告诉你，以免你以为我们如此肆无忌惮地提及自己的老婆，也许她们与你的妻子是由完全不一样的东西构成的吧，实际上，我们如此说话，是因为女人的心理早被我们琢磨得一清二楚。

“关于这个事情，我想再给你几句教导。我始终觉得，男人是上帝创造出来的万物之灵，至于女人嘛，是上帝模仿男人所创造的。我们一贯的看法是，男人远比女人完美，即使是在男人支撑一切的事业上，这一点也没有改变。正因为如此，与女人相比，男人的意志肯定会更加坚定，更能坚忍不拔，而世界上的女人大部分是轻浮的。关于这一点，可以用许多天生的理由来解释。只是这一点，我暂时不提。举个例子，意志坚定的男人尚且无法控制自己，拜倒在女人的石榴裙下，——特别是当一位惹人怜爱的女人开始引诱他时，他更加努力地想与他亲热了。这种事情并非是每个月里都会发生的，而是每天都会发生一千次——那么你寻思寻思，原本意志不坚定的女人，如何能承受起一个男人的甜言蜜语、拍马溜须、献殷勤，还有绞尽脑汁地追求？你只道她能坚守阵地吗？无论你的话是何等地悦耳，我始终怀疑你会对自己的话信以为真。你本人也曾说，你的夫人也是个女人，如同其他的妇道人家一般，也是个有血有肉的人，既然如此，她无异于其他的女人们，拥有相同的欲念，对肉体上的需求，其他的女人们会克制自己到什么样的地步，她也只能做到这种程度，因此虽然她是何等地老实，其他的女人所做的事情同样会发生在她的身上，既然存在这种可能性，那么你就不应该对这种事情拼命否认，或老是表示反对别人的观点。”

贝纳卡向他回答道：“我是做生意的，而并非研究哲学的，只能用生意人的话语来对你的话做出答复。我不否认，一个将羞耻抛到脑后的愚蠢的女人会有你口中的那种行为，然而一个聪颖的女人对自己的名声非常重视，与男人相比，她们会更坚决地维护自己的名声，而我的老婆就是这种人。”

“说实在话，”安勃洛乔答道，“如果女人与其他的男人有过一次肌肤之亲，就会有一只角出现在她的头上，说明她们干过的勾当，那么我就不会怀疑女人们极少干出这种勾当了。然而，其实，她们的头儿不但不会出现角，要是一个不笨的女儿，还会干得干净利索，不留下任何痕迹。羞辱和名声败坏，唯有奸情被人知晓之后才会出现。因此，只要她们可以避开他人的耳目去做，便绝对不会放过任何机会，要是她们没有胆量这么做，那就是笨了。对此你倒可以不要怀疑，如果真的存在一位如此纯洁的女人，那原因便是无人向她发动进攻了。或是她向别人发动进攻，而别人没有接受她的感情。这不仅是人之常情，而且是真理，然而如果不是我与许多女人做过这种事情，我也没有胆量如此肯定。我告诉你吧，要是我可以与你的那位无比纯洁的好夫人接近，那么不用过多久，我就能将她弄到手，如同我将别的女人勾引到手一般。”

贝纳卡怒火直冒，答道：“语言辩论是不会有办法解决的，永远不会。你认为你说得对，我认为我没错，最后，都是无用的。既然以你之见，所有的女人都能轻易上手，而你老出入风月场中，为了证明我的夫人纯洁，那就这么办吧！要是你可以让她被你勾引到手，我心甘情愿地奉献出自己的脑袋。要是你没有得手，那么你只用拿一千块金币给我就可以了。

“贝纳卡，”安勃洛乔答道，他的心头也升起了怒火，“我们打赌，要是赢家是我，我不晓得取了你的脑袋会给我带来什么好处。你如果真的想让我使我的话得到证实，那好，你出五千块金币吧！——与你的脑袋相比，这不算贵吧——我出一千块金币，咱们赌个谁输谁赢。你没有提出时间限制，此时此刻，我来定吧，打我告别此处，前往热那亚的那一天开始算，我想用三个月来把你的夫人弄到手，而且要带来她最珍爱的物品，还有别的一些证据，以便让你不要怀疑这种事情的存在。只是我有一个条件，即在这些日子里，你不可以返回热那亚，也不可以给她写信，说有这种事情。”

贝纳卡满口应承，和他们在一起的不少商人认为这并非开玩笑，生怕以后会出事情，于是拼命阻止他们，只是那两人都满腔怒火，怎么肯听他们的话呢，两人立刻写好契约，签了字，清清楚楚地列出了各种条件。

契约写好之后，贝纳卡依然待在以前的地方，至于安勃洛乔，马上启程去了热那亚。在那里，他停留了几日，十分小心地问清楚了那位夫人的地址、品德，才晓得贝纳卡说她妻子老实，实际上，只说老实，还不足以称赞她，此时此刻，他心中发虚，认为自己不应莽莽撞撞地前往此处。然而，没过多长时间，他便与一位穷女人相识了，她常常去那位夫人家，夫人十分信任她。然而安勃洛乔想了好多办法都无法让那个女人帮助他，他便用钱买通她，请求她让他待在他自己让人做好的一只箱子里，并且运到了夫人家，而且一直抬到了她的睡房里。那女人得了钱财，便听从了他的话语，向贝纳卡夫人撒谎说，她将外出，想将一只箱子寄存在她家中。

如此一来，箱子被摆在了夫人的卧室里。夜幕降临了，安勃洛乔算着夫人进入了梦乡，便把机关一按，把箱子盖移开了，悄无声息地爬出箱子。卧室里，一盏灯正燃着，借助于火光，他看了看房中的摆设，壁上的图画，牢牢地记住了这一切。然后，他又来到床前，发现贝纳卡夫人与一个小女孩正沉浸在梦乡里。他轻轻地拉开了被子，发现她全身赤裸，和她穿衣时一样好看，再仔细瞧瞧她的裸体，没有发现什么非同一般的特征可以回去说的。只见一颗黑痣位于她左边的乳头下，旁边有数根茸毛，呈金黄色，看好这一切以后，他又为她轻轻地盖好被子。她的漂亮对他有一种难以抗拒的吸引力，使他巴不得与她寻欢作乐，即使是以生命为代价也在所不惜。然而从别人口中，他已知道她冷冰冰的，绝对不会干这种勾当，因此不敢毫无把握地做这件事。那天夜晚，他待在她的卧室里，一直到深夜以后，并偷偷地拿走了她放在衣橱里的钱包，睡衣、几枚戒指，还有一些腰带，他用箱子装好这些东西后，再次藏在箱子里，把箱盖关上了。一切都没有什么变化。就这样，他忙碌了两个夜晚，沉浸在梦乡之中的贝纳卡夫人对此一无所知。

第三日，那穷女人登门拜访，要回了箱子，运到以前的地点——她遵从吩咐行事。安勃洛乔爬出箱子，按照约定的那样付给她一笔酬金，然后把赃物带好，迅速返回了巴黎，到达巴黎时，果真尚属于约定期限。

他请来了昔日争论、签订契约时没有离去的生意人，当这些人在场时，他告诉贝纳卡，他已经赌赢了，因为当初他如何承诺，如今一一实现了。为了证明确实如此，他先描绘了一番夫人房中摆的东西，以及墙上的画，然后把带回来的物品拿了出来，说这是贝纳卡的夫人赠给他的纪念品。

贝纳卡没有否认，说他所说的确实是夫人房中的情形，也没有否认这些东西属于他的夫人，只是他说，安勃洛乔口中的夫人睡房中的情形，也许是在他身边效劳的仆人告诉他的，至于这些物品，也许是通过仆人搞到手的。因此，要是安勃洛乔没有其他的证据，那么只根据摆在面前的这点东西，无法证实什么，不能算是打败了东道主。

然后安勃洛乔说道：“说实在话，这些已经足以证明此事。只是既然你要求多讲点什么，那好，我就讲。对你说吧，你的夫人齐纳芙拉夫人，有颗黑痣位于她的左乳头下，而且还不小，四周有六至七根茸毛，呈金黄色。”

当这句话传到贝纳卡耳中之后，他的心中如同刀绞一般，难受到了极点。虽然他默默无语，然而瞧瞧他那忽然变了的脸色，显而易而，对安勃洛乔所说的一切，他已经信以为真了。片刻之后，贝纳卡才开了口。

“先生们，安勃洛乔没说假话，我输了，我会给他钱。”

次日，贝纳卡给了安勃洛乔五千块金币，而自己则怒火冲天。告别了巴黎，回到了热那亚，想对他的夫人进行处置。当他即将抵达热那亚，尚到六七十里路便可到达城中时，他停止了前进。他住了一幢属于自己的别墅里，然而命令一个亲信带着两匹马，一封信前往热那亚告诉他的夫人一声，说他已返回了家乡，让她前往别墅见面。然而他悄悄地吩咐仆人，在途中寻时机动手，杀死她，再回来向他报告。

根据吩咐，仆人抵达了热那亚，拿出了家信，贝纳卡夫人欢天喜地的。次日一大早，她便与仆人骑马前往别墅，一路上，他们交谈着，不知不觉之间，一个深不见底的山谷呈现在他们的面前，四周都是陡峭的山壁和树木，仆人认为在如此僻静之处，正好动手，返回别墅向主人复命，于是，他把匕首抽了出来，把女主人的手臂一把抓住，说：

“太太，赶紧向上帝祈祷吧！你不用继续走了，因为你已面临着死亡。”

一见他举着小刀，又如此说话，贝纳卡夫人又惊又怕，叫了起来：

“上帝呀！发发慈悲吧！你要我的命，总应该对我说，我有啥对不起你的地方，使你如此痛下杀手！”

仆人答道：“太太，你没有冒犯我，然而不晓得你怎么冒犯了你的夫君，我只晓得他吩咐我在途中结果你的命，不准有半点地同情你，还说要是我没有遵从他的命令行事，他便会吊死我，你晓得我是为他效劳，无论他有什么吩咐，我如何能违抗呢？上帝晓得，我很怜悯你，然而我无可奈何呀！”

贝纳卡的夫人流着泪水向他乞求，“哎呀，请看在上帝的份上，万万不可为遵从别人的吩咐，把一个从未冒犯过你的女人置于死地吧！ 那无所不知的上帝呀，晓得我没有任何过错应被我丈夫如此处置。 然而如今无须再说什么了，只要你接受我的建议，你便能面对上帝、面对你的主人，面对我，都有了个交代。 我想你最好如此吧——你拿走我的这套衣服，让我穿上你的紧身衣和外套，你拿着我的衣服，回去向主人复命，说我早被你杀了，由于你，我的生命才得以保全，我甘愿向你立下誓言马上从这里走开，逃往异乡，从那以后，不管是你，还是他，甚或是这儿所有的人，不会再听到有关我的事情。”

仆人想置她于死地，本来是无奈而为之的，因此她的这番乞求，真的让他不再忍心杀她了。 他把她的衣服拿走了，让她穿上自己那破烂不堪的紧身衣和外套。 她身上那点钱，依然让她带在身上，他只恳求她赶紧离去，然后便让她走进了山谷，自己返回去报告主人，说他已杀死了她，而且让一队野狼撕咬着她的尸首。

这样，贝纳卡才回到了热那亚。 他置自己的妻子于死地的事情，已传得沸沸扬扬的，那儿的人纷纷责备他。

至于贝纳卡的夫人，可怜她孤零零的，凄惨不堪，直到夜幕降临以后，她才有胆量向不远处的一个村庄走去，由于已经化过装了，她向一个老太婆要来针线之类的东西，并根据自己的身材，缩短了那件紧身衣，并拿出自己的上衣，改成了短裤，又把头发剪短了，将自己化装成一个水手，走向海岸。 巧的是，在海岸上，她与一位来自西班牙卡达鲁尼亚的绅士相遇了，此人名叫恩卡拉，由于阿尔巴有山泉，因此他便把船停在不远处，自己来到了岸上，打算歇息片刻。 她为自己改了名字，叫西柯朗，与他开始了谈话，他收留了她，于是，她和他一同来到船上，把一套整齐的衣服穿在身上，从那以后，她便成了一个仆人，无微不至地照料着绅士，绅士十分喜欢她。

没过多长时间，绅士乘船前往亚历山德利亚，他带着数只猎鹰来到岸上，以作为送给苏丹的礼物。苏丹多次摆下宴席，热情地招待他。每次西柯朗都陪他前去，所以苏丹见她照顾主人非常机灵而热情，非常喜欢她，于是便对绅士说，想留下西柯朗。主人见无法拒绝，只好留下了她。西柯朗到了宫中以后，举手投足都十分体面，因此，没过多长时间，苏丹便对她宠信有加，如昔日在绅士身边一样。

时光飞快地流逝，在阿克，每年都要举办规模极大的集市，不少信奉基督教和伊斯兰教的生意人也前往此处做买卖。这儿也是苏丹的管辖范围，为了让商人和货物远离危险，苏丹始终让大臣带着官员和队伍，前去维持秩序。这一次，西柯朗被苏丹派往此地。

此时，西柯朗已经能说那儿的语言了。她接受苏丹的命令，前往阿克，处理商人群众的秩序问题。到了阿克以后，她兢兢业业地处理事务，相当称职。她常常进行巡视，认识了不少来自西西里、比萨、热那亚、威尼斯、意大利的生意人。因他们都来自于她的故国，因此她愿意和他们打交道。一天，她来到一家铺子里，店主来自威尼斯。在不少小物品中间，一个钱袋，一条腰带进入了她的眼帘，她马上认出它们属于她，她不觉十分诧异，然而她并没再说啥，只问他这是何处弄来这些物品，是否出卖，语气没啥不同。正当此时，安勃洛乔运了一船威尼斯的货，抵达该地，当长官的问话声传入他的耳中之后，于是，他走了上来，脸上带着笑容，说道：

“先生，这些东西属于我，不卖，如果你喜欢，那送你好了。”

西柯朗见安勃洛乔的脸上挂着笑容，反而稍稍发了一下呆，心中寻思：是不是他发现了我的破绽，察觉出了我的来历了，然而外表上她依旧非常从容，说：

“你是由于见如我这般的军人突然打听起女人用的小物品来，感到好玩吗？”

“大爷，”安勃洛乔答道，“我并非在笑你，我在笑自己过去搞到这些玩意儿的情形。”

“哦，可能你很走运吧，”西柯朗对他说道，“要是并非啥无法启齿的事情，那讲给众人听听。”

“大爷，”安勃洛乔接着说道，“在热那亚，有位名叫齐纳芙拉的女人，贝纳卡·伦梅里尼是她的丈夫。一天夜晚，她与我寻欢作乐，将这些物品，还有别的一些，赠予我。要求我一辈子保存着它们，以纪念我们的爱情。此时此刻，我笑了起来，是想到世界上居然有贝纳卡这种笨蛋，说无论如何，我都无法把他的老婆搞到手，和我立下赌注，他出五千金币，而我出一千块金币，最后，他的妻子被我玩了，而且还把钱赢过来了，气得他差点死去。其实，也只能归咎于他本人干吗如此笨，不能批评那位夫人做出了女人们都做的勾当，然而他告别了巴黎，连忙回到了热那亚，因为此事，他杀害了自己的夫人。”

闻听此言，西柯朗才彻底醒悟过来，贝纳卡干吗要杀死自己心爱的老婆呢？是什么害得她如此历经磨难，于是她偷偷地拿定主意，万万不可轻饶了这个恶徒。然后她便佯装十分感兴趣地倾听他讲述，从那以后，又经常接近他，两人十分亲密，安勃洛乔不知就里，将他当成了心心相印的朋友，因此集会散了以后，便按照他的吩咐，带着一切货物，抵达了亚历山德利亚。西柯朗为他修建了货栈，又拿着钱，让他做生意，安勃洛乔认为结识了如此一位知己，真可谓前景无限好，怎会有啥不愿住在这里的理由。

西柯朗老想面对夫君，证实自己的纯洁，时时刻刻都在寻找这种时机，其后，由于城里几位来自热那亚的大富商的帮助，她千方百计地让贝纳卡抵达了亚历山德利亚。没想到此时此刻，他已一贫如洗，西柯朗又委托一个友人看顾贝纳卡，然而却不告诉他人，当时机成熟时再作打算。此时此刻，西柯朗早已带安勃洛乔进过宫，吩咐他对苏丹讲自己的事情，作此消遣。 贝纳卡到达此地以后，她认为不必再等了，于是抓住一个时机，向国王提出请求，请召来安勃洛乔以及贝纳卡，吩咐安勃洛乔一五一十地告诉贝纳卡，究竟与贝纳卡的老婆有何来往，要是他不说实话，便施用刑罚，迫使他招认。

两人进了宫，大家都在场时，苏丹严肃地吩咐安勃洛乔一五一十地讲述他过去如何与贝纳卡打赌，如何把五千块金币赢到手。 在这些人里面，西柯朗最受安勃洛乔信任。 没想到只见她气愤不已，与别人相比，她显得更加冷酷，只是吩咐他早点供认，不然的话，便施用严酷的刑罚，让他享用享用。 如此一再地死逼，安勃洛乔早就软了，只好当着贝纳卡和大家的面，原原本本地讲出了昔日的往事，心中还盼望交出五千块金币，把窃到手的一些东西交出来，便不用经受别的刑罚。 安勃洛乔讲完这一切以后，负责审理此事的法官回过头来，向贝纳卡说道：

“你对他的假话信以为真，如何处置了你的老婆呢？”

贝纳卡答道：“我把钱输给了他，又现了眼，我觉得都因为老婆不守贞节，一时火起，返回家中，便吩咐一个侍从杀死了我的老婆，仆人回来报告说，当时野狼便把她的尸体分而食之。”

两人的供词清清楚楚地传入了苏丹的耳中，只是他尚摸不透西柯朗追究此案有何目的，只听见西柯朗说道：

“皇上，如今你很容易就能看出，那个令人同情的女人有这种‘相好’，与如此的夫君，是何等值得骄傲的事情呀！ 她的‘奸夫’只撒了几句谎，顿时就毁掉了她的名声和贞洁。 骗走了她夫君的钱财，至于她的夫君，与他同床共枕几载，却怀疑她的贞洁，宁愿相信他人的假话，杀了她让狼吃，更令人佩服得五体投地的是，他居然不认得老婆了。 如今为了让皇上对此案一清二楚，方便判决，只恳求皇上开恩，处治骗子，饶了那个上当的人——我便让那位太太出庭对话。”

关于此案，苏丹对西柯朗言听计从，于是，满足了他的要求，吩咐带那位夫人出庭。贝纳卡一直以为自己的老婆早就不在人世了，闻听此言，感到十分惊讶。当这些话传到安勃洛乔耳中之后，他感到大事不好，可能把五千块金币还给他也不能了结此事，也不晓得那位太太一上来，是于他有利还是不利，只好忐忑不安地等着。

当西柯朗得到了苏丹的应允之后，只见她马上面对着苏丹，跪了下来，泪流满面，那男人的声音和风度顿时烟消云散了，只见她流着泪说道：

“皇上，我就是那可怜的女人，名叫齐纳芙拉，在这六个年头里，我始终身着男装，在异乡漂泊！这个坏蛋安勃洛乔用卑劣的办法陷我于绝境，败坏了我的名誉，而那个心肠坚硬，不知事理的男人，却吩咐他的仆人置我于死地让野狼分食我的身体。”

说到此处，她把前胸的衣服撕碎了，让乳房露了出来，使苏丹和所有的官员都看清楚她是个女儿身，然而，她怒火冲天地回头质问安勃洛乔，她什么时候如他所宣称的那般与她寻欢作乐过，此时此刻，安勃洛乔认出了她，害怕地垂下头，再也不敢说什么了，如同哑巴一般。

苏丹一直以为她是个男人，如今闻听她如此发问，又见她如此模样，真有点不敢相信自己的眼睛，还以为自己尚在梦中呢！后来他稍稍镇定下来了，晓得这一切都是真实的，西柯朗和齐纳芙拉是同一个人。于是便实实在在地称赞了她一番，称赞她的贞洁和高尚的品质，又命令仆人为她穿上最富丽的衣服，让不少宫女服侍她，与此同时，满足了她的心愿，饶恕了贝纳卡犯下的死罪，贝纳卡发现是自己的老婆，赶紧在妻子面前跪了下来，失声痛哭，请她饶恕自己。如此心肠坚硬的男人本不应得到谅解，然而她依旧不记前仇，原谅了他，扶起他，温和地把他搂在怀中，承认他是自己的夫君。

然后苏丹一声令下，安勃洛乔应该马上被押送到地势较高处，在木桩上捆着，身上到处都是蜜糖，任烈日照射，不准解开绳索，直至他死了为止。手下们马上执行了苏丹的指令。他又吩咐让齐纳芙拉接管安勃洛乔的一切财产——远远超过了一万块金币，另外，他又摆下了丰盛的宴席，热情招待巾帼英雄齐纳芙拉，以及她的夫君贝纳卡，而且还把许多金银器皿、宝贝、钱送给了她，其价值远远超过了一万块金币。

宴席结束以后，他命令手下为他们准备一艘大船，以便返回热那亚。他们多待几日也行，早点回去也可以，随便他们。夫妇两人带着丰富的礼品，兴致勃勃地返回了故土。家乡的人们对他们的归来表示热烈的欢迎，尤其是对他们始终以为早已被人杀死了的齐纳芙拉。在她的一辈子里，当地人十分尊敬她，对她的机灵和圣洁赞叹不已。

就在这一天，安勃洛乔被捆在刑柱上，全身都是蜜糖，任凭蝇叮，牛虻撕咬，蜜蜂刺他——在这个国度里，原本虫子就多得不得了，因此一瞬间的功夫里，他身上已爬满了虫子，这苦楚与死相比，更令人难以忍受。他离开人世时，虫子已吃光了他的身体；只有骨头完好。几根筋串着白骨，高高地挂在那里，让路过的人们，明白这是坏人的结果。这真是害人等于害己。

故事十

一个名叫帕加尼奴的海盗抢走了法官理查的夫人，她的夫君问清她的去向之后，便前去向海盗恳求，让她回来。他同意不予拦阻，然而她不愿随同夫君回家，后来，当他离开了人世之后，她便嫁给了海盗为妻。

这些从不干歪门邪道的年轻男女们听完这个故事以后，全赞叹不已，特别是第奥纽，在这一天了，只有他尚未为大家讲故事，因此，他对女王称赞了一阵，然而，便如此开头了：

漂亮的女士，我原本准备讲另外的一个故事，然而女王讲完故事以后，其中的一段让我的想法发生了改变，我说的便是贝纳卡那个笨蛋所做的事情——尽管他的蠢笨后来使他十分幸运。如他这种人所信奉的和体现出的信念，便是：在这个世界上，他们四处飘荡，时而勾搭上这个女人，时而又喜欢上另外一个女人，然而，他们老是幻想自己的夫人老是双手抓紧裤带，老老实实地留守在家中，她们生育了我们，而且将我们养大成人。然而日常生活的阅历似乎无法使我们相信与此截然不同的情况的存在。此时，我讲这种故事，便是让你们发现，这些人简直是愚笨之极！——特别是有的人以为自己拥有足以抗拒人类的各种欲望的力量，只要他们说出一番滑稽的理论来，便能迫使他人不遵守自己的愿意，依据他定下的为人处世的原则来处理人情世故。

昔日，在比萨，有位名叫理查·第·钦齐卡的法官，他生性聪颖，又非常富有，遗憾的是，他的身体不太好。他心中老想着，以为只要用他的那些钻研知识的劲儿来对付他的夫人，便能让她事事顺心。因此他绞尽脑汁地要寻一位风华正茂、美若天仙的少女做他的夫人。如果他为自己做什么，便如为他人想办法一样，就可以了，那么既不愿意他的“夫人”风华正茂，也不希望他美若天仙了。最后，老天作美，罗托·葛兰地大爷让他娶了他的女儿巴托罗米霞——在比萨城中，她是一位相当美貌的少女。

在比萨城里，女孩子皮肤发黄，十分瘦削，如同以虫子为食的守宫，如今，这样的一位美女嫁给了理查，他心中怎会不高兴呢？因此，举行婚礼的那一天，他举行隆重的仪式，娶回了他的新娘，而且摆下丰盛的宴席，热闹非凡。这天夜晚，洞房花烛，免不得寻欢作乐一番，又有什么人晓得洞房花烛，差点就变成了被坑陷住的一颗无法移动的棋了。你瞧瞧，他已疲惫不堪，上气不接下气，面如土色了，次日一大早，只好以白酒、蜜饯等补品为食，以养养精神。

如今，至于自己有多大能力，与昔日相比，那位法官心中更加清楚了。他只好把一本适合教小孩识字的历书拿了出来，对他的夫人进行教育，也许这个历书出自拉韦吧，按照本上的文字，从年头到年尾，天天都向一位圣徒进贡，甚或是许多位。他又引用别的资料，证明给他的夫人听，当圣徒的节日来临时，夫妇本应怀着虔诚的心情供奉神明，不能行房事。除此之外，他又编造了不少斋戒日，譬如四季斋戒日，十二个门徒连夜祷告日，圣礼拜六日，圣安息日，那漫长的复活节四旬斋呵，以及月盈月亏等等许许多多的忌讳……据说在这些天里，夫妻要无比忠诚，控制房事。他还以为应付同床共枕的女人，如同处理案子一般，放一放，拖一拖也没啥关系了呢。

如此一来，他的那位夫人真是受苦了。一个月，他顶多应付她一回，却又死死地守住她，生怕别人如他让她知道如此众多的安息日似的，又教给她工作日。

一个夏季，天气十分炎热，在蒙特·内罗，理查建有一座别墅，十分豪华。于是，他偕夫人前去此处避暑。为了替夫人排遣忧愁，一天，他与众人一同出海捕鱼。他与几位渔民共乘一条船，而他的妻子与朋友则乘坐另一艘船，在后面看着他们。众人都十分愉快，不知不觉之间，便已在海岸外十余里处，已进入了大海了。

众人正专心致志地捕鱼和看风景时，忽然，一艘大划船出现在海面上，它属于那时的一个汪洋大盗名叫帕加尼奴·达·梅尔。当两只小船进入了海盗的视野之后，他马上追了上来。虽然小船飞快地向前划行，然而妇女们乘坐的那艘小船已落入了帕加尼奴的手中。一见船上的一位夫人美若天仙，他便没有为难其他的女士，只抢走了她，逃跑的丈夫已经上了岸，只好注视着自己的爱妻落入了海盗的手中，渐渐远去了。

甚或空气都会遭到这位法官的妒忌，眼睁睁地看着爱妻被海盗掳走，他的心中是何等难受，这自不必说。在比萨，他对海盗们的犯罪行为进行了控告，又四处报案，然而毫无用处。因为他不仅说不出是什么人把他的夫人抢走了，也不晓得海盗把她带到了何处。

至于帕加尼奴，他原本没有妻室，现在，一位如此美貌的女子被自己弄到了手，认为自己真走运，便打定主意，想留下她，一同生活。唯独那位贵妇人不停地哭泣着，无论他如何好言相劝，都没有效果，他把好话都说尽了，依然是白费气力。直至夜幕降临了，他便以行动给她慰藉——不管怎么说，他并非根据历本采取行动的人，什么圣徒的节日，安息日的假日，与他有什么关系呢——白天那些话无法与之相比，效果立刻出现了，他们尚未抵达摩纳哥，她就忘记了她的丈夫，以及他的那些规定，只感到与帕加尼奴共同生活，如虎添翼，快活到了极点。他带着她来到摩纳哥以后，不仅是昼夜让她高兴，而且像对自己的妻子似的敬重她。

后来，理查竟然问到了她的去向。他渴望立刻找到自己的夫人，又感到事情非比寻常，不能托付任何人，他打定主意，自己去寻她，而且决定，无论付出任何代价，也要赎回自己的爱妻，他坐在海船上，抵达了摩纳哥，果真见到了她，至于她，也见到了他。那天夜里，她便对帕加尼奴说，她在这儿见到了她的丈夫，与此同时，她还把自己的心事告诉了帕加尼奴。

次日一大早，理查与帕加尼奴相见了，于是问候了他一声，开始了交谈，没过多长时间，他们便如同故人一般。实际上他此番前来的目的，帕加尼奴又怎么不晓得呢，只是不点破而已，且看看他如何行事。理查只道时机成熟了，便委婉地把他的来意告诉了他，以及问他想要多少赎金，都随便他，只是一定要让他带走他的老婆。帕加尼奴嬉皮笑脸地答道：

“大爷，我很高兴你来，我愿意给你一个简洁的答复，我家中确实有个女人，然而，她到底是你的夫人，或是别人的夫人，我不太清楚，因为我与你与她都素不相识——我只是与她住在一起，过了一些日子罢了，看上去你是位品德崇高的绅士，我可以让你与她相见。要是你没说假话，确实是她的夫君，那么以我之见，她应该能认出你来。只要她认为你没有说半句假话，而且肯和你回家，如此一来，你如此讲道理，至于赎金嘛，随便你给多少都可以。然而，要是她不是你的老婆，那么你是有意想把她从我身边夺走了。我对你说我可是个男人，年纪轻轻的，也同样知道保护属于自己的女人——特别是如她这般相当出众、惹人怜爱的女子。”

接着，理查说道：“绝对是真的，她是我的妻子，只要你带我前去见她，你马上就会明白我没说半句假话。她肯定会立即伸出双臂，把我的脖子搂在怀里，因此，我十分满意你的建议。”

“这就很不错，”帕加尼奴说道，“我们去吧！”

理查跟在帕加尼奴的身后，来到他的府上，落座以后，帕加尼奴吩咐仆人上前去把她叫出来，她早已穿戴完毕，便向客厅里走来，然而她只是浅笑着向理查问候了一声，似乎将其视为与帕加尼奴一同到家中来的一个陌生人，理查老想妻子一见到自己，不晓得会如何兴奋，如今她是如此冷若冰霜，真出乎他的意料之外，他不由自主地感到惊诧不已，心中暗暗寻思：“难道自她被人抢走之后，我就伤心过度，憔悴不堪，甚至她都认不出我了？”于是，他说道：“夫人，那一天，我带你出海观看捕鱼，我为之付出的代价是何等惨重呀！自从你被抢走以后，我心中的苦楚真是无法忍受呀。然而，此时此刻，当你见到我时，却是如此生疏，似乎与我素不相识似的，难道你没发现吗？ 我是理查，是你的亲人，有心前来把你赎回家，无论代价如何，我也要赎回你，这位先生如此大方而仗义，真是不多见，他愿意让我带你回去，至于要多少赎金，就不计较了。”

少妇回过头来，脸上带着笑容，说道：“大爷，你这话是对我说的吗？ 请看清楚了，不要认错了？ 因为我已忘记了我曾与你见过面。”

理查说道：“你寻思寻思自己在说什么？ 请认真地看看我，再好好回忆一下吧！ 那么你就能认出来，我是理查·第·钦齐卡，是你的亲人。”

“大爷，”少妇答道，“请你谅解，让我老盯着你看，可能不如你想象中的那样文雅吧！ 只是，说真的，我已经看分明了，我晓得过去确实曾未与您大爷见过面。”

因此，理查心中猜测，她是因为心存余悸，才如此不肯相认，没有胆子当着帕加尼奴的面与他相认，因此便提出了请求，请帕加尼奴允许他们两人待在一间屋子里，进行交谈，帕加尼奴没有反对，然而却宣称他不可逼迫她与他接吻，于是便命令少妇与他进入内房，看他要说什么，而她可以按照自己的意愿来作出答复，然后他们就到卧室里去了，落座以后，理查叫了起来：

“哎，我的宝贝呀！ 我的幸福的灵魂呀，我的希望呀，莫非连你也无法认出属于你的理查了吗？ 他对你的爱远远胜过对他自己，咋会如此呢？ 莫非我的变化如此之大，使你不认得我了吗？ 唉，我双眼中的宝贝呀，你再瞧瞧我吧！”

她发出了笑声，没等他把话说完，便接过了话头：“别担心，你总应该相信我不会如此没有记性的，甚至都认不出你这位大法官理查·第·钦齐卡，我的夫君，然而当我与你待在一块儿时，你好像并不一定与我认识呀，如果你真如你口中所说的那般迫切，明白事理，那么你应该看得出来，我正如一朵刚刚盛开的花儿，是位精神抖擞的刚刚结婚的女人，除了吃饭、穿衣以外，还迫切地需要别的东西——尽管由于害臊，女孩子们不便道出心事，然而请你寻思寻思，在这一点上，你又付出多少努力？”

“要是你认为钻研法律比明白女人的心事更让你称心，你就不应娶妻成家。只是，以我之见，实际上，你也算不上法官；你只是走在街上宣扬圣徒的节日，斋戒日，彻夜祷告日而已。——亏你如此熟悉那一套，对你说了吧，如果你让那些为你耕田种地的农民，也如你开垦我那片小到极点的可怜兮兮的田野那般，守着如此众多的节日，如此一来，你就不要希望收获一颗稻子了。幸好上帝同情我的年华，使我邂逅了那个男人，他与我同床共枕。在这儿，至于什么是节假日，无人晓得，我是指一心为了让上帝高兴（绝对不是让女人高兴）而专心致志地遵从的休假日，也从来没有如此众多的礼拜六，礼拜五、彻夜祷告日四季斋戒日，或四旬斋闯进这道门里，这个斋期实在是太漫长了！——我们只是不分昼夜地寻欢作乐，不用过多长时间，我们的毯子就显得破烂不堪了。今天一大早，当做晨祷的钟声已被敲响过以后，我与他还寻了一回乐子呢，因此，对他，我十分满意，打算继续和他住在一起，趁我依然年轻，多与他欢度一些良宵，至于圣徒的节日、赦免、斋戒，当我上了年岁以后，我再遵守这些规矩吧！因此你没有必要再浪费时间，赶紧回家做正事吧！希望你样样称心，随便你遵守多少节日都可以——只是饶了我吧！”

闻听这番话，理查心中无比地伤心，当她说完这一切以后，他便接过了话头，“哎，我那惹人怜爱的灵魂呀，你在说什么呢？难道你不考虑考虑你家族的声誉，自己的名声了吗？难道你不怕犯下了深重的罪行，反而甘心待在这儿与此人姘居，却不肯与我返回比萨，与我做夫妻吗？万一他不再喜欢你了，他便将你驱之门外，使你无法挺起胸膛堂堂正正地做人，要是在我家中，你一直是我的最爱，即使我不肯，你也始终掌管我的家。难道为了这无比淫荡的欲念，你都不珍惜自己的名声了，抛弃了我？——我对你的爱远远超过对我的生命的热爱呵！啊，你是我心中的希望，请看在上帝的份上，别说这些话，你和我回家吧！如今，我明白了你心中的苦楚了，从今以后，我努力弥补吧！如此一来，我的惹人怜爱的宝贝呀，你改变想法，与我一同回去吧！可怜我呀，自从你被抢走以后，我从来没有开开心心地过一天。”

她答道：“除了我自己，我不想让任何人珍视的名声——另外，如今才爱惜它，也有点太迟了——如果昔日我的父母让你娶我为妻时，考虑一下我的名声，那是多好的事情啊！既然以前他们并未考虑我，那我如今干吗要考虑他们的声誉呀？如果在此地我犯下了十罪不赦的罪行，那我与一根毫无用处的‘杵’捆在一块儿，又有什么用处呢。请你没必要在乎我的名声，我还要送给你一句话，在这儿，我已与帕加尼奴结成了夫妇，而在比萨，我只是与你姘居在一起而已。我还没有忘记，那时，我不能违反月圆月缺，然而在这儿，我们从不忌讳这些，每天夜里，帕加尼奴总是搂抱着我，撕咬着我，抚摸着我，如果你想知道他会如何对待我，那么让上帝对你的问题作出答复吧！你说从此要竭尽全力地给我弥补，我想知道你如何弥补呢？你能同床三次以后，依然挺直得像根棍子吗？没想到这么长时间没见面，你已经摇身变成趾高气扬的英雄了！去吧，努力像个人样吧，看你如此憔悴，恼羞成怒的样子，似乎活在世上反而是一样受折磨的事情似的。

“我还要告诉你，即使那个人抛弃了我，我认为他不是这种人，只要我肯继续与他生活，我也不会回到你的家中的，因为不管怎样，你已难以榨出点滴‘甘露’了，过去，我与你一同经受折磨，如今难道不应另寻生机吗？ 我已没什么可说的了，在这儿，圣徒的节日、彻夜祷告日都是不存在的。 因此，我愿意留在此处，此时此刻，看在上帝的份上，早点离开这里吧，如果你再不离开的话，那么你就不要怪我大声喊叫，说你想对我施暴了。”

一见大事不好，理查只得按捺住心中的痛苦，向屋外走去。 如今，他是大彻大悟了，自己已经上了年纪，却非要娶回一个年纪轻轻的夫人，真是愚蠢之极！ 他又前去与帕加尼奴商量了好长时间，然而都没有用处，终于，他只好双手空空地返回了比萨。

受到这个打击，他慢慢地疯了，最后，当他在街上行走时，别人向他问候，打听什么，他都无法作出回答了。 老是喃喃自语地嘀咕着：“在那个土匪家中，是没有安息日的。”没过多长时间，他便离开了人世，当这个消息传到帕加尼奴的耳中之后，他深深地明白了，少妇深深地爱着他，于是便与她正式结成连理。 直至他们勉强能活动的时候，他们只晓得寻欢作乐，至于什么圣徒的节日、彻夜祈祷日，与他们没有任何关系，还有什么四旬斋的。 亲爱的女士们，因此当贝纳卡与安勃洛乔争吵之时，以我之见，他是让马儿套在车子后面——错得一塌糊涂了。

听罢这个故事，众人哈哈大笑起来了，甚至牙床都隐隐作痛，众人都赞成第奥纽的观点，觉得贝纳卡是个笨蛋。 当讲完故事，笑声平息了以后，女王见天色已经渐渐地暗下来了，大家都已讲完了故事，自己的任期已经接近尾声了，于是，她便按照定下的规矩，脱下了花冠，让妮菲尔戴上了，兴高采烈地说道：

“朋友，如今，你开始拥有统领这个小得不能再小的国家的权利了。”说罢，她再次落座了。

如此荣耀，使得妮菲尔脸上飞起了红云。 如同四月的早晨，一朵将盛开的玫瑰，尽管她的眼皮微微低垂，她那漂亮的双眼，依旧如同一双散发光芒的星星，光彩照人，大家都上前庆祝新女王，她便不再像适才那般害羞了。与平时相比，身体更加挺直，开口说道：

“如今，你们成了我的臣民，我没有新的规定，一切遵从老规矩，因为它受到了我们的拥护与赞成，我只打算简洁地表明一下自己的看法，要是你们不反对的话，那就这么办。”

“众所周知，次日便是周五，再后一点便是周六。这两天都是斋戒日，很让有的人感到厌烦，只是天主殉难日便是礼拜五，我们本应神圣地对待这一天，在这一天里，我们无比虔诚地向上天祷告，与讲故事相比，更合适一些，至于礼拜六，在这天里，妇道人家一般要把头洗一洗——她们辛辛苦苦地忙了一个礼拜，头上可能有一些尘土，要在礼拜五冲去尘土，又有不少人为了表示对圣母的崇敬之情，便将礼拜五作为斋戒日，停止了工作，迎接礼拜日的到来，尽管我们无力根据过去的规定去做，然而，以我之见，至少在这一天里我们不要讲故事了。

“从开始时到礼拜六，在这儿，我们已经度过四天了，为了不让别人来搅扰我们，我想我们应该搬到别处去。这个地方我已经想好了，而且已安排妥善了。当礼拜日来临后，睡完午觉，我们便在那儿碰面。今天，我们都闲聊了一番，为了使众人做好充分的准备，也是让众人在某个范围内讲故事，我认为我们可以在那变化多端的大致主题下，专门讲讲它的一个方面，题目我也考虑好了，即凭借自己的聪颖，最终使自己的心愿变成了现实，或者完璧归赵，我们就在这个范围内，编一些能够给人以教训、或至少非常有意思的故事，只有第奥纽不受此限制，他总是享有自己的特殊权利。”

对女王的安排，众人一致表示赞同，决定根据她的命令行事，然后，女王唤来了主管，告诉他今天夜里应该在什么地方摆筵席，以及她在任时，他所应做的一切。随后她与众人站起身来，同意大家自由活动片刻。

这些年轻人便向一个小花园走去，玩了片刻以后，用晚餐的时间便已来临了。大家又一同高高兴兴地吃晚饭，吃完饭以后，众人相继离开了餐桌，爱米莉亚根据女王的吩咐，带着大家翩翩起舞，一旁的潘比妮亚奉命充当领唱人，姐妹们也一同附和着，这首歌是这样的：

我已尽情享受了一个女孩所能想象的快乐
如果我再不放声高歌，那还在等谁呢？
哦，维纳斯，你来吧！
你让我得到了所有的幸福和希望，
为我找到了快乐之源，
让我们一同放声高歌吧，
不要再提及昔日的苦楚和怨恨，
——痛苦的昔日只为了衬托出幸福的今天
让我们只称赞那光芒四射的火苗，
在烈火中，我在燃烧，我自由自在，
爱情呵，我终生视你为神明！

呵，维纳斯，回忆起那一日，
我首次走出了你的烈火中，
那时候呀，一个小伙子出现在我的面前，
呵，什么样的年轻人能如他
这般英俊大方，如此令人喜爱，
怎能不让我一见钟情，心存爱慕，
维纳斯呵，从此以后，我会成千上万次地对你高唱情歌。
他给我带来了无限的快乐，因为

我非常爱他，他也非常爱我，
维纳斯呵，我怎能不向你道谢呢，
我已享尽了世上的一切快乐，
凭着我对他的无限忠诚，
在以后的世界上，
我将获得平静，无所不知的上帝呀，
他会带我走进快乐的仙境，

歌儿唱完以后，她们又唱了不少其他的歌曲。众人尽情地翩翩起舞，各种乐器都在发挥作用。随后，女王认为天有点晚了，应该歇息了，然后又把火炬点燃了，仆人们带着他们，大家纷纷睡觉去了。在其后的两天里，大家都忙碌不堪，正如女王所言，然而也怀着急切的心情希望礼拜日早点到来。

第三天

《十日谈》的第三日便宣告开始了，妮菲尔成了女王，故事的大致主题如下：凭借自己的智慧，最终实现了自己的心愿，或是完璧归赵。

礼拜日。一大早，东方升起了一轮朝阳，照射着鲜红的朝霞，金黄金黄的。此时，女王早已站了起来，而且还叫醒了众人。总管早已准备好了所有的必需品，送到他们即将前去的地方，还吩咐数位仆人前去安排一切。女王带着大家启程了，总管与别的仆人如同搬家工似的，马上收拾了一切物品，带着行李，也上路了。

女王由一群女孩子和三个小伙子陪同着，慢慢地向西进发，他们的脚下是一条小路，而且人烟稀少，路的两边，野草闲花长得十分茂盛，当朝阳照射着时，花儿慢慢地盛开了。一路上，数十只夜莺以及其他的鸟儿鸣叫着，十分悦耳，似乎在对他们的到来表示欢迎似的。他们也十分快活地笑着，说着话，当晓钟已经敲响，作晨祷的钟声尚未敲响时，不知不觉之间，他们已将六里多的路抛在身后了，别墅就在眼前了，这栋别墅位于小山上比较平坦的地方，显得非常豪华而气派，众人参观完房子以后，见大厅十分宏伟，睡房十分雅致，摆设一样都不少，不由自主地赞叹不已，感到屋主人肯定出身显贵，然后，他们便向那十分漂亮的大庭园走去，进行参观，映入他们的眼帘的是窖窖佳酿，山泉清澈，于是，他们更是不停地称赞这个地方了。

然后，他们便坐在阳台上，稍作歇息，在那儿，庭园中的一切尽收眼底，当时正是夏天，四周开满了鲜花，枝繁叶茂，勤快的主管此时已端上了可口的点心和美味的佳酿，以让这些先生女士们别饿着肚子。随即，他们向别墅附近只有一墙之隔的花园走去，想散散心。刚刚来到花园里，众人认为这儿实在是太漂亮了，于是左顾右盼的，更希望好好地看一看。花园里小径纵横交错，很平，很广阔，笔直笔直的。每条路上都有葡萄棚，棚上到处都是绿油油的藤，预兆着一个丰收年的到来。这时候，蔓藤花儿盛开，散发出阵阵香气，融入园中其他鲜花的香气中，使他们如同来到了东方的香料房中。道边，红玫瑰、白玫瑰、素馨花拥挤在一起，因此，参观庭园的人，不管是在清早，还是在烈日炎炎的中午，都可以从芳香浓郁的阴凉里走过，阳光根本不会照射在他们的身上。

园中有多少花草树木，有多少种植物，又是如何费尽心思安排的，要说起来太零碎了。只用提及一点就行了。所有能在这儿的气候下生长的花草树木，在这座花园都是应有尽有。在花园的正中间，有个地方被他们发现了，特别让他们喜欢。原来是片草地，放眼一望，只见墨绿墨绿的一片，数千朵娇艳的花儿充当点缀。围绕着草地是片片丛林，都是香橼树或者橘树，都长得郁郁葱葱的。有的树上，花朵已经开放了，有的树上，果实累累，有的已经成熟了。正是绿荫浓密，香气四溢，沁人心脾。

在草地的正中间，建有一座喷泉，其材料是白色的大理石，上面的雕刻相当精致。圆圆的底座上，有尊人像，位于水池的正中间，喷出的水花射到半空里，然后又落了下来，如同雨点一般，滴落在水晶般的池子里。琮琮作响，十分动听。不晓得是自然的力量，还是人类的力量，这股水压，对一个磨坊来说，已是足够的了。当池中的泉水即将溢出边沿的时候，于是池水便流出了暗道，流出了草地，流进了草地四周经过精心设计而修成的水沟之中。就这样在这个园中，处处都有池水的踪迹。终于，它们汇合了，汇成一条清澈的溪流，向园外流去，向平原流去。流水带着冲击力，落在地势较低的地方，于是，那儿的两个水磨开始转动起来了，确实给园主人带来了许多好处。

众人见到这个花园，长着许多花草树木，还有喷泉，还有流出水池的曲曲折折的溪流，整个庭园又安排得如此巧妙，纷纷称赞不已。要是世上有天堂乐园，那么便像这个花园，绝对不会再添加什么，使它更加漂亮了。在花园里，他们高高兴兴地漫步，并随意折断碧绿的枝条，编织成美丽的花环，倾听着数十种小鸟如同开展竞赛似的，站在枝头上清脆地鸣叫着。然后，他们又发现了新的东西，更让他们高兴不已。原来有数百种令人喜爱的动物生长在这庭园里。这儿跑出了家兔，那儿忽然跑出野兔、山羊优哉游哉地躺在那儿，麋鹿在吃着青草，还有不少不伤人的动物，自由自在地奔跑着。看上去很乖。于是，他们更加高兴了。

他们尽情地游玩，园中的风景也一一领略过了，然后，女王一声令下，在喷水池边摆下宴席。众人听从女王的吩咐，先后唱了六首歌曲，好几次翩翩起舞，然后才先后落座，开始用餐，餐桌上摆放着精美的饭菜，仆人又跑前跑后地服侍着，饭菜也十分丰盛。吃完饭，众人十分兴奋，又弹起琴儿，唱起了歌儿。还跳了舞。直到中午天气越来越热，女王认为该开始睡午觉了。一切活动才宣告结束。有的回到卧室里去了，有的喜欢园中的风景，依依不舍，于是便躺在花下，或看故事书，或者拼杀一番，或是扔骰子，以消磨午睡的时光，当下午来临后，睡午觉的人都起床了，洗了个凉水脸，又精神抖擞的。随后，众人向喷水池边的草地上走去，根据女王的吩咐，按照平常的顺序落座了。然而，根据女王规定的主题，讲起故事来了。女王命令菲洛特拉托最先讲故事，他讲的故事大致如下：

故事一

马塞托佯装不会说话，为修道院修剪花草，那里的修女们争先恐后地想与他同床共枕。

漂亮的女士们，在这个世界上，不少男女，头脑十分简单，只道有一层面纱罩住女孩子的额头，一片黑色的头巾盖住了她的后脑，于是，她不再是女人了，不再想男人了，似乎一旦她进入了修道院，便如同石头一般。所有心里这么想的人，一旦有什么他们意想不到的事情传入了他们的耳中，他们便会大发雷霆，似乎有人犯下十恶不赦的罪行似的。这些人绝对不会想到自己为所欲为，我行我素，还不知足，也不会想到一个人天天无所事事，春情荡漾，会给他的精神带来多大的影响。还有不少人，在他们的眼中，在田间辛勤劳作的人已经没有了欲念，铁锄，平淡的饭菜，贫穷的日子也彻底地消磨掉了他们。他们头脑发昏，不明事理。这些观点真是欺骗自己，欺骗他人，此时此刻，女王让我讲个故事，为了证实我所说的，我准备在她规定的主题下讲一个小故事。

在我们家乡，有座女子修道院，它以圣洁闻名遐迩。直到现在，这座修道院依然矗立在那儿。因此，我不想让你们知道它的名字，以免给它的名声带来损害。那时，只有八个修女和一个女院长住在院中，她们都年纪轻轻的。另外，为了看管漂亮的花园，她们请来了一个园丁，此人笨头笨脑的。园丁认为工资太少，便找到修道院中的管事，结了账，走了。他返回故乡后，自然有些亲戚朋友登门拜访，其中有个年轻人身体强壮，并且从他的身份来说，作为一个农夫，他还能称得上是眉清目秀，此人便是马赛托，他向牛托（即前面所说的园丁）打听这些时间他干了些什么。那个善良的人对他说了，他又问牛托在修道院中的工作。于是，牛托答道：

“我负责为她们照看一个大花园，很漂亮的，空余时间，便去林中打柴，挑水，以及做些杂事。然而她们付给我的那点钱，差不多都买不到一双鞋子，另外，这些女人们的心中似乎有促狭鬼似的，不管你怎样，都难以让她们满意。一次，我在翻理园中的土，这个命令我‘把这个放在这里’！那个大声叫道‘把那个放到那里去’！还有一人夺走了我的铁锹，说，‘这个搞错了！’她们缠得我实在是无可奈何，于是，我放弃了工作，跑出园圃。由于各种各样的原因，我才不愿继续在那儿干，返回了家乡。那个总管要求我回家以后遇到相当的人，便给他介绍一个去。我同意了，然而，希望上帝庇护此人的肾脏吧；随后让我遇到他，让他去做这个好事。”

闻听此言，马塞托可快活到了极点。希望立刻进入修道院中，据牛托所说的情况，他认为如果能进入修道院的话，肯定会达到目的的，他又寻思起来，最好还是不告诉牛托此事，因此他有意出言相责：“哎，你离开修道院是正确的，一个男人老与女人混在一起，能有什么作为呢？还不如和魔鬼待在一起呢！那些女人七次就有六次不晓得自己到底要干啥。”

告别了牛托之后，马塞托一人寻思着如何才能进入修道院当差，他认为他可以干好牛托所做的活儿，这不成问题，最让他无法放心的便是自己年岁尚轻，长得也还可以，为此，修道院会将他驱之门外。经过再三思索，他才如此自言自语道：“以这儿与那儿相距甚远，人们不会认出我，只要我佯装不会说话，她们肯定会让我留下来当差。”想好以后，他便化装成一个穷人，把一柄斧头扛在肩上，没有告诉任何人，便启程上路了。

到了修道院以后，巧的是，在院子里，他与主管相遇了。他假装不会说话，用手比划着，请他看在善良的上帝的份上，拿点食物给他。如果有用得着他的地方，他甘愿为他们打柴、以干体力活谋生。那位主管便拿了一些食品给他，然后，又把一堆柴搬了出来，让他劈开，本来牛托那个老头子没有力气干这个，而他强壮有力，没用多长时间，他就完成了任务。正好主管有事，要去林中，便让他一起同行。吩咐他在林中打柴，又牵来了驴子，命令他在驴背上放好柴，然后又用手比划着，吩咐他牵着牲口，返回修道院。

他所做的这一切，都让主管感到十分满意，于是，他收留了他，吩咐他帮忙做点杂活。一天，女院长走出大门，发现了他，便问主管此人是干什么的，主管向他答道：

“院长，他十分可怜，右耳失聪，又不会说话，有一天，他在乞求我给他一点吃的东西，我见他十分令人同情，于是留下了他，让他干些杂活，倒也不错。要是他晓得如何种植鲜花蔬菜，看管园圃，也肯住在这里的话，我想他肯定能帮不少忙，我们正要请一位强壮有力的园丁，可以让他做一切事情，另外，他不会与你的那些少女打情骂俏，这一点你可以大放宽心。”

“称赞上帝，”女院长答道，“你说得很对，看他是否会种菜，然后，千方百计地留下他。拿双鞋子给来，再给他一件旧衣服，表扬表扬他，好好待他，不要饿着了他。”

主管满口应允。此时，庭院里，马塞托正在打扫卫生，距离他们很近，他佯装一门心思地干活，一面却把他们的谈话听得一清二楚。他心中可高兴了！自言自语地说：“如果你让我留在修道院里，一旦我在你们的园圃种起花儿来，那劲头，保证无人能与我同日而语。”

主管带他走进了修道院，吩咐他负责园圃中的活儿，见他做得很不错，便比划着问他是否愿意留在这儿，哑巴也用手比划着说，他愿意干任何事情，于是，主管便把他留了下来，吩咐他看管园圃，又告诉了他每天的任务，说完这一切后，他便走了出去，去处理别的事情去了。

在园圃里，那个年轻人还没干几天，那些修女们便前来与他开玩笑，争相讥讽他。如同正常人对聋哑人一样，对他说了不少胡言乱语，以为他根本听不明白。女院长也不在注意这种情况，或者不闻不问——可能她只道不会说话的人也没有前面的“尾巴”。

一天，整整一个早上，他都在辛勤劳作，感到有点疲劳，便在树底下躺了下来，想歇一会儿。正好此时两位妙龄修女前来花园漫步，在距离他还远的地方，他们只道他早已沉浸在梦乡之中（实际上，他佯装如此）她们端详了他片刻，一个胆子较大的姑娘说道：

“我心中老想着一件事，如果你答应不告诉别人的话，我便告诉你，也许也有利于你。”

“你尽管说吧！”另一位姑娘说道，“我绝对不会泄露出去。”

随即，胆子大的女孩子说：“我不晓得你是否觉察到，我们待在这儿，如同被关在笼中一般，除了负责处理事情的老头和这个不会说话的外，再也没有男人胆敢来到这里。前来此处看望我们的那些夫人经常对我说，在这个世界上，不管是什么娱乐，如果比起男人和女人之间的那种娱乐来，几乎不算啥。因此，我心中总希望与这个不会说话的进行一番尝试——除了他，我们又能去何处找男人呢？另外，他确实非常适合我们，原因便在于即使他想败坏我们的名声，也无能为力呀！你瞧，他确实是个笨蛋，尽管脑子里是糊里糊涂的，然而他长得倒身强力壮的，你意下如何，我渴望知道你的观点。”

“哎呀！”另一个人答道，“你在说什么呀！难道你不记得了，我们早已立下誓言，向上帝奉献童贞吗？”

“呃，人们每天都会对上帝许下不少心愿，又有什么人能真的做到这一点呢？而且并非只有我们两人立下了誓言呀，让别人去还愿吧！”

“万一我们怀孕了，又该如何是好？”另一个接过了话头。

一个说道：“事情还没发生，你就放不下心来啦！当那一天真的来临了，我们再作打算也为时不晚，想避人耳目，办法不计其数，只要我们自己不告诉别人就可以了。”

闻听此言，第二个女孩子的心里早就有点发痒，与她的同伴相比，她想看看男人究竟是怎样的动物的心情更加迫切了，于是说道：“可以是可以，只是我们该怎么办呢？”

第一个修女说道：“你瞧，此时该睡午觉了，除了我们，其他的人也许尚在梦乡之中。让我们先去看看苗圃，看是否还有别人，如果无人的话，只用拉住他，走向他的那间暂避风雨的小房就可以了。我们一人与他到屋里去，一人在屋外观望，他头脑简单，我们想怎么摆布他，难道他会反抗吗？”

没想到，这些话清清楚楚地传入了马塞托的耳中。他是巴不得这么做呢！只要有位女孩子来拉他，一切都成功了。两个修女真的去四处察看了一下，见四周无人，便也放下了心。然后那位出点子的修女便去叫醒了马塞托，他竟然闻声起来了。修女拉着他，作出一副无比娇媚的样子，他的脸上出现了笑容，嘴角也裂开了，如同一个痴呆人一般。任修女把他拉进小房，也不必再三推让，他便遵从她的意志开始行事。当她尽情地享受了一番以后，真的如一个老老实实地服从规定的修女那般，让同伴取代了她。马塞托依然佯装成笨蛋，任凭她们摆弄。然而两个修女偏偏不肯离去，想再次尝试一下这个哑巴的床帏功夫。于是，又寻欢作乐了一番。完事后，她们偷偷地谈论，都觉得此事乐趣无穷，与别人告诉她们的相比，还好玩一些。因此，一旦逮着了时机，她们便去与哑巴寻欢作乐。

一天，她们正在干这种勾当，没想到，一个修女通过小窗户看到了这一幕，于是喊来两个修女，一起欣赏。开始时，她们决定前去向院长揭露此事，随后，经过合计，想法却发生了变化，反而与两位违犯了律条的修女达成了协议，要求她们交出哑巴，众人一起快活。后来，在不同的情况下，又来了三个修女。马塞托为她们效力。

后来，在修道院里，唯有女院长对此事毫不知情。一天，她一人在花园中散心，发现杏树下，园丁正在呼呼大睡。由于晚上寻欢作乐，非常疲劳，白天只干一点儿活，便觉得疲惫不堪，天气十分炎热，因此，此时此刻，他正四仰八叉地在树底下睡觉，正好风儿吹过，掀起他的上衣，居然全身裸露。女院长一个人不由自主地呆住了，如过去她的两个徒儿一般，春心一动，马上喊醒马塞托，来到自己的卧室里，一连好几天过去了，都不让他出来。结果修女们怨言不断，说园丁不来看管花园，咋行呢？

昔日被女院长视为罪孽、严厉批评的欢愉如今她本人也品尝到了滋味——没完没了，不愿罢手了，最终，才让园丁回到了花园里，然而还时不时地召唤他，根本不问是不是超过了她的份额，结果马塞托搞得疲惫不堪。他心中寻思，如果他继续扮演哑巴，那真会无法招架。因此，一天晚上，当他与女院长同床共枕时，突然，这个不会说话的人开始说话了：

“院长，别人告诉说，一只公鸡能让十只母鸡得到满足，然而十个男人几乎无能使一个女人得到满足，而我孤军奋战，要满足九个女人，我无法招架了。我已疲惫不堪，不能做任何事情了。求你看在上苍的面上，让我回家吧，不然的话，也必须为我出个主意呀！”

一听到哑巴说话了，女院长惊呆了。她叫了起来：“这是咋搞的，我以为你不会说话呀！”

“院长，”马塞托向她答道，“我不会说话，只是并不是生来就不会说话，因为生过一场重病，才突然失语了，今晚，我第一次感到我又能说话了，对上帝，我是何等地深表谢意呀！”

女院长对此信以为真，便问起适才他说必须满足九个女人，其意为何，于是马塞托一五一十地向她讲述了一切。直到这时，她才晓得她的徒儿们都青出于蓝而胜于蓝，只是女院长处理事情毕竟最妥当，她拿定主意，与众修女合计合计，想想办法。布置一下此事，不让马塞托走出修道院，以免弄得臭名昭著。

原本是你不告诉我，我不告诉你，避人耳目的事情，如今众人一下子公开了，经过再三商议，众人一致同意（马塞托本人也发表了看法）对外声称在修道院中当差的园丁马塞托多年不能说话，如今由于她们无限忠诚地向上帝祈祷，以及供奉的圣徒所给予的恩泽，现已能开口说话了。果然，这一带的人们都相信了这番谎言，声称奇迹出现了。

没过多长时间，总管因病出事了，他的位置被马塞托替代了。他也为自己的另一个使命安排了顺序，使他不会疲惫不堪。如此一来，由于他，院中降生了许多小信徒。只是这一切都是秘密进行的，外人毫不知情。后来，女院长撒手西归，马塞托已经年迈，又有了一些积蓄，渴望返回家乡，此事才被外界所知，这正好使他的心愿得到了满足，趁此机会，他告别了修道院。

由于他头脑聪明，不但没有浪费青春年华，当他年老归家之时，不仅变得富有，而且拥有众多的孩子，既不花他的钱，也不必他费心——回忆起昔日他告别家乡时，一贫如洗，唯有扛在肩上的一把斧头，又有什么财产呢？因此他时不时地如此告诉别人，他服侍天主的一个唯一的办法便是使许许多多的角出现在他老人家的头上。

故事二

一个马夫假装成国王，与王后共度良宵，东窗事发，国王镇定自若，连夜查出了此人，将他的头发剪去了一把，没想到马夫同样剪去了别人的头发，因此，他没有受到惩罚。

当菲洛特拉托讲完故事以后，姑娘们或是满面通红，或是吃吃地笑。然后女王便命令潘比妮亚接着讲。只见笑容浮上了她的双颊，她开始讲故事。

有些肤浅之人，晓得了一点事情，也不打听打听此事是否属于他的管辖范围之内，却四处传扬，以此夸耀自己，这些人老是爱揭露他人的私事，在他们眼中，如此一来，便能遮掩自己的丑行，实际上，这便是欲盖弥彰。姐姐们，此时此刻，我准备以反证的手法证实此话一点也不错。有这样的一个人——在崇高的国王看来，与马塞托相比，他的出身更为卑贱，然而他的老奸巨猾真可谓是天下第一。我所讲的故事中的主人公便是这样的一个人。

与历代王朝相同，伦巴第国王阿吉勒夫选择了巴维亚作为首都，并让前王奥泰利的遗孀，一个名叫苔奥德琳达的女人做了他的王后。这位王后生得美若天仙，懂礼节，而且识文断字，无奈命运之神非要一个情人蹂躏了她。在英明的阿吉勒夫的领导下，伦巴第和睦昌盛，欣欣向荣，没想到，此时有件事却发生了。

王后有御用的马夫，其中一人地位卑微，然而若论他的聪明，充当马夫，确实是屈才了。他身材高大，长相端正，有点像国王，他居然对王后产生了一种疯狂的爱。

尽管他出身低微，然而思路敏捷，他自知是癞蛤蟆想吃天鹅肉，无稽之极。他原本聪明过人，不敢把这桩心事告诉别人。更不敢对王后眉目传情。然而，虽然他明明晓得无法得到王后的爱情，一想到自己爱上一位如此显贵的人物，心中却也暗暗得意。既然他心中爱火炽热，老想得到王后的欢心。宫中所有的仆人中，数他最勤快了。也正因为如此，每次王后外出，其他的马夫极少有机会服侍她，王后总让他服侍自己，坐在他看管的马背上外出。每当这种时候来临时，他便觉得这是无上的恩泽，都不肯离开马镫半步，心中寻思，只要触摸到她的裙裾，就是莫大的快乐了。

希望愈是渺茫，热情愈加高涨，世上的事情都是这样；这种折磨也降临到了这个马夫的身上，可怜有多少热忱与欲望激荡在他的心中，却毫无希望让他的愿望变成现实。心灵深处的这种苦楚，真让他难以忍受。有好多次，他一心想自己了结自己，以消除那令人无法忍受的爱情，然而再一寻思，认为要死也必须让别人知道他死是为了对王后的一片深情。所以，他拿定主意，即使是以生命为代价，也要千方百计地使自己的欲望得到满足，或是在某种程度实现自己的心愿。他没有胆量当面向王后表明心迹，也没有胆量偷偷地给她写信——这些办法都不行，他只想想出一个巧妙的办法，可以与王后同床共枕。他左思右想，认为只有一条路可走，即假装成国王，进入她的睡房。他知道，国王并非夜夜与王后同眠。

好几个夜晚，他在王宫的大厅里藏了起来，从国王的睡房到王后的睡房，这个大厅是必经之道。所以，他便可以偷偷地看清楚国王是如何走进王后的睡房的，又穿着什么样的衣服。一天夜晚，他真的目睹了国王走出自己的睡房，披着一件宽大的斗篷，一手举着火把，一手握着短棍，走向王后的睡房，在门口时，他没有叫门，而是把木棒举了起来，叩了数下，房中立刻有人把门打开了，接过了火把，其后当国王从王后房中走出来时，也是如此。这一切都落入了他的视野，他打定主意，照这样尝试一下。

他千方百计地搞到了一件斗篷，式样有点像国王身穿的那一件，又找了个火把、木棍，然后费了好长时间，进行沐浴，冲去身上的马粪味儿，以免味道传入王后的鼻中，让她心里产生怀疑。准备好这一切以后，他带在身上，来到大厅里，又躲了起来。

当夜深的时候，他认为时机成熟，或是如愿以偿，或是为爱而死，全系于此，于是，他把燧石铁片取了出来，点燃火把，把斗篷披在身上，来到王后的房门口，拿起木棍，叩了数下，门马上被打开了，开门的是位宫女，睡眼蒙眬的，她把火炬接了过来，并挡住了火光。国王把斗篷脱了下来，默默无语，并把王后的床帐掀开了，发现王后已在床上睡着，于是，爬上了床。

他晓得国王心中不快时，无人敢与他搭腔，因此上床后，他佯装不高兴的样子，默默无语，王后也不敢发问，马夫紧紧地搂抱着王后，与她云雨了好几次，尽管他不舍得离去，然而生怕待的时间长了，短暂的快活会给他带来灭顶之灾。于是便起身拿起火把、斗篷，一声不吭，走了出来，匆匆忙忙地回到自己的床上。

马夫刚睡下，在那边，国王已经起来了，去了王后的卧室。王后不禁觉得奇怪。上了床后，国王与她谈笑风生，非常亲热，王后见国王不再生气了，便鼓起勇气说道：

"啊，皇上，今晚又是啥新花样呀，你刚刚离去——我是第一次目睹你如此疯狂地与我寻欢作乐，这时你又来到了这里，皇上注意龙体健康吧！"

闻听此言，国王马上晓得一个一举一动、长相和他相似的人欺骗了王后。只是他到底不是个笨蛋，然后便寻思：既然王后不晓得这件事情，自然别人也不会晓得，自己也没必要将实情告诉王后，所以竟一声不吭。要是他头脑简单的话，肯定马上便会大发雷霆，便会一迭声地追问："不，我并未来过，什么人来过你的房里？这是怎么搞的，他是如何来到你房间的？"如此一折腾，便会有不少事情发生，只是让王后难过而已，也许呢，反而使她希望放纵欲望，希望有下一次。然而他知道，只要他一声不吭，便可以掩盖羞辱，要是一闹起来，反而不会有好处，因此他镇定下来，不露破绽，说道：

"王后，你觉得我不能再度发起冲击吗？"

"我不是这个意思，国王，"王后答道，"我是请你注意身体健康。"

于是国王说道："我接受你的建议——那好，我走了，不搅扰你了。”

他把斗篷披在身上，向门外走去，心中怒火中烧，不晓得到底是谁如此羞辱他，决定要偷偷地查出此人。他晓得，干这事的人肯定是王宫中的人，并且无论他是谁，此时此刻，他还不能出宫。于是，他拿来一盏小灯笼，点燃了，就着微弱的烛光，向位于御厩上的一个长房子走去，屋里有不少床铺，这儿睡的是宫中所有的侍从。他心中暗想，那个正如王后所言拼命寻欢作乐的人，直到此时，心儿肯定还在剧烈地跳动，脉搏也飞快地跳动着，于是，国王一声不吭，从长房子的一头开始，摸摸每个人的心房，看谁的心儿在剧烈地跳动。

此时此刻，屋中的人都已进入了梦乡，只有那个进入王后房中的马夫并未睡熟，一见国王来了，他想，国王肯定发现了这件事情，他吓了一跳，因而心儿更剧烈地跳动着。他知道，要是国王晓得他做了那种事情，那么可以肯定的是，他的小命马上就会没了。在这种关键时刻，各种各样的想法浮现在他的脑海里，只是他定睛一看，发现国王双手空空，于是拿定主意，假装进入了梦乡，观察国王要干什么。

摸过好几个人的心房，国王认为不是他找的人。随后，当他摸那个马夫的心房时，发现他的心儿在剧烈地跳动，心中暗想："这就是我要找的人了。"只是国王不肯暴露他的目的，因此没有打扰他，只把身上的一把小剪子拿了出来，在他的头的一边上，把一大把头发剪了下来——那时候，人人都是一头长发——所以此人是哪一位，次日便能一目了然，把头发剪下来以后，国王便回房去了。

这个马夫的警惕性可真高，国王剪下了他的一把头发，他便马上明白了国王为什么这么做。国王离去以后，他赶紧起床了，找到了一把剪刀，那是用来剪马鬃的（马房里有不少这种剪刀），于是悄悄地将睡房中的每个人的头发都剪了一把下来，而且像国王那样，把耳边的头发剪掉了。办完这一切以后，他便开始睡觉了，这一点，无人察觉。

次日一大早，国王起了床，趁侍从们尚未打开宫门，便吩咐唤来宫中所有的奴仆。他让众人都光头站在那儿，认认真真地审视每一个人，想把那个头发被剪的人找出来。没想到，他所面对的每个仆役差不多头发都被剪了，而且都一个样子。这一下，他呆住了。他自言自语地说：“这人虽然地位卑微，显而易见，他拥有的并不是一个下贱人的头脑。”

此时此刻，要把那个人找出来，必会惊动大家了。然而，国王不希望为出出气，使自己更加受辱，所以，顿时居然一声不吭，只是如此警告了他一声，以便让他明白国王并不是个窝囊废：

“哪一位做了这种事情，下次不要再犯，此时没什么了，你们走吧！”

要是不是国王，而是别人，肯定不愿就这么算了，肯定会抓住他们，施加刑罚，如此一来，原来是家中的丑事不能让别人知道，此时肯定会每个人都知道了。即便他查明了这一切，惩罚了那个坏人，发泄了心中的怨气，他依然无法使自己的羞耻消失，不仅如此，他反而会蒙受更大的羞辱。除此之外，还会让王后的名声毁于一旦。

当国王的话语传到侍从们的耳中之后，他们都迷惑不解，不由得七嘴八舌地议论纷纷。好长时间过去了，也没有议论出什么来，唯独一个人明白国王的话中之意，此人便是做下那件事的马夫。这马夫也十分知趣，从那以后，再也没有胆量找死了，国王在世的时候，他也不敢说出这件隐私。

故事三

一位少妇对一个小伙子产生了爱情，却假装无比纯洁，向神父作忏悔，神父不晓得其中的奥秘，居然充当了她的牵线人，因此，她终于实现了自己的夙愿。

潘比妮亚讲完故事以后，有人称赞马夫胆儿大，心儿细致，也有人称赞国王很体面而谨慎地处理这件事情，然后，女王转身命令菲罗美娜开始为大家讲故事，她兴高采烈地开口了，内容如下：

今天，我准备讲的故事可能会让我们这些不是教会里的人更感兴趣——这个故事是关于一个美貌的少女欺骗一位正派的神父的。一提起这些牧师，他们大部分是废物，对人情世故一窍不通，命运不济，还以为自己的品质比别人高尚，学问比别人深，似乎无论什么，都是他们明白，实际上，谁知道呢，别人靠自己的能力生存，吃饭，他们却无法做到这一点。他们只渴望找个栖身之处，如猪一般受到别人供养，姐妹们，此时此刻，我即将讲的故事就是这样的，并不仅仅是不违反女王限定的顺序，也是我们女人轻易相信别人，以为这些牧师是何等高尚神圣——实际上，要明白，他们不仅会上男人的当，而且我们女人也能轻易地把他们玩得团团转呢。

没多少个年头以前，在我们那狡诈多于忠诚与爱的城市里，有位出身显贵的千金小姐，极少能有人如她那般漂亮文静，才华横溢。尽管我晓得她姓甚名谁，只因为在故事里，这没有大意义，因此不再提及了。这原本是个一笑了之的故事，因此即使是另外几个人的姓名，我也不想再提了，因为有的人还在世上，以免冒犯了他们。

她原本是大户人家的小姐，然而做了一个经营羊毛生意的商人的妻子。她怎么看她丈夫，都觉得不顺眼。因为他心中寻思：一个地位卑微、一心为利的商人，虽然他有钱，也没有资格娶一个出身显贵的女人为妻。另外他白白那么富有，日日夜夜，只晓得织布、打样，与纺毛女工谈论毛线的粗细，俗不可耐，所以她拿定主意，不是万般无奈，也绝对不允许她的丈夫搂抱她，亲吻她，为了给自己空空如也的心灵以慰藉，她老想着找个情人，会比羊毛商人更令她满意的人。随后，她果真对一个身体强壮，潇洒文雅的先生产生了爱情，让她魂不守舍，白天见不到他的身影，晚上，她就会辗转反侧，无法入眠。

遗憾的是，她是单方面爱恋别人，那人对她的这片情意一无所知，因此竟然没有在意过她。至于她，非常小心，生怕秘密泄露，因此不敢冒昧地给他去信，或是派亲信穿针引线。她思前想后的，灵机一动，竟然想出了一个办法。原来她留意到这位先生与一个神父过从甚密，尽管这个神父长得肥嘟嘟的，笨头笨脑的，然而十分虔诚，当地人十分尊敬他。他认为假如对这位神父加以利用，充当她与她的情人之间的牵线人，真是巧妙之极！盘算了一番后，她定好行动方案，挑了一个合适的机会，她去了神父的那家教堂，让人告诉神父，说她心中有事，要对神父忏悔，神父走出教堂，发现是位出身显贵的夫人，立刻同意了。做完了忏悔以后，她又向神父说道：

“神父，此时此刻，我应该把一件事情告诉你，请求你指导我，帮助我。刚才，我已经告诉了你，我深得父母和丈夫的疼爱。我丈夫对我的爱远甚过对他的生命，他十分富有，对我总是有求必应，从不曾吝啬过，因此我对他的爱也甚过对自己，要是我想不遵从他的意愿，或是给他的名声带来损害的话，那么别的暂且不论，就光论这一点，我便是世界上最坏的女人，再也没有女人应如我那般应该葬身火海了。

“如今，有位先生，我不晓得他姓甚名谁，看上去，他出身显贵，要是我说对了的话，可能还是你的一位好友呢——他长得牛高马大的，生得十分清秀，身穿棕色衣服，非常整齐。可能他还以为我不守妇道，因此才对我展开了追求。只要我一来到门前，一来到窗前，或是一来到家门外，他便马上进入了我的眼帘——我很纳闷，今天，他倒没有跟来，他的这种举止，让我的心中充满了苦楚，因为一个毫无过错的女人，常常会被人口诛笔伐。

“我多次想向我的几位兄弟讲述这件事情，然而再一寻思，男人说话总是过于莽撞，你一言，我一语的，说话不留余地，因此易怒，吵架，便会举起拳头，揍打别人，到那时，就会出事情了。为了防止出现这种事情，以及他人的诽谤，我只好忍耐。我心中寻思，与其告诉别人这件事情，不如告诉你，这样会更好。因为，一方面，他与你是朋友，另一方面，纠正这种轻浮的举动是你的职责，即使他与你不是朋友，是一个陌生人，你也可以出言相责。因此，我向你请求，看在上帝的份上，训斥训斥他吧，请从此不要如此行事了。在这个世界上，不少女人爱与人调戏，对他的追求，她们十分欢迎，对他的情意，感激不尽，然而我不是这种女人，他缠着我，使我苦不堪言。”

说到此处，她垂着头，佯装要流泪。神父马上知道了她说的是哪一位，非常相信她的话，于是，实实地称赞了一番她的品德，而且同意帮助她，以后，那位先生绝对不敢再对她纠缠不休了，与此同时，晓得她是富人的夫人，又讲述了一番做好事，施善举的好处，原来他急需一笔钱，最后，少妇说道：

“我凭借上帝的仁慈，向你提出请求，要是他不愿坦诚相告的话，那么，请你别顾忌什么，对他说，这一切是我亲自告诉你的，而且还告诉他，他害得我苦不堪言！”

她做完忏悔后，得到了宽容，没有忘记神父所说的做人应出手大方等等之类的话，于是，把一大把钱抓在手中，悄悄地塞给了神父，请他为已经去世的亲人们举行弥撒。于是，站起身来，道了别，回家了。

没过多长时间，那位先生照旧前来拜访神父，交谈了片刻之后，神父便拉着他来到僻静的地方，由于他对少妇所说的话深信不疑，于是十分婉转地规劝他，不应缠着有夫之妇不放。这真让这位先生迷惑不解了。因为他从来没有多注视过她一眼，也很少经过她家门口，他正准备为自己辩护了，然而神父不容他分说，说道：

“你不要假装痴呆了，也没有必要为你辩护了，这些都无法帮助你。这不是邻居告诉我的，而是她确实难以忍受你的纠缠，亲自对我说的。你也不年轻了，不应做出这种滑稽的事情来。再对你说吧！要是说，我发现哪个女人讨厌打情骂俏的，便是她了。因此，为了你自己的名声，为了她的快乐，我告诉你，就此打住吧，别再追求他了。”

这位先生到底比神父机灵些，稍稍寻思了一下，便知道了那少妇有何意图，他便佯装羞愧不已，同意从此不再纠缠她了。没想到，他刚迈出教堂的大门，径直奔向少妇家。

另外，那位少妇回到家中以后，便来到一扇小窗户前，看他是否会经过她家门口。没有多久，果然，她发现他向这儿走来。她的双眼含情脉脉的，嘴角边浮现出迷人的笑容，让他知道，当神父把那些话告诉他以后，他猜对了。从那以后，他便时不时地假装有事，非常小心地来回经过她家门口。他本人固然兴高采烈，那少妇更是无比得意，其高兴劲儿，就甭提了。

如此这般，他们两人眉来眼去的，也不止一天了，她发现那位先生十分爱她，与自己的狂热相比，毫不逊色，于是便想给他送些什么，以此作为定情之物，使他更加狂热。一天，她抓住机会，又去了教堂，找到那位神父，还没开口，泪水便已流下了双颊。神父非常同情她，便询问她这次又发生了什么事情。

“哎，我的神父，”少妇答道，“害得我苦不堪言的并非他人，依然是那个连上帝都不会原谅的人——以前我对你提及的你的朋友，他确实是我命中注定的对手，老是纠缠我，要我做出不守妇道的事情来，从那以后，我不再感到做人的趣味了，也没有脸在你的面前跪下来了。”

“啥！”神父叫了起来：“难道他依旧没有放手吗？”

“没错，”她答道，“自从我哭着前来向你讲述那一切时，他像气急败坏，觉得我不应揭发此事，过去他经过我家门口一次，如今要走七次，希望老天爷可怜他。如果他愿意一心一意地在我家门口走来走去，东张西望的，这倒也没什么，没想到他如此过分，不懂礼貌，就是在昨日，他派一个女人前来拜访我，向我转告了他的那些无稽之谈，还送给我两件礼品——钱袋和腰带，似乎我缺乏这两种东西似的。这一下，我气得不得了（直到如今，我依然心有怨恨）如果不是考虑到此事十恶不赦，以及你老人家的脸面，否则我当时就闹开了。还好，我努力地克制住自己，在没有获得到你的教导之前，绝对不让外人知道，或者有所行动。”

“我马上向那个女人扔下了钱袋与腰带，喝令她赶紧滚出门去。又一寻思，我又担心那个女人偷偷地瞒下了这两种东西，却告诉他我已经收下了——有人说过，这种事情极有可能发生在这种女人身上——于是，我又让她回来，压制住心中的怒火，从她手中拿回了那两种东西。如今我把他们带来了，交给你，请你还给他，并且转告他，这些东西我不在乎。谢谢上帝，谢谢我的丈夫，我的一切钱袋与腰带足以淹没他了，神父，要是从此他还不愿停止纠缠你的话，那么只好让你谅解我，无论出了什么事情，我必须对我的丈夫、兄弟说了。要是因为这件事情，他吃亏了，倒了霉，那我也爱莫能助了，免得我如此为他受折磨，叫他自己小心一些！”

她向神父如此哭诉时，真可谓是悲伤不已，说完这一切以后，她依然泪流不止。她一边把裙子下面的钱袋和腰带拿了出来。钱袋是精心制成的，腰带十分华丽，她向神父的膝盖上扔下了这两样东西。对她所说的一切，神父信以为真，所以气愤不堪，把钱袋和腰带拿了起来，向她说：

“夫人，你大发雷霆，我不能责怪你，这一切都在想象之中，你能如此接受我的劝告，已是令人称赞的。那一天，我已经骂了他一通，他对我说，决定悔过自新，没想到，他依然如故，就是这一点，还有近来他冒犯你的这件事情，我要好好地教训教训他，使他满脸通红，以后绝对不敢再来麻烦你了。然而，上帝保护，你万万不可由于一时心血来潮，对你的亲人讲述了这件事情，不然的话，事情一闹大了，他可就遭大罪了。你也不用担心会玷污你的清白，面对上帝和众人，我将出面做你的证人。

神父说了这番话，少妇佯装稍稍放心了。她晓得他十分贪婪，在教堂里做事的人总是十分贪婪的，于是，便改变了话题，对他说道：“神父，这几个夜晚里，我那已经去世了的亲人总是出现在我的梦中，他们都是一副愁眉不展的样子，向我乞讨。特别是我的妈妈，她那副伤心欲绝的样子，让我难过极了。我想是因为她晓得恶魔在折磨我，所以为我伤心吧！因此，我打算请你为我的妈妈以及别的亲人举行四十次圣格利高莱弥撒，你再自己祷告一番，以让上帝施恩给他们，使他们得以从地狱的炼火里超度。”

说罢，她把一枚金币拿了出来，递给了神父，神父兴高采烈地笑纳了，当然，也称赞了她一番，而且旁证博引地例证对上帝虔诚的人肯定有善报的，然后又祝福了她，让她离开了教堂。

少妇离去以后，神父根本没有想到自己又一次上当了，以为这件事是真的，马上派人前去请他的朋友过来，那位先生见神父一脸的愤怒，心想他的情人又有什么消息要转告他。于是，他立在那儿，听他说话。神父先提醒他曾经答应悔过自新的，然后又严厉地批评他不应向夫人送礼品。此时此刻，这位先生还不知道神父有何用意，因此只是含混地没有承认赠送钱袋与腰带一事，以免没有余地了，让神父产生疑虑。神父见他还不承认，不由自主地大发雷霆，说道：

“呵，不正经的家伙，你还不肯承认？瞧，这是啥呢？她泪水盈盈地亲自把这东西给了我，你再瞧瞧，还认识它们吗？”

先生佯装羞惭万分，答道："没错，这两种东西，我确实认得，现在甘愿承认错误了，既然她的态度是如此坚决，我可以对你保证，从今天开始，再也不会因为此事而打扰你了。"

两人还交谈了好长时间，神父如同木头人一般，最后，他真的给了他朋友钱袋、腰带，然后又责备了他一通，劝告了他一番，直到他同意悔过自新时，才让他走了。

先生可是高兴到了极点，其一，因为少妇对他果然是一片真心，其二，他收到如此有价值的礼品。他刚迈出教堂的门槛，便马上向她家赶来，千方百计地让他的情人目睹他的两种厚礼已被他收下来了。少妇见计谋得逞了，也高兴不已。此时此刻，只等丈夫外出，双方就能苟合了。

巧的是，没过多长时间，正好她丈夫要去热那亚处理事务，一大早，他便启程上路了，少妇便前去找神父告状了，开始，她哭哭啼啼的，然后又抽噎地说：

"神父，我清清楚楚地对你说，此时此刻，我是无法再忍受了。只因为上次我对你说过，没有告诉你以前，我绝对不会轻易地采取行动，因此，今天，我特意前来禀告你。让我告诉你吧，你的朋友——魔鬼的化身今天一大早就做了些啥，你便晓得我为什么会如此哭泣不休了。"

"昨天一大早，我的丈夫启程前往热那亚了，也不晓得是怎么回事，他居然打听到了这个事情，今天早上——刚才我已经告诉了你，黎明还没来临之时，他来到了我家的花园里，爬上树梢，又爬到我睡房的窗前，他正把窗户打开了，想进入我的睡房，幸好，正在这时，我从梦中醒过来了，一跃而起，正准备高声呼救，他，还没有时间进入房中，便在窗前恳求我，看在上帝的份上，看在你老人家的份上，不要告诉别人，又把他的名字告诉了我。闻听此言，又看在你的份上，我便强自压制住自己，也没和她再说什么，也顾不得自己没穿衣服，如同刚来到世界上一般，跑了过来，用力关上了窗户——让他站在窗外，后来也没有什么声音，可能是离开了吧。（希望坏运气与他一同离去！）请你为我考虑一下，我还能继续忍受这种事情吗？我早已不堪忍受了，因为顾及你的情面，我才如此一而再，再而三地受他的欺负！”

闻听此言，神父气得七窍生烟，也不晓得该说什么，只是一迭声地问他，是否看分明了，会不会搞错了。少妇向他答道：

“谢谢上帝吧！难道我会认错他吗？我对你说，确实是他，要是他妄图否认的话，不要信他。”

于是，神父说道：“夫人，我已无话可说了。我只能说这种行为是最下流的，真是狂妄至极！你赶走了他，做得很体面。然而既然两次你都接受了我的劝告，而两次都因为上帝的恩泽，你没有受到欺侮，那么，再一次接受我的劝告吧，关于此事，你暂时别告诉你的家人，依旧让我处理此事吧！我倒要瞧瞧是否能收服这个脱笼而出的妖怪。过去我还以为他是个圣徒，如果我能劝他重新做人的话，从此不再干出那种下流的事情来，这就最好不过了，如果他不知悔改，那我也不再插手此事了，你凭着良心，认为该咋办就咋办吧，我祝福你。”

“行了，”少妇向他答道，“那好，这一次，我就不再违你的心意了，让你愤懑，然而你必须和他说清楚，从此不准有半点失礼之处。我告诉你，从此之后，我不再因为此事来拜访你了。”

说罢，她转身离去了，一副气愤不已的模样，她刚走出教堂，先生便到达了教堂。神父带他来到僻静的地方，然后十分严肃地痛骂了他一番——说他不守信用，没有人性，是个假道学。那位先生已经挨了神父两次责骂，已有应付经验，晓得里面肯定有奥秘，于是专心地倾听着，含混地做着答复，意欲套神父说下去。他如此说道：“你为什么如此大发雷霆，是我在十字架上钉死了基督吗？”

闻听此言，神父更加怒火中烧，“你瞧，这个家伙是多么厚颜无耻！你听听他在说啥？听他的语气，她像这已是数年前的往事似的，他早已彻底地忘记了自己卑鄙风流的举动。难道你真的不记得了吗——今天一大早，你打算强暴夫人，事发之时与现在只相隔一个上午，今天早上，天未拂晓时，你在什么地方？

“我自己也不知道，”先生答道，“只是，你怎么这么快就晓得了这件事情呢？”

“很对，”神父说道，“我听说了这件事情，不必说，你听说她的丈夫外出了，便以为她肯定会对你投怀送抱，亏你想出这个主意！你真不错呀！好一个正派人呀！你成了夜游症患者，不但会翻越墙头，而且善于攀爬！你想乘别人没有防备，玷污那位夫人的贞节，因此乘着天黑爬上树头，爬到了人家的窗前。在这个世界上，她最讨厌你了，而你老是不断了这个欲念，暂且不提每一次她都表明了她讨厌你，就是我如此孜孜不倦地劝告你，也应让你悔过自新了。我告诉你吧，直到如今，对你的一切举动，她一直克制着自己，这并非她喜欢你，而是我在为你恳求人家手下留情，然而从此，他不会一忍再忍了，我已答应了她的要求，如果你再去侵犯她，那么不管她如何处理这件事情，我决定不再插手此事了。要是她向她的兄弟讲述了这件事情，你看你怎么办呀？”

此时，通过神父，先生已经明白他本应晓得的一切，便连忙认罪了。又是许诺，又是立下誓言，努力使神父的怒气烟消云散了。然后才离去了。当夜深了，该做夜祷时，他便来到了少妇家的花园中，爬上了窗边的大树，见窗户早已大开了，一瞬间的功夫里，他便来到了房里，扑入了少妇的怀中。早已等候多时的美丽的情人已经失去了耐心，此时此刻便兴高采烈的，把他搂在怀中，说道：

"谢谢神父出手相助，他老人家为你指明了一条前往此处的道路。"

两人尽情地寻欢作乐了一番，便把神父的蠢笨当作笑话般地谈论，又大肆嘲讽那些梳理羊毛的，打羊毛，织羊毛的人，越来越兴奋，玩得可开心了，分手的时候，两人秘密约定，从那以后，再也用不着神父老人家费心费力了，这对情人多次秘密幽会。

我希望仁慈的上帝，让我，以及世界上所有有情的信奉基督教的人，早点到那快乐的国度去吧！

故事四

费利斯修士向普乔兄弟传授了一种修行成圣徒的方法。普乔在进行苦苦修行的时候，费利斯便借此机会前去与他的太太干那种勾当。

当菲罗美娜的故事结束以后，第奥纽对那个少妇的机灵聪慧称赞不已。并且菲罗美娜在故事结束时所做的祈祷真有趣。笑容浮现在女王的脸上，她回过头来，对潘菲洛说道："行了，潘菲洛，你为大家讲一个很有意思的故事吧，让众人开心开心吧！"潘菲洛马上答应了，说道：

女王，在这个世界，不少人一心想进入天堂，没想到自己没有进入天堂，反而送别人升上了天堂。此时此刻，我所讲的故事便是这样的。没多长时间以前，我们的邻居那里便发生了这件事情。

再说，在距离圣潘克拉契教堂不远的地方，有一个名叫普乔·狄·林尼厄利的人，他心地很好，而且家境富裕。晚年的人对宗教十分虔诚，成了方济各会的第三品修士，人称"普乔兄弟"。他家只有妻子和一个侍女，他又用不着做啥买卖，因此把心思都放在修行上，常常在礼拜堂里流连忘返。他蠢笨而鲁莽，脑子不灵光，天天念诵经文，出席道会，做弥撒，甚或俗人唱赞美诗时，也能找到他的身影。他还要举行斋戒，让自己的肉体经受折磨——别人传言，他还成了“自答僧团”中的一员呢！

他的夫人名叫伊莎蓓达，大约有二十八九岁，看上去身材丰满，艳丽迷人，如同一个已经成熟的苹果，无奈的是，她的丈夫年纪大了，又把心思放在修行上，老让她这么圣洁地过日子，她感到烦死了，有时，她想与他同床，或是和他开开玩笑，调调情，他便会十分严肃地讲述天主基督的经历，奈达乔神父的布道，玛大琳的哭泣等等——以此来使她的要求得到满足。

此时，一个修士离开了巴黎，回到了此地，他叫费利斯，他也加入了圣潘克拉契教团，生得相当英俊，年纪也不大，然而却十分聪明，学问很好，普乔兄弟对他佩服得五体投地，与他成了好朋友。每遇到难题时，他便前去找费利斯，让他帮忙出主意。又由于面对着他，这位兄弟老是一副正儿八经的样子。因此时不时地让这位兄弟前来他家用午餐或是晚餐，见丈夫对此人如此恭敬有加，因此，他的夫人也感到他平易近人，非常细致地招待了他。

这位兄弟多次登门以后，觉得他家的女主人生得如此水灵而丰满，猜测她肯定有不开心的事儿，于是打算尽其所能，使她的缺憾得到弥补，也帮帮普乔兄弟。所以，他常常与她眉来眼去的，果然，对方心中的狂热和欲念也苏醒过来了。既然两人心意相通，一逮到时机，便把自己的心事告诉了她，少妇听后，也相当满意，只是这位夫人不愿外出与他约会，至于家中，丈夫又老和她在一起——他晚上从不外出，因此根本没有机会得手。

这位兄弟心中焦灼不堪，幸好他绞尽脑汁，想出了一个办法。虽然普乔兄弟老待在家里，自己依然可以登门与他的夫人寻欢作乐，却让他毫不怀疑。因此，一天，当普乔兄弟登门看望他时，他便告诉他：

“普乔兄弟，我一直晓得你最想修炼成圣徒，只是以我之见，你没有走直路。如今，教皇、大主教们都有自己的捷径，只是他们不愿让别人知道这个秘密。生怕如此一来，再也没有俗人为教会捐款、捐物的，而那些靠捐助过活的教士便会彻底地完了。然而我们是朋友，你又如此厚待于我，我愿意向你传授这个方法，因为我深信不疑，你会遵从我的教导行事，而且绝不会向任何人讲出这件事情。”

闻听此言，普乔兄弟极其热心，一而再，再而三地恳求他给予指导，立下誓言，没有费利斯的允许，他绝对不向任何人说出这个秘密，并且只要是他能办到的事情，他一定照办。

于是，修士说道：“既然你对我立下了誓言，那么我可以对你说，你要明白，根据教会里研究神学的博士的看法，所有想修行得道的人，必须按照我教给你的方法，苦苦修行。只是，你必须弄明白这一点，我的意思并不是一旦修行结束了你原本犯下的罪行从那以后便一笔勾销，我不是这么说的。我的意思是，在进行修行以前，你所犯下的各种罪行，可以从此被除去了，得到了谅解，以后如果你再犯下了罪行，上苍也不会将你归类于应被上天惩罚的条例。自然会以圣水冲净你那轻微的罪行，如此时为你除去尘世的一切罪过一样。

“想进行艰苦的修行的人，其一，必须坦承所有的罪行，从此，应该严格地守着四十天的斋戒，在这四十天里，不仅不要与任何女人接近，甚至也不要接近你自己的夫人，你在家里整理出一块空地来，在那儿抬头仰望，天空便进入了你的视野，摆一张宽大的桌子在那儿，每一天，当第二遍晚祷的钟声敲响时，你便前往此处，让背心与桌子紧贴在一起，双脚放在地上，摊开双手，如同被钉在十字架上一般。你可以将几枚木钉钉入桌面，支撑你的胳膊，只是你必须抬头望天，不准动，每天夜晚都是如此，一直到拂晓时分。要是你对神学无所不知的话，最好不停地背诵祈祷文，我可以让你知晓这些祷告的名字，只是，你并非做学问的，那么，每天夜晚，你必须背诵三百遍‘我的上帝’，然后念三百遍‘圣母颂’，向圣明的三位一体表示敬意。当你望着天空的时候，应该牢牢记住上帝创造自然的光荣，既然你摆出一副被钉在十字架上的样子，特别应该想念着基督被处死时的苦楚。

“当晓祷的钟声敲过了，你便可以歇息了。只是衣服必须穿在身上，天亮以后，你一定要起来，前去教堂，至少也要做三次弥撒，念诵‘我的上帝’，和‘圣母颂’各五十遍。然后，你可以根据情况，稍微处理一下琐碎小事，然而不要过分分神，然后再吃点东西，当第二遍晚祷的钟声敲响时，你必须再到教堂去一次，念念祈祷文，我可以为你抄下祈祷文，如果不念诵它，苦苦修行就没有用处了。当夜祷的时间来临时，你必须再做一次此事。如果你可以如此持之以恒，苦苦修行，如过去我那样，而且确实是真心实意地这么做，如此一来，可以肯的是，当你苦修尚未期满之时，你便会领略到神奇的永恒的快乐。”

普乔兄弟回答道：“这事并不难，也用不了花一年半年的时间，我可以做到这一切的。根据上帝的名义，我拿定了主意，礼拜日一到，我就开始行动。”

然后，他便向他道别，回到了家里，而且获得了费利斯兄弟的应允，向他夫人讲述了这件事情。女主人猜到了修士让他整夜地在那儿待着的目的，认为确实是妙极了，便告诉他，这种事情，还有所有有益于他的灵魂的事情，都会得到她的赞同。还说为了向上帝祈求，使他功德圆满，她肯与他一同进行斋戒——别的那些招数，她没有胆量去试。

夫妇俩合计好以后，当礼拜日来临时，普乔兄弟便着手进行苦苦的修行了。那位拥有高深的道行的修士早已和女主人商量好了，当夜幕降临以后，根本不用发愁被人发现，便登门与她寻欢作乐，而且带了不少可口的食品。两人一同吃喝，又一同共度良宵，当修士起了床，离去了以后，普乔兄弟才爬上床睡觉。

巧的是，普乔兄弟苦苦修行之处与他夫人的睡房只有一墙之隔。那是一道板壁，厚度极小。一天夜晚，修士与女主人公有点太忘我了，普乔兄弟感到地板好像在动。当他念了一百遍“我的上帝”时，便稍稍停了一下，叫唤着夫人，问她现在在做啥，然而他依然将身子紧紧地贴着桌面，没敢动一动。

这位夫人倒也十分幽默，也不晓得此时此刻她正坐在圣班纳台多的，或是圣·约翰·奎尔贝特的驴背上，居然高声回答：

“确实，丈夫呵，我正在拼命地辗转反侧呢。”

“辗转反侧？”普乔兄弟继续问道：“为什么呢？‘辗转反侧’是何意？”

这位夫人本来就十分开朗，此时此刻，她笑了——显而易见，她有理由如此发笑，答道：

“为什么呢？你不理解这句话吗？哦，你已经成千上万次地向我讲过：‘免吃一餐饭，一晚忙翻身’。”

普乔兄弟本来就头脑简单，信以为真，因为斋戒节制食欲，因此饿得辗转反侧，无法进入梦乡，于是，说道：“夫人，我早就吩咐你不要进行斋戒，如今既然实行了，就不要想了，睡觉吧，你如此厉害地摇晃着床儿，甚至屋子都在发抖呢？”

“你别担心，”女主人说道：“我自己的事情，自己会注意的，你最好继续努力修行吧！”

普乔兄弟没有再说什么了，接着念诵“我的上帝”。

次日晚上，在另一间屋子里，女主人摆好了一张床，每天夜里都与那位修行很深厚的修士寻欢作乐，无比快活，一直到普乔兄弟修行结束以后，他们才停止了这么做。

每天一大早，当修士离去以后，女主人便走回了自己的卧室，片刻之后，普乔兄弟也回来休息了。每天夜晚，普乔兄弟都如此苦苦修行，从不间断，他的夫人却与修士享受床帏之欢，所以，她常常满面笑容地向修士说道：

“你让普乔兄弟苦苦修行，他却让我们成了神仙。”

确实，她每次与丈夫寻欢作乐时，一直得不到满足，如今认识了修士，如同品尝到了一桌丰盛的宴席，让她怎舍得放弃呢？因此，普乔兄弟修行结束以后，她依旧与修士在其他地方秘密幽会，偷偷地享受着快乐。

如此一来，当故事接近尾声时，我又必须提及故事开始时所说的几句话。普乔兄弟潜心苦修，老想升入天国，没想到，他反而超度了别人。即修士与普乔兄弟的夫人。修士为他指出升入天国的捷径，他的夫人，与他共同生活，如同身处荒芜的沙漠，幸好费利斯兄弟心地善良，为她降下了甘霖。

故事五

齐马向一个骑士送了一匹骏马，他有一个交换条件，即允许他和骑士的夫人交谈几句。她默默无言，齐马代她做出答复，其后的事情，果然和齐马的答复一模一样。

潘非洛所讲的关于普乔兄弟的故事，使得女士们都笑了，女王又命令爱莉莎接着讲下去，爱莉莎马上服从了命令，她的腔调、神情都透着高傲，她向来如此，并不是在耍小脾气。她如此开始了：

在这个世界上，有些机灵人，以为自己聪明，知晓事理，别人毫不知情，所以，有意想戏弄别人，最后常常是自己被人骗了。因此，以我之见，毫无来由地和别人斗心眼，搞阴谋，确实是一件非常愚蠢的事情。自不必说，别人不一定会赞同我的观点，那么，趁如今该我讲故事了，允许我讲一个有关来自皮斯托亚的骑士的故事。

在皮斯托亚这个地方，有一位骑士，他属于维琪莱西家族，此人名叫法朗赛哥，十分聪明，能力很强。家中比较富有，只是非常贪心。他奉旨去米兰任职，管理地方事务，途中凡是用得着的东西，都已经准备好了。只是缺少一匹令人满意的马儿，多番寻找，都一无所获，不然的话，便能体面地上路了。顿时他也不晓得去哪儿寻找，心中焦灼不堪。

这个地方还有一个小伙子，此人叫理查，地位低贱，家中十分富有，穿得非常阔气，大摇大摆地四处招摇。所以，众人都称他为“齐马”，其意便是“花花大少”。他始终对法朗赛哥夫人心存爱慕，老是追求她。无奈那位夫人不但生得美丽，也非常有德行，因此，齐马只是在白费气力罢了。这一次，他将一匹非常美丽的土斯卡骏马买到了手，它拥有均匀的骨骼，美丽的皮毛，在他的眼中，这匹马儿成了珍宝。

众人都晓得齐马对法朗赛哥的夫人怀着疯狂的爱恋，因此便有人鼓动法朗赛哥去求助于齐马，说不定看在夫人的份上，齐马会送给他一匹骏马。法朗赛哥十分贪婪，果真吩咐手下前去请来了齐马，嘴上要求齐马卖给他一匹骏马，心中却只渴望这位兄弟送给他一匹马儿。闻听此言，齐马高兴不已，于是对他说道：

“大爷，要是你想把我这匹马儿买走，那么无论你出多少钱，我也不会同意的，要是你和我合计，要我白白相送的话，还行，只是条件是：当你在场时，先让我与你的太太交谈几句，而且请你站在远处，我所说的话只能让她一个人听到。”

法朗赛哥一心希望捡个大便宜，只道齐马年纪轻，容易欺负，便满口应承了，说他想说什么，只管对他夫人说好了，说完以后，他便走出了客厅，走进夫人的睡房里，对她说道，他很容易得到齐马的骏马，只需要她出去应付他一下就可以了。只是无论齐马说啥，万万别与他交谈。

夫人很讨厌这件事情，只是她必须听从丈夫的吩咐，于是勉强同意了，和他一同走进客厅，且听听齐马要告诉她什么。齐马再次与主人讲好条件以后，便与女主人在大厅的一个角落里坐了下来，距离他们很远。他的话语如下：

“显贵的太太呀，像你这般非常聪慧的女人，可能早已晓得我对你怀有一片何等深沉的爱。在这个世界上，若论漂亮艳丽，又有谁能与你相提并论呢？自不必说，你风姿绰约，心灵纯洁，能够让最崇高的男人拜倒在你的石榴裙下，因此，我不必再向你说什么了，没有人能如我忠诚而狂热地爱着你一样爱着他的心上人。只要我还活着，我肯定始终不变地爱着你，这还算不上什么，有一天，当我死了以后，只要天上与地下没有什么分别，男女的爱情也是存在的，我会始终爱你，一千年，一万年，永远。不少别的东西，无论是贵重的，还是便宜的，你绝对不能认为你已彻底地拥有他们，唯有我，我的钱财才彻彻底底的是你的，确凿的事实表明，你可以深信，你命令我做件事情，让我对你稍稍表明一下心迹，便是给予了我无限的快乐，即使是让我一统天下，我也无法感到这比那更引以为荣呢。

“我已经向你表明了心迹，既然我是你的了，如此一来，就不要责怪我居然敢不分昼夜地为你祈祷，因为唯独你能给予我安宁，健康和快乐。失去了你，那么在这个世界上，我就没有幸福了。对你来说，我是最顺从的奴仆，爱情的火苗正在烧烤着我的心灵，希望只有一个，你——你可以救我，给我带来幸福，昔日，你是如此冷酷地对待我，如今，我恳求你发发善心，可怜我的一腔愚忠吧，如此一来，我便可以这样安慰我自己，过去，为了你的美丽，我患上了相思病，如今，因为你的仁慈，我也不算是白白地来这个世界上走一遭。如果我的恳求不能让你那与众不同的心灵为之一动，那么我就只有死路一条了。而别人肯定会以为是你害了我，暂且不提我的死不会给你带来荣耀，即使是扪心自问，你也会觉得过意不去。当你平心静气的时候，你肯定会自言自语地说，‘唉，令人同情的齐马，我真后悔昔日不该那么冷酷地对待他。’然而到那时，你后悔也没有用了，最后只能给你的良心带来痛苦罢了。

“为了不让这种不幸的事情发生，趁你出手相救还来得及，你发发善心吧，怜悯怜悯我吧，不要眼睁睁地看着我被死神带走。我将是世间最快乐的人，或是世上最烦恼的人，你的一句话便可以决定这一切。我晓得你富有同情心，我对你怀着如此狂热的爱恋，你总不会如此无情，眼睁睁地看着我死去却无动于衷吧？面对着你，我心中十分恐惧，放不下心来，只盼望你能同情我，使我得到满意的回答，让我快乐起来。”

说到此处，他没有再说下去，发出了一声叹息，又流下了几颗泪珠，等待夫人作出答复。昔日齐马对她纠缠不休时，曾不断向她献殷勤，站在她的窗前，吟唱着小夜曲，她都视而不见，此时此刻听他如此热情地说着甜言蜜语，竟然因为怜悯而产生了爱情，一股从未有过的情感涌上了她的心头，虽然她听从丈夫的嘱咐，一声没吭，然而，不由自主地吁了口气，这声轻轻的叹息表明了她是多么高兴回答齐马。

等候了片刻，齐马见她默默无言，不禁感到纳闷，再一寻思，便猜透了骑士的圈套，他凝视着她，只见她常常深情款款地看一眼他，又听见她时不时地轻轻地叹息着，他的心中马上燃起了希望之火，一高兴，便想出了一个办法，便模仿夫人的语气为她作答，附耳对她说道：

“齐马呀，自不必说，我晓得你对我怀有真诚而深厚的爱，此时此刻，听你这么说，与昔日相比，我更加理解你了，我感到十分兴奋——我怎能不兴奋呢？ 过去，我像对你无情了一些，然而请你不要见我冷若冰霜，便只道我心中也是如此残酷无情，不，我始终爱着你，认为你最惹人怜爱。 只是从表面上看，我只得装个样子，其一，因为流言蜚语，令人生畏，其二我爱惜自己的名声，如今有了机会，使我可以向你表明我的心迹，而且可以回报你对我的情意。 放宽心吧，你高兴些，承蒙你想见见我，便给了法朗赛哥一匹骏马，几天以后，他便要前往米兰赴任了，你也晓得这件事情。 我以真挚的心和疯狂的爱恋向你承诺，等他外出以后，不用过多久，你便可以和我待在一块儿，一同享受我们的爱情那无限崇高的快乐了。”

“我只担心以后再也无法找到时机与你交谈了，那么不如此时此刻便与你约定，要是你发现我那间正对着花园的睡房的窗前，飘扬着两片手巾，那是我暗中设下的记号，那天晚上，你便可以走进花园的小门，来和我见面，只是你要注意，不要让别人发现。 睡房里，我在等候着你的到来，到那时候，我们便能夜夜相守，尽情地欢愉了。”

他替他的心上人如此说完以后，又恢复了本来面目，说道，“我最爱的太太啊，你这价值千金的承诺，真让我高兴得灵魂离开了躯体，也不晓得该如何答复你，更不晓得该如何向你表示感谢，即便我可以表达这一切，纵然是千言万语，也无法表达我心中的谢意。 我这难以言表的情意，只好留给聪慧的你去发挥想象力了。 我只得告诉你，你嘱咐我如此行事，我绝对不会对不起你。 到那时，为了回报你那无限的宠爱，我肯定会尽心尽力的。 此时此刻，我不再说什么了。夫人哪，我最亲爱的，希望上帝给予你幸福，让你事事称心！ 但愿上帝为你祝福！”

那女主人一直没有说话，然后齐马站了起来，走向骑士，骑士连忙迎了上去，面带笑容地说道：

“如何？ 我的承诺已经兑现了吗？”

“不，大爷，”齐马答道，“你承诺让我与您太太交谈，没想到你却让我面对一尊大理石雕像！”

闻听此言，做丈夫的快乐到了极点，更加信任自己的夫人了，于是说道：“如今，我可是理所当然地拥有你的骏马了。”

“是的，大爷。”齐马答道，“早晓得我要你承诺此事，只落得一场空，那我不如直接白送马给你好了。 我真后悔不曾如此行事，此时此刻，如此一来，你算是以一定的代价将这匹马儿买到手，而我呢？ 不是无异于白送骏马给你了？”

闻听此言，骑士大声笑了起来。 骏马既然已落到了他的手中，几天过去了，他便启程上路了，前往米兰赴任了。

那位夫人一个人待在家中，齐马所说的一番话常常浮上她的心头，她回忆起了他对她的爱是多么真挚，为了她，以自己的骏马为代价，又见他常常徘徊在自己的家门口，于是自言自语地说道：

“我有什么计划呢？ 我干吗要白白地浪费自己的年华，我家丈夫前往米兰赴任了，此次一去，就必须待半年，他什么时候能够使我这白白浪费的年华得到弥补呢？ 莫非我要等到徐娘半老不成？ 另外，如齐马这般多情的人，去哪里找呢？ 我独守空房，又不必考虑别人。那我干吗不抓住眼前的良机、及时快活快活呢？ 让机会溜走了，就无法重新得到了，再说任何人都不会知道这件事情，即使有一天东窗事发，到那时，忏悔也来得及。 与现在这样一个人待在家里天天后悔相比，总要好一些吧！”

她如此思前想后，一天，她真的按齐马吩咐的那样，在与花园面面相对的窗前挂上了两条毛巾。

当毛巾进入齐马的眼帘之后，他的那兴奋劲儿，就甭提了。 夜幕刚刚降临之后，他便蹑手蹑脚地来到夫人的花园里，发现园门没有关上，于是便进去了。当他走近屋门时，发现她已在等候着他的到来，一见心上人如约前来，她狂喜不已，连忙迎上去，他把她搂入怀中，便亲吻着她，吻了千万次，然后才和她一起来到了楼上，来到了睡房里，也不再拖延了，两人来到了床上，开始享受无限的爱的快乐。此次的约会只是一个序幕。骑士待在米兰的那段日子里，齐马经常与夫人幽会，甚或当骑士返回家中之后，两人依然常常苟且，真是尽情地享受了美丽的春光。

故事六

理查对菲利佩洛的妻子产生了爱情，晓得她是个醋坛子，对她撒谎说，菲利佩洛与他的夫人将在洗澡间里约会，她装成理查的夫人，到洗澡间里去了，与丈夫睡在一起，最后发现与她同床共枕的男人是理查。

爱莉莎的故事结束之后，女王对齐马的机灵称赞不已，然后命令菲亚美达接过话头，她脸上带着笑容，应允了，按照女王的吩咐，如此开口了：

在我们所居住的这座城市里，尽管各种各样的事情层出不穷，每个话题都会引出没完没了的故事，然而以我之见，偶尔谈论一下别的地方的故事，也很有意思的。因此我准备像爱莉莎那般，为大家讲述一个外乡人的故事。这故事的发生地点是那不勒斯，它的内容如下：有一女人，如何正派，如何冷冰冰的，然而她的心上人远比他聪颖，用巧妙的方法，使她的爱情花儿还没有盛开，爱情的果实便已吃到嘴里了。当众人听了这个故事以后，一面可以用往事排遣烦闷，与此同时，万一这种事情出现在自己的身上，也能更加小心些。

在意大利，最可爱的城市可能要算古城那不勒斯了。过去，在这座城里，有位小伙子，此人叫理查·米奴托罗，他家是贵族世家，家境富裕，这是人人都知道的，尽管他的夫人美丽迷人，而他却另有意中人，此人便是卡苔拉。

若论这位夫人的美貌，众人都觉得，在那不勒斯城里，无人能与之相比。她早已嫁人了，她的丈夫是菲利佩洛·斐希诺非，是个年轻绅士，其身份地位与理查不相上下。卡苔拉原本善良聪明，因此对丈夫的爱十分专一。

理查对卡苔拉怀有一种疯狂的爱，所有在风月场中追求女人的方法，他一一尝试过了，然而都没有效果。他沮丧极了，却又无法摆脱感情的羁绊，真是求生不得，求生不能。他的亲人中，有几位夫人，见她如此伤心，纷纷劝他断了这个想法，以免白费气力，自找苦吃。她们说卡苔拉心中只有自己的丈夫，没有别的男人。她是个醋坛子，差不多一只鸟儿从天上飞过，她都担心它会抢走她的丈夫。

一听说卡苔拉心中的妒忌心是如此强烈，理查反而马上想出了一个办法，觉得可以对她的缺点予以利用，来实现自己的心愿。然后，他假装已斩断了对卡苔拉的情丝，将爱情给予了别的女人。原本他吟唱小夜曲是为了卡苔拉，比赛献技也是为了她，如今，他一样地向别的女人献这种殷勤。没过多长时间，所有的那不勒斯人——包括卡苔拉自己——只道理查对卡苔拉的爱情死亡了，而且另有所爱了。他如此连续地对别人献殷勤，后来，不仅每个人都信以为真，甚至卡苔拉自己也一改过去对他的那种冷若冰霜，避之三舍的神态，每次见到他，都很热情地问候他，如同是一个老街坊一般。

根据那不勒斯的习惯，当每年的夏天来临时，先生女士们经常聚在一起，前往海边进行野炊，一听说卡苔拉与几个朋友约好了，即将前往海滨游玩，他便与几个朋友跟在他们身后。一见理查也来到了这里，卡苔拉的女友们便邀请他和她们一起玩，理查佯装不情不愿的样子，直到她们一而再，再而三地发出邀请，他才很不情愿地同意了。卡苔拉和女伴们便以理查近来的浪漫史来笑话他，他佯装十分热爱他新近的爱人，于是，她们更是无休无止地谈论着。最后，与以前外出游玩一样，众女伴各自玩去了，只有卡苔拉、理查，两三个姐妹没有离去。理查含含糊糊地说卡苔拉的丈夫菲利佩洛可能另有所爱。此话果然使她妒忌大发，巴望立刻将此话问个一清二楚。后来，她确实无法控制自己了，只得向理查提出请求，看在他心爱的情人份上，清清楚楚地告诉她有关菲利佩洛的事情。于是理查说道：

"你以我的心上人的名义恳求我，我如何能让你失望呢？这样吧，我对你讲出这件事情，然而我的要求，你必须答应，你在没有亲眼看见、证实这件事之前，不可告诉你的丈夫，也不可对别人说，如果你愿意的话，我能让那一幕呈现在你的眼前。"

闻听此言，那位美人更加信以为真了，马上同意了，而且立下誓言，绝对不会将此事告诉别人。于是理查和她离开了人群，来到一个不用担心别人会听到他们的交谈的处所，说道：

"太太，如果此时此刻我对你依然怀着如昔日一样的爱恋，那么我绝对不敢让你知道这件事情，让你伤心。如今，我的这些荒唐的想法早已成了过烟云烟，那我可以向你道出真实的情况吧。我不晓得，菲利佩洛是否因为憎恨我追求你，换句话说，以为你已对我产生了爱情，要报复你——无论如何，他从未亲自向我表露出这一点，然而在偷偷地等待着时机的到来，趁我没有戒备的时候，便开始做那种她生怕我早已做出了的勾当——换句话说，打算与我的夫人偷情。我发现这段日子他委托别人充当牵线人，悄悄地多次前去恳求她，你丈夫所说的一切，她一五一十对我说了，并且根据我的教导对你丈夫的问话作出答复。

"就在今天一大早，我正要外出前来此处时，发现一个女人正与我的夫人窃窃私语，我马上猜到她是干什么的，于是便叫来了我的夫人，问她那个女人前来有何贵干，我夫人答道：‘菲利佩洛让他充当牵线人。前几日，你吩咐我有意让他觉得有盼头，就是她，将回话捎给了菲利佩洛，如今，他又让这个女人前来问我，终究计划如何对付他。并且告诉我，要是我同意的话，他可以想办法与我在城中的一间浴室里偷偷地约会。不，他差不多是对我纠缠不休，我不晓得你干吗要吩咐我前去与那个男人打交道，否则，我早就让他滚蛋了。从此，让他看也不敢看我一眼。’我感到事情变得复杂了，再也无法容忍了，因此，我想告诉你这件事情，让你明白，你对你丈夫如此忠贞，差不多害死了我，然而，他又是如何报答你的呢。

“请你不要以为我胡编了这番话，要是你怀疑它的话，我有办法让你亲眼目睹，亲自接触到这件事情。我吩咐我的夫人如此回答了那位等着捎回口信的牵线人，说她打算在次日中午以后，等众人睡午觉的时候，和他幽会。地点是浴室。得到这个口信以后，那女人便兴高采烈地离去了，我心中暗想，你不会以为我会真的送妻子去浴室吧，只是如果我是你的话，我便会千方百计地让他在浴室里碰到的女人并非别人，而是我，当我与他睡了觉以后，我会让他晓得和他睡在一块儿的是什么人，免不得要和她好好地寻欢作乐一番，要羞得他颜面无存，如此一来，对于你给她的羞辱，我给他的羞辱，顿时就予以报复了。”

听罢此言，卡苔拉也不思考思考是谁在说这些话，也不想想其中是不是别有用心，然而，只凭着醋劲，马上对他的话信以为真，而且一回忆起昔日的各种各样的情形，竟然越想越觉得正确，愈想愈恼怒，盛怒之下的卡苔拉告诉理查，她拿定了主意，遵从他的吩咐——做这件事是轻而易举的——如果菲利佩洛真的如约前来的话，她会让他羞得毫无脸面，让他从此与女人相遇时，永远记得这一次给予他的教训。

当她的这些话传入理查的耳中时，他高兴到了极点，认为自己定下的这条计谋实在是妙极了，看起来，大有希望获得成功，于是竭尽全力地鼓励她采取这种措施，又编造了许多其他的谎言，使她毫不怀疑，与此同时，又向她提出了请求，万万不可让别人知道这件事是他告诉她的，对于这一点，她十分严肃地同意了。

次日一大早，理查前往他向卡苔拉提及的那家浴室，找到了老板娘，并且向她讲述了自己的想法，向她恳求，请她竭尽全力地助他一臂之力。他始终关照着那位好心的老板娘，她怎会反对呢？她的浴室里修有暗房一间，没有一扇窗户，没有一缕光线射进屋内。她开始安排暗房中的一切，并摆了一张床铺在暗房里，显得非常舒适。理查用完午餐后，然后躺在床上，等待卡苔拉的到来。

另外，当理查告诉了卡苔拉那些话以后，她没有丝毫的疑心，晚上，当她返回家中之后，心中满是怨恨。巧的是，那一天，菲利佩洛回到了家中，由于心中有事，不像平常那般热情。目睹此情此景，她的疑虑更重了，自言自语地说道："还用得说什么吗？他肯定在想象着第二天和那个女的寻欢作乐所带来的快乐呢，然而他几乎是在白日做梦！"差不多整个夜晚，这件事都在她的心中萦绕着，思索着第二天在浴室里与他相遇以后，该如何痛痛快快地教训教训他。

话说长也长，说短也短，当次日睡午觉的时间来临时，卡苔拉根据事先的安排，带着女仆，到了理查向她提及过的那家浴室，来到女主人面前，向她打听她的浴室里是不是有个叫菲利佩洛的，理查早已叮嘱过老板娘，于是问道：

"这么说，前来找他交谈的夫人便是你吗？"

"不错，"卡苔拉回答说。

"如此说来，"老板娘说道，"你请进吧！"

自找苦吃的卡苔拉便跟在她们的身后，进入了房间，理查正在里面躺着，她用面纱遮住了面孔，并顺手扣上门，一见她来到了房里，理查快乐得又蹦又跳，紧紧地搂住了她，用轻柔的嗓音对她说道：“我的灵魂，欢迎你的到来！”

为了装得更像一些，卡苔拉也把他搂在怀中，亲吻着他，拼命地与他亲热，只是默默无语，生怕一说话，对方就会察觉到她的口音，幸好，屋中漆黑一团，对此，两人都十分满意，两人在房中逗留了片刻，房中的一切，依然无法看清楚。理查抱着她，来到了床上，也不敢再说啥了，生怕他的口音被卡苔拉听出来。两人寻欢作乐了好长时间，其中一个人更加高兴。最后，卡苔拉认为发泄怒气的时候来临了，立刻大发雷霆地说道：

“唉，女人是何等命苦呀，她们对丈夫无比忠贞，这又有何益呢？唉，我的命真苦呀，在这八个年头里，我一直爱着你，在我的眼中，与我的性命相比，你还要更珍惜一些，然而，你呢——适才，我已领略到——你对另一个女人怀有火一般的爱情，你这个男人真是没心没肺呀！你知道你与谁同床共枕呀？和你躺在一起就是你用虚假的情意对她进行欺骗的女人呀！

“你这个负心的恶徒啊，我是卡苔拉，并非啥理查的夫人！我告诉你——莫非我的声音你也没有听出来吗？真的是我呀！这时间真漫长哟，我巴望立刻从黑暗里走出来，来到光明的地方，拼命地羞辱羞辱你——你这不讲情义的恶犬呀！唉，我的命真苦呀！这么多个年头过去了，谁是我始终爱着的人？我爱的对象是这条恩将仇报的狗啊，他还以为他怀中搂抱的是别的女人呢？因此对我百般亲热，这么多年了，我们同床共枕，居然无法与之片刻的亲热相比。

“你这恩将仇报的坏家伙呀，今天，你真努力呀！平常，在家里，老看到你疲惫无力，根本没有力气，谢谢上帝，你依然在开垦属于你的田，并不是像你设想的那样，在耕耘别人的田地，难怪昨天夜里你不愿和我亲热了，原来是你想养足精神，去和别人交战呀！多谢上帝，还有我的聪慧，甘露没有肥了外人田。”

“你干吗不说话呀，你这个坏家伙？莫非我的话一传入你的耳中，就成了一个哑巴？头顶苍天，我竟然克制住怒气，没有伸出手，挖出你的眼珠！你只道你做这种勾当安排得十分秘密吗？头顶苍天，你机灵，可是别人也和你一样地聪明。你没有实现自己的心愿，不对你说，你还不晓得，你的一切行动，都被我看得清清楚楚呢，”

听到这番话语，理查高兴极了，却没有胆量做出答复，只是把她紧紧地搂在怀中，更加疯狂地亲吻着她，抚摸着她，见他没有搭腔，她继续说下去了：

“哼，你这条令人讨厌的狗，你准备如此装模作样，百般讨好，便可以让我把这口气出了。与你破镜重圆了吗？对你说了吧，你的算盘打错了。如果不趁你的全部亲友，朋友，邻居在场时，羞辱你一番，那么我是无法出这口气的，你这个坏家伙，难道我的美貌无法与理查的妻子相比吗？难道我不是出身于大户人家吗？你干吗不说话呀，你这恶犬？她啥地方比我强？滚远点，不准碰我，今天，你已够辛苦的了。如今，你早已晓得是我了，不必说了，你硬着头皮假装如此亲热。上苍助我一臂之力，从今以后，我要让你饥饿难耐；我不理解，过去我为什么不让理查为我排除烦闷呢，她对我的爱超过对他自己，然而我不曾正眼看他一眼。如果我和他好了，又有啥不可以的？你以为你与他的妻子同床共枕了，就无异于你已干下了那种勾当，最后，你没有勾引到她，并且你功夫尚浅，从此，如果我与别的男人相好，你可休怪我不好。”

卡苔拉如此怨恨不已，哭诉了好长时间。后来，理查认为不能继续把她蒙在鼓里了，如果让她满腹怒气地回去了，可能会大事不妙的，于是，他拿定主意，向她说出这一切，让她晓得自己与谁同床共枕，然后，他把她紧紧地搂在怀里，使她无法走开，并对她说道：

“亲爱的宝贝，不要发火了，只由于我执着地爱着你，却无法与你亲热。因此爱神为我设下如此妙计，以便让我实现心愿，我是属于你的理查。”

闻听此言，卡苔拉又听出了他的口音，于是拼命地想挣脱他，想从他的怀中挣扎开来，——然而，怎么能行呢？因此她想大喊大叫，可是，理查的一只手把她的嘴掩住了。

理查告诉她：夫人，如此生米煮成了熟饭，即便你一生都喊叫不止，也没有用了。如果你真喊叫起来，或是把此事告诉别人，那么你面临着两条路，其中一条与你息息相关，即你那美名就会毁于一旦。你当然会说是我设下阴谋诡计，让你上了当，然而我也可以不承认这一点呀。我会告诉人们，我同意拿金钱和礼物给你，你才赴约的。其后你说我的礼物太少，才发起火来，大喊大叫，说出这番话来。你晓得，人们宁愿对坏事深信不疑，也不会对好事信以为真的。因此，要是此事传扬开来，人们不会相信你的话，只会对我的话深信不疑的。另外的后果是：从这以后，你的丈夫和我成了生死对头，不是他死在我的手下，就是我被他置于死地。要是事情真的到了这种地步，你绝对不会有快乐和慰藉可言。

“因此，心肝宝贝，我想，你三思吧！别干出给你的名声带来损害的事情来，也别让你的丈夫和我成了生死对头，惹来大祸。从古到今，世界上的女人上了别人的当的，你也不是第一个，也不会是最后的，我绝对不是有意想坏了你的名声，所以对你要阴谋诡计，我确实爱你到了无可奈何的地步，才想出了这条下策。我只想成为你的最忠心耿耿的奴仆。我，还有我的心，我的躯体，以及我的一切的一切，早就是你的了。从此，更是你的了。就别的方面而言，你见识广，我深信，关于今天所发生的事情，你是不会头脑发昏的。”

理查说这些话时，可怜卡苔拉依然哭泣着，她满腹怨气，无法消除。然而她的理智对她说，理查并不是在胡说八道。很可能会发生他所说的事情，所以，最后，她开口了。

“理查，你如此欺骗我，如此欺侮我，除非上苍助我一臂之力，让我如何忍受呢？ 我不准备在此大声喊叫不休，只怪我头脑简单，妒意更盛，才上了你的当，到这儿来了。 然而，我对你说，要是我不能想办法报复你的话，我绝不会心甘情愿地就此打住的。 你把手放开，不要再拖着我了——你的欲望已经得到了满足，蹂躏了我如此之久，天也晚了，你让我离开吧，我求你了，让我离开吧！”

见她依然满腹怒气的样子，理查拿定主意，要和她再次和好之后，才让她离去。 他十分温柔，好话已说尽了，力气也卖够了，哄着她，请求她，出言相慰，最终使她为之心动了，言归于好了。 于是两人恩恩爱爱的，一同又寻欢作乐了好长时间，非常幸福。

直到此时此刻，卡苔拉才晓得情人的亲吻，与丈夫的亲吻相比，更令人回味。 过去，她对他毫无感情，如今又变得柔情依依的了。 从那天开始，她一直疯狂地爱着他，两人又常常定好时间约会，把事情干得非常利索，没有半点破绽，然而，却悄悄地沉浸在爱情的快乐之中。 希望上帝同意我们抓住我们的幸福吧！

故事七

台达尔多与心上人分手了，背井离乡。七年以后，他装扮成一位香客，返回家乡，重见昔日的情人，责备她寡情薄义。此时，情妇的丈夫被人诬陷，即将被处以极刑，他救出了情夫的丈夫，与此同时，又与情人破镜重圆了。

当菲亚美达讲完故事以后，众人都称赞她讲得很不错，女王没有多浪费时间，马上吩咐爱米莉亚接着讲下去，她如此开口了：

刚才两位讲了发生在别处的故事，此时此刻，我将重新以我们所居住的这个城市作为话题了。我给大家讲的故事是，一个出生在这儿的人如何情场失意，后来又如何同情人破镜重圆的。

过去，在佛罗伦萨城中，有一位公子，他叫台达尔多·爱里赛，他对阿多勃兰第·帕莱米尼的夫人爱美莉娜怀着一种疯狂的爱恋。若论他的品质、风度，样样出色，本应有这福气。然而命运戏弄人，非要让人承受思念所带来的苦楚，爱莉娜与他恩爱了一段时间以后，却无缘无故地改变了主意，不再和他来往了。他派人捎去口信，她毫不理睬，甚至他自己想见见她，她也不答应。所以，苦楚折磨着他。幸好他与那位夫人的关系处于秘密状态，因此别人只见他老是一副不开心的样子，却不晓得他有何心事。

他认为自己确实没有任何有愧于他的心上人的地方。因此，千方百计地想和她和好如初，没想到这一切都是白费力气。最终，他彻底地失望了，拿定主意，告别故乡。以免让那个折磨得他痛苦不堪的女人目睹他如此憔悴不堪的样子，暗暗高兴。他带好所有的现金，悄悄地启程了，除了曾向他的一个知己提及过此事外，从来没有告诉过别的亲戚朋友。

他抵达了安康纳，并改了名字，叫腓力·第·桑洛台秀，在那儿，他认识了一个富有的生意人。那人给他帮忙，于是他便来到了他的船上，与他一同前往塞浦路斯岛做生意。他干活勤快，稳重，商人十分欣赏他，不仅支付他不菲的工资，而且让他与自己合伙，让他接管了大部分的事务，他如此兢兢业业，竭尽全力，做了几年生意，竟然也有了一些积蓄，成了一个有名的富有的生意人了。

当他在计划做生意时，他那冷酷的情人依旧时不时地浮上了他的心头，他那失去心上人的伤口依旧尚未抚平，依旧盼望能够再见一见心上人。然而由于他具有如此坚不可摧的意志——在这七年里，他始终抑制住心中的爱火。然而，有一天，当他走在塞浦路斯大街上，一阵歌声传入了他的耳中，那是他过去为心上人所写的。歌词所描绘的是他昔日与心上人恩恩爱爱，如虎添翼的情形。当歌声传入他的耳中之后，认为她不会毫不念及旧情，所以不知不觉之间，爱火重燃，再也无法压抑，老想着见见她，于是，拿定主意，返回佛罗伦萨。

处理好手中的事务之后，他带了一个仆人，先抵达了安康纳，收齐一切财产，委托合伙人将之邮运到佛罗伦萨，放在合伙人的朋友处。他本人则装扮成一个香客，刚刚朝圣回来，与仆人悄无声息地启程了，抵达了佛罗伦萨。在一家小客店里住了下来。店主是兄弟俩，客店距离他的情人家不远。

有地方住了，首先，他来到了心上人的家门口，盼望能见到他。没想到，他刚来到那儿，便发现她家关门闭户，不禁感到十分诧异。还以为她已不在人世了，或是已搬往别处。他如此百般猜测，来到自己兄弟家门口，没想到又目睹他的四个弟弟身着孝衣，在门口站着。对此，他更加感到惊讶了。他晓得自己在外面流浪了七个年头，外貌，习惯都已不同往日了，不易被别人认出来，于是，走近一个鞋匠，问他这些人干吗都身穿孝衣，鞋匠回答说：

“那些人之所以身穿孝衣，是因为他们的一个兄弟长年在外漂泊，此人名叫台达尔多，大约两周以前，他死于非命，听人说，他们对法庭提取诉讼，说阿多勃兰第·帕莱米尼杀害了他的兄弟，所以阿多勃兰第·纳莱米尼锒铛入狱。原来过去，他们的兄弟与他的妻子相好，此次装扮一番、返回家乡，想见见他，居然死在那个男人的手下。”

闻听此言，台达尔多更为惊讶了。他心中寻思，肯定有什么人与他长得很像，居然误认为是他，阿多勃兰第蒙受冤屈，他很为他难受。从鞋匠那里，他又晓得心上人依旧活着。此时，夜幕即将降临了，他心中疑团很大，返回住处，与仆人用过晚餐，然后回到卧室里休息——他所住的那间卧室，差不多位于房子的最顶上。也不晓得他是由于心中有事，或是由于床不舒适，或是晚上没吃够，居然到深夜，依旧没有进入梦乡。正当他如此翻来覆去的时候，他像听见了动静，有人爬下了屋顶，然后，通过门缝，他看见了一缕灯光，他悄无声息地来到了门口，通过门缝向外看，发现一位美丽的少女，手举灯火，然后，屋顶上又下来了三个男人，纷纷走向她，彼此问候了一声，只见其中的一个男人对她说：

“感谢苍天，从今天开始，我们便可以高枕无忧了。台达尔多的兄弟们早与阿多勃兰第一同出庭会，当面对质，证实了他是杀害了台达尔多的凶手，他早已供认了罪行，甚至判决书也下达了。只是，我们必须谨慎，不可漏出口风，万一这真实情况被别人知道了，那我们就和阿多勃兰第一样，面临绝境了。”

闻听此言，那位少女好像很兴奋，然后，那些男人也到楼下休息去了。

这些话语传入了房中的台达尔多的耳中，他十分惊讶，心想，事情太糟糕了，真是一笔谁也搞不清的账目——别人的尸体被他的兄弟们哭奠着，葬入土中；毫无过错的好人，被人诬陷，即将被处死；另外，法律又是何等地不长眼睛，无情；那些作为人民的父母官的官员们，是在查什么案子呢，分明是不分好歹，欺压别人，竟然自以为是公公正正的法律执行者，上帝的使者；实际，他们只是代表着罪过，代表着妖魔，再一寻思，他觉得应该想想办法，救出阿多勃兰第才对，于是，他决定了如何行动。

次日一大早，起床后，他吩咐仆人不要离开客店，自己则走向心上人的家，她家的门敞开了，他认为时机成熟了，于是直接向屋中走去，发现在楼下的一间小房里，他的心上人正在悲伤地哭泣，那副可怜的样儿，差点让他也滴下了泪水，然后，他向她走去，说道：

“夫人，不要再伤心了，你的灾难即将结束了。”

闻听此言，那妇人抬起了头，泪水盈盈地对他说道：“好人，你可能是位香客，来自外地吧，你晓得我会遇到灾难还是吉祥？”

“太太，”台达尔多回答说，“我刚刚告别君士坦丁堡，来到此处，是上帝派我前来此处，使你快乐起来，要从死神手中夺回你的丈夫。”

她说道：“要是你刚刚告别君士坦丁堡，到达此处的话，你怎么晓得我的身份，以及谁是我的夫君呢？”

于是，香客一五一十地向她讲述了阿多勃兰第被人冤枉的事情，还说出了她姓甚名谁，她已嫁为人妇多少年，还有他所晓得的关于她的各种事情，一听他说得很对，那妇人感到十分诧异，以为他是位先知，于是，在他的面前跪了下来，凭上帝的名义向他恳求，赶紧把她的丈夫救出来，不然的话，就晚了。台达尔多佯装成圣徒，对她说道：

“夫人，起来吧，不要再流泪了，仔细听着我告诉你的一切，你万万不可让别人知道这些话，上帝曾经给我以启示，此次你大难临头，原因便在于昔日你犯下了罪行，因此上帝让你蒙受灾难，让你除却一些罪行，并且要求你洗心革面，对昔日的过失进行尽情地弥补，不然的话，可能还会有更大的灾难降临到你的身上。”

“先生，”妇人说道，“昔日，我犯下了许多罪行，上帝要求我进行弥补，不晓得首先我该做什么。”

“太太，”那个香客答道，“提起那桩罪行，我心中一清二楚，不用再问你了，然而我要求你亲自告诉我，如此一来，你便会更加后悔。不说废话了，你曾经有个情人，你没忘记吧？”

见他如此问道，夫人有点发呆，她只道那时候此事尚处于秘密状态，无人知晓，只有当台达尔多死于非命、举行了葬礼以后，两个对她那段情感一清二楚的朋友谈话时，不小心说漏了嘴，外人才有点知晓了。她发出了一声长叹，说道：

“我认为上帝早已让你知道人类的秘密，我也不再隐瞒你了，当我还是一个女孩的时候，确实对一个不幸的小伙子产生了疯狂的爱情，没想到，他会如此悲惨地死去，我的丈夫又被抓进牢中，为其偿命。当他死去的消息传到我的耳中之后，我心中非常难受，曾大哭了不少次。开始他告别家乡以前，我曾铁面无情地对待过他，然而，我与他已有那么多年没有联系了，尽管他已惨遭横祸，然而，他依然占据了我的心。”

香客说道：“你不爱那个死于非命的倒霉的小伙子，台达尔多才是你的爱人——只是，先不提这件事情吧，我想知道，你干吗不和他继续好下去呢，他是否做了对不起你的事情？”

“不，”她答道，“他从来没有做过对不起我的事情，后来，我与他断绝往来，是因为对一个不幸的神父的胡言乱语信以为真。在他面前，我做了忏悔，将我与台达尔多相好的事情告诉了他，闻听此事，他便大发雷霆，怒声喝骂，如今，一想起这件事情，便感到惊恐不已。他告诉我，要是我不马上悬崖勒马的话，我便会进入无限幽深的地狱深渊里，魔鬼会永远撕咬我，烈火焚烧我，使我不敢再去见我的心上人。为了彻底地和他断绝关系，不管他给我写信，还是让人捎来口信，我都不让他们进门。我猜想他无法承受这种打击，彻底地失望了，所以便告别了故乡；不然的话，只要他熬过一段日子，那样的话，当我目睹他的生命如同在阳光的照射下，白雪开始融化一般，我便无法再硬起心肠了，最后肯定会重新回到他的身边的，因为我没有什么希望比爱情更强烈。”

“太太，”香客说道，“此时此刻，让你感到如此难受的并非别的罪行，而是这桩罪过。我晓得台达尔多从未对你使用过强制手段，你原本是心甘情愿地爱他的，因为你打心底里爱他，后来他与你秘密约会，两人产生了私情，这并非他一个人所为，你也做了这件事情。

你告诉他的话语，你为他做的一切，都表露出无限的依依深情，过去他对你有十分的爱，此时此刻，他对你的爱就有一万分。我晓得这便是你们的情况——如果果真如此的话，你怎能如此无情呢，从此就对他不理不睬呢？这种事情，你总应该好好地考虑考虑呀！如果你担心做了这种事情，以后会万分后悔的话，还不如一开始就不做好了。当他是你的人，你拥有了他以后，你也是他的人，他也拥有你了。当他尚未变成你的人的时候，你愿意怎样就怎样，因为这事只与你一个人有关系，然而，当你与他相好了以后，你却突然与他断绝了往来，这你就不应该这么做了，因为你没有遵从他的意愿，这就等于把他最珍爱的东西给抢走了。

“此时此刻，你应该明白，我本人是个神父，因此对教会中的人看得清清楚楚，要是面对的是别人，我可能不能随意谈论教会中的事情，只是对你来说，我可以向你一五一十地讲述那些神父的底细，因为这有益于你，以免你被人骗了一次以后，以后还要被人骗。”

“过去，神父的确应是纯洁，心肠软的人，然而如今，那些人装模作样，称自己是神父的人，除了身穿长袍以外，哪有啥神父味道呢？就说那件包装外表的长袍吧，也非常不体面了。过去神父身上的长袍，都根据教义，用的布料质量低劣，而且还限制尺寸，只要能遮蔽肉体就可以了，至于式样，根本不在考虑之列，以示对世俗的浮华他们不屑一顾。如今的神父可大不一样了，只有光彩夺目的绸子缎子，他们才肯穿在身上，并且模仿大主教的派头，做成长长的、宽大的袍子，他们把这种袍子穿在身上，走进教堂，走过广场，如同孔雀一般，得意扬扬的，丝毫不感到羞耻，与世俗的花花大少相比，这又有什么不同呢？他们的举动极像渔夫，渔夫只想全部打尽河中的鱼，他们把一件多层的外衣披在身上，并设下了许多计谋和圈套，也是专心致志的，只希望诱惑那些纯真的女孩子、遗孀、还有愚蠢的夫妻，至于别的责任，再也无法顾及了。更坦白地说吧，他们并未真的把神父的袍子穿在身上，他们只是沾了这件黑衣服的便宜罢了。”

“另外，过去的神父的职责是普度众生，如今的这些神父们只晓得钱财和女人，他们声情并茂地讲述着地狱里的那阴沉可怖的情形，真是绞尽脑汁地威胁那些幼稚的人，使他们毫不怀疑，只有捐助，举行弥撒，才能洗去人生的罪行。他们如此向别人宣扬，因为他们是神父，不是想服侍上帝，而是有着下流的意图而已，他们好吃好喝，生性懒惰，如果不做神父，就没有合适的职业了。对他们的胡说八道，人们深以为真，担心自己已经不在世的亲人在地狱里受折磨，便纷纷心甘情愿地拿出面包、美酒、钱呵，让他们享受。

“原本人们的罪行真的可以用施舍和祈祷洗去，然而，要是这些出资者晓得是谁用这些捐款的话，那么，可能他们不再会如此大方，或者宁愿将钱丢进猪栏中吧，只是这些神父十分清楚地看到，吃肥肉的人越少，便越如意。因此，他们纷纷只希望以喊叫、强迫、不接纳他人，以便独自占有他们看好的肥肉，对大家心中的欲念，他们出言相责，其目的便是赶走女人身边的这些坏人。如此一来，他们就可以占有这个女人了。他们批评剥削，以及希望得到不义之财，其目的便是使别人对此信以为真，担心以后进地狱，永生永世，不得超生，连忙交出不义之财，他们便可以用这些钱财，做更华丽的衣服、行贿，以获得主教之职，买下各种家产。

“每当有人批评他们的一切行为时，他们干脆告诉你：‘遵从我的吩咐行事吧，不要像我这样’，只道如此一来，即使是大得不得了的责任，也可以丝毫不用承担——仿佛是与牧羊人相比，羊儿更应坚定，拒绝引诱似的。不少神父都明白，当他们的这些答复传入平常人的耳中之后，他们可能会不太理解，如今的神父就盼望众人遵从他的吩咐行事，即，吩咐大家把钱放进他的钱袋里，向他一五一十地讲述你们的隐私，要求你们节制性欲，逆来顺受，一忍再忍，毫无怨言——这些都不错，堂而皇之的，然而他如此劝告他人做善事的目的是什么呢？ 一点都不复杂，有的事情要是放手让人们做的话，他们自己便没有机会做了。

“众所周知，想只吃不干地舒舒服服地过日子，是不能没有钱的，然而要是你花掉了一切钱财，尽情享受的话，那么修道院中的神父们又如何舒舒服服地过日子呢？ 如果众人都忙着和女人谈恋爱的话，那么还有女人留给他们吗？ 要是你置仁爱于不顾，被人欺侮了却不愿忍耐，如此一来，他还有胆量还找你，对你的家庭进行腐化吗？ ——只是我干吗要如此喋喋不休把这些事情告诉你呢？ ——这些神父总是如此为自己讲好话：‘遵从我的吩咐行事吧，不要学我这样！’总是向知事理的人承认自己的罪过。 要是他们不自信能逃避所有的罪行，一尘不染地活在这个世界上，那么他们为什么不在自己家里好好地待着呢？ 要是他们确实只想着出家修行的话，那么干吗违反《福音》中训戒不以基督为自己的榜样，不先以身作则，再来约束他人呢？

“我亲眼目睹过不少神父极其贪色，他们引诱、戏弄民妇，这还算不了什么，居然想诱惑奸淫修女，而正是他们，站在教堂里的讲坛上，十分严肃地对这种行为出言相责。 难道我们应对这些人的话信以为真，请他们指导我们吗？ 什么人喜欢如此行事，那是他们自己的私事，只是，无论他们是对是错，自有上苍心中有数。

“我们先退步说吧，即使神父批评你处处留情，不守婚姻的誓言，说你犯下了深重的罪行，并非毫无理由，如此一来，把一个男人的命根子占为己有，这罪行是否更深重呢？ 你将他生生地弄死了，或者使他流放他乡，使他从此四处漂泊，那么你的罪行是不是更严重了呢？ 又有谁说不是如此呢，女人和男人产生肌肤之亲，即使有不对之处，也是合乎常理的，然而，施展抢劫的手法，处置一个人，置他于死地，让他流放异乡，这种行为却是在故意犯下罪行呀！

“我早已告诉过你，既然台达尔多占据了你的心，然而又突然和他不再来往，这就等于把他的心上人抢走了，此时此刻，更进一步说，对你来说，你确实无异于置他于死地。你如此无情地对待他，最后，他被迫非要自绝不可。凭借法律原则：导致犯罪，与亲手犯下了罪行一样有罪。你如何能不承认，他漂泊异乡，历时七个年头，而这一切的罪魁祸首都是你。如此一来，不管你违犯的是这三条中的哪一条，与和他偷情相比，你的罪行更大。

“再说吧，你抛弃了台达尔多，是否是他罪应如此呢？说实在话，他本没有任何过错，你自己也承认，他对你的爱远远超过对他自己，他敬重你，崇敬你，称赞你，只要有机会与你共享床帏之欢，他便把他的一腔痴情吐露给你，在这个世界，如你这般被情人如此敬重的女人又有几个呢？他向你献出了他的名声、自由、一切的一切。难道他这个小伙子的出身不高贵吗？难道他不是城中所有的小伙子中最英俊的？抑或是他没有修养，不够有才气，不是一个出类拔萃的小伙子？众人不是十分敬重他、喜欢他吗？他不是每到一处，都深受欢迎吗？我的这番话语，你也许不会不承认吧！

“如此说来，对那蠢笨，心眼小的神父的话语，你怎能信以为真呢？怎能对他毫无情义呢？作为一个妇道人家，咋能对男人不屑一顾，冷冰冰的呢？这个错误是何等之大呀！女人必得晓得自己的身份，知道男子拥有上帝所赐予的最高尚的品质，使世界上所有的生命都无法与之相提并论，如此一来，当一个男人爱上一个女人的时候，她本应引以为豪，回报他疯狂的爱情，无微不至地讨他的欢心，如此一来，女人才能终生得到别人的爱。然而由于那个神父挑拨离间，你对情人的态度又是怎样的呢？这一点，你自己心里十分清楚。那么神父不禁酒肉，指导你如此行事，肯定是另有企图，他想赶走你身边的男人，然后自己取代他。

“公正的上帝，他恩仇分明，没有丝毫差错，绝对不能原谅你的过失，却不惩治你。昔日，你无缘无故地不和台达尔多继续好下去，如今，你的丈夫同样是无辜的，却被抓入牢中，为台达尔多偿命，痛苦也包围了你。因此要是你渴望获救，你便必须同意——并且必须这么做——如果有朝一日台达尔多结束了漂泊，回到了家乡，你需与他破镜重圆，依然爱他，敬重他，与他相好，昔日在你尚未昏头昏脑地对那个神父的胡说八道信以为真之时，你是如何对待他的，以后依旧愿意如此待他。”

香客说完了。爱美莉娜始终专心致志地倾听着，认为非常有道理，觉得自己的确犯下了这件罪行，今天，这种灾难才会降临到自己的身上。

“上帝的使者呀，我知道你没有说一句假话。过去，在我的眼中，神父们都是圣人，如今你讲了一番以后，我才彻底地醒悟了。看透了这些神父的本来面目。我也不否认，我如此对待台达尔多，真是错误到了极点。要是我可以遵从你的吩咐，想办法予以弥补，那样我才会快乐呢。然而，如何能达到目的呢？台达尔多再也不会来到我的身边了——他已经告别了人世，既然是不易做成的事情，我干吗要空头许愿呢？”

“太太，”香客答道，“上帝已经启示了我，台达尔多并未离开人世，他依然在这个世界上，平平安安的，唯独没有得到你的怜惜。”

爱美莉娜说道：“你寻思寻思你在说什么吧！他死在我家门口，这是我亲眼目睹的，有人在他的身上弄了好多洞洞，我抱住了他，泪珠飞溅，滴落在他的脸上，说不定就是因为此事，城中闹得沸沸扬扬的。”

“太太，”香客答道，“无论你说什么，我对你发誓，台达尔多并未离开人世，只要我的要求你没有回绝的话，我想不用过多久，你就能见到他。

于是她说道：“我不拒绝。我希望能做到这一点。要是我能亲眼目睹我的丈夫并没犯罪，被放了出来，台达尔多也平平安安的，那我没有比这更高兴的事情了。”

台达尔多认为此时此刻应该显出本来面目。以便给他的心上人带来慰藉。让她相信她的丈夫真的会平安无事的。于是，他说道：“太太，为了让你不要担心你丈夫的安危，我要告诉你一个秘密，你万不可告诉别人呀！”

此香客是个圣徒，对此，爱美莉娜毫不怀疑，于是，她带着他来到了密室里，只有他们两人待在里面。然后，台达尔多拿出身边的一枚戒指，让她看看——这枚戒指是昔日，他们俩见最后一面时，她送给他作纪念的。——如今，他便让她看看这枚他一直珍藏着的戒指，问道：“太太，这东西你还认识吗？”

当戒指进入爱米莉娜的眼帘之后，她立刻认出来了，说：“不错，先生，这东西是昔日我给台达尔多的礼物。”

于是，香客站了起来，并顺手把香客的帽子摘了下来，把粗布做成的长袍脱了下来，用带着佛罗伦萨口音的语气说道：“那么我你是否认识呢？”

直到此时此刻，爱米莉娜才认出站在她的面前的正是台达尔多。这一下子可吓死了她。如同有人目睹鬼魂一般，怎会想起对这位来自塞浦路斯岛的远行客表示欢迎，几乎将其视为走出坟墓的鬼魂，害怕得都来不及逃走。此时，台达尔多对她说道：

“太太，别怕，我是属于你的台达尔多呀，我活得好好的，并未告别人世，也没有人杀害我。你和我的兄弟把别人误认成了我。”

他的口音被爱美莉娜察觉到了，惊疑不定，又仔细地打量了他一番，发现他真的是台达尔多，于是不禁趴在他的肩上，哭了起来，亲吻着他，说：“好台达尔多，亲爱的，欢迎你回来！”

台达尔多也把她搂在怀中，拼命地亲吻她，接过了话头，说道："太太，如今尚未到我们敞开心扉畅谈的时候，我必须想出办法，让他们放了阿多勃兰第，毫发无伤地还给你，我盼望在明晚之前，能带给你喜讯——说真的，我希望今天就有喜讯，要是如此的话，今天晚上，我登门拜访你。到那时候，我便可以一五一十仔仔细细地向你讲述这其中的种种。"

他把香客的袍子穿了起来，把香客的帽子戴在了头上，又吻了一下他的心上人，劝她别伤心，然后离去了。没过多长时间，他便来到了监狱里。

此时此刻，监狱中的阿多勃兰第愁闷不堪，认为这一辈子被人诬陷，马上就要受到惩罚了，申冤的可能性差不多为零了。得到狱卒的允许，台达尔多来到了牢房里，走向阿多勃兰第，佯装一个对犯人出言相劝的神父，坐在他的旁边，说道："阿多勃兰第，你我是朋友，上帝怜悯你被人诬害，特意让我前来搭救你。要是你敬重上帝的话，允许我帮你一个小忙的话，那么，你原本只道活不到明天黄昏，便会被判处死刑。我发誓，当那个时刻来临时，会有人宣告你无罪，予以释放的。"

"好人，"犯人说道，"你既然如此热心地救我出狱，肯定正如你所言，你我是朋友。虽然我认不出你，也忘记了在何地见过你。说真的，我是被人陷害的，马上就要被押上断头台了，可能是过去我犯下了罪行，所以，今天，报应就降临到了我的头上，只是要是上帝现在对我开恩的话，那么，为了对上帝表示尊敬，我可以如此告诉你：别说你要我帮帮忙，即使是要求我付出什么代价，我也会同意的。你有什么要求的话，请说吧，只要我能摆脱这场灾难，我肯定会遵从你的劝告的。"

香客说道："我只有一个要求，请你原谅台达尔多的兄弟们，他们误将你认成了谋害台达尔多的人，因此便诬告了你，要是他们前来请你原谅的话，你要以兄弟和朋友之礼对待他们啊！”

于是阿多勃兰第说道：“唯有被人害过的人，才巴不得报复，晓得报复会让你感到痛快的。只是呢，为了请求上帝救我出来，我愿意不怪他们——此时此刻就谅解他们。要是我真的可以活着走出监狱的话，摆脱这场灾难，我肯定会按照你的吩咐做事，让你感到满意。”

闻听此言，香客十分兴奋，没有再说什么，只劝他把心放下来，当明天黄昏来临之前，肯定会有宣告他无罪的喜讯传到他的耳中。然后他走出了监狱，到官府里去了，悄悄地去拜访负责审判的官员，对他说道：

“大人，每当有事发生时，我们总爱打破沙锅问到底，你们作为大官，审理案子时更应将案情弄得一清二楚，使凶手认罪，不冤枉好人。如今前来拜访你，一是为了宣扬您的威名，二是不放过坏人。大人早已晓得，台达尔多被人杀害，你只道这事是阿多勃兰第干的，因此便逮捕了他，打算处死他，这确实是太冤枉他了，今晚半夜以前，我便能让你逮到真正的凶手，以证实我并未胡说八道。”

以审判官之见，这事与阿多勃兰第的生命有关，因此认真地倾听着香客说话，又与他进行了一番讨论，于是，遵从他的吩咐，半夜时分，他从床上逮捕了饭店的主人和一个仆人，这三人正沉浸在梦乡之中，甚至来不及抵抗。等到达公堂之后，由于无法经受严刑拷打，三人分别供认了，其后又一同承认是他们害死了台达尔多，只是那时他们并不知道他姓啥名谁，审判官问他们有何目的，他们回答说他们外出之时，死者勾引其中一个人的老婆，并且意欲对她施暴。

一旁的香客也在倾听着他们招供，此时，他告别了审判官，悄无声息地去了心上人的家中。此时此刻，她的家人早已进入了梦乡，唯独她在等人。一半是希望得到丈夫逃脱劫难的喜讯，一半是想与属于她的台达尔多破镜重圆。他进入房中，兴高采烈地对她说道：

“我最亲爱的夫人，对你说吧，以便让你快乐起来，明天，你的丈夫便能回到你的身边了。”

为了让爱美莉娜更为宽下心来，他又向她一五一十地讲述了自己这一天的活动。

对她而言，这可真是双喜临门——她本以为早已告别人世、为他伤心落泪的台达尔多，如今还在人世，依然和她相好，而她只道毫无过错，蒙冤受屈的丈夫，马上就要被押上断头台了——到时候她肯定又要泪洒刑场，如今都已逢凶化吉，可以平安地走出牢房了——此时此刻，她狂喜不已，在这个世界上，又有谁能与她相比呢？ 她非常热情地把达台尔多搂在怀里，亲吻着他，与他一同爬上床，忘记了过去，重温旧梦，真是恩爱无限，快乐非凡。

天即将拂晓之时，台达尔多起床了，并让情人知道了他的计划，再次叮咛她不要泄露秘密，然后身着香客的衣服，告别了情人，前去处理阿多勃兰第一案。

东方亮了以后，官府研究了一番，认为此案的案情早已水落石出，马上吩咐把阿多勃兰第放出来。 没过几天，便押着凶手来到案发现场，处死了他们。

阿多勃兰第被放了以后，重新见到了妻子和亲戚朋友，自然兴高采烈，他十分感谢那位香客救了他一命，请他登门，精心地照顾他，老恳求他在家中多待几日，特别是女主人，心里清楚，所以更为热情。

几天过去了，台达尔多认为应该调解他的兄弟们与阿多勃兰第之间的矛盾，因为他听说因于阿多勃兰第被无罪释放，大家侧目嘲讽他的兄弟们，与此同时，由于担心阿多勃兰第会复仇，常常携带着武器，他向阿多勃兰第提出请求，兑现前几日的承诺。 阿多勃兰第十分痛快地同意了，打算遵从香客的吩咐，次日，大摆宴席，请来男女亲友，对兄弟四人以及他们的老婆进行款待。 香客又说，他愿意马上前去向他们发出邀请，请赴这握手言和的宴会。

阿多勃兰第对香客言听计从，于是他马上前去拜访四兄弟，并向他们做了一些解释——都是苦苦地规劝他们大度一些，请阿多勃兰第原谅他们，请他别把过去不开心的事情放在心上。他们马上同意了。台达尔多这才向他们发出邀请，请他们偕妻子前往阿多勃兰第家用餐，他们晓得阿多勃兰第是诚心诚意的，也同意了。

次日，到了吃午饭的时候，台达尔多的兄弟们身穿黑色丧衣，与几位朋友一同到达了阿多勃兰第家——主人早已等候多时——于是在众目睽睽之下，把器械放了下来，空着手走上前来，等待主人处置，只求他对他们的冒犯之处予以谅解。阿多勃兰第双眼含泪，态度亲切地迎了上来，亲吻了他们，只轻轻地用三言两语带过了这件事情，彻底地原谅了他们，他们的老婆和姐妹跟在他们身后，人人身着黑色的丧衣，爱美莉娜与女伴们热情地把他们迎了进去。然后，大家入席，宴席开始了，一切都布置得十分妥善，唯一的不足之处就是众人在餐桌上很少说话，显得不太热闹——原来台达尔多的亲人身穿丧衣，十分哀伤，因此，快乐不起来，此时，有人不禁对那位香客口出怨言，认为他不该想出办法，举办这种宴会，台达尔多心中有数，当众人开始吃水果时，他认为该打破冷清了，于是，站了起来说道：

“盛会很少没有欢乐的，我们应高兴高兴，遗憾的是，台达尔多没来，不禁少了些兴致，实际上，他始终和你们在一起，只是他没被你们认出来而已。此时此刻，我来向你们介绍介绍他。”

说罢，他便把香客的长袍和帽子取了下来，一身绿色绸衣露了出来，众人都睁大双眼注视着他，惊讶不已，可暂时还不敢相信此人便是台达尔多。见众人老是猜测，他只得当众讲了不少家事，还有昔日他与他们的交情，又简略地讲述自己这么多年以来的经历。这时，他的兄弟与大家才相信这是真的。大家争相跑过去，与他相拥，高兴得热泪直淌。当时的女客人们，或是他的亲人，或是素不相识的人，也都上来拥抱他，只有爱美莉娜一动不动。目睹此情此景，阿多勃兰第便问妻子：

“咋啦，爱美莉娜，其他的女宾纷纷前去问候台达尔多，你干吗不上前去问候他呢？”

为了让声音传入每个人的耳中，女主人有意高声说道：“论欢迎，在这里，我是最欢迎他的到来的人。因为在众人中间，我最欠他的人情——是他，使我丈夫免于一死。然而回忆起前一次，我们误将别人认作了台达尔多，大哭不已，居然弄得别人飞短流长的。那么此次我是否能避避嫌呢？”

她丈夫说道：“不要胡说八道了，你只道这些人飞短流长的，我会在乎吗？单看台达尔多如此拼命地救下了我，显而易见，这些人在嚼舌头，我永远不会相信这一切的，你赶紧起来，上去与他拥抱吧！”

这机会正是女主人所求之不得的，她马上按照丈夫的吩咐，站起身来，像其他的女宾那样，走上去拥抱着他，向他的到来表示热烈的欢迎。阿多勃兰第宽广的胸怀，令台达尔多的兄弟们以及所有的宾客十分满意，以前，各种流言蜚语传到大家耳中，众人不禁将信将疑，此时此刻，心里豁然开朗了，每人向台达尔多问候了一番以后，他便亲手撕碎了兄弟们穿的黑色的丧衣，又把嫂子和姐妹们穿在身上的白色丧服撕碎了，派人去取来别的衣服。把衣服换好以后，或是引吭高歌，或是翩翩起舞，消遣娱乐。这次宴会开始时，不太热闹，出人意料的是，接近尾声之时，却是如此热闹非凡，如此快乐不已。宴会结束以后，众人尚未尽兴，又一同送台达尔多回家，那天夜晚，便在他家吃饭，快活极了，如此这般，他们在他家中逗留好几日。

在开始的那几日里，佛罗伦萨人以为台达尔多是死人死而复生，见到时有点恐惧，还有不少人，包括他的兄弟，心中总是有点疑虑，怀疑他到底是不是台达尔多，如果不是一个偶然的机会，搞清楚了死者到底是谁的话，可能这个疑问会永远不会消失。

事实如下；一天，几位来自隆尼基的步兵，经过他们家门口，一见台达尔多，马上走近来问候：“法齐乌罗，你好！”

台达尔多正与兄弟们待在一块儿，他答道，“你们认错了人了。”

当他的声音传入他们的耳中之后，对方十分尴尬，一迭声地说对不起，说：“说实在的，两人长得如此相像，真是不常见。你与我们的一个兄弟实在是太像了。法齐乌罗大约在半个月以前，他到达此地。从此音讯全无，原本当你的衣服进入我们的眼帘之后，我们感到有点困惑，因为和我们相同，他也是一个士兵，怎会身穿你这样的服饰呢？”

当此话被台达尔多的哥哥听到以后，他向前走了一步，向他们问道，那个叫法齐乌罗的士兵穿的衣服是什么样的，他们说的与死者身穿的衣服一样，还有其他的一些证据，一切都已清楚了，被人杀害者叫法齐乌罗，而并非台达尔多，于是，众人对台达尔多的疑问烟消云散了。

台达尔多变富了，返回了故乡，对他的心上人无比忠诚，从那以后，他的情人始终与他相好。他们一直非常小心，品尝着爱情的快乐，希望上帝让我们品尝我们的快乐吧！

故事八

院长对一位农妇产生了爱情，对她丈夫灌下药酒，使他使去了知觉，如同死人一样。他被送进了地窖，当他苏醒以后，还以为自己在炼狱之中受苦受难。于是，院长和他的妻子偷偷地勾搭上了。随后，农妇怀上了孩子，农民才被放了出来，成了孩子的父亲。

当爱米莉亚那长长的故事结束之后，众人丝毫不觉得冗长沉闷。只感到作为这样情节一波三折的故事，讲得很有节奏了，然后，该劳丽达讲故事了，女王示意了一下，她便开始了，故事内容如下：

亲爱的姐姐们，此时此刻，我开始讲故事了。尽管与适才我们所听的故事相比，它更像是编造的，然而一切都是真实的。因为听见一人告别了人世，人们错把他当成另一个人，而悼念他，并让他入土，我才想到了这个故事。此时此刻，我为大家讲，一个活人如何被认为是死了的而埋入了土中，其后他自己以及街坊又如何对他是复活了的说法信以为真，所以，一个本应遭到众人指责的犯人，居然被众人敬重有加，成了一个圣徒。

在托斯卡尼城，有座修道院（直到如今，它依然没有消失）与我们经常见到的修道院一样，它处于一个相当安静的地方。院长是从修士升上来的，他确实十分虔诚，作为一个修士，他的一言一语，一举一动，都相当神圣，他只有一个缺点，即贪恋女色，幸好他做事情非常谨慎，很少让外人知道，所以人们如何也想不到他还会这一招，在他们的眼中，他一直是个对欲望比较淡漠的圣徒。

院长有位朋友，此人名叫费隆多，比较富有，是个农场主，提及此人，头脑简单，世所少见，而正是这一点，他得到了院长的欢心。院长认为和他逗逗乐子，确实很好玩，后来，两人打交道的时间长了，院长看见费隆多有位娇妻，长得美若天仙，他竟为情所困了，昼夜思念她，到了废寝忘食的地步。那个费隆多虽然样样不懂，极其无知，但在对守住自己的妻子这件事情上，十分聪明，非常机灵，这可真让院长犯了难，差点彻底地失望了。

只是院长毕竟不笨，他费了不少气力，最终劝动了费隆多，携娇妻前来院中的花园中玩耍，趁此机会，在花园里，他滔滔不绝地谈论着他一辈子的幸福，还有过去不少虔诚的男女们的高尚的言行，使得夫人被彻底地说服了。立即要求对院长作忏悔，费隆多无奈地同意了。院长狂喜不已，于是带着夫人来到了密室里，她先坐在院长的脚边，开口说道：

“神父，要是上帝让我拥有的是另外一个丈夫，或是索性不让我有丈夫，那么，你的教导可能易被我接受，开始追求永生。一想起费隆多是如此愚蠢浅薄，感到自己恍若在守寡，可我到底是有丈夫的女人，他一日不死，我一日无法另选佳婿，虽然他十分无知，却是妒忌性极强，让我终生与他厮守，一生都遭罪。因此，在我尚未对其他的罪行进行忏悔之前，无论如何，我必须恳求你，在这一方面，万万为我想个办法，因为如果不解决这个问题，无论是忏悔，还是做善事，都无益于我。”

闻听此言，院长高兴到了极点，显而易见，上天为他提供的方便，以便让他实现自己的心愿，于是说道：“我的女儿，对你所说的一切，我根本不怀疑，如你这般柔情依依的女孩子，做一个傻乎乎的粗野的男人的妻子，已是无法忍受了，另外，他是如此善妒，你怎么忍受这双重的苦楚呢？你说自己在活活地受罪，我认为你说得很对。只是，要治好他的妒忌病，容易吗？幸好我这儿有个处方，据说效果不错，另外根据这个治好妒忌的药方，我会配药，只是条件有一个，即，我告诉你的一切，切切不可让外人知道。

“神父，”夫人说道，“你放心好了，你叫我别告诉外人，我宁愿牺牲生命，也不会告诉别人的。只是请你告诉我，我们该怎么办？”

院长说道：“要想治好他的病，必须让他进入地狱中的炼狱。”

“然而一个活人如何能进入炼狱呢？”

“让他先告别人世不就行了吗，”院长答道，“如此一来，他便可以进入炼狱了。当他在炼狱里进行辛苦的忏悔，历经磨难，彻底地消除他那妒忌的本性，到那时，我们会向上帝祈求，让他重返人间，上帝不会反对的。”

妇人说道："如此一来，我必须守寡了？"

"是的，"院长答道，"只是你暂时如此而已，你万万不可因此嫁给了别人，否则，上帝会发火的，等费隆多重返人世之后，你必须依旧回到他的身边，到那时，只怕更加妒忌你了。"

于是妇人说道："只要能把他的这个顽疾治好，免得我如同犯人一般地度日，我就心满意足了，请依据你的意志行事吧！"

"我会办到的，"院长说道，"然而我帮了你一个大忙，你如何回报我呀？"

"神父，"妇人答道，"只要是我力所能及的，无论你说啥，我都同意——只是像我这种女人，能为你这种大圣徒干啥呢？"

"太太，"院长说道："我助你一臂之力，你同样也可以助我一臂之力——即，我助你获得了人生的快乐和慰藉，希望你也发发善心，救我一命！"

她说道："如果如此的话，我很乐意帮助你。"

"那太好了，"院长接过了话头，说道："那么你赶紧向我献上你的心，你的身体吧，唉，对你的爱燃烧着我的心，我想你想得苦死了。"

一见他如此说话，妇人惊呆了，说道："神父，你在说什么呀？在我的眼中，你是一个圣人呀！一个妇道人家向圣人请教，他能如此要求她吗？"

"我的宝贝呀，"院长说道，"你不要感到困惑，我依然是我的圣人，并不由于适才说了啥，就不完美了。因为从根本上来说，是否神圣是对你的灵魂而言，而我对你提出的要求只是身体上的罪行而已了，只是不要在意这一点吧，总而言之，谁让你生得如此美丽迷人呢，我一见到你，就灵魂出窍了，我不向你提出要求，那么向谁呢？我对你说，你应以此为荣呀！面对别的女人，你可以炫耀自己的美丽，居然让对仙女美人司空见惯的圣徒也为你心动，另外，我尽管是一院之长，然而和其他的男人一样，我也是人哪！ 我又不是年迈的老头。 我恳求那样，并未让你犯难——理应你渴望如此呀！ 当费隆多到炼狱里去了以后，消除罪过，我会来陪你度过每一个夜晚，替他安慰你。 无人会知晓此事的，因为众人如你适才一样，在他们的眼中，我也是一个圣徒——可能并不止于此呢，不要推却上帝给予你的恩泽吧，你要不是个笨女人的话，同意我的恳求，以后你自然会受益的。如此良机，对许多女人来说，是渴望已久的呀！ 另外，我有许多美丽、有价值的首饰，我不舍得送给任何人，只希望给你。 普救众生的好夫人呀，我如此帮助你，你也助我一臂之力吧！”

妇人只是低垂着头，心中十分慌乱，认为此事不能应允，然而又不晓得该如何拒绝。 院长见她只是一声不吭，认为这女人已有所心动，然后又继续花言巧语地劝她看开一些，直到最后，她满脸绯红地同意了他的恳求，院长才停止劝说。 然而见她应允了，院长得意扬扬的，于是对她说道：“这很容易，没过几日，一定送他前去炼狱经受折磨，你只用在次日或者第三日，千方百计地让他前往我处，我有自己的办法。”

说到此处，他把身边的一枚戒指拿了出来，看上去十分精致，他轻轻地把它套在她的手上，然后让她回家。 得到戒指以后，妇人十分高兴，竟然还想得到第二次礼物，她找到丈夫，双双返回家中，在回家的路上，她一迭声地称赞院长品德高尚。

几天过去了，费隆多果真去了修道院，一见到他，院长便打定主意，让他前往炼狱赎清他的罪行。 从莱望的贵族处，院长获得了一种药粉，它十分珍贵，听说当年，“山中老人”常常让人服下它，然后灵魂出体，与天国打交道。 根据药量，可以随随便便叫服药者睡多长时间就睡多长时间，丝毫没有副作用，人们吃下了这药以后，便如同死去了一般。 如今，院长便把药粉拿了出来，称好分量，足够让人大睡三天的，然后放入浊酒中，请来了费隆多，让他进房饮用。 费隆多丝毫不曾提防，全部喝光了，然后，院长又带着他，来到了外面的走廊里，修士们、院长依旧惹他胡说八道，让众人逗乐。 片刻之后，药性开始发生效用了，忽然，费隆多打起了瞌睡，抗拒不住，人依然站在那里，然而早已无法抗拒了，便进入了梦乡，片刻之后，人便倒在地上。

院长有意佯装慌张不已，赶紧吩咐下人把他的衣服解开了，向他脸上泼下冷水，而且还多方急救，似乎他以为费隆多患了绞肠痧，或是别的急性病，失去了知觉，似乎要让他复活似的，修士们绞尽脑汁，见他老是没有苏醒过来，一探他的脉搏，没想到，早已停止了跳动，于是认为他已经死了，赶紧让人前去通知他的夫人以及亲戚朋友，他们闻声赶到了院中，免不了悲伤哀泣，然后院长让他穿上来时所穿的衣服，在院内找了一处地方，把他葬了。 妇人出席葬礼后回来家中，宣称她不愿把年幼的孩子留在家中，甘心守节，在家中把孩子抚养成人，如此一来，她便控制了费隆多的财产。

那天夜晚，院长悄无声息地起了床，与他的一位亲信——刚刚告别波伦亚，抵达此地的修士，两人从墓穴中抬出了费隆多，抬进了一个地窖里，那里终年不见光明——一直充当土牢，当修士冒犯了戒律之后，便要关入此处。 此时此刻，他们抬起费隆多，把他的衣裳脱了下来，并把一套僧衣穿在他的身上，并让他躺在稻草堆上，让他在那儿安睡，缓缓醒转，那个来自波伦亚的修士遵从院长的吩咐，然后便在那儿看着他。 对此事，外人毫不知情。

次日，院长与几位修士前去对那位夫人表示慰问，一进入中，只见主妇身着黑色上衣，正在哀泣呢。 院长按老规矩对她出言相慰，趁此机会又提醒了他一下，妇人自从死了丈夫以后，便逍遥快活，无拘无束，此时发现又有一枚散发着光芒的戒指又套在院长的手上，便一口应承了，与他约定，当晚相会，地点便是在她的家中。

当夜幕降临之后，院长有意把费隆多的衣服穿在身上，在亲信修士的陪同下，登门拜访那位妇人，与她寻欢作乐，直到天明时分，他才返回了院中。从此以后，院长便常常起早贪黑，干他的勾当。如此这般，他在黑夜里频繁出入，时间一长，难免被人们看到了，众人还以为费隆多的灵魂漂泊，不肯离去，在对他活着的时候所犯下的罪行进行忏悔呢！出现了新的鬼魂，于是乡里便传得沸沸扬扬的，那些愚蠢的夫妇们有声有色地谈论此事，传闻也更加离奇了。这种种传闻自然也传到了费隆多的老婆的耳中，唯有她才知道这事的始末。

至于费隆多，在地窖里，当他醒转以后，不晓得自己现在在什么地方，正十分惊讶的时候，来自波伦亚的修士便怒声喝骂着跑向他，把他抓在手中，把棍子举了起来，一股脑地打他，费隆多哭了起来，说道：

“我现在在什么地方呀，我现在在什么地方呀？”

“你现在身处炼狱呀！”修士向他答道。

“你在说什么？”费隆多叫了起来，“我已离开了人世吗？”

“当然是的。”修士答道。

一想起自己，一想起家中的娇妻，年幼的孩子，弗隆多心如刀绞，竟胡说八道起来。然后，修士又拿来了一些食品、水等，让他吃。他叫了起来：

“你说啥呢？死人也要吃喝吗？”

“是的，死人也要吃喝，”修士答道，“昨天，有位女子，此人便是你的夫人，她前来教堂，为你的灵魂举行弥撒，她送来了这些食品，上帝同意让你享用这些东西。”

“希望上帝让你事事顺心，样样如意，”费隆多说道：“我活着的时候，曾经厚待于她，昼夜搂抱着她，亲吻着她，有时我一时兴起，也会和她快活一番的。”

此时此刻，他确实饥饿不堪，便不再顾及什么了，开始大吃大喝，他尝了一口酒，觉得味道不太好，于是叫了起来：

“见鬼，该死！ 她干吗不把墙边的那桶酒送给神父呢？”

刚刚吃完，修士又一把把他抓住，把适才的那根木棍举了起来，痛打了他一顿。费隆多赶紧叫了起来：

“哎呀，你干吗如此痛下杀手呀？”

修士答道：“上帝已有吩咐，每天，我要痛打你两次。”

“我犯下了什么罪行了？”费隆多问道。

“因为你的妒忌性太强，”修士说道：“你的妻子是此处最善良、聪明的女人，可你依然妒忌她。”

“唉，”费隆多说道，“你没有说错，在这个世界上，她还是最惹人怜爱的女子呀！ 即使是蜜糖，也远不及她甜蜜。 只怪我不晓得上帝是反感有妒忌心的男人的，如果我早点晓得这一点的话，我绝对不会妒忌了。”

“你活着的时候，本应早就知晓这一点，那时尚有弥补的余地，以后有朝一日，你重返阳间，切切不要忘记此时此刻挨的几棍打，不要再妒忌了。”

“你说的是什么话呀！”费隆多叫了起来，“人一旦离开了人世，还能返回人间吗？”

“不错，”修士答道，“只要上帝施恩。”

“哎呀，”费隆多叫了起来，“要是有朝一日，我能重返人间的话，我肯定会是世界上最好的丈夫，我一辈子都不会动她一个手指头，不会冒犯她——除非是因为今天一早，他把如此劣质的酒送给了我，另外，因为她不曾送来一支蜡，使得我只能在没有灯光的情况下用餐。”

“不是的，”修士说道，“她送了不少蜡烛来，只是，为了做弥撒，全部用掉了。”

“我觉得我说得不错，”费隆多接过了话头，“要是让我重返人间的话，我一定随她心意，她愿意怎样就怎样，只是，大爷，你是干什么的？”

于是修士答道：“我也告别了人世，我来自撒丁尼岛，只是由于我活着的时候，总是使我主人的妒忌心日益增强，因此上帝为了惩罚我，让我做这事，我要服侍你吃喝，并且要揍打你，一直到上帝重新处治我们。”

于是，费隆多问道：“在这儿，除了你我，再无外人了。”

“嘿！”修士答道，“此处有不计其数的鬼魂，只是你无法看到，听到他们，同样，你也没法被他们看到。”

“我们与自己的故乡之间的距离是多少？”费隆多问道。

“嘿，”修士答道，“嗯，远得不得了，有十万八千里呢，都无法衡量呢！”

“如此说来，”农夫接过了话头，“实在是太遥远了，我们肯定是离开了人世了。”

地窖中的费隆多不愁吃喝，还会被人打，与人聊天，不知不觉之间，十个月已经过去了。在这些日子里，一有时机，院长便登门拜访那位美丽迷人的夫人，两人你恩我爱，快活得赛似活神仙。别人一直不知晓此事，然而后来到底出了事——妇人不幸有了小孩。当她察觉到此事后，连忙前去通知院长，与他合计合计，两人认为只有赶快让费隆多走出炼狱，让他重返人间，如此一来，她便可以说怀上了他的孩子，次日，夜幕降临以后，院长便来到了费隆多的关押之所，有意用尖尖的嗓间说道：

“费隆多，恭喜恭喜呀！根据上帝的吩咐，你将获准重返阳间了，以后你的妻子还会在那个世界为你生个胖小子呢，关于这个孩子，你应该为他取名班尼迪克，因为由于你的那位神圣的院长，还有你的贤惠的老婆的祈祷，又念及圣班尼迪克的情面，上帝才对你如此开恩的。”

闻听此言，费隆多真是无以言表地兴奋。答道：“我实在是高兴极了，希望上帝护佑我的上苍，院长，圣班尼迪克，还有我那甜蜜如乳酪一般精美的妻子呢！”

接着，当让费隆多饮酒时，院长又拿出一剂药粉，溶化在酒中，使他又昏迷了大约四个小时，当他昏迷不醒之时，院长与修士把他自己的衣服又穿在他的身上，然后悄悄地抬着他来到了他的坟墓中。

次日一大早，费隆多苏醒了，透过石棺的缝隙，一缕亮光射了进来——在这十个月里，他还是首次见到光线呢！他相信自己早已复活了，于是，便大声叫喊了起来：“放我出去呀！放我出去呀！”一边叫喊，一边使劲地推石棺盖子，原本棺盖就没有合上，他撞了几下，棺盖便开了。

此时此刻，修士们刚刚举行了晨祷，一听到动静，连忙来了，只见费隆多正爬出石棺，而那口音确实是费隆多的，一见发生了如此奇怪的事情，他们惊恐不已，赶紧跑了，找到院长，把这件奇事告诉了他，院长佯装祈祷完毕，站了起来，说：

“孩子们，不要如此惊奇！把十字架和圣水拿来，跟我去看看吧！让我们目睹一下无所不能的上帝展现的奇迹吧！”说完这些，他便走向房外。

此时此刻，费隆多早已爬出了石棺，只由于在黑暗里度过了十个月，脸色苍白，一见院长来了，他便跑向他，在他的面前跪了下来，大声叫道：

“神父，上帝启示了我，我晓得了，亏了你的祈祷，圣班尼迪克的祈祷，还有我的妻子的祈祷，我才走出令人无法忍受的炼狱，来到了人间，希望上帝保佑你，直至永远。”

院长说道：“让我们称赞无所不能的上帝吧！儿子，既然上帝让你重返人间，那么你赶紧返回家中慰藉慰藉你的老婆吧！她真可怜，自从你告别人世，她每天泪流不止呢！从这开始，你必须真诚地与上帝做朋友，侍候他呀！”

“神父，”费隆多答道，“我晓得了，当我与老婆见面后，你等着看吧，我肯定会把她搂在怀中，亲吻她呢——我对她可是怀着一腔真诚的爱恋呀！”

他离去以后，院长便面对着修士们，佯装无比惊讶，以为发生了奇迹，吩咐众人齐声唱起了赞美诗第五十一章。

至于费隆多，他跑着回到了自己所在的那个村庄，一见到他，村民们吓得逃之夭夭，他便叫住了他们，说自己没死，已经复生了。甚至当他进入他老婆的眼帘之后，她也像十分恐惧似的，后来，村民才有点镇静了，见他真的不是死人，便七嘴八舌地问他。他去一次阴间，人也不再那么笨了，竟然热心地回答他们的问题，并讲了一番他们的去世的亲人的近况，他愈讲愈兴奋不已，灵机一动，又向他们讲述了炼狱中的各种各样的情景，说得无比神奇，后来，当着身边的听众的面，他声明在他返回人世之前，加勃里尔天使亲自给他带去了神明的指示。

就这样，他回到了家中，再次与妻子团圆了，管理自己的钱财，快活到了极点。随后，妻子的肚子日益长大，他还以为应该归功于他呢。巧的是，既没有提前，也没有延迟，当第九个月来临时——那些无知的人还以为女人怀上孩子只有九个月——那位好夫人产下了一位男婴，孩子叫“班尼迪克·费隆多”。

村民们见费隆多的一举一动像往常一样，他的话也一一应验了，都深信他确实是死而复生了，于是极大地宣扬了一番院长的圣誉，使他有威信了。至于费隆多自己，由于昔日妒忌心太强，不晓得被打了多少顿，如今已经治好了这个顽疾，真的如院长在向那位好夫人立下誓言一样，没有再打翻醋坛子。他的妻子高兴极了，如昔日一样，老老实实地做着他的妻子，只要时机一到，便背着丈夫前去与院长苟合，至于院长呢，也十分尽职，使她那急切的要求得到了满足。

故事九

法国国王的顽疾被芝莱特治愈了，她向国王提出了一个请求，让她嫁给贝特朗伯爵为妻。伯爵接纳了她，并不是心甘情愿的，婚礼结束之后，他悄悄地离家出走了，在异乡，他对一个女孩子产生了爱情，芝莱特便找到了那里，假装成别人，和丈夫同床共枕，生下了一对双胞胎，从那以后，她得到了伯爵的爱护和敬重，他承认她是自己的夫人。

劳丽达的故事已经宣告结束了，众人又十分尊重第奥纽的特殊权力，女王晓得现在该轮到她自己了。于是，没等臣民们提出要求，她便很温柔地开口了：

当劳丽达讲完故事以后，我们确实觉得若论声情并茂，无人能与她相提并论。幸亏她不是最早讲故事，不然的话，别人的故事就没有什么光彩了。今天，没讲故事的只有一两个人，可能无人会专心致志地倾听他们讲故事，只是尽管如此，我依然打算根据以前的主题，为你们讲一个故事。

昔时，有位法国显贵，他的姓名是伊纳尔，此人被封为罗西雄伯爵。只是由于他体弱多病，家中常有医师走动，此人是热拉德·德·拿包纳。伯爵有位独生儿子，并为其取名贝特朗，他生得潇洒英俊，令人喜爱。当他还是一个小孩子的时候，常与他在一起玩耍的是位女孩，她名叫芝莱特，她的父亲便是那位医生，尽管女孩子年纪不大，然而已是情窦初开，竟悄悄地对贝特朗产生了爱情，当伯爵告别人世之后，贝特朗继承了父亲的封号，去了巴黎，随侍国王身后。

自从他离家以后，芝莱特待在家中很不开心，没过多长时间，她的父亲也离开了人世。她真渴望能凑巧让她前去巴黎，与贝特朗见面。然而她没有任何亲人，那一大笔财产全归她一个人所有，因此，她处在严密的监视之下，她确实没有什么托辞，可以让她前去巴黎。她已是大人了，该嫁人了，却依旧对贝特朗一往情深，她的亲友为她介绍对象，而且有不少人呢！可她全部拒绝了，却又不愿意为她不愿出嫁说出一个真实的原因。

听说贝特朗抵达巴黎后，长得更加倜傥，更加英俊了，芝莱特愈发日思夜想，难以忘却旧情。此时，法国国王的胸膛上长了一个脓疮，由于治疗方法不对，脓疮转变成瘘管，痛苦不堪，不少有名的医生前来诊治过，都没有效果，他的病反而愈来愈严重了。最后，国王本人也绝望了，不愿再看医生，也更不肯吃药了。

当这个消息传到芝莱特的耳中之后，她高兴极了，觉得不仅可以趁此良机名正言顺地动身前往巴黎，要是她能把国王的病治好的话，也许她有可能成为贝特朗的老婆呢。原来她爸爸活着的时候，向她传授了许多秘方，如今，根据国王的病症，芝莱特采了几种草药，研制成粉，骑着马儿启程了，直奔巴黎而去。

刚刚抵达巴黎，她要做的第一件事情便是打听贝特朗的住址，登门拜访了他，然后才去向国王求见，向国王提出请求，让她给他看病。国王见她是个女孩子，年纪轻轻的，又生得美丽迷人，不忍心回绝她，于是便允许她看了看长脓疮的地方。看罢，她的把握更大了，于是对国王说道：

“皇上，要是你恩准我为你治疗的话，那么，由于上帝的援助，不超过八天时间，我便可以让你痊愈，你丝毫不会感到疼痛，或者认为不方便。”

闻听此言，国王认为很好玩，自言自语地说道：“甚至医术最高超的医生也无能为力了，一个小女孩又晓得什么呢？”因此谢绝了她的一片好心，并且对她说，他不会接受任何医生的建议，于是，女孩说道：

“皇上，也许你见我年纪轻轻，又是个女孩子，怀疑我有啥医术吧？只是，我想对你说，我能按照病症下药，并非因为自己医术高超，而是因为上帝的援助，以及我父亲的教导——我的爸爸是热拉德·德·拿包纳，他活着的时候以医术闻名遐迩。”

闻听此言，国王心中寻思：“难道这个女孩子真的是上帝派来的？既然她说自己可以迅速治好我的病，而且不会让我感到痛苦，那么干吗不让她尝试一下呢？”如此打定主意以后，他便对芝莱特说道：“姑娘，听了你这番话，我想改变刚才的想法，准许你为我医治，只是，如果你无法让我痊愈的话，到那时，你怎么办呢？”

“皇上，”芝莱特答道，“请你先吩咐手下监视我，要是我在八日里没有治好你的疾病，那么，你让我葬身火海好了。如果我让你痊愈了，到那时你又如何赏赐我呢？”

“你看上去像尚未嫁为人妇，”国王说道，“要是你治好了我的病，我让你十分体面地嫁一个好婆家。”

“皇上，”少女答道，“你愿意为我选择夫婿，我实在是太满意了，只是我想由我本人选择丈夫——只是绝对不会让你的王子，或王室成员做我的丈夫。”

她的要求马上获得了国王的同意，然后，芝莱特马上为他诊治，当规定的日期尚未流逝时，芝莱特真的治好了国王的顽疾。国王认为自己的身体已经康复了，于是说道：

“姑娘，现在轮到我帮你选择夫婿了！”

于是芝莱特说道：“如此说来，皇上，请你恩许贝特朗·德·罗西雄做我的丈夫吧，当我还是个小孩子的时候，我就喜欢上了他，直到如今，我依然对他一往情深。”

国王认为让贝特朗和她结为夫妻，他必须认真地考虑此事。只是他已把话说在前头，不可不守信用，于是，他让那位风华正茂的伯爵来到了王宫中，向他说道：

“贝特朗，如今，你已成了一个大人了，受到过良好的训练，应该娶妻成家了。此时此刻，我为你选择了一位妻子，以后，你和她一同返回故乡，处理采邑的事务吧！”

“皇上，那位小姐是哪一位？”

“她就是治好了我的顽疾的那位女士。”国王答道。

对她，贝特朗当然不会感到陌生，近来还见过她一次，认为她长相俊美，然而他嫌弃她没有高贵的出身，不可高攀他，因此用不屑一顾的语气说道：

“皇上，你想让我娶一位女医师为妻吗？头顶苍天，我绝对不能娶这种女人。”

“那好，”国王说道：“莫非你想让我不守信用吗？我对那位小姐已经承诺过了，她让我恢复了健康，为了回报她，我便让她自己选择夫婿，此时此刻，她已选择你做她的丈夫。”

“皇上，”贝特朗答道，“我是你的臣民，你可以支配我的一切的一切，你也可以让任何一个讨你欢心的人得到我，只是，我毫不含糊地告诉你，这种婚姻永远不会让我感到满意。”

“不对，”国王向他说道，“以后你会感到满意的，那位小姐美丽而聪颖，又是对你一往情深，我保证，让她做你的妻子，比让一位出身名门望族的小姐做你的妻子，更为完美快乐呢！”

贝特朗没有胆量再说什么了，于是国王命令手下安排规模宏大的结婚庆典。当那一天来临之后，当着国王的面，一对新人举行了婚礼，然而新郎确实是无可奈何——他对自己的爱远远超过对自己的新娘的爱，婚礼结束以后，他便向国王辞行，说要返回家中后再与新娘同床，他便翻身上马，离去了。实际上，他心中早已盘算好了，他并未返回故乡，而是去了土斯卡尼。

抵达土斯卡尼之后，有人告诉他，佛罗伦萨与西恩那之间燃起了战火，于是，他打定主意，成了佛罗伦萨军队中的一员。那里的人们对他非常好，让他当了军官，是一队人马的统帅，并且拿了一笔数目很大的饷银，如此一来，他便在军中站稳了脚跟。

一见丈夫不辞而别，新娘心中非常难受，然而她老想目前先忍一忍，以后有朝一日，他会改变想法，返回故乡。她一个人返回了罗西雄，她得到了地方上的人们的敬重，并尊称她为伯爵夫人。她回到府上之后，便开始治理家中事务——原来，这里好长时间都无人当家做主，一切都乱糟糟的，家产全部荒废了，由于她兢兢业业地做事，费尽心机地决策，再次把家中的事务处理得非常有条理，真是个不寻常的贤惠善良的女主人。一见伯爵夫人如此能干，那些仆人和家臣都佩服得五体投地，纷纷说伯爵遗弃了她，确实是太不讲理了。

夫人将采邑管理得条理分明之后，然后让两个骑士前去通知伯爵，并接他回家，要是因为她，他不肯回乡的话，那么可以告诉他，为了让他的心愿变成现实，她可以去别处栖身。没想到贝特朗冷若冰霜地说道：

“随便她如何处理家中的一应事务，然而我绝不回家与她和好，除非——她会戴上我的这枚戒指，怀抱着我的孩子。”

据说他的那枚戒指能够驱邪避祸，因此他十分珍惜它，老戴着它，时时刻刻都不取下来。骑士认为显而易见，这两个条件永远难以达到。然而无论如何也无法求动他，只好回乡向夫人禀告，并把实话告诉她。

一听说伯爵对她如此蛮横，夫人伤心到了极点，然而左思右想，认为要是她真的听从他的话，做到这两点，如此一来，也许会让她的丈夫改变主意的。在决定如何行动以后，她便请来了地方举足轻重的绅士与一些厚道忠诚的长辈，带着悲伤的神情婉转地对众人说，她是如何对伯爵一片真心，为了他如何不辞辛苦，最后伯爵又是如何对她的，最后，她说，她不愿让伯爵老是漂泊异乡，而他的产业却归自己所有，她宁愿从这以后向上帝奉献自己的一生，前去圣地朝拜，救助穷人和伤者，以使自己的灵魂获得拯救。她向他们提出了一个请求，即将采邑接收下来，并吩咐下人前去告诉伯爵一声，说为了让他返回家乡，她已离开了家乡，从此不再回罗西雄了。

她说到此处，众人心中十分酸楚，不由自主地流下了泪水，纷纷一而再，再而三地劝她留下，然而一直到无法让她改变主意。她向上帝祈祷，祝福他们，然后把一些衣服财物收拾好，身边只有一个女仆和表妹，三人身穿香客的服饰，也没有告诉别人她们前往何处，这样，她们上路了，白天赶路，夜晚投店，直奔佛罗伦萨而来。

到达佛罗伦萨以后，她们便住在一个旅店里，店主是位寡妇，心地十分善良，三人过着简朴、宁静的生活，如同身无分文的香客一般。

伯爵夫人老想着打听丈夫的情形，巧的是，在她抵达佛罗伦萨的次日，贝特朗骑马经过旅店门口，一队士兵跟在他的身后，这一切都被伯爵夫人看在眼中，尽管她立刻认出了伯爵，却有意向女店主打听，那位军官姓甚名谁。心地善良的女店主对她说道：

“这位先生来自国外，名叫贝特朗伯爵，人十分幽默，并且很讲礼貌，深得全城居民的欢心。此时此刻，他正对我们街坊的一位女士产生了狂热的爱恋呢！这位小姐也有着高贵的出身，遗憾的是，如今不再富有了，她真的称得上是一位十分圣洁的女士，只由于没有陪嫁，直到如今，尚未嫁为人妇，与她的母亲一同生活。母女两人互相支撑着过日子。那位老夫人也非常仁慈，贤惠，善良，如果没有这位老夫人的话，可能伯爵早就把她弄到了手。”

这一番话语都被伯爵夫人深深地记在脑中，并且打听清楚了其中的每一个细节，然后决定怎样去做这件事情。她打听清楚那位老夫人姓甚名谁，以及住在什么地方，几天之后，她便装扮成一个香客，悄悄地前去拜访她们，见到那母女俩，确实过着相当艰苦的生活。她先和她们打了招呼，随后告诉她们想与老夫人商量一件事情，不晓得方便否。一听说有事情要商量，老夫人便站起身来，请她来到了卧室里，坐了下来。伯爵夫人最先开口：

“老夫人，我觉得你不太走运，至于我呢，命也很苦，只是如果你愿意助我一臂之力的话，不但有助于你自己，而且也有助于我。”

老夫人告诉她，只要手段正当，她怎会不愿意为自己考虑呢。接着，伯爵夫人继续说道：

“首先，你必须向我发誓，否则，我相信了你，可你却让我上当，最后会断送你我的希望。”

“你放心吧，只管对我说吧，”那老夫人说道，“我绝对不会对你不守信用的。”

然后，伯爵夫人便向她吐露自己的真实身份，又一五一十地讲述了打儿时就喜欢伯爵，还有后来的一切。一听她的口气是如此恳切，还有她也零零星星地听说了一些，因此，老夫人根本不怀疑她，非常同情她。伯爵夫人讲述了一番自己的经历后，又继续说道：

“你瞧，我是何等地可怜，为了让我的丈夫改变想法，那两件事我一定要做到，那又是何等的不易呀！我认为，除了你，无人能够帮助我了，因为已有人告诉我，伯爵——我的丈夫——对你的女儿产生了疯狂的爱恋，不晓得这是不是真的？”

“太太，”那老夫人答道，“我不敢肯定伯爵是不是对我的女儿产生了爱情，只是看上去，他确实对她十分殷勤，然而即使这件事情是真的，那我如何才能助你实现你的心愿呢？”

“老夫人，”伯爵夫人说道，“你不必考虑这个。此时先让我对你说，如果你助了我一臂之力，你会有什么样的回报。我认为你的小姐生得如此漂亮迷人，就她那年纪，也该嫁人了，如今，她之所以没有出嫁，别人告诉我——肯定是因为家里很穷，没有陪嫁吧，以后你为我出了力，我也要给你回报，打算拿一笔钱给你，让你能够十分体面地将女儿嫁出去。”

本来老夫人经济拮据，一听说她肯给她钱，又怎会不高兴呢，只是她到底出身于大户人家，于是说道：

“太太，请你对我说，我该如何帮助你，只要手段是光明正大的，我肯定会很高兴为你效力，至于回报嘛，以后你随便给好了，我绝对不会斤斤计较的。”

伯爵夫人说道：“你可以让一个值得信赖的人前去通知伯爵，说你的女儿愿意和他相恋，只是担心他不是真心真意的，如今听人说他有枚戒指，时时刻刻都戴在手上，是他最珍爱的东西，要是他真的是一片真心的话，那么请他先送她戒指，不然的话，无论如何，她不会相信他是一片真心的。要是这话送去以后，他真的送来了戒指，那么你必须把它给我，随即你派人再次前去通知他，说你女儿约他晚上见面，地点在她家中。如此这般，悄悄地带他来这里，让我假冒你的女儿同他共度良宵；希望由于上帝的恩泽，因此我怀上了小孩，如此一来，他的戒指戴在我的手上，他的孩子在我的怀抱里，我便可以让他回来，和我待在一起，从那以后，不再是一对名义上的夫妻了。如果这一天真的来到了话，你是促成这一切的功臣。”

开始时，老夫人觉得此事关系她女儿的名声，不能随随便便地应承下来，然而，再一寻思，为一个贤惠高尚的女人出点力，让她的丈夫改变想法，夫妻俩和和气气的，却也是善事一桩，她相信伯爵夫人有着纯洁、光明正大的目的，因此便表示同意。几天过去了，她遵从伯爵夫人的吩咐，与伯爵联系上了，拿来了他的戒指（伯爵确实不舍得送给别人呢），让伯爵夫人顶替了她的女儿，前去与伯爵同睡，一切都布置十分妥善，可能是因为伯爵终于夙愿以偿，又因为上帝特意为她作美，在你恩我爱的第一个晚上，她便怀上了孩子，后来日期到了，即将生产了，竟然是一对双胞胎的男婴。

那位老夫人千方百计地让伯爵夫人和她的丈夫约会了，并不是只有一次，每次都安排得相当小心，没有透露出半点风声，因此伯爵一直只道他的身边睡着他心爱的人，绝对不会想到他和自己的老婆睡在一起，次日一大早，两人分手之时，他常常送给她一些很有价值、而且漂亮的首饰，伯爵夫人精心地保存着它们。

后来，伯爵夫人发现自己身怀有孕了，便不肯再给那位老夫人添麻烦了，对她说："老夫人，对于上帝与你的帮助，我深表感谢，我已经达到了自己的目的，如今我该如何回报你呢？当你的这桩心事了却了以后，我便要返回故乡了。"

一听说她的目的已经达到了，老夫人显得很兴奋，又告诉伯爵夫人，她之所以做这件事情，是为了成全他们，并不是想得到回报。

"老夫人，"伯爵夫人说道，"你实在是太善良了，你想要什么，只管告诉我，这也不是回报，我只是在尽心而已。再说，别人有难事时，我应该出手帮助的。"

老夫人的确经济拮据，只好勉勉强强地向伯爵夫人提出了一个请求，即拿一百个金镑给她，以便备些嫁妆给女儿。一见她如此羞于启齿，要的钱又是如此之少，于是，便拿了五百个金镑给她。除此之外，还拿了一些价值不菲的首饰给她，价值与此差不多。老夫人实在是惊喜交加，一而再、再而三地表示谢意，然后，伯爵夫人告别了她，返回了旅店。

老夫人生怕伯爵还会登门（或者让人捎来口信）于是，她与女儿一同去了乡下，暂时住在一位亲戚家中。没过多长时间，伯爵接到了家臣的禀报，伯爵夫人已经离开了家乡，再加上他们苦苦相劝，于是返回了自己的庄园。

一听说伯爵回到了故乡，伯爵夫人欣喜不已，她自己依然待在佛罗伦萨，等候着产期的到来，后来，她生下了一对双胞胎，都是男孩，长得特别像父亲，伯爵夫人细心地照料着两个儿子，又过了一段时间，她认为自己该启程上路了。于是便告别了佛罗伦萨，私下里去了蒙贝叶，在那儿逗留了几日，没有人认出她。因此，她便向旁人问起了伯爵近来的情况，晓得当万圣节那天来临时，伯爵府上将要举办规模宏大的酒会，出席宴会的将会是本地的骑士和贵妇人。当那一天来临时，她依旧装扮得像个香客，回到了故乡，来到了厅堂里，此时此刻，来宾和主人正在入席，她也无法顾及自己身穿劣质衣服，把两个孩子抱在怀中，挤出人群，最终来到伯爵面前，此时此刻，她心头什么样的感觉都有，她在伯爵的面前跪了下来，哭泣着说道：

“我的丈夫，我是你的苦命的老婆，为了让你返回故乡好好生活着，我甘愿去天涯海角，在异乡漂泊，此时此刻，我向你请求，看在上帝的份上，不要违反你上次让两位骑士捎回来的承诺吧，因为我已经达到了你的两个条件。瞧，我并不止只怀抱着你的一个儿子，而是一对儿子呢，你的戒指又在这儿，那么，根据你的承诺，此时此刻，你该承认我是你的夫人了吧！”

闻听此言，伯爵呆住了，他认出来了，这戒指真的是他的，即使是那一对孩子，他也发现长得很像自己，不由自主地问道：“这是怎么搞的？”

于是，伯爵夫人一五一十地说出了其中的经过，当她讲完以后，所有的宾客都是又是惊讶又是叹服，伯爵晓得她没有说一句假话，更加被打动了，认为她的坚强和聪慧，让人佩服得五体投地，又见她为自己生了两个如此惹人怜爱的儿子，另外，自己以前的确和他说过这样的话，此时此刻那么多的宾客走上前来劝说他，最后，他不再坚持自己的看法了，扶起了跪在地上的伯爵夫人，把她搂在怀里，又亲吻她，承认自己的合法夫人就是她，也不否认她怀抱的小孩系他所生，然后又请她把衣服换一下，重新变成了原来的自己，再度见面，在场的人都放松自己，尽情地娱乐，酬酢的酒会变成了众人同乐的规模盛大的宴会，一直延续了好几日，然后才结束了。

当这件事传到本地的臣民的耳中之后，他也高兴不已，一时传为美谈。从那以后，伯爵不仅尊称她是自己合法的夫人，而且一辈子都对他怀着依依深情。

故事十

阿莉白打算出家，认识了一个名叫鲁斯蒂科的修道士，教她如何送魔鬼到地狱里去。后来，有人把阿莉白找了回来，她成了耐巴尔的妻子。

女王讲故事时，第奥纽静静地听着，当女王讲完故事以后，就只有第奥纽没有讲故事了。于是，不等女王发号施令，他便面带微笑地开始讲故事了：

美丽的女士们，可能关于魔鬼如何被送进地狱的故事你们不曾听人说过，此时此刻，我将讲一个这种故事，幸好与你们今天讲的故事的主题相比，并没过分离题，可能当你们听了这个故事以后，领略到故事的真正含义，便能理解尽管维纳斯爱在无比豪华的宫中楼阁中停留，而极少拜访贫穷人家的茅草屋，然而偶尔在树木茂密的森林里，他同样展示了他的力量，还有那崎岖的山峦里，荒芜的洞穴中，也出现过他的力量的痕迹。所以，我们便能理解到世间的万事万物都在爱情的控制之下。

此时此刻，我们开始说正题吧！ 在位于巴巴利的加夫沙城，过去，住着一个富豪，他有众多的儿女，他的一个名叫阿莉白的女儿长得十分漂亮，令人喜爱。 尽管她不信奉基督教，然而当她发现城中许多信奉基督教的人对耶稣基督赞叹不已，对上帝充满了崇拜之情，不知不觉之间，她有了信奉基督教的想法。 一天，她请教一位基督徒，人们敬奉天主，如何才有捷径呢，那人对她说，摆脱世间的一切便是敬奉上帝的最好的办法，如那些在撒哈拉沙漠中不问世事的居士一样。

这个少女年仅十四岁，思想幼稚，闻听此言，实际上也并不是什么教规打动了她，凭着一时心血来潮，幼稚的冲动，她便没有告诉家人，于次日一大早上路了，目的地便是撒哈拉沙漠。 靠着狂热，她在去的途中历尽艰辛，长达好几天，最后到达了那儿。 那儿处处是荒漠。 远处的一间小茅屋进入了她的视野，于是她便迈着蹒跚的步子走了过去，发现门口恰好站着一位不被尘世污染的神父。

在此荒无人烟的沙漠中，来了一个小姑娘，这位神父不禁感到非常惊诧，便问起了她此番前来的目的。 她对他答道，由于上帝打动了她的心，因此她只想归依宗教，要找位神父为她如何敬奉上帝提供指导。

见她如此青春年少，又长得如此漂亮，神父唯恐把她留了下来，魔鬼会引诱他，因此对她那虔诚的心愿赞叹了一番，把一些野菜根、野苹果、枣子拿了出来，让她填填肚子，又让她喝了一些凉水，然后对她说道："女儿，附近有位修士，他十分圣洁，与我相比，他更加懂得如何敬奉上帝，你前去向他请教吧。"

就这样，他打发走了这个小女孩。 当她来到那位修士的面前时，得到了与第一次一模一样的答复。 她只得继续前行，又遇到了一个修士，他叫鲁斯蒂科，年岁也不大，十分虔诚，和颜悦色的，她便又向她解释了一番自己此次前来此处的用意。那个年纪轻轻的修士想试一试自己的道行是否经得住考验，因此与两位老者不一样，他没有让她离去，居然带着她，来到自己的小屋里，当夜晚来临时，他把几片棕叶铺在地方，这就是床，让她在上面睡觉。

布置好这一切以后，没过多长时间，欲火的诱惑开始与他的性灵叫板了，直到这时，修士才发现自己高估了自己的克制力，无法经受魔鬼的数次进攻，他只好俯首投降了。他彻底地忘记了圣洁的思想、祷告、苦苦的修行等等。心中只想着那个女孩子的美丽迷人的面容，又在算计着如何让自己的欲望得到满足，又不会让那个女孩子认为自己荒淫下流。

他先询问了她一番，发现她尚未与男人同睡过，真的是幼稚天真，像她表面上看上去一样。然后，他发现，可以以敬奉上帝为借口，勾引她，来满足自己的欲念，所以，便夸夸其谈地告诉她魔鬼是上帝的一个何等不易控制的对手，然后又告诉她，敬奉上帝，最能让他老人家喜欢的便是再次将魔鬼关入囚禁它的地狱。

于是，少女便问他如何关魔鬼呢？鲁斯蒂科对她答道："片刻之后，你就会懂了，你只需要看我如何行动，你便学着做。"

说完，他脱下了穿在身上的几件薄薄的衣服，于是，女孩子也脱光了身上的衣服，然后，他跪在地上，像要祈祷似的，与此同时，也吩咐她跪在地上，面对着他。

就这样，他们跪在地上，面面相对，见一个丰满的肉体呈现在自己的面前，鲁斯蒂科那老是被压抑的欲火烧起来了。见此，阿莉白感到十分奇怪，于是便问修士：

"鲁斯蒂科，你下身那挺得笔直的是啥东西呀——我咋会没有呢？"

"女儿呀，"鲁斯蒂科答道，"这就是魔鬼，适才我向你提及过它呀！你瞧，它害得我苦不堪言，我差不多无法应付它了。”

“称赞上帝！”女孩子说道，“与你相比，我可是个幸运儿，因为我不用对付这个讨厌的魔鬼。”

“你说得很对，”鲁斯蒂科说道，“尽管你身上没长魔鬼，然而你身上有一种东西却是我所没有的。”

“那是啥玩意儿呀？”阿莉白问道。

“你有一个地狱，”鲁斯蒂科答道，“我深信不疑，上帝让你前来此处，其目的是拯救我的灵魂，以便让它获得安宁，因为我被这个魔鬼折磨得苦不堪言呀！如果你想可怜我的话，让我将这个魔鬼关进地狱里去吧！那么你便是极大地安慰了我，与此同时，你也为上帝做了件善事，会讨他老人家的欢心的。并且你如此行事，你也实现了你不远万里前来此处的心愿。”

闻听此言，那个无比虔诚的小女孩赶紧对他说道：“不错，神父，我的来意本是侍奉上帝，既然我身上有地狱，那么随便你，你愿意什么时候关起魔鬼就什么时候关吧！”

“女儿呀，希望上帝保佑你，”修士说道，“我们现在就把它送进地狱吧！免得以后他再来找我的麻烦了。”

说罢，他让小女孩上床，以便关住那受到上帝责备的魔鬼，原本没有魔鬼光顾过这个小女孩的地狱，因此便感到疼痛不已，不由自主地叫了起来：

“哎，神父呀，这个魔鬼实在是凶恶极了，他真是上帝的仇敌，难怪上帝会惩罚它，甚至在把它送进地狱之时，它依然没有改变，在里面挣扎不已。”

“女儿，”鲁斯蒂科说道，“从今以后，我想它不会如此肆无忌惮了。”

为了消灭魔鬼那凶恶的本性，鲁斯蒂科连续六次把魔鬼关进了地狱，使魔鬼停止了反抗，然后，他才来到地上，迫切想歇息片刻。

然而在随后的几天里，魔鬼依然高昂着头，嚣张到了极点，幸好那个柔弱顺从的女孩子非常尽心，很高兴把魔鬼关起来，长时间如此，她感到这种差事有意思极了，她向鲁斯蒂科说道：

“我想，城里人没有说错——他们告诉我，在人的一生中，敬奉上帝是最令人高兴的事情。我这一辈子所做的事情，无法与把魔鬼送到地狱里去相比，它让我感到痛快极了，全身上下舒服得不得了。因此以我之见，那些不去敬奉上帝，反而去做其他的事情的人，实在是笨到了极点。”

也就从那时开始，女孩总是责备鲁斯蒂科说：“神父，我前来此处，其目的是敬奉上帝，并非是混日子呀！我们如何能懒惰呢？赶紧将魔鬼送入地狱吧！”

于是修士只得陪着她敬奉上帝，然而她又发问了：“鲁斯蒂科，我不明白，干吗魔鬼被送进了地狱里还要跑出来呢？如果待在地狱里，如同地狱高兴留下它，接纳它一般，如此一来，它再也不会再跑出地狱了。”

由于无法经受女孩子一而再、再而三的恳求，鲁斯蒂科在两人一同敬奉上帝的愉悦中，身体虚了，他的那件紧身衣如同挂在衣架上一般，当别人汗流满面时，他会大声叫冷呢！他只好搪塞那个女孩子，要是从今以后，魔鬼不再肆无忌惮的话，那么就不用惩罚它了，让它到地狱里去好了。“由于上帝的恩泽，我们已经将他制服了，此时此刻，它正垂着头祈祷呢，求上帝饶恕他吧！”

如此一来，他好歹总让那个女孩子不再吵闹了，然而一段时间过去了，她见鲁斯蒂科不再前来请求他将魔鬼关入地狱，她便急不可耐了，对他说道：

“鲁斯蒂科，可能你的魔鬼被制服了，没有胆量再来对你纠缠不休了，然而我的地狱依然不肯饶恕我呢。过去我让我的地狱助你打败你那凶残暴躁的魔鬼，因此你也应该打发你的魔鬼来助我一臂之力，制服地狱呀！”

可怜兮兮的鲁斯蒂科，他的食物只是野菜根，清水，确实无法让她的要求得到满足，他只好告诉她，要想摆脱地狱的折磨，一个魔鬼根本无法奏效，他只好尽力来助她一臂之力罢了。如此一来，他便时不时地应付一下她，然而次数是如此可怜，如同一粒豆子撒到狮子口中一般，差不多没有什么用处。由于无法竭尽全力地侍奉上帝，女孩子免不了怨言不断。

当阿莉白的地狱与鲁斯蒂科的魔鬼，一个提出了过高的要求，一个已经爱莫能助，矛盾不断时，一场大火烧掉了加夫沙城，在大火中，阿莉白的爸爸，还有她的兄弟姐妹，亲戚朋友都失去了生命。如此一来，她爸爸的所有家产只得由她继承了。在这座城里，有个小伙子，名叫耐巴尔，他天天无所事事，挥霍完了所有的家产，一听说阿莉白依旧活在人世，他便四处去寻找她的踪迹，当官府尚未根据没有继承人的条款没收家产时，他竟然找到了阿莉白，硬是带走了她——阿莉白心中非常不愿离开，鲁斯蒂科便长吁了一口气。

那个小伙子带着她来到了城里，让她做了自己的妻子，以她的名义，继承她爸爸那笔庞大的家产。

在年轻人与她没有同床共枕时，本地的一些女人问及她在沙漠里如何敬奉上帝，她便告诉她们，敬奉上帝的办法便是将魔鬼关入地狱，可耐巴尔非要带她回来，使得她无法再敬奉上帝了，实在是太要不得了。

她们又向她请教，“你如何让地狱把魔鬼关起来呢？”

她便手舞足蹈地向她们解释，当她讲完以后，她们笑得前俯后仰，一面笑，一面告诉她，“孩子，不要发愁了！本地人都晓得做这种事情，耐巴尔会那样帮你敬奉上帝的。”

没过多长时间，全城人都知道了这个笑话，居然成了一句十分流行的口头禅，最让上帝喜欢的便是将魔鬼关入地狱，后来，这句话漂洋过海，传到了我们这儿，直到如今，它依旧很时髦呢！

风华正茂的女士呀，你们要是想得到上帝的宠爱，那么赶紧学会如何将魔鬼关入地狱吧！因为此事不仅让上帝高兴，而且给双方带来了乐趣，有不少好处呢！

第奥纽将这个故事讲述得如此乐趣无穷，着实让那几位圣洁的小姐笑得前俯后仰，她们不停地笑着，都超过了一千次了。当他讲完故事以后，女王晓得自己的任期已经结束了，于是便把头上的桂冠摘了下来，戴在菲洛特拉托的头上，还开玩笑地说道：

“我们等着瞧吧，瞧那个野狼率领起一群小羊来，与小羊率领狼群相比，哪一个更好。”

菲洛特拉托满面笑容地答道：“如果你们愿意接受我的建议的话，那个野狼早就教小羊如何将魔鬼关进地狱了，与鲁斯蒂科和阿莉白一样。因此你们别称呼我们野狼，因为你们并非小羊。如今既然该我登位了，我肯定会尽心尽力的。”

“我告诉你，菲洛特拉托，”妮菲尔接过了话头，说道，“你想指导我们，也许你也会得到教训，像马塞托从女修道院里得到了教训一样。当你的骨骼发出叮叮当当的响声时，他即便没有舌头也能说话了。”

菲洛特拉托认为自己斗不过女士们，于是没再敢继续开玩笑，开始处理政务了，他叫来总管，询问有关伙食的情况，又指示了他一番，其目的是在他担任国王的期限内，让众人过得十分满意，他又转过头来，向小姐们说道：

“柔弱多情的女士们，我实在是倒霉极了，（我之所以如此说话，是因为我知道好坏），对你们中的一位美女产生了爱情，便永远为情所困，我对她十分谦恭，非常顺从，到头来，依然是毫无结果，眼睁睁地看着别人得到了她，我这不是在痛苦上又增添了痛苦吗？可能我这一生中都会命运不济了。因此，明天我要讲的故事，我爱以自己的经历为素材——便是：有着凄惨的结果的爱情，因为我本人就预料到我将面临一个凄惨的结果，你们都称我为‘菲洛特拉托’，这确实是非常有道理的。”

说完这一席话，他便站起身来，同意众人随便活动，当用晚餐时，再聚在一起。

这花园实在是美丽极了，使得众人不忍心离去，因为在其他的地方，再也没有比这里更有意思的地方了。此时此刻，落日偏西，天气不再如此炎热了，有的人便向麋鹿、小羊、野兔，还有其他的小动物追去——这些小动物跳来跳去的，刚才他们团团而坐时，老是想蹦到他们的身边来，真讨人厌呀！第奥纽、菲亚美达开始唱威廉、维绮幽的歌儿了。菲罗美娜和潘菲洛坐了下来，开始下棋，如此一来，每个人都有自己的娱乐，时光飞快地流逝了。不知不觉之间，该用晚餐了。饭桌便摆放在喷泉边，众人兴高采烈地用了晚餐。

用罢晚餐后，菲洛特拉托便遵从过去的数位女王做出的规定，命令劳丽达跳起领头舞，然后再唱一首歌曲，她答道：

“皇上，我不会唱别人的歌，我自己也无法想起有啥好歌与此时此刻的美好的夜晚，优美的景色相得益彰，我只能唱一首我没有忘记的歌曲，如果你不反对的话。”

“你的歌声肯定非常好听，”国王说道，“那你唱吧！”

于是，劳丽达的歌声响起来了，其他的小姐们也小声地哼唱起来了，她的歌声非常柔和，与此同时，歌声里也透着伤心的意味：

“唉，有哪位小姐，
如我这般命运凄苦，如此伤心？
我徒劳地为思念所苦，独自流泪？

那支配乾坤，统治星辰的大自然，
对我非常宠爱，
使我无比娇媚，
风姿绰约——更是一个多情女，
每个热情洋溢的男人，
目睹了我的美丽的仪容，
恍如身处天堂，
唉，那些俗不可耐的小人，
却如此欺凌，讥讽我！

昔日我正风华正茂，
却有人对我一片真心，将我搂入怀中，
为了我，他神魂颠倒，
一见到我的双眼，他的心中便燃起了爱火，
时间如流水般流逝了，
他天天对我献殷勤，
对他，我也是深情依依的，
唉，现在，他的身影不再在我的眼前出现了，
后来，一个高傲的男人来到了我的身边，
自以为无人比得上他的显贵与漂亮，
我的身体被他占有了，他不应
心怀疑虑，如此严密地监视着我，
唉，一想起自己本是天生的美人儿，
来到世界上是为迷倒众人，
如今他却独自占有了我，
怎能不让我气愤悲伤呢！

唉，也应我背时，那一天，
我同意了一个男人的求爱，
竟然把少女的朴素服装脱了下来，
把新娘的美丽衣服穿在了身上，
我的身上是无比艳丽的绸衣，
悲惨而屈辱地活着，
唉，当这倒霉的婚约尚未订下来时，
我早已离开了人世，那是多好的事情呀！

带给我无限快乐的，唯有我的初恋，
现在他已告别了人世，面对着上帝！
呵，爱人，你怎么毫不怜惜我，
我永远不会把你遗忘，爱上别的男人，
让昔日的爱火在我的心中再度燃烧，
我昼夜祷告，希望早点见到你，

劳丽达的歌声响起时，众人静静地倾听着，然而各自有着自己的感受。有人根据米兰人的观点，只道歌声大意是，宁愿当只肥猪，也不愿做个美人儿，晓得她心思的几个人，又有着自己合乎情理的理解，只是此处不用再叙了。

然后，国王命令把火炬点起来，众人在草地上围成一圈，哼唱着其他的歌曲，直到星星消失了，国王认为该去歇息了，于是向众人说声再见，吩咐他们都回去睡觉。

第四天

《十日谈》的第四天宣告开始了，菲洛特拉托登上了国王的宝座，每个人所讲的故事都有着一个凄惨的结局。

亲爱的小姐们，听罢有见识的人的看法，又根据我常常亲眼目睹的，或传入我的耳中的，我素来以为嫉妒的狂风，只会对高耸的楼房和岌岌可危的高塔发动攻击，然而我发现自己的想法是错误的。为了专心致志地躲过大风的凶残扫荡，我不仅跑到了地势平坦的地方，而且被迫在那深不见底的山谷中藏身。所有阅读过这些故事的人可能都会这么认为的——我用很不高雅的佛罗伦萨的土话写出了这些故事，而且还采取了散文的形式，只是平平淡淡地记叙，没有一丝一毫的夸张。然而虽然如此，被人妒忌的噩运依然降临到了我的头上，那阵阵凶猛的大风，使得我看不到光明，使得我无法站稳——那尖尖的毒牙咬得我全身伤痕，直到此时此刻，我才完完全全地理解了一句常被机灵人挂在嘴边的话，在人世，人们唯独不会妒忌“苦难”。

贤惠的小姐们，有的人阅读了这些故事后，认为我对你们喜欢过度，又说我如此毫无怨言地服侍你们，给你们带来慰藉，确实有失体面，甚或有人责备我不应如此恭维你们，还有的人，努力佯装一副平平静静的样子，又说我们的年岁也不小了，不应该谈论男欢女爱，以迎合女人的想法。还有的人，佯装关心我的名声，劝说我最好与缪斯女神待在派纳塞斯山上，别总是混在你们中间，老是胡说八道。

还有的人根本不是出于好心，显而易见，他们的用心十分险恶，说我应该三思而行，仔细考虑一下如何养活自己——总不能老是谈论这种东西，喝西北风过日子吧！ 除此之外，有的人为了把我的作品说得一钱不值，千方百计地想证实我为你们讲述的故事是编造的，与事实没有半点相符合的地方。

高贵的小姐们，我为你们出力，辛苦地抗争，受尽了这狂风暴雨的冲洗，尖利、恶毒的牙齿的撕咬，最后血流满面。 上帝明鉴，无论他们说什么，我总是心平气和地倾听着，体会着他们的话语。 对于此事，多亏了你们的援助，只是我不敢因此不为你们出力，即便我不与他们针锋相对，肯定会训斥他们的，以便让我的耳朵获得暂时的安静，因为直到如今，我连三分之一的作品也没有完成，面前就有如此众多的放肆的对手，如果现在不抓紧时间打败他们，那么他们肯定会更加肆无忌惮的，以后一下子就会打得我落花流水，到那时，纵然你们的力量是多么的巨大，也没有用处了。

在批驳他们之前，我打算先讲述一个故事，为自己辩护，这个故事并不完整，而是光有开头，没有结尾，如此一来，它就不会与我们的那些令人喜爱的朋友们讲述的故事混淆，可以区别开来。 我是针对那些说我坏话的人讲这个故事的。

古时候，在我们居住的这座城市里，有一个名叫腓力·巴杜奇的男子，他的出身并不高贵，然而家境确实富有，也明白如何为人处世。 他已娶妻成家，两人十分恩爱，彼此照顾，彼此关心，从来没有拌过半句嘴。 只是人生在世，总有一死，后来，不幸的是，他的那位善良贤惠的夫人离开了人世，给他留下了一个即将年满两岁的儿子。 失去了妻子，他悲痛万分，超过了常理。 他认为从此失去了一个好伴侣，一个人形只影单地活着，没有多大趣味了，于是他立下了誓言，不再留恋尘世，前去敬奉上帝。 而且还拿定主意，让他那年幼的儿子陪他出家。 他向慈善机构捐出了一切家产，携子前往阿西那奥山，找到了一间位于山顶上的茅草屋，定居下来了，依赖别人的救济，过着斋戒祷告的生活。

他眼睁睁地看着儿子日益长大成人了，便非常注意，闭口不提尘世之事，也不让这种事情进入他的视野，生怕打乱他敬奉上帝的思想，即使要谈，也只谈论一些永恒的光荣，上帝以及圣徒的荣耀，要教导他，也只局限于一些祷告文，父子俩便在山上过着这样的生活，一晃几年过去了，那孩子从来没有外出过，他也只见过他的爸爸，除此之外，再无别人。

有时候，这位好人也要去一趟佛罗伦萨，请求一些信奉上帝的人施舍点东西，然后再返回茅屋。

时光如梭，腓力已是位年迈的老者了，孩子也已年满十八岁了。一天，腓力正准备到山下去，那孩子便问他前往何处。腓力对儿子说了，于是，孩子说道：

“爸爸，如今你年纪大了，不能再吃苦了。为什么不带我前去佛罗伦萨，带我前去拜见你的那些朋友和信奉上帝的教徒呢？我正是身强力壮的时候，以后你需要什么，便可以让我去办，你自己在这儿休息休息，不要操劳了。”

老头子认为现在儿子已经长大了，又见他平常兢兢业业地敬奉上帝，认为即便让他去一趟那奢华红尘，想来也不会失去本性了。因此暗自寻思：“这孩子的话也并非毫无道理。”因此，当他第二次到山下去时，真的带着儿子一起去了。

那年轻人发现佛罗伦萨城中有的是皇宫，府第，教堂，而他一生都没有看见过这些东西，因此感到万分惊奇。在去的路上，不停地打听这打听那的，腓力都作了答复——然而哪能一一答复呢，刚刚回答了那个问题，第二个问题又接踵而至。便这样，父子俩一个老是提问题，一个老是作答复，一路前行，巧的是，一群衣着华丽、青春年少，长相迷人的少女向他们走来——原来她们是女宾，刚刚出席婚礼回来。一见到她们，年轻人立即问爸爸，这是什么。

“孩子，”腓力答道，“你赶紧把头低下来，注视着地面，不要注视她们，它们都是灾难。”

“然而它们叫甚名谁呢？”儿子继续问道。

做父亲的不肯让儿子晓得她们叫女人，唯恐他那邪恶的欲望会蠢蠢欲动，因此只是答道，“它们的名称是‘绿鹅’。”

奇怪的是，年轻人从来没有看到过女人，呈现在他面前的不少新鲜的东西，如皇宫呀、公牛呵、马呀、驴子呀，钱财呀，他都没有在意过，此时此刻他却突然告诉他的爸爸：“呵，父亲，我带一只绿鹅回家，好吗？”

“唉，孩子，”爸爸答道：“别吵了，我告诉过你，它们都是灾难。”

“你说什么，”年轻人叫了起来，“这就是灾难吗？”

“没错。”老头子答道。

然而他的儿子说道，“你在说什么，我不明白，也不晓得它们干吗是灾难，我只是认为，如此漂亮，如此令人喜爱的东西，我还是第一次看见呢，与你常常让我看的天使的画像相比，它们要美丽得多，看在上苍的份上，如果你疼爱我的话，为我想想办法，带只绿鹅回家吧，我想养它。”

“不可以，”他的爸爸说道，“我不同意，你不晓得该如何养它们。”

直到此时此刻，老头子才知道，原来与他的劝诫相比，自然拥有更加巨大的力量，他十分后悔自己不该带儿子前来佛罗伦萨——只是我不想继续讲下去了，我们还是回到正题上来吧！

青春年少的小姐，有些故意和我过不去的人，说我不应该老是想着讨好女人，又对女人是如此偏爱。在这儿，我坦白地承认，你们让我高兴不已，而我也拼命地想让你们喜欢我。我渴望问这些人一声，难道也值得为此事大惊小怪吗？ 亲爱的小姐，且不说我们过去常常甜蜜的亲吻，热忱的相拥，还有共度良宵，就是我时不时地欣赏你们的仪容、风采、美丽的举止，特别是你们女人所拥有的柔和、文雅，这份幸福难道不足以让人懂得我干吗如此行事，干吗有这种思想吗？

适才我们已经看到，一个不与尘世往来，生长于深山之中的年轻人，他不曾走出过茅屋一步，他唯一的伙伴便是他的爸爸，一旦来到了山下，见到了你们，便一心一意要把你们搞到手，想念着你们，只对你们心存爱慕——要是就一个隐士——一个一无所知的小孩——一个尚未接受过教育的野人看来，你们是最令人喜爱的，那么，这些人如何能由于我不反感你们，拼命想取得你们的好感而和我过不去，说我的坏话，把我说得没有一点优点呢？ 要明白我生来多情，保护女孩子，当我还是个小孩子的时候，我就立下了誓言，要向你们奉献我的全部心灵——我如何能经受你们那明亮的秋波，温柔的嗓音，还有那声声令人振奋的长叹呢？ 唯独那种没有人性的东西，不明白，也无法体会到热忱的魅力，才会如此责备我，我看不屑于理睬这种人。

甚或有的人老谈论我的年龄，他们也许不明白虽然韭菜头是白色的，然而却有着苍翠浓郁的枝叶，然而，先不开玩笑了，让我给予他一个严肃的答复，当我走到人生的尽头时，我也不会觉得照顾女性是羞耻的，因为即使是已过了不惑之年的基陀、卡伐坎蒂、但丁，已是年迈的老者的契诺、达·皮斯托亚，也非常重视女性，为照料她们而引以为荣呢。

如果不是因为不好意思打破辩论的常规，那么我希望以名人证明，人到老年依然只想让女人喜欢他呢！ 那些责备我的人，要是一点都不晓得他们的故事的话，那么赶紧去看看史书吧！

有的建议我最好与缪斯女神待在派纳塞斯山上，我不否认这个建议很不错，只是，我们不能一辈子与缪斯女神厮守，而女神也不会永生永世和普通人待在一起，如此一来，或者是人们心甘情愿地告别了女神，与像女神的人亲近，这又有什么不当之处呢？ 缪斯女神原本就是个妇道人家，尽管在这个世界上，女人们无法与之相提并论，然而一眼望去，便能发现，她们长得有点像女神，因此，即便不是因为别的原因，就说这一点吧，也足以让我喜欢上她们，另外，我曾为女人写下了成千上万首情诗，然而，我不曾为了缪斯女神写出过一首诗，女神给予我的是帮助，她们指导我如何吟诗作赋，当我把现在的这些写下来时，无论我写得多么不好，然而女神不时地和我待在一起——可能是由于女人长得像女神的原因吧，这种荣幸才降临到了我们的身上吧！ 因此我感到我在写这些故事时，与不少人所想象的不同，离缪斯女神以及她们的居住地派纳塞斯山远远的。

我想对那些生怕我会没有饭吃，建议我注意谋生之道的人说些什么呢？ 说实在话，我也不晓得应该说些什么，只是我心中在寻思：如果将来有一天，我落到了必须向他们乞食的地步时，他们会给我什么样的答复呢？ 可能他们会这么说道："去你的作品中要食物吧。"确实，以前的诗人通过他们的作品找到了比有钱人在金库里找到的多得多的食物。 有的拼命写作，给他们的时代带来了荣耀，有的无比贪婪，只晓得食物愈多愈好，然而如虫子一般悄无声息地走向了死亡。

我还想说些什么呢？ 如果有朝一日，我真的向他们乞食，那么他们将我驱之门外好了。 谢谢上帝，如今我还有饭吃，要是我真的没有饭吃了，那么我会如保罗，即耶稣的门徒一样，可以享受饱腹，也可以忍耐饥饿，总而言之，这本是我的私事，别人不必为我费神。

还有的人说我的故事与事实有出入，那么我盼望他们说出真实的情况。 如果一比较，显而易见，我的故事是编造的，那么我甘愿承认他们的责备是公正的，合乎道理的。 也愿意竭尽全力改正我的错误，只是他们老是如此大叫大喊，拿不出什么真实情况之前，我只得对他们不理不睬，按照自己的想法行事，用他们责备我的话语来报答他们。

用这些话语来回报他们，我觉得已足够了吧，此时此刻，最柔情依依的小姐，由于上帝的支援和你们的援助，我将任劳任怨，无论暴风是多么凶猛，我也要转过身来，继续做我的手头的事情，因为我认为，与暴风中的尘土相比，我的命运不会更差——无论尘土是降落在地上，或是在空中飘浮，然后又在人们的头上停留，或是在国王的王冠上，或是在高高耸立的宫殿和塔楼上。即便微尘从高处飘落，也不可能降临到地势低于原地的地方。

如果说过去我立下誓言要向你们献出自己的力量，为你们的幸福而尽力，那么此时此刻，我的态度更加坚决了。因为所有有理智的人就会说，我对你们的爱，与其他的男人对你们的爱一样，是天性使然。如果谁希望压抑人类的本性，那么你必须让别人看看你的本事。要是你坚持与它抗争的话，那么可能是白费力气，最终弄得头破血流。我承认自己缺少这种本事，也不希望拥有这种本领。即便我拥有这种本事，我也宁愿让他们拿去，绝不肯自己施展这种本领。

那些责备我的人可以闭上嘴巴了，如果他们体内没有热血，那么让他们冷若冰霜地终其一生吧，他们可以去寻找自己的兴趣——或者换句话说，去寻求自己腐化的爱好，让我对这短短的一生进行利用，去追求自己的爱好吧！

然而，漂亮的小姐们，我们已经扯得很远了，让我们停住，回到主题上来吧！

拂晓来临了，天上的星星消失了，雾气沉沉的夜幕被撕开了，此时此刻，菲洛特拉托早已起了床，叫醒了大家，于是，众人依然前去那令人喜爱的花园漫步玩耍。这一天，午饭也是在昨晚用餐的地方吃的。用罢午餐，开始睡午觉了。从梦中醒来时，落日早已西偏，然后依旧来到喷水池边。按照顺序坐了下来，菲洛特拉托命令菲亚美达先为众人讲故事，她没有拒绝，用柔柔的嗓音讲述了一个故事，内容如下：

故事一

唐克莱亲王将女儿的心上人杀死了，把他的心取了出来，放在金杯里，给女儿送了过去。公主在心上倒下毒汁，泪流满面地喝了下去，然后离开了人世。

今天，我们的国王已有规定，我们讲的故事是悲惨的，他觉得我们在此处快快乐乐的，也应该倾听一下他人的苦楚，以便让讲故事和听故事的人不由自主地产生同情心。可能在这几天里，我们确实过得快乐而自由自在，所以他希望用悲惨的故事充当一个调节剂。只是不管他有什么样的目的，我必须遵从他的吩咐，因此我将要讲述的故事不但凄惨，而且是世上最凄惨的，肯定会让你们流下泪水的。

唐克莱是萨莱诺的亲王，他原本善良，宽容，然而当他上了年纪以后，他却亲自杀死了一对情人。他并没有众多的儿女，只有一个独生女儿，亲王十分疼爱她，从古到今，父亲对女儿的爱也只能如此了，又有什么人能想到，如果没生这个女儿，他可能会过一个更加幸福的晚年呢！既然亲王对公主是如此疼爱，因此也不顾及浪费了女儿的青春年华，竟然老不舍得让她嫁人。最后，他无法再把她藏起来了，这才让她做了卡普亚公爵的儿媳妇，不幸的是，结婚没多长时间，她的丈夫死了，她变成了一位遗孀，再次和爸爸住在一起。

她正值风华正茂，生性开朗，身材长相，都生得非常漂亮，并且思路敏捷，遗憾的是，她是一个女儿身，她在父王的王宫里居住，衣来伸手，饭来张口，日子过得十分奢华。随后，见爸爸如此宠爱她，根本不愿意让她再次嫁人，自己说出来吧，又很难为情，于是偷偷地想选择一位让他满意的男人，充当她的情人。

在她爸爸的王宫里进进出出的，什么样的人都有，她有心观察了不少男人的一举一动，发现父王身边有位侍从，他名叫纪斯卡多，而且年岁不大，尽管他没有高贵的出身，然而拥有高尚的品格，十分英俊，确实超过了大家，她十分满意他，竟对他暗生情愫，并且天天见面，越看越喜欢他。那年轻人并不是一个笨蛋，没过多长时间，他便捕捉到了公主的心思，也情不自禁地动了心，对她日思夜想，把一切都抛到了九霄云外。

两人便如此眉来眼去的，已不是一天的事情了，郡主只希望找个时机与他约会，然而又没有心思让别人知道自己的心思，最后，她有了一个非常不错的办法，她便写了一张便条，约他次日前来相见。她又将这张条子放在空心的竹竿里，递给了纪斯卡多，还对他说笑话：

“用这个当风箱吧，如此一来，今天晚上，你的仆人便可以以此生火了。”

纪斯卡多把竹竿接了过来，认为公主不会毫无来由地把这件东西送给他，而且这么说话，他返回自己的房中，察看了一番竹竿，发现竹竿上有道裂缝，劈开竹竿，发现有一封信藏在里面，他连忙把信打开了，知道了其中的原因，此时此刻，在这个世界上，他真是一个最幸福的人，然后，他便按照信中的吩咐，准备了一下，前去与郡主相见。

在亲王的宫殿的不远处，有一座山，山上有座石室，是多少年以前开凿的。当时，山腰处还打通了一条隧道，借助于微弱的亮光，隧道一直通向洞府。由于石室早已废弃不用了，因此，隧道的出口处长满了杂草，差不多掩盖了洞口。石室中有道石阶，比较隐秘，一直通往宫室，一扇很有分量的门隔开了石室和宫室，门后面就是一间房子，位于郡主住的楼房的下面。由于山洞已废弃了好长时间，这道石门早已被人遗忘了，然而，情人的眼睛能够捕捉一切，因而，那位深情依依的郡主竟然想起了这道石阶。

她不肯让别人透露她的秘密，于是，便拿来几种工具，自己动手，想把这道门打开，好几天过去了，经过她的努力，门终于开了。她便拾级而上，一直来到了山洞的出口处。她在信上写下了隧道的情形，洞口距离地面大致高度等等，叮嘱纪斯卡多千方百计地通过隧道，悄悄地来到她的宫中。

纪斯卡多马上准备好了一根绳子，绳子中间有不少的结，绕了不少圈，以便于攀爬。次日，当夜幕降临以后，他身穿皮衣，以免让荆棘刺伤了身体，便一个人悄悄地到达了山下，将洞口寻到以后，他便在一棵很牢固的树桩子上系好了绳子，自己则拉着绳子，滑了下去。静静地等待着郡主的到来。

次日，郡主撒谎说自己要睡午觉，便打发走侍女，一个人待在屋里。然后她便把那道暗门打开了，顺着石阶，来到了山洞里，果真发现了纪斯卡多。两人都狂喜不已。郡主带着他，来到了自己的睡房里，两人在一起待了好长时间，如同神仙一般，快活极了。两人分手时，互相约定，凡事都要小心，不能暴露两人之间的私情，然后纪斯卡多返回山洞，郡主把暗门锁好，前去寻女仆去了。当夜幕降临以后，纪斯卡多顺着绳子向上爬，爬出来时通过的洞口，返回自己住的地方。自从这条捷径被他们发现以后，这对情侣时不时地秘密约会。

没想到命运之神却不肯让幸福淹没了这对情侣，竟然用一件出人意料的事情，使这对情侣无限的幸福变成了伤心欲绝的痛苦。厄运的降临过程如下：

原来，唐克莱经常一个人去女儿的卧室，和她聊聊天，然后走了。一天，他用罢早餐，前往女儿绮思梦达的宫中，发现女儿正与不少女仆在花园之中玩耍，他不想让她扫兴，于是悄声无息地来到了女儿的卧室里，人们没有看到他，或是听到他发出的声音。他到了房中以后，发现窗户关得紧的，帐幔低低地垂挂着，于是，他坐在床边的一张软凳上，倚靠着床，把帐子拉了过来，遮住了自己，似乎有心要躲起来似的，不知不觉之间，他就这么进入了甜美的梦乡。

也是上天注定要出事，这一天，绮思梦达恰好与纪斯卡多约定秘密见面，因此，在花园里，她玩耍了片刻。于是便让宫女们接着玩耍，自己则悄无声息地来到了卧室里，关上了门，却不晓得房中有人，便走了过去，把那道暗门打开了，让早已等候在隧道里的纪斯卡多走进了房中，同以前一样，两人来到了床上，你恩我爱，正当他们忘却了身边的一切的时候，没想到唐克莱从梦中醒了过来。他听到了动静，被惊醒了，发现女儿与纪斯卡多正在寻欢作乐，他气愤不已，很想大声大叫起来，然而再一寻思，他自有处置他们的办法。还是先忍耐一下，免得这件丑事传到了别人的耳中。

同以前一样，这对情侣温存了好长时间，直当必须分手的时候来临时，他们才来到地下，根本不晓得他们的身边躲着唐克莱。纪斯卡多走出山洞，她自己也向睡房外走去。唐克莱顾不得自己已经上了年纪，跳出窗口，来到了花园里，趁无人发现他，匆忙返回了王宫，差不多气得只剩下一口气了。

那天夜晚，睡觉时间来临了，纪斯卡多爬出山洞，没想到，洞口早已守候着两个男人，是唐克莱吩咐他们这么做的。他们抓住了他，他依然身穿皮衣，就这样，他们偷偷地押着他，来到了唐克莱的面前，一见到他，亲王几乎流下了泪水，说道：

“纪斯卡多，平常我对你很好，没想到，今天，我却亲眼目睹了你如此贪色，竟敢坏了我女儿的声誉！”

纪斯卡多一言不发，只得做出了这样的答复：“并不是你我就能控制爱情的力量。”

唐克莱命令手下把他关了起来，严密地看管着他，他立刻被押进了宫中的一间幽静的房间里。

次日，唐克莱想来想去，应该如何处置女儿，用罢餐，同往常一样，他走进女儿的卧室，唤来了女儿。已经出了事情，这是倚思梦达从未想过的。唐克莱关上房门，房中只有他和他的女儿，然后，他泪流满面，向女儿说道：

“倚思梦达，在我的眼中，你庄重而有分寸，没想到，这种事情竟然发生在你的身上。如果不是我目睹了那一幕，而是听他人说的，那么，不要说真与不是你丈夫的男人同床共枕，即使是你有了这种想法，我是绝不会认为这是真的。我已经老了，已不久于人世了，不愿看见这种丑行，使我从此一回忆起这件事情，心中就发疼！

“即便你想干出这种下流的勾当，苍天在上，你也该选择一个与你一样拥有高贵出身的男人。我的王宫里，来来往往的都是显贵世子，可你却偏偏选择了纪斯卡多——这个出身低贱的侍从，可以这么说，当他还是一个孩子的时候，由于我们发善心，收留了他，你的举止实在令我烦恼到了极点，不晓得该如何处置你。昨天夜晚，纪斯卡多刚刚从山洞里爬出来，我便逮住他，进行了关押，我自有办法对付他。可对你，天晓得，我却毫无办法。一方面，我无法对你硬起心肠，在这个世界上，任何父亲对女儿的爱不会超过我对你的爱。另一方面，一想起你如此轻浮，我又怎会不火冒三丈呢？要是念及父女情面，那么我只好不追究了，要是单看事情，我就无法顾及骨肉亲情，一定要给予你严重的惩罚。但是，当我还没作出决定时，我想知道你要说些什么？”

说到此处，他低垂着头，失声痛哭，竟然如同一个被人打了的小孩。

当爸爸的话传入绮思梦达的耳中之后，她晓得不仅他知道她与纪斯卡多之间的私情，而且还关押了纪斯卡多，一阵难以表述的悲伤袭上了她的心头，数次，她都差点如普通女人那般号啕大哭，她晓得等待她的纪斯卡多的命运只能是死亡。然而柔弱的情感让位于高尚的爱情，凭借令人惊叹的毅力，她强迫自己平静下来，而且已经做出了决定，宁愿以生命为代价，也绝对不会请求父亲的饶恕。所以，面对着父亲，她并不如一个因做了错事被人批评而流泪的女人，而是一点都不害怕，没有淌下半滴泪水，一点都不忧伤，光明磊落地告诉她的爸爸：

“唐克莱，我打算承认此事，也不愿求你饶恕我，因为首先，求饶不会给我带来任何好处，其次，即便有益于我，我也不肯去做。我也不想让你念及父女之情饶恕我。不，我只希望讲出事情的真相，有充分的理由来保护我的名声，然后便采取行动。是的，我真的对纪斯卡多产生了爱情，只要我没死——可能我也活不了多长时间了——我对他的爱便不会改变。如果人告别人世后还能爱人，那么我告别了人世以后依旧爱他。我坠入了爱河，与其说是因为女人没有坚强的意志，不如说因为你不愿意我再度嫁人，同时，也是因为他值得我敬重，值得我爱。

“唐克莱，既然你也是人，你应该了解你的亲生女儿，她也拥有了一颗用血肉做成的心，而不是用铁石做成的。如今，你已经上了年纪，身体衰弱，然而你不应该忘记青春的规律，还有它是怎样地影响年轻人。尽管你在战场上消磨掉了你的大部分年华，那么你也应该明白，养尊处优的生活会如何影响一个老人家的身体，更不要说是影响小伙子了。

“我是你的亲生女儿，是用血肉做成的，涉世不深，而且年纪轻轻的，又怎么责备我动了春心呢？再说我已经嫁过人，对其中的滋味也不陌生，于是，我便更加迫切地产生了这种欲望。我无法压制这种欲望，我年轻，而且是个妇道人家，我控制不住自己，悄悄地对一个男人产生了爱慕之情，由于一时的冲动，我采取了这种行动，然而我也绞尽脑汁，以免给你我带来羞辱。多情的维纳斯和善良的命运之神，为我指出了一条不为外人所知的隐秘的道路，以便让我实现自己的夙愿。至于这件事情，不管是你亲眼目睹的，或是别人对你说的，我都会承认的。

“对有的女人来说，随便选择一个男人，她们就知足，可我并非这种女人，我观察了好久，也思考了好久，最后，才选择了纪斯卡多，特意去引诱他，而因为行事谨慎，我们两人实在快活了好长时间。刚才，你痛骂了我一番，你的语气像在说，我有了私情，罪过还不严重，只是不该选择了一位出身低微的男人，似乎如果我选择了一位王孙公子，你就不会对我生气了。这是世俗的观点，没有丝毫道理。你不应该骂我，如果你想怨什么的话，那么你只可以对命运之神口出怨言，干吗它总是把显赫尊荣的职位赏赐给那些毫无才华的人呢，有才华的人反而被埋没了。

“但是这一切，我们先不去提及，我们先谈谈一个最基本的道理。你应该明白，作为人类，我们的肉体的构成原料是相同的，上帝赐给了我们灵魂，它们的机能是相同的，作用也是一样的，品质也是一样的，本来，我们生来就没有尊卑之分，区分人类的尺度只能是品质。那拥有才华和德行的人才称得上是‘贵’，不然的话，他们只称得上‘贱’，尽管世俗的错误观点掩盖了这种根本的法律，然而并非将其一笔勾销了。它依旧出现在人们的本性和举手投足之间，因此，所有品质高尚的人便证明自己的高贵，要是有人认为这种人是低贱的，那么错不在他，而是错在对他持有这种观点的人。

“你瞧瞧宫中的贵族吧，端详他们的品质，举手投足和行为吧！随后，你再打量一下纪斯卡多如何，只要你没有成见，判断一下，那么你不会否认，他是最高贵的，而你的那些贵族是低贱的，若论他的品质，他的能力，我怀疑别人的断定，只相信你以及我本人的看法。又有谁像你那般不止一次地一而再、再而三地称赞他，认为他是一位有才华的人呢？说实在话，你有理由如此赞美他，如果我看对了的话，我可以这么说，他无愧于你对他的称赞，你知道已经称赞够了。然而与你称赞的相比，他还稍胜一筹呢！ 如果我看错了他的话，那么你骗了我。

“此时此刻，你还说我认识的是一个低贱的人吗？ 要是你如此说话，那么你是违心的。 你可以说，他很贫穷，然而你只能因此而蒙受羞辱，因为你不懂得提拔英才，埋没了他，使他与仆人为伍。 贫穷无法消除一个崇高的品德。 不，与此相反，富贵使人没有理想，不少帝王将相，不少显贵世家都是两手空空地创业的，而如今，有不少农夫牧民，昔日，他们都富甲一方或显赫一时。

“那么，你打算如何惩罚我，不必再如此犹豫不决了。 要是你拿定主意，痛下杀手的话，——在晚年做出年轻时从未做过的事情，那么你可以用一切无情的办法来处置我吧，我绝对不会求您饶恕的，因为要是这是罪行的话，那么我正是罪恶之源。 我还要对你说，要是你如何惩罚了纪斯卡多，或是打算如何惩罚他，却不愿意对我使用相同的手段的话，我会亲自惩罚自己的。

“此时此刻，你可以离开了，与那些女人一同哭泣吧，哭完后，就凭着铁石心肠，杀死我们吧——如果你觉得我们必须去死的话。”

直到此时，亲王才明白女儿的灵魂是崇高的，只是他依然有点怀疑她拥有如她的话语那般坚定的意志。 他离开了郡主的寝宫，拿定了主意，不对她使用暴力了。 然而，他准备以处置她的心上人，来消减她的热情，使她断了那个想法。 那天夜晚，他一声令下，要求监视纪斯卡多的两个侍从偷偷地把纪斯卡多押上绞刑架，把他的心脏挖出来，呈给亲王。 侍从真的依令而行。

次日，亲王吩咐侍从把一只经过精心制作的大金杯拿了出来，放入纪斯卡多的心脏，又命令自己的亲信给郡主送去金杯，与此同时，又让他转告郡主：“因为你拿出了自己最珍视的东西给他带来慰藉，因此此时此刻，为了安慰你，他也拿来了他最珍爱的东西。”

至于绮思梦达，当爸爸离去之后，她坚定不移，吩咐下人把恶草毒根采来了，熬成了毒液，打算一旦她的怀疑被证实了，随时都有可能用它。侍从把亲王的礼物送到了郡主面前，并且转述了一下亲王的吩咐。她镇定自若，把金杯接了过来，打开盖子一看，发现杯中是一颗心脏，于是，她明白了亲王干吗如此说话。与此同时，她也知道了这颗心肯定属于纪斯卡多，于是，她回头对侍从说道：

“只有用黄金做成的坟墓，才不会辱没这颗心，我爸爸做了一件十分体面的事情。”

说罢，她把金杯举了起来，靠近嘴唇，亲吻着那颗心，说道：“我爸爸对我的疼爱，素来十分周到，现在当我即将告别人世时，他更加爱我了。为了如此贵重的礼品，我最后一次向他道谢！”

然后，她紧紧地握住金杯，垂着头，目不转睛地看着那颗心，说道：“唉，你是我幸福的栖身之所，你身上维系着我所有的快乐，最让人咒骂的是那个人铁石心肠的行为——是他让我此时此刻目不转睛地看着你！只要我可以用精神的双眼分分秒秒地盯着你，那我就知足了。你已完成了旅行，完成了命运给予你的事情，你已经到了终点，那是不论早晚，人人都要来的。你已摆脱了人世的操劳和烦恼，你的对头让你安息在一个符合你的身份的金杯中，你的葬礼，除了没有你活着的时候心爱的人的泪水外，可以说是什么都不缺了。此时此刻，你甚至也有了它，上帝使我那有着铁石心肠的父亲受到了感化，指示他让我拥有了你。我原本打算从从容容，镇定自若地离开人世，不流泪，此时此刻，我要为你痛痛快快地哭一次，哭完以后，我的灵魂马上便会飞到你曾保护的灵魂的身边。唯独你的灵魂让我高兴服从，一心一意地跟随，双双前去未知的阴间。我不怀疑，你的灵魂依旧在此处走来走去，悼念我们昔日的乐园，如此一来，我相信对我的灵魂依旧怀有爱情。为我一往情深的灵魂呀，你等等我吧！”

说罢，她便垂下了头，靠近金杯，流下了泪水，然而绝对不同于女人的哭啼不止，她一边泪如雨下，一边不停地亲吻那颗心脏，也不晓得有多少次了，有多少回了，总是无休无止，使得身边的人待了。服侍她的女仆不晓得这颗心脏是什么人的，也听不懂她为什么说这些话，然而被她深深地打动了，和她一同悲伤流泪，反问她为何流泪，然而不管如何询问，如何劝说，她老是不愿告诉她们，她们只好对她出言相慰。后来，郡主认为哀悼得差不多了，于是把头抬了起来，把泪水擦干了，说道：

“最令人喜爱的心呵，对你，我已经尽力了，如今，只有最后一步没履行了，即，让你我的灵魂结成伴侣吧！”

说罢，她吩咐手下把昨天准备好的盛有毒汁的瓶子取来，只见她把瓶子拿了起来，将毒汁倒入了金杯中，让那颗被泪水冲洗过的心脏上滴满了毒汁，然后从从容容地把金杯举了起来，凑近嘴边，一口气喝光了毒液。喝完以后，她依旧手执金杯，来到绣床之上，神情安详庄重地躺了下来，把心上人的心放在自己的心上，默默无语，静静地等待着死神的到来。

此时此刻，尽管服侍她的女仆还不晓得她已饮下了毒汁，然而见她的话语，举止不太正常，便匆忙让人前去向唐克莱讲述了这各种各样的情况。他生怕会出事，匆匆忙忙地走向女儿的卧房，恰好，此时此刻，她已经躺在床上，他想对她好言劝慰一番，然而已经来不及了，此时此刻，她已经奄奄一息了，他不禁哭出声来，没想到郡主对他说道：

“唐克莱，以我之见，你干吗浪费这些泪水呢，当比我更糟糕的事情出现在你的面前时，再哭也来得及呀！我不需要你流泪，因为你的泪水是我所不需要的，除你之外，又有什么人因实现了愿望不喜反而悲伤呢！要是你过去对我的一番疼爱尚未彻底地消失的话，请你最后一次对我施恩——即，尽管你不同意我与纪斯卡多暗地里结成夫妇，然而，我请求你公开将我俩合葬在一起（不管你将他的尸体抛在何处）。”

闻听此言，亲王心中痛苦极了，一时竟然无言以答。年纪轻轻的郡主认为大限已经来临了，便把那心脏紧紧地抓在手中，贴在自己的心上，对亲王说道：

“上帝祝福你，我要走了。”

说完，她将双眼合上了，片刻之后，她便毫无知觉了，结束了那令人烦恼的人生。

纪斯卡多和倚思梦达这对可怜的情侣落得了这种下场。唐克莱哭也没有作用了，后悔也来不及了，于是为他俩举行了十分隆重的合葬礼，当他们的事迹被萨莱诺的人知道后，他们都感到伤心不已。

故事二

亚尔贝托神父玩弄了一个女人，说加百列天使对她产生了爱情，他自己却装扮成天使，一有机会便前去与她约会。女人的家人来捉拿奸夫淫妇，他逃了出来，来到了一位平民家中，次日，他被当成了野人，被带到了圣马可广场，在众目睽睽之下被揭发出来，院中的修士押着他返回了修道院，并关了起来。

听着菲亚美达的故事，她的女伴们多次洒下同情之泪，当她的故事结束以后，国王却无动于衷地说道：

“依我之见，纪斯卡多和绮思梦达所享受的幸福，只要我能享受到一半，即便是牺牲生命，那也算不上昂贵了。你们女士没必要感到惊讶，我尽管没有离开人世，死一般的苦楚却时时刻刻地折磨着我，根本没有幸福可言。此时此刻暂且不谈我的命运，我想现在轮到潘比尼亚讲故事了，这个故事多多少少应与我的苦命相似。如果她可以如菲亚美达那般讲故事的话，那么毋庸多言，我就会感觉到有几点清凉的露水滴落在我那被爱火烧毁的心上。”

当国王下了命令后，潘比妮亚并不太重视他的吩咐，反而揣摩着同伴们的想法，心中寻思，与其满足国王一个人，不如取悦众人，只是也不能违反国王的命令，因此，她拿定了主意，讲一个属于他规定的范围的，令人开心的故事。于是，她开始了：

俗话说得不错：“一个恶徒被误以为是好人，即便他再坏，也没有什么关系。”由于这句话，我还真可以讲许多故事呢，此时此刻，我只讲一个故事，既没有偏离主题，与此同时，你们也能看到，那些身穿长袍的修士是何等地虚伪呀!

看他们的脸，苍白如纸，实际上，那是一种伪装，听他们的嗓音，既恭敬、谦虚又十分柔和。然而只有当他们对别人有所求时，他们才会如此，当他们忘却了自身，严厉地批评别人的错误时，那真可谓是面目狰狞，凶颜厉色呢！他们意欲使众人深信不疑，通往天堂的道路，对他们来说，就是掏空我们的口袋，对我们来说，就是将一切献给他们享用。不，这么说还欠恰当，他们并不像我们，在追求升入天堂时，他们早已将自己装扮成了天堂的主人和当权者，因此居然将天堂分成许许多多大小不一的地段，按照死者孝敬他们的钱财的多少分给死者。如此一来，首先，他们自己被自己骗了（要是他们对自己所说的一切深信不疑的话），其次，是那些以他们的假话为金科玉律的人上了他们的当。如果我可以公开地揭发出他们的所有的罪行的话，可以肯定的是，不少愚蠢的人会睁开双眼，看清究竟是什么东西藏在他们的长袍下。此时此刻，我只能为大家讲一个关于威尼斯的一个很有来头，闻名遐迩的法兰西斯派神父的故事——希望上帝显灵，让威尼斯神父所得到的报应降临到这些说假话四处骗人的神父身上吧。另外，这个故事我也比较喜欢，以便让你们开开心，如此一来，由于听了有关倚思梦达为情而死的故事，大家心中充满了同情，因而也十分压抑，现在也可以轻松轻松了。

高贵的女士们，在伊莫拉，有个恶徒，他胡作非为。此人名叫贝托·台拉·马沙。他所犯下的种种罪行，最后变得无人不知，无人不晓了。不管他是在说假话，还是在说真话，反正无人会相信他的话了。见自己也无路可走了，无法立足了，于是，他做出了决定，前往威尼斯寻条活路。威尼斯是个十分肮脏的地方。他认为自己应该一改过去的做法，以便继续玩弄阴谋诡计，竟如同受到了良心的谴责，对昔日的罪行进行忏悔一般，非常谦虚，虔诚，任何信奉天主教的人都无法与他同日而语。后来他摇身变成了方济各会的神父，他称自己为亚尔贝托·达·伊莫拉。身穿出家人的服装，他只得表面上生活得相当严肃，称赞艰苦的修行，倡导进行斋戒，当没法搞到适合他的胃口的食物时，他便不吃肉，不饮酒。

总而言之，一个小偷，一个流氓，一个弄虚作假的犯人，或者是一个凶手，竟然摇身变成了闻名遐迩的神父，然而他并没有因此重新做人，只要有机会做坏事，他绝不会放过的。如今，亚尔贝托成了神父，每当他充当弥撒的主持人时，就站在祭坛上，在众目睽睽之下，为了耶稣的蒙难而泪如雨下——原来他有这种本领，无论何时要流泪，那泪水立刻就会夺眶而出，幸好对他来说，泪水是最便宜的东西。一句话，凭借说教的伶牙俐齿和泪水，威尼斯人民竟然很信任他，他的名声与日俱增。最后，每当要立遗嘱时，在这座城市里，家家都让他充当受托人、监护人的，甚或许多人家委托他掌管自己的家产。除了这一点，在威尼斯，大部分信奉上帝的教徒争先恐后地向他做忏悔，向他请教对所有事情的看法。如此一来，原本以羊为食的狼，如今居然摇身变成了牧羊人。比当年居住在阿西西的圣方济各相比，他拥有更加响亮的圣洁的声誉。

前来向亚尔贝托神父做忏悔的女人确实很多。一次，一个少妇来到了神父的面前，她头脑简单，贪慕虚荣。她的名字是莉赛达·达·卡·基林诺，她的丈夫是位腰缠万贯的大商人，如今已坐在大划船上，前往佛兰德做生意。本来，在威尼斯，女人们都缺乏头脑，此时此刻，她在这位神父的面前跪了下来，原原本本地说出了自己的隐私，说话间，神父问她是否有情人，闻听此言，她十分气愤，如受了委屈一般，对他说道：

"你在说啥话呢，神父先生？你没长眼睛吗？莫非你没看出我生得如此美丽，是女人中最出众的吗？情人，随便我要多少，就会有多少。遗憾的是，并不是任何男人都能看中我的漂亮脸蛋。你见过几个女人，有我这般美丽的？即便是天上的仙女，也不一定长得比我好看吧！"

总而言之，她如此吹捧自己，只道自己无比漂亮，真让人浑身战栗。她的弱点立刻被亚尔贝托神父捕捉到了，他认为这个女人真是自送上门的一个尤物，于是，他的心中欲火熊熊燃烧，巴望立刻将她生吞活剥。只是此时此刻、时机尚未成熟。他有意没有用甜言蜜语去恭维她，反而显得非常严肃，十分严厉地批评她首先不应如此爱慕虚荣。如此一来，女人的气儿更大了，她当着他的面，指责他是驴子，甚至都无法分辨出美人和丑八怪。神父不愿让她受到过分的刺激，坏了大事，于是，就让她停止了忏悔，让她与其他的女人一同回家。

几天以后，他与一个亲信登门拜访莉赛达，说有要紧的事情，只能告诉她一个人，莉赛达带着他来到了内室，他便在她的面前跪了下来，说道：

"太太，请看在上帝的份上，原谅我吧！礼拜日那天，你说自己生得美丽无比，我不该口吐狂言，就在那天夜晚，有人严厉地惩罚了我，直到今天，我才下得了床。"

“如此说来，惩罚你的是谁呀！”傻乎乎的女人问道。

“我正要对你说，”神父答道，“那天夜晚，我依旧在做祈祷，突然，我的房间里变得非常明亮，如同白天一般。没等我回头望一眼，只见一个长相英俊的年轻人，手持硬棒；站在我的面前，他把我的袍子抓在手中，这样拉了我一下，又这样摔了我一跤，我早已在他的面前倒下了，他把棍子举了起来，劈头就打，使得我浑身上下，伤痕累累，我赶紧高声问道，干吗要揍我呀，只听见他答道：‘真是一个放肆的小子，今天，你竟然侮辱了美若天仙的莉赛达太太！你要晓得，除了上帝，她是我最爱的人！’‘那么你是什么人呀？’我又问他，只听见他答道：‘我是加百列天使。’我赶紧向他恳求道：‘天使呀，这一次，请你原谅我吧！’只听见他答道：‘想请我原谅也可以，只要你速去见她一面，可以让她原谅你，那么也是你的福气，要是她不愿原谅你，那么我还会来的，请你尝尝挨打的滋味，从此，你别想平平安安地过日子了。’然后他还说了一些话，只是首先你必须原谅我，我才敢告诉你。”

这个傻女人本来就十分幼稚，当这些话传入她的耳中之后，她心中一阵狂喜，将这些假话当成了来自天堂的祝福，因此停顿了片刻，她说道：

“亚尔贝托神父，我早就告诉过你，我有倾国倾城之貌，此时此刻，上帝帮帮我吧，我同情你，我立刻原谅你，以免你再次挨打，只是你必须向我说出天使告诉你的一切。”

“太太，”亚尔贝托神父说道：“既然你原谅了我，那么我当然很高兴地告诉你，只是有一点你要注意，要是你不肯以自己的快乐为儿戏的话，那么我所告诉你的一切，你万万不可让别人知道呀！你要晓得，在这个世界上，你是最有福气的女人，加百列天使命令我前来转告你，他非常爱你，曾有不少次，他意欲前来与你共度良宵，然而又担心吓着了你，如今，他让我前来告诉你，他准备在何时前来与你相见，只是作为一位天使，要是他以天使的模样来到人间的话，那么你无法与他亲近，为了让你高兴，他打算以普通人的模样前来你处，他想问你一声，你与他约定何时相见，他前来此处时，以什么人的模样前来，那么你们就能相见了，到那时，在这个世界上，你是最有福气的女人了。”

这位极其爱慕虚荣的少妇答道，加百列天使爱上了她，她感到无比荣幸，因为她也对这位天使产生了爱情，每当面对着他的画像时，她每次都点燃了一支价值四文钱的蜡烛。她又告诉神父，随便什么时候来，她都高兴，她老是独守空房。只是，她有个条件，请他以后别遗弃她，将爱情转移到圣母玛利亚的身上，据说他也有点爱圣母呢——不对么，不管在何地见到他的天使，她都发现他在圣母的面前跪着，说他将以普通人的模样前来，随便他借用谁的形体，只要没吓着她就可以了。

亚尔贝托神父说道：“太太，你的话非常有道理，我一定遵从你的吩咐，前去办妥这一切。只是，你要赏脸——幸好这也不让你犯难——即你不要反对他借用我的形体前来与你相见。干吗称之为赏脸呢？因为你要明白，他将进入我的躯体，首先必须抽出我的灵魂，将之送上天堂。他和你在一块待多长时间，我的灵魂也将在天堂里待多长时间。”

“这有啥不行的，”傻乎乎的妇人说道，“为了你，你被他折磨了一顿，自然，你也应该得到补偿，给你一些慰藉。”

然后，亚尔贝托神父说道：“今天晚上，你别关门，如此一来，他才能进屋，因为既然他借用了普通人的躯壳，那么可能门是他的唯一的入口。”

那位好夫人同意如此行事，神父离去以后，她狂喜不已，手舞足蹈的，灵魂出窍，下身的裙子再也无法接触到她的屁股，她只想着加百列快快到来，后来，她的心里愈来愈焦灼不堪，觉得这一天如同一千年一般漫长。

至于亚尔贝托神父，他认为做天使远不如做骑士有趣，因此，他拿出了可口的食品，吃饱，喝足了，精神抖擞，以免没杀几下，就被摔倒在地，当夜幕降临以后，他便请了假，与一个知己一起来到一位认识的女人家中，原来在他眼里，这个女人是贩卖马匹的，每当他想骑马时，总让她帮忙，也不止一次了。如今他便在这个妇人家中，将自己化装成天使，又拿了一些便宜货，见时间差不多了，径直前往莉赛达府上。抵达那里后，门真的没关，他便向楼上走去，走进她的睡房。

突然，见一个白色的身影走进房来，莉赛达赶紧跪倒在地，迎接他的光临。天使为她祝福，把她扶了起来，比划着让她上床，她马上高兴地答应了，天使也躺在了床上。

本来，亚尔贝托神父身体强壮，长相英俊，两腿纤长，而且有力，至于莉赛达，她身材丰满，肌肤娇嫩，发现天使与她丈夫有着根本不同的作风。那天夜里，尽管天使没有羽翼，可也难为了他，他时上时下飞舞不止，令莉赛达喜笑颜开，另外，天使还向她描述了天堂里的不少光荣的景象。这样，两人彻夜玩耍，直到拂晓即将来临时，神父才把装饰品收好，连忙去与他的朋友会合，至于那位朋友，由于女主人的一番美意，担心他一个人睡觉着凉，陪他度过了一个夜晚。

用罢早餐，莉赛达便和女仆前去拜见亚尔贝托神父，向他报告了加百列天使来到了人间的消息，而且还夸张地描绘了一番天使的模样和天使向她讲述的天堂中优美的景色。

“太太，”神父说道，“我不晓得你们是否相处融洽，我只晓得昨晚天使来到了我的身边，我向他转告了你的话，不知怎么搞的，他已带着我的灵魂来到了一个开着玫瑰花的万紫千红的地方——在世界上，我从未见过如此风景如画的地方呢。于是，在那令人赏心悦目的花丛中，我的灵魂停止了飘飞，一直到今天早上。在这段时间里，我的肉体如何，我是毫不知情的了。”

“我不是对你说了吗？”莉赛达说道，“在我的怀抱中，你的肉体与加百列天使度过了整整一夜，要是你还有疑虑的话，请你瞧瞧你左边的奶头上，我深深地亲吻了一下天使，好几天以后，那印迹才会消失呢？”

“真的吗？”神父说道，“今天，我要做出好长时间以来从未做过的事情，即把我的衣服脱下来，看看你的话是不是真的。”

如此胡扯了好长时间，那妇人才打道回府。从这以后，亚尔贝托神父又装扮为天使，多次登门拜访她，没有遇到什么麻烦。没想到有一天，莉赛达与女友谈论什么样的女人漂亮，什么样的女人俊俏，两人发生争论，她本就是个废物，却一心想超过别人，做一个最漂亮的女人，竟然骄傲地说道：

“要是你晓得什么人为了我的美丽而心动的话，那么你就会无话可说，不再会称赞别人漂亮了。”

女友渴望知道谁是莉赛达的情人，因为两人并不陌生，于是说道：“太太，也许你没有撒谎，只是在尚未晓得谁是你的情人时，我无法立刻改变看法。”

这位傻乎乎的妇人肚中又能藏住什么话呢，她马上说道：“朋友，不能随便让别人知道这件事情，只是我口中的心上人是加百列天使，他对我的爱远远超过对他自己，因为他告诉过我，在这个世界上，我是最漂亮的女人。”

闻听此言，女友几乎要笑出声来，然而，为了引莉赛达继续说下去，她控制住自己，对她说道：

“说实在话，太太，要是加百列是你的心上人的话，而他又把这些话告诉了你，那么任何人肯定都不及你好看了，只是我怀疑这种事情怎么会发生在天使身上。”

“朋友，”莉赛达答道，“你没说对。老天呀，与我的丈夫相比，他的那招本领更为高超呢，他还对我说，在天堂里，他们也做这种风流事情，然而他觉得，与天堂里的仙女相比，我更为漂亮，因此，不禁对我产生了爱情，常常下凡前来与我共度良宵，此时此刻，你总该懂了吧！”

那个女人辞别了莉赛达，离去了，她希望马上与她的女友们见面，把这件从未听说过的奇事告诉她们，以便让大家开心大笑。最后，她真的原原本本把这件事情告诉了她的朋友们，那些女人回到家中，又向丈夫述说了这件事情，也对别的女人说了，这些人又去告诉别的人。还没超过两天时间，所有的威尼斯人都知道了莉赛达的故事，而且莉赛达的几个大伯小叔子也听说了这件事情，他们没去盘问她，决心把此事查个水落石出，还要看看这位天使是否能飞翔，于是，连续好几个夜晚，他们都悄悄地等待着天使的到来。

也是上天注定要出乱子，一天，外边有关莉赛达的传说也传到了亚尔贝托神父的耳中，那天晚上，他便前往她家，意欲出言相责，没想到，他刚刚来到卧室里，把衣服脱了下来，门外便传来了吵闹声——原来，莉赛达的大伯小叔都偷偷地藏了起来，见有人向屋中走去，马上前来开莉赛达的卧室的门，亚尔贝托神父晓得大事不好了，连忙爬了起来，然而又无处可逃，他只好把房中的一扇窗户打开了，然而窗下却是运河。他使劲一跳，便落入了水中。

河水很深，幸亏，他善于游泳，好歹总算没被淹死。他来到对岸，发现了一户人家，大门洞开，于是，他赶紧跑进大门。有个穷人待在屋里，他正准备出门办事，一见到他，亚尔贝托便苦苦央求，免不了又说了许多假话，说明他干吗三更半夜的全身赤裸地跑到此处，请他看在上帝的份上，一定要救救他。听了这一番话以后，那个好人十分同情他，便让他在自己的床上躺下，等着他回家。然后，他向外走去，锁上了门，忙自己的事儿去了。

莉赛达的大伯小叔向她的睡房里冲去，看到加百列天使早已离去了，只留了一对翅膀。他们没逮到天使，心中气恼不已，对莉赛达发泄了一通，她被责骂得伤心极了，然后，他们拿起天使留下的翅膀等物，离去了。

东方大亮以后，在丽都市场上，那位把亚尔贝托神父留在家中的好人听说了昨天晚上，加百列天使如何与莉赛达太太寻欢作乐，没想到她的家人突然来捉拿奸夫奸妇，天使又如何被吓得无路可走，便跳了河，直到如今，他在何处，尚无人知晓。他马上认定藏在他家中的那个人就是天使，他返回家中，揭开了天使的真实面目，于是便与他讲价，争论了好长时间，最后，神父必须付给他五十个金币，不然的话，他便让神父的心上人的家人前来把他带走。神父只得同意了他的要求，付给了他钱，然后便想逃之夭夭，然而，他又被那人拦住了，那人说道：

“别急，请问在光天化日之下，你又知何能逃掉呢？此时我倒有个办法，今天恰好是过节，不少人化装成山熊，森林中的野人等等，别人牵着他们，前往圣马丁广场，参加狩猎比赛。比赛结束以后，节日也接近了尾声，然后牵着那些伪装的野兽的人便与同伴们分手了，人们再也不会注意他们了。

“趁此时此刻无人发现你躲在此处，如果你愿意吃点苦的话，装扮成野兽，让我牵着你走，那么我便能让你平安无事地到达你的目的地。除了这个办法，我想你别想能逃走了，你要明白，那个女人的家人肯定你躲在这附近，因此，四处都有人把守，非要逮住你不可。”

亚尔贝托神父实在不想装扮成狗或熊，然而，一想起莉赛达的家人如此不好惹，他便发慌，最后接受了主人的建议。随便他如何处置自己，只是请求他一定要带他前往某处。然后，那人把蜜糖涂在神父的身上，不放过任何一个地方。在他的身上黏满了鹅毛、鸭毛的，又用链条锁住了他的脖子，并把一个假面具戴在他的脸上，如此装扮了一番以后，又吩咐他一手举着木棍，一手牵着两只大狗，那是刚从屠场里买来的。然后那男人又吩咐手下人前去丽都市场，进行宣传，所有想见识加百列天使的人，请前去圣马可广场汇合。威尼斯就是如此坚守信用。

准备好这一切以后，那男人就牵着他，走出了大门，吩咐他走在前面，自己拉着链子，跟在他的身后，在去的途中，见此，人们纷纷发问："这是怎么搞的呀？这是怎么搞的呀？"就这样，那个男人带着神父，来到了广场上。那儿已是人如潮水，有的是跟着他们来的，有的是听见通告后，离开了丽都市场，赶往此处。然后他便将人拴在台阶的一根柱子上，谎称等待狩猎比赛拉开序幕。由于身上到处都是蜜糖，苍蝇、牛虻叮咬着他，神父无比痛苦。一见广场上到处都是人，那男人佯装要把野人的链条解开，没想到，忽然，亚尔贝托神父的面罩被他扯了下来，他高声叫了起来：

"先生们，只由于野猪没有出席狩猎会，这个会注定是失败的了。我不愿让你们白来了一次，因此打算让你们看看加百列天使，昨天晚上，他告别了天堂，降临人间，来对我们威尼斯的女人进行安慰。"

一旦揭掉了假面具，于是天使便露出了真实面目，大家马上认出来了，此人便是亚尔贝托神父。众人异口同声地诅咒他，使得他无法招架，不敢抬头，有的人不愿就这么放过他，拿来了各种各样的脏东西，砸在他的脸上。如此咒骂不止，投掷脏物，持续了好长时间，修道院里的人终于知道了这件事情，马上就有六七个神父跑了过来，为他松开了绳索，拿出一件僧衣，扔给了他，然后押着他，返回了修道院。在回去的路上，那些人依旧跟在后面，大声叫骂，回到修道院以后，院中就把他关了起来，没过多长时间，外面就传闻他受尽折磨，在牢中死去了。

你们瞧，这个人看上去本来不错，然而偷偷地胡作非为，众人被他蒙在鼓里，所以他变得更加厉害了，竟然装扮成加百列天使，后来，又堕落成来自深山老林的野人，人们尽情地羞辱他，也是他罪有应得，当他幡然醒悟时，一切都来不及了，希望上帝显灵，让他的这种结局降临到他这种恶徒身上。

故事三

三个小伙子对三姐妹产生了爱情，一同离家出走，抵达克里特岛。由于妒忌，大姐下毒，使她的爱人送了命。二妹意欲救救大姐，没有拒绝公爵的求欢，最后死在自己的爱人手下，他与大姐结伙逃往异乡，由于受到这桩命案的牵连，三妹与她的爱人锒铛入狱，后来，他们用钱收买狱卒，逃往罗得岛，一生都是在贫穷中度过的。

潘比妮亚的故事结束后，菲洛特拉托默默地思索了片刻，然后向她说道："你所讲的这个故事的结局，非常不错，我十分满意，只是这个故事中有不少好笑的地方，我并不希望这样。"然后，他回头向劳丽达说道：

"女士，轮到你了，讲一个稍好一点的故事吧，可以吗？"

劳丽达面带笑容地答道："你对情侣实在是太无情了，一定要他们的结局很悲惨，行，此时此刻，我就遵从你的吩咐，讲一个故事，那是关于三对情人的，令人同情的是，他们本想享受甜甜蜜蜜的爱情，然而，凄惨的命运却降临到了他们的身上。"

做了这个说明后，她便开始讲道：

"年轻的女士，可能你们心中也一清二楚，性情不好的人不仅害了自己，招来巨大的灾难，而且还会牵连别人。我心中寻思：在那些带着我们、如摆脱了缰绳的野马一般冲向无底的深渊的坏性格中，可以说，其中的一种便是气愤。实际上，所谓气愤，是指我们心情不好的时候，来不及再三寻思，便忽然产生的情绪，它排斥所有的理智，遮住我们理智的双眼，使我们的灵魂在无比的黑暗中吐出凶猛的火苗。男人的脾气比较急躁，也易怒，只是在程度上有所差异而已。然而一旦女人发起脾气来，那才是非常危险的呢！原因便在于她们易受别人的怂恿，一旦受到鼓动，其发射出来的怒火的威力会更大，搞得无法收场。这又是由于他们没有自制力，这确实不值得感到奇怪，另外，与分量重的东西相比，那脆弱的分量轻的东西更易着火，而且火势更旺。说实在话，我们女人与男人相比，性格不够坚强，意志也不坚定——对于这一点，但愿男人别笑话我们。

既然我们生来就带有这种缺陷，再思考思考，我们的柔和与关心又可以让亲近我们的男人感到何等慰藉与快乐，而短时间的暴躁很容易带来什么样的危害与灾难，因此，我奉劝你们一句，别感情用事，为此，我将为你们讲述一个关于三对情人的故事，就因为其中的一个少女，就像我所说的那样，由于一时的愤怒，葬送了他们的幸福，而且结局十分悲惨。

你们都晓得，在普罗旺斯省的靠近海边的城市中，马赛是数一数二的。古时候，这座城中居住着不少巨富，比现在多得多。其中有个名叫纳尔德·克鲁达的富豪，他没有高贵的出身，然而非常诚实，值得信赖，拥有很好的信用，后来，因为这样，他发了大财，拥有万贯家财。他的老婆生了好几个子女，年岁较大的是三个女儿，大女儿与二女儿本是一胎所生，已年满十五岁，三女儿年仅十四岁，当她们的爸爸处理完在西班牙的生意后，家人就打算让她们嫁人了。

那对双胞胎姐妹，年龄较大的叫妮奈妲，较小的叫玛达莱娜，三女儿名叫贝苔拉。大姐与勒塔农共坠爱河，这个年轻人拥有高贵的出身，然而家道败落。他们狂热地爱着对方。又由于两人约会非常小心，因此，他人对此一无所知。大姐有了自己的心上人，没过多长时间，两个妹妹也各自有了自己的心上人。原来有两个年轻人，一个名叫甫尔科，一位名叫乌盖托，两人都继承了巨额家产，而且彼此是友人。他们中间，一个对玛达莱娜产生了爱情，另一位对贝苔拉燃起了爱火。

当妮奈姐把这一切告诉了勒塔农后，他心中暗想，自己正为手头没钱而发愁，为什么不求助于两位妹妹的心上人呢？打定主意后，他便千方百计地结识了那两个年轻人，时而和这个人在一起，时而与那一个在一起，时而陪着两人登门拜访各自的心上人。后来，他认为自己已成了他们的知己，可以敞开心扉了，一天，他请来了两人，向他们说道：

“亲爱的朋友们，我们如此频繁地打交道，表明我与你们有着深厚的友谊。所有我能为自己所做的一切，我也可以为你们去做。在我的眼中，你们是我的兄弟，因此，我认为可以向你们一五一十地讲出我的心事，与你们合计合计，要是这个办法也能给你们带来好处，那么我们就如此行事。”

“如果你们所说的一切都是真心话，那么，经过长期的观察，我发现，你们对那两个妹妹产生了深厚的感情，如同我对她们的姐姐产生了爱情一样。此时此刻，只要你们愿意遵从我的吩咐，那么我有个巧妙的计策，能让你们如愿以偿。”

“你们两人都非常富有，然而我不富有，如果你们不在乎这一点的话，同意大家把钱放在一块儿，大家共用，那么，我们便可选定一个地方，无论路途遥远，还是很近，与她们姐妹仨人一同前往此处，自由自在地共同生活。我非常肯定，那姐妹三人会带走家中的一切值钱的东西，即便是天涯海角，也心甘情愿地与我们一起离开这里。如此一来，我们三人如同兄弟一般，陪着各自的心上人，定居下来。到那时，在这个世界上，论快活，又有谁能与我们相比呢？你们同意这个计划吗？自己拿主意吧！”

两个年轻人正疯狂地爱着姐妹俩，一听说能够把各自的心上人弄到手，岂有不同意的道理，因此并未前思后想，立刻应允了，说愿意听从他的吩咐。第一个关节被勒塔农打通了，几天过去了，他又想办法与妮奈妲相见了——原来两人见面并不是轻而易举的事情——两人聊起天来，片刻之后，他便让她知道了他们合计好的计划，又生怕她不同意，又说尽甜言蜜语，直说得在这个世界上，再也没有比那更好更妥当的计划了。哪知道他的心上人一心想与他长相厮守，再也不担心被别人发现。因此，即便他没有说那么多的话，她也不会反对的。她直截了当地告诉他，她很满意这个计划，还说她的两个妹妹非常听她的话，特别是这种事情，更不会反对，因此，吩咐他赶紧准备好一切生活必需品，以免夜长梦多。

于是，勒塔农前去拜见那两个小伙子。在这几天里，他们老问他这个计划什么时候开始实施，如今，勒塔农告诉他们，他已经说服了三位情人，十分顺利。于是，这三个年轻人拿定主意，逃往克里特岛。他们谎称外出做生意，各自卖掉了自己的一切土地、家产，变成现钱，然后购买了一艘双桅船，航行起来，十分轻快，悄悄地装备好一切，只等时机成熟时，便启程上路。

至于妮奈妲，两个妹妹的心思，她可是一清二楚的，甜言蜜语地挑逗她们，使得两人情思汹涌，坐也不是，站也不是，一心想早点实施这个计划，如同生命并不长久一般。当约好上船的那个夜晚来临时，三姐妹偷偷地把爸爸的大银箱撬开了，偷偷地拿走了不少金银首饰，然后悄悄地离开了家，还没走完一半的路程，心上人已经迎了上来，然后，众人径直向河边走去，登上了快艇，随即命令开船，快艇向前航行，没有靠过岸，当他们抵达热那亚时，第二个夜晚已经来临了。就是在热那亚，三对情人首次品尝了爱情的味道。

他们吃了点东西以后，又起航了，向前进发，一个埠又一个埠被他们抛在了身后，第八天来临了，他们平平安安地到达了克里特岛。在距离此处不远的坎第亚，他们购买了一片非常好的地产，盖了房子，那房子非常富丽堂皇。这三个年轻人与各自的心上人住在一起，生活得如同王爷一般——家中奴仆成群，猎狗、猎鹰、骏马更是不计其数，天天都像在过节似的吃喝玩乐，俨然在这个世界上，他们是最快活逍遥的人。

然而，花不能红百日，人无法好千日，这种事情差不多天天都在我们的面前发生。昔日，勒塔农对妮奈妲的爱是何等地深厚呵！如今只由于与她朝夕相处，日日如此，可以为所欲为了，便慢慢地对她产生了厌倦之情，昔日的爱情竟然慢慢地消减了。一天，在宴会上，他邂逅了一位女士，她是本地人，年纪轻轻的，非常美丽，他对她着了迷，竟然对她展开了热烈的追求。绞尽脑汁地恭维她，献殷勤。心上人的寡情薄义没有逃过妮奈妲的双眼，她的心中不禁燃起了强烈的妒火，时时刻刻地监视他，与他吵闹不休，使得两人都感到痛苦不堪。

吃多了固然可以饱肚子，然而相反的是，想吃却无法吃到嘴里，却让人更加贪嘴，因此妮奈妲的指责反而使他追求新欢的欲火燃烧得更旺。也不管那位女士是不是喜欢勒塔农，当消息传到妮奈妲的耳中后，她便认定两人已经勾搭上了。开始时，她无比痛苦，后来越想这件事情，她便越发气愤，大发雷霆，也顾不上昔日自己是怎样地爱勒塔农，此时此刻就恨极了他，后来，她竟然一狠心，拿定了注意，要置勒塔农于死地，让自己发泄发泄心中的怨气。

在克里特岛上，有位老婆婆，她是希腊人，以配制毒药为业。妮奈妲特意登门拜访她，以重金请她配制一种能置人于死地的毒药。一天，当夜幕降临以后，天气热得不得了，勒塔农感到口渴，妮奈妲想都没想，趁此机会，递给了他一杯毒药，他一无所知，便喝进了腹中。这毒药的威力果然不小，次日东方尚未发亮时，他已毒发身亡。甫尔科、乌盖托，还有他们的心上人，从没想到是毒药夺去了他的生命，与妮奈妲一同失声痛哭，并为他举行了隆重的葬礼。

没过几天，由于犯有别的罪行，那个为妮奈妲配制毒药的老婆婆被抓了起来，由于无法经受严刑拷打，她供认了全部罪行，包括为妮奈妲配制毒药的事情。外表上，克里特公爵镇定自若，一天夜晚，他率领着卫兵，冷不丁地包围了甫尔科家，轻而易举地抓走了妮奈妲，没有惊动任何人。还没动刑，妮奈妲就一五一十地供认了她用毒药置勒塔农于死地的前因后果。

公爵私下里派人前去通知了甫尔科和乌盖托，明白了妮奈妲锒铛入狱的原因，回到家中，把这一切都对他们的心上人说了，众人十分伤心，千方百计地想搭救他——毋庸置疑，要是根据法律，妮奈妲应该被投入大火烧死。没想到，他们所有的努力都以失败而告终，公爵坚持按照法律处理此桩案件。

在这三姐妹中，算玛达莱娜长得最美丽。公爵从未停止过对她的追求，然而，对于他的热情，她一直没有给予任何回报。这时候，她暗暗寻思，要是她肯满足公爵的夙愿的话，她姐姐可能就不会被处死，于是，她悄悄地打发一个亲信前去通知公爵，她愿意向他奉献一切，只是他必须同意她的两个条件。其一，必须让她的姐姐平平安安地回到家中，其二，此事切切不可让外人知道。闻听此言，公爵高兴到了极点，犹豫了一段时间以后，他最终同意了她的要求。一天晚上，由于事先获得了玛达莱娜的应允，他叫来了甫尔科和乌盖托，只说想问问案情，他本人则悄无声息地去了他们家，与玛达莱娜共度良宵。他事先用一只袋子套住了妮奈妲，声称在那天夜晚把她扔进大海，实际上，就是在那天夜里，他让她的妹妹领回了她，作为他一夜恩爱的回报。早上，分手时，他请求玛达莱娜不要断绝和他的来往，与此同时，他不停地规劝她，要送走犯下了罪行的大姐，以免累及别人。

次日一大早，甫尔科与乌盖托被释放了，他们走出官衙，有人告诉他们，妮奈妲已被装入袋中，被抛入了大海，他们一点都不怀疑此事的真实性。他们返回家中，便好言好语地劝说自己的心上人，没必要因为大姐的死亡而太伤心了。尽管玛达莱娜藏好了大姐，然而没过多长时间，甫尔科就发现了此事，她亲眼目睹妮奈妲毫发无伤地待在自己家中，感到非常惊讶，随即，心中便产生了疑虑，因为有人早就告诉过他，公爵对玛达莱娜有不良企图，于是，他便前去问自己的心上人，妮奈妲是如何回到家中的。

玛达莱娜扯东扯西地说了一大堆谎话，意欲骗过心上人，没想到，他非常聪明，怎会相信她，非要她讲出事情的真相。最后，她无可奈何地说出了真实情形。一听说果有此事，甫尔科火冒三丈，马上变了脸色，拔出身上的剑，毫不理睬心上人的哀求，一剑要了她的命。惹下这滔天大祸后，他晓得自己难以逃脱法律的惩罚，公爵也肯定不会放过他，便抛下心上人的尸首，来到妮奈妲的藏身之处，佯装兴高采烈地告诉她：

“你的妹妹吩咐我马上前来带你去别的地方，免得再次被公爵逮住！”

妮奈妲还没镇定下来，闻听此言，自然毫不怀疑，此时，夜幕已经开始降临了，她也来不及向妹妹辞行，便跟在甫尔科的身后，匆匆地逃走了。甫尔科也顾不上收拾钱财，身上的钱也少得可怜，带着妮奈妲逃到了岸上，跳入船中，从那以后，这对男女去了何处，无人知晓。

次日，有人发现了玛达莱娜的尸首。一些平时与乌盖托过意不去的人马上把这件事情告诉了公爵，一听说有人杀死了自己最心爱的女人，公爵大发雷霆，连忙来到她的家中，逮捕了乌盖托和他的心上人——甫尔科和妮奈妲早已逃往他乡的事情他俩还一无所知呢！然而公爵迫使他们承认自己与甫尔科串通一气，置玛达莱娜于死地。

两人明白，如此供认后，他们就活不成了。幸好家里有笔钱，是用来应急的，如今，他们就用这笔钱，费了九牛二虎之力才收买了看守他们的卫兵。他们顾不上收拾家中的财物，便随着那些卫兵，来到了船上，连夜向罗得岛逃去。从那以后，在贫穷和困难中，他们走完了短短的一生。

以上便是勒塔农乱用爱情和妮奈妲的雷霆大怒带给他们自己的、还有别人的结果。

故事四

西西里王子杰比诺不遵从祖父的命令，对来自突尼斯的船只发动突然进攻，意欲把突尼斯公主抢到手，船员杀死了公主，却又死在他的手下。他为公主报了仇雪了恨。当他返回国内时，被祖父处死。

劳丽达的故事结束以后，这三对可怜的情侣引起了众人的同情，或是认为妮奈妲的狂怒是罪魁祸首，或是有别的看法。你说你的，我说我的，直到国王好像从思索中被惊醒了，把头抬了起来，示意爱莉莎接着讲下去，于是，她非常文雅地开始了：

好姐姐们，许多人只道在男人和女人中间，有的是一见钟情，却不会有过素不相识的人，只凭人们的传闻，就已经爱上对方的，如果有人这么认为的话，那么人们肯定会嘲讽他。然而此时此刻我要讲述的故事便将证实这种嘲讽是毫无道理的，因为这个故事讲的是一对从未谋面的情侣，如何凭着道听途说，不仅彼此产生了爱慕之情，而且都因此悲惨地告别了人世。

西西里岛有个传闻，西西里王威廉二世生有一个王子，一个公主，王子名叫鲁奇利，公主名叫戈坦莎，鲁奇利先于他的父王告别了人世，留下了一个儿子，即杰比诺，在祖父的精心照料下，他长大成人了，而且十分英俊，他英勇，而且很讲礼貌，这一点人人皆知。不仅西西里都知道他的英名，甚至全世界人民都有所耳闻，特别是处在西西里控制下的巴巴利，他的英名更是人人皆知。在那众多早就听说过杰比诺的人中间，有位公主，她的父亲是突尼斯王，所有与公主见过面的人都说公主是位绝代佳人，并且有理想，又多情。英雄人物的事迹是她最爱听的，特别是别人提及杰比诺的各种英勇的壮举。她更是常常陷入了沉思。她想象着他的长相，联想着他的风度翩翩和人品，后来，她竟对他产生了深深的爱恋，渴望天天谈起他，天天听别人谈及他。

另外，西西里岛上的人也知道了她那才貌双全的声誉，而且杰比诺就是其中的一员。一听说有位如此美丽的女人，他听过后便将此话抛到了九霄云外，而是非常兴奋——何止兴奋呢，差不多是为了她，心中燃起了熊熊的爱火，比起公主对他的一片痴情来，毫不逊色。他老是渴望能寻到一个堂而皇之的托辞，获得祖父的同意，前去突尼斯与公主相见。然而一时又没有这种机会，因此，他的任何朋友要去非洲处理事情的，都受托捎去了他对公主的一片真心和爱恋，然后又把公主的信息带给他，他的一位朋友，真的没有辜负他的嘱托，装成了一个商人，专做珠宝生意，到王宫中拜见了公主，趁此机会向她吐露了杰比诺对她的无限爱恋，说王子甘心向她献出他的灵魂，以及一切的一切。当这个口讯传入公主耳中后，她狂喜不已，并且告诉使者，她对王子也是一片深情，而且把她最心爱的一件饰物拿了出来，作为送给王子的礼物，它象征着他们的爱情，当这件无比珍贵的礼物出现在杰比诺的面前时，他惊喜交加，从那以后，就常常托付那个朋友充当他的使者，负责传递情书，赠送最有价值的礼品。而且和公主讨论不少见面的办法。

如果不是命运捉弄人，他们肯定会相见，恩爱一番的。然而当这对情侣彼此狂热地爱着对方时，突尼斯忽然声明，公主即将嫁给格拉纳达国王为妻。当这个消息传入公主耳中之后，她一想从此两人可能再无相见的可能了，心中便悲伤万分。为了摆脱这不称心的命运，她就寄希望于有啥办法，可以让她从父王的宫中逃走，漂洋过海，前去找杰比诺。

一听说公主即将嫁给格拉纳达国王，杰比诺伤心欲绝，暗中计划，要是突尼斯国王让公主经水路前往夫家的话，那么他就很容易地把船只抢下来，抢下公主。

突尼斯国王也听说了杰比诺对自己的女儿产生了爱情，还有他准备抢下公主的计划，一想起王子的英勇，他不禁放心不下，等女儿的婚期来临时，他便让使者前往西西里国，向国王禀告这一切，请求不要危及公主的安全，禁止杰比诺或者别人半路抢亲。此时此刻，西西里国王早已年迈，一点都不知道孙子的爱情故事，因此，没有料到突尼斯的请求乃是暗藏深意，竟然满口应承下来，而且为了表示讲信用，还向突尼斯国王赠送了一双自己的手套，得到了顺利渡海的承诺后，突尼斯国王马上准备了一艘大船，船上布置得富丽堂皇，船儿停泊在迦太基港内。准备好了长时间航行的一切必需品，又安排了船员，把船身装饰一新，只等东风一起，便送公主前往夫家。

见此情形，公主叫苦不迭，暗暗地派一仆人前往巴勒莫，拜见英勇的杰比诺，转告了公主的问候，而且对他说，几天以内，她将经水路前往格拉纳达王国了，他是不是真的像人们传说的那般英勇，他是不是对她一片真心，像她多次说的那样，此时此刻，考验他的时候来临了。

公主派去的使者没有辜负自己的使命，原原本本地向杰比诺传达了公主的话，他完成任务后，便径直返回了突尼斯。当心上人的一番话传到王子耳中后，他焦急万分，因为一方面，他晓得祖父已向突尼斯国王许下了诺言，一方面，由于爱情的力量，以及心上人的激励，他不愿做个懦夫，马上前往墨西拿，准备好了两艘全副武装的快艇，船员个个英勇无比，然后扬起风帆，出海了，前往撒丁岛附近等待，因为他晓得这儿是公主的船只的必经之道。

果然没有超过他的预料，在等待中，几天过去了，海面上出现了公主的船只，而且顺着微风，正慢慢地向王子的船只驶来，杰比诺看得清清楚楚，于是向朋友们说道：

“朋友们，如果你们真的是男子汉大丈夫的话，那么依我之见，在你们的心灵深处，肯定有一个女子的身影，你们对她一往情深，如果一个男人不晓得如何去爱一个女人的话，那么他还有何可取之处，有何价值呢？要是你们真的有过花前月下的经历，或是正沉醉在爱河中的话，那么你们很容易明白我心中的想法。我爱上了一个女人，此次请你们帮忙，也是为了我的爱情，在前面的那艘大船上，有我的心上人，不仅仅是我的心上人在这艘大船上，而且还有不少金钱财宝，要是你们真的是英勇无畏的话，我们团结一致，勇敢奋战，就能轻而易举地抢下这些财物。当我们劫下大船后，我的战利品只是一个女人——我这次攻击他们，也就是想得到她——别的东西归你们，来，让我们英勇地进攻大船吧，瞧，上帝正在帮助我们，由于海面上没有风，那艘大船停止了航行。

即便英俊非凡的杰比诺没有说这番话，一听说可以分财物，他的那些墨西拿人也巴不得立刻发动攻击了，因此，当他说完这些话后，众人一同高喊，把器械举在手中，表示拥护他的领导，随即，号角声响起来了，桨儿动起来了，开始袭击突尼斯的船只了。

一见海面上飞来两艘快艇，大船上的人们晓得大事不好了，却又无路可逃，于是准备迎接战斗。快艇距离大船越来越近时，英俊的杰比诺喝令负责大船上的事务的官员出来对话，说要是他们不想厮杀的话，就跳入快艇之中。

然而那些信奉伊斯兰教的信徒发现了是杰比诺带领手下攻击他们。于是，他们把西西里王的手套拿了出来，指责他不应该不遵从国王的承诺，又说，要让他们投降，要抢去船上的任何一点东西，必须拿出本领，战胜他们才行。

一见在最高处的那层甲板上，公主站在那儿，美丽迷人，远比他想象中的公主要美丽得多，于是，杰比诺心中的爱火燃烧得更旺了。船上的人挥舞着手套，他竟然做出了这样的答复，此时此刻，他并非在猎鹰，根本用不到手套，然而却命令他们赶快交出公主，不然的话，他就要发动进攻了。

双方没有再说什么，战斗开始了，箭如下雨一般地飞落，石如同流星一般划过，双方一团混战，各自伤亡。后来，见进攻尚未成功，杰比诺打定主意，用火攻。他点燃了一艘从撒丁岛带来的船儿，小船上烈火熊熊，处在两艘快艇之间，一直漂到大船身边，大船也着火了。

目睹这一幕，伊斯兰教徒晓得末日来临了，只有两条路可以走了，一是死亡，一是投降。于是，他们押着在船舱里流泪的公主来到了甲板上，大声威胁杰比诺，就在他的眼前，他们杀害了公主。可怜的公主在即将香消玉殒的那一刻，悲惨地高呼着："开恩呀，救救我呀？"然后，他们把公主的尸体举了起来，丢进了大海，并大声叫道：

"拿走吧，我们送给你了，不论你是满意，还是不满意，这是对你信守承诺的回报！"

一见他们如此心狠无情，杰比诺不再顾及自己的安危；开动快艇，在矢石中冲了上去，跃上大船，如同一头饥饿的狮子冲进了牛羊群一样，面目狰狞，抓到羊就生吞活剥，已不是想填饱肚子了，而是为了发泄怒火，逞逞威风，——此时此刻的杰比诺就是如此，只见他的宝剑上下飘飞，他在伊斯兰教徒中左冲右突，砍死了他们，一瞬间的功夫里，已有不少人送了性命。此时，火势越来越凶猛了，他命令手下人只管抢金银珠宝，也对得起他们的这番拼杀。然后众人离开了大船，一场得不偿失的战斗宣告结束了。

后来，他吩咐手下把公主的尸体从海里捞了上来，抚摸着遗体，他失声痛哭，好久，好久。然后将公主运回了西西里岛，为她举行了隆重的葬礼，让她安息在一个名叫乌蒂加的小岛上（它的对面就是特拉派尼），然后返回家中，真是悲痛欲绝。

当这个凶讯传到了突尼斯王的耳中之后，他的使者立刻来到西西里，他身着黑色丧衣，拜见了西西里王，讲述了此事的前因后果，与此同时，表示抗议，说西西里不该如此不守承诺。一听说发生了这种事情，国王大发雷霆，人家的要求并不过分，无法回绝。于是，他一声令下，杰比诺被捕了，朝中大臣纷纷请求他原谅年纪轻轻的王子，然而他依旧判处王子极刑，并且亲自担任监斩官——他宁愿没有后代，也不愿被人称为一个背信弃义的国王。

如此一来，这对情侣没有得到过任何快乐，在几天的时间内，双双悲惨地告别了人世。

故事五

莉莎贝达的兄长杀死了她的心上人，在梦中，她看见心上人形容憔悴，并向她指出了自己的埋身之处。她偷偷把心上人的尸体挖了出来，用花盆作了他的头骨的埋葬之所，每天，她待在花盆边，泪流满面，兄长又夺去了她的花盆，她因伤心过度而离开了人世。

爱莉莎的故事结束了，国王发表了几句赞语，便吩咐菲罗美娜接下去。此时此刻，他正为杰比诺和公主这对可怜的情人叹息不止，国王一声令下，她便开始讲故事了。

“好姐姐们，在我即将讲述的故事中，主人公不同于爱莉莎的故事中的人物，他们不是王子公主，然而同样地令人赞叹。适才她提及了墨西拿，因此，一个故事浮上了我的心头，因为这个故事的发生地点就是墨西拿。

在墨西拿城中，有兄弟三人，他们的爸爸出生在圣吉米尼亚诺，并为他们留下了价值不菲的遗产，他们还有个名叫莉莎贝达的妹妹，长得十分漂亮，性格文静，已经成人了，然而尚未嫁人。在兄弟三人的铺子里，有位伙计，他来自比萨，是个小伙子，名叫罗伦佐，店中的一切事务都由他负责。他人品好，一举一动，温文尔雅，莉莎贝达几次与他相见，后来，她竟然爱上了他，这一点也被罗伦佐察觉到了，于是，他不再追求别的女人了，把全部心思都放在她的身上。就这样，两人都对对方心有爱慕，没过多长时间，就彼此约定好了，最狂热的欲望也得到了满足。

这对情人偷偷地约会，快活不已，然而，后来由于防范不严，一天夜晚，当莉莎贝达来到罗伦佐的卧室时，她的大哥看到了这一幕，可她自己却一无所知，那位大哥做事稳重，老于世故，见妹妹干出了这种勾当，虽然生气，还是克制住自己，不露出任何口风。他想了整整一个夜晚，次日一大早，他便前去拜见兄弟俩，向他们讲述了莉莎贝达和罗伦佐的奸情。大家合计了好长时间，拿定了主意，先不声张，佯装一无所知，从没看见什么，以免传得沸沸扬扬的，丢了自己的脸。然而当时机成熟后，他们便要下手了，报仇雪耻，绝不忍气吞声，而且做得干净利索，不留任何痕迹。

他们就这么盘算着，因此依旧同平常一样，和罗伦佐谈笑风生的。一天，三兄弟说外出郊游，也让罗伦佐去了。走了好长时间，他们到了一个十分荒芜而僻静的地方，他们四下一察看，觉得此时正好下手，便趁罗伦佐没有防备，杀死了他，然后挖了一个坑，把罗伦佐的尸体放在里面，掩上土，一点都看不出来。返回墨西拿以后，他们对别人说，让罗伦佐前往外地处理生意事务。在以前，这种事情非常平常，因此，众人都没有在意。

没想到打那以后，罗伦佐没有了音讯，这一下，莉莎贝达万分焦急，经常去盘问几位兄长，干吗罗伦佐还没有回来，一天，由于她问急了，他的哥哥便冲她说道：

“你是啥意思呀？你如此热心地询问他的情况，你们究竟是什么关系呢？要是以后你再提起他，那么不要怪我们让你下不来台。”

闻听此言，那个女孩子又焦急，又伤心，又担心，不晓得到底发生了什么事情，然而没有胆量再去盘问兄长，只是天天夜里可怜兮兮地不停地喊着罗伦佐的名字，恳求他早点回家。她泪下如雨，责备他不应该离家这么长时间，然而依旧悲伤不已、一心一意地等待着他的归来。

一天夜里，与平常相比，她更加伤心，一想起可能从此无法再见到心上人了，便哭得悲痛欲绝，后来，她昏昏沉沉地进入了梦乡。于是，她在梦中见到了罗伦佐，只见他容颜憔悴不堪，身上的衣服破破烂烂的，好像对她说道：

“唉，莉莎贝达呀，你天天吃不下饭，对我日思夜想，喊着我的名字，泪流满面，苦苦地怨我久出不归。然而不要再痴情了吧，我再也回不来了，无法见你了，因为在你我相见的最后一次，你的三个兄长置我于死地了。”

然后，他又告诉了她自己埋在何处，叫她从此别喊他的名字，不要再等待他的归来了。刚刚说完这一切，他就不见了。莉莎贝达被惊醒了，对梦中的一切，她十分相信，于是，失声痛哭起来。

次日一大早，她起了床，拿定了主意，去一趟在梦中罗伦佐告诉她的地方。去看看这梦兆是不是很灵。她没敢对哥哥说出这件事情，只借口说前往郊外游玩，于是与女仆一同上路了。对于她的私情，女仆一清二楚，因此没有必要瞒她。到了郊外以后，她便匆匆忙忙地去了梦中的地方，到了那儿以后，她们就把枯叶拨开了，一块松软的土地露了出来，莉莎贝达便开始挖土，没挖多深，情人的尸体就露了出来，可怜他容颜依旧，没有烂完，所以这证实了梦兆并不是毫无根据的。此时此刻，她真是柔肠寸断，然后又觉得此处不适合哭泣，她巴望移一下尸体，好好地让他安息，无可奈何，她只好把一个小刀子拿了出来，使劲地割下了心上人的头，用一块方巾包了起来，递给了女仆，然后又重新埋好那具无头尸，然后一起回家，幸好无人发现这一切。

回到家中以后，她关上房门，把心上人的头取了出来，大声哭了起来，那汹涌的泪水冲掉了那头颅上的污泥，又不停地亲吻头颅，处处都吻遍了，差不多吻了一千多次。然后又拿了一只十分精致的花盆，本来，这盆中栽的是墨角兰，或者罗勒，如今，她用精致的麻布包好了头颅，放入盆中，然后再盖上泥土，又栽下了漂亮的罗勒苗，然而却不浇清水，早晚洒下自己的泪水，玫瑰水，香橙水，进行浇灌。她天天守在罗勒花边，依依不舍，因为她的罗伦佐就埋在这个花盆里。就这样，她痴痴地注视着花儿，好久好久，又忽然倚在花盆上，泪流满面，那汹涌的泪水洒得罗勒花上到处都是。

由于辛勤的浇洒，这盆罗勒花可能是由于盆中的人头在腐烂，泥土十分肥沃，花儿很茂盛，散发着浓郁的香气。莉莎贝达天天面对着花儿，痴痴地想着什么，伤心不已，流泪不止，邻居们目睹了这一幕，不禁感到奇怪，便前去向她的哥哥们诉说了这种情景，他们说道："我们发现她天天如此。"

三位兄长见妹妹日益憔悴、双眼都已哭肿了，差不多要掉出眼眶之外，原本就心中纳闷，此时见邻居们如此说道，免不得对妹妹出言相责，然而一次，两次，都没有效果。他们就偷偷地搬走了花盆，她没找到花盆，见人就打听她的花盆被什么人拿走了，苦苦乞求归还给她。然而不管她如何乞求，如何恳求，三位兄长佯装一点都不晓得此事。她日日夜夜，不停地哭泣，最后病倒在床，躺在床上，她依旧不停地追问她的罗勒花在什么地方。

见此情景，她的兄长们感到十分惊讶，于是决定看看什么东西藏在花盆里，他们把泥土翻开了，看见了一个人头，用麻布包着，尚未彻底腐烂，一见那鬈发，他们立刻知道了，这人头是罗伦佐的，因此，他们惶恐不已，生怕别人发现了他们置人于死地的罪行。他们埋好了头颅，没有告诉任何人，收拾好财物，告别了墨西拿，逃往那不勒斯了。

病中的莉莎贝达只是流泪不止，老是问起那盆罗勒花，就这么悲痛欲绝，离开了人世。她的爱情和命运从此而告终了。没过多长时间，外人都知道了此事，有人以她为题，写了一支歌，直到如今，这首歌依旧被人传唱。歌词如下：

> 唉，是哪位恶徒，
> 把我的花盆偷走了？……

故事六

安德莱乌拉与心上人都做了噩梦。他们分别讲完噩梦，突然，在她的怀抱中，他死了。因此公署逮捕了她，知事想借此机会强奸她，她坚决反抗，后来，她成了一名修女。

当菲罗美娜讲故事时，女士们都很喜欢她的故事，原来，这首歌，曾经多次在她们的耳边回响，对这个故事她们却一无所知，国王见菲罗美娜的故事已经结束了，使命令潘菲洛接下去。他的故事是这样的：

适才所讲的故事中提到了梦，因此，另一个有关梦的故事浮上了我的心头，只是上面所讲的故事中的梦是关于过去的，而我所讲的故事中的梦却与未来有关。故事中的两个主人公都做了梦，当他们刚刚说出梦兆时，梦兆就立刻变成了现实。可爱的女士们，你们应该明白，当我们在梦海中畅游时，觉得梦中的一切都是真实的，当我们从梦中醒来以后，觉得有的事情可以相信，有的让人无法全信，还有的让人无法相信——然而后来，许多梦中的事情都在现实中发生了。

所以，对不少人来说，梦中出现了什么，他们就相信什么，直把梦中的情景当成了阳光下所亲眼目睹的东西一样，因此，当他们做了美梦时，醒来以后就狂喜不已，一旦做了不好的梦，马上忧心忡忡的。而还有的人呢，对梦兆持彻底怀疑的态度——除非梦兆所预示的危险真的出现在他们的面前时，他们才肯相信，我不敢称赞这两种人，因为梦境并不都是真实的，也并不百分之百是虚假的。梦境并不都是真实的，你们都能理解这一点，梦境并不百分之百是虚假的，适才，菲罗美娜所讲的故事已经证实了这一点，我也准备讲一个故事，来证明这一点。我的观点是：只要我们刚正不阿，凭良心做事，就没有必要怕噩梦，更没有必要为之改变自己的做法，与此同时，做了那些鼓动你走上邪路的美梦，也万万不可认为它们是真实的，心安理得地违反人生的正道。与此相反，那些与我们的善良的心愿相符合的梦境，我们不应该怀疑。此时此刻，我开始讲故事：

过去，在勃莱西亚城，住着一位名叫尼格罗·达·庞特·卡拉罗的绅士，他生了不少子女，其中有个名叫安德莱乌拉的女儿，她年岁尚轻，眉清目秀的，尚未订婚。邻居中有位名叫加勃里奥托的小伙子，尽管出身贫寒，却长得相当英俊，温文尔雅，安德莱乌拉对他产生了爱情。由于家中的一个女仆出手相助，两人不仅互诉衷肠，而且那小伙子前往她家的大花园秘密地与她相见，幸福的爱情使他们陶醉了。

他们如此这般，彼此恩爱，希望终生相守，永不分开，所以，两人偷偷地结为连理，秘密见面。一天，夜幕降临以后，安德莱乌拉进入了梦乡，在梦中，她与加勃里奥托待在家中的花园里，加勃里奥托倚在她的怀中，正当两人温存时，突然，一个古里古怪、黑不溜秋，十分恐怖的东西钻出了他的躯体，把他紧紧地揪住了，突然从她的怀中抢走了他，与他一同遁入地下，突然消失了。这一幕她都看得清清楚楚。一见妖怪夺走了自己的心上人，她情不自禁地大声叫喊起来，就在这时候，她惊醒了，才晓得自己做了一场噩梦。

她暗自庆幸这不是真的，然而一回忆起这个噩梦，不禁胆战心惊。正好在这时，加勃里奥托为她捎来了口信，说明天夜晚前来见她。由于有了梦兆，她拼命劝他改一改约会日期，然而加勃里奥托死活不同意，为了不让心上人产生疑虑，以为她另有企图，第二天夜晚，她只好待在花园里，等候着他的到来。此时正值夏季，她在花园中摘了不少红色或白色的玫瑰花，陪着他走到水清见底、非常漂亮的喷水池边，坐了下来。

在池边，两人恩爱了一番，加勃里奥托问她为何不同意他今晚来与她相见。于是，她便向他讲了前一个晚上所做的噩梦。并且告诉她，为了这个梦，她心中忐忑不安。闻听此言，加勃里奥托不禁笑出声来，告诉她，对梦兆信以为真是非常愚蠢的，因为我们之所以做梦，是因为吃得太饱了，或者没有吃饭，每天的事情都能证实，这些梦境是虚假的。

“如果我也对梦境深信不疑的话，”他接着说道，“那么我也不会前来此处了，因为我与你相同，在昨天晚上，做了个噩梦，在梦中，在一座苍翠浓郁的树林里，一头雌鹿被捉住了，此鹿一身白，秀丽可人，真是不常见的。片刻之后，它与我就很亲近了，分分秒秒都想和我待在一起。我也非常珍视它，生怕它会走开，因此，在它的脖子上套上了一个金圈儿，拴上金链条，把它牵在手中。

“然后，又梦见在我的身边，雌鹿进入了梦乡，也不晓得从何处冷不丁地跑出来一条母猎狗，全身乌黑发亮。它面目狰狞，似乎无比饥饿似的，扑向了我，没等我逃走，它那锋利的牙齿咬住了我的左胸，一直穿入了我的心，将我的心叼走了。顿时，痛苦袭上了我的心头，我醒了，醒来后，我赶紧用手摸了一下胸口，觉得胸口好好的，没有任何伤痕，我却如此焦急，不禁笑出声来。总而言之，梦能预兆着什么呢？比这更加恐怖的梦我也做过不少，然而，并未因此有什么意外降临到我的身上，因此我告诉你，不要太在意什么噩梦，让我们尽力抓住现在的幸福吧！”

由于做了一个噩梦，安德莱乌拉已是惶恐不安了，此时此刻一听说他也做了个噩梦，心中更加恐惧了，只是她不想让加勃里奥托担心，只好拼命不露出惶恐的情绪。当两人拥抱着对方，不停地亲吻时，不晓得是怎么回事，她老是放不下心来，每时每刻地偷偷看一眼他，又回过头来，看看花园周围，看是不是出现了什么黑色的东西。正在这时，只听见加勃里奥托长吁了口气，紧紧地抱住了她，说道：

“哎呀，心肝呀，救命呀，我活不成了。”

说罢，他便倒在草坪上，安德莱乌拉扶着他，让他靠在自己的膝盖上，差不多要哭出声来了，向他问道：

“哎呀，亲爱的，你什么地方不舒服呀？”

加勃里奥托已经不能说话了，他上气不接下气，全身冷汗直流，没过多长时间，他便死去了。

在姑娘的眼中，他原本要比自己重要得多，此时此刻，她有多伤心，你们很容易想象得到。她趴在他的身上，大声哭喊着，然而又有啥用呢？后来，她抚摸着他身上的每一个部分，发现都已凉得不得了，晓得他肯定是断气了。她心如刀绞，泪如雨下，不晓得该怎么办。她六神无主，便唤了她最亲信的女仆，女仆对他们的私情一清二楚，安德莱乌拉让她知道了眼前的灾难，为加勃里奥托的死，两人痛痛快快地哭了一场，片刻之后，小姐向女仆说道：

“上帝既然召走了我的心上人，我也不愿活在世上了，只是要自杀，首先必须维持自己的清白，不管怎样，不能让外人知道我们的私情，我必须想个办法，让我那尊贵的心上人入土为安。”

“孩子，”女仆对她说道：“万万不要说自杀之类的话。在这个世界上，他已经离你而去，要是你自杀了，在来生，你依然得不到他。因为自杀者将被打入地狱，而他是个老老实实的小伙子，他的灵魂不可能待在地狱里。你最好不要太伤心，专心致志地为他的灵魂做祷告，做做善事，他活着的时候，可能会犯下一些过失，正需要有人为他做祷告，赎去罪行呢！说到如何让他入土为安，那么，最简单的办法便是让他安息在这个花园里。此事不会被任何人知晓，因为无人晓得他曾经来过这个花园，要是你不愿这么做的话，那么我们只需要将他的尸体搬到花园外面，明天早上当别人看见后，自然会把他抬回去，自不必说，他的家人肯定会为他举行一个隆重的葬礼的。”

那小姐尽管伤心欲绝，不停地哭泣，然而依旧专心地听着女仆的劝说，安德莱乌拉认为第一个办法不好，针对第二个办法，安德莱乌拉是这么说的：

“像他这种令人喜爱的小伙子，我对他的爱又是如此之深，和他结成了连理，彼此恩恩爱爱的，如今，却像掩埋狗一样地掩埋了他，甚至让他暴尸路旁，那真是滔天大罪呀！为他，我已痛痛快快地哭了一场，难道他的家人不应该为他哭泣吗？因此，我已有办法处理此事了。”

她立刻派女仆前去她的卧室，把箱中的一匹缎子拿出来，在地上铺开，又抬起加勃里奥托的尸体，放在缎子上，并放了一个枕头在他的头下面，她又大声哭泣起来，然后才合上了死者的嘴巴和眼睛，又编织了一个玫瑰花冠，为他戴上，又拿来两人采摘的玫瑰花，撒遍他的全身，然后对女仆说道：

“此处距离她家很近，我们便让他以这个样子，躺在自家门口。片刻之后，天就拂晓了，一见到他，他的家人肯定会抬他进去的，他的家人可能并不为此感到慰藉，然而我总算是尽心尽力了，因为他是死在我的怀中呀！”

说完这一切，她又俯下身子，贴着他的面颊，泪流满面，好久，好久。后来，东方即将发亮了，由于女仆的一再催促，她才站了起来，把自己手上的一枚戒指捋了下来，为加勃里奥托戴上了——原来这枚戒指是昔日加勃里奥托与她的定情信物。她流着泪对他说道：

“亲人呀，如果你的灵魂晓得我在悲哀地为你哭泣，或是你的灵魂已经进入了天堂，你的肉体依旧有一些感觉，请收下她最后的礼品吧！——你活着的时候，她是你最心爱的人呀！”

说罢，她由于悲伤而昏死过去了，倒在他的上面，好半天了，依旧没有动静。

她醒来以后，马上挣扎起来，联合女仆一同把绸布提了起来，抬着尸体，走出了花园，走向他家门口，没想到，刚走了一段路，巡警来了，他们立刻逮捕了小姐和女仆两人，并且也带走了尸体。此时此刻，安德莱乌拉镇定自若，非常平静地对巡警说道：

“我晓得你们是什么人，我也明白我无法逃脱，我愿意和你们前去见官，让他知道事情的真相，然而既然我同你们走，你们对我动一个指头，或是接触了一下尸体，把他身上的东西搞乱了，什么人敢滥用权力，我一定会向长官揭发他的。”

闻听此言，那些巡警果然不敢对她动手动脚，只带着主仆两人，还有加勃里奥托的尸体向公署走去。当手下报告了此事后，知事马上站了起来，把她唤到了睡房里，向她询问事情的前因后果。当她说完那一切后，他便把几个医生唤进了内室，让他们对尸体进行检验，看他是否是被毒死的或是杀死的等等。检验结束后，都认为死因是死者活的时候，他的心旁边有一个脓疡，它冷不丁裂开了，因无法呼吸而死去了，没有别的原因。医生报告完毕后，知事晓得她至多只犯下了微乎其微的过错，然而他却说此案非同小可，应该严密追查，要是她想通融一下，无罪释放的话，她必须不拒绝他的求欢要求。

这确实是他的妄想，安德莱乌拉怎么会同意他的要求呢？见她不肯依从，知事竟然不把王法放在眼里，强行求欢。在这危急关头，安德莱乌拉突然勇气倍增，坚决地反对强暴，而且声色俱厉地指责了他的这种野兽举动。

东方发亮以后，一听说女儿被抓进了牢中，她的爸爸尼格罗大爷焦急万分。赶紧叫来了不少朋友，前往公署。向知事打听案情，并且向知事提出一个要求，即让他带走女儿。那知事生怕安德莱乌拉会把他企图强暴的事情说出去，认为最好自己先说出来。他先赞叹了一番小姐的忠贞，然后承认他企图奸污她，晓得她态度坚决，不禁更加尊敬她，怜爱她，要是她的爸爸不反对，她本人也满意的话，如此一来，他不在乎她已将他的身体献给了一个平民，他依旧愿意让她作自己的妻子。正当他们如此交谈的时候，安德莱乌拉走向他们，面对着她的爸爸，跪了下来，带着哭腔说道：

“父亲，我的一切行为，以及降临到我身上的不幸，也许都已传到了你的耳中，我没有必要再说什么了，此时此刻，我只请求你原谅我的过失——我不该不告诉你，而和自己心爱的人结成了连理。 但是，我如此请你原谅，并不是想避免被处死，我只希望，直到我告别人世时，我依然是你的女儿，而不是你的仇敌。”

说完，她哭泣不止，在父亲的身边倒下了。 尼格罗大爷已经上了年纪，心地善良，听了女儿的一番话后，不禁老泪纵横，他热泪盈眶、温和地扶起了女儿，向她说道：

“孩子，要是你选择的爱人在我的眼中是合格的话，那么，我也没什么不满意的，只是你既然让你最心爱的人做了你的爱人，那么，我同样会喜欢他的，令我伤心的是你对爸爸缺乏信任，任何事情都不让我知道，当我晓得这一切时，你的爱人早已离开了人世，这一点特别让我难受。 如今，既然事情已经发展到了这一步，为了你，我愿意以女婿的规格安葬死者，以便让别人晓得，要是他没死的话，我会让他娶我的女儿的。”

然后，他回过头来，命令他的儿子和亲属准备为加勃里奥托举行规模宏大的葬礼。 此时此刻，消息传到死者的亲人耳中，纷纷来到了此处，几乎城中所有的人也来到了这里，安德莱乌拉的绸缎上，依然躺着那个小伙子的尸体，她的玫瑰花遍布他的全身，他的尸体停放在公署的院子的正中间，不仅双方的亲人都为他泪洒如雨，几乎城中所有的女人，以及不少男人也为他而哭泣。 葬礼开始时，根本不像为一个平民，而像是为一个王公贵族举行葬礼。 显贵人物抬着死者，走出了公署的院子，走向坟地，排场可不小。

几天过去了，那位知事再度登门求亲，尼格罗大爷前去告诉女儿时，可女儿不肯听，爸爸也没有强迫她，后来，她与女仆结伴前往修道院，出家修行。 那个修道院以贞洁而闻名遐迩，她非常贞洁，在修道院中了却了残生。

故事七

花园里，西蒙娜和巴斯基诺正在谈情说爱，巴斯基诺摘下一片鼠尾草的叶子，擦拭了一下牙齿，忽然倒地身亡。由于有谋杀的嫌疑，西蒙娜锒铛入狱，为了向法官表明清白，她也摘下了鼠尾草叶子，擦拭了一下牙齿，最后也倒地身亡了。

潘菲洛的故事结束后，对于安德莱乌拉那凄惨的结局，国王无动于衷。只是注视着爱米莉亚，示意她开始为大家讲故事了，她没敢拖延，立即开口了：

亲爱的朋友们，潘菲洛所讲的故事使我回忆起另一个故事，尽管两个故事有着截然不同的情节，然而却有点是相似的，即在花园里，爱人死了。和安德莱乌拉一样，她也被押着去了官府，然而，她并非因为自己的贞洁，家人的权势，而被放了出来，当着官员的面，她忽然死了。就这样，法庭也无法再审讯她了。前一段，我们谈起过，爱神的足迹固然遍布亭台楼阁，然而，她也偶尔光临茅草屋。在有钱人和贫穷者面前，爱神都会显示出自己的力量，让他们全部向他俯首称臣，在我所讲的这个故事里，即便这个观点不能得到充分的证实，至少部分地说明了这一点。要想把这个故事讲述出来，我们的思路必须回到自己所住的城市来，因为今天我们所讲的故事是世界各地的。

没多长时间以前，在佛罗伦萨城里，有一位名叫西蒙娜的少女，尽管她不是出身于大户人家，然而却生得美丽迷人。她家境况不好，只得以纺织羊毛为生，寻口饭吃。只是她也有着丰富的情感，爱神早就试图撞开她的心扉了。正好有一个名叫巴斯基诺的小伙子，家境和她家差不多，常常遵从他的主人——一个做羊毛生意的商人的命令，前来她家送羊毛，让她纺织。 这个年轻人为人处世非常厚道诚实，因此，竟然使她的心开始动了。 她也没有什么过分的想法，只是在纺车前坐着开始工作时，却情不自禁地唉声叹气，那吐出来的气息如烈火一般灼热，因为那个令人喜欢的小伙子为她送来了每一束羊毛线。

至于那个小伙子，突然，他变得更加殷勤了，生怕女工织坏了主人的羊毛线，他经常登门拜访，注视着她纺织，他又不去拜访别的纺织工人。 似乎只有她一个人为主人纺织羊毛似的。

如此一来，一个经常登门，一个渴望他登门，时间一长，他变得愈来愈大胆了。 慢慢地她也不再忸忸怩怩、害臊了，两人的关系愈来愈密切，也没法等待谁前来约好相会时间，两人都渴望自己先开口表明心迹。

时光在飞快地流逝着，两人的感情日益成熟了，一天，巴斯基诺对西蒙娜说，他是多么盼望能与她前去公园约会呀，因为在那儿，他们可以无拘无束地交谈，以免惹来别人的猜忌。 西蒙娜兴高采烈地同意了。

礼拜日来临了，用罢早饭，她只告诉爸爸，她将前去出席圣加罗的节日，于是带着一位女友，此人名叫拉纪娜，一同前往巴斯基诺与她约好的花园。 在花园里，他与一位朋友早已到了，正在等待着她们的到来，那位朋友叫浦契诺，然而人们对他却另有称呼，即斯特拉巴。 经过一番介绍后，斯特拉巴与拉纪娜都非常满意对方，居然谈情说爱起来。 充当介绍人的一对情侣离开了他们，去了另外一个僻静之处互诉衷情。

巴斯基诺与西蒙娜来到了花园的一个角落里，在那儿，生长着一丛茂密，令人喜爱的鼠尾草，他们便在灌木丛下坐了下来，说着甜言蜜语，又谈起了将在花园里进行野餐。 正说着话的当儿，巴斯基诺转过身子，摘下了一片鼠尾草的叶子，擦拭着牙齿以及牙床，说吃完饭后，拿这种叶子擦拭牙齿，可以使它保持清洁。 如此擦拭了一番以后，他又说起了如何安排野餐，还没说什么，他的脸色顿时变了，不说话了，眼睛也看不见什么了，没有挣扎多长时间，他就倒在地上，死了。

一见心上人离开了人世，西蒙娜万分焦急，大声哭了起来，一面高声呼喊着斯特拉巴和拉纪娜，两人赶紧跑了过来，一看，巴斯基诺已倒在地上，没有气息，他的全身肿肿的，黑色的斑点满脸都是，忽然，斯特拉巴大声叫了起来："啊，你这个坏女人，你对他下了毒手！"

他如此大吵大闹，他的声音传入了公园中的人们的耳中，他们都跑了过来，只见死者巴斯基诺全身肿胀，早已没气了。又见斯特拉巴一边悲伤地痛哭死者，一面指控西蒙娜故意置他的朋友于死地，此时此刻的西蒙娜由于心上人突然死去，又伤心又惶恐不安，居然没有做任何辩护，于是对于斯特拉巴所说的话，众人更是深信不疑了，不顾她在悲伤地哭泣，拉着她，向官府走去。

一听说出了人命案子，法官又接到斯特拉巴以及巴斯基诺的另两位朋友的控诉（他们刚刚来到官府，一位名叫阿蒂夏托，另一位名叫巴拉热伏），然后立刻提来了西蒙娜，开始审讯，审讯来审讯去，法官觉得此案好像不是谋杀人命案，可看上去，西蒙娜也不像凶手。又由于只听她的一面之词，不太容易弄清当时的情形，于是，他打定主意，带着她去了事故的发生地点，进行调查，并且检验了一下尸体。

来到花园里以后，只见尸体依然躺在原地，全身肿胀不堪，如同一只圆桶。法官不禁也大吃一惊，便盘问西蒙娜，这到底是怎么回事，西蒙娜走近鼠尾草，向法官一五一十地讲述了事情发生的前因后果，为了让他了解事实的真相，她也模仿巴斯基诺，摘下了一片鼠尾草叶子，擦拭着自己的牙齿。

站在法官面前，斯特拉巴、阿蒂夏托与别的一些朋友出言不逊，说西蒙娜在胡说八道，坚持认为是她杀死了巴斯基诺，要求以火烧死她，可怜的女孩子，她亲眼目睹心上人忽然倒地身亡，心中已经充满了无限的苦楚，此时此刻，又见斯特拉巴他们坚决认定应该判处她火刑，更加恐惧不已了，顿时竟精神恍惚，张口结舌，然后，她也如她的心上人那般，由于用鼠尾草叶子擦拭了牙齿，忽然倒在地上，气息全无，所有亲眼目睹这一幕的人都吓得目瞪口呆。

啊，快乐的人呀，你们的性命，你们那火热的爱情，都在同一天里宣告结束了。如果你们的灵魂一同飞到了同一个地方，那么，你们就更有福气了。如果在那儿，也能谈情说爱，而你们依旧像活着的时候一样，彼此恩爱，那么你们就无比幸福了，然而根据我们依旧苟且偷生的人的观点，最幸福的事情是，西蒙娜保护了自己的名声，斯特拉巴、阿蒂夏托、巴拉热伏这些羊毛工人，或是这些手工匠人的诽谤落了空，她也不再顾及他们的陷害，如她的心上人那般忽然离开了人世，自己也随着心上人的灵魂飘走了。

当这悲惨的一幕出现在那些法官和所有在场的人的面前时，他们都惊呆了，久久没有说话。好长时间过去了，那法官才镇静下来，说道："显而易见，这丛鼠尾草带有毒性，并非一般的鼠尾草，应该砍掉它，把它连根拔掉，用火烧毁，以免以后它的毒又置别人于死地。"

法官一声令下，园丁立刻砍倒了灌木，把它连根拔了起来，如此一来，那对命比纸薄的鸳鸯的死因马上清楚了，原来有一只无比巨大的癞蛤蟆躲在泥土里，大家心想，肯定是根须染上了它喷出的毒气，使得这颗鼠尾草上到处都是毒汁，于是都不敢向那头癞蛤蟆走去，最后打一个木篱笆，围住了癞蛤蟆，一同烧毁了鼠尾草和癞蛤蟆，二者都化为了灰烬。案情大白以后，斯特拉巴这伙人便把巴斯基诺和西蒙娜那肿得发亮的尸体抬了起来，向圣保罗教堂走去，到了坟地以后，将两人葬在一起，因为他们都是属于这个教区的。

故事八

纪洛拉莫爱上了一位少女，然而她家境贫寒，由于母命难违，纪洛拉莫去了巴黎，当他回到故乡时，心上人早已名花有主，他闯进她的家中，躺在她的身边，死去了。人们把他的遗体停放在教堂里，她也悲痛欲绝，在他的身边香消玉殒。

爱米莉亚讲完故事后，妮菲尔便遵从国王的命令，开始讲故事了：

显贵的女士，在这个世界上，有的人是井底之蛙，自命不凡，不仅不接受别人的劝告，甚或都反对自然规则，这些人如此狂妄自大，真是笨得不能再笨了，因为他们如此行事，没有任何用处，唯独让自己处处碰壁而已。在一切大自然的威力中，最无拘无束，最放纵的要算爱情的力量了，别人的观点无法左右他们。此时此刻，我将为你们讲一个这样的故事。有位女士，她自以为自己有远见，聪明，有计策，费尽心思地想打乱一对上天注定的鸳鸯，最后，只是让她的儿子与爱情一同消亡了。

自古到今，流传着一个故事，过去，在我们居住的这个城市里，有一位腰缠万贯的富商，此人名叫伦纳德·西纪厄利，他生了个儿子，名叫纪洛拉莫，孩子出生后没多长时间，他便撒手西归，幸好他生前妥善地安排了一下家产。孩子的财产都由孩子的妈妈和保护人掌管，那小孩慢慢地长大了。常常与邻居的小孩一道玩耍。在他的伙伴中，有一个女孩子，她的爸爸是个裁缝，女孩和他差不多大，他最爱和她玩耍，后来，两人长大成人，彼此相爱，成了一对情人。要是一天没见到那个女孩子，男孩就会十分急躁，站也不是，坐也不是，而女孩子对他的那片情意也是十分深厚。

这事被男孩子的妈妈发现了，她非常生气，对他出言相责，然而男孩总是把她的话当作耳旁风，她只好让保护人知道了这种种情形，可能是因为她家里非常富有，便以为很容易将黑树变成橘子树，她这么对他说道：

“尽管我的这个孩子年仅十四岁，然而早已和邻居的一个裁缝的女儿沙薇特拉在谈情说爱。如果我们不早点拆开他们，那么可能有朝一日，他会不征求任何人的意见，偷偷地娶她为妻，要是那样的话，那我真要被气死了。因此以我之见，为了避免这种事情的发生，你们最好寻个托辞，让他学着经商，让他出远门，让他们无法待在一起，让他把她抛到九霄云外，到那时，我们便可以寻个出身高贵的小姐，做他的妻子。”

保护人都对她的主张表示赞同。说愿意助她一臂之力，然后，他们叫来了孩子，其中的一个人满面笑容地向他说道：

“孩子，如今，你已是个大人了，应该学着干点正经事情了。要是你肯前往巴黎，在那儿住一段时间的话，那么，我们都认为这很好。因为你的一大部分财产都投资在巴黎，另外，你抵达巴黎后，来往的都是一些贵族，可以向他们学习谈吐举止，那么，你便会成为一个非常有修养的小伙子，你的身份也可得到很大的提高，与你待在此处，不增长见识相比，那要好得多。当你学会了这一切后，你就可以返回家乡。”

男孩仔细地倾听着，当他们说完以后，他便直接告诉他们，他不愿意外出，因为他认为自己住在佛罗伦萨挺好的，然后那几位保护人又费尽口舌，多方面地对他进行开导，然而，男孩始终没有接受他们的劝告，无奈，他们只好让他的妈妈知道了这件事情。

这一次，他的妈妈大发雷霆，便叫来了小孩，声色俱厉地批评了他一通，她感到恼火的并非他不愿前往巴黎，而是他居然如此舍不下那个女孩子。骂了一通以后，她又说尽了甜言蜜语，安慰他，哄他，恳求他，请他接受保护人的建议。后来，他终于同意了，愿意前往巴黎，只是期限只为一年。

就这样，他离开了心上人，去了巴黎，又多次延迟归期，竟在巴黎度过了两年的时光。然而沙薇特拉的身影并没有在他的心头淡去，她反而更让他牵肠挂肚。回到家乡以后，他立刻前去见心上人，没想到，他的心上人沙薇特拉早已嫁给了一个以做帐幕为生的辛苦劳作的年轻人。他心中非常伤心，然而已无法补救了。于是，她的住址被他打听清楚了，和一些普通的年纪轻轻的情人一样，他常常不停在她家门口走来走去，还只道她和他一样，依然怀念着昔日的那段情缘。

让他感到意外的是，她已经认不出来他了，似乎他只是一个素不相识的过路人而已。或者是，即便她没有忘记他，也不想认他了。没过多长时间，那个小伙子察觉到了，她是不会理睬他的了。于是，他更加伤心了。他绞尽脑汁，想让她回忆起昔日的情意，最后只落得个白费心机，然而他依然没有死心，拿定主意，想亲自和她说说话，即便以自己的生命为代价，他也在所不惜。

于是，通过她的邻居，他把她家中的情况打听得一清二楚，一天，夜幕降临以后，她与丈夫去了街坊家玩耍，他便悄悄地来到了她的家中，在一卷卷帆布后面躲了起来，耐着性子等待着，一直等到他们回到家里，爬上了床，她的丈夫进入了梦乡之后，他便走了出来，他已看得清清楚楚，沙薇特拉在什么地方睡觉，他轻轻地走近她，摸着她的前胸，用低微的嗓音说道：

“宝贝呀，你睡着了吗？”

那女孩子尚未进入梦乡，见房中有人，张口想大喊，他赶紧又说道：

“看在慈善的上帝的份上，不要叫喊，我是属于你的纪洛拉莫呀！”

闻听此言，她四肢颤抖不已，说道：

“唉，纪洛拉莫，看在上苍的份上，你赶紧离开这儿吧，我们儿提时代的情意早已是凋谢的黄花了，你明白，我已经做了别人的妻子了，如果别的男人占据了我的心，那么我就不对了，因此，我恳求你了，赶紧离开这儿吧，万一我的丈夫从梦中醒来了，你的声音传入了他的耳中，即便不出什么事情，从这以后，我已无法获得家庭的幸福了，而如今，他是如此爱我，和我和和气气地过日子。”

当她说出这番话后，那小伙子不禁心如刀绞，他劝她回忆一下昔日他们俩是何等地恩爱，又告诉她，在与她分居两地的两年里，他依旧深深地爱着她，除此之外，他还说了不少请她原谅的话，并对她做了不少承诺，然而都没有什么用处，事已至此，他对人生已经失去了希望，最后，他恳求她，看在他对她一往情深的份上，允许他在她的旁边躺片刻，因为他等了她大半夜了，身体快僵硬了，并且发誓从此绝不再与她交谈，或是接触一下她的身体，当他稍微感到温暖一些时，他马上就离去。沙薇特拉不由自主地十分同情他，又听他说只躺片刻，于是便同意了。

那个年轻人悄无声息地躺在她的身边，果然没有动她一个指头，此时此刻，他没有别的想法，心头浮现出这几年以来他对她的一片深情，一想到她如此无情，他彻底地绝望了，竟然毫无生的欲望，于是，他双拳紧握，抑制住呼吸，沉默不语，就在她的身边，由于窒息，他死了。

片刻之后，那女孩子见他纹丝不动地躺在自己的身边，不禁感到纳闷，又担心丈夫会醒来，便说道：

“喂，纪洛拉莫，你干吗还不离去呢？”

没想到他依旧没有吱声，她只道他已进入了甜美的梦乡，便伸出手去，推了他一下，竟然如同接触到冰块一般，冰凉冰凉的，她感到更加惊奇了，又使劲地摇晃着他，又抚摸了他一下，他依旧纹丝不动，直到此时，她才发现他已经停止了呼吸。此时此刻的她又是伤心，又是惊恐，不晓得怎样才好。

最后，她心中寻思，暂时先不告诉丈夫，先问问他如果别人家中出现了这种事情，那么以他之见，该如何是好。于是，她便唤醒了丈夫，像讲述别人的事情似的，把自己适才的经历告诉了他，还问他如果这种事情发生在自己身上，那么她该如何是好。

那位善良的人回答说，以他之见，应该悄悄地抬着死者，放在他家门口，而不应该指责那个女人，因为以他之见，她并未犯下什么错误。听他这么一说，那女孩子便接过了话头，说道："那么我们就如此行事吧！"

于是，她把他的手拉住了，让他摸了一下那个小伙子的尸体。这一下，她丈夫惊得目瞪口呆，赶紧从床上跳了起来，把灯火点亮了，也没有再对他老婆说什么，马上着手把衣服穿在死者身上，由于心中无鬼，他便把尸体扛在肩上，向门外走去，真的在纪洛拉莫家门口放下了尸体。

次日一大早，有人就发现了纪洛拉莫的尸体，众人有的大喊，有的大叫，乱哄哄的一片，特别是他的妈妈，更是悲痛欲绝。医生连忙来了，对尸体进行了检验，发现他身上完好无损，没有任何伤痕，所以，他们一致认为他的死因是忧愤，这句话倒没说错。

然后，有人抬着尸体，向教堂走去，他妈妈更是泪下如雨，不少女人，与街坊的女人也遵从习俗，陪着她痛哭流涕。她们正哭得悲痛欲绝时，沙薇特拉的爱人，即那位扛着纪洛拉莫的尸体走出家门的人，向老婆说道：

"你用头巾盖好头，去停放着纪洛拉莫的尸体的教堂吧，你和女人们待在一起，听听她们在说些什么，我也混入男人堆中，如此一来，别人到底是否提及了我们，我们也心中有数了。"

纪洛拉莫一告别人世，那女孩子又后悔莫及，在他活着的时候，她不曾让他亲吻一下自己，此时此刻也巴望见见死者，因此丈夫的吩咐正合她的心意，她打扮完毕，便去了教堂。

爱情法则真可谓是无法捉摸呀！ 纪洛拉莫活着的时候的显贵都无法使她心动，如今他那不幸的命运却使她心动了。 当沙薇特拉用头巾蒙着脸，混在女人堆里，目睹死者的脸时她不禁伤心欲绝。 昔日爱情的火苗忽然在心中燃烧起来了。 她径直向死者跑去，十分凄惨地喊叫了一声，便向死者身上扑去，随即，她的呼叫声便停止了，原来一碰到心上人的尸体，她的心成了碎片，因此也没有流下多少悲伤的泪水，便与心上人一样，停止了呼吸。

一边的不少女人也不晓得她是谁，也不明白她为何如此伤心，蜂拥而上，对她出言相慰，劝她站起来，然而她始终一动不动地倒在那儿，没有反应，众人只得伸出手去，扶她起来，发现她居然纹丝不动，当扶起她后，众人立刻认出了此人是沙薇特拉，然而她早已离开了人世。

目睹这悲惨的一幕，教堂中的不少女人都深受感动，她们心中更加难受，因而哭声更加悲切，待在教堂外的男人们立刻知道了这个消息，沙薇特拉的丈夫也知道了这件事情，不由自主地放声大哭起来，别人劝他，他都当作耳边风。 他哭了好长时间后，才向别人讲述了昨天夜里纪洛拉莫和他老婆的事情，众人才知道了这对情人为何双双毙命，都不由自主地为他们感到遗憾。

根据本地习俗，那些女人们装扮了一番那个好女孩，也放在纪洛拉莫的尸架上，又为她哭泣了好长时间，然后让他们同眠在同一个墓穴里。 活着的时候，他们没法成为夫妇，离开人世后，却成了夫妻，终生终世厮守在一起。

故事九

罗西雄把妻子的心上人杀死了，把他的心取了出来，并用它做成了菜，让他的老婆吃了下去，当她得知此事后，跳下了高楼，死了。后来，她与心上人同眠在一个墓穴里。

妮菲尔的故事结束后，她的女朋友都显得非常悲伤，国王不肯让第奥纽的特权受到侵犯，现在只剩下他们两人没讲故事了，因此，他如此说道：

温柔的女士们，你们是如此同情命运凄惨的情侣，我准备讲一个故事，当你们听了以后，你们会像刚才那样，为故事的主人公感到悲伤。 因为若论出身，他们更加高贵，而他们的命运却是更加凄惨。

在法国的东南部，在普罗旺斯，人们纷纷传言，过去有两位骑士，他们拥有高贵的出身，不但有城堡，而且有家臣，其中的一位名叫纪尧姆·德·罗西雄爵士，一位名叫纪尧姆·德·加贝当爵士，两人都很有本事，因此彼此钦佩，成了心心相印的朋友，尽管两人的城堡之间隔着三十多里路，然而两人经常来往，每当举行竞技比赛时，两人身穿同样的盔甲，一同亮相。

再说，罗西雄的妻子美若天仙，虽然加贝当和他如同亲兄弟一般，竟偷偷地对他的老婆心存爱慕，想尽办法讨好她。 罗西雄的妻子并不是不懂风情的女人，知道他有意于自己，又仰慕他的勇敢的名声，因此也对他情意绵绵。 对他朝思暮想，只是很遗憾，两人不曾表明心迹。 没过多长时间，他真的前来求欢，从那以后，两人便暗度陈仓了。

他们如此常常偷偷地寻欢作乐，却不懂得要多加小心，没过多长时间，那做丈夫的便察觉到他们的奸情，他气愤不已，半辈子的知心朋友，立刻成了你死我活的仇敌，他拿定主意，一定要置加贝当于死地，另一方面，他又不流露出自己的妒忌，与那对男女隐藏自己的奸情相比，要严密得多。

正好在这时，在法国，一个比武大会即将举行。当这个消息传到罗西雄的耳中后，他马上告诉了加贝当，邀请他前来商议是不是参加比赛，如果参加，又如何前往赛场，加贝当兴高采烈地告诉他，次日，他准时登门，与他一道用晚餐。

当罗西雄得到他的回答后，他心中暗想，秘密杀害他的机会来临了。次日，他武装好自己，与几位仆人纵马赶往一处松林，那儿距离城堡大约有三里路，加贝当一定会从此处经过。他便在此处设下埋伏，过了好长时间，加贝当出现在他的视野中，他身着便衣，没带武器，骑着马儿，向他走来，有两个侍从跟在他的身后，也是一身轻装，大难即将来临，他们却毫不知情。当他走近时，罗西雄握着长枪，十分凶恶地冲了出来，高声喝叫道："奸贼，今天我要你死！"他的话还没说完，加贝当的胸膛便被他刺穿了。

加贝当没有防范，都来不及抵挡一下，也没来得及大喊一声"哎呀"，胸口上中了一枪，便倒在地上死去了。那两个仆人也没看清主人死在谁的手中，便掉转马头，拼命地逃走了。罗西雄从马背上跳了下来，拿出匕首，把加贝当的胸膛剖开了，把他的心脏掏了出来。把枪尖的三角军旗撕了下来，包好那颗心，递给了一位仆人。他严厉地吩咐他们不可将此事告诉别人，然后翻上马背，返回了城堡，此时此刻，夜幕已经降临了。

听说今晚加贝当将前来家中用晚餐，夫人赶紧准备东西，花了好长时间，然而左等右等都没有见到他的身影，她心中万分焦急，后来见丈夫回到了家中，加贝当却没有随他一起来，她感到非常惊讶，不禁问道：

“爵爷，这是怎么搞的，加贝当呢？”

“太太，”丈夫答道，“他早已让手下人捎来了口信，今晚，他有事在身，明天才能登门拜访。”

听了此言，爵士夫人失望极了。罗西雄从马上跳了下来，叫来了厨师，向他吩咐道：

“这是一颗野猪的心脏，你好好做菜，将它烧制成最可口的菜肴，当我用晚餐时，你用银碗盛着它，端到桌子上来。”

接到命令后，厨师施展出浑身解数，把心切成碎片，加入不少香料，真的烧成了一道可口的菜肴。

当用晚餐的时间来临时，爵士与夫人坐在餐桌边，餐桌上摆放着不少菜肴，然而他没怎么动筷子，原来他做出了那种狠毒的事情，心中总是忐忑不安的，因此没有什么胃口。片刻之后，厨师端上来一盆猪心，在他的面前放了下来，他借口说今天晚上没有什么胃口，又命令把猪心摆放在夫人面前，说这道菜肴不同寻常，并拼命地劝夫人多尝尝。夫人毫不怀疑，吃了一口，觉得味道还可以，于是，便吃完了整颗心，见她已把猪心吃完了，爵士便对他说道：

“夫人，你认为这道菜的味道如何？”

“爵士，”她向丈夫答道，“味道很好。”

“谢谢上帝，”爵士说道，“果然不出所料，活着时讨你喜欢的人，死后也比其他东西都更讨你喜欢。”夫人愣了半响问道：“你给我吃了什么？”爵士回答道：“老实告诉你，你吃的是你这个不要脸的婆娘所爱的加贝当的心，我丝毫不感到奇怪，这事肯定没错，因为在我返回家中的片刻之前，我亲自把他的胸膛剖开了，挖出了这颗心。”

爵士夫人与情夫正处在热恋之中，此时此刻，突然听说情夫的心被自己吃下去了，不难想象她有多么伤心，片刻之后，她说出了如下的一番话：

“你做出这等事情，说明你狡诈、下流，他并没对我施用暴力，是我心甘情愿地向他奉献了自己的爱情，如果此事对不起你，那么错也在我，你要惩罚的话，也应该惩罚我，可你却置他于死地。他英勇无畏，温和善良，苍天在上，我把他的那颗高贵的心吃进了肚中，从今天开始，我不吃任何东西了。”

说罢，她下定了决心，便站起身来，转身跑到窗前，纵身一跃，这是城堡的一扇窗户，很有高度，可怜的爵士夫人立刻香消玉殒。

目睹这悲惨的一幕，罗西雄被吓得六神无主，后悔自己犯下了错误，他又担心本地的人民和普罗旺斯伯爵会和他过不去，于是便命令手下备马，纵马逃之夭夭。次日，全区的人们都知道了这件事情，两个城堡附近的人们对这对情人的惨死进行了哀悼，找来两人的尸体，埋在爵士夫人的小礼拜堂中的同一个墓穴里。他们把诗刻在两人的墓碑上，上面有他们的名字。

故事十

医生的老婆误以为情夫被死神带走了，便把他装入木箱之中，木箱被两个高利贷者偷走了。半夜，情夫醒来，被认为是小偷，送交了官府，幸好夫人的女仆与法官通融，使他摆脱了被绞死的命运。两个小偷被处以罚款，以儆效尤。

国王的故事也讲完了，只有第奥纽一人没讲故事了，他早就准备好了，国王一声令下，他讲了这样的一个故事：

今天，你们讲了不少故事，它们都是悲剧。听了这些故事，你们女士双眼红红的，心中充满了酸楚，我都感到十分难受，只希望以后别再讲这种故事了吧！此时此刻，谢谢上帝，好歹你们总算讲完了，只要我讲的故事不是关于命运不济的情人自杀的（希望上帝保佑，不要让我讲了）如此悲惨的故事也就宣告结束了。此时此刻，我不想讲那种让人柔肠寸断的故事，而是讲一个比较有意思、比较好听的故事吧，也许可以为我们明天讲的故事提供参考。

最美丽的小姐们，没多少年以前，在萨莱诺城里，有一位远近闻名的外科医生，此人名叫马才奥·台拉·蒙太涅。当他进入晚年后，娶了一位美若天仙的女士做夫人。为了让她喜欢上自己，让她穿戴体面，吃好喝好，不管是多么昂贵的首饰，他也找来送给她，城中所有的女人哪有像她那般有福气呢？没想到自从她嫁给了医生以后，心头常常发凉，原来，医生的床上没有暖和的被窝。

我们肯定没有忘记，理查·第·钦齐如何教他的夫人不要违反名目繁多的圣节日和例假日，现下，这位医生也同样对爱妻高谈阔论，总说一些一个男人与女人寻欢作乐一次也不晓得多长时间以后才能恢复元气之类的废话。你寻思寻思，难道这不让那位少妇受苦了吗？幸好这个女人有魅力，有远见，见家中的老头子一点点都嫌浪费，便拿定了主意，去找野男人。当她做好这个决定后，她便开始留心身边的不少男人，最后，她终于找到了一个令她满意的年轻人，在他的身上寄托了她的心，她的快乐和希望。她的心思被小伙子觉察到了，他认为与一个如此美丽的女人谈情说爱，倒也还好，于是，他百般地讨好她。

那个小伙子名叫鲁杰利·达耶罗利，出身也不错，然而缺乏上进心，大吃大喝，又嫖又赌，五毒俱全，当他挥霍完家产之后，又开始偷抢拐骗，所以在萨莱诺城中，他差不多是臭名昭著到众叛亲离，无人想见他，无人希望他能改正的地步。我们的这位夫人偏偏慧眼识英雄，不晓得对他的什么感到满意，吩咐自己的亲信女仆充当牵线人，于是，两人便勾搭成奸。

那位少妇勾搭上他以后，指责他昔日的生活太荒诞了，要是他对她是一片真心的话，最好重新做人，为了鼓励他学好，少妇时不时地给他钱，帮助他。

他们这般秘密偷情，十分小心，好长时间过去了，一切都平安无事。一天，家中来了位患者，此人的腿部腐烂了，他请求医生为他治疗。医生检查完病情后，便告诉了患者的家人，患者腿中的一根骨头已经烂掉了，要是不把它取出来的话，不仅保不住病腿，可能还会危及生命。不除掉烂骨，便无法治好。但是把握也不大，只是权把死马当做活马医而已。一听说病情如此严重，患者的家人便允许他进行手术。

医生晓得，如果不用麻药的话，患者肯定无法忍受苦楚，绝对不能顺利地进行手术，因此，他拿定主意，当夜幕降临以后再施行手术。早上先调制好一瓶麻醉剂，让患者喝下去，要他睡多长，他便会睡多久，以便他顺利地施行手术。他带着麻醉药回到家中，并将它搁置在自己的房中，然而没有告诉任何人。

夜晚来临了，医生正打算前往患者家，突然，有人登门了，告诉他，阿马尔菲发生了大事，不少人被打得血流满面，他的友人请他速去救人。他就来自阿马尔菲。无可奈何，医生只好将做手术的时间推迟到次日清晨，马上上了小船，向阿马尔菲进发。

他的老婆晓得今晚他不会回家，于是，如平常那样，偷偷地叫来了鲁杰利，带着他来到自己的睡房里，然后把房门反锁上了，准备等家中的人全部进入梦乡之后，便来与他寻欢作乐。

鲁杰利藏在情妇房中，等候着情人的到来。也不晓得是白天太疲劳了；还是食物太咸了，或是原本就感到口渴，总而言之，他突然感到非常渴，想喝水，正在这时候，医生搁在窗台上的那瓶麻醉剂进入了他的视野，他还以为那是瓶凉水，于是，拿起瓶子，咕噜咕噜地喝掉了。没过多长时候，他便躺在箱柜上，呼呼大睡起来。

至于那位少妇，当她终于得空后，便连忙返回自己的卧室，发现鲁杰利竟然躺在那儿，进入了甜美的梦乡，于是她走近他，摇晃着他，轻轻地呼喊着他的名字，没想到他一动也不动，也没有声音，顿时，她气恼不已，又使劲地摇晃了他一下，说道：

“醒醒，瞌睡虫！ 想睡觉，回家睡去！ 不要在这儿睡觉！”

没想到她这么一摇晃，鲁杰利便滚下了箱子，摔倒在地，纹丝不动，如同死去了一般。 此时此刻，她有点着急了，想把他扶起来，然而怎能拉动他呢？ 她惊慌不已，又是摇晃，又是掐他的鼻子，又是扯胡须，然而一切办法都以失败而告终，他睡着了，如同一个木头人一般。 她担心他已离开了人世，便伸出指甲，掐他，用烛火烫他，然而他依旧毫无动静，虽然她的丈夫是行医的，然而对于医术，她一窍不通，因此便认为他已停止了呼吸。 也不用多说，分分秒秒都难以忘怀的心上人，一旦离开了人世，使她多么伤心，然而她又不敢大声哭泣，只是默默无语，泪如雨下，怨自己的命运太苦了。 她一个人伤心了片刻以后，一想起要是有人知道了此事，她不仅丧失了心上人，甚至也失去了自己的名声，必须赶紧拿个主意，搬走死人，然而如何能想出主意呢？ 她只好偷偷地叫来了女仆，向她讲述各种情况，请她想个办法。 那女仆不禁大吃一惊，便走了过去，又掐又拉，鲁杰利依旧一动不动，于是，她也和女主人一样，以为他已经离开了人世，说应该赶紧搬走他的尸体。

于是女主人说道：“那么，我们最好把它抬到哪儿去呢？ 次日，尸首被人发现后，必须不让他们晓得尸体是从我们家抬出门去的呀！”

“夫人，”女仆答道，“今天晚上夜幕降临的时候，我发现有只并不是很大的木箱放在邻屋的木匠店门前，要是他没有拿进去的话，那现在它正好派上用场。 我们便用木箱装好尸体——只是先必须把小刀拿出来，扎死人几下，当他的尸体被人发现以后，他们又怎会想到是我们把尸体搬出家门的，这个年轻人原本就不干正事，只会说这个年轻人肯定是在做坏事时被人下了毒手，把尸体藏在这个木箱里。”

女主人认为这个办法很不错，只是她不愿用刀子扎心上人。女仆遵从她的吩咐，先去看了看木箱是否还放在街上。

果然，木箱没有被人拿走。那女仆年纪轻轻的，身强力壮，女主人搭了把手，女仆扛起鲁杰利，向门外走去。主仆两人，一个站岗放哨，一个背着鲁杰利来到木箱旁，将他扔进木箱，把盖子盖好，便回去了。

与木匠店隔着几户人家的那一家，有两位年轻人，以放高利贷为生，就在一两天以前，他们刚刚搬来，差不多没有任何家具，因为一心只想着挣钱，又怎么舍得用钱购买家具呢。那一天，摆放在木匠店门口的大木箱也没逃过他们的眼睛，两人合计了一下，要是木匠没有收起木箱的话，偷偷地把它拿来，倒也算得上是一件家具。半夜里，两人走出家门，见木箱依旧放在那儿，也不看看是否有什么东西装在木箱里，抬起来就向家中走去，只感到木箱的分量不轻，等到了家以后，两人便在两个老婆同住的卧房里随便找了个地方，放下了木箱，然后各自睡觉去了。

再说鲁杰利昏睡了好久好久，次日一大早，药性过去了，他便迷迷糊糊地睡转过来了（然而他的头依然昏昏沉沉的，抬不起来，不但那天晚上如此，以后的几个晚上也是如此）。他睁开了双眼，只感到黑乎乎的一片，只好伸出手，摸索着，发现自己身处木箱之中，他心中暗想：

“到底发生了什么事情？我现在何处？此时此刻，我是醒着的，还是在梦乡之中——啊，我想起来了，今天夜晚，我在情妇的卧室里藏着，然而此时此刻我却待在木箱之中，这是怎么回事？莫非医生回到家里了，抑或是发生了别的事情，情人乘我进入了梦乡的机会，将我放入了木箱？ 我想可能是这样——肯定如此。”

于是，他一声不吭地待在箱子里，仔细听听箱外的动静，箱子本来就小，而他又蜷缩着四肢，这么长时间了，感到腰背酸痛，想翻一下身子，没想到，他刚动了一下，屁股便与箱子发生了猛烈的撞击，原本木箱就没有放稳，他在箱中如此折腾、碰撞了一下，于是，箱子倒向了一边，发出了呼的一声，掉在了地上。

屋里两个睡得正香的女人被这么大的声音惊醒了，两人十分害怕，不敢喘气。 鲁杰利和箱子都掉在了地上，心中也害怕极了，只是见箱盖开了，心中暗想，即便要发生什么，与关在箱中相比，总要好一些。 于是他爬出箱子，却又为不晓得自己身在何处而犯难。 只好在黑暗中摸索着，希望找到门或者楼梯，如此一来，他便可以逃之夭夭了。

两个女人心惊胆战，一听房中有动静，于是便问道：“谁呀？”

鲁杰利一听，声音很陌生，于是他不敢吱声，两个女人大声呼喊那两个小伙子，然而他们忙碌了半夜，睡得正香，竟然没有听到。

此时，两个女人更加惶恐不安，立刻从床上跳了下来，跑到窗前，伸出头去，大声叫道：“抓小偷呀，抓小偷呀！”

她们如此大喊大叫，街坊们闻声而来，或是跳下屋顶，或是爬上楼梯，这儿没必要细细描述了。 如此一折腾，睡在邻屋的两个小伙子也醒来了，跑了过来。 此时此刻的鲁杰利惊慌不已，不晓得该怎么办，反而待在那儿一动不动了。 于是被他们抓住了。 正好在这时候，来了几个巡警，于是，鲁杰利被他们押往官府，进行审讯。

到了大堂上后，法官查明他本来就是个胡作非为的坏家伙，于是，法官命令用刑，逼他招供。 鲁杰利屈打成招，说自己半夜闯进人家，准备偷东西。 法官觉得案情不轻，打算让他在绞刑架上结束生命。

次日一大早，所有的萨莱诺人都知道了鲁杰利深夜潜入以放高利贷为生的人家偷东西，被抓进了官府的事情。当这个消息传到医生的夫人以及夫人的贴身女仆耳中时，两人惊得目瞪口呆，莫非昨天晚上发生的事情是在做梦而已？特别是那位夫人，一听说鲁杰利罪过深重，可能保不住生命，她更是焦急得要发疯了。

晓钟已经敲过了，而晨祷的钟声尚未响起，这时，医生从阿马尔菲打道回府了，准备为患者进行手术，寻找昨天配制好的那瓶麻醉剂，没想到瓶中早已空空如也，于是，他大发雷霆，说家中不能搁置任何东西。原本夫人心中就乱极了，于是便针锋相对地说道：

“医生，你发什么火呀？把一瓶水打翻，你也值得如此咋咋呼的吗？莫非世上再也没有水吗？”

“妇道人家，”医生说道，“你只道那瓶中装着清水呀？你错了，瓶中装的是药水，是催眠用的。”

他还对她说，由于要为患者施行手术，他特意配制了这瓶药水。闻听此言，他的老婆马上知道了鲁杰利肯定是把麻醉剂喝进了肚中，因此熟睡得如同一个死人了。于是，她说道：

“医生，我们如何晓得那是一瓶药水呢，你再配制一次吧！”

医生无可奈何，只好又调制了一瓶，片刻之后，女仆遵从女主人的命令，打听到了鲁杰利的情况，回到了家中，说了这么一席话：

“夫人，我听到众人都在指责鲁杰利，也不曾听说什么亲友救他出狱。明天来临了，他就要被押上绞刑架了，另外，我还要把一件新鲜事告诉你。我已经搞清楚了他是如何去以放高利贷为生的人家的。我告诉你，事情是这样的，你晓得，我们用木匠门前的箱子装好了鲁杰利，适才，那个木匠与一个男人正吵得不可开交。看上去那个木箱是那个人的，他不停地叫喊着让木匠把箱子钱赔给他，那木匠坚持否认他卖掉了木箱，说晚上，有人把木箱偷走了。“你这就说错了，”那人说道：“显而易见，那两个高利贷者买走了木箱。昨天夜里，在逮住鲁杰利的时候，我发现木箱放在他们家中，而他们也是如此告诉我的，”“他们在胡扯！”木匠答道。“他们从来没有从我手上买过木箱，肯定是他们昨晚偷走了木箱，让我们和他们对质吧！”

“于是，他们一同前往放高利贷者的家中，我也回到了家中，如此一来，鲁杰利是如何去放高利贷者家中的，就一清二楚了，只是他如何复活的，我就不明白了。”

直到此时此刻，那位夫人才晓得了原来是这么回事。于是她向女仆转述了医生的话，请她帮帮她，把鲁杰利救下来，因为这位夫人既想救下鲁杰利，又不想损害自己的名声。

“夫人，”女仆说道，“只要你想出了办法，我一定会帮你的。”

在这种关键时刻，幸亏那位夫人灵机一动，她思索了一下，便有了主意，便这般那般地向女仆说了一通，女仆遵从她的吩咐，走近医生，流着泪水对他说道：

“先生，我来请求你的饶恕，因为我有一件事情对不起你。”

“何事呀！”医生问道。

女仆哭得十分悲切，一边哭泣，一边向他说道：“先生，你肯定听说过鲁杰利这个年轻人，近来，他看上了我，至于我呀，又是害怕，又有所爱慕，最终接纳了他。昨天夜里，他晓得你外出了，便来和我共度良宵，对我费尽口舌，请求我带他到我的卧室里去，我只好同意了他的请求。突然，他又感到口渴，一时我到什么地方去拿来酒水呢，客厅里倒是放着茶水，我又没有胆量去拿。可夫人正待在那儿，突然，我想起来了，你的房里有瓶凉水，于是，我把它拿了过来，让他喝掉了，又放回空瓶子。出人意料的是，这瓶里装的是药水，使得你适才与夫人发生了争吵，我承认我犯了错误——只是一个人哪能不犯一两次错误呢？ 我心中难受极了，倒不是由于犯下了错误，只是因为大事不好了，鲁杰利的生命危在旦夕了，因此我必须请求你饶恕我，与此同时，允许我出门搭救鲁杰利。”

医生本来气恼不已，闻听此言，他反而开起玩笑来了：“你这叫自讨苦吃。 你还以为昨夜你请来了一个年轻人，来捣你的裙子，没想到，来的是个瞌睡虫，赶紧去搭救你的心上人吧，只是请你别忘了，从此，不准他再来我家。 要是我发现了这种事情，那么，我绝对不会饶恕你，一定会旧账新账一块儿算总账。”

见第一步好歹成功了，于是女仆向监狱跑去，恳求了狱卒一番，所以得到了允许，可以探望牢中的鲁杰利，叮嘱他如果法官再次审讯他时，应该如何答复，然后自己也想尽办法前去拜见法官。

见来人是位妙龄少女，长得美丽动人，法官没问什么，却将双臂张开，坚持要搂抱她。 女仆只希望法官肯接受他的意见，高兴地听从了他的吩咐，让他遂了心愿。 然后对他说道：“老爷，你抓来了鲁杰利，把他当作了小偷，实际上，他是冤枉的。”

然后她向法官讲述了一通她编造好的谎言，说她是鲁杰利的心上人，如何领着他去了医生家里，如何误将麻醉剂当成了水，让他喝掉了，如何错认为他已停止了呼吸，用木箱装着他，然后又告诉了法官在街上她听到的木箱主人和木匠之间的争吵。 向他解释了鲁杰利是如何到高利贷者家中去的。

当她说完这一番话后，法官认为案情已经很清楚了。 他先是唤来了医生，问起了麻醉剂的事情，与女仆所言真的没有什么出入，又传唤木匠，木箱的主人，两个高利贷小伙子到庭，盘问了好长时间，证实的确是在半夜里，两个小伙子偷走了木箱，后来又带来了鲁杰利，问他昨晚是在哪儿度过的，鲁杰利回答说他不晓得，只记得他原来待在马才奥医生家中，想与女仆睡觉，一时感到口渴，就在她的房里，把一瓶水喝下去了，然而后来如何，他一点都不晓得，当他醒后，已经置身于一只木箱子，该箱子放在放高利贷的两个小伙子家中。

听完这件离奇曲折的事情后，法官感到很有意思，又吩咐女仆、鲁杰利、木匠、放高利贷的小伙子都讲了自己的活动，都不止一遍。后来，鲁杰利被判无罪，重新获得了自由，两个偷盗木箱的小伙子被罚款十个金币，以儆效尤。鲁杰利是何等快乐，此处不用再叙了。他的情妇也兴高采烈的，从此，医生夫人和鲁杰利继续偷情，感情更深了，每逢两人谈起那个伟大的女仆要扎他几刀时，两人总是大笑不止。希望我在情场上也是一个胜利者——然而别让我被关在木箱之中。

前面几个故事讲完后，我们的几位女士总是显得很悲伤，幸好第奥纽讲了一个这种故事，使得众人开怀大笑，特别是他在讲法官将双臂伸开，想搂抱女仆时，更是大笑不止，适才的愁闷早已烟消云散了。

见太阳已经呈金黄色，即将落山了，国王明白自己已经过完了国王瘾。于是，他趁机请几位小姐原谅，因为今天他规定大家所讲的故事都是关于情侣的悲惨命运的，有点煞风景了，他的话非常诚恳感人，说罢，他站起身来，把王冠摘了下来，当着众人的面，轻轻地为菲亚美达戴上了，说道：

“我为你戴上王冠，因为与别人相比，你更能想好明天比较合适的故事的主题，使大家很高兴听，消除今天的愁闷。”

菲亚美达有着一头鬈发，金黄金黄的，一直到了光洁柔软的肩头。她的鹅蛋脸如同百合花一般，洁白洁白的，玫瑰红点缀着腮帮处，一双眼睛如同鹰眼一般，亮晶晶的，双唇如同两颗红色的宝石，当菲洛特拉托说完以后，她面带笑容地答道：

“菲洛特拉托，我很高兴成为女王，为了让你进行反省，明天，我为大家规定的故事主题是：历尽艰辛，有情人终于如愿以偿。”

众人一致赞同这个主张。 然后她召来了主管，发布一些必要的命令。 随后，众人纷纷站起身来，女王以悦耳的语气，同意大家自由玩耍，吃晚饭时再碰头。

然后，有的前往花园玩耍，花园中的美丽景色真是让人流连忘返，有的走出花园，对正在旋转不止的磨坊进行观察，也有的一时兴起，自由自在地散步。 当吃晚饭的时间来临时，众人依旧在漂亮的喷水泉边汇合，吃了一顿丰盛的晚餐，兴高采烈的。 吃完饭，众人离开了餐桌，如平常一样，又是引吭高歌，又是翩翩起舞，见菲罗美娜跳完了领头舞，女王便说道：

“菲洛特拉托，我不准备别具一格，改变沿袭下来的规矩，此时此刻，我也将让一个人唱首歌。 我想你的歌曲与你的故事一样，幸好，明天，这种凄惨的故事我们是不会再听到的了。 因此，此时此刻，你唱首歌，随便你唱什么歌儿都行。”

菲洛特拉托很高兴地同意了，马上引吭高歌，歌儿如下：

> 唉，痴心人偏遇负心汉，
> 让我怎么不痛苦？
> 昔日的海誓山盟去何处寻找，
> 让我怎么不泪如雨下？
>
> 爱神呀，自从我对她一见钟情，
> 为了她，我日思夜念，没有尽头，
> 唉，显然，这是痴心妄想！
> 我只回想着她的长相是何等美丽，
> 却不记得自己在经受着痛苦的折磨，

大错已经铸成，当我后悔莫及时，
已经太迟了，让我黯然神伤。

自从她不念及我的情意，抛下了我，
我才明白爱神欺骗了我，
我只道她喜欢我，
成了她的亲信侍从，
即使在梦中，
我也没有想到，
平地响起了一声惊雷，
苦楚已经袭上了我的心头，
她喜新厌旧，抛弃了我！

心头有旧恨，
也有新愁，
日日夜夜，
我诅咒着一个时辰，
就是在那时，
我首次看到了我心上人的姿容，
她那灿烂的光辉，
使我眼花缭乱，
我的灵魂在旋转。

爱神呀，你晓得我的灵魂已经成了碎片，
爱神呀，我发出的一声声凄惨的叹息，
应该能够传入你的耳中，

为了消减生存的苦楚，
我盼望着死神早点到来，
死神呀，快点让我结束余生，
我觉得与人间相比，
阴间更是充满了光明。

除了告别这个世界，
我没有别的慰藉，
除了阴间，
我无路可走，
爱神呀，你发发善心吧，
让我以一死了却千般愁，
我已失去了人生的乐趣，
我还留恋什么呢？
爱神呀，希望我一告别人世，
她更加开心，
她与新的情人尽情地享受着快乐。

我的这首歌，
如果无人为你唱的话，
那也没关系，因为无人可以，
唱得如我这般悲痛欲绝。
我只把一件事情托付给你，
请你前去拜见爱神，
只向他倾诉我的难言之隐，
只告诉他，

对人生，我已产生了厌倦之感，
只希望他超度一下我，让我，
摆脱苦难，换一下地方。

唉，痴心人偏遇负心郎，
让我怎么不伤心呢……

这歌声把他的心情明确地表现出来了。

也明确地说明了他干吗有如此悲惨的下场，如果不是夜色迷茫的话，那么，在这些翩翩起舞的少女中，也许有人的脸上已经是红云飞起，那么其中的事情，更值得人细细领会了。

当他的歌声停下来以后，众人又唱了不少歌，直至夜已深了，女王才吩咐各自回家休息。

第五天

《十日谈》的第五日宣告开始了，菲亚美达登上了女王的宝座，众人所讲的故事都是有关历尽苦难，有情人终于夙愿以偿的。

天已经大亮了，旭日东升，东半球都在它的照耀之下，树枝上，鸟儿正在唱着歌儿，欢迎新的一天的到来，歌声婉转动听，惊醒了梦中的菲亚美达，她起了床，一一叫醒了女友和三位年纪轻轻的绅士。随即众人谈笑风生，脚下的水草上结满了露水，众人一同去了广阔无垠的田野，当太阳升得老高的时候，众人觉得天气炎热了，才返回了别墅，喝了一些佳酿，吃了一些糖果，以清醒清醒，又前往那美丽的花园玩耍去了。

在花园里，他们唱了好几首歌，又唱了数支民歌，不知不觉之间，已该吃午饭了。管家无微不至，遵从女王的吩咐，准备好了一切。众人高高兴兴地用过了午餐，又按照规定奏起了民乐，唱起了歌儿，翩翩起舞，一直到该睡午觉了，女王才命令众人各自回去休息，于是，有的回去午休，有的依旧待在风景优美的花园里玩耍。

没过多长时间，众人遵从女王的命令，依然汇集在美丽的喷泉边，女王在宝座上坐了下来，满面笑容地注视着潘菲洛，让他先讲一个故事，是关于有情人终于实现了心愿的。潘菲洛高兴地同意了，开始讲起了故事，故事如下：

故事一

由于爱情的启发，西蒙出海抢亲，落到了罗得岛人的手中，被关进了监狱。罗得岛的长官又让他重新恢复了自由，两人团结一致，从喜宴上抢走了新娘伊菲金妮亚和卡珊德，四人逃到了克里特岛，正式举行婚礼，结成了连理，回到了故乡，过着快乐而平静的生活。

惹人怜爱的女士们，我原本可以讲许多故事，为今天的这个快乐的日子拉开序幕，只是我非常喜欢其中的一个故事，不仅仅是由于这个故事有着美满的结局，与我们今天的主题相符合，而且通过这个故事我们可以发现，爱情具有何等巨大的威力，是多么的高尚，可以在多大程度上有利于人们，并不如有的人所说的那样，淫荡邪恶。这只是在胡说八道而已了。我保证你们会喜欢这个故事，因为我想，你们都沉浸在爱河里，品尝着爱情的酸甜苦辣。

所有了解塞浦路斯岛的古代历史的人，都会晓得，曾经有位绅士住在这里，此人名叫阿利提帕斯，若论人间的尊荣显贵，他将是岛上的第一人。如果不是命运之神故意捉弄他，使他有一件事情没有如愿，显得美中不足，那么，在这个世界上，他将是最快乐的人了。此事并非别的事情，而是因为他生有一子，叫加荣苏，尽管长得牛高马大，英俊非凡，遗憾的是，此儿顽劣之极，差不多是个笨蛋。

这孩子确实不争气，虽然良师谆谆教导，严亲好言好语地抚慰他，甚或鞭打他，亲戚朋友也绞尽脑汁，千方百计地教导他，也难以让他学会点什么，表现得有教养一些。他的嗓音非常沙哑，一举一动又十分野蛮，与其说他是人，倒不如说他是个动物。为了讥讽他，有人送给他一个外号，即“西蒙”，他们的语言中的“西蒙”，与我们的语言中与“畜生”差不多。他的爸爸眼巴巴地看着他虚度年华，心中难受极了。他对这个儿子已经彻底地绝望了，只好命令他前往庄园，与那些农夫同住。眼不见，心不烦，倒也平静了不少，闻听此言，西蒙十分高兴，因为他爱和那些农夫、渔民打交道，他反而讨厌城里的有钱人。

西蒙去了庄园，从此便在那里做事。一天，刚刚用罢午餐，他把一根木棍扛在肩上，告别了这个农庄，向另一个农庄走去，来到了一座小树林中。这儿的树林原本就非常好看，另外，此时正值暮春时节，绿色的叶子浓浓密密的，也是上天注定，有段艳遇会降临到他的身上，他径直向树林深处走去，不知不觉之间，一块小草坪出现在他的面前，草坪的四周都是参天大树，那另一边的一个角落里，流淌着一泓山泉，水十分清澈，凉凉的。在泉水边的绿油油的草坪上，有一位美丽的姑娘，她已经进入了梦乡。她身上穿的衣服很薄，那洁白的肌肤，让人一览无余。自腰以下的部分被一条柔软的白色的被单遮盖着，在她的旁边，还有两个女人，一个男人，看上去是服侍她的。

一见到这位姑娘，西蒙就没有再往前走了。把身子倚在木棍上，默默无语，目不转睛地注视着她，心中燃起了熊熊的爱火，似乎这一生从未看见过女人似的，他原本极端无知，一无所知，尽管别人绞尽脑汁地对他进行开导，依然无法让他显得高雅一点，没想到，此时此刻他却是豁然开朗，认为从未见过如此美若天仙的姑娘。于是，他欣赏着她那金黄色的头发、额头、鼻子、嘴唇、脖子、手臂，特别是她那稍微隆起的双乳，更让他飘飘欲仙。

差不多在一瞬间的功夫里，他便从一个凡夫俗子变成审美专家，他渴望欣赏一下她的双眼，可那姑娘正沉浸在甜美的梦乡里，双眼紧闭，于是，有好几次，他都想叫醒她。然而他觉得自己什么时候见过如此美若天仙的小姐，难道她是下凡的仙女吗？他真的突然变得聪慧了，竟然明白不能以看待俗物的眼光来看待仙女，必须分外地尊敬她，不能有任何亵渎之举，于是，唯有耐着性子等待她自己从梦中醒转。尽管他等待了好久，好久，然而越是看着她，他越发爱慕不已，怎么舍得离去呢。

这位小姐的芳名是伊菲金妮亚，睡了好长时间，她才从梦中醒了过来。好歹是她最早醒过来了。她睁开了双眼，见西蒙正靠在木棍上，面对着她，不由自主地惊诧不已。原来西蒙因为生性粗野，这一带无人不知，另外，他爸爸腰缠万贯，出身高贵，因此在这一带，无人不晓得他。片刻之后，她向西蒙说道：

“西蒙，此时此刻，你来到林中，有什么事吗？”

西蒙依旧一声不吭，只是专心致志地盯着她那双眼睛，只感到那双眼睛使他的心灵深处升起了一股柔情，他这一生还从没体味过这种愉悦呢。见他如此死死地盯着自己，小姐生怕他会耍起粗鲁的脾气来，会有非礼之举。然后，她站了起来，一边将两位女仆从梦中叫醒了，一边说道：

“看在上帝的份上，离我远一点吧，西蒙。”

没想到西蒙说道：“我要跟着你走！”

虽然小姐对他心存恐惧，不愿与他结伴离去，然而不管如何，都无法摆脱他，只好让他跟在自己身后，一直来到了家门口。

然后，西蒙返回了城里，见到了爸爸，并且告诉他，从现在开始，他不再去庄园了。尽管他的爸爸和家人很不情愿，也无可奈何，只好随着他，看他这一回突然改变主张，到底是为何。

本来西蒙的心犹如顽石一块，无法点化，没想到，自从他目睹了伊菲金妮亚的闭月羞花的仪容，丘比特之箭便射中了他的那颗如同顽石一般的心。没多久，原本愚钝的他就变得聪明起来了，见此情景，他的爸爸、家人，还有不少亲朋好友，都惊讶万分。

他要做的第一件事情便是向爸爸提出请求，为他制作几件华服，而且必须镶嵌上不少皱边，以作装饰之用，又把他装扮得像他的兄弟们那样，显得无比英俊，阿利提帕斯高兴地同意了他的要求，随后，他又结识了不少出身显贵的朋友，向他们学习作为一位绅士必须具有的风范举止，特别是把一套对待心上人的礼节学得烂熟于胸。说起来，人人都感到惊诧不已，没过多长时间，他不仅对粗通文墨，即便是在文人墨客中，他也显得鹤立鸡群。后来（当然，因为他对伊菲金妮亚产生了爱情，感情感化了他），他不但一开口，由原来的粗声大气而变得温和高雅，十分悦耳，并且对音乐无所不通，擅长骑马，甚或满身武艺，无论是陆战，还是海战，样样出众。他的才艺双全，这儿就不多说了。总而言之，自从那一次，爱情使他有所启发，没过四年时间，他便长得英俊非凡，多才多艺。称得上是一位年纪轻轻的绅士，样样强过别人百倍。

美丽的女士们，你们说西蒙为何突然与昔日相比，判若两人呢？事情无非是这样的，上苍本来给予了西蒙聪明的天资，然而命运之神对他心怀妒忌，把他的一切天资限制在他心中最狭窄的角落里，幸好爱情去掉了他的限制，又行使了点化的职权，从那荒芜僻静的角落里解放了他那上苍赐予的聪明天资，使它获得了自由，显示出与命运之神相比，爱神更是无所不通，所有处在他的控制之下的生命，无论如何愚蠢顽劣，他都以爱的光辉带着你到达了那无比聪颖的境界。

再说，因为对伊菲金妮亚产生了爱情，西蒙尽管如风月场中的老手一样，有时显得过于疯狂，然而一见这个白痴儿子由于受到了爱情的熏陶，竟然摇身变成了一个人物，于是他的爸爸不但容忍了他的一切行为，而且还竭尽全力地鼓动他呢。西蒙（因为他想起了伊菲金妮亚曾喊过他“西蒙”，因此他一直不肯让别人称他为加莱苏了）为了使自己的心愿名正言顺地变成了现实，多次向伊菲金妮亚的爸爸奇帕梭斯提出请求，让他娶他的女儿为妻，没想到奇帕梭斯老是告诉他，他的女儿已经和罗得岛上的一个出身显贵的小伙子柏西蒙达定了亲，不能不守信用，另择东床。

伊菲金妮亚的婚期终于来临了，新郎的迎亲队伍已经来了，此时此刻，西蒙心中寻思：“伊菲金妮亚呀，此时，我该告诉你，我对你的爱是何等地深厚呀！ 幸亏有了你，我才像个人样，只要你来到了我的身边，与神仙相比，我还要风光呢！ 如果我不娶你为妻，我也不想活了。”

然后，他偷偷地找来了几个出身显贵的年纪轻轻的朋友，又悄悄地准备好了一条战船，等候着新郎派出的前来迎接伊菲金妮亚的船儿从罗得岛开出来，便迎上去，和它大战一场。 另外，当新娘的爸爸盛情款待了新郎的迎亲队伍后，在迎亲队伍的簇拥下，新娘上了船，船儿向罗得岛驶去。 分分秒秒，西蒙都不敢分神，次日，他开动船只，追赶迎亲船只。 他站在船头上，冲载着伊菲金妮亚的那条船上的人们大声叫道：

“停下来，把帆收起来，不然的话，我们就让你们的船沉入海底。”

当这句话传入船上的人的耳中之后，他们立刻把武器拿了起来，来到了甲板之上，准备迎敌。 如此大叫了一番以后，西蒙顺手把一只铁钩拿了起来，摔向那条属于罗得岛人的船速极快的船头，猛地拉了一下，竟然把它拉到了自己面前，西蒙如同一头猛狮，抛下了自己的同伴，只凭着爱情的力量，英勇无畏，向他们的那条船儿跳了上去，以无比的勇猛猛地扑向了敌人，挥舞着手中的短刀，一刀杀死一个，如同宰杀绵羊一般，许多人因此而身受创伤。 一见大事不好，罗得岛人连忙把武器放了下来，表示投降。 然后，西蒙向他们说道：

“风华正茂的朋友们，此次，我带着队伍，告别了塞浦路斯岛，出海追赶你们，目的既不是抢钱财，也并非报仇。 我前来此处，目的只有一个，要是我得到了那件东西，它便是价值连城的宝贝，而你们不要它，完好无损地送给我，也没什么。 我想得到的并不是别的什么，而是新娘伊菲金妮亚。 我对她的爱超过了对任何东西，我曾经好好地请求她的爸爸招我为婿，可他坚决不同意，我万般无奈，只好接受爱情的驱使，来抢新娘，和你们过不去了。 我是在说，我将取代你们的帕西蒙达，与新娘子结为夫妻，只要你们早点交出她，我保证你们会平安无事地回去。”

由于武力的逼迫，罗得岛人只好让西蒙带走了伊菲金妮亚，一见她泪如雨下，西蒙便好言劝慰她：

“高贵的女士，你别伤心，我是属于你的西蒙，我爱了你那么长时间，而帕西蒙达只是和你有婚约之名而已。因此，更有资格娶你为妻的是我西蒙。”

说罢，他扶着伊菲金妮亚，来到了自己的船上，没有为难前来迎接她的罗得岛人，也没有动一下他们的东西。这样的一个宝贝疙瘩到手了，西蒙真是狂喜不已。他先对这位哭泣不止的小姐好言劝慰了一番，然后与同伴们合计了一下，打定主意，先不返回塞浦路斯岛。众人都同意把船头掉一下，前往克里特岛，因为在那儿，每个人都有许多新老朋友，西蒙更是亲友众多。众人都说，与伊菲金妮亚前往那儿，非常安全。

然而命运之神是翻手为云，覆手为雨的。她一时兴起，那位出身显贵的女士落到了西蒙的手中，一瞬间的功夫里又和这位喜得心上人的小伙子过不去，使他心中的欣喜顿时变成了万分悲伤。

原来，西蒙与那些罗得岛人分手后，还没超过四个小时，夜幕就彻底地降临了，西蒙本来希望享受一个在他的一生中，最令人高兴的夜晚，然而出人意料的是，夜幕一降临，气候就忽然发生了变化。天空中，乌云滚滚，海面上，狂风劲吹，看样子，暴风雨即将来临了。众人都惊慌不已，也不晓得该把船儿驶向何处，甚至船儿都已经失控了。

此时此刻的西蒙心中的焦急，自然不用细说。他认为上天之所以让他夙愿以偿，只是想让他更加痛苦地告别人世。不然的话，要是伊菲金妮亚没有来到他的身边，他会无牵无挂地离开人世。他带来的人都长吁短叹，悲切不已。特别是伊菲金妮亚，是最悲伤的一个了。每有一个浪头打向船只，她都害怕得大声哭了起来，一面痛哭，一面恨恨地指责西蒙不该对她产生爱情，责备他不该如此肆无忌惮，又说这狂风所以骤起，大雨来临，是神明所为，不准他不遵从神明的旨意，强行让她做他的妻子，神明不准许西蒙肆意妄为，不让西蒙有这等福气，要让她先告别人世，随即西蒙的下场也十分悲惨。

众人一迭声地唉声叹气，纷纷抱怨，风力愈来愈凶猛，水手们惊慌失措，也认不清航向，更不晓得怎样改变航行路线，竟然开着船，来到了距离罗得岛不远的海面上。他们并不晓得船只已经抵达了罗得岛，只是为了活命，只得竭尽全力，想让船只靠岸。幸好命运之神对他们开恩，带着他们来到了一个海湾里，从西蒙手下逃生的那些罗得岛人，也刚刚在此处下了船。一直到次日，东方发亮之时，光线越来越明亮，他们才晓得自己来到了罗得岛，目睹昨天被他们放走的那条船也停在此处，距离他们仅有一箭之遥。西蒙狼狈不堪，生怕那些罗得岛人报仇雪恨——后来果然如此，这是以后的事情，此处暂且不细表。于是，他立刻命令同伙们赶紧将船只驶离岸边，随便命运之神带他们前往何处，因为不论去了什么地方，与在此处逗留相比，总要好得多。于是，众人竭尽全力，将船只驶离岸边，然而一切都是白费力气，他们迎着风，大风使劲地吹在他们的面上，似乎故意和他们过不去似的，于是，他们不但不能驶出海湾，反而距离岸边愈来愈近。

他们刚刚抵达此地，那些上岸不久的罗得岛的船员们便认出了他们。其中的一个马上奔向不远处的一个村子，原来，不久之前上了岸的那些罗得岛小伙子都去了那里。见到他们以后，船员便对他们说，和他们乘坐的船一样，载着西蒙和伊菲金妮亚的船只也被大风卷到了此处，说不定这是天意使然。当这个消息传到他们的耳中之后，他们欣喜若狂，马上与许多村民一起，向海边进发。此时此刻，西蒙、伊菲金妮亚他们已经来到了岸上，合计了一番，逃入林中，倒霉的是，人人都成了俘虏，被押往村庄。帕西蒙达得知此事后，立刻前往官府，把西蒙告下了。这一年担任官长之职的是李西马柯，他马上同意审理此案。他来到城外，身后跟着一群士兵，抓住了西蒙等人，关入监狱。

因此，可怜的、情场失意的西蒙刚刚得到了伊菲金妮亚，一瞬间的功夫，她又属于别人了。他只是亲吻了她一两次罢了。至于伊菲金妮亚，罗得岛的不少出身显贵的女宾前来迎接她，好言好语地安慰她，因为她在途中被抢，受了惊吓，又在海面上遇到了狂风暴雨，所以，她们陪伴着她，一直到举行婚礼的那一天来临。

帕西蒙达使出浑身解数，对官府进行劝说，要求处死西蒙以及他的同伴们，然而看在前一天他们没有加害船上的那些年纪轻轻的罗得岛水手，因此，官府从轻处置了他们，没有判处他们死刑，而是处以终身监禁。监狱中的生活不难想象，非常艰苦而悲惨，哪有什么快乐之言呢！

然而帕西蒙达扬扬自得，赶紧为婚礼做准备，命运之神如此冷不丁地重创了一下西蒙，此时此刻，他似乎有点悔恨，便又对他发了一回善心。

原来，帕西蒙达有个名叫奥米斯达的弟弟，尽管他小哥哥几岁，然而若论优点，却并不比他的哥哥逊色。很早以前，他便与城中一位出身显贵的小姐订下了婚约，此人名叫卡珊德拉，然而，巧的是，官长也对这位女士心仪已久，使得多次遇到挫折，多次延迟婚期。现在，帕西蒙达即将举行婚礼了，打算大摆筵席，新郎心中寻思：最好让奥米斯达一块儿成亲，以免日后又要摆喜宴，造成浪费。然后，他前去拜访新娘家的父母，提出了这个请求，结果令他感到非常满意。他又找来弟弟，合计了一番，决定在帕西蒙达娶伊菲金妮亚为妻的那天，奥米斯达也和卡珊德拉结为连理。

当这个消息传到李西马柯耳中之后，眼看着自己的全部希望从此就要变成东流水了，他沮丧到了极点。他又寻思：如果奥米斯达不让她做他的妻子，那么，她肯定会属于她。但是，他到底聪明，尽管怀着满腹怨气，可口头上并不露出半点风声。他左思右想，一定要让奥米斯达此次无法娶卡珊德拉为妻，然而思前想后，都没有什么好主意，除非抢走卡珊德拉。

他认为这是一个最好的办法，因为对他来说，可以借用职务之便，随心所欲。然而他又一寻思，既然他担任了官长的重要职务，如此行事显得有点不成体统。他想来想去，后来，爱情战胜了一切，然后他也无法顾及后果，拿定了主意，不管怎样，一定要抢走卡珊德拉。随即他便计划着应该怎样采取行动，要让谁来助他一臂之力，顿时，锒铛入狱的西蒙他们浮上了他的心头，他觉得要想使此事成功，非西蒙不可，除此之外，没有比他更合适、更值得信赖的人了。于是他当夜偷偷地把西蒙带到了自己的卧室里，向西蒙说道：

“西蒙，神明慈善大方，让人得到了多少美好的东西，然而他们非常聪明，总想试试受到赏赐的人是否有福气享受这一切。谁果断坚强，不屈不挠，那么，在神明的眼里，他便有资格接受他的赐予，会给予他更大的福气。我晓得你爸爸腰缠万贯，所以，神明便对你进行更加严格的考验。然后认定你是否有资格得到更大的幸福，首先，他们命令丘比特拼命地引诱你，使你突然从一个一无所知的畜生变成了人（别人是这么告诉我的），然后，又给予你一位心仪的对象，你刚刚得到她，神明又让你倒了霉，蒙受牢狱之灾。这只是在观察你是否具有坚强的毅力，要是有的话，你会得到更大的福分，我之所以告诉你这些，目的是想让你重振旗鼓，勇敢一些，万万不可沮丧失望。

“伊菲金妮亚原本是你的人，命运之神先大方地让你得到了她，随即，他一发脾气，又冷不丁地抢走了你的伊菲金妮亚。帕西蒙达绞尽脑汁，一心想让你被判处死刑。如今，他正忙碌不堪，准备和伊菲金妮亚举行婚礼，你的伊菲金妮亚即将被他享用了。要是像我设想的那样，你是一个有情有义的人的话，自不必说，你会痛苦到了极点。因为你我同病相怜，因此，我能体味到此种苦楚。也就在他结婚的那一天，他的弟弟奥米斯达也打算举行婚礼，而他的新娘就是卡珊德拉，我最心爱的姑娘。如今，我们无法避免这莫大的羞辱和不幸，除非我们以胆略和力量，把刀剑举起来，杀出重围，抢走我们的心上人。这一辈子我还是第一次干这种事情，可对你而言，已是第二次了。要是你真的重视——我并不是指你重视自由，我晓得，你失去了心上人，对你来说，自由也算不上什么了。我是指要是你真的重视上天赐予你的心上人的话，那么你只用按照我的计划，帮帮我的忙，自然轻而易举地重新得到她。"

闻听此言，西蒙精神抖擞，不假思索地答道："李西马柯，你想做这样的事情，只能求助于我，除此之外，你无法找到一个比我更有用、更忠诚的朋友了。只要办成此事后，你真的像今天说的这样，让这份收获归我，我肯定会毫不在惜自己的生命来回报你。"

然后，李西马柯接过了话头，说道："两天以后，那两位新娘便会成为夫家的人了。当那天来临时，你带着同伴，全副武装，我也和几位知己一起，在夜幕的掩盖下，向他们家走去，从众人中冲进去，抢走我们的意中人，什么人想阻拦的话，就一刀结果他们。我已经悄悄地命令把船只准备好，抢到人后，马上搬到船上去。"

西蒙十分赞成这个主意，返回监狱，静静地等待着机会成熟，按计划采取行动。

转瞬之间，婚期已经来临了，在这两位新郎家中，自然是举办丰盛的宴席，一切安排得极其富丽堂皇，一切的一切，都沉浸在喜庆的气氛之中。至于李西马柯，此时此刻，一切都已准备好了，他吩咐西蒙他们以及自己的知己带好武器，分成了三支队伍。他先面对着他们，发表了一通演讲，怂恿他们助他一臂之力，随后，他命令一支队伍偷偷地占据了港口，当他们上船时，就不担心有人拦阻了。片刻之后，他觉得机会来临了，该下手了。便带着另两支队伍向帕西蒙达家跑去，又让一队人把门口看好，使得无人敢与他们过不去，或是使他们没有退路。他与西蒙率领一队人马向楼上跑去，到了客厅以后，发现桌边正坐着两位新娘，以及不少的夫人小姐，姿势都非常端正。于是，他们全冲了上去，把桌子推倒在地，各自把自己的心上人抱在怀中，递给手下，命令他们赶紧上船。

两位新人哭喊不止，其余的夫人小姐，还有侍从等，无不大叫大喊起来。顿时，屋里一片哭叫之声，乱哄哄的一片。西蒙、李西马柯他们马上把刀剑拔了出来，跑向楼梯口。见此，大家不敢吱声，只好顺从地让出一条路来。而喊叫之声传到屋里的帕西蒙达耳中之后，他马上把一根木棍拿了起来，走出房门。巧的是，这些人正向楼下走去，双方打了个照面。西蒙一刀劈向他的头部，对方成了两半，立刻倒在地上，死了。也是命中注定他的弟弟奥米斯达倒霉，不仅没救下哥哥，反而死在西蒙的刀下。除此之外，有几个胆大的走过来的，或是身受重伤，或是挨了棒击，在西蒙和李西马柯的人马的攻击下，纷纷败退了。

他们带着已抢到手的心上人，向门外冲去，屋里血流成河，哭声一片，他们与守在门口的人马汇合后，向港口跑去，一路上畅通无阻。抵达港口之后，他们带着两位新娘、同伙们来到了船上。没想到，此时此刻，岸上人山人海，人人拿着器械，准备前来将两位姑娘救下来。然而他们的动作更加迅速，马上把船驶离了岸边，扬扬自得地离去了。后来，他们又摆下丰盛的宴席，与两位新娘结成了夫妻，过着逍遥自在的日子。

因为发生了这件事情，塞浦路斯岛和罗得岛上吵吵闹闹的，不得安宁。后来，亲戚朋友们多番调解，总算妥善地处理了此事，说他们在异乡漂泊一段时间后，西蒙可以带娇妻伊菲金妮亚返回塞浦路斯。李西马柯也可以带妻子卡珊德拉返回罗得岛，后来，他们回到了各自的家乡，与妻子厮守终生。

故事二

一听说心上人马杜丘告别了人世，高丝坦莎伤心到了极点，驾着一叶小舟，在海上漂来漂去，意欲自杀。没想到，海风把船儿吹到了苏沙城，在这儿，她听说马杜丘没死，并且突尼斯国王对她宠信有加，她千方百计地见到了他，结为连理，体体面面地返回了故乡。

当潘斐洛的故事结束后，女王叫好不迭，吩咐爱米莉亚接着讲故事，爱米莉亚开口了：

爱情获得回报的故事，无人不爱听，男女恋爱，本来应该有个团团圆圆的结尾，而不应该留下终生的遗憾，与昨天国王规定的那类故事相比，它令人更加开心。

可爱的女士们，你们都晓得，在距离西西里岛不远的地方，有一个小小的岛屿，这就是列帕瑞岛屿。没多长时间以前，有位姑娘在这个小岛上居住，她就是高丝坦莎，她很美，而且出身于显贵世家。也是上苍有心成全，有一个名叫马杜丘·高米多的小伙子也住在这个小岛之上，他长相英俊，态度温和，称得上是一个有德有才之人。他对高丝坦莎产生了爱情。而后者对他也颇有情意。如果有一天没有见到他，就会坐也不是，站也不是。马杜丘前去拜访姑娘的爸爸，请求将女儿嫁给他，那做爸爸的嫌弃他家境贫寒，没有同意。

马杜丘心中暗想，自己只是没有钱而已，别人就对自己抛以白眼，想联姻却没有成功，一时气愤之极，与亲友们合计了一下以后，便准备好了一条船，下定了决心，要告别列帕瑞。面对着亲友，他立下了誓言，这一生要是不发财的话，他将永远不返回故乡。从那以后，他便成了海盗，流窜在巴巴里沿岸一带，进行抢劫。所有从那儿经过的生意人，只要是他可以抢的，无人幸免。他也真是非常走运，遗憾的是太过贪婪。没过多长时间，他和同伙已有了丰富的积蓄，然而却想要更多的钱。一次，他的范围内闯入了几条伊斯兰教徒的船，尽管马杜丘顽强抵抗，入侵者还是抢走了一切财物，他们的船被沉入了大海，他的同伙们被扔进海中，葬身鱼腹。而马杜丘自己被押送到了突尼斯，被关进了监狱，备受折磨。

列帕瑞岛的人们立刻知道了这个消息，传言者不计其数。再说，自从马杜丘背井离乡后，那位少女就伤心不已，现在，人们告诉她，她心爱的人离开了人世，她痛哭不已，伤心欲绝，差不多不想再活在这个世界上了。然而尽管想自杀，却又下不了狠心。一天夜晚，她悄悄地离开了家，向港口走去，发现那儿有条小渔船，它的不远处有几艘大船，帆、桨，一切都很齐备，原来船主刚刚到岸上去了。她连忙来到船上，划着船，驶向了大海。说实话，在这个小岛上，百分之八九十的妇女都会摇桨，她自然也是这样，因此，她便把帆张了起来，又将舵、桨放入了水中，让风浪来控制自己的命运，她老以为这条小船十分轻便，无人掌舵，肯定会被风浪掀翻，或是撞在岩石上，成了碎片。如此一来，即便她想逃命，也无法逃走，肯定会被喂了鱼。船舱里，她蜷缩着身子，用斗篷遮住了头，一个人大声哭泣。

然而，令她意想不到的是，这一天，海风正好是从北方吹来，风力不大，海上风平浪静，小船也不大摇晃。次日，当晚祷时间来临时，她顺水漂到了一个沙滩上，此处距离苏沙城不远，而距离突尼斯整整有一百英里之遥。

这位少女早已无所谓生死，没有抬过头，因此对自己是在海上还是在岸上，一无所知。巧的是，船只在沙滩上搁浅之时，沙滩上有位贫穷的女人正在把渔网收起来，她在给渔夫们干活。一见船儿搁浅在沙滩上，而风帆张得满满的，她惊讶万分，只道船上渔夫们已经进入了甜美的梦乡，她来到了船上，一看，除了一位沉浸在梦乡之中的少女，再无别人。于是，她开始叫这个少女，不晓得叫了多少次，总算叫醒了这位姑娘。根据少女的衣着来看，可以肯定的是，她信奉基督教，于是，她开始对她说拉丁语，干吗孤身一人坐着小船到达了此处，一听见她在说拉丁语，少女不由自主地产生了满腹疑虑，以为海上吹起逆向风，又把她送回了列帕瑞。顿时，她惊诧不已，跳了起来，看了看自己的四周，发现自己站在陆地上，而且她不熟悉这个地方，于是，她便向那女人打听此地叫什么名字，那女人向她答道：

“小姐，此时此刻，你身处苏沙城，它属于巴巴里。”

闻听此言，少女晓得自己没有死成，非常伤心。她生怕会遇上有失体面的事情。不晓得该怎么办才好。只好在船的前面坐了下来，发出了呜呜咽咽的哭声。

见此情景，那个心地善良的女人对她产生了深深的同情，反复地劝说她前往她居住的小房子里休息一下。走进屋里，妇人又好言相劝，使少女最终将自己前往此处的缘由告诉了她。闻听此言，那女人晓得她已有一整天没吃什么东西了，腹中肯定饥肠辘辘，立刻把自己吃的干面包、小鱼拿了出来，还拿来了一些水，非要她吃点，填满肚子。

见她用拉丁语与自己交谈，高丝坦莎便问她姓甚名谁。她向高丝坦莎答道，她来自特拉帕尼，她的姓名是卡拉帕瑞莎，现在此处为几个信奉基督教的渔人帮佣。此时此刻，尽管高丝坦莎心中依然无比伤心。然而，当卡拉帕瑞莎这个名字传入她耳中之后，也不晓得是为什么，她总感到这预兆着吉祥，于是，不知不觉之中，求死之心有所消减，慢慢地，心中萌生了希望之火。她并未告诉那妇人自己是干什么的，来自什么地方，只是向那妇人提出恳求，看在上帝的份上，同情她年纪轻轻地在异乡漂泊，多方面地给她一些指导，怎样才能不被他人羞辱。卡拉帕瑞莎这个妇人确实心地善良，闻听此言，她让高丝坦莎待在自己的小屋子里，一边赶紧走出小屋，收好渔网，然后又返回来了，随即拿着自己的斗篷，把姑娘从上到下都盖得严严实实的，送她前往苏沙城。

抵达苏莎城后，那个妇人告诉高丝坦莎，“高丝坦莎，我将送你去一个信奉伊斯兰教的老大妈家。她人非常好，我经常帮帮她，我将竭力为你恳求，她肯定会很高兴地收下你。视你为亲生女儿一般，你和她同住，也应该努力地照料她，让她喜欢你，等你走了运时，再想其他的办法。”说罢，她就按照自己的计划行事了。

那个老大妈已经上了年纪，身体衰弱，一边听她述说，一面眼巴巴地注视着她，居然被深深地感动了，大声哭了起来。听完她的一番话后，老大妈便拉着高丝坦莎，亲吻了一下她的前额，带着她来到了屋里。除了老大妈住在这儿以外，还有另外的几个女人，但是没有一个男人，她们是做手艺的，或是纺织丝绸，或是制作芭蕉扇，或是制造皮革，没过多长时间，高丝坦莎也向她们学会了几种手艺，与众人一同工作，于是，老大妈和其他的人都比较喜欢她，没过多长时间，她又学会了他们的语言。

就这样，高丝坦莎定居在苏莎城。他的家人不晓得她去了何处，原来以为她已不在人世了，失声痛哭。此时，突尼斯正值国王马列亚台拉当政时期，格拉那达的一个有权有势的贵族向他发动了进攻。他派来了大队人马，意欲抢走他的王位，将国王赶下台。正在坐牢的马杜丘得知此事后，原本巴巴里一带的土语对他来说就是小菜一碟，此时又听说国王在竭尽全力地进行抵抗，便向看守说道：

“要是我可以面见国王，那么我将把一个计策献给他，我保证他会击退对方。”

看守向上司报告了此事，上司马上又向国王讲述了这件事情。国王一声令下，带来马杜丘，问他有何妙计，他向国王答道。

“皇上，过去，我曾经多次拜访贵国，然而我发现你打败敌人，夺取战争的胜利，在全体将士之中，多依赖弓箭手，要是这一点我没有看错的话，我认为，你只需设下一计，使敌军没有足够的箭，而我军的箭却多得数不清，那么，这一仗我军必胜无疑。”

国王说道：“要是果能如此的话，我也相信，肯定是我军大胜而回。”

马杜丘说道：“皇上，只要你肯如此行事的话，你肯定会打败敌人的。我先向你讲出我的计策，你必须先去定做一些弓，弓弦必须要细于普通的弓弦，然后再定做一些箭，用以与这些细弦弓相配。此事必须做得相当隐秘，不能让敌军发现，否则这条计谋将以失败而告终。至于你问我干吗设下此计，理由如下：我军与敌军发生战斗时，双方都会射箭，随即敌军捡起我军的箭用，我军也是如此，然而当敌军捡到我军射出的箭后，由于箭弦过小，无法与他们粗弦弓配合使用，而我军把敌军射来的箭捡起来，与我军的细弦弓搭配使用，真是好得不能再好了，如此一来，我军武器充足，而敌军却没有武器了。”

国王原本就相当聪慧，当马杜丘讲出计策后，岂会不依计而行呢，他马上设下计策，果然，打得敌人落花流水。从那以后，他对马杜丘恩宠有加，身价倍增，过着尊荣显贵的生活。顿时，人人都知道了这个消息，没过多长时间，高丝坦莎也知道了此事，她原以为马杜丘已经不在人世了，没想到，此时此刻，他依然活在世上。于是，她心里早已冷却下来的爱火，忽然又熊熊燃烧起来了。而且与以前相比，要炽热得多。她原本绝望的心里又萌生了希望之火。她对那位留下她的善良的老大妈讲出了这一切的一切。又说她打算亲自去一趟突尼斯，目睹一下那些传说是否是真的，然后才能宽心。老大妈努力称赞她的这个计划，如同亲生母亲一般，准备了一条小船，让她上了船，卡拉帕瑞莎也陪同她们前往突尼斯。老大妈在此处有一门亲戚，她们就住在那儿，那户人家热情地接待了他们。到达那儿以后，她派卡拉帕瑞莎前去打听一下马杜丘现在何处。后来，卡拉帕瑞莎打听到了，回到了家里，对老大妈说，马杜丘真的没死，而且富有而有权势，老大妈狂喜不已，要亲自把这个喜讯告诉马杜丘，要对他说，高丝坦莎前来此处寻他。一天，她便前去拜见马杜丘，告诉他：

“马杜丘，你的一个仆人告别了列帕瑞，逃到了我的家中，要悄悄地与你交谈几句，由于他不信任别人，因此我便同意了他的请求，亲自前来此处，通知你一下。”

马杜丘向她道了谢，然后跟在她的身后，去了他家。一见到马杜丘，高丝坦莎狂喜不已。她无法控制自己，便将双臂张开，向他扑了上去，把他的脖子搂在怀中，激动得说不出话来。昔日的凄惨往事一一浮上了心头，又回忆起今天的快乐，她不禁轻轻地哭泣起来了。

一见到自己的心上人，马杜丘惊讶不已，说不出说来。过了好半天，他才长叹了一声，说道：“哎呀，我亲爱的高丝坦莎，原来你没有死呀，好长时间以前，别人就传言你不见了，你到底去了何处，家乡无人得知。”说罢，他便把她抱在怀里，不停地亲吻她，不由自主地潸然泪下。

然后高丝坦莎向他讲述了自己所经受的各种磨难，以及老大妈昔日怎样留下她，对她热情款待的经历，马杜丘和她敞开心扉，互诉衷肠之后，便暂时告别了她，前去拜见国王，他向国王讲述了此事的前因后果——自己历尽多少磨难，那位少女又经受了多少苦难，还请求国王，希望国王同意他俩正式结为夫妻。当他讲完这一切以后，国王惊诧不已，马上找来了那位少女，当面对证，果然与马杜丘说的一模一样，然后，国王向她说道：

“如此说来，你选择的这个丈夫还真不赖呀！”

然后，他吩咐侍从们准备了不少华丽的礼品，奖赏给这对情人，又对他们说，随便他们怎样，随即，马杜丘非常礼貌地向那位留下了高丝坦莎的老大妈道了别，对她对高丝坦莎的各种热情的招待表示谢意，还送了不少礼品给她，还向上帝祈求，为她祝福，分手时，高丝坦莎热泪直流。然后，国王又同意他们与卡拉帕瑞莎登上了小船，十分顺利地抵达了列帕瑞，自然是欢喜无限，在列帕瑞，他们结成了连理，而且非常有排场。从那以后，两人恩恩爱爱，终生相守。

故事三

彼得与心上人阿特莱拉离家出走了，半途中与强人相遇了，阿特莱拉在树林里迷失了方向，幸好城堡的主人留下了她，男的成了强人的俘虏，又侥幸逃了出来，在恐惧之中度过了一个夜晚，他也到了城堡，与心上人结成了夫妇。

人人都称赞爱米莉亚的故事讲得不错。女王见她的故事结束了，便转过身来，命令爱莉莎接着讲故事。爱莉莎马上兴高采烈地听从他的吩咐，讲了这样的一个故事。

可爱的女士们，我将讲一个关于一对情人由于过于粗心，经受了一夜的折磨，后来命运好转，又幸福地过着日子的故事，这个故事与主题相符，因此，我非常愿意为你们讲述这个故事。

众所周知，如今的罗马早已败落了，昔日，那儿曾辉煌一时。就在没有多长时间以前，在罗马城里，有一个名叫彼得·卜卡马查的小伙子，他出身权贵人家，他对一位小姐产生了爱慕之情，此小姐名叫阿特莱拉。她的父亲名叫纪利奥卓·邵洛，是一位平民，但是，罗马人十分敬重他。由于彼得爱上了阿特莱拉，便绞尽脑汁，大献殷勤，使得那位小姐也对他一往情深，彼得坠入了爱河，神魂颠倒，然而，他无法忍受相思之苦，便下定了决心，请求她嫁给自己。

一听到他的这个决定，亲友们都闻风而至，凶狠地指责了他一番，叮咛他万万不可有糊涂的举动。与此同时，他们又去叮嘱纪利奥卓，叫他别太相信彼得的话，不然的话，他们绝不承认他是他们的亲人。

彼得原本下定了决心，不管自己的家人是如何阻挠此事，只要纪利奥卓同意将女儿嫁给他，他决定娶她为妻，现在，眼看着这仅有的一条令他如愿以偿的路也被人弄断了，他实在是伤心极了。然而，他到底有了一个主意，只要自己的心上人能与他一条心，那么这段情缘依然能够续上。于是，他派了手下前去试试她心中是怎么想的，她真的同意他这么做，于是，他拿定了主意，和她一同离家出走，向罗马城外逃去。

彼得先做好了一切准备，当约定的那一天来临时，清早，他便起来了，带着那位小姐，骑着马，向安那仑走去，到达那儿后。去找几位心心相印的朋友。他们走得十分仓促，也没有时间结成夫妻，生怕后边有追兵。一路上，两人说着情话，不停地接吻，没想到，彼得对路一点都不熟，走出城外，才走了八英里路，本来应该向右转，然而他却向左拐了。

大约走了六英里路，不知不觉之间，他们来到一座规模较小的城堡不远处，寨中的人发现了他们。忽然，十几个身强力壮的男人冲出山寨，一见这些人即将来到了面前，于是阿特莱拉马上大声叫了起来：

“彼得，快跑呀！有人向我们发动了袭击！”

说罢，她便催动坐骑，穿过一座大树林。她扶稳了马鞍，拼命地用脚踢打着马肚子，由于感到疼痛，马儿飞也般地向树林里跑去。

没想到一路上，彼得根本不看路，而是忙着欣赏阿特莱拉的仪容。因此，没有像他的心上人一样立刻发现了这些不速之客。当她的话传入了他的耳中之后，正回过头来，四处张望，还没看见他们，就成了他们的俘虏，他们拖下了他，问清楚了他是谁，然后，众人合计了一下，说道：

“此人与我们的敌人是朋友，我们要把他的衣服剥掉，把他的坐骑牵走，那儿有棵橡树，我们把他吊在上面，如此一来，奥森尼肯定会气得半死。”

众人一致赞成这个主张，立刻吩咐彼得把衣服脱下来，一见大难来临，彼得无奈，只得依令而行。出人意料的是，正在这时，又有二十五个人从草丛中冷不丁地杀了出来，冲这些强人大声叫道：“杀，杀！”这些人无比惊慌，马上把彼得放掉了，准备抵抗。然而一见寡不敌众，只好仓皇逃走了，于是，那二十几个人紧紧地跟在他们身后，进行追杀。

见此情景，彼得马上把地上的衣服捡了起来，鞭打着坐骑，奔向适才阿特莱拉逃走的方向。跑了一段时间，不仅没有寻到人，甚至都没有找到一条能走的小径。更是没有发现马蹄留下的痕迹。此时此刻，他真算得上是这个世界上最悲伤的人了。他又纵马狂奔了一程，认为那些拦截他的强人，追杀强人的那些人已经渐渐地远去了，可以宽心了，于是，他才赶着马儿在林中跑来跑去，一面哭泣，一面呼唤着心上人的姓名，然而无人应声。他既没有胆量往回走，往前走又不晓得去了何处。他想起林中常常有野兽，除了担心自己外，他也放心不下自己的心上人，似乎亲眼目睹她已经落到了野狼和大熊的口中。

倒霉的彼得在林中这样转来转去，转了整整一天了，不停地呼唤着自己的心上人，他只道自己在向前进发，实际上，他在向后走，就这样，他又喊又哭，心中充满了恐惧，腹中又饥肠辘辘，最后，他疲惫不堪，迈不动步了。眼见夜幕即将降临了，此处前不着村，后不着店，他只好步行，将马儿系在大橡树上，自己也向树上爬去，以免夜晚落入野兽的血盆大口。时光飞逝，月儿已经升上来了，夜色十分明朗，他怎么也无法入梦，只是长叹不已，抱怨自己命运不济。一方面，他固然不敢进入梦乡，唯恐摔下树来，即便他有地方可以安睡，然而一想到心上人，他心中便焦灼不堪，依然无法入睡。

至于那位女士，那时他只想着逃命，也不晓得该逃向何处，只得听凭自己的马儿带着她走，一直走向树林的深处，直到最后，她也没有找到刚才进入树林的地方，只好在那片人烟稀少的林子里不停地转圈子。她也和彼得一样时而停下细细倾听，时而继续前行，一面行走，一面大哭大叫，悲叹自己命运不济。后来，黄昏已经来临了，依然没有找到彼得，正在这时候，一条小径出现在她的面前，马儿拐上了这条小路。大概走了一两英里，远处的一座小屋进入了她的眼帘，她使劲鞭打坐骑，匆匆忙忙地走向小屋，发现一对老夫妇住在那里，他们见她孤身一人，于是便和她打了一个招呼：

"小姐，天色不早了，你独身一人到这儿来干什么呀？"

小姐哭泣着，告诉了他们，在树林里，他和同伴走散了，接着又问他们，此处距离安那尼有多远的路程。

那位老大爷答道："小姐，你想去安那尼，可你走错了路，这儿距离安那尼有几十里路呢！"

小姐又问道："此处可有可以住宿的客店？"

心地善良的老大爷又说道："夜幕即将降临了，你无法赶到任何一个客店了。"

然后，小姐说道："既然无处借宿，那么你能发发善心，让我今天晚上在你家暂住一晚吗？"

老者又说道："小姐，你想在我家暂住一晚，我十分欢迎，只是事先我必须向你声明一件事情，在这一带，无论是白天还是黑夜，坏人神出鬼没，他们或是同伙，或是仇家。胡作非为，使我们备受折磨，你在我家借住，万一这些人来了，他们见你生得如此美若天仙，而且正当妙龄，肯定会有非礼行为，到那时，我们无法搭救你，你可别责怪我们没有事先提醒你呀！”

闻听此言，小姐心中有点恐惧，然而，一看夜幕已经降临了，只好说道：“希望上帝保佑我们平安无事，万一遇到这种事情，被这些坏人欺负了，总比待在树林里充当了野兽的食物要好得多。”

说罢，她翻身下马，向这个穷苦的老者家中走去，随便吃了一些粗淡的饭菜，随后与这对老夫妇在一张小床上躺了下来，没有脱衣服，整整一夜，她长叹不已，抱怨自己命运不济，又担心彼得的安危，愈想愈无法入梦。

东方即将拂晓之时，一阵杂乱的脚步声传入了她的耳中，她赶紧爬了起来，来到屋后的一个宽敞的院子里，发现院中的一个角落里，堆着许多草，于是，她立刻钻进了草丛里，心中暗想：要是真的来了什么坏人的话，也可以暂避一下，不会立刻落入别人的手中，她尚未彻底藏好，一群强盗已经快进门了，他们拼命地撞开了门，向屋里走来，发现了阿特莱拉所骑的那匹备好鞍子辔绳的马，于是，他们问什么人来到了此地，善心的老者见姑娘没有出现，才放心地告诉他们：

“只有我们老两口住在这里，除此之外，再无别人。这匹马没有主人，昨天，它逃到了我们家，于是，我们便把它拉进了屋里，以免落入豺狼之口。”

带头的一个人说道：“既然这马无主，那我们就带走吧。”

这些人来到了屋里，四处乱闯。有的来到了院子里，把枪、矛、箭、盾扔在地上。其中有一个人百无聊赖，顺手拿起枪，扔向草堆，差点扎着了那位藏在草地里的少女。枪头正好距离她的左边乳房不远，弄破了她穿在身上的衣服，她吓坏了，差点要大声叫了起来。幸好她记得自己此时所处的境况，因此，虽然惊恐不已，还是控制住了自己，一声没吭。后来，这些人开始煮牛、羊肉，大吃大喝，酒足饭饱之后，便拉住姑娘的坐骑，各走各的道，各自做自己的事情去了。当他们渐渐远去之后，老者向他的老伴说道：

“昨天晚上住在我们家的那位姑娘，不晓得她现在如何，我们起来后，还没看到她的影子呢！”

他的老伴一边告诉他她不晓得，一边立刻前去寻找那个少女。姑娘听到恶徒的脚步声已渐渐远去了，便走出了草堆，老者见坏人并没有找到她，十分高兴，又见天已经很亮了，马上对她说道：

“姑娘，此时，天已拂晓，从此处出发，向前走五英里，便到达了一个城堡，我们陪你前往那儿，不会有什么危险。只是适才坏人已经牵走了你的坐骑，你只能走到那儿去了。”

此时此刻，姑娘早已不在乎马儿了。只希望老两口看在上帝的份上，赶紧陪她奔城堡而去，然后，三个人上路了，当晨祷已经做完了一半时，他们抵达了城堡。

这座城堡的主人名叫廖纳罗·狄·康朴迭福，他本是奥森尼族人。他的老婆非常虔诚，心地善良，此刻她正好在家，见这位姑娘登门拜访，一眼就把她认出来了。兴高采烈地把她迎了进去，问她如何来到了这儿。于是，阿特莱拉一五一十地向她讲述了自己前来此处的经过。夫人对彼得也不陌生，因为他与她的丈夫是朋友。一听说彼得不幸被坏人抓住，她心中非常难过，又生怕他此次难以摆脱性命之忧，于是，他向阿特莱拉说道：

“你既然不晓得彼得现在何处，可以先在这儿住下，当我有空闲时，我再护送你前去罗马。”

彼得一直处在悲伤绝望之中，他待在橡树之上；当平时睡第一觉的时间来临时，一二十头狼出现在他的视野之中，团团地围住了他的坐骑。当狼的气息被马儿闻到以后，马儿拼命地把僵绳挣断了，意欲逃走，然而狼已把它围得水泄不通，无法逃走了。它用锋利的牙齿撕咬，用有力的蹄狠踢，最后寡不敌众，被狼群扑到在地，活生生地被咬死了，狼群饱餐一顿，甚或都吃掉了它的五脏六腑，只留下了一堆骨头。对彼得来说，失去坐骑，无异于丧失了一个好伙伴，一个共患难的友人，他极其难过，只担心这一生一世都要待在树林之中了。

天刚亮时，待在橡树上的他全身冻僵了，差不多要死了，不停向树的四周张望，发现在距离此地大约一英里的地方，有人点燃了一堆火。天色越来越亮后，他胆战心惊地爬下树来，走向那堆火，发现火堆的四周坐着牧羊人，他们正在大吃大喝，寻欢作乐，众人同情他，便让他也坐下来吃点食物，暖和暖和身体。

他不再饥饿了，身上也非常暖和，于是，便向他们讲述了自己倒霉的经历，说他如何孤身一人到了此处，又问他们，从这儿往前走，途中是否有村庄、市镇以及城堡。

牧羊人对他说，从这儿大约走十英里的路，便到达了一个城堡，它的主人名叫廖纳罗·狄·康朴迭福，此时，他们夫妇俩都在此处居住，闻听此言，彼得狂喜不已。请求他们让一个人陪同他前往此处。立刻有两人表示愿意为他带路。到了城堡以后，他拜访了几个朋友，正准备请他们帮忙想想办法，进入树林，为他寻找心上人。这时候，夫人恰好让人传他进屋，来到屋里后，他发现阿特莱拉也在此处，心中涌起一股无法表述的欣喜之情，他巴望一把将她搂在怀里，然而，由于夫人也在场，他不敢轻举妄动。至于那位小姐，其兴奋劲儿与他不相上下。夫人热情地欢迎他的光临，盛情地款待了他，然后，便请他将这次屡屡身处险境的经过讲给她听听。听完这一切后，她指责他不应该不遵从家人的意志，干出了这种勾当，然后见他坚持如此，又见阿特莱拉与他一往情深，心中寻思："我干嘛白费力气，从中阻挠呢？ 他们两人彼此爱慕，心心相印，而且和我的丈夫都是朋友。 他们的心愿是光明磊落的，而且上苍也成全他们，一个摆脱了被绞死的命运，一个从枪矛下死里逃生。 与此同时，两人都差点儿喂了野兽，被困在树林之中。 如此一来，我为什么不让他们遂了心愿呢？”寻思完毕，她便转过身去，向这对情侣说道：

“要是你们两人非要结成连理，我也愿意成全你们。 你们可以在此处举行婚礼，廖纳罗负责所有的花销，婚礼结束后，我再登门拜访你家的人，为你们说好话。”

闻听此言，彼得一阵狂喜，阿特莱拉更是高兴不已。 然后，两人举行了婚礼，夫人为两人举行了非常体面的喜宴，所有在山城中能买到的东西，都配置齐全了。 这对青年男女享受着初次交合的成果，自然快活无比。 几天以后，两人上了路，回返家乡，夫人也与他们一同前往，并且让人护送他们回去，平安无事地到达了罗马。 见彼得自作主张，做出了这种举动，彼得的家人果然雷霆大怒，只是后来好歹又讲和了，从那以后，彼得和阿特莱拉过着甜蜜美满的生活，厮守了一生。

故事四

卡德莉娜与心上人正沉浸在甜美的梦乡之中，她的爸爸看见了这一幕，那心上人乐于唯命是从，立刻和她举行了婚礼，使老头子心中的气恼一下子消失得无影无踪。

当爱莉莎的故事结束后，众女士赞叹不已，后来，女王命令菲洛特拉为大家讲一个故事，他满面笑容地开口了：

你们这些女士总是责备我，不该要求你们老讲一些凄惨的故事，使得你们泪如雨下，为弥补我的过错，此次我将让你们开开心心的。

我准备讲一个短小的有关爱情的故事，结局非常完美，尽管其间也有一波三折，然而那只是几声长叹而已，混合着暂时的恐惧和害臊而已。

显贵的女士们，没多长时间以前，在罗马纳，有位出身显贵的绅士，他非常有修养，名叫利齐奥·达·伐朋纳，在他即将迈入暮年之际，他的老婆贾康米娜为他生了一位小姐，她长大以后，长得非常美丽，在罗马纳，无人能及她美丽迷人。她的父母只生下一位独生女儿，将她视为掌上明珠，而且对她看管甚严，老想为她找个好婆家。

经常出入利齐奥家的人中，有位小伙子，出类拔萃，他名叫理查，他的祖先是居住在勃莱蒂诺的玛纳第家，他经常和这户人家打交道，因此，老两口从不把他当作外人，而是当作自己的亲生儿子一般。没想到这个年轻人见他家有个正当妙龄的女儿，而且生得美丽动人，举手投足之间显得开朗文雅，还没见过几次面，他就对她产生了深深的爱慕之情。他不敢莽撞行事，只希望装成无事人一样。然而爱情的火苗又如何能压抑得住呢？他可以瞒过别人，然而却无法瞒住那位小姐，没过多长时间，他的心事就被她察觉到了，她不但不避，反而对他柔情依依，见此情景，理查高兴到了极点，多次打算向她表明心迹，可是又担心把话给说错了，有一回，机会来临了，他壮起胆子对她说道：

“卡德莉娜，救我一命吧，我为相思所苦，将不久于人世了！”

小姐马上向他答道：“老天呀，你也不要让我为相思而死呀！”

一听到此话，理查高兴到了极点，顿时勇气倍增，便对她说道：“只要能得到你的欢心，我愿意干任何事情，只是想让你我两人活命，你必须拿个主意才行。”

“理查，”她说道，“你瞧，我父母对我严加管束，我实在不晓得让你如何来和我亲热，然而，要是你有啥好主意的话，又不会让我们蒙羞，那么请你对我说吧，我肯定依令而行。”

理查想来想去，竟然想出了一个办法，于是便如此告诉了她：

“亲爱的好卡德莉娜，我也没有别的主意，在你们家里，不是有个阳台吗？它正对着花园，要是你能想出办法来，在阳台上睡觉，等待着我的到来，预先与我约定，那么，无论阳台的高度如何，我一定会设法爬上阳台，前来与你见面。”

“只要你有这个胆子，”卡德莉娜说道，“那么我一定会设法到阳台上去睡觉。”

理查满口应承，两人匆匆忙忙地亲吻了一下，就分手了。

此时，五月已经接近了尾声，次日，那小姐便前去拜见母亲，向她耍小孩脾气，说昨夜实在是太炎热了，使得她无法入眠，于是，她的母亲答道：

“亲爱的女儿，你说太炎热了，你是什么意思呢？然而天气十分凉爽了。”

“妈妈，”卡德莉娜答道，“你应再补充一句，你感到天气相当凉爽，可你要记住，正当妙龄的女孩与年迈的人不能比，我会感到热的。”

“亲爱的女儿，”她的妈妈说道，“你没有说错，然而我无法根据你的意志让天气变热或变冷，每一年，我们都必须度过一个夏季，你最好忍忍吧！今天夜里，天气可能会比较凉快，你可以睡个好觉了。”

“这要看老天的心意了。”卡德莉娜叫了起来，“只是夏季越来越近了，天气如何会日益凉爽呢？”

“如此说来，你有什么要求吗？”她的妈妈说道。

“如果你和爸爸不反对的话，”卡德莉娜说道，“我打算把一张小床搭在睡房外面对着花园的阳台上。当夜幕降临以后，我就在那儿睡觉。夜莺在唱着歌儿，天气又十分凉快，与在你的房中过夜相比，肯定会舒适些。”

“女儿，你宽下心来吧！”妈妈说道，“我会去告诉你父亲的，只要他同意，我们就如此行事。”

然而，利齐奥早已上了年纪，总是脾气古怪，当他的老婆说了这番话以后，他却说道：“夜莺是什么东西呀，她要听着它的歌声才能入梦？ 我倒想让她在蟋蟀的歌唱声中入梦。”

知道了爸爸的意见后，卡德莉娜整夜无法入眠，而且也扰得她妈妈无法安睡。 不停地抱怨天气过于炎热，老是喋喋不休的——实际上，哪是什么天气炎热，只是她气恼罢了。 次日一大早，她的妈妈便前去告诉利齐奥：

“老头子，你实在是太不晓得怜惜自己的女儿了，她想在阳台上睡觉，又干你啥事了？ 昨天夜里由于天气炎热，她一整夜都睡不着觉。 另外，你要是念及她尚年幼，那么，她喜欢倾听夜莺的歌声，那有什么。 年轻人自然有自己的娱乐方法。”

利齐奥无法违背老婆的意愿，只好说道：“行了，就照你说的办，为她摆张小床在阳台上吧！ 另外为她悬挂一顶帐子，让她在那里睡觉；无忧无虑地倾听夜莺的歌声吧！”

闻听爸爸同意了，那小姐连忙来到了阳台上，搭好了小床，打算当天夜里就在那儿睡觉。 布置好这一切以后，当理查来了以后，便根据预先定下的计划，向他发出暗号。

夜晚来临了，听到女儿爬上床的声音后，利齐奥便关上了那扇通往阳台的卧室的门，随即，自己也爬上床歇下了。

至于理查，半夜时分，他便扛来了一张梯子，放在利齐奥家的围墙之上，然后爬上墙头，也无法顾及万一摔倒在地，会是何等的不安全，只是紧紧地扶住另一面墙，如此一来，他便艰难地爬上了阳台，跳了进去。

阳台上的女孩子早就在等待着他的到来，此时此刻，她无比热忱地向他的怀中扑去，高兴得几乎要大喊起来。两人紧紧地搂在一块儿，不停地亲吻着，然后双手相牵，一同爬上了床，几乎彻夜玩耍，通宵未眠——也不晓得那只夜莺动听地歌唱了多少次。

春宵苦短，他们过于迷恋目前的无限幸福，却不晓得天将拂晓了，当他们尽情地快活了一番之后，感到炎热而且疲惫不堪，没过多长时间，两人就进入了梦乡，全身赤裸，毫无遮拦。卡德莉娜的右手把理查的脖子搂住了，左手却抓着那个——面对着男人，你们女士们无法说出口来的物件。

没过多长时间，天色已经大亮了，可这对年轻人却沉浸在甜美的梦乡之中。利齐奥起了床，想起了女儿在阳台上睡觉，便轻轻地把门打开了，喃喃自语道："让我去瞧瞧昨天晚上夜莺让卡德利娜睡得如何了。"

然后，他来到了阳台上，走近小床，轻轻把被子揭开了，顿时发现自己的女儿正与一位男士搂抱在一块儿，双双进入了梦乡。两人都全身赤裸，毫无遮拦，他又仔细一看，发现那位男人正是理查，于是，他赶紧走出房外，走进妻子的睡房，喊醒了梦乡中的老婆，对她说道：

"你这位母亲，赶紧起床，去瞧瞧你的女儿吧！你的女儿如此喜欢夜莺，居然捉住了它，直到此时此刻，她还把它紧紧地抓在手中呢！"

"怎么会发生这种事情？"他的老婆问道。

"你立刻到那儿去，就能目睹那一幕。"利齐奥答道。

闻听此言，她连忙把衣服穿上了，跟在丈夫的身后，悄无声息地走近女儿的床边，把帐子揭开一看，才懂了她的女儿如何会把夜莺抓住，而且此时此刻依然抓着它，原来夜莺是这样的，难怪她想倾听夜莺的歌声了。她一时心头火起，认为理查侮辱她的女儿，于是准备大声叫喊，大骂他一通，然而她的丈夫阻止了她，说道：

“孩子她娘，如果你肯听我说的话，那么你别叫喊了。说实在话，她既然捉住了他，就不该让他逃走。理查出身世家，家境也很富裕，我们把女儿嫁给他也没啥不对之处。他想平安无事地走出我家，那么，他必须先答应娶我女儿为妻。同时，她就会知道，她只能用自己的笼子关住夜莺，而并非乱放入她人的笼子之中。”

见事情已经发展到了这步田地，那做老婆的见丈夫也不生气，所以，她也长长地吁了口气，一想到女儿度过了一个美好的夜晚，正沉浸在甜蜜的梦乡之中，她也不用再说什么了。

两人正在交谈时，理查醒过来了，一见天色已经很亮了，不禁大叫了一声“哎呀”，于是赶紧推醒了睡在一旁的卡德莉娜，说道：

“大事不妙了，我的宝贝，我们如何是好呀，天已经大亮了，我还打算悄悄地跑出去呢！”

他刚说完此话，利齐奥早已走近床边，一把把帐子揭开了，声色俱厉地叫道：“你们干得不错！”

一见她的爸爸来到了面前，理查的心似乎要跳出胸口来了，连忙坐好了，说道：“先生，我请求你看在上帝的份上，这次就饶恕我吧！我晓得我干出了有愧于人的事情，罪该万死。随便你怎么处置我，只想请你饶恕饶恕我，放了我吧！”

“理查，”利齐奥对他说道，“我一直都很看重你，把你当人看，没想到，你竟然干出了这种事情来报答我。如今生米已成了熟饭，你便只有一条路可以选择；这条路既能使你得以保全生命，也能使我的家丑不外扬，换句话说，要你正式承认卡德莉娜是你的妻子，那么，你就不止只拥有她一个晚上了，从今天开始，她就永远属于你了，唯有做出这个选择，我才能饶恕你。你自己的性命也才可以保全。不然的话，赶紧向上帝祈祷吧！”

当心上人和爸爸交谈时，卡德莱娜已将夜莺放走了，穿上了衣服，开始哭泣了。她请求父亲原谅理查吧，一边又回头请求理查接受爸爸的要求吧，从那以后，两人就能像今天晚上这样亲密地度过每一个夜晚了。

实际上她根本不必如此泪如雨下，苦苦央求，理查感到羞愧和恐惧，一面想对自己的错误进行弥补，一面想保全生命——就凭这两点，即使不论他对卡德莉娜怀有何等炽热的爱慕之情，只想与她终生厮守，就可以让他轻而易举地、毫无怨言地同意利齐奥提出的要求。

于是，利齐奥把戴在他夫人手上的那枚戒指捋了下来，递给了理查，也没费什么工夫，还待在床上的理查在两位老人在场的情况下，承认了卡德莉娜是他的妻子。如此一来，利齐奥和老伴认为可以走出阳台了，离去之前还叮咛小夫妻俩：

“再睡片刻吧，说不定你们还不打算起床吧！”

当二位老人离去以后，这对年轻人又互相搂抱着，昨天整整一夜，他们只狂奔了六英里的路程，此时此刻又接着走了两英里的路，然后，第一天的活动才宣告结束了。

两人起了床后，理查就找到了利齐奥，以便对婚礼的各种手续展开进一步的议论。一切事情都圆满地解决了，几天过去了，他又当着各位亲朋好友的面，与卡德莉娜举行了正式婚礼，将她迎娶回家，仪式非常隆重。从那以后，两人称心如意，不分昼夜地把弄着夜莺，生活得十分美满和幸福。

故事五

吉岛托弥留之际，委托好友照顾自己的女儿，后来，同时有两位年轻人对这位姑娘产生了爱情，其中一位名叫姜诺，一位名叫敏纳，历经波折，最终证实姜诺与她原是一胞所生的兄弟，于是，她便做了敏纳的妻子。

听着有关夜莺的故事，众女士笑得不可开交。当菲洛特拉的故事结束以后，她们依旧笑得前俯后仰，等众人的笑声停下来以后，女王说道：

“昨天，你真的让我们姐妹备受折磨，今天，也让我们笑得够开心了，因此，我无法出言责备你。”然后，她吩咐妮菲尔接着讲故事，于是，妮菲尔非常高兴地开口了，她所讲的故事如下：

既然菲洛特拉所讲的故事的发生地点是罗马纳，我也讲一个有关此地的故事。过去，在凡诺城里，有两位上了年纪的伦巴第人，其中一位名叫吉岛托·达·克来蒙那，另一位名叫贾考明诺·达·巴维亚。他们风华正茂时，曾经一同驰骋沙场，其间也曾建立功勋。吉岛托即将离开世界时，既没有儿子，也没有值得信赖的友人，只留下了一个大约十岁的小女儿，无法委托别人照顾她，只好托付贾考明诺照看他的女儿，以及他的家财。他交代完这一切以后，便撒手西归了。

贾考明诺把这个小女孩当作亲生女儿一般地进行教导。他的居住地原本是费恩查城，只由于那儿连续几年，战火连绵，民众无法生存，因此才将家迁至凡诺城，暂时住在了这里。现在，那儿的形势已经变好了，所以愿意搬回去都可以如愿以偿。本来，贾考明诺非常喜欢费恩查城，因此便打点好行装，带着小女孩，一起返回了家乡。

后来，这位小女孩长大成人了，生得非常秀美，其美貌比起城中的一切姑娘来，毫不逊色。她不仅仅是长相美丽，而且品质高尚，很有教养。真称得上是一位完美无缺的少女，所以城中不少小伙子争先恐后地求她嫁给自己，其中的两位小伙子年岁相仿，潇洒风流，对她的爱情也更加深厚。两人钩心斗角，彼此嫉恨。在这两位小伙子中，一位名叫姜诺·狄·塞佛林诺，另一位名叫敏纳·狄·明哥，眼见这位小姐已年满十五，都渴望她嫁给自己，无奈的是，他们的父母都持反对态度。既然无法光明磊落地娶她为妻，于是两人只好斤斤计较，另打主意，以期得到她。

在贾考明诺家中，有两位佣人，其中一位是老妇人，另一位则是男用人，此人名叫克里维罗，非常和气，讲究义气，姜诺和他是好朋友，后来见机会已经来临了，便向他一五一十地讲述了自己的心事，恳求他助自己一臂之力，以实现夙愿。还对他说，一旦事情成功，肯定会有重谢，克里维罗马上告诉他：

“我只能在一点上助你一臂之力，也就是，等何时贾考明诺前往别人家用晚餐去了，我便想办法带你进屋，因为我如果当着她的面为你求情的话，那么她是绝对不会同意我的建议的。要是你同意这个主张的话，那么我可以承诺，一定为你做到，等你们相见之后，随便你怎么办。”

姜诺答道：没有比这更好的办法了，于是，两人就这么讲定了。

至于敏纳，也同时收买了为贾考明诺效力的女仆，几次托她捎信给姑娘，使姑娘同意等什么时候贾考明诺外出了，带来敏纳，与之相见。

没过多长时间，克里维罗有了一个主意，一边让贾考明诺前往友人家用晚餐，一边马上让姜诺知道了这件事情，吩咐他及时前往，门没关，等着他的光临，看到他的暗号后，就到屋里去。对于这一切，女仆一无所知，然而她晓得老爷今夜外出用餐，于是，马上把这个消息捎给了敏纳，吩咐他夜里在旁边等候，看到她发出的信号后，再到屋里去。

夜晚来临了，两个情场上的仇敌毫不知晓，只是各自防范着对方，分别带了三四个仆人，全副武装，打算抢走小姐。敏纳他们就在与姑娘家相邻的一个朋友家中住了下来，姜诺他们住的地方，距离这里有一定的距离。

此时此刻，在姑娘家中，贾考明诺离去之后，两个仆人马上设计，想让对方走开。男仆说道：

“你为什么还不去休息？干吗老是在屋里徘徊？”

女仆说道：“你干吗不去把老爷接回家来，你已经用过了晚餐，还待在此处，意欲何为？”

如此这般，两人你想支走我，我想支走你，两人争得不可开交。克里维罗一见他与姜诺定好的时间已经来临了，心中暗想：“我为什么要在乎这个老婆子呢？如果她不规规矩矩的，那么她有苦头吃。”然后，他发出了信号，把门打开了，姜诺赶紧和两位朋友来到了屋里，走到客厅，看见了小姐，竟然抱住了她，拔脚就要离去。小姐拼命抵挡，高声呼救，没想到，那个女仆也一样，发出了一个信号，敏纳他们立刻赶来了。当他们来到门前时，发现有人拖着小姐，已经到了门口，于是，他们纷纷把身上的刀剑拔了出来，厉声叫道：

“恶徒，你们不是在自寻死路吗？不准如此肆意妄为！你们胆子倒不小，竟敢如此做坏事。”

说罢，他们就和对方厮杀起来了。当这些吵闹声传入邻居的耳中之后，他们都点着了火把，带着器械，来到了这儿。众人都指责姜诺不讲道理，纷纷帮着敏纳。双方吵了好长时间，敏纳最终从情敌手中救下了小姐，并送她回家。正当他们闹得不可开交之时，巡警赶到了，立刻抓了不少人，姜诺、敏纳、克里维罗纷纷锒铛入狱。一场风波至此才宣告平息了。贾考明诺返回家中以后，目睹此情此景，恼火不已。便问起事情的前因后果，然而见女儿平安无事，才又和和气气地打定主意，赶紧让她嫁人，以免又招来麻烦。

次日一大早，当这个消息传到两个年轻人的父亲耳中之后，他们生怕贾考明诺控告自己的儿子，使其在牢中备受折磨，于是，便登门拜访贾考明诺，不停地求情，恳求他宽恕他们的少不更事，冒犯了他，请他念及大人的情面，网开一面，至于赔偿吗，随便他开口，尽管是要求他们的儿子赔，他们都依令而行。贾考明诺历经沧桑，很有眼光，立刻作出了答复：

“先生们，即便此时此刻我是待在自己的家乡，我与你们也念及友谊，绝对不会有对不起你们的行为。再说，此时此刻，我待在你们的家乡，处理此事更要遵从你们的意愿。光论此事，你们并未冒犯我，而是我有愧于你们。你们要明白，众人公认这位小姐来自克莱蒙或是巴维亚，实际上，她出生在本地，即费恩查。不管是我本人还是她自己，甚或包括那位弥留之际委托我照顾她的老者，都不晓得她的亲生父母到底是谁。因此你们不管叫我做什么，我都会依照你们的吩咐行事。”

闻听此言，绅士们都感到十分奇怪，他们对他的宽广胸怀深表谢意，又问他如何收养了这位小姐，他是如何晓得她是本地人。他答道：

“我有位朋友，也是并肩战斗的战友，他是吉岛托·达·克来蒙那，弥留之际，他告诉我，昔日腓特烈皇帝攻占本城之时，士兵们在城中烧杀抢掠，他与手下来到了一幢房子里，发现了不计其数的钱财，都是这户人家抛弃的。人都逃走了，唯有一个两岁的小女孩留在屋里。一见吉岛托来到了楼上，她便喊他“爸爸”，他的心头不禁涌起了同情，于是把这个女孩连同屋里的钱财都带走了，到凡诺去了。弥留之际，他委托我照顾这个小女孩，并叮咛我：当她到了出嫁的年龄时，就把她嫁人，把她的一切钱财作陪嫁。如今，她已经该出嫁了，我尚未为她寻到一个终生相守的人。我十分愿意早点将她嫁人，以免昨晚发生的事情再度上演。”

听众中有一个人，他名叫吉格勒明诺·达·梅地契那，那年，当那场劫难降临费恩查城时，他与吉岛托待在一起，晓得吉岛托抢劫了谁家，而且那个失去财物的人此时也在此处，于是，他走近那个人，说道：

“白那布丘，贾考明诺所说的话，你听到了吗？”

白那布丘答道：“是的，我正在回忆此事。记得那年，兵荒马乱的，我真的失去了一个小女儿，与贾考明诺所说的那个小女孩差不多大。”

吉格勒明诺说道：“那么，一定是这位小姐了，我曾经与他在一起待过一段时间，他曾经向我提及抢劫的地点，于是，我晓得那一回他抢劫了你们家。你再回忆一下，那个小女孩可有什么非同一般的身体特征，可以以此认出她。找回走失的女儿，这肯定是你所希望的吧！”

白那布丘思索了片刻，然后回忆起了在那个小女孩的左边耳朵的上方，有一道伤痕，呈十字状，那是因为在抢劫尚未来临之时，她长了疮，动了手术，然后留下了这道伤疤。此时，他见贾考明诺尚未离去，便怀着焦灼的心情走近了他，让他领着自己进屋去看看那位姑娘。贾考明诺马上答应了，带着他来到了屋里，命姑娘出来见面。当她的脸庞进入白那布丘的眼帘之后，他似乎亲眼目睹了自己的那位徐娘半老的夫人。只是他依然放不下心来，于是向贾考明诺提出请求，让他掠开姑娘左耳上的头发，贾考明诺没有反对。于是，他来到那位非常羞涩的小姐面前，伸出右手，把他的头发掠开了，果然，一个呈十字状的伤痕呈现在他的眼前，此时，他才认定这位小姐就是自己的女儿，不禁心中充满了酸楚，流下了泪水，伸出手去，想拥抱姑娘，姑娘不同意，于是，他转身向贾考明诺说道：

“兄弟，她是我亲生的，那一年，吉岛托抢了我们家，由于事情发生得太突然了，一时惊慌，我们夫妻俩忘记带走女儿。那一天，他们放火烧毁了我家，我们始终认为她已葬身火海了呢！”

当他的这一番话传入姑娘的耳中之后，她见他上了年纪，这才相信了这一切。一阵无法抑制的天生的感动袭上了她的心头，她让爸爸紧紧地抱住了自己，与他一同失声痛哭，显得非常悲伤。白布那丘马上找来了自己的妻子以及子女们，把这一切的前因后果告诉了他们，等众人和她一一相拥以后，他才兴高采烈地接走了女儿，甚至贾考明诺也毫无不满之处。

另外，这座城市的市长为人贤明，当这件事情传到他的耳中之后，而他又听说身陷监牢的姜诺的父亲也是白那布丘，换句话说，他与这位小姐是兄妹关系，于是，市长从轻处置了他，释放了所有关押在牢中的敏纳、克里维罗还有别的涉嫌此案的人们。除此之外，为了此事他前去与白那布丘、贾考明诺合计了一番，让两位小伙子合好如初，并亲自充当那位小姐和敏纳的月下老人，使敏纳一家无比高兴。敏纳本人自然非常得意，举办了规模宏大的宴席，接来小姐，与她结成了连理，一辈子过着快乐美满的生活。

故事六

深更半夜，纪安尼偷偷地来到王宫之中，与心上人寻欢作乐，东窗事发，两人被抓，绑在火刑柱上，正准备执刑之时，幸亏海军大将鲁杰厄来到，为两人讲情，遇难呈祥，两人结成了连理。

妮菲尔把故事讲完之后，女士们纷纷喜形于色，女王命令潘比妮亚讲故事，潘比妮亚马上兴高采烈地开始讲故事了：

可爱的女士们，今天，还有前几日所讲述的一切故事，都向我们显示爱情具有何等巨大的威力，人类一旦坠入了爱河，即便你让他排江倒海，上刀山，下火海，他也毫不犹豫。尽管已经讲了足够的这种故事，然而我依旧想再讲一个给你们听。

在距离那不勒斯不远的地方，有个岛屿，名叫伊斯嘉，在岛上，有位名叫莱蒂杜达的姑娘，她生得十分漂亮，而且性格开朗，她的爸爸便是绅士马林·波尔加洛，在距离该岛不远的普罗奇达岛上，有位名叫纪安尼的小伙子，他对这位少女产生了爱慕之心。几乎视其为自己的性命，姑娘对他也一往情深，他不仅在白天从普罗奇达出发，渡过海峡，前去与她相见，偶尔在夜里，海上没有什么船只时，他也从水中游向伊斯嘉岛，即便偶尔无法见到她，看到她家的墙壁也是不错的。

就这样，这对年轻人互相深深地爱着。有一年的夏季，姑娘孤身一人前往海边漫步，从这块岩石走到那一块岩石，而且拿出小刀，挖出石缝的贝壳，把玩着。不知不觉之间，她到了一个僻静之处，此处四周都是悬崖，非常凉爽，并有一山泉，正在这时候，几位来自西西里的小伙子坐着小舟，告别了那不勒斯，抵达了此处。见如此美若天仙的一位少女孤身一人在此处逗留，而且对他们的到来毫无察觉，于是他们打起了坏主意，准备抢走她。他们说干就干，一齐抓住了姑娘，也不顾及她大声喊叫，便架着她，上了小船，迅速地离去了。抵达卡拉白里亚后，为了这位少女，他们内部出现了纠纷，抢夺不休，针锋相对。后来，他们认为为了一位姑娘如此争执不休，打乱了事情，可不是闹着玩的。然后，他们合计了一下，作出了决定，将这位姑娘进贡给西西里国王腓特烈，因为此王正适风华正茂，特别喜欢这种风月之事，抵达巴勒摩后，他们真的带着少女前去求见国王。

一见她生得如此美若天仙，国王果然兴高采烈。然而此时国王身体不好，于是吩咐手下暂时安排姑娘住在一栋楼里，这是他古巴林苑中比较出色的一栋，并且命令他们好好照顾姑娘，等他恢复了健康之后再享用。仆从们立刻依令行事。

自从有人抢走了这位少女之后，伊斯嘉岛上的人们无法得到安宁。最令人恼火的就是，是谁抢走了她无人知晓。与别人相比，纪安尼更是心急如焚，他见在伊斯嘉岛上无人知晓此事，便向别人问到了那些人的下落，然后准备好了一条船，坐着船，沿着海岸，迅速向前进发，四处查找，从明纳瓦海岬开始，一直到达了斯开利亚，此处位于卡拉白里亚境内。每到一处，都四处打听少女的去向。后来，在斯开利亚，总算有人告诉了他，几个西西里船夫抢走了她，去了巴勒摩。

纪安尼马上去了那儿。抵达此处之后，经过多方查寻，才晓得他们已把这位少女献给了国王，此时此刻，姑娘正在古巴林苑中居住。闻听此言，他可急死了，担心从此以后，他不但得不到心爱的姑娘，可能今生再也无法相见了。

然而他既然视她为自己的生命一般，便绝对不愿就这样算了。他先打发走了小船，心中寻思；此处无人认识他，不如先住在小岛之上，再作打算，从那以后，他每一天都经过古巴林苑，有一天，非常凑巧，他果真见到了自己的心上人，她正站在窗前，向外眺望，姑娘也发现了他，两人心中狂喜不已，纪安尼见此处比较冷清，而且僻静，便竭力走近一点，与她交谈了几句。姑娘又叮咛他以后要是还想和她相见、聊天，应该怎样怎样。他这才向她道了别，看清楚了那儿的一切地形。

当下半夜来临时，他再度来到此处，费力地爬上墙头，来到了花园里——要晓得，在此处甚至啄木鸟都无法爬上去呢。在花园里，他寻到了一根竹篙，放在心上人指示给他的窗前，悄无声息地爬了上去。

至于姑娘，她认为自己已失去了体面，要是在过去，她必会羞涩，无论如何，都不肯干出这种勾当。然而事已至此，她打定了主意，一切都随他，认为除了以身相许之外，再也无法找到一个比他更令她满意的人了。再说她老是希望纪安尼赶紧救走她，因此早已把窗户打开了，当他来到之时，便可以进入屋里。

此时此刻，纪安尼见窗户没关，便轻手轻脚地来到了屋里；走进她，躺在她的身边。此时，她尚未入梦，情人相见，姑娘先一五一十地向他表明了自己的心迹，并向他提出了要求，带她离开此处。纪安尼一口同意了，并且告诉她，这是令他最快乐的事情。此次回到住处之后，马上布置好一切，下次前来时，一定带着她逃离此处。

然后，两个人抱在一块儿，欣喜不已，玩耍了好长时间，尽情地品尝爱情的甜美果实。两人也不晓得玩耍了多少回，直到疲惫不堪之时才住手。不知不觉之中，两人抱在一起，进入了梦乡。

再说国王原本第一次见到这位姑娘时就爱上了她，对她日思夜想，这一天，他感到精神不错，尽管天快拂晓了，还想前去与她寻欢作乐片刻。他与几个亲信仆人悄悄地进入了古巴林苑，来到了那座楼里，命令仆人轻轻地打开她的房门，仆人走在前头，手中高举熊熊燃烧的火把，为他照亮。他来到房里，发现床上的姑娘和纪安尼两人全身赤裸，正紧紧地搂在一起，进入了甜美的梦乡。他不由得大发雷霆，气得说不出话来，巴望顺手操起一把短剑，宰掉这对男女。然而，他转念一想，这对男女赤身裸体，而且正沉浸在梦乡里，要是趁此机会置他们于死地，这是世界上最下流的事情。国王做出这种行为，更是有失体面。于是，他控制住心头的愤怒，拿定了主意，在众目睽睽之下，烧死他们。他转过身来，向一个仆人命令道：

“我好心好意地对待这个女人，没想到她竟然如此不知羞耻，你认为该如何处置他们？”

接着，他问仆人，这个小伙子是什么人，竟然如此胆大包天，擅自来到王宫里，干出了这种勾当，使他蒙羞，仆人答道，此人他从未见过。

国王怒火冲天地走出房间，吩咐将这对男女赤裸裸地捆起来，天刚拂晓，就押送到巴勒摩的市中心，将两人背背相对地捆在火刑柱上，先让他们在众目睽睽之下丢脸，当敲过晨祷的钟声后，就活活地烧死他们，这是罪该如此。说罢，他便气愤地返回了巴勒摩的王宫。

国王离去之后，仆从们便冲进屋里，凶神恶煞地拖起了这对男女，用绳子将他们五花大绑，丝毫不讲情面。这对男女睁开了双眼，晓得大事不妙了，自己难逃活命，吓得哭喊不止，这一点不难想象，仆人们听从国王的吩咐，马上押着他们，去了巴勒摩，把他们捆在火刑柱上，背背相对，在他们面前准备好了柴火和火炬，只等到了国王规定的时间后，就燃起大火，活活烧死他们。

巴勒摩的所有人都跑来观看这对情人。男人们都挤到了情妇的身边，仔仔细细地端详了她一下，不约而同地说她有着优美的身材和容颜，女人们都挤到情夫的旁边，争先恐后地观看那个后生，说他怎么英俊非凡，身材高大，然而这对面临大难的情侣，无比羞愧，只是低垂着脑袋，哀叹自己命运不济，分分秒秒都胆战心惊，害怕即将葬身火海。

他们被绑在火刑柱上，只待时间到了之后，便执行火刑，这时，每一个人都知道他们的风流行为。在这个城市里，有位名叫鲁杰厄里·德洛里亚的贵族，享有崇高的威望，担任海军大将一职，当这个消息传到他的耳中之后，他也赶到火刑的执行地点凑热闹。他先看了一下姑娘，对她的美貌赞叹不已，然后又回头看看那位后生，立刻认出了他，原来他们比较熟悉。于是，他又向前走了一步，问他是否叫纪安尼，住在普罗奇达岛上。

纪安尼把头抬了起来，一看，原来是海军大将，于是他答道：

"将军，你问对了，我正是纪安尼，然而片刻之后，我将从世界上消失了。"

海军大将问他怎么落得如此下场，他向他答道："这一切都是因为爱情，得罪了国王。”

海军大将命他一五一十地说出事情的前因后果，于是，他原原本本地告诉了海军大将，听完这一切后，海军大将正准备离去，纪安尼又叫住了他，向他说道：

“哎呀，老爷，请你发发善心吧，无论如何，也要救我一命，请你向决定着我是死是活的国王为我求情，请他网开一面，恩准我的一个恳求吧！”

鲁杰厄里问他有什么样的要求，纪安尼答道：“我知道自己只有死路一条了，并且不久于人世，在我的眼里，这位姑娘比我的生命还要重要得多，她也对我一往情深，而此时此刻，我俩却被绑在火刑柱上，背对着背，因此我提出一个请求，请发发善心，让我们面面相对，只要我能再看一眼她，我死也值得。”

鲁杰厄里面带笑容地说道：“我很高兴为你转告这个请求，我一定想办法让你注视着她，直到你不想注视她为止。”

他告别了纪安尼，转身吩咐刽子手且暂缓执行火刑，等着国王下一道命令。说罢，他马上前去拜见国王，尽管此时此刻国王依旧怒火冲天，然而鲁杰厄里依然向他开口了：

“国王，不晓得这对年轻人到底为什么得罪了你，你竟要将他们活活烧死？”

国王向他作了一下解释。鲁杰厄里又向他说道：

“他们犯下如此深重的罪行，确实应该这般处治他们，然而你不应该给予他们处罚。既然犯下了罪行应该受到惩治，立下了功勋的也应该以功劳的大小受到奖赏。至于以功抵过，破格饶恕他们，更是理所当然的了。你晓得你要判处火刑的这对情人是谁吗？”

国王告诉他，他不晓得，于是，鲁杰厄里接着说道：

“那么，我来告诉你吧，这个小伙子的爸爸就是蓝道尔福·狄·普罗奇达，与纪安·狄·普罗奇达是同胞兄弟，今天，你能登上这小岛上的宝座，都应归功于他的兄长，那姑娘的爸爸名叫马林·波尔加洛，因为她爸爸的帮助，你才依然享有统治伊斯嘉的权力。另外，这对情人彼此爱慕已有好长时间了，要是年纪轻轻的情侣们采取了这种行为算得上是犯下了罪行的话，那么，他们之所以犯下如此罪行，也确实是由于互相爱慕，而并非故意得罪王上。如此一来，王上本应热情地招待他们，重重地奖赏他们，为什么反而要置他们于死地呢？”

当鲁杰厄里讲完这一番话后，国王认为他说得很有道理，不但急忙收回成命，而且悔恨不应将此事搞到如此地步。他马上吩咐放下绑在火刑柱上的这对情侣，带他们前来拜见他。侍从马上依令而行。他当场一五一十地问清楚了事情的前因后果，认为应热忱地款待一下这对情人，对他们受到的委屈进行弥补，然后他立刻把富丽的华衣锦袍奖给了他们，又见两人情投意合，便吩咐纪安尼正式接纳这位少女做他的妻子。后来，他又把不少很有价值的礼品赠送给他们，派手下护送夫妇俩返回故乡。家乡的亲朋好友和乡亲们热情地欢迎这对情人的归来，从那以后，在家乡，两人过着甜蜜的生活，白头到老。

故事七

台奥多罗勾引了主人的女儿维奥兰蒂，使她怀上了孩子，事情败露以后，他将被绞死，正准备将他送上绞刑架时，幸好他的父亲来了，救了他一命，他获得了自由，娶了维奥兰蒂为妻。

女士们在倾听别人讲故事时，人人都忐忑不安，不晓得那对情侣是否会葬身火海，后来听到他们终于逃离了死亡，于是称赞上帝，欣喜不已，女王见潘比妮亚讲完了故事，便命令劳丽达接着讲故事。劳丽达兴高采烈地开始了：

可爱的女士们，当年威廉王坐镇西西里岛时，有位绅士住在这个岛上，他非常富有，他的姓名是阿麦利哥·阿伯特·达·特拉帕尼，他由于生育了许多子女，必须多请几个仆人。刚好，在亚美尼亚海岸，来自热内亚的强盗抓了不少孩子，送到船上，从勒凡特运往西西里岛。阿麦利哥以为他们来自土耳其，买下了几个小孩。这些小孩看上去像是猪倌、牧羊人，其中有一个名叫台奥多罗的小孩，他的一举一动相当高雅，俨然出身于大户人家。因此，虽然台奥多罗是一个奴隶，然而他与阿麦利哥的孩子一起成长了。这个小孩生性聪明，并不由于环境的变化而丧失了理想，因此时间一长，他变得很有礼貌，才艺双全，主人对他很重视，便让他得到了自由。直到此时，在阿麦利哥眼里，他依旧来自于土耳其，他为台奥多罗举行了洗礼，为他取了一个彼得的教名，又命令他负责家务，对他信任有加。

阿麦利哥的子女们都长成了大人，他有一个名叫维奥兰蒂的女儿，生得非常漂亮，而且迷人。她的爸爸一直舍不得她嫁人，或许是缘分所至，她对彼得暗生情愫，彼得的举手投足，只言片语都让她爱慕不已，只是由于害臊，不好意思向他表明心迹。爱神好歹没让她白白地相思，原来彼得也对她产生了疯狂的爱恋，总是悄悄地窥视她，只要有一秒钟没有见到她，他的心中就七上八下的，然而彼得认为这种希望越过了界限，生怕被人察觉。没过多长时间，那位分分秒秒在仔细观察他的女士发现了他的心事，于是，她半推半就，待他非常温和，实际上，她也是心甘情愿的，这两位男女分明心事重重，希望互诉衷肠，然而又没有胆量表白，思念的火苗烘烤着他们，使他们越来越憔悴不堪，爱神认为自己亲手造成这一切，就应该向他们伸出援救之手，让他们得到一个机会，从此，不必缩头缩脑的了。

原来阿麦利哥拥有一座花园，园中景色优美，距离特拉帕尼城大约有三里路。他的夫人经常携女儿以及其他的女伴一同前往此处玩耍，一天，天气十分炎热，她们前往花园乘凉，彼得也去了，没想到，夏天的天气说变就变，天空中突然布满了乌云，由于怕淋雨，夫人女士们便连忙启程返回特拉帕尼。彼得与维奥兰蒂的速度最快，把别人落在身后一大截路，与其说是担心淋雨，不如说是爱情驱使他们这么做了。没过多长时间，他们就远远地跑在前面，跟在他们身后的女伴和夫人几乎失去踪影了。此时此刻，天空中响起了一声霹雳，随着滂沱大雨倾盆而下，雨中还带有冰雹，夫人和同伴们在一个农夫家中躲雨，彼得和维奥兰蒂的身旁根本没有适合躲雨的地方，只好来到了一个矮小陈旧、差不多要倒塌的小木棚里，棚里无人居住，只有一个极小的屋角，尚能躲躲雨。地方如此之小，两人只得站在一块儿，难免身体有接触。如此一来，两人的勇气倍增，久久折磨着他们的相思之情此时此刻也得以表露出来，彼得最先说话：

“我希望这大雨冰雹下一辈子，如此一来，我可以永远留在此处。”

小姐说道：“我也希望这样。”

两人这么说着，两手紧紧地握在了一起，随即变成了拥抱，再后变成了亲吻，此时此刻，大雨依旧没停。不用一一表述了，总而言之，爱情那无限的幸福被他们尽情地品尝了，两人连以后的约会也布置好了。直到此时，暴风雨才停了下来，然后，他们待在不远处的城门口，等候着夫人的到来，一同返回家中。

从此，在此处，他们频繁约会，行动相当谨慎，真是无比的快活。对于这事，他们确实做得太频繁了，于是，没过多长时间，小姐怀上了孩子，两人为此心急如焚，小姐不惜践踏天理，千方百计地堕胎，然而都没有效果。彼得一见大事不好，生怕招来灭顶之灾，于是，他告诉维奥兰蒂，他准备离开这儿。她向他答道：“要是你走了，我只好自绝亡命。”

本来彼得十分爱她，闻听此言，又怎能忍心让她这样，于是他说道：“亲爱的小姐，你让我如何待在此处呢？你怀上了孩子，别人马上就要发现你我之间的私情，自不必说，你的家人很容易饶恕你，然而上苍可怜，我可不行了，我必须独自承担你我犯下的罪过。”

“彼得，”她答道，“我犯下了罪行，无法隐瞒别人了，然而你不用担心，他们不一定晓得做下这一切的是你，只要你自己不露出口风就可以了。”

彼得说道：“既然你这么说了，那么我留下来。只是你必须兑现自己的诺言。”

从此，这位小姐绞尽脑汁，不让外人发现自己身怀有孕，可肚子偏偏日益长大，眼看无法隐瞒了，一天，她只好前来拜见母亲，失声痛哭，讲出了真实的情况，恳求母亲帮自己隐瞒。听了此事后，她妈妈感到难以表述的伤心，痛痛快快地训斥了她一通，盘问她这事是怎么发生的，为了不把彼得牵连进来，维奥兰蒂便胡说八道，千方百计地瞒住了真实情况。

她的妈妈居然深信不疑，便送她去了农村，住在乡间别墅里，以免她丢人现眼。当她临产的那一天来临时，她与普通女人一样，发出了尖利的叫声，出乎意料的是，阿麦利哥平时极少光顾别墅的，而这一天，他放完鹰，偏偏经过此处，女儿的哭喊声传入了他的耳中，他惊讶万分，于是走进屋里，想看看到底发生了什么事情，丈夫此时的到来是夫人万万没有想到的，见此情景，她惊慌失措，只好告诉了他有关女儿的事情。他可与老婆不一样，很难蒙骗过关，说是女儿怀上了孩子，居然都不知道孩子的父亲是谁，这是绝对不允许的事情，一定要说出那个男人来，才能原谅她，不然的话，就处死她，不讲任何情面。

夫人拼命地劝说他就此罢手，暂且相信女儿所说的一切，然而做丈夫的根本不听。就在老两口吵得不可开交之时，一个男孩子已经来到了这个世界上，他把剑拔了出来，走近女儿，说道：

“你如果不说出谁是这个男孩的爸爸，我便立刻刺死你。”

做女儿的眼见难逃活命，再也顾不上昔日向彼得所做的承诺，于是一一供认了勾搭成奸的前因后果。闻听此言，他大发雷霆，真巴不得立刻置女儿于死地。然而他在气头上，只顺便指责了女儿几句，便翻身上马，返回了特拉帕尼，向本地的总督居拉多控告了彼得勾引他的女儿，使其失身的事情，趁消息尚未传到彼得耳中，总督吩咐手下抓住了他，动用了刑罚，逼他原原本本招出私情来。

几天过去了，总督对彼得作出了判决，先游行示众，一面游行，一面痛打他，然后把他送上绞刑架。正在这时，阿麦利哥并不因绞死了彼得就发泄掉了心中的愤怒。他将选择相同的时间，一一杀死这对情侣以及他们的儿子。不允许他们活在这个世界之上，于是，他拿来一把剑，剑上没鞘，还有一杯毒酒，递给仆人，吩咐道：

“送给维奥兰蒂，并捎去我的口信，让她自己决定如何告别人世，不然的话，她将自讨苦吃。我要当着大家的面，活活地烧死她。你告诉她这句话后，就把前几天呱呱坠地的小男孩抓起来，抛向墙壁，其尸体充当野狗的食物。”

这个仆人原本就喜欢落井下石，竟愿意充当这个心如铁石的人的帮凶，准备置主人的女儿和外孙于死地。

另外，官吏鞭打了彼得以后，马上派执行官押着他向绞刑架走去，准备受刑了。他们经过一家规模较大的旅店门口，巧的是有三位来自亚美尼亚的尊贵的客人住在这里，他们受亚美尼亚国王的派遣，前往罗马，同教皇商议一些关于一支马上组成的十字军的很重要的事情。在此处，他们休整了几天，特拉帕尼的绅士热情地招待了他们，而阿麦利哥更是百般地讨好他们。

当执行吏押着彼得经过此地时的吵吵闹闹的声音传入了他们的耳中，于是，他们来到窗前观看。他们目睹彼得上身赤裸，两手反绑，放在背后。在这三位使者中，有位名叫芬尼奥的老者，他年事已高，品德高尚，见一颗朱红的砂痣印在彼得的前胸上，那是一出生就有的，于是，往事浮现在他的眼前。十五个年头以前，在拉齐斯坦海岸，强人抢走了他的一个儿子，到现在音讯全无，他注视着那个被鞭笞的犯人，心中暗想：要是自己的儿子没死的话，也有这么大了。又看了一眼他前胸上的标记，心中不由自主地产生了疑虑：难道他就是自己的亲生儿子吗？随即又一寻思，要是果真如此的话，那么他肯定没有忘记自己的姓名以及爸爸是谁，还能理解亚美尼亚语。因此，当犯人离他越来越近时，他大叫了一声：

“喂，台奥多罗！”

当这声呼唤传入彼得的耳中之后，他赶紧把头抬了起来，芬尼奥又说着亚美尼亚语，向他问道：

“你是什么国家的人？你的爸爸是谁？”

押着犯人的仆役为了表示对这位显贵的尊敬，马上停住了脚步。因此，彼得向他答道：

“我出生在亚美尼亚，我是芬尼奥的儿子，当我很小的时候，别人拐卖我到了此处。”

闻听此言，芬尼奥明白他就是那一年自己被人抢走的儿子，于是，与另两位使者一同来到了楼下，在差役们都在场的情况下，跑向彼得，抱住了儿子，失声痛哭。然后又脱下自己身穿的一件极其富丽的丝绸大衣，为彼得披上了，又向监刑官提出请求，暂时让他看管这个犯人，等候国王下达命令，再带他回去，队长没有拒绝。

原本城里的人们都知道了彼得的案件，因而芬尼奥也知道他的罪名，他马上与同伴、侍从等一同前去拜访总督居拉多，向他说道：

“先生，那个被视为奴隶、即将被绞死的犯人，实际，他是自由的，而且我是他的爸爸，听说他让一位女士的贞节遭到了破坏，此时，他打算和她举行正式婚礼，因此我向你请求，暂且推迟执行刑罚，让我知道小姐是否愿意做他的妻子，要是她愿意的话，那么，请你根据法律；让他获得自由吧！”

一听说芬尼奥的儿子就是那个即将被押上绞刑架的囚犯，居拉多先生不由自主地变了脸色，他承认芬尼奥没有说一句假话，又责备自己不该犯下如此过失，表示很不好意思，马上吩咐手下人送彼得回家。一边又请来了阿麦利哥，让他知道了这一切。阿麦利哥以为女儿和他的儿子都已告别了人世，无比伤心，悔恨不该加害她们，不然的话，维奥兰蒂还没死，一切都可以体面地结束。于是，他让一个使者奔向女儿住的地方，万一仆人尚未执行他的命令，那么命令就被收回来，使者到达那儿以后，发现受阿麦利哥的派遣前去置小姐于死地的那个仆人早已在小姐面前摆放好了毒药和剑，然而小姐一再拖延，不愿做出决定，后来，仆人高声责骂她，万般无奈，她已准备把一种致命的东西拿起来。正在这时，使者正好到了，救下了她，听说这是主人的吩咐，那个仆人只得作罢，跑回家中，向阿麦利哥汇报了这一切，闻听这一切，阿麦利哥狂喜不已，赶紧前去拜访芬尼奥，百般讨好，差不多要哭了。请芬尼奥饶恕他，向芬尼奥表示歉意，然后又说道，要是台奥多罗愿意做他的女婿，那么他十分高兴地让他与自己的女儿订立婚约。当他道完歉后，芬尼奥惊喜不已，向他答道：

“以我之见，我的儿子应该与你的小姐结成连理，要是他不肯的话，就执行先前的判决。”

于是，两人就这么订下来了，随即一同前去看望台奥多罗。此时此刻，尽管由于与自己的亲生爸爸见面了，台奥多罗非常兴奋，然而他依然担心自己的安危。于是，他们告诉了他这件事情，问他是否同意这么做，一听说只要自己同意，便可以让维奥兰蒂做自己的妻子，他几乎快乐得似乎一脚走出了地狱，跨入了天堂。他马上答道，只要二老同意如此，那么无异于让他得到了莫大的恩泽。

然后，他们让手下去探望那位小姐，问她有何想法，她正忐忑不安地等待着死神的光临，变成世界上最可怜的女人，突然听说自己与台奥多罗逢凶化吉，竟然不敢认为这一切都是真的，过了好一会儿，心里才有了一丝慰藉，答道：如果她能夙愿以偿，她认为在这个世界上，最开心的事情就是做台奥多罗的妻子。然而此事必须征求她爸爸的同意。

如此一来，几方面都已定下来了，从那开始，一对情侣结成了连理。自不必说，婚宴豪华之极，全城的人兴高采烈。年纪轻轻的小姐快乐到了极点，从那以后，大大方方地给孩子喂奶，没过多长时间，就显得比昔日更加迷人。等她满了月以后，可以下地了，此时，她的公公即将告别罗马，返回故乡了。于是，她向他致敬，尽做儿媳的心意。见此美若天仙的儿媳妇，公公心中狂喜不已，于是，又摆下丰盛的宴席，祝贺他们结成夫妇。从那以后，他以对待亲生女儿的礼仪对待她。几天以后，芬尼奥与儿子、儿媳、小孙子一同返回了故乡拉齐斯坦，从此以后，一对风华正茂的夫妻过着快乐、和谐的生活。

故事八

纳达乔带着情场失意的苦楚，在山林中隐居，在那儿，他目睹了一位骑士与两头猎狗对一位姑娘进行追杀——原来，那姑娘活着的时候，心肠很硬，离开人世之后，这种噩运就降临到了她的身上，于是，他让亲戚朋友与那残酷的姑娘前来林中用餐，让这幕幽灵出现的悲惨的景象出现在她的面前，她被感化了，成了纳达乔的妻子。

劳丽达的故事结束以后，根据女王的命令，菲罗美娜的故事开始了：

亲爱的姐妹们，别人都称赞我们心肠最软，那么反言之，如果我们心肠硬如铁石，那么上帝就应该惩治我们。为了使你们知道这一点，以便清除掉心中的无情，今天，我所讲的故事是苦尽甘来的。

在罗马纳，拉韦纳算是一座古老的城市，昔日，不少显贵子弟和绅士住在这里，其中有一个名叫纳达乔·奥纳蒂的人，他家境富裕，尚未成家立业，他的爸爸和叔叔先后离开了人世，他是唯一的继承人。因此富甲一方，一般来说，有钱人家的儿子即便尚未成家，也必须有位情妇，因此，他对巴宾罗·特拉维沙利家的小姐产生了爱情，盼望以自己的礼物，以及那时的一种求爱模式，能够打动她的心，然而特拉维沙利家庭十分庞大，拥有高于他的地位，说不定就是因为她出身显贵，可能更由于她那美若天仙的容颜，因此，无论他如何进攻，何等热忱，何等真挚，然而不仅不能让她喜欢上自己，反而招她厌烦，她反感他，甚至他喜欢的一切，她都心有反感。这位小姐就是如此傲慢和无情，几乎不近人情了。

多次残酷的打击真让纳达乔难以忍受，时而他无比伤心，真想自绝，只是他认为无法下此毒手。他又多次想不理她了吧，她反感他，他干吗不恨她呢？然而他根本办不到。而且希望日益减小，他的爱火似乎更加炽热。这个小伙子就如此狂热地追求对方，与此同时，为了得到爱情，他肆意浪费自己的家财。

他的亲朋好友觉得他依旧如此的话，等于在折磨自己，家产也要挥霍殆尽了。因此多次劝说他最好暂时告别拉韦纳，前去别处，住一段时间，如此一来，他的这颗痴心就可以冷却下来，也不会挥霍家产了。没想到对此他老是笑笑，根本不听亲友的劝告，最后，无法招架他们的苦苦相求，好歹同意了。他十分严肃地准备了行李，似乎要出国旅行，前去法国、西班牙一般，做好一切准备之后，他翻身上马，带了不少友人，告别了拉韦纳，来到距离它仅有十里路左右的契阿西，把帐篷搭好，并且对同伙们说，他准备长期住在此处，吩咐他们返回拉韦纳。

他住下来后，依旧同昔日一样，出手大方，挥金如土。 今天，这些友人登门饮酒，明天，那些朋友撮一顿，真是热闹非凡。 五月来临了，一天，天气不错，他又回忆起了他那残酷的对头，于是命令仆从都走开，让他独自默默思索，他糊里糊涂地、一步步地走着，最后，不知不觉之中，一座松林呈现在他的面前。

此时此刻，白天的第五个时辰早已消逝了。 他在林中走了数里路，依旧信步向前走，忘记了用晚餐等事情。 正在此时，突然，女人尖利凄凉的叫喊声传入了他的耳中，惊醒了沉浸在思索之中的他。 他抬起头，看看到底是怎么回事！ 直到这时，他才发现自己已身处松林之中。 不禁呆了一下。 看了一下前面，更加惊讶了，发现一个长相英俊、头发乱篷篷的少女冲出于荒草乱树之中。 她全身赤裸，荆棘刺破她的肌肤，她也无法顾及疼痛，只是竭尽全力地向前跑，一面奔逃，一面呼叫着救救她。 两头高大的恶犬张开血盆大口，紧紧地追在她的身后，凶恶地撕咬她。 又有一个身穿黑色盔甲的骑士跟在恶犬后面，手里拿着长剑，怒气冲冲，骑在一头黑得发亮的骏马上，飞快地跑了过来，一边破口大骂那位少女，一边不停地说要置她于死地。

目睹这恐怖的一幕，他惊惧万分，后来，他开始同情那位少女，想救她一命，然而手中空空，怎么办呢？ 转念一想，于是，他向树跑了过去，使劲地把一条枝条摘了下来，拿在手中、权当木棍，然后跑了过去，打算与恶犬与骑士展开厮杀。

然而隔着好远的距离，那位骑士就冲他叫道：“纳达乔，别多管闲事！ 这个贱女人罪应至此，让我以及我的猎犬来惩治她吧！”

正说着话，两边的恶犬扑向了少女，把她的腰咬住了，不让她再跑了。 然后骑士过来了，跃下了马背，纳达乔跑向他们，说道：

“我不认识你，可你立刻认出了我，然而我要告诉你，作为一个全副武装的骑士，对一个全身赤裸的少女进行追杀，把她当成了野兽，并让猎狗撕咬她，这确实是太卑鄙了。我一定要竭尽全力地保护她。”

“纳达乔，”骑士向他答道，“我是你的老乡，我的姓名是纪多·阿那塔纪，当你还年幼的时候，我便对这个女人产生了爱慕之情，与你对特拉维沙利家的小姐的爱相比，还要疯狂。然而这个铁石心肠的女人毫不理睬我，由于绝望，我就用此时此刻握在手中的长剑杀死了自己，于是被打入了地狱之中，一世无法超度，那个无情的女人见我杀死了自己，竟然高兴不已，然而没过多长时间，她自己也离开了人世，直至弥留之际，她也不曾忏悔，并不以为自己犯下了什么罪行，反而认为自己没有做什么事，做得很好，她活着的时刻既然如此无情，用折磨我来让自己高兴，因此离开人世后，同样进入了地狱，永世得不到超度。

“进入地狱以后，我们都得到了判决。她必须跑在我的前面，至于我，我活着的时候，视她重于自己的生命，就必须追杀她，追杀我费尽心机想弄到手的心上人。等逮住了她以后，我将拿起自杀用的长剑，置她于死地，把她的胸膛剖开，挖出那颗冷酷、坚硬、无法接纳柔情和爱怜的心，以及她的五脏六腑，让猎狗吃掉。

“然而，这是上帝的判决和意愿。我刚刚剖了她的肚，掏了她的心，片刻之后，她又好好的一跃而起，又开始了惊慌地逃窜，我与两头猎狗又开始了追杀。在每周的周五里，在此时此刻她都逃到此处，落到了我的手里，经受开膛剖肚的苦楚。片刻之后，你就可以目睹这一幕了；别以为在别的时候我俩能和平相处，不，我在其他地方追杀她——她活着的时候，在何处恨过我，让我受了折磨，我会一个地方一个地方地追杀她，如此一来，心上人成了仇敌，她过去让我受了多长时间的折磨，此时我就要追杀她多长时间，判决的一天不到，我俩就无法了却恩恩怨怨。因此，请你不要阻止吧，——你也无力阻止，让我执行上帝那公平的意志吧！”

闻听此番话语，纳达乔惊恐不已，毛发直立，全身哆嗦，不由向后退了几步，眼看着那少女到底会受什么样的处治。说完这些话后，骑士立刻变了脸色，把长剑举了起来，如同疯狗一般冲向了姑娘，恶狗咬住了她，她无法挣脱，于是跪在地上请他饶恕自己。他竭尽全力，将剑刺向了她的胸部，一直把她的背部刺穿了，受到这一剑后，少女倒在地上，却没有死去，依旧在挣扎，在哭叫。那骑士又蹲在地上，将一把匕首抽了出来，把她的胸部剖开了，挖出了她的心肝肺等一切东西，向两只饿鬼般的猎狗扔去，那血糊糊的东西，立刻进入了它们的肚中。

没过多长时间，少女又突然跳了起来，似乎毫发无损似的，惊慌地逃向海边，两只猎狗又追了上去，一路上，不停地追赶、撕咬她，骑士把长剑拿了起来，又翻身上马，同刚才一样追赶她，片刻之时，他们已经远去了。

待在树林里的纳达乔目睹这悲惨的一幕，心中充满了恐怖和悲伤，迷糊了好长时间。后来，他想起了骑士的话，每个周五，他们都会出现在松林里，说不定这于他有用。于是，他标记好了这个地方，返回了家中。次日，他请来了不少亲朋好友，对他们说道：

“承蒙你们关照，经常劝我对那个冤家死了这条心，不要如此挥霍自己的家财，此时，我愿接受你们的一片好心，只是我有一件事，你们必须同意，即在下周五，我摆下宴席，你们一定要请来特拉维沙利家的老爷、夫人以及小姐，还有他们家的女宾，随便你们邀请哪位情人前来，这一回，我干吗请客，到时你们就会明白的。”

他们认为此事并不难办，于是返回了拉韦纳，当那一天来临时，果然请来了他指定的几位客人。尽管特拉维沙利小姐不是心甘情愿的，然而到底勉勉强强地来了。纳达乔早已摆下了丰盛的宴席，就摆在松树林中，即七天以前他目睹那无情的少女被开膛剖肚的地方不远处。客人入席之时，他又特意让心上人面对着事故的发生处。

众人开始吃饭了，当最后的一道菜被端上桌时，一阵阵凄惨的叫声传入了众人的耳中，原来少女又开始了疯狂奔逃。众人不禁呆了一下，你看着我，我看着你，问发生了什么事情，然而无人能够回答。于是惊慌地站了起来，望向林中。片刻之后，那惊慌逃窜的少女出现了，还有那两只猎狗，纵马追杀少女的骑士，一瞬间的功夫里，就距离酒席的摆放处很近了。不少客人目睹骑士带着恶狗，如此追杀一个柔弱女子，吵了起来，表示愤愤不平，不少人甚或冲了上去，准备救下那位少女。然而那位骑士阻止了他们，又说了一遍昔日告诉过纳达乔的那番话。众人吓得惊恐不已，向后退去了。于是，当着众人的面，一周以前出现的那悲惨的一幕又开始了。宴席上比较年长的女客中不少人与受折磨的少女和骑士沾亲带故，还没有忘记两人没死时的那场凄惨的爱情，不由自主地悲哭起来，如同此事发生在自己身上一般。

少女被杀死了，没过多长时间，又一跃而起，继续奔逃。骑士和猎犬又开始了追杀，片刻之后，他们远去了，走出了他们的视野，这里的人又发出了声声惊呼，而且议论不休。

然而坐在餐桌边的人，数那位铁石心肠的被纳达乔爱着的那位小姐脸色最苍白，心儿剧烈跳动，她清清楚楚地目睹了这一切，听到了这一切，认为适才的悲剧最适合给自己做鉴戒——因为她怎能不将自己与那个无情的少女相提并论、回忆起她素来对待纳达乔的种种情形呢？她似乎觉得自己此时此刻就在拼命狂奔，她那愤怒不已的心上人与恶犬在身后进行追杀。

想到此处，她恐惧极了。唯恐日后这种报应会降临到自己身上。于是，她改变了对纳达乔的态度，昔日的反感变成了温情。那天夜里，她悄悄地派一个亲信的仆人前去邀请纳达乔登门，无论他要求什么，她都高兴地同意了。纳达乔对她答道，他希望能服侍小姐，是他一生最光荣的事情，如果她不嫌弃的话，他希望她嫁给自己，除此之外，没有什么非分之想。那小姐明白昔日这门婚姻失败了，本是自己从中作梗，这一次，她高兴地同意了，也用不着月下老人，她亲自向父母讲出了自己的心事。老两口闻听女儿愿意做纳达乔的妻子，高兴不已。当下周日来临时，纳达乔与小姐正式结成了夫妻，后来，两人终生厮守，生活得非常幸福。

那松林中鬼魂的出现，并不只是促成这桩好事。在拉韦纳，一切少女以此为戒，从此以后，每当有人爱上了她们，她们便十分温柔，不再如昔日那般傲慢，那么难以接近了。

故事九

为了一位夫人，费代里哥挥霍掉了一切家财，老是无法得到她的芳心，从此以后，他只好过着贫穷的生活。后来，那位夫人前去拜访他，他宰掉了自己最喜欢的一只鹰，热情接待了她，她的心被深深地打动了，于是便做了他的妻子，而且为他带来了价值不菲的陪嫁物。

菲罗美娜的故事结束以后，女王见只有自己与第奥纽没为大家讲故事，而第奥纽又享有最后讲故事的特权，于是，她便兴高采烈地开口了：

好女士们，此时此刻该我讲故事了，我非常高兴。这次，我所讲的故事中，有些细节与刚才的相同，因为我仅仅是想让你们明白，对于情感丰富的灵魂来说，你们的美丽的容颜在多大的程度上支配它们，而且也想让你明白，当机会成熟时，你们可自动对别人产生爱慕之情，不用总是处在命运的控制之中，因为命运之神指导你爱上别人，大部分都不太合适，而且有些过火了。

大家肯定都明白，考帕·第·卜尔盖塞在我们这个地方是一个赫赫有名、备受尊敬的人，是否还活着可不是一件容易确定的事。由于他待人接物，为人方面实在是那样的突出，以至于他能够流芳百世，而不是因为他是豪庭中人，在他年岁较大时，和邻里回忆往事成了他的一大乐趣，他讲起来总是有条有理，栩栩如生，他的记忆力之好让人叹服，高贵优雅的说话方式让人折服。

在他曾讲述过的众多优秀动听的故事里，有一个是他翻来覆去跟别人讲述的。那是很久以前，在佛罗伦萨的城里居住着费利坡·阿尔白里奇的儿子，这位年轻的公子叫费代里哥，他不但武艺高强，而且一表人才，据说他在托斯卡尼范围内是最杰出、最优秀的青年。与其他的公子没有区别的是，在谈情说爱方面，他有着同样的需求，乔凡娜，当时佛罗伦萨最美丽迷人的太太打动了他的心，他迷恋上了她。为了得到她的爱，他想出各种办法，要么是进行骑马、比武等比赛，要么大摆酒席，广请宾朋，但有一点相同，那就是不吝啬，达到了挥金如土的程度。但是由于这位太太除了人长得美丽之外，在贞操方面也毫不逊色，他的这些行为丝毫没有讨得她的欢心。

费代里哥的挥霍无度，钱只是出，没有进，不久就耗尽了钱财，除了一小块农场供他过着穷困的生活外，只有一个最好的良种鹰。这时的他与以前相比，在爱情的迷恋方面，出风头方面，一点都不消减，只是心有余而力不足，不得不守在他的小农庄里，过着贫穷的生活，不与旁人打交道，放鹰成了他唯一的乐趣。

在他穷困潦倒之时，他迷恋的乔凡娜也遭到了不幸，她的丈夫因病卧床不起，弥留之际立下遗嘱，所有财产都由他那已成年的儿子继承，如果儿子没有合法后代，死后遗产转由乔凡娜继承。在遗嘱立下后不久就去世了。

乔凡娜成了寡妇。依照当地的习俗，那年夏天，和儿子一块到农村的一个庄园里避暑。凑巧的是，费代里哥的庄园离她的庄园很近，由此她的儿子与费代里哥成了熟人。她的儿子对于放鹰捕猎有着狂热的嗜好，有许多次费代里哥的鹰飞进了他的庄园，他见了只有一个想法，就是据为己有，但是他也知道，这鹰是费代里哥的命根子，他觉得讨要极不合适。

这孩子由此竟病倒了，乔凡娜这个当母亲的便非常担心，这可是她唯一的宝贝儿子，不得有丝毫损伤。于是每天她都尽心服侍他，还劝他，安慰他，就是不知道是什么原因。乔凡娜便一再问他，是否是喜欢什么东西，并保证只要他说出来，她都能拿得到，儿子听了以后，也就生出了希望：

“是这样的，我非常喜爱费代里哥养的那只鹰，如果我能得到，病会立即除去。”

妈妈明白了儿子的病根所在，思虑良久，琢磨用什么办法去处理才行。对于费代里哥对她的爱，她也心知肚明，只是自己连一个媚眼都没有给他。心里琢磨开了：

“那只鹰是天下最优秀的鹰，也是他得以度日的精神寄托，我又怎么能让他放弃呢？况且现在他一贫如洗，除了那只鹰是他唯一的乐趣外，没有其他的，如果我现在把它要过来了，岂不是于心不忍？”

她也明白，如果直接找费代里哥讨要，他肯定会毫不犹豫就给她，但是她认为是太让人难为情了。刹那间，她沉默了，没有给儿子作出明确的答复。但是，毕竟是骨肉情深，她抛开了一切杂念，下决心无论如何也要把那只鹰讨过来，把儿子的相思病诊好。于是她就说：

“这件事很简单，从现在开始你就安心养病吧，不出明天早上，那只鹰就会放在你的床前。”

儿子受这句话的鼓舞，病情似乎瞬间减轻了不少。

夫人第二天就带着一个女侍，假装闲逛，来到了费代里哥家中。幸运的是，天气不太好，费代里哥只好取消了出去的计划，正在家中监督仆人们在花园中干些杂活，乔凡娜的突然来临，让他惊诧莫名，激动不已，奔到门口迎接。夫人见到他，也走到跟前，依然那样优雅地和他打招呼。在费代里哥那恭敬地问候之后，她便开口了：

“费代里哥，近来生活怎样？过去你对我的爱致使如今你生活困苦，现在我专程来向你表示歉意。但是为了表明我的真心，我想中午我和我的女伴在此吃顿便饭。”

费代里哥简直受宠若惊：“夫人，你说的太客气了，我并没有因你而遭到什么连累，相反，是得到了非常大的满足。更值得庆幸的是，这辈子能遇上像您这样贤惠的夫人，这辈子已没有虚度，这一切应该感激你才对。现在你又登临寒舍，让我感激万分，又倍感尊荣。要是能再回到从前，哪怕再为你倾家荡产也不会让我犹豫一分，只是现在的我已是穷困潦倒了。”

边说边将夫人请进了家门，到了花园中，他看起来非常的羞愧和卑微。看到周围没有别人，他便开口道：

“夫人，现在没有人在这陪你，就让这位长工的妻子暂陪你一阵，我到厨子里去安排一下午饭。”

虽然现在他穷困潦倒，但是他却一直都不因年轻时的浪费而追悔，现在他总算体会到了贫穷的滋味。以前，为了取得这位夫人的欢心，他耗尽了家产，可现在她到了家中却没有一点像样的东西可供她享用。他像疯了一样东奔西跑，只为了能找到一点钱或一些值钱的东西，但是他失败了，只得哀声叹气。转眼时间一分一秒地过去，但他觉得不为她做点什么他就过意不去，但他又生性就不愿意求人，哪怕是自家中打工的人，最后，他的目光在待在小客厅里的自己最钟爱的猎鹰身上停滞了。眼前他正愁眉不展，他一把抓住了猎鹰，用手一摸，长得相当壮实，可以作为一碗孝敬夫人的美味佳肴。于是他便不再犹疑，用手把它卡死，安排小女佣把鹰拔毛，洗净，放到烤叉上，仔细烤好。他又费劲地找来了仅剩下的一些白餐巾，铺在桌子上，不多久，就亲自跑到花园中，神态自若地把夫人请他到大厅中，说午饭已准备妥了，只是太寒酸，请夫人不要见怪。

夫人和她的女伴没有迟疑，与费代里哥一道进餐。费代里哥异常殷勤地给她们夹菜，只是可怜她们不知自己吃的竟是鹰肉。吃完了饭，他们又尽兴大玩一通，夫人觉得时机成熟，是该向他讲明来意的时候，就面向费代里哥，语气非常客气和可怜：

“费代里哥，你一定还记得，以前你为我钟情，而我都不为所动，一定认为我寡情寡义。如今我冒昧登门拜访，本是有要事相求，我想你听了我的请求后，肯定会吃惊于我的愚能和可耻。但是，我想如果你像我一样，也有一儿半女的，一定能体谅到我如今的心境，知道父母对于儿子的疼爱，这样你大概可以宽恕我一点。

“遗憾的是你没有儿女，但我却有一个儿子，可怜天下父母心，于是我便不再考虑礼仪道德，登门拜访，向您要求一件东西。虽然我早已知道这件东西对你的重要性，也能体谅到你对它的宠爱，因为你除了这件东西以外，已没有什么可以给你精神寄托的了。它不是别的，正是那只鹰，这想必你已猜到了。自从我儿子看到了你的这只鹰，竟由此生了病，并且不见好转，已到了危险地步。因此我来这里，只希望你能满足一个做母亲的心，把这只鹰让给我儿子，并且希望你不要是因为爱我而这样做，而是从你一贯的高尚品德而为。如果你能将鹰给我，就如同救活了我儿子一样，我会感激你一辈子。”

费代里哥听完了夫人的陈述，顿时呆住了，想到鹰已变成肉入了肚子，无法满足夫人的心愿，控制不住，竟然放声大哭。开始夫人以为他是宠爱那只鹰，甚至都想说她再也不要了。但她没有立即表达出来，想知道其中到底是怎样一回事。费代里哥哭了良久，才开口道：

“夫人，虽然上天惩罚我，让我迷恋上了你，但却总是时运不济，每每和我过不去，我真的感到异常难过。想想以前虽然命运不济，如果和这一次比起来，又算不了什么。一想起这次的磨难，我真是要恨一辈子。想想也真是让人寒心，以前我家道殷实的时候，你从不屑光临我家一次，这次蒙你错爱，光临敝舍，来向我求取一点东西，但命运却偏偏和我作对，不能满足你。我还是把事情给你讲明白吧。

“今天你驾临寒舍，并且愿意到我家用餐，我就思量，以你现在的处境，对你我不能像平常人对待，应有几件像样的菜来款待你，才算对得起你。于是我便认为这只鹰还可以充当一点像样的菜。因此早上你刚到，我便吩咐把鹰烤好，并呈献给你，一表心意。万想不到你来此是为了这只鹰，难以让你得到满足，我会痛恨自己一辈子。”

边说，他还把鹰毛、鹰脚和鹰的嘴都一一摆到夫人面前，让她相信他。夫人呆住了，听了他的话，有了证据，心中直怪他不应该为了一个女人而抛却自己的宠爱。但她又一转念，心里对他这样痴迷执着大为感动。因此，她只好死了这条心，鹰是没有了，但又一想到卧病在床的儿子，十分痛苦地回家去了。

更为不幸的是，她儿子因为没有鹰而很快死去了，当然也可能是因为病太重。夫人伤心不已。

虽然她非常伤心，毕竟她还年轻，又很富有，不久，她的兄弟都劝她改嫁算了，而她并不这样想。但他们的再三相劝，让她想起了对她痴迷的费代里哥，他那高尚的人格，以及罕鹰满足她的举动。于是对她的兄弟说：

“我确实不想改嫁，可是如果你们一定要我改嫁，我不会嫁给别人，非费代里哥不行。”

她的兄弟听了她的话，都以为她是病了，就笑她说：“你确实太傻了，这种话你怎能说出口呢，这样一个穷光蛋，你怎么会看中呢？”

她答道：“不错，你们讲的一点都不错，但是我只是要嫁给一个人，而不是钱。”

她兄弟见她没有丝毫回心转意的迹象，也明白费代里哥只是穷一点，人格却很高尚，就同意她带着所有的财产嫁给费代里哥。费代里哥不但娶到了自己追求的心上人，而且又得到了这样一笔丰富的嫁妆，从此以后，尽情享用，夫妻两人恩爱有加，幸福地生活了一辈子。

故事十

彼得前往友人家用餐，老婆趁此机会找来了心上人，两人正在吃饭，突然，耳边传来彼得敲门的声音，她惊慌不已，吩咐情夫躲在鸡笼之下，没过多长时间，关在马厩中的驴子踩到了藏在鸡笼下的那个小伙子的手，疼痛难忍，他大声呻吟了一声，于是奸情泄露了，然而彼得自己也不正经，最后还是与老婆和好如初。

女王的故事讲完之后，众人都称赞上帝恩泽无限，竟然回报了费代里哥，第奥纽从来不用女王发下命令，他马上接过了话头：

我们普通人大部分都爱嘲笑别人家的丑闻，而我们却不喜欢提及别人的优点。特别是这种丑闻与我们没有多大关系时，我们会更肆无忌惮地嘲笑他。这可能是由于开始时我们并没在意，后来时间一长，最终形成这种不良习惯，可能由于人类天生就有这种坏习惯，到底是前者还是后者，就不好轻易下结论了。可爱的女士们，过去我为你们讲故事是为了替你们排解忧愁，今天，我的意图相同，尽管在这个故事里，有些细节显得不太恰当，然而毕竟会使你们大笑一通，因此，我还是讲完吧，只是我心中寻思，恰好如同你们到花园里去，伸出纤纤玉手采摘玫瑰花儿一样，只摘玫瑰花儿，而留下刺儿，当你们倾听这个故事时，虽然让那个愚蠢的男人遭到不幸，丢人现眼，只需瞧瞧他老婆如何施展出高人一等的本领来，与别人暗度陈仓，你们先开开心，然后怜悯一下那些倒霉的人就可以了。

没多长时间以前，在佩鲁吉亚，有位名叫彼得·第·文奇奥罗的巨富，他有同性恋的毛病，在家乡声名狼藉，于是，他成了家，目的并不是让自己享用老婆，而是避人耳目而已。想改变一下自己的名誉。也是上苍成全，他的老婆很有精神，身材低矮而肥胖，十分妖媚，长着一头红发，正当妙龄。她想要满足的话，至少需要两个男人侍候她。而她所嫁的丈夫却有着别的爱好，并不怎么在乎她。

时间长了，这一点被她察觉到了，她认为自己生得如此美丽，正适风华正茂，精力旺盛之时，如何能忍受如此冷漠？于是，难免常常发脾气，与丈夫吵架，什么脏话都能骂，夫妻俩吵架差不多习以为常了，后来，她发现如此吵闹只是白费力气，没有任何作用，并不能让丈夫改正错误，她心中寻思：

“这个卑鄙的家伙，他让我独守空房，自己去寻欢作乐，这是岸上行船，不走正路，我为什么不去寻找新的情人，与别人私通呢？我做了他的妻子，而且带来了价值不菲的陪嫁，原以为他是一个堂堂的男子汉，只道凡是男人爱做的事情，他也爱做，可以与我和和美美地过日子，要是我早晓得他没有男人的本事，不管怎样，我绝不会做他的妻子。他明明晓得我生为女人，要是他反感女人的话，为什么要娶我为妻呢？这真是无理之至。要是我看透了凡尘俗事，干吗不出家修行呢？无奈，我无法超脱一切，而等着他让我快活，以我看来，只好空等一生了。到那时，年华已逝，只能无谓的伤心和悔恨。现在，既然他为我树立了一个典范，让我自己寻找快乐，我为什么不去呢？我做出这种事情，怪只怪他自己不对，我完全无可指责，我只是违反了法律，而他不仅仅违反了法律，而且也践踏了天理。”

对这件事情，这位少奶奶前思后想，拿定了主意，先偷偷地行事。她与一个老妇人相识了，此人是个老鸨，非常出名，却佯装虔诚无比，俨然就是昔日以身充当蛇食的圣徒梵蒂安娜，总是手握念珠，前往教堂，赎清自己的罪行，口口声声都是教皇呀，圣方济会的伤痕呀，于是，在每一个人的眼里，她都成了女圣徒。两人打了一段时间的交道后，这位少夫人认为机会来了，便向她一五一十地说出了自己的心事。

老妇人说道：“女儿呀，上帝洞晓人间的一切事情，他晓得你可以如此行事。要是你与别的女人相同，为了珍惜年华，而毫无其他打算，那么，如此行事，无可指责。所有懂得一点事理的人都会明白，对一个人来说，最大的悲伤就是白白地浪费了年华。作为女人，我们一旦上了年纪，只能做饭，还能有啥用呢？实话告诉你，我已经历过这一切，与任何人相比，我更明白这一点。此时此刻，我已年老色衰，一回忆起昔日白白浪费了光阴，尽管明明知道世上没有后悔药，然而心中总是非常难受，尽管我没有百分之百的虚掷年华（自不必说，你别以为年轻时候的我会如此愚笨），然而昔日不少心愿并未实现，你看，现在，我已如此老迈，无人愿意与我打交道了，一回忆起这一切，我是何等地伤心呵！

“男人可与此截然相反，他们一来到世界上，目的并不仅仅在此，还可以做别的不少事情，而且年老的他们比年轻时更令人青睐。女人一来到世界上，目的就在此，她们的优点是：会这事，可以生小孩，男人对女人产生爱情，目的也在此。先不说别的，你只要懂得这一点就可以了。女人时时刻刻都能做这种事情，男人却无法做到。一个女人可以玩好几个男人，让他们疲惫不堪，而好几个男人并不一定能玩过一个女人。这是我们天生的长处。因此，我再告诉你一次，对待你的丈夫，你尽可以以牙还牙，以眼还眼，唯有如此，你进入暮年以后，你的灵魂才不会遭到肉体的抱怨。

“人活在世上，应该及时享受。特别是女人，拥有比男人短暂的青春，更不该白白放过。你要明白，我们女人一旦上了年纪，无论是自己的老公，还是别的男人，都不肯再看一眼我们。他们赶走了我们，让我们专门煮饭做菜，与猫儿一同玩，更令人生气的是，还要写出歌谣，讥讽我们，说啥‘让大闺女吃珍馐，让老妇人闭上嘴巴’，比这还难听的话都有呢！

“我不用再唠叨了，只是对你说实话，你找到我是找对了人，如果你向别人讲出你的心事，无人能助你一臂之力，无论是哪一个男人，无论他如何高贵，我也有胆量向他讲述饮食男女的道理，让他心动，无论是哪一个男人，无论他装得多么正派，而且冷若冰霜，我保证能让他言听计从。因此，你只需对我说，你对谁满意，其他的事情由我去办好了。然而，女儿呀，我要提醒你一句，我没有钱，常常手握佛珠前往教堂做祷告，因此你也必须助我一臂之力，以便让我面对上帝为你的去世的亲友们多燃几支蜡，多为他们祷告一番，以得到上帝的原谅。”

老妇人说完这些话后，少妇便告诉她，有位小伙子经常经过这一带，又仔细地描绘了他的长相，叮咛老妇人，什么时候见到了他，一定千方百计地搞到他，二人合计好了以后，少妇拿了一块咸肉给老妇人，恳求上帝保佑她，于是便送走了她。

没过多长时间，老妇人就悄悄地带着那个年轻人来到少妇的卧室里，从此，凡是让少妇满意的男人，她都吩咐老妇人为她带来，尽管她有点害怕丈夫，无论如何都不肯让机会白白溜走。

一天夜里，她的丈夫前往一个朋友家用餐，那位朋友叫艾柯朗诺。于是，她吩咐老妇人为她带来这座城里最出色的英俊少年。老妇人立刻办妥了这一切。没想到，她刚刚与情夫坐在卧室里用餐，突然，耳边传来了彼得的叫门声。当敲门声传入她的耳中以后，她惊慌失措，六神无主。放走情夫也不行，藏起情夫也不妥，后来，她实在太着急了，便吩咐情夫在鸡笼下躲起来，鸡笼放在相邻的披屋里。又在鸡笼上盖上了白天她刚刚弄好的草袋。做好这一切以后，她便连忙前去把门打开，让丈夫进门，他刚刚走进屋里，老婆便向他问道：

“你的这顿晚餐吃得可真迅速呀！”

“一点都没吃。”丈夫答道。

老婆问道：“这是咋搞的？”

“让我来告诉你，”丈夫说道，“艾柯朗诺夫妇以及我刚入座，准备用餐，突然，从屋外传来了打喷嚏的声音，开始时，我们不以为意，后来，声音不断地传入耳中，太频繁了，众人都感到纳闷，艾柯朗诺原本就对老婆有点生气，因为我们进门时，等了好长时间，他老婆才来把门打开。此时此刻，耳边又传来了打喷嚏的声音，于是，他大发雷霆，问道：‘发生了什么事情？打喷嚏的是谁？’说罢，他站起身来，向楼梯口走去。原来楼梯口距此不远，下面有间小屋，用来堆放杂物的，与普通房又一样。

“他认为喷嚏声是发自那个小屋。于是，他稍微开了一下门，一股刺鼻的硫磺味扑面而来，适才，有臭气扑入我们的鼻子里，原来是这儿有臭气。他老婆说道：‘适才，我拿出硫磺，漂洗面纱，我先在一只锅里洒上了硫磺水，在上面铺上面纱，蒙好面纱以后，我就将它放进了杂物间里，因此，发出了这股臭气。’当臭气稍稍淡了一些时，艾柯朗诺看了一下屋里，发现了一个人，依然在打喷嚏，是因为硫磺熏的，他每打一次喷嚏，就有一口硫磺气味被吸入肺里，堵住了他的胸口，如果继续待下去的话，可能也不打喷嚏了，也别想动了。

“当这个人进入艾柯朗诺的视野之后，他声色俱厉地喊道：‘你这个婆娘，我们刚刚进屋，你好长时间不去把门打开，原来是因为此事。我如果不惩治惩治你的话，我就不是人！’闻听丈夫一声怒喝，他老婆晓得东窗事发了，根本不敢接话，赶紧离座跑了，也不晓得去了何处？艾柯朗诺没有发现他老婆早已离去了，只是迫切地喝叫打喷嚏的人走出杂物间，然而此时此刻，那人早已奄奄一息了，无论艾柯朗诺如何喝叫，他纹丝不动。

“因此，艾柯朗诺把他的一只脚抓住了，拖出了那个男人，随后又去找刀子，想置他于死地。我由于害怕，担心警察来了，于是起身拼命地劝他别杀那人，也别伤着了他，为了让那人免去一死，我便大声叫了起来，街坊们都来了，抬走了那个奄奄一息的小伙子，我也不晓得他们去了何处，因此，由于这场风波，晚饭没吃成，并非我吃得迅速，而是一点都没吃。”

听完这一切，他老婆明白了世界上和她同样机灵的女人应有尽有，只是有时有的女人命运不济罢了。她原本准备护卫艾柯朗诺的老婆，然而她急中生智，认为最好大骂一顿艾可朗诺的老婆，以证明自己，于是，她说道：

“亏她有脸干出这种勾当！真是坚守贞节的夫人！如她这般神

圣的夫人，我还必须前去向她忏悔呢！ 更坏的是，她马上就要上了年纪了，还为少女们树立了这个光辉的典范！ 她来到世界上的时候应该被人咒骂！ 她罪该万死，竟然有脸苟活于人世。 在这个世界上，她真是最卑劣下贱的女人！ 她使我们所有的女人蒙羞！ 她彻底地忘记了自己的贞节，对丈夫的山盟海誓，也不顾忌别人对她不屑一顾！ 她的丈夫如此心肠好，作风正派，如此厚待她，可她竟然为了一个野男人，使丈夫丢脸！ 也跌了自己的面子！ 上苍呀！ 我绝对不会同情这种女人，应该处死她，让她葬身火海，化为灰尘！”

她口头如此指责别人，心中可惦记着藏在鸡笼下的情夫，因此多次催丈夫上床歇息，说已经很晚了，然而彼得只想用晚餐，不想歇息，于是，便问妻子是否有东西吃。

他老婆说道：“呵！ 晚餐，对呀！ 平时你外出时，我们都是提前吃饭的呀！ 真是开玩笑！ 你莫非以为我和艾柯朗诺的老婆一样吧！ 苍天呀，你为什么还不上床歇息，让你上床是为你着想呀！”

巧的是，这天晚上，彼得的仆人运来不少农庄里的东西，牵着驴子，走进了一个小马厩，此马厩与披屋相邻，然后把它们关在里面，没让它们喝水。 其中的一头驴子渴到了极点，于是挣断了绳子，来到了马厩外面，四处嗅，想喝点水。 它走近了鸡笼，藏在鸡笼下的小伙子也不晓得是走运还是背时，有只手伸出了鸡笼，被驴子一脚踩住，他疼痛不已，不禁大喊起来。 这声呻吟传入彼得的耳中之后，他感到非常奇怪。 认为这声音是从屋里传出来的，于是，他走进披屋，发现那人依旧在呻吟，原来驴子依旧踩住了他的手，彼得问道：“什么人？”说罢，便走进鸡笼，把它拿了起来，发现了那个小伙子。 本来那人已被驴子踩得疼痛难忍，此时此刻看到彼得，担心没有好果子吃，吓得全身哆嗦，真是让人同情。

彼得立刻认出了这个小伙子，他本来一直就对他垂涎已久，因为此人英俊非凡，便问他来此有何贵干。那人答不上来，只是向他恳求，看在上帝的份上，别和他过不去。

彼得说道："站起来，别担心，我不会和你过不去的，只要你能告诉我你如何到了此处，有何贵干。"

无奈，小伙子原原本本地告诉了他，此时，彼得十分兴奋，他的老婆非常尴尬，二者形成了鲜明的对比。他马上把他的手拉住了，来到了卧室里，发现老婆立在那儿，惊慌失措，他坐在老婆的面前，说：

"适才，你对艾柯朗诺的妻子诅咒不止，说她应该葬身火海，她使你们全体女人蒙羞，那么你干吗不诅咒自己呢？你和她一样，你不指责自己，仅指责别人，你问心无愧吗？在这个世界上，所有的女人都是天生的卑鄙，不然的话，会有这种行为吗？指责别人，以遮掩自己的过错，这是你们最擅长的，希望天上降下大火，烧死你们这些女人。"

他老婆见自己的私情被丈夫发现了，尽管生气，却没有为难她，只是指责几句而已。又目睹他牵住那个英俊后生的手，欣喜若狂，这才鼓起勇气，对他说道：

"你盼望上天降下大火，烧死我们，我知道你说的是真话，因为你们男人爱我们女人。如同狗爱棍子一般。然而，我以老天爷的名义起誓，你不会如愿以偿的，此时此刻，我倒想向你解释清楚，看你究竟有何怨言，你将我与艾柯朗诺的妻子相提并论，真是不错呀？她下贱，佯装一本正经，她样样如意，她丈夫十分体贴她，可你呢，与他截然不同。即便你让我养尊处优，然而请你扪心自问，在那一方面，你对我如何？已有多长时间你我没同床了？与其让我守活寡，我宁愿衣着褴褛，别吃喝不愁。彼得，你要明白，我既然生为妇道人家，女人的欲望我也有。既然你不能满足我，自然我会与人偷情，你也无法指责我。至少我保全你的脸面，与我偷情的不是马夫或者癞子。”

彼得见她毫不畏惧，夸夸其谈，似乎说一个晚上也无法说完似的，于是，他便很毫不在乎地说道：

“我的夫人，你不用再说了，我不否认，你说得很对，只请求你发发善心，拿点东西给我们吃。以我看，这个年轻人的腹中也在唱空城计呢！”

“当然是这样，”他老婆说道，“我们正准备用晚餐，没想到你很不知趣，偏偏赶在这时候回家了。”

彼得说道：“好了，给我们搞点东西吃，用罢晚餐，我保证布置好一切，让你心满意足。”

见丈夫如此和和气气的，他老婆站了起来，又把饭桌摆好了，端上早已准备好的饭菜，与她的没用的丈夫，还有那个小伙子一同兴高采烈地吃饭。用罢晚餐之后，至于彼得有何妙计让三人都开心，我不记得了，我只知道，次日一大早，那个小伙子回去时，差不多忘记那天晚上与彼得睡的次数，和与他妻子同睡的次数，哪一个多，哪一个少。因此，美丽的女士们，我再叮咛一下你们：“别人如何对你，你也如何对人，要是你受了委屈，暂时不可报仇，但是一定别忘了，以后时机成熟了，一定要报复他，让他自讨苦吃。”

第奥纽讲完了故事，女士们也笑了，但没有平时那样开心，并非因为她们讨厌这个故事，而是由于确实太不好意思笑了。女王见自己的统治宣告结束了，于是站起身来，把王冠摘了下来，兴高采烈地为爱莉莎戴上了，说道：“女士，此时此刻，该你荣登宝座了。”

爱莉莎没有推辞，接受了这个任命，依照规定布置一切，先找总管合计了一下，吩咐在她任职期间，他应该做些什么让众人开心，随即又向众人说道：

“根据我们听过的不少故事，我们明白了，在这个世界上，不少人由于伶牙俐齿，能说会道，一旦有把柄被别人逮住了，便会急中生智，毫无畏惧，无论是多大的事情，也能化险为夷，这种故事很有趣，可以多讲些。因此我打算做出规定：明天，每一个人讲一个急中生智的故事；或是毫无畏惧，使别人无法指责自己；或是灵机一动，摆脱了面临的危险和羞辱。”

众人纷纷表示赞成，然后女王站了起来，命令各人自由活动，吃晚餐再碰头。众人见女王站了起来，也随即站起身来，随便玩玩。没过多长时间，一切声音都消失了，女王便让众人共用晚餐。大家兴高采烈地吃完饭后，又唱起了歌儿，奏起了乐曲，爱米莉亚听从女王的命令，最早翩翩起舞，第奥纽也听从吩咐唱一首歌曲，他立刻引吭高歌：“阿罗达好小姐，收起你那可怜兮兮的表情，我对你说一个喜讯，保证你听后欣喜不已。”女士们都闻声笑了起来，算女王笑得最开心，不准他继续唱，重唱一曲。

第奥纽说道：“女王，要是我有小鼓，我可以来一首《拉帕夫人，把你的裙子撩起来》，或者是一曲《橄榄树下的小草》，可能你爱听我唱《我的忧愁如浪》吧，遗憾的是，我没有小鼓，只得唱别的歌，你喜欢听一首《赶快来到我身边，五月的牧场风光好》吗？”

女王答道：“不行，再来一首。”

第奥纽说道：“那么，我来一首《西蒙娜女士，此时并非十月》，怎样？”

“见你的鬼去吧！”女王满面笑容地说道：“没人听这些歌曲，唱一首正经的歌曲给我们听吧！”

第奥纽说道：“陛下，行了，请别生气！你到底想听什么呢？

我会唱好多好多的歌，你想让我来一首《这个滋味无穷》，或者《好丈夫，饶了我吧》或是《我花一百金币购买一只鸟儿》？”

女士们都笑了，然而女王有点生气了，说道：“第奥纽，别老是胡言乱语了，老老实实地唱支歌给我们听，不然的话，我要发火了。”

直到此时，第奥纽没有再开玩笑，老老实实地唱了一首歌，歌词如下：

呵，崇高的丘比特，
美女离去时的那一道秋波，
让我神魂颠倒，举枪缴械。

她明亮的双眼水灵灵的，
与我的双眼柔情依依连在一起，
使我的心中燃起了熊熊的爱火，
呵，丘比特，当她的身影出现在我的眼前时，
我就明白你威力无穷，
我只感到头脑昏沉、荡魄销魂。
被你丝丝缕缕捆住了，
此时此刻，我毫无主张，
为了她，不停地长叹。

啊，无比仁慈的丘比特呀，
我情愿跪在你的面前，听从你的吩咐，
只请求你不要让我徒劳思念伊人，
然而，我想问问你，我这刻骨铭心的思念，
她究竟是否知晓？

我对她虔诚无比，
深情依依，痴心一片，
除了美人前来救我，
什么人能治好我的相思病？
因此，我请求你，丘比特，万万要发发善心，
燃起你的爱火，使她的心变得暖和些，
对她说吧，为了她，我茶饭不思。
你看，
我衣带渐宽人憔悴，
指望你同情我，救我一救，
望有一天，你带着我去见她，
让我兴高采烈地得到如花娇妻。

第奥纽的歌声停下来了，女王倍加赞赏，然后又命令别人引吭高歌，她见夜已深沉，白天的炎热已经消失得无影无踪，命令众人各自回房睡觉，明天接着玩耍。

第六天

《十日谈》的第六天开始了，担任女王的是爱丽莎。每个人讲的故事选定在机敏类型的：或者是在别人的非难中毫不示弱，或者是在危险和耻辱的情况下逃了出来。

一轮明月挂在天边，光芒渐渐减弱。大地被东方的曙光所照耀。这时候，已经起床的女王将所有的伙伴都叫了起来；在小山脚下的草地上，大家一起漫步，谈笑着，对各种问题发表自己的意见，对每个故事发表自己的看法，一提到故事中的许多滑稽的场面，不觉开怀大笑了一阵；太阳渐渐升高，温度逐渐上升，热浪袭人。大家才感到应该回到住的地方。

回到住所，宴席已经摆好了，房间里用鲜花和芳草点缀着。趁着上午空气清爽，女王便吩咐吃早饭。吃饭的时候大家谈笑风生，非常高兴。吃完饭后，大家唱了几曲曲调轻快的歌，然后各自做自己的事情，有的睡觉，有的下棋，有的掷骰子，第奥纽和劳丽达一起唱了一首歌颂特洛勒斯和克莱西达的歌曲。

到了聚集的时候，按照以前的方法，女王让大家围坐在喷水池旁边。女王正要选定某人开头讲故事，却发生了一件未曾发生过的事情——众人听到厨房传来吵闹声，女王立刻叫来总管查问究竟，总管回答说是丁大洛和莉西丝卡在争吵，他也不清楚缘由，因为他正要劝解的时候，就被叫了过来。女王让总管带来丁大洛和莉西丝卡，问他们为什么这样。

丁大洛正要讲述情形，而莉西丝卡自认为比他年长，便有些倚老卖老，又因为刚才争论了一阵，情绪还未平静下来，她便抢先说道："瞧你这家伙，竟然想抢先说话！ 让我先来。"然后，她转过身告诉女王说：

"小姐，事情是这样的，他给我讲了有关西科芳蒂的妻子的故事，好像我对此一点也不知道，他竟说她丈夫同她首次交锋之时，便流了很多血，费了很大劲才攻破那个城堡，我说这全然是胡说八道，他是很容易就进去了。 这位小伙子真是白痴，他还以为女孩会严守父兄的告诫，让自己的青春白白浪费。 事实上，姑娘中间十个里边有八九个在结婚前三四年就对这种事情已经非常懂得了。 如果让她们老老实实等到结婚那天，那岂不是要熬坏人？ 苍天在上——老天爷知道我一向不说谎话——我周围的许多女孩全都在还未结婚时就已不是处女了。 即便她们嫁了人家，然而却用各种各样的方法来骗自己的丈夫。谁想到这位傻瓜竟然同我讨论什么女人，仿佛我刚出世不久！"

莉西丝卡伶牙俐齿的说了一通，那群姑娘捧腹大笑。 女王连续六次想打断她的话语都没有成功。 她非得将可说的都说完才停下来。女王在她闭嘴之后才转身对第奥纽说道：

"第奥纽，这件事得由你来裁决。 在我们讲故事之后，你必须为这件事下个定论。"

第奥纽马上接口道："小姐，这件事马上就可以给出答案，不必浪费时间。 我认为莉西丝卡说得对，丁大洛真是一个傻瓜。"

一听到这话，莉西丝卡立刻笑了起来，冲丁大洛说道："你现在服不服？ 走！ 你这未断奶的小子，竟然自以为比我还懂。 感谢老天爷，这些年来我可没白活。"这时，女王换了严肃的神情，止住了她的叨叨唠唠，让她同丁大洛一起回厨房干活去，禁止再争吵，要不然她就会遭到鞭子的惩罚——如果不这样，她可能成天都嘀咕着这件事情。 等他们一离开，女王便让菲罗美娜开始讲述第一个故事。

故事一

在一次郊游中，一位绅士给奥丽达太太讲了一个没头没尾的故事，说是想令她如同骑着马，从而忘了路途的漫长；而她却求他让她步行。

年轻的姑娘们，夜空因星星而更加迷人，春天因为鲜花而更加生机勃勃，山峦因葱郁的树木而更加令人感到赏心悦目；同样，一句幽默的话语能使优雅的谈吐更能打动人的心灵。大多数幽默的话语都很简练。因而尤其适合女性使用，因为男人可以滔滔不绝，而女性却不能这样，女性说话时应该言简意赅。然而，我不明白是我们妇女的智商低下呢，还是上天总爱和我们开玩笑，反正现在我们妇女能适时说出一句幽默的话的，或者能马上领悟幽默语言中的含义的，事实上极其稀少，几乎可以说是没有，这可以说是我们妇女的耻辱。潘比妮亚对这一点已经讲得非常清楚了，这就不必我多说，我将讲述一位妇女用一句含蓄的话使一位饶舌的绅士闭上了嘴巴。

我们城里住着一位名叫热里·斯宾那的绅士，他的妻子奥丽达太太是一位很有教养、谈吐优雅的名门闺秀——也许各位姐妇人多数都认识她，或者从别人那儿听到过她的名字。有一天，她在家里宴请很多女友和男士，饭后，大家一同到郊外去游玩，就像我们一样，从一个地方玩到另外一个地方。那天漫步的路程很长，走到中途时，有一位绅士对她说：

“如果你允许的话，奥丽达太太，我想给你讲一个世界上最美妙的故事，你将会听得有滋有味，就如同骑了一匹马，不再会注意路途的遥远。”

“哦，那真是太好了，先生，”这位女士说道：“那就请讲。”

于是这位先生开始讲述他的故事。故事原本非常精彩，但他讲故事的本领却很糟，就如同他使用他身佩的那把剑的功夫，他非常罗唆，经常将同一句话说了又说，片刻之后，他又突然回过头来说："哦，我讲错了！"而且他经常混淆故事中的人名地名，让旁听的人摸不着头脑。而且语气也不能同故事的情节相配合，因而，这位奥丽达太太听得头昏眼花，浑身不舒服，最后，她实在忍不住了，那位绅士说得更加颠三倒四了，自己都不知道说到哪儿了，老在一个地方转来转去，无法从其中摆脱出来，便和颜悦色地对他说道：

"先生，你的马跑得太疯狂，你还是让我下马吧。"

虽然这位绅士讲故事的功夫很差，但是听到这句幽默的话，却也能知道其中的含义，而且也挺有肚量，因而，自己也禁不住笑了起来，于是便停止了讲故事，谈起了另外一个话题。

故事二

面包师奇斯蒂的一句话就让斯宾那大爷知道了自己的要求过于苛刻。

众人对奥丽达的那句幽默的话赞赏不已，潘比妮亚按照女王的指示接着讲述下一个故事。她说道：

众位好姐姐，我经常怀疑上帝是否真的公平地对待每一个人，因为我看到，有的低贱的肉体却具有高尚的灵魂；有的具有高尚灵魂的人却从事卑微的工作。我们居住的这个城里就有一位这样的人，他名叫奇斯蒂，奇斯蒂性气高洁，然而上帝却让他做了一个面包师。

我有时总想嘲弄指责命运之神；然而我很清楚命运之神总是谨小慎微的，虽然命运之神有着一千只慧眼，然而却被世人画成一个盲人。在我的观念里，神对一切都是深思熟虑的，因此，就如同世人在不妙的处境下，为了确保不出现差错，将最宝贵的东西藏在最不起眼的地方，因为这种最偏僻的地方能更好的保藏宝贵的东西。同样的，这些宇宙的主宰者也将他们的宝贝放在低贱的人身上，让他们从事卑贱的工作，在适当的时候大放光芒。奥丽达太太的故事令我想起了面包师奇斯蒂，因为他用一件小事就让热里·斯宾那懂得了一个道理，下面我就讲一讲其中的经过。

那个时候，热里·斯宾那大爷深受教皇卜尼法斯的宠幸，因而，有一次几位受教皇派遣的特使到佛罗伦萨处理公务的时候，他们特意住在他家，接受他的指导。然而不知为何，热里大爷总爱和这几位先生每天早晨一起经过圣玛丽亚教堂。奇斯蒂的面包店就位于教堂的旁边，他每天勤勤恳恳在店里干着活。

虽然命运之神让他干着卑贱的工作，却对他青眼有加，面包店的生意很好，没过几年，他就过上了富裕的生活，竟然热衷于此道。不但衣食无忧，他还藏有很好的红酒和白酒，是佛罗伦萨这一带最好的。他见到热里大爷和这几位先生每天早晨都经过他的店门口，而天气又是那样的炎热，因而，他很想献上自己的白酒给他们解渴，以表达自己的崇敬之意。然而，他一想到自己和热里大爷之间的社会地位的差别，便认为这样做很冒失，于是他便想了一个办法，让热里大爷自己主动开口。

于是，他每天早晨都穿了一件干净的白色的合体的衣裳，围上一条非常干净的围裙，一副磨坊主人的样子；在热里大爷和那几位先生将要经过了时候，在门口放上一桶水、一壶非常好的白酒，在旁边摆上两只亮晶晶的、像白银一样的酒杯。当他们经过门口的时候，他便坐在哪儿，一副很悠闲的样子，故意咳嗽几声，然后以一副有滋有味的样子喝着杯里的白酒，那个样子让看了的人禁不住嘴巴发馋。

连着两天，热里大爷见到他都是这副样子，第三天热里大爷忍不住问道：

“奇斯蒂，你喝的酒味道真的很美吗？ 是不是好酒？”

听到了热里大爷的问话，奇斯蒂连忙站起来，恭恭敬敬地回答道：“不错，这是很好的酒，大爷，但是，我无法用语言描述，要想知道它究竟有多好，那只能让您亲自品尝。”

可能是由于又热又累的缘故，也可能是因为奇斯蒂喝酒时的有滋有味的样子的影响，热里大爷也感到有些口渴，便转身对几位先生说：

“各位先生，我们就品尝一番这位好心先生的美酒吧，我想肯定不会令我们失望的。”

于是，奇斯蒂将他们带到门口，让人从屋里抬出一条做工精细的长椅，请他们就座。 跟着他们的随从想过来清洗酒杯，然而，奇斯蒂拦住他们说：

“哦，先生，劳驾您让让地方，这就让我来做吧。 我斟酒的本领就如同做面包一样在行。 你们可别指望能喝上这酒。”

说完，他拿出四个漂亮的酒杯，用水冲洗得干干净净，而后又拿出一壶酒，缓慢地倒入四个酒杯中，热情地请热里大爷和他的朋友们喝。 他们尝了又尝，品了又品，觉得确实是世间难得的美酒，醇香袭人。 这以后的几天里，热里大爷和使臣们不断地光顾奇斯蒂那儿。

后来，特使办完事，准备离开佛罗伦萨时，热里大爷大摆筵席为他们送行，并请来本地所有的显要人物。 奇斯蒂在被邀请之列，可是他推托有事，无论如何也不来赴宴。 热里大爷无奈只好差人去奇斯蒂那儿要一点美酒，并给了仆人一个细颈的瓶子。 他打算在上菜之前，先向每位宾客各敬半杯。

那位仆人或许因为跟随大爷去过面包店好多次，每次都是别人喝，他眼巴巴地瞅着，自己从未喝到过一滴酒，心里有些不平衡，于是带了一个宽口大瓶子去。 奇斯蒂见后，对他说道：

“孩子，你是不是走错地方了，热里大爷吩咐你的是别处吧？”

无论那仆人怎样辩解，奇斯蒂都坚持自己的观点，无奈，他只好回去报告热里大爷。热里大爷说：

“你再去一次，告诉他，是我叫你去他那的，如果他仍然不相信，你就问他，我如果不叫你去他那儿，那还去哪儿。”

仆人又来到奇斯蒂面前，对他说：

“奇斯蒂，请你相信我，热里大爷确实叫我到你这儿来，不是别处。”

“不对，我的孩子，你一定搞错了，他不是叫你到这儿来。”

“那他叫我到哪儿去呢？”

“阿诺河。”

仆人无奈，只好回去禀告热里大爷。热里大爷顿时明白了几分，对仆人说道：

“给我看看你带去的瓶子。”

他看到是如此一个大瓶子，把仆从狠狠地责骂了一顿，让他带着他早先给他的那个细颈瓶子再去一趟。

这次，奇斯蒂对仆人说：“嗯，这次你可没走错地方。”

说完，便将小瓶斟满美酒，让仆人带回去给热里大爷。

仆人走后，他又准备了一小桶美酒，当天就送到热里大爷家，十分郑重地对他说：

“热里大爷，今晨，我并非吝啬不愿意把酒装在你那个大瓶子里，只是我不知你是否还记得，过去几天里，我招待你们用的皆是我的小酒壶，我是想让你明白这是我的珍藏之物。但是，我现在觉得我没有必要再珍藏下去了，我把它全部奉送于你，你乐意怎么喝，就怎么喝吧。”

对奇斯蒂的心意，热里大爷心里充满了感激之情；自此对他无比崇敬，视他为一生的挚友。

故事三

诺娜以嘲弄的语气反讽佛罗伦萨主教的无礼的讥笑，令他无言以对。

潘比妮亚绘声绘色地讲完了故事，奇斯蒂的机智和大方获得了众人的赞赏。 女王指定劳丽达接着讲下一个故事。 她一脸笑意地开始讲道：

漂亮、生气勃勃的好姐姐们，菲罗美娜和潘比妮亚都讲到了一句恰如其分的话会起多大的作用，然而不幸的是，我们依然不擅长巧言回击。 她们的话是非常正确的，我想这用不着我再多言了。 然而我想首先提醒各位应注意的是，这反驳之术应如蚊子叮人一般，而不能有如疯狗咬人；要知道，要是恶语相加便成了泼妇骂街，而不是巧言相讥了。 这一点由奥丽达太太和奇斯蒂的回答作出了很好的说明。然而，要是一个人遭到了别人的秽言讥讽，从而巧言回敬也是在情理之中的。 因而我们同别人开玩笑时应该注意，必须是在合适的时间和场合，而且还要考虑对方是怎样的一个人。 有一位主教就曾因在这方面注意得不够，想羞辱别人反而被人巧言相讥，自取其辱。 下面我就将其中的经过详细讲给大家听。

从前，佛罗伦萨有位名叫安东尼奥·杜尔索的主教，他是位学识渊博、德行深厚的人。 那时，一位名叫台哥·台拉·拉达的将军受劳勃特国王派遣从加达鲁尼亚来到佛罗伦萨，这位外表气势不凡的人物是位情场上的行家里手，没有过多长时间就对佛罗伦萨妇女群中尤其俏丽的一位产生了爱恋之心。 她便是主教兄弟的外孙女，她有一个势利眼的丈夫，虽也出自王公之家，却十分爱财，是那种钱财可收买灵魂之人。

那位将军得知她丈夫是个见钱眼开的小人，便向他许诺，如果他同意他妻子和他过一夜，就给他五百个金币。 这个见钱眼开的家伙，也不管妻子同不同意，就随口应承下来。 将军虽是个守信之人，却也是个诡变之人。 他和那个女人过了一夜后，便付给她丈夫五百金币，只不过这五百个金币被将军做了手脚，他把当时流通的银币镀了层金色，那丈夫便以为是真的金币。 这事后来广为人知，成了人们的打趣笑料，那个见钱眼开的丈夫也因此名誉扫地。 而那世故的主教对此事佯装不知。

主教常和将军在一起游玩。 有一年圣约翰节日，两人骑马闲游，看到许多妇女一致拥向赛马场。 主教老远就瞅见了人群中的诺娜·德·布尔契太太，我想，大家可能听过她的名字，她是阿莱乔·布奴奇大爷的表妹，不幸的是她死于这次瘟疫。

诺娜十分善于言辞，总是能一针见血地指摘出别人的错误。 那时她结婚没多久，与丈夫住在比达·圣·庇厄罗区。 主教朝她所在的方向努了努嘴，示意将军看她。 而后他们过去挡住了她的去路。 只见主教一手牵着马绳，一手搭着将军的肩，对她说道：

“诺娜，你觉得这位风流倜傥的公子如何？ 你能让他对你服服帖帖吗？”

主教当众说出这样的话来，诺娜觉得是对自己的一种侮辱，于是决定以牙还牙，出出他们的丑，说道：

“主教大人，恐怕他不能使我对他服服帖帖的吧，他如果不信，就让他试试看，不过，我可不要镀了金的银币，我要真金的。”

一句话说得主教和将军十分尴尬，都涨红了脸，他们一个因为用低劣的伎俩要到了主教兄弟的外孙女，一个因为外孙女的丑事而万分羞辱；两人自觉无地自容，没再说什么，就骑着马溜了。

就这样，诺娜以牙还牙，嘲弄了主教一顿。

故事四

厨子契契比奥遭到主人的责备时，灵机一动说出的一句话令主人不再生气，从而原谅了他。

众人在听完故事后，对诺娜的口才赞叹不已；按照女王的吩咐，妮菲尔开始讲述下一个故事。她讲道：

亲爱的姐姐们，才思敏捷、口齿伶俐的人能够很机敏地解决所面对的各种问题，用恰到好处的话应付不利的局面。然而，即便是一个很平凡的人在处于窘境之时，神也会令他灵光一闪，令他说出平时绝对不会想到的话。下面我就讲述一个这样的故事。

我想各位姐姐可能都认识一位尊贵的先生，他便是居拉度·让菲利阿奇。或者听到过别人谈论过他。他平时极少干什么公务，只知道去打猎什么的，过着逍遥自在的生活，不过他为人很豪爽大方。有一天，他到彼莱托拉附近打猎时，打到了一只长得很肥的鹳鹤。他便让厨子契契比奥将它做成一道好菜，以供晚餐时享用。

那位有些傻乎乎的威尼斯厨子做菜的工夫倒也很好。他将小鹤拔毛洗净之后，便架在炉火上认真地烘烤起来。当鹤肉将要烤熟，正散发着香味的时候，碰巧来了一位邻家的少女，而那时厨子正追求这位名叫白伦纳达的少女。她进到厨房里见到厨子正在烤的散着香味的鹤肉，禁不住嘴馋起来，于是，便缠住契契比奥，要尝一尝鹤腿肉。厨子一面哼着曲子，一面对他的心上人说道：

“不行呀！亲爱的白伦纳达小姐！我不能给你呀！”

这一下可就将她惹恼了，她对他说道：“哼！如果你不把鹤腿给我吃，以后我也不会再答应你的什么要求了。”

这样一来，两个小情人便吵了起来，契契比奥终究不敢同他的心上人吵翻了，只好让她吃了一只鹤腿。

不久，这盘鹤肉就端到了餐桌上，而那天居拉度正好宴请了不少宾客。居拉度见到只有一只鹤腿的烤鹤，心中感到十分的讶异，便让人叫来了厨子，询问他这是怎么回事。谁也想不到这位厨子竟然是一位很会说谎的威尼斯人，他面不改色地回答他的主人说：

“主人，鹤是一条腿的呀。”

居拉度一听，大为生气，说道：“什么？鹤是一条腿的？你以为我从没有看到过鹤呀！”

“事实上是这样的嘛，主人，”契契比奥依然不改口，说道：“不信，我随时可以带您去看一看活着的鹤。”

由于有许多客人在场，居拉度也不想多说废话：“既然如此，那么希望我明天就能见到这种罕见的、从未听说过的禽类。但是，面对上帝发誓，要不是如此，那你就等着接受惩罚吧。经过惩戒之后，你将会一听到我的名字就心慌意乱。”

这样，晚上平安无事地过去了。第二天早晨，居拉度依然还耿耿于怀，于是叫马夫准备好车马，带上契契比奥，向河边奔去。鹤群通常在早晨时会在河滩上栖息。居拉度在途中对契契比奥说道：

“过一会儿，事实究竟是怎样的就见分晓了。”

见到主人的这副样子，契契比奥心乱如麻，惶惶不安，谎言已成现实，他又不知如何挽救这个错误。他恨不得立刻逃之夭夭；然而他很清楚，跳走是不可能的。他东瞧瞧，西瞧瞧，触手所及的东西竟然都幻化成为两条腿的鹳鹤。

没过多久，他们便来到河边，契契比奥首先望见的却是河滩上十多只用一只脚独立的鹤——鹤打盹的时候，总是蜷起一只脚。厨子便迫不及待地让居拉度看，对他说道：

“主人，您看那边，那些鹤不都只有一条腿？我可没有骗您吧！”

居拉度望了望那些正在打盹的白鹤，说道：“等等，我让你瞧瞧它们究竟是几只腿的。”

他边说边走近河滩，冲那些鹤“嗬！ 嗬！”地喊了起来。 被惊醒的鹤马上伸出另一只脚，四散而走，展翅而飞。 居拉度转身冲厨子说道：

“怎么样？ 它们有几只脚？ 混蛋！”

契契比奥被吓得六神无主，竟然不由自主说出了下面的话：

“那倒没错，主人，然而你昨天并未冲那只白鹤喊‘嗬！ 嗬！’呀；要是你也这样做了，我想，它也会伸出另一只脚来的！”

一听这话，居拉度竟然忍不住哈哈大笑起来，他笑着说道：

“没错！ 没错！ 契契比奥，只怪我没有对它喊上几声。”

由于一句信口胡捏的话，契契比奥得以免受惩罚，主仆二人和好如初。

故事五

从田庄返家的法律家福莱赛和画家乔托在半道上时，遇上了大雨，两个人相互取笑对方的可笑模样。

众位女士也因契契比奥的妙言而笑了起来，然而女王吩咐潘菲洛接着讲下一个故事，只听她讲道：

亲爱的女士们，刚才潘比妮亚曾说命运之神经常让人才隐身于下层人中间，我对此很赞同，我还想说的是，人不可貌相，命运之神有时也会将某种天赋给予面貌丑陋的人。 我下面这个故事中的两位主人翁就很好地说明了这一点。

这两个人，一位便是模样丑极了的福莱赛·达·拉巴达，身材矮小且还是发育不良，扁扁的面孔上长着的鼻梁也是塌的，模样丑陋得可能超过了巴隆奇家族的人。 然而他对法律条文却非常精通，因而为许多人士所看重，说他心中几乎藏了一整部民法。

另一位是天才的画家乔托，他能用笔绘画出天地万物，各种生灵，而且画得活灵活现。 有时，他的画还使人错认为是真的物品。

几个世纪以来，美术中充斥的尽是些俗不可耐的、难登殿堂的东西，直到他手中，美术才得以焕然一新，生机重现。 佛罗伦萨也因有这样一位艺术大师而平添了不少的光彩。 而更令人敬佩的是，虽然他声名显赫，身为一代宗师，却性情谦虚，自称有负大师之名，相比之下，他的学生和那些远不及他的人更爱慕虚荣，这便更加显出他的可贵。 然而，虽然他有着杰出的技艺，外表却如福莱赛一般丑陋。 说了这么多题外话，让我回到正题上来吧——

这两位在比热罗亚有着自己的乡间别墅。 有一年夏天，在法庭休假的期间，福莱赛便抽空到他的别墅休养了几天，回城的时候，不知何故，他骑了一匹原来用以拖车的劣马，更加碰巧的是，他在中途遇上了同样骑着劣马从别墅回城的乔托。 两个人便结伴而行，由于两个人都上了年纪，因而走得很慢，很是悠悠自得。

大家都知道的，六月天，变脸天。 天气变换是很快的，他们正走着，天忽然就变阴了，然后便下起了骤雨。 他们只好匆忙赶到最近的一家他们认识的农户家中避雨。 他们本想等雨停后，才继续赶路，谁知这天的雨一直没有要停的趋势；而他们也都得当天赶回佛罗伦萨，因而只好向这家穷农户借了两件旧的呢外套和两顶很旧的破帽子，然后冒着雨起身赶路。

不用说，乡间小路此时当然是东一坑水，西一坑泥的，他们走了一段，身上被马蹄溅得到处是泥水，很难看。 后来雨终于慢慢变小了，这两位伙伴原来只顾赶路，无暇说话，现在便聊了起来。 乔托本来就是一位很爱聊天的人，便滔滔不绝地同福莱赛谈了起来。福莱赛悠悠晃晃地听着，忽然，他将乔托全身上下打量了一番，见到他非常狼狈的样子，忍不住笑了起来，却没想到自己也是如此，竟然大声对乔托说道：

“乔托，要是这时我们见到一位从未谋面的路人，见到你这副模样，你想他能想到你便是那位伟大的画家吗？”

“尊敬的先生，”乔托马上回答说，“我想，要是他见到了你的样子，以为你并非目不识丁的话，那么他肯定会认出我的。”

这句话令福莱赛明白了自己不该说那样的话，他本想嘲笑别人，却自食其果。

故事六

史卡札向许多年轻人证明了巴隆奇是世界上最高贵的有名望的家族，因而赢得了东道，得到了别人的宴请。

乔托的妙语令那几位女士不禁笑出了声，等她们笑完了，女王便让菲亚美达接着讲下一个故事。她便开始慢慢讲述道：

年轻的姑娘们，刚才潘菲洛曾说到的巴隆奇——可能你们并不如他那样了解这一家族——令我想到了一个事故，这个故事虽然是说这一家族的社会地位，却也同我们今天的主题相关。我接下来就将详细讲述个中缘由。

前不久，我们城里有一位风趣幽默、能言善道的年轻人，他名叫米歇尔·史卡札，他知道许多稀奇怪异的故事，因而时常被佛罗伦萨的青年们邀请参加联欢活动之类的聚会。

有一天，他同几位年轻人在蒙地街聊天的时候，讨论了一番有关佛罗伦萨哪个家族最尊贵、最古老的问题。有人认为是朗培尔第家族，有人认为是乌培尔第家族，众人各持己见，谁都不知到底谁的观点正确，史卡札笑着发表了他的高见：

“你们这群笨蛋！都知道些什么呀。都给我闭嘴！别说什么佛罗伦萨，就是在全世界、全海洋中的洼地，最古老、最尊贵的家族也应该是巴隆奇。不但所有哲学家而且所有如我这般了解这一个家族的人都是持这一观点。为了不至于引起误会，我首先要说清楚的是，它便是与你们比邻而居的圣玛丽亚区的巴隆奇家族。”

在场的年轻人原以为他有何种高见，却不料是这样的话，便都笑话他，说道：

“笑话！难道我们都不知道巴隆奇家族？”

“对天发誓，我是认真的，可不是信口开河！”史卡札说道，“谁敢与我打赌；输家做东请对方和他的六位朋友吃晚饭；随便选谁做裁判都行。”

里面有一位名叫奈利·马尼尼的年轻人便对他说道：“我来！我想我肯定会赢的！这顿饭你请定了！”

然后他们选了一位名叫彼得·第·菲奥伦蒂诺作裁判。因为他们聊天的房子正是属于他家的，于是众人便一起去找到了他，说明了情况，彼得是一位有主见的年轻人，听完缘由后，便对史卡札说道：

“请你说出你的理由！”

“理由？”史卡札说道，“我将给你们证明一番。我会让所有人都赞同我的观点的。众所周知，门第的高贵程度是随家族的历史渊源而增加的。所有的贵族都承认这一点，对不对？因而，只要我能证明巴隆奇家族是所有家族中历史最悠久的，我就赢了。

“你们知道吗？当初上帝创造人类时，首先造出来的便是巴隆奇；那时候，上帝造人的工夫还不到家，而其余的人都是他手艺熟练后才造的。要是你们怀疑这一点，那就对比一下巴隆奇家族的人和其他人的相貌就懂了。其他人的五官、面貌都长得恰到好处，而只有巴隆奇家族的人的五官面貌搭配不当，他们的脸形要么太长，要么太宽，鼻子要么过长，要么过短，要不是两眼一大一小，便是一眼高一眼低，若非这样，便是长着弯弯上翘的下巴，如驴子一样的大牙床。不论谁见到他们，都会联想到刚学画的小孩所画的鬼脸。就如我前面说的，上帝在创造巴隆奇家族时造人的工夫还不熟练。因而，这说明巴隆奇家族是全世界中历史最久远的家族，因而也是最尊贵的家族了。”

听完史卡札这一通道理，众人都不觉想起巴隆奇家族人的模样，便都笑了起来。不管是裁判彼得还是打赌的奈利，还有其他人，都觉得史卡札言之有理，是赢家，都认为巴隆奇家族不管在哪种范围内都应该是最古老、最尊贵的家族。

潘斐洛以巴隆奇家族人来对比福莱赛大爷的面貌丑陋是很恰当的。

故事七

偷情的菲莉芭被丈夫发现后，被丈夫告上法庭，而她在法庭上以自己的口才说服了众人和法官，使原来过于苛刻的法律被推翻，从而得以免受刑罚。

史卡札的论证巴隆奇家族是唯一的、最尊贵的家族的别有趣味的一席话令众人开怀大笑了一番。然后菲洛特拉托遵照女王的吩咐开始讲述下一个故事。

各位尊贵的女士们，能言善道虽然很好，然而更可贵的是能够在面对关键时刻时也能从容不迫。而我此刻将要讲到的故事中的一位女士正是具有如此的才智和本领，她只用了寥寥数语，便令听众都笑了起来，而且救了自己一命，使自己免受死刑。下面我就详述其经过。

普拉托以前有一条极其残酷的刑律，凡是为人妇者偷情而被丈夫抓住，其罪等同于有夫之妇为钱而出卖肉体，都要受活活烧死的刑罚。

而那时，当地有一位名叫菲莉芭的漂亮的夫人。她是一位多情的人儿。她有一位英俊的年轻的情人，名叫拉查利诺·德·加萨廖特利，他家在城中是有头有脸的人家。菲莉芭非常爱他。有一天晚上，两人在菲莉芭房间里幽会之时，被闯进来的丈夫撞了个对面。那做丈夫的自然异常愤怒，只是由于怕受法律的惩罚，才没有当场杀死这对偷情者。

他不得不极力控制自己，然而，他虽无法做到亲手将自己的妻子杀死，却想让她死于普拉托的刑律之下。幸好他已掌握了证据，因而他决定，第二天一大早便上法庭投诉，要求法庭审判自己的妻子，定她的罪。

只要是重感情的女人一般都有着纯洁的心灵和坚定的意志。这位夫人也是这样的一位女子，因而她没有听从亲友的劝阻，决定出庭为自己辩护，认为即便不能胜诉，也宁愿接受严厉的刑罚，而不愿逃跑去苟且偷生，忍受一世的耻辱。因为她认为，要是逃跑了便表明了自己不配享有她情人的温情。而又有许多友人劝她不管怎样都不要承认她的私情。她便在他们的陪伴下来到了法庭上，从容地、镇定地询问法官为何传讯自己。

法官见到她相貌秀丽，举止端庄大方，谈话不俗，便知道了她是位重情之人，便对她很有好感，便有心要为她洗脱不光彩的罪名，为了使她不自行招认，使自己处于不好处理的地步，又考虑到法庭的权威性，因而在下面的质询过程中，他这样说道：

“夫人，你此时被你的丈夫控告为与别的男子偷情，还被他现场抓获，因而他请求法庭判你死刑。但是，只有在你亲口供认的情况下，我才能判决你的罪名，因而，你需仔细考虑你要申诉的每一句话。现在，我慎重的问你，你丈夫的控告是否属实？”

菲莉芭面无惧色，爽快地回答道：

“法官大人，我丈夫所说的全部都是真的。我昨晚是同拉查利诺在房中幽会；我对他是真心真意的，因而同他同床共枕过许多次，我承认这一切。但是，你肯定也很清楚，法律面前应该人人平等的，不管是男是女。而法条的制订也须是民主的，须得到奉行法律的人的赞同。然而现在的这条刑律却并非如此。首先，这条法律仅是完全针对我们可怜的女人的；事实上，女人的工夫要强于男人，一位女人能满足多位男人的。再者，当初制定这条法律时，女人并未表示赞同，而且也没征询过女人的看法。因而这条法律应该说是有失公平原则的。

“如果你非得依照这条不近人情、不公平的法律，不顾自己的良心，判我罪，你只管做就是了。然而，在你判决以前，请给我个人情——请你问一声我的丈夫，我是否曾拒绝过他的任何一次肉体的要求？”

没等法官发话，她丈夫便回答说道，他的妻子的确从未拒绝过他的要求。

他一说完，菲莉芭就说道：“那么，请问法官大人，如果我已满足了他，而他却没有满足我，那我应该怎么办？难道要将它拿去喂狗？我想，与其白白浪费，还不如让钟爱我的人享受一番，那样不是很不错吗？”

这件有关这位名声不小的美丽贵夫人的桃色案件当然传得很快，因而轰动了整个普拉托，大部分人都挤到法庭上观看旁听审判来了。这位夫人的新颖的质问获得了所有人的笑声和同声赞同，说她讲得很有道理，完全正确，因而也获得了法官的赞同。法官于是判定菲莉芭无罪，并当庭修改了这条过于苛刻的刑律，重新规定为只对为钱而背叛丈夫的女人，才判刑。

她丈夫弄巧成拙，只得灰头土脸地离开了法庭；菲莉芭则得以免受刑罚，高兴地回了家。

故事八

契丝卡说她很讨厌那些面貌难看的人，她的叔父却让她千万不要照镜子。

从各位女士泛红的脸色就能看出，她们的心弦被菲洛特拉托的故事所触动，心中感到不好意思；然而当她们目光相接触时，都不禁笑了，她们抿嘴笑着听完了故事。女王回头叫醒了依然还愣着神的爱朱莉亚，说应该由她继续下一个故事了。她轻轻一叹，有如好梦刚醒，声调缓慢地开始讲她的故事：

各位好姐姐，原谅我的走神，我正想着心事呢。既然女王吩咐，那我就尽力而为吧，我讲的故事很短。故事说的是一位叔父如何以玩笑的语气指出侄女的缺点，要是她不笨的话，就应能明白其中的意思。

弗莱斯哥·达·乞拉蒂哥有一位小名叫作契丝卡的侄女，她有着苗条的身段和几分容貌，但却说不上是出众的美人。而且她还缺乏自知之明，以为自己倾国倾城，有沉鱼落雁之貌。而且狂妄到了极点，什么都不放在眼里，任何人在她嘴中都被说得一文不值。她从早到晚都在烦躁中度过，感到事事都不称心，什么都碍眼，就算将她请到法国的皇宫同国王攀亲，只怕她也会觉得委屈了她。她走在街上的时候，总是一副厌恶的神情，掩着鼻子，侧着身子，皱着眉头，仿佛从她身边经过的人都散发着怪味一般。

她的各种做作的姿态是让人无法述之言语的；这一天，她回到家中，在弗莱斯哥身旁坐着的时候，又是叹气，又是摇头，一副烦恼不已的神情，那叔父最后实在觉得看得不舒服了，便问道：

“契丝卡，这么好的天气，为何这个时候就回来了呢？”

她一副有气无力的神情，回答说：“对，我今天是提早回来了。你要知道，今天城里令我感到厌恶的男男女女有多少！哎，真是倒霉！我在街上遇到的全是些令人恶心的家伙！我想，世界上没有谁会比我对这些丑陋的家伙更反感了！我之所以如此早回家，就是为了少见到这样的人。”

“哦，亲爱的孩子！”她的目空一切的神情令弗莱斯哥实在无法再忍受了，他便说了一句这样的话，“既然你无法忍受那些丑八怪，那么如果你想保持愉悦的心情的话，那就千万别照镜子。”

这位自认为聪明绝顶的人儿实际上却是一位笨得像木头、囊中空空的笨虫，因而毫不理解弗莱斯哥这句话的含意；还说她要如同那女人一般，时常从镜中细细打量自己的尊容。她至今依然还是那副模样。

故事九

被人嘲讽的纪度以牙还牙，用刻薄的话将那群心怀鬼胎的人羞辱了一番。

爱朱莉亚讲完了故事，此时只有两个人还未讲述故事，那便是女王和第奥纽，而第奥纽在这一天是享有特权的，因而下一个故事便得由女王讲述。因而女王就开始讲她的故事：

漂亮的女士们，你们所讲的故事中有两个是我本打算要讲的，想不到却被你们抢先了。好在我还知道一个故事，这故事最后的一句幽默滑稽的话也许是在今天所有故事中最不顾人情的。

众所周知，佛罗伦萨可以说是世风日下，以前许多美好的习气现在再也无法找到了；那些淳朴的风气可以说是被日渐深重的人的贪婪之心和日渐富有的物质生活所破坏。我们只看一看一个风俗习惯就会有更加清楚的认识：以前在佛罗伦萨绅士们是不时举行友好的聚会活动和举办沙龙的，然而只让能够出得起费用的人参加，由各人轮流做东，场所也是变换的，有的时候还会请一些外宾和本城的人士。这样的聚会每年至少会有一次，碰上重要的日子——特别是遇上一派喜气的节日，或者是传来好消息的日子，他们便穿上一流的服装，骑上高头大马绕城游行，有的时候还举行体育竞赛。

城中有一位名叫贝多·勃伦奈莱希的绅士，他也主持了一个沙龙，他们那些人都很想拉纪度（他父亲是卡维康蒂）参加他们的沙龙。这当然是有原因的。要知道，他不但是当今最杰出的伦理学家，还是位学问很高深的哲学家（而他们却是哲学的门外汉），而且他还是位幽默健谈的人，他具备所有绅士应有的才能本领，说得上胜人一筹。还有重要的一点是，富有的他在结交中意朋友方面是出手大方慷慨的。然而贝多却始终没有能拉拢他加入自己的沙龙，经过仔细研讨，贝多他们认为是由于他太沉迷于思考，而不关心世事的原因。而且，他还很醉心于伊壁鸠鲁的学说，众人在谈到他时，都说他全身心都投入了上帝是不存在的证明中去了。

有一天，如许多时候一样，纪度从奥多·圣米歇尔经过科索·阿台马利来到圣约翰礼拜堂附近。那时候，圣约翰礼拜堂附近几乎全是大理石或者其他石材筑成的陵墓，就如同现在的圣莱巴拉达礼拜堂的墓地一样。无巧不成书，纪度在礼拜堂门前和墓地石柱间漫步沉思之时，恰好让从圣莱巴拉达广场骑着马过来的贝多和他的几位朋友望见了。他们便说道："我们不如去嘲弄嘲弄这家伙吧。"

于是他们催马奔向纪度那儿，当他发觉时，他们已来到了他跟前。他们冲他说道："嗨！纪度！你为何不愿参加我们的沙龙？随便问一声，即便你真的发现了没有上帝，那又会获得什么？"

纪度见自己陷入了他们的包围圈中，马上回敬道："我可不想在你们的老家同你们费口舌，你们爱说什么，悉听尊便。"

他一说完，一手撑到坟墓上，敏捷干净利落地跃了过去，跳出了他们的包围。

那群先生见到这场面，不禁愣了愣神，然后便七嘴八舌地说起纪度来，说什么可能他神经错乱，竟然说些不着边际的话。他们站着的地方怎么能说是他们的家呢？他们只不过路过而已。然而贝多却告诉他们说：

"如果你们不明他的话中音，我想，你们才是头脑错乱。他的一句话就已将我们骂到了家。你们还不懂？只有死人的家才是坟墓，他说坟墓是我们的家，意思便是说我们这些胸无点墨的笨人就是死人。"

这群人此时才明白过来，都为此感到非常惭愧，此后对他尊重有加，同时也认为贝多算得上是位聪明的、有风度的绅士。

故事十

契波拉教士许诺让乡下人见识见识报喜天使的羽毛，而当他打开盒子后，大家却只见到一块木炭，好在他机灵，乱编些假话，才得以蒙混过关。

最后讲故事的第奥纽等到众人纷纷赞美了纪度的嘲弄本领后，未等女王吩咐，便开始了讲述故事：

可爱的姑娘们，虽然我有选择主题的特权，然而你们刚才的故事都很精彩，因而我也将以今天的主题讲一个故事。我将讲述一个一位机智的圣安东尼派修道士的故事，这位名叫契波拉的教士凭着他的机灵和三寸不烂之舌解决了两位年轻人给他设下的尴尬局面。出于对故事的完整性和生动性的考虑，请大家先原谅我将多花一些时间来详述其中的经过。而且，太阳还很高，我们不必太早回去。

我想，大家可能都曾听说，瓦台尔拉地区有一个名为切塔尔多的小城。然而，虽然它不大，以前却有些富有的人家曾在那儿安家落户。有一位圣安东尼派的修道士，看到了那儿还有些油水，因而每年都去那儿一次，住在那儿的一些傻瓜也施舍不少东西给他和他的师兄弟。而且，他竟然在那个小城也有许多信徒，受到人们的欢迎。可能是由于他的名字取得好，要知道，那个地方正是闻名于托斯卡尼的洋葱产地，而“契波拉”正好也是洋葱之意。

这位头脑灵活的坏家伙身材矮小，长着一头红发，他几乎没受过正规的教育，却也为人善言风趣，总是一副笑嘻嘻的模样。他给陌生人一种这样的错觉，仿佛他是一位雄辩的演说家之类的人物，可能还会拿他相比于西塞罗或坤图林。他差不多认识那个小城的每个人，同每个人都保持着一种友好的关系。

有一年的八月的一天，他又去了那个小城。星期天的上午，那周围一带的信徒们都来到这个教区的教堂做礼拜。他看准了一个时机，上前冲他们大声宣布说：

“各位先生、女士，你们每年都送些玉米、谷子和燕麦之类的物品给圣安东尼的可怜的臣民们，以期他能护佑你们五谷丰登，牛壮猪肥，万事顺利，人人平安。你们根据自己的收成和诚意都或多或少地送了。而且你们，特别是入了会的人，每年都诚心地交付了规定的费用。现在我受院长委托前来收取今年的东西。天主保佑你们，今天下午我将用钟声召集你们，到时你们应该都来到教堂前，像往常一样，我将为你们布道，让你们吻圣洁的十字架，希望你们能不会落在别人的后头。我知道，你们都是虔诚拥护我主圣安东尼。因而，下午我将让你们见识一番我特意从海外圣地带回的一件稀有的圣物，这将是一次难得的恩宠。这件圣物是一根羽毛，它是当年加百列天使降临拿撒勒向圣母玛丽亚报喜时掉落在她卧室中的那根羽毛。”

说完这些，他又接着做他的弥撒。

在这些听众中，有两位爱恶作剧的年轻人，一位名叫比亚焦·安湛尼，另一位名叫乔万尼·台尔·白拉金涅拉。他们同这位教士的关系很不错，听到他说有什么圣物，感到很可笑，于是便嘀咕的一阵，决定在这件事上戏弄他一番。他们探听到，教士上午将同一位友人在城中共进午餐，便决定趁他吃饭时去他住的客栈，由比亚焦缠住他的仆人，而乔万尼则溜进他的房间去搜他的行李，偷走他那所谓的圣物，然后瞧他如何应付他的观众。

谈到教士的这位仆人，就更有意思了。这位仆人拥有很多绰号，什么“鲸鱼加丘”啦，什么“泥水匠加丘”啦，“猪猡加丘”啦。他是一位大糊涂虫，就算大画家李波·托波笔下也找不出他这样的家伙。他经常被契波拉当作笑料对朋友们讲：

“我这位仆人有九个最严重的缺点，如果所罗门、亚里士多德和塞纳卡身上有其中一个的话，他们的一切品性、才智和高贵都会被毁得一干二净。你们想象一下，他有九个严重的缺点，却没有丝毫优越的品性、才智和高贵等品质，那他会是何种人？”

别人问他到底是什么缺点，他便随口哼出他编的打油诗：

“我告诉你吧：马虎又说假话，懒惰且肮脏、如犟驴、粗野加冒失，还有爱说坏话和酗酒。九个大缺点，小缺点便不用数。更有可笑处：不管到何方，总想娶个婆娘，安家又落户。自认为是美须公，胡子黑又亮，女人谁都会爱。独自一人时，总爱缠婆娘，非得头撞墙，不然不罢休。说实话，干活挺卖力。不论谁来向我申诉，他总会来窃听，还怕我答不上别人的话，按着他自己的念头替我答话。”

这次契波拉神父又将这位用人留在了旅店里，他出门前特意嘱咐他要看守好行李，不能让其他人碰，特别是那个旅行袋，里面装着圣物，更需慎重看护。然而，这位佣人却有一个习惯，总爱成天泡在厨房中，就如同夜莺爱待在树林中一样，更加不得了的是，要是让他闻到了厨房中有女佣味道的话，局面就会变得更加有趣。而这次，他一来就发现了这个客栈里的那位丑陋的厨娘，这位又肥又矮的厨娘就如同一段大树桩子，有着一对如两滩牛粪的乳房，长着一张母夜叉般的面孔，上面还尽是些汗水、油垢和烟灰。加丘等他主人一离开，便马上从他主人的房间里溜了出来，也不管什么行李、圣物，径直溜到了厨房里，就如扑向死尸的秃鹰；虽然八月三伏天，他却气定神闲地在火炉边上安安稳稳地坐着，同那位厨娘妞塔胡乱扯起了话题。他对她说，按理说，他是位绅士，就是不算上那许多施舍给别人的钱财，也有九百多万金币，他的言行都是伟人的事迹，只有上帝才懂得。但是，他却不知道自己头巾上的油渍足以用来涂抹阿尔托派斯丘修道院的大斧，也不知道他那件皱巴巴的小衣服已然破旧不堪，衣领上和胳肢窝下尽是些油垢、破洞和补丁，惹眼的程度可以说超过了土耳其人或印度人的五颜六色的花衣服，鞋子是豁开了一个大口子的，袜子也是抽了丝头的。而他同她瞎吹的语气就如同是位卡第伦公爵。他说他将给她做新衣服，带她离开这个寒伧的地方，让她不用再干苦力活，即使不能让她锦衣玉食，但不管怎样也将要过得比她现在好许多。虽然他舌生莲花，却始终都是白费劲，就如同以前和其他的女人交往时所碰到的情形。

那两位存心捣蛋的小伙子到了那儿后，看到加丘正同那位女厨娘妞塔胡闹，心中就更加兴奋了，因为这反而省却了他们的许多力气。他们径直走入教士契波拉那房门敞着的房间中，四处寻找他那个所谓圣物。他们打开了行李袋，找到一个用绸布裹着的小盒，他们启开了小盒，只见里边摆着一根通常长在禽类尾巴上的羽毛。那是一根鹦鹉尾巴上的毛，便断定这就是教士所说的要让小城人见识的什么圣物。

在那时，他的确很轻易就能使当地的那些傻瓜上当。要知道，那时托斯卡尼境内只有极少的地方才有埃及的这种奢侈品，而且还很稀有，没有影响到意大利的民俗。境内其他地方的人也许对这类奢侈品还或多或少了解一点，而这个小城附近一带的人却几乎是闻所未闻。他们依然守着先辈的那些淳朴的民风，不但没见过，也没听说过鹦鹉这种鸟类。

这两位小伙子找到了这根羽毛，都很兴奋，立即将它拿了出来。然后他们又顺手拿了一些木炭放在那个空盒中，重新扣好，用绸布包好，将一切摆成原来的样子，才兴高采烈地离开了，没有人发现他们的举动。现在，他们就只需在一边等着瞧当契波拉教士发现羽毛变成木炭时所要唱的戏了。

那些做弥撒的傻乎乎的信徒们在听到教士宣布的消息后，做完弥撒便回了家。众人相互传述着这个消息，吃完午饭后，得到消息的人都急匆匆地赶到小城教堂前，都想见识一下那根著名的羽毛，那儿没多久就挤满了等待的观众。

而教士契波拉则慢悠悠地进完了午餐，然后又睡了一会儿午觉，他一听说有很多附近的乡民都赶来瞻仰那根羽毛，便马上叫仆人加丘带上铃和旅行包赶去教堂那儿。极不情愿的加丘只好告别了那位厨娘，从厨房走了出来，带上他主人让他带的物品前往目的地。他由于喝了一肚子的水，因而赶到那儿时，上气不接下气。教士又马上让他到教堂门口使劲摇铃。

当众人都聚拢过来以后，契波拉教士便开始了布道，却丝毫未觉察到自己的法宝已被人乱搅了一通。他先洋洋洒洒地自我吹捧了一阵，然后感到让众人见识加百列天使羽毛的时机来了，于是他便先以一副诚惶诚恐的神情做了一遍祷告，然后点燃了两根蜡烛，然后将头巾撩起，以一副慎重的姿态解开了绸巾，捧出了小木盒。

他又先咕哝了几句颂扬加百列天使和他圣物的话，然后便启开了木盒，当然，令他惊讶的是只见到一些木炭，羽毛不见了。当然，他并没有认为是加丘从中捣鬼，因为他很清楚加丘是不会想到这样的，他也没有怪加丘失职，以致让别人从中做了手脚，他只是在心中说自己：既然很清楚加丘是一位马虎、善忘的粗人，就不应让他看守行李。然而他却不动声色，向空中举起双臂，高声叫道：

“啊，上帝呀！愿你的神奇永受世人的赞美！”

然后，他就扣上了盒子，转过身对那些观众说道：

“女士们、先生们，可能你们当中有人知道，我早在年纪轻轻时就被上司派往神秘的东方。他曾特别嘱咐我，让我打听到制造瓷器的秘诀。我从东方人那儿得到了其中的秘诀，虽然他们并未失去什么，而我们却获益匪浅。

“为了完成这项使命，我从威尼斯启程了，先经过了希腊街，然后骑着马穿越了阿尔加夫王国和包尔干塔加，在帕里温住了几天，然后又冒着饿死渴死的危险到达了萨丁尼亚①。经过这些地方的详情我认为用不着多费口舌，因而大概略过就行了。我穿过了圣乔治海

① 萨丁尼亚：位于佛罗伦萨郊外。

峡[1]，到达了‘迷糊国’和‘诡计国’，这两处都很繁荣。然后我又前往了‘虚伪国’，遇上了许多我们的兄弟和其他派别的修道士，他们只讲是为了上帝的原因才喜欢游乐而不干活，对别人的劳动也嗤之以鼻，只顾追求自己的利益，没有铸成的钱币被当作通货使用[2]。后来，我到达了阿伯鲁齐国，那儿的每一个人都是穿着木底的鞋在山上瞎跑，将猪肉塞到猪肠中藏着。我继续前行，又遇上了一群做空心面包、用皮革制盛酒容器的人。然后我来到了‘懒汉乡’，那儿的水都是流向山脚的。

“一句话，我经过了长途跋涉，才到了印度巴斯第那卡[3]，我可以以圣袍发誓：我见到了飞舞着的长柄镰刀，若非亲眼目睹，你便不会相信的。然而这件事可有一位见证人，他是位大商人，名叫马梭·台尔·沙乔，他那时正在剥胡桃，卖胡桃壳。

“然而我的任务还未实现，而要继续前行就需趟河过海了，于是返身回到圣地，那儿夏季的时候，热面包不值钱，而要花四个铜子才能买到一块冷面包。我在那儿见到了白莱姆米诺特·安以特泼里斯尤[4]神父，他是耶路撒冷最为信徒爱戴的一位大主教。承蒙他对我身上的我主圣安东尼奥所赐的圣袍青眼有加，他便带我观赏了那儿的一切圣物。那真是数不胜数，如果，全都说出来，可能得摆上好几英里[5]。但是，为了不让你们失望，我便选其中的几件说给你们听听。

“他先给我观看了一只圣灵的手指，依然鲜活。他然后让我见识了一下那位曾在圣芳济面前显灵的六翼天使的一缕额发，然后是‘快

---

① 圣乔治海峡：在威尼斯附近。

② 指轻许诺言，不守信用。

③ “巴斯第那卡”：意即“荷兰防风草”。

④ 意即“如不称心，请勿见怪”。

⑤ 修道士说话出了格。

到窗畔的维本·卡罗’①的一根肋骨，九天使中第二位天使的一个手指甲，还有几位天主教派的圣衣，一瓶圣米迦勒同魔鬼打斗时流出的汗水，‘三贤居士’目睹的启明星的几缕光线，圣拉扎鲁的颚骨，还有许多其他的圣物。

“我大方地送给了他几大卷以方言著成的蒙特·莫列罗的神学作品和几卷卡帕勒左的书，那正是他寻觅了很长时间没有弄到手的，他当然很兴奋，而这位好心人却回赠了我几件圣物：一个圣十字架的齿轮，一小瓶所罗门庙堂中的钟声，还有就是我曾说要展示给你们看的加百列天使的羽毛，还有圣吉拉尔多达·维拉·马格那的一只木底鞋，我已将这件圣物送给了佛罗伦萨的吉拉尔多·狄·朋西，因为那位圣徒是他心中的偶像；此外，他还送给我几块木炭，那是当年用于烤死最有福气的殉难者圣劳伦斯的：我小心地将所有这些圣物都安然运回了家，现在依然珍藏着。

“我的上司非要我让他鉴别这些圣物的真假后，才同意让我示之大众，供众人瞻仰，直到前不久，由于圣物的显灵和大主教的来信催促，他才信服圣物不假，才同意我让大家见识。对这些东西，我是呵护有加的，从不放心让别人看管，总是随身携带。

“为了能够保证加百列天使的羽毛能完好无损，我将它存在一个小盒中；而另一个相似的盒中也装着烤圣劳伦斯的木炭。由于盒子外形相仿，以致我经常拿错——我今天又拿错了。我本想拿装羽毛的盒子，却拿了装木炭的盒子。我想，这可能也是上帝的意旨，是主亲自将这藏木炭的盒子放到我手中，我此时才想起两天前是圣劳伦斯节。

“我明白了，这必定是上帝想让我让你们瞻仰烤死圣劳伦斯的木炭，让你们不至于忘却对他的虔诚之意。因而我才拿的是这个装有被

---

① 维本·卡罗意为‘造成肉身’。

圣体的汗浸灭了的神圣的木炭的盒子。我的受宠的孩子们，请摘下你们的帽子，上前来瞻仰吧，请不要错过这恩泽的机会。

“我还要告诉你们的是，身上如果被这木炭画了十字的话，可免得一年的火灾。即使意外身上着火，也不会感到疼痛。”

他说完这些话，便打开木盒，捧出木炭，让那些傻乎乎的乡下人看，还高唱着歌颂圣劳伦斯的曲子；那些愚昧的农夫农妇便以一种诚惶诚恐的心情观看了片刻之后，便都拥到契波拉教士身边，向他献上比以前更多的物品，每个都要求他能用木炭给他们画那道避火十字。

于是，契波拉教士便用木炭在农夫的白衬衣、紧身上衣、农妇的面巾上画起了十字，还说不必担心木炭的损耗，它在盒子里是能够自行增多的，他在这之前就已做过多次相同的事了。

就这样，切塔尔多的愚昧的乡下人从他那儿得到了十字，而教士却捞了一大笔油水。这样，两位捣蛋的年轻人本想捉弄他，却被他以头脑和口才化险为夷，进而大行其利。那两位本想看他出丑的年轻人见他竟然巧妙地躲过了难堪之处，还用满口胡言将众人骗得团团转，将危机处理得很好，因而笑得差点喘不过气来。等其他人离去了，他们便上前大声说明了他们所做的一切，还将羽毛还给了他，让他明年再用它来为那些善男信女们祈福去难。

这个故事让众人听得有滋有味，契波拉教士的言行令众人开怀大笑了好一阵，尤其被他所讲的在圣地见到和带回的圣物所惹得放怀畅笑。

随着末尾故事的结束，女王也到了卸任的时候，她起身取下头上王冠，笑着扣到了第奥纽的头上，对他说道：

“第奥纽，轮到你体会管束和领导女人的麻烦滋味了。你从现在起就做国王了，你可得好好管理我们这个小国，到你期满时才能获得臣民们的歌颂哟。”

头戴王冠的第奥纽笑着回答道：

“我想，你们已见过了许多比我贤明的君主了。我是说那棋盘上的‘王’；当然，要是你如服从一位真君主那样服从我，我必定让你们体会到一种前所未有的乐趣——这种快慰是所有娱乐活动的精髓，少了它，任何活动都是少了许多趣味。好了，闲话就不多说，我会尽力做一个贤明人主的。”

于是，按照惯例，他叫来了总管，指示总管在他担任国王期间应怎么处理安排种种事务。然后，他又说话了：

“各位尊贵的女士们，你们已经从各种角度探讨了人的种种性格，人性，还有人生的种种机遇。如果不是方才同莉西丝卡的交谈让我想到了明天故事的主题，那我可能费上多时也想不出一个新颖的主题。我想，大家刚才可能都听到她说的那些话——她所认识的所有女人全都在出嫁前就已不是处女了；她还说她知道所有妻子蒙骗丈夫的各种花招。我们且不管她前面的话，那都是些幼稚之言。然而我认为她后面的话却可以引出一个很有意思的故事主题。既然莉西丝卡提示了我们，那我们明天故事的主题就且定为：为了偷欢或临时应变的妻子企图用各种花招蒙骗丈夫，有的瞒住了丈夫，有的却败露了。”

这个主题遭到了几位女士的反对，认为有些不大适合她们，想另换主题。国王便说道：

“女士们，我让大家讲这种故事，从未顾虑如此多的因素。然而我不想改变主题，因为你们稍感不便就收回指令。要知道，我们此时此刻是可以畅所欲言的。只要人人都敞开心胸，克制自己，不做出有伤体面的事，没有什么不可做的。众所周知，处于现在社会动荡的时候，人类的一切法律、社会规则都已消失得无影无踪，不管是宗教的还是世俗的。法庭已没有了法官。因而，不管谁为了保护自己，而做出何种过分的事都是可以的。因而如果你们只是在谈话时稍微过分而在行动上依然保持着体面的举止，那就不会损失你们的任何贞洁。你们只是以故事让众人开心，我倒不知以后谁可以用一个貌似正当的理由来责备你们。

“而且，我们相聚的这些天以来，你们的一言一行都是很体面的——不论我们曾说过什么（愿主保佑，我们将接着讲下去），谁也不能否定你们的纯真！在我的心目中，你们都是正派而意志坚定的人，便是以死相逼，你们也不会出卖贞德的，更别说只是说几段趣闻。

“而事实上，别人要是知晓了你们有心避开不讲这类故事，反而会令他们疑心你有不可告人的隐私。而且，我一直都未曾拒绝过你们的要求，现在既然我被你们选为国王，而我下命令时，你们却又不听从，不愿意讲我所选定的类型的故事，那我岂非颜面失尽？我想，你们不用担心那么多（只有俗人才会这样），每个人都想好自己的精彩的故事吧。”

他的这番话得到了各位女士的认可。然后，国王宣布从现在起到吃晚饭时的这段时间是自由活动时间，各人可干自己想干的事。由于众人讲的故事都不长，因而这一天聚会结束时时间还挺早；第奥纽和其他两位小伙子玩牌去了，爱莉莎便招集姑娘们说：

“离这儿不远有个女儿谷，想必大家都还未到过那儿游玩。到这儿后，我一直准备带你们去那儿游玩游玩，然而总没找到合适的时间，既然今天时间充裕，要是你们都想去瞧瞧，我想那儿的景致是不会令你们失望的。”

姑娘们都表示很想去玩一玩。就这样，她们没告诉三位小伙子就上路了，还有一位女佣人随从。她们走了三里多路，便来到了女儿谷前。她们沿着一条小路前行，小路一边有一条小溪涧，涧水清澈见底。她们由小路渐渐进入谷中，见到这里真的是一个清幽美丽的地方，炎热的夏季的暑气在这儿不见了踪影，让人感到很舒适。其中有位姑娘说，谷中的平原真是大自然的鬼斧神工的杰作，如经人工规划般错落有致而不着痕迹，透着天然的情趣。四周差不多有一两里长，坐落着六座矮矮的小山，每座山顶上都建有一座别墅，远望就如同一座漂亮的城堡。缓缓斜向平原的山坡就如剧场里的座位一样，从山顶俯望，那围成环的石阶渐渐缩小。各种各样的果树长满了向阳的斜坡，有扁桃、橄榄、樱桃、葡萄、无花果等等，没有丝毫荒废的土地。青葱翠绿的、笔直的小橡树和栗树之类的树木长满了面北的山坡，山下的那块平原只有她们来时的那个入口，而那个入口两旁整整齐齐地长满了杉、柏、桂、松等树木，就如是一位高明园艺家所精心培植的一样。虽然骄阳似火，树林中间只漏进了星星点点的几缕光线。地面上小草绿油油的，鲜花开得东一丛，西一簇的。

然而，最为她们所钟情的是那条溪涧。它从山谷中淌出，洒落在一块天然生成的岩壁上，传出清脆的响声，远望那溅到石块上的水珠，有如见到水银落地，四散飞溅，化成银花。溪水缓缓淌入平原，跨过一道小沟，进入平原中央，汇成一个形如城里人开掘而成的鱼池的小湖。

浅浅的湖水没不过胸口。水面波澜不惊，湖水非常清澈，可以见到湖底，河底的卵石历历可数。成群结队的鱼儿自由自在地游来游去了。这样的湖光山色让人心神俱爽，赞叹不已。环湖的小草因湖水的滋养，长得尤其茂盛。溢出湖面的水淌入一条小沟，顺小沟流到了谷外。

姑娘们在湖畔走走停停，细细观赏了周围的景致，喋喋不休地赞叹了一阵。天气如此的燥热，而汪汪清水给人一种清爽的感觉，而四下里更无他人，于是她们便下湖玩水去了。她们让女随从在入口处把风，注意周围的情况，然后七位少女便褪下了衣裙，蹑手蹑脚入了水中。如脂的肌肤在水中晃来荡去，就像一朵朵置在玻璃罩中的玫瑰花儿，那么夺目耀眼。她们手脚灵活，在清澈的水中游来游去，追逐的鱼儿，受惊的鱼儿逃得东一条西一条，惊慌不已。

她们在水中嬉戏了一阵，逮了几条鱼，便回到了岸上穿上了衣裙，她们对这儿赞叹不已，看看天色将晚，便徐徐地往回走，一路上谈笑风生。回到驻地，天色依然不晚，而那三位小伙子依然在兴致勃勃地打着牌。潘比妮亚满脸愉悦的神色，对他们说：

“嗨，今天我们偷偷去快活了一阵！”

“什么？”第奥纽接口道。“你们还没讲故事，倒付诸行动了。”

“对呀，我的陛下。”潘比妮亚笑嘻嘻地说道。她随即对这三位小伙子说起了下午的游历经过，她们到了何处，见到什么样的景致，那一处的方位，她们都在那儿做了些什么事，都详尽地说了出来。国王也听得心中痒痒，便决定前去观赏观赏，便吩咐马上开晚饭。酒足饭饱之后，三位小伙子就兴致勃勃地告别了姑娘们，带着仆人前往女儿谷。他们到那儿赏玩了一阵，都认为那儿景致天下无双。他们也下湖游了泳，然后看看天色，高高兴兴地回到了驻地。

他们抵达住所时，姑娘们正在轻歌曼舞，菲亚美达正轻展悦耳的歌喉。然后，众人又对女儿谷赞美了一阵，谈论了一阵。

国王招来总管，嘱咐了第二天早餐的事宜，告诉他地点，还让他搬几张床，以备下午休息之用。他又让人点上了灯火，捧出酒和糖果让众人品尝，然后，他下令重开舞会。当潘菲洛舞完一曲之后，国王回头饶有兴致地对爱莉莎说道：

“漂亮的女士，承蒙你的爱戴，让我今天做国王，现在该由我向你回礼了。 那就请你舒展你美丽的嗓音，为大家唱上一曲吧。”

爱莉莎欣然受命。 她的悦耳的歌声便响了起来：

若非爱神的神钩，
牢牢钩住我的心，
我便心无牵挂、逍遥自在，
啊，爱神，我风华正茂时
便同你在情场相遇，
原想你只是有脉脉柔情，没有派头，
我便弃甲缴械，以为稳妥得当，
谁料成了你的囚徒，你的奴隶，
不曾想到你是位残暴的独裁君主，
用你的神钩紧紧拽住我。

从此你将我牢牢束缚，
将我送给那位前世冤家，
我心儿愁，泪儿流，
衣带渐宽人渐瘦，
无可奈何他的铁石心，
任我长呼短泣
也不见他丝毫怜，
啊，我多悲多凄凉！

长空啸风阵阵过，
谁闻风中我祷告，
他怎闻我心声？
谁知他是否装作未听到？

日夜心刺痛
我只在死生中煎熬，
慈悲，博爱的爱神呀，
能否传他来求我告饶。

若你不能如我愿，
请消我痴心一片，
不要让我苦苦思他人；
若蒙你成此善心事，
我的愁烟消云散，
青春容颜又重现，
我要插上红白玫瑰花儿。
那会多么娇艳！

爱莉莎唱完了歌，长长叹息了一声，声音中饱含着深深的幽怨之意，大家对她所唱的歌的歌词深感不解，也没人知道她唱这怨歌的原因。国王却因此来了兴趣，让丁大洛为他拿来风笛，他吹起了悠扬的笛声，为众人伴舞。歌舞会一直到很晚才结束。

第七天

《十日谈》第七天开始了，国王是第奥纽。今天故事的大致内容是：妻子有外遇，或是别的什么原因，而想尽办法去隐瞒丈夫，结果有的被发现，而有的却侥幸过关了。

东面的天空，除了金星仍在勉强闪着微光外，别的星星都已被微白的晨光淹没了。总管起床了，按照国王指令，把行李运到女儿谷，当这一切都弄好之后，国王才起来，他是被总管打点行李的声音和马的嘶鸣声吵醒的。之后，小姐少爷们也都被叫醒了。太阳出来的时候，他们上路了。一路上他们听着各种鸟儿的动人歌声。女儿谷的鸟叫声更加清脆，仿佛在欢迎他们的到来。

旧地重游，他们非但没觉得无聊，反而感到比昨天更加有意思。酒足饭饱之后，他们开始不愿意这个山谷被鸟的歌声所垄断，于是一阵阵嘹亮的歌声回荡在山谷中，而鸟儿们似乎不甘心让后来者居上，于是一场人与鸟的歌唱比赛拉开了序幕。

到了中午，按国王的意思，他们围坐在湖边的桂树和别的一些树木的浓荫里，吃饭、闲聊、观赏湖里的鱼儿，好自在。饭后，他们又开始唱歌，而且比上午唱得更起劲，而勤快的管家搬出用法国的哔叽制成的帐子，把床铺在山谷中最合适的地方，因为国王吩咐，接下来是自由活动时间，累了的可以去睡觉，精力好的可以随便玩。午休结束后是讲故事的时间，国王让管家把毯子铺在他们刚才吃饭的那块草地上，等大家都落座后，国王让爱米莉亚讲第一个故事，于是爱米莉亚的故事就这样开始了：

故事一

詹尼夜间被妻子情人的敲门声惊醒，妻子告诫他这是鬼敲门，并且胡编了一套驱鬼降魔的祈祷文，结果敲门声消失了。

陛下让我先带个好头，那我自当从命，尽管我觉得自己的这个故事应当作为压轴戏放到最后。不是自吹自擂，我的故事对在座的每位小姐都会有所帮助，如果你们也像我这样胆小怕鬼的话。故事里有一篇祈祷文，你们可要仔细听，将来真要撞上鬼了，那就不用怕了。其实，我从没有见过鬼，而且我确信在座的每一位小姐也都从未见过，但我们为什么都那么怕鬼呢？

很久以前，有一个叫詹尼·洛特林奇的家伙，住在佛罗伦萨的圣白兰卡丘一带，他对梳羊毛很有一手，却不懂人情世故。他经常会成为圣码里亚·诺凡拉唱诗班的领唱人，而且还是这个团体的负责人，这些都是他骄傲的资本。其实这没什么可奇怪的，只是因为他有钱，而且他经常施一些小恩小惠给教士们，比方袜子、长袍或者是法衣。于是，教士们就把一些祈祷文像《圣阿勒克西斯之歌》《圣白尔那多的挽歌》《马蒂他夫人颂歌》等教给他们。詹尼认为，只要记住这些东西，那他的灵魂就能得到拯救。

他的妻子是柯柯利亚地方马纳丘的女儿，名叫苔莎。她不仅漂亮，而且非常聪明。丈夫的愚蠢，她看在眼里，暗中和一个叫费代里哥·第·纳里·培歌洛蒂的英俊青年来往，她和侍女计划着将他们幽会的地点订在她丈夫的乡间别墅里，因为夏天里，她的丈夫一般不喜欢待在那里，即使是偶尔待一晚上，第二天一早他就会离开，干自己的事去了，或到教堂去唱圣歌。

费代里哥就趁机和苔莎幽会。那晚，当这一对情人偷情成功后，苔莎躺在后生的怀里，竟把从她丈夫那里学到的六篇祈祷文教给了后生。

两人想着以后还能继续偷欢，如果每次都让她的侍女牵线，毕竟不太方便，于是他们就约好了一个暗号：在她丈夫的别墅外有个园子，园里一根攀藤的杆上放着一个驴脑壳，费代里哥从她的别墅前经过，就能看见这个驴脑壳。 如果脑壳朝着费也索，那就说明男主人在家；如果脑壳向着佛罗伦萨，那么费代里哥就可以放心过来，可能门是关着的，没关系轻敲三下就可以芝麻开门了。 方法虽然简单却很管用，事情一直没有败露。

一天，詹尼本来说好晚上不回来的，却不知道什么原因突然赶了回来。 苔莎没办法只好把预先准备好跟费代里哥一块儿享用的两只肥美的阉鸡，另外还有几个鸡蛋和一瓶好酒，用白餐巾包起来，让侍女送到一颗桃树下面她和费代里哥幽会的地方去，然后，她又做了些咸猪肉给丈夫吃。 但她忘了一件重要的事；驴脑壳还朝着佛罗伦萨呢。 她应该让侍女去告诉费代里哥，她丈夫回来了。

晚上，费代里哥如期而到，他轻轻敲了三下，但三分钟过去了没反应，于是他又敲了三下。 其实詹尼夫妻上床还没多久，第一次敲门就听见了。 詹尼以为自己听错了，而苔莎就装睡。 当第二次敲门时，詹尼躺不住了，他推醒妻子说：

“苔莎，快醒醒！ 好像有谁在敲门。”

“你干什么？”苔莎装着被吵醒，不耐烦得回答。

“我听见有人在敲门。”詹尼说。

“啊呀！”苔莎故意嚷道，“会不会是鬼呀？ 詹尼，这几天晚上都是如此，可把我吓死了。 每次听到声音，我就再也不敢入睡了。”

“不用担心，亲爱的太太，任何妖魔鬼怪都无法害我们。”詹尼说，“我有‘台·卢契’，‘盎台梅拉达’，还有别的祈祷词。 而且上床前，我以圣父、圣子、圣灵的名义，在这屋里的每个地方都画过十字架，你放心好了。”

苔莎现在最担心的是费代里哥猜忌她有新的情人，所以必须让费代里哥知道她的丈夫今晚回来了，于是聪明的苔莎眉头一皱，计上心来，她跟丈夫说：

“你是安全的，因为你有祈祷文，但我必须把鬼赶走才会感到安宁。你快帮我把它赶走！”

“我怎么能赶走鬼呢？”丈夫愁眉苦脸地说。

“我有一个办法，有一次，我在费也索教堂做免罪祈祷时，遇到一个女修道士，亲爱的詹尼，她是一个非常了不起的女修道士，没人知道她的道行有多深。她一看见我就知道我怕鬼，因此教了我一篇非常管用的祈祷文。她说这篇祈祷文非常灵验，可我怎么敢一个人去试呢？现在趁你也在，我们一块儿念，把鬼赶走。”

这时，正在门外疑惑不解的费代里哥听见了屋里的对话声，先是苔莎的声音：“一会儿听我指挥，我让你吐口水，你就赶紧吐。”

然后，另一个声音回答：“好的。”

接着就从门里传来一篇驱鬼降魔的祈祷文来：

小鬼小鬼，昼伏夜出，
翘着尾巴，光临我家，
翘翘尾巴，速离我家！
要显灵便去花园桃树下，
那有一盆香喷喷的野餐，
一堆母鸡拉的屎，
饮尽壶中酒，
酒足饭饱后，速速远远逃，
别让詹尼夫妇俩睡不着。

接着，又传来苔莎的声音：“詹尼，快吐口水！”最后传来一道口水声。费代里哥在门外听得清清楚楚，他好不容易才克制住自己，没有笑出声来。他心中暗说：“小心你的牙齿，可别跟着吐出来了。”

詹尼的妻子把祈祷文整整念了三遍后和丈夫安心上床睡觉了。

这个故事还有另一个版本，就是说詹尼的太太并没有忘记把驴脑袋转向费也索，可碰巧有个庄稼汉经过葡萄架时，可能是闲得无聊，随手一棍子把驴脑袋打向佛罗伦萨这一边了，所以当费代里哥看见后就去会情妇了。而且这篇祈祷文和先前的不一样：

小鬼，小鬼，瞧在主的份上早些逃；

并非我动驴子脑壳；

若做如此不义事，上帝定不饶！

我此时正同丈夫詹尼睡大觉。

据说，费代里哥听完这篇祈祷文后也溜掉了，但我有一个邻居老太太，据她说这两个故事都是真的，只是此詹尼而非彼詹尼了，第二个版本的詹尼是指住在宝达·圣彼罗的詹尼·第·尼罗，不过他们俩有一个相同的特点，就是他们俩都是傻瓜！

亲爱的小姐们，故事讲完了。我不知道你们更喜欢哪一个，或者两个都喜欢，但不管怎么样，我觉得有义务奉劝你们，记住这些祈祷文吧！没准有一天，它也会帮你解决燃眉之急的。

故事二

佩罗妮拉让情人躲在酒桶里，她丈夫要卖酒桶，她骗他说已卖了。买主在桶里察看，情夫听见赶忙出来，要她丈夫把酒桶弄清洁，然后买回家。

爱米莉亚的故事有趣极了，特别是那两篇祈祷文，好极了！ 大家听完后都哈哈大笑了。 在她之后就是菲洛特拉托，国王让他接下去讲第二个故事：

可爱的姑娘们！ 也许你们都听说过男人欺骗女人，特别是那些结过婚的男人，骗起女人来那花样是层出不穷，数不胜数；要是你们知道，有那么一个女人成功的欺骗了她的丈夫，那你们一定会非常自豪的，为有这种事而高兴；而且你们还会奔走转告，让所有的人都知道：女人并不比男人差；男人会的，女人也会，而且没准玩得更好！这对你们来说非常重要，如果人们了解到他的对手并不比他笨时，一般是不会轻举妄动的；我下面讲的这个故事，就是要告诉天下的男人们，其实女人也会欺骗他们，我故事中的这个青年女子尽管出身卑微，这并不影响她的聪明，她一样也能保护自己。

在那不勒斯曾经有个穷泥水匠，娶了既美丽又能干的姑娘，名叫佩罗妮拉，能干一手好的针线活。 所以刚开始尽管用钱比较紧张，但小日子照样过得挺滋润。 没过多久，就被住在附近的一个叫姜尼罗·斯脆那里奥的小伙子盯上了，年轻人爱上了佩罗妮拉，使出浑身解数，最后终于获得了姑娘的芳心。 他们想出了一套幽会的办法：趁她丈夫不在家的时候溜过来。 她家是在阿沃利奥街，已经相当偏了，一般很少有人会看见，所以他们的关系就这样持续下来。

丈夫还是很勤劳地工作，有一天，丈夫因为有事突然提前回家了。 丈夫一边敲门一边想：“我永远歌颂上帝。 我虽然贫困，但妻子是最美丽，最贤惠的。 不是吗？ 白天都关着门，免得别人来找麻烦。”

从敲门声听出是丈夫回家了，她对情夫说：

“哎呀，完了！ 我丈夫回来了，亲爱的姜尼罗，我该怎么办！怎么办？ 往常这个时间，他一般是不会回来的。 今天真是倒了八辈子霉了。会不会是你来的时候被他撞见了？算了，现在说什么都没用了，看在上帝的面上，你先到那边的大酒桶里躲躲吧，现在没办法了，只好开门了。他回来这么早到底有什么事呢？”

姜尼罗把全身都缩进酒桶里后，佩罗妮拉把门打开了。佩罗妮拉一上来就摆出一副架势：

“今天怎么这么早就回来了？哎哟，连工具都带回来了，你今天不用干活了吗？你想干什么，不想活了。你不干活，我们靠什么维持生活呢。你可别打我那件袍子和那几件旧衣裳的主意。我没日没夜地干活，你看看我的手指，还能找到一点肉吗？还不是为了几个钱吗！我亲爱的丈夫啊，你去听听，听一下左邻右舍是怎么笑话我的。本来这个时候应该是你在外工作的，没想到你竟悠闲地回家了。”

最后她就一边哭一边说，

“老天爷啊！我上辈子是做了什么孽啊，要让我这辈子这么辛苦。我真是瞎了眼了，竟然嫁给你这种男人。你去看看，哪个丈夫不疼自己的老婆；哪个女人不是由三四个情夫供养着，吃香的喝辣的，丈夫还当她是个宝。只有我这么笨的人才会在这儿死撑着，老实注定是要吃亏的。我的丈夫呀，我并不是不会偷汉子，而是不想。你要不要打赌，只要我有心，还怕没人？对我中意的人可多了，每人都献殷勤，送东西，你信不信？只不过是我的良心并不允许我这么做——我不想被别人称为贱货——而你该干的活不去做，却跑回家。”

她丈夫则说：“亲爱的佩罗妮拉，看在上帝的面上，你先别急着生气，听我解释。你是怎样的一个女人，我绝对了解，现在我更相信这点。我不是一个游手好闲的人，今天这么早回来是有原因的。今天是圣加利文节，在外面是没活可干的。我有个好主意，可以让我们吃上一个多月，我带来个人，我准备以五块钱的价将酒桶转让给他。他愿意出五块钱买我们的酒桶。再说这个酒桶摆在家里也没用，你说呢？”

佩罗妮拉说：“那我就更气愤了，一个大老爷们熟悉市场还不如我这个足不出户的女人。一个酒桶只卖五块钱，我这个老实人随便一卖就卖到七块。买桶的人还在检查桶是不是有问题呢。”

丈夫一听，高兴极了，赶紧对身后的人说：“很抱歉！老兄。我老婆已经把桶给卖了，而且价钱比你的还高。”

“没什么。”那人说完就出门了。

佩罗妮拉跟她丈夫说：

“现在你回来了，那还是你过去跟他说吧。”

姜尼罗在酒桶里藏身，他竖着耳朵听着外面的动静，心里七上八下，准备随机应变。当听完佩罗妮拉的那句话后，他赶紧从桶里爬出来，好像什么也不知道似的大声叫道：

“大嫂！去哪里了，大嫂。”

“别叫，别叫，我来了。”丈夫马上走过去说道。

“你是哪位？刚才我已和那位大嫂谈好价钱了。”

他说：“我是她丈夫，跟我谈一样的。”

姜尼罗说：“酒桶还行吧，但是还残留着一些酒渣没有清洗掉，现在桶壁上有一层硬壳，我怎么刮也刮不下来。除非你把它刮净，如果弄不干净，我可不会买它的。”

佩罗妮拉马上接过话题，说：“这笔好买卖不能因为这个而不做，我丈夫会把它处理得非常干净的。”

“是的，我能处理干净。”她丈夫赶紧回答。

说完，他就开始动手干活了，把工具放下，外衣脱掉，然后一手拿灯一手操起刮刀就进了酒桶。佩罗妮拉紧跟其后，把自己的头、一条胳膊和一边肩膀都挤进酒桶，好像是要帮点什么忙似的。不过很大的桶口被她堵严实了。酒桶里传出了她指挥的声音：

“这儿都要刮一刮，你看这儿有那么多，还有那边，刮仔细一点。”

而姜尼罗早上是在紧要关头被她丈夫扫了兴趣的，现在一看这种情景，他知道机会来了。所以从她身后扑了上去，尽情发泄欲火，就好像草原上发情的公马，进攻一匹温柔的母马。等他感到满足下了马之后，她丈夫也刮得差不多了。于是，佩罗妮拉站直身子，她丈夫才从桶里钻了出来。

“先生，你现在再看一下，看是不是满意。”她对姜尼罗说。

姜尼罗拿着灯往桶里随便照了一下，然后一边给她丈夫钱，一边跟佩罗妮拉表示满意。最后，姜尼罗叫了人把酒桶搬走了。

故事三

正当林那多教士和他教子的母亲行欢时，她丈夫提前回来了，于是她骗她丈夫说教士来此是为孩子祛邪治病的。

菲洛特拉托将佩罗妮拉比作母马时，言词比较直接，加上几位小姐都是伶俐乖巧之人，听后全都笑了。不过她们全部作出一副为其他事而欢笑的模样。他讲完之后，国王就命令爱莉莎讲下一个，爱莉莎自然是责无旁贷：

亲爱的小姐们，首先请允许我表示歉意，因为我下面要讲的故事跟刚才爱米莉亚的那个驱邪赶鬼的故事有些相似，而且可能也没有她那个精彩，只是我暂时找不着更好听的故事，所以权以它凑凑数吧。

很久以前，在锡耶纳住着一个叫林那多的年轻人。他不仅人长得英俊，而且有个很好的家庭出身。他爱上一位有钱人家的太太，脑子里整天想的是如何接近这位美丽的太太。不久这位美丽的太太怀孕了，当林那多知道这个消息后欣喜若狂，因为他终于有了一条接近情人的捷径——攀亲家。为心中的理想，他费尽心机，总算成了那位丈夫的朋友，然后他又在一个最适当的时机，向那位丈夫提出想做他们孩子的教父的愿望。那位丈夫自然是答应了。

有了这层亲家关系，林那多以后去拜访那位美丽的安涅莎夫人就非常方便了。多次来往之后，他的胆子也渐渐大起来，最后终于忍不住把自己的爱意都向这位夫人倾诉出来。其实，她就从他的眼神中看到了那种意思。安涅莎太太一直听他说完，什么也没说，他仍未达到目的。

那次表白后不久，林那多做了一名修道士，没人知道原因，但无论他是不是清楚，反正他做了修道士之后就再也没有做过别的。他刚成为修道士时，也曾经一度决心离开红尘，做到六根清净，包括忘掉那位太太；没过多久，他的那些劣根非但没断，反而有连本带利的趋势。他又恢复了以前花花公子的行头，身着华丽的衣裳，闲的时候，编编歌曲，写十四行诗，填歌词，整天游手好闲。

也许你们会觉得我这一段说得太啰唆了，可是你们不觉得现在的修道士都是这副德行吗？唉！真是一代不如一代了。现在连出家人都混到社会上骗吃骗喝，他们喝得面红耳赤，吃得身肥体胖，穿得花里呼哨。而他们的脸皮更是厚得出奇，走起路来像只火鸡一样在马路上晃荡。你们看到过他们的地窖没有，如果说是药剂师或香料商的店铺，或许更能让人接受，一罐罐的膏丹药物，各种各样的糖果，大罐小瓶的蒸馏香精和香油，还有马姆锡和塞浦路斯等地出产的名酒，真是琳琅满目啊。而最可怕的是他们不会把他们的种种德行跟羞耻画上等号，我们都知道，一个真正的修道士的生活是平静、淡泊、经常吃斋的。所以他们一般是比较清瘦，而且身体健康，即使生病也不会得痛风症，清心寡欲是这种病的克星。真正的修道院内不会有肥头大耳的人，整天忙着祈祷，严守戒律的修道士，即使是刚进去时是满脑肥肠的，不出两月也会变得苍白憔悴的。例如圣多明尼古和圣方济各，他们不会有华丽的衣裳，连起码的长袍也没有。这才是真正的修道士，他们那身粗羊毛衣除了保暖外，看不出有别的用途。如果上帝开眼的话，就应该让那些虔诚的信徒们不要再供养着这群寄生虫了！

话说林那多修道士再动凡心，又对安涅莎太太展开进攻。他现在是色胆包天，而且对那位太太使用死缠烂打的方式。而林那多毕竟是那么英俊，还比以前更具魅力了。在他软硬兼施的情况下，安涅莎太太终于无路可退了，于是说道：

“林那多神父，据我所知修道士是不应该这么做的。”

神父回答道：“太太，神父和凡人的距离只在这件法衣之间。我只有穿上这件法衣才是一个神父，而法衣里面的那个我仍然还是凡人，一个有七情六欲的男人。”

安涅莎太太又摆出一副严肃的面孔，好像在讨论一个非常正经的问题似的说：

“那也行不通的，神父。你毕竟是我孩子的教父，我不能和你做那样的事。那是一种很大的罪过，上帝是不允许的。要不然，倒也无所谓。”

林那多神父说：

“夫人，你错了，如果你只是因为这一点的话。首先，我承认这是一种罪，但是上帝说，无论有多大的罪过，只要那个人能够真诚忏悔，都会被宽赦的。现在，让我问你一个小小的问题：这个孩子来到世上有一半功劳是你丈夫的，而我只是为这个孩子做过一次洗礼，那么对他来说，谁更亲密呢？”

“我丈夫，这还用问吗？”太太回答道。

修道士接着说：

“不错。那么你能否告诉我，你丈夫是否和你做过那事呢？”

“当然。”她回答。

林那多这才说出他真正要说的：“那就是了，对孩子来说，你丈夫要比我重要得多，既然他都可以和你做那事，那我不就更加可以了。”

安涅莎夫人对这种小技巧本来就不在行，经过林那多这么一搅，虚伪地说道：“这话太深奥了，现在我也不清楚该怎么办了。”

她也就不顾一切了，听他胡为。这种事情一旦有了第一次，那以后就不容易收手了，而且有了宗教这层非常有效的保护膜，就更方便了。

有一天，林那多又趁着她丈夫没在家的时候去跟安涅莎太太幽会。他还带上了一个同伴，因为那伦太太家中还有一个口齿伶俐的小丫头，如果一个人过去，那总会有诸多不便。到了她家以后，同伴就以教小丫头念祷告文为由，把她带到鸽房里去了。而林那多则马上把太太拉进卧室，他已顾不上那位太太手中的孩子，只想立刻和她交欢。林那多把卧室的门反锁上，孩子被他放在一边，然后就和太太在床上尽情玩乐了。正在他们如胶似漆、难舍难分的时候，突然从门口传来了她丈夫的声音，并且把卧室的门敲得咚咚响。

“这下可完了！林那多，我丈夫回来了。这一次他会知道我们为何如此亲密了。”

林那多这时的长袍法衣已经脱下来，他紧张说道：

“不错，如果我穿戴整齐，还可以敷衍，这样他看见就无法说清了。”

只见她眼珠一转便计上心来，说道：

“我先出去跟我丈夫说话，你趁这个时候赶紧把衣服穿好，再抱着孩子。你一定要仔细听我跟我丈夫的说话内容，然后在适当的时机去跟他谈话。只要我们配合好了，一定能化险为夷。愿上帝保佑。”说完马上又对着门，嚷道：

“我来了！”

她起来开门，并用自己的视线挡住丈夫的目光，装成好像松了一口气的样子对她丈夫说道：

“你终于回来了！ 嘘……轻点，教父林那多教士在里面。 今天如果不是他在，丈夫，你就看不见我们的孩子了。”

她的最后一句话差点把傻瓜丈夫的魂给吓跑了。 他慌忙问道：

“出了什么事？”

安涅莎说：“下午，这孩子不知怎么就昏倒了，当时他口吐白沫，浑身抽筋，可把我吓坏了，而你又不知死哪里去了。 幸好教父林那多教士来了，他一看见这种情景，赶紧抱起孩子对我说：‘太太，快找一个安静的地方。 这孩子现在很危险，他肚子里有条虫，而且现在已经快爬到他心脏了，不抓紧时间救治就完了。 不过你不用太担心，我的咒语是这些虫的克星，我能把他治好的，等他恢复过来我才离开，你放心好了。’我把他带到了卧室，只有这儿才比较安静。 另外，他还需要人辅助祷告，而丫头又找不着你。 于是教父让他的同伴陪着丫头在屋顶上做祷告。 而我是孩子的妈，必须参与这件神功。锁上门是因为怕发功的时候被人打扰，受到干扰，神功就不灵了。 现在孩子没事了，神父还抱着他呢，估计他同伴的祷告也快完了。 丈夫，一会儿你一定要留他们吃饭，好好感谢人家，他们可是这孩子的大恩人啊。”

老实的丈夫完全被这临时编的故事迷住了，他急切想知道孩子的情况，于是说：

“让我进去看看孩子。”

“你等一会儿再进去，我先进去看看。 刚才神父在运功，不知现在好了没有。 运功的时候不能受到干扰。 如果好了，我叫你。”他夫人说。

林那多教士此时已把衣服穿好了，他们夫妻的对话，他听得一清二楚，觉得到时候了，于是抱起孩子，放大声音说道：

“是你丈夫回来了吗？ 夫人。”

傻丈夫马上答道：“是的，神父，是我。”

“你可以进来了。”林那多说。

见她丈夫进来后，林那多把孩子给他递过去，然后说道：

“多乖的小孩啊，以后你可要照顾好他。危险已经过去，那条虫被我的咒语咒死了，这次能安然过关都是托了天主的福。改天，你要做一个跟这孩子差不多大的蜡像，放在圣安布鲁斯神像前。这次多亏圣安布鲁斯的帮助，才能让你又见到这个孩子，对于天主的恩赐，你需要表现一下自己的诚意。”

丈夫一接过孩子，不断亲他，吻他，嘴里说着感激教父救命之恩，感谢天主恩赐之类的话，那情景就好像经过生离死别，现在又破镜重圆似的。

而林那多的那个同伴不仅教会了小丫头四篇祈祷文，还把她收为了徒弟，临了送给她一个白线袋，那是一个修女送给他的。这边发生的事，他看得清清楚楚。因为傻丈夫回家后在卧室门外敲门的声音，他也听见了。但那时他已来不及通知林那多，只能躲在一个角落里，于是走进卧室说道：

“林那多教士，你教的那四篇祈祷文我已全部念完了。”

“还是你厉害，兄弟。”林那多教士说，“你能一口气念四篇，而我只不过念了两篇。幸好孩子没事了，天主保佑，我们总算没有白费劲。对了，这是孩子的父亲。”

吃饭时，傻瓜丈夫把家中最好的食品拿出来，去款待这两位修道士，并且他觉得这远远不能表达他心中的感激之情。饭后，他一直把他们送到门口，千恩万谢之下才让他们离开。等他们走后，他马上出去做蜡像。后来听说，他的确把蜡像挂在圣安布鲁斯的龛面前，而不是挂在来自米兰的神龛面前。

故事四

妻子被丈夫关在门外，她哀求没有效果，就向井里投了一块大石头，丈夫以为她跳井自杀，赶快去救，然后她趁机进屋反锁上门，结果是丈夫反被辱骂。

爱莉莎的故事刚告一段落，国王就开始寻找下一个讲故事的人。劳丽达开始诉说她的故事：

这个世界上最伟大的力量就是爱神！ 而且机智灵活！ 凡是他的信徒，都会急中生智，灵巧善变，历史上哪个哲学家、艺术家，也不能教别人这种技巧。 从以前听过的故事当中，我们知道谁也无法比得上他。 下面我要讲的故事也是对此的一个补充，它是说一个老实的女人如何因为爱情的指引，而变得聪明机灵，最后保护了自己。

话说一个叫托法诺的富翁娶了一位美丽的姑娘叫琪塔，他们住在阿莱佐，丈夫是一个猜妒心很重的人，有好几次琪塔气极了就责问他，结果总是她丈夫无言以对。 后来琪塔就想：既然那么喜欢忌妒，那我就让你变成事实好了。

此时有个年轻人爱上了她。 她也喜欢他，于是两人相互传情。这种事情进展是相当神速的。 只差最后行动的阶段了，琪塔就设法来完成这个心愿，最后她终于从丈夫的诸多恶习中找到了出路。 她丈夫一个最大的嗜好就是喝酒，琪塔从不干涉他喝酒，有时还在一边扇风点火劝他多喝点，目的是让他赶紧醉成烂泥，然后把他搬上床，那剩下的时间就可以自由支配了。 这条计策是她最喜欢用的，而且屡试不爽。 每次等丈夫醉倒后，她就去跟情人花前月下，卿卿我我，情人住在附近，她经常睡到下半夜才回来。

这位偷情的夫人做久了，她丈夫发现妻子每次劝他多喝，自己却一滴不沾，于是不禁自问：把我灌醉了，然后自己去会情人，去寻欢作乐？ 有一天晚上喝酒时，他喝了平时的一半差不多就开始装醉，大着舌头站起来摇摇晃晃，最后不动了。 妻子以为他真的醉了，她轻车熟路地把丈夫拖到床上，然后掩上房门，赶去和情人幽会了，这次也是半夜之后才回来。

而傻瓜丈夫托法诺这晚却没糊涂，妻子的一举一动他看得清清楚楚，直到她出去后，托法诺一骨碌从床上爬起来，把门都关好，然后坐着等妻子回来。 他让她知道这么做的后果是什么。 最后妻子回来，一推门发现反锁上了，她知道事情已经败露，丈夫已经知道了。这下她害怕了，赶紧用力撞门。 托法诺感觉撞得差不多了，他才开口说话：

“臭娘们，你还有脸回来啊！ 你竟然做出这种伤风败俗的事来，这个家已经容不下你了，你滚吧，去会你的情人吧。 等天一亮，我去把你娘家人叫来，把左邻右舍的人都请来，让他们都来瞻仰瞻仰你这个贱货。”

琪塔放下尊严开始恳求他：“看在天主的面上，看在往日夫妻的情分上开开门吧，根本就没你想象的那种事。 晚上怎么也睡不着，太无聊了，所以才去了朋友那里。”

但托法诺岂能这么容易就被说服，他今晚是下定决心要上演这场闹剧的，他根本就没考虑什么家丑不外传之类的东西。 所以他任凭妻子怎么说，他都不开门。 他妻子把所能想到的好话都说了，却见一点效果都没有。 于是火气上来就换了另一种方法：

“托法诺，你再不开门，我会让你后悔一辈子！”

“我就不信你能变出什么花样来。”托法诺道。

就在这时，爱神让琪塔有了智慧，于是说道：“托法诺，我知道自己是冤枉的，我宁肯死了也不愿意这么委屈的活着。 这儿不是有一口井吗？ 我一会儿跳下去。 等明天人家发现我的尸体时，一定会以为是你喝醉酒才把我害死的，到时，你就等着倾家荡产把牢底坐穿吧。 或许不用那么费事，给你来一刀就行了。”

托法诺当然不会就这样被吓着，他依然是一言不发。

那晚正好没有月亮，夜色很浓，几乎看不见什么东西。 琪塔慢慢摸到井边，搬起一块大石头，然后说道：“托法诺，如果天主宽恕你，那我做鬼也不会放过你的！ 你就等着收尸吧！”说完，把石头往井里一抛，然后飞快地躲在门口。 那“轰隆”一声把托法诺吓得从椅子上跳起来，然后他拿起吊桶和绳子，开门，冲到井边，而他妻子则从门口溜进屋子，把门反锁上。

加大嗓门嚷道：“托法诺，以后喝酒要淡一点，不要喝到深夜才回来。”

托法诺开始踢门并破口大骂。 邻居岂能不被吵醒，于是纷纷起来询问。 琪塔边哭边说：“这个坏胚子，整天除了喝酒还是喝酒，白天没喝够，晚上还要出去喝，醉了便躺那儿。 我再也不能忍受了，我今晚就要把他关在门外，让他知道这个家不欢迎酒鬼！”

托法诺尽管是笨了点，但这时候他已管不了那么多了，立刻把今晚发生的一切原原本本地说给大家听，让邻居来评理。 他妻子说：

“你们听听，你们都来听听，这个酒鬼竟然还没清醒。 要编故事，你倒是编一个别人都能相信的呀。 今天幸好我在屋里，如果我在外面，那真是有口难辩了。 大家看看，我现在这个样子能搬块石头丢进井里吗？ 想要反咬我一口，你倒是把牙齿露出来让大家看看呀，我看你真该跳进井里去洗洗脑子了，笨蛋！”

托法诺的邻居们都责怪他，没过多久，琪塔的娘家人就赶过来了，拿着家伙追着把托法诺痛打了一顿。 接着琪塔收拾好自己的衣服钱财，跟他们一块儿回了娘家。 此时的托法诺只怪自己猜妒心太重，但另一方面正因为爱他夫人，所以才会有猜忌心。 他请来了一些朋友出面调和，希望他夫人回来。他答应以后一定改掉嫉妒的毛病，并且他不再过问她的私事，只要她高兴就行。这场闹剧的结尾是好的，托法诺和他的妻子琪塔合好如初了。而这就是爱情的力量！

故事五

嫉妒成性的丈夫为了听取妻子的忏悔，而乔装成一个神父。当听说妻子爱上的是一个神父时，他便在门口把守，却不知情人已被妻子从屋顶上接下来，此时正在共度良宵。

劳丽达故事中的那位太太成了小姐们赞美的偶像，而那位可怜的丈夫是自作自受。国王显然不想把太多的时间用在议论上，于是把眼光传向菲亚美达，她已经开始讲第五个故事：

“可爱的小姐们，下面我讲的这个故事中也有一个爱吃醋的丈夫。对待这种丈夫，我觉得妻子无论用何种手段都应该是可以理解的。立法者应该多为这些妇女考虑一点。只要仔细想，我们不难发现这些妇女的行为归根到底是一种自卫行为，她们并没触犯哪条法律，也没有侵犯谁的权利。而真正有罪的应该是那些丈夫们，他们出于私心而去侵犯妻子的生活权利，他们想尽办法剥夺妻子们生活的乐趣，限制她们的青春。

我们社会中的三百六十行，无论是农民、工人、还是政府官员都明白假日的时间是属于自己的，娱乐休息，爱做什么就做什么，别违法就行。被关在家里做了一星期家务的妇女们当然也明白这个道理，她们有休息的权利和娱乐的自由。因为这是天主创立的，即使是天主自己工作了六天，他也会给自己放一天假。我们的法规和教规把工作日和休息日的概念解释得清清楚楚。但是，瞧瞧她们的妒忌的丈夫却把她们关在家里，管得更紧。本来应该是享受生活的节假日，却变成了更加凄惨。 因此，我的结论是：对于那些不知道疼爱自己妻子，乱喝醋的男人，妻子们不需要对他们太客气。 我们应该站出来支持那些起来反抗的妇女们，给她们鼓励，给她们帮助。

很久以前有个来自亚美尼亚的商人，他非常富有，家财万贯。 他娶了一个能和他的财产相配对的妻子，从此他就很妒忌，因为他的妻子长得太美了，而且心肠也好，所以他完全有理由相信，一旦有别的男人看见她，一定会不由自主的爱上她；可能她也会爱上别人。 他绝对不允许这种事情发生，于是他的嫉妒心也就这样产生了，而且日复一日，他如此忌妒，就把她看得死死的。

他从不带她参加朋友的婚礼和各种宴会，甚至不让她上教堂，只允许她在家里，但不能朝窗外看。 其实，他的妻子越想越生气；难道美丽也是一种罪吗？ 我没有做任何对不起他的事，他为什么要这样对我？ 后来，可怜的妻子终于觉悟了，她打算结交一个朋友散散心，她绝不能让她丈夫白委屈她。 但事实上，她很难有接触别人的机会。所以想法归想法，要实现还得有机遇。

正巧有个俊男住在隔壁，她想：只隔一堵墙，只要有条缝就可以看到那个青年，也有时候表白，只要他接受了，就和他来往，她的呆板的生活才会有乐趣，或许还可治好她丈夫的妒病。

所以，当丈夫不在家的时候，她开始在墙壁上寻找漏洞，那位太太竟然在一个不起眼的地方找到一条裂缝。 能看见墙的那一面是一个房间。 从贴身丫头那儿打听来，原来里面住着一个叫费里波的年轻人，是单身。

以后，她都会到这裂缝前去等候，如果发现对面有动静，就把一些细小的东西像鹅卵石塞过去。 费里波很快就注意到声响，然后他们就开始认识了。 太太将自己的情况告诉他，尔后他们的感情与日俱增，而她丈夫也看得很紧，所以他们的感情只停留在精神上。

有一次快到圣诞节的时候，妻子突然告诉丈夫，她要到教堂去做忏悔。丈夫觉得非常奇怪，于是问她：

“你有需要忏悔的罪过吗？”

妻子说：“你能说你从来没做错过事吗？而且我的罪过只能对神父说，不能告诉你。”

善猜妒的丈夫此时已疑心大发了，但他并不急着追问，他有自己的小聪明。于是表面上答应让她去教堂，但也是他指定的教堂。他告诉妻子，只能向本堂神父，或由本堂神父指定的人忏悔，她只有半天时间。他的那点花花肠子他的妻子已经非常清楚，所以就答应了。

圣诞节那天，她一早就去了教堂，但她的丈夫比她更早，前一天他就把那边安排好了，所以一到那儿，他就穿上修道士的衣服，戴上大风帽，在唱诗班的席位坐着等他的妻子。那位夫人先去找本堂神父，尽管她事先就猜到神父会怎么说。神父说自己没空，给她推荐另一位兄弟，于是把她的丈夫介绍给她。尽管可怜的丈夫化妆化得惟妙惟肖，但做妻子的怎么可能认不出自己的丈夫呢，妻子心想：“谢谢上帝，这家伙竟然变成了神父，我且不管他。”

妻子安安静静地坐在丈夫面前，等待忏悔。而丈夫往嘴里塞了小石子，连声音都改了。忏悔一开始，她就直接说自己结婚了，但几乎天天都在跟一个神父私通。丈夫差点被这样的开场白气死，但他想知道得更详细一些，于是咬着牙问下去：

“你丈夫晚上没跟你一起吗？”

“他也在，神父。”他妻说道，“不过他睡着了。”

“那么。”丈夫问，“那个神父怎么可能既和你睡一块，又不吵醒你的丈夫呢。”

“那个神父告诉我，他有法术，我家的门锁对他不起作用。而且只要他一念咒语，我的丈夫就醒不过来，然后我们就在床上寻欢，从没出过意外。”

乔装的丈夫急着说：“你可不能这样，夫人，这可万万使不得。”

妻子说：“但神父，现在我已无法自拔了。”

“那罪过就大了，夫人，我可不能赦你。”丈夫的醋劲上来了。

妻子说：“神父，请你一定帮帮我。要不然，我会难过死的。”

“好吧。”丈夫说，“毕竟我是神父，我一定尽全力帮你，夫人。拯救灵魂是我的职责。我先为你念几篇特别的祈祷文试试，然后派个徒弟去你家看看效果，如果有用，我就念下去。”

“但是，有个问题，神父。”妻子回答，“我的丈夫不喜欢陌生人造访，如果他知道是因为我的原因而去的话，那他可能责怪我的。”

“别担心，太太。这事包在我身上，我会把这事安排好的。”

“那么，就麻烦你了。”妻子说。

忏悔完了之后，妻子转身去望弥撒。而丈夫此时的心情糟透了，他脱了神父的外衣就往家赶，满脑盘算着如何抓住这对奸夫淫妇。

没过多久，妻子也回家了，从丈夫的眼神中，她知道今年的圣诞节是没戏了，尽管丈夫仍然用假面具伪装着。他想出了个最直接的方法，晚上在大门口等那个神父，于是告诉他妻子：“今晚他不回来吃饭了，也不回来睡觉，把所有的门和窗都关起来，锁好。”

于是等她丈夫走后，然后到墙壁的裂缝那儿去通知费里波，告诉他事情的经过，然后说：

“今晚他肯定守在这幢房子的附近，如果你能从屋顶的天窗进来，那我们就能够在一起了，不过，你要小心。”

费里波说：“太太，我一定过来的。”

晚上，爱吃醋的丈夫果真在自家的房门前藏好，他还带了武器。但他不知道，妻子已经把他锁在门外，他是不可能进去了，哪怕是从窗口爬进去也不行。到了约定的时间，费里波果然从天窗上下来了。两个受尽爱情磨难的年轻人此时再也不用顾忌什么，尽情享受着爱情的滋润，一直到天快亮时，他们才依依不舍的分开。

而那位既可怜又可恨的丈夫，手握武器在门口坐了一夜，晚饭没吃还不算，关键是这种心情的煎熬才是最痛苦的，等到晨祷钟响过后，大门才开了。他拖着疲劳的身体，却仍要装出什么也没发生的样子回来了。用过早饭后，他派了一个小佣人扮成本堂神父的徒弟，去他妻子那里探听昨晚她那位情人有没有过来。

但他妻子对他的一举一动显然了如指掌，她不用看这个小徒弟的面孔就知道一定是她丈夫派过来的。于是告诉他，她的那位情人昨晚没过来，而且她现在已决心将他忘掉，如果他不经常来的话。

接下来的时间里，主动权完全被这位既美丽又聪明的太太操纵着，丈夫成了她和情人幽会时最好的保镖。妻子在享受着情人随意的摆弄，丈夫却在寒冷的夜里守候着。最后，这位不知道戴了多少顶绿帽子的丈夫再也无法忍受时，他就改变了方法，想直接从妻子口中知道这位可恶的神父。但他妻子的回答是，在情在理她都不能告诉他。

几天来压在心口的怒火终于爆发了，丈夫开口大骂："你这个下流、卑鄙、肮脏的女人！你以为自己不说，我就不知道了吗？我只是给你一次改过的机会，没想到你这么不要脸。你说，那个整天跟你上床的神父是谁，那个会使邪术的家伙，如果今天你不跟我说清楚，你看我怎么收拾你！"

妻子看着他，冷冷地笑着，然后说道："如果我告诉你，那个神父根本不存在，你信吗？"

丈夫被惊呆了，盯着她追问道："不可能的，你向神父忏悔时，不是描述得是鼻子是眼的非常仔细吗？这会儿怎么不承认了？"

妻子笑着说："我是说过这些话，但你又是怎么知道的呢，别告诉我那是神父对你说的。”

“你别管我怎么知道的，快告诉我那个神父是谁？”丈夫大声说道。

他妻子轻轻叹了一口气，然后两眼瞪着地板，慢慢道来：“我知道你这几天很辛苦，我的丈夫，说起来都是我的错，可我心里却不得不发笑。如果一个平凡的女人像牵一头猪一样去牵一个男人的鼻子，那么你也会发笑。并不是我变聪明了，而是你变笨了。我的丈夫，自从你变成一个嫉妒成性的男人后，就不是一个聪明的男人。”

“你是被嫉妒迷住了眼睛，但如果你以为所有的人都会像你这样，那你就错了。那天我在教堂，一眼就看出那个神父是你乔装打扮的，我知道你这么做是想知道我忏悔的内容，因此我也没点破你，顺着你的意思就说了。你的妻子绝不是你想象的那种人，甚至在这样的情况下，她对你忏悔的话也都是真话，只是你没发现罢了，你的妻子没有任何不忠的行为。

“我记得很清楚，我说自己爱上了一神父。其实你只要静下来想想就会明白，那个神父就是你，当时你不是乔装成一位神父吗？另外我又告诉你，当他要和我睡觉的时候，门窗都不起作用。我不知道家里的那一扇门能锁得住你。我还说，神父和我天天睡在一块。我们难道不是天天在一块儿睡觉吗？当你派小佣人扮成本堂神父的徒弟向我探听那几次，你并没有和我睡一块儿，所以我跟他说，神父没来。

“只有你才听不出来我这话中理。你仔细想想，我这些话中有哪句是假的吗？我从没有骗过你，而你明明是在大门口守了一夜，却跟我说是什么应酬不回来，是你不忠还是我不忠，你自己去想吧。

“我不想成为别人的笑柄，如果你无所谓那是你的事，请别连累我。其实你的嫉妒除了能使你变得愚蠢外，对我根本不起作用。如果我决心要给你戴绿帽子，那戴几顶都行，你肯定跑不了。别说你只把我关在屋子里，就算叫一百个人看着，我也有办法做到。”

这位既善嫉妒又自以为的丈夫，这次总算受到了一次大的打击，但这次教训对他来说是必要的。 整天想着去愚弄别人的人，总有一天也会被人家愚弄的。 经过了这一次后，他再不敢吃醋了。 他那位聪明的妻子从此解放出来了，她想去那儿就去那儿，而她的那位情人也不必成天像做贼似的从这个屋顶窜到那个屋顶。 他们可以大大方方的交往、快快乐乐地生活一生。

故事六

伊莎白拉在自家房间里同时跟两个情夫幽会，结果她丈夫回来了，于是她让一个情人怒气冲冲的提剑冲出屋去，另一个则由她丈夫护送回家。

听完菲亚美达的故事，所有的小姐都非常激动，她们为故事里的那位太太喝彩，而对于那个男人，认为那样的下场完全是他自找的。接下来，国王让潘比妮亚讲，因此潘比妮亚的故事就这样开始了：

有人认为，爱情使人变得愚蠢，一旦恋爱就成了傻瓜。 我不知道说这些话的人是不是，反正我所了解的爱情绝不是这个样子的。 而且从我们刚才听的那许多故事中，就证明我的话没有错。 我马上要讲的故事也能论证这个事实。

大家都知道，在我住的那座城市里充满了形形色色的事物，很早以前那里出过一个美女，她不仅相貌漂亮，而且出身名门，后来她嫁了一个门当户对的绅士。 结婚之后没过多久，这位夫人就变了心，她背弃了丈夫，爱上了一位名叫列昂纳多的年轻人。 也许这种现象也是合乎情理的，就像吃菜一样，我们每天都只吃一种菜，吃久了自然而然地就觉得有些腻烦，只有换一种口味才会吃得下去，列昂纳多是一个相貌英俊、仪表堂堂的小伙子，只是家庭出身卑微。 他也爱上了这位夫人。由于他们两相情愿，情投意合，因此没过多久他们便满足了心愿。

由于这位夫人生得实在是漂亮动人，所以本城的大富豪——兰巴特丘大爷也相中了她。但她觉得兰巴特丘大爷相貌丑陋，语言粗俗，怎么也不为他所动。兰巴特丘三番五次地托人向他表达爱慕之情，都毫无结果，后来他竟然倚仗自己财大气粗、权势大，让人胁迫她说，如果她再不顺从他，他就会毁了她的一生。她有些害怕了，她知道这个人是说到做到的。迫于无奈，她只得违心答应了他。

这位可爱的夫人叫伊莎白拉。我们那边的人喜欢在夏天的时候在乡下避暑度假。一年夏天，伊莎白拉去了乡下的一个美丽的庄园。她的丈夫却骑马出门，还告诉她要好几天才能回来。于是，伊莎白拉把列昂纳多请到了她的庄园。

但这事不知怎么被兰巴特丘大爷知道了，于是也趁机赶到庄园。这时她正和列昂纳多在房子里，伊莎白拉的佣人一看兰巴特丘大爷来了，赶紧去通报夫人说："太太，兰巴特丘一个人来了，在楼下。"夫人感到非常扫兴，但夫人知道这个人是惹不起的，于是让列昂纳多在床帏后躲一下。列昂纳多知道自己也惹不起这个人，所以乖乖的躲起来。夫人让用人把兰巴特丘迎进来。兰巴特丘进了院子，把马拴好后，就径直向屋里走过来。夫人满脸笑容地去迎接。

兰巴特丘一把抱住夫人的细腰，亲了一口，这才说道：

"宝贝，我听说你丈夫出去了，就赶紧过来陪你。"

两人边说边进了卧室。兰巴特丘反手把门锁上，然后迫不及待地把伊莎白拉抱上床，开始尽情取乐。而此时，她丈夫也回来了，丫头立刻到卧室去说：

"夫人，夫人，先生回来了！"

女人听了很着急，这个屋里绝对藏不了两个大活人，而且院内还有兰巴特丘的马，更无法掩饰。她简直觉得到了末日。

突然，一条计策出来了，她对兰巴特丘说道：

“大爷，如果你是真心爱我的话，就请你把剑拔出来，摆出非常气愤的样子冲下楼去，如果遇到我的丈夫，你别理他。只要大声嚷：‘我一定会抓住他的，哪怕他跑到天涯海角！’然后你只管骑马走就行了，剩下的事就由我来做。”

兰巴特丘正求之不得，刚才，他和伊莎白拉在床上只做了一半，还没尽兴就被她丈夫打断，这心里本来就不痛快，所以不需要太做作，剑拔在手中，这脸也就跟着红起来，于是冲了出去。这时，丈夫已经进了院子，他正在为兰巴特丘那头马奇怪时，突然看见兰巴特丘从楼上冲了下来，样子挺吓人的。问道：

“这位大爷，出了什么事？”

“随他到哪里，我都会找到他。”兰巴特丘一边骂着，一边跳上马，一溜烟跑了。

那丈夫发现伊莎白拉站在楼梯口，非常惊慌的样子，便问：

“亲爱的，出了什么事？这位兰巴特丘大爷想要抓谁？”

伊莎白拉一直等丈夫进了卧室，才对他说：“丈夫，你可回来了。今天可把我吓坏了。刚才突然有个年轻人跑进我们庄园，一看见我就恳求说：‘太太，救救我吧，要不然我会被人杀死的！’当时，我被吓了一跳，还没来得及问他到底是怎么回事，就见兰巴特丘大爷提着剑冲进来，他一看见这个年轻人，就举剑想砍人家，我当时倒没想别的，只觉得这种事不应该发生在我们家，于是上前阻止。他见我是个女的，倒还算客气，只希望我让开，但我没这么做，最后，他没办法只好走了，就是你刚才看见的那一幕。”

她丈夫说道：“你真勇敢，太太。我们可不能让人命案发生在我们家，那会对我们家的声誉有影响。这个兰巴特丘大爷也太野蛮了，追人都追到我们家来了。”停了一下又问道，“那个年轻人现在到哪儿去了？”

“我也不知道在哪里。”伊莎白拉回答道。

于是，丈夫大声叫道：“你在哪儿？ 现在可以出来了！ 兰巴特丘大爷走了。”

列昂纳多看得清楚，听得明白。 这时他赶紧走出来，全身发抖（他心里本来就有点害怕）。

“兰巴特丘大爷为什么要杀你？”她丈夫问道。

列昂纳多早已在肚子里打好草稿，回答说：“我也不知道是什么原因，我从来没见过他。 今天，我在街上走的时候，他突然从对面冲过来，并且拔出宝剑喊到：‘我要砍死你，王八蛋。’我手无寸铁，所以只好夺路就逃，哪知这家伙紧追不放，所以就跑到了这里。 真多亏了这位太太救命，要不然今天我就惨了。”

丈夫说：“现在没事了，他已经回去了。 这样吧，避免出意外，我派人把你送回去吧，然后你再去查查到底是什么原因。”

而后，列昂纳多被送回了佛罗伦萨的家里。 然后，他又拜访了兰巴特丘，把以后发生的事告诉了他。 当然，这些都是伊莎白拉夫人让他做的。 这个故事能流传出来也就是因为这个，据说她丈夫最后也没发觉这是他妻子导演的一场好戏。

故事七

白特丽丝为了和情人幽会，骗她丈夫穿她的衣服，去了花园。情人和白特丽丝寻欢后，到花园里把丈夫揍了一顿。

潘比妮亚讲完故事后，大家对伊莎白拉的导演天才都非常佩服。国王吩咐菲罗美娜讲下一个故事，她开始说道：

高贵的小姐们，现在由我讲下个故事。 如果我是对的话，我这个故事肯定和刚才一个一样出色。从前有一位佛罗伦萨的绅士，他住在巴黎。后来家道中落，他改行经商，成了一位富商。他晚年得子，取名叫罗多维克。他非常爱这个儿子，他要把这个孩子培养成一个绅士，而不是商人。所以商业上的事他从不让儿子沾手，而下血本让他去结交一些达官显贵，熟悉宫中优雅习俗。所以罗多维克年轻时就是一个非常有风度的绅士。

在宫廷那阵子，罗多维克成天和一帮公子哥在一块儿谈论美女。有一次，罗多维克遇到了从东方朝拜圣地回来的几个骑士，谈到女人时，有个骑士说，他见到了这辈子他所见过的最漂亮的美人，这位美女住在波伦亚，名叫白特丽丝，是艾甘诺·德·加鲁栖的妻子。其他骑士也一致同意他的看法。

罗多维克现在还没有喜欢过女人，这件事让他心动，决心先把别的事放在一边，去波伦亚看一看。他去恳求他的父亲。老父亲禁不住他的请求，没办法只好答应。

就这样，罗多维克去了波伦亚，他给自己取了另一个名字叫安尼契诺。不知道是不是他和那位夫人有缘，罗多维克到达波伦亚的第二天，就在一次宴会上巧遇了这位夫人。他已经离不开波伦亚，离不开这位夫人了，他也要得到这位夫人的欢心。回到旅馆后罗多维克为怎样才能日夜陪伴在这个心上人身边而发愁，最后决定他要做这位夫人的丈夫的侍从。他觉得这是最好的办法。他卖了马匹，安置好仆从，让他们装成不认识他，然后向店主人打听，怎样才能成为富贵人家的侍从。店主人告诉他：

“这个城里侍从最多的是绅士艾甘诺，他挑侍从非常严格，要求比较高。不过我觉得你的品貌都很好，他应该能够看上你，我去给你牵线。”

店主人的信用相当不错，他第二天就帮罗多维克办成了这件事。

当然，现在他改名叫安尼契诺。安尼契诺没想到这事办得这么顺利，因为能经常看见女主人，所以安尼契诺办事特别卖力。就这样他很快得到艾甘诺的赏识，渐渐的他成了艾甘诺的管家。

一天，艾甘诺出去放鹰了，安尼契诺则在家中陪太太下棋。夫人并没察觉到他的爱情，反而因为他相貌堂堂而喜欢他。安尼契诺当然知道怎样讨女人欢心，所以下棋时，故意把棋输给她。白特丽丝赢了棋之后，心情自然更好。安尼契诺觉得现在时机已经成熟，自己可以表达爱意了，所以当屋里只剩下他们两人时，他长叹了一口气。

“干吗叹气，安尼契诺？因为输棋吗？”

安尼契诺说道：“怎么会呢，夫人。我只是有心事罢了。”

“如果你觉得我可以信任的话，那就把你的苦恼告诉我吧，看我能不能帮你。”

安尼契诺见自己的心上人这么关心自己，心中早就兴奋死了，不过表面上仍装成很沉重的样子，又叹了一口气。夫人再次请他说出原因。

安尼契诺这才说道：“夫人，我不敢说。我怕你不高兴或者告诉别人。除非你答应我保密。”

夫人回答道：“你放心吧，我不会不高兴的。而且我也不会告诉别人，现在可以说了吗？”

安尼契诺说：“多谢夫人，那我就跟你说实话吧。”

于是，他把事情的来龙去脉原原本本告诉了夫人，包括自己的真实姓名，及从哪里听到夫人的艳名，怎么爱上她，怎么做她丈夫的侍从。最后他希望夫人能理解他的痴情，并想得到夫人的爱，如果夫人不想答应的话也别赶他走，他愿意这样一直追随夫人。

波伦亚的女人是从来禁不住男人的眼泪和叹息的。她们的血液中流淌着无限的柔情和善良，我不知道用什么样的言词才能表达我对她们的赞扬。

夫人盯着安尼契诺。她知道他说的都是真的，听完安尼契诺的话后，她已经不由自主地爱上他了，最后连声叹道：

“真是冤家啊，为什么你这短短几句话让我如此感动呢。在你之前，不知道有多少公子、少爷向我求爱，现在也有。不管他们说什么或送什么，我都无法心动。我以为这辈子自己再也感觉不到爱情了。可现在转眼之间，你已把我的心拿走。亲爱的安尼契诺，你放心吧，我会让你的痴情得到回报的。我已经爱上你了，今晚就可以让你得到爱情的滋润。

“今晚你到我房间里来吧，我会把门给你留着。你知道我睡在哪一边吧，如果你进来时，我睡着了，你就推醒我，我会让你得到你想要的一切的。先给你一个吻，算是一个保证。”

说完，夫人主动张开手臂，给了他一个非常热情的吻。安尼契诺有点把持不住了，想现在就要她，但夫人飞快离开他，笑着溜掉了。没办法，他只能熬着，只希望夜幕赶紧降临。

艾甘诺放鹰回来后，身体已经相当疲倦了。用过晚饭后，他就上床睡觉了。夫人也上了床，不过依照约定让房门开着。安尼契诺感觉时间差不多了就摸进他们的卧室，随手把门关上。他轻轻的来到夫人旁边蹲下，然后伸手触到了夫人的乳房，夫人马上有反应了，把他的手紧紧按在那儿不让动，接着用另一只手推醒了她的丈夫，说道：

“亲爱的艾甘诺，我睡不着，有件事想问你，在我们所有的侍从中，你最喜欢或者你觉得他们之中最忠心的是哪一个？”

“那还用问吗？夫人，这人肯定就是安尼契诺，没人会比得上他。不过你三更半夜问我这个干什么？”

安尼契诺这时被吓得半死，夫人和艾甘诺的对话，他听得清清楚楚，他更是一动也不敢动，而且夫人也不让他动。他想不明白夫人这葫芦里到底卖的是什么药。

接着，夫人回答道：“本来我也是这么认为的，觉得这人忠实可靠。但是，今天你出去时发生了一件事，我觉得这个人并不是我们认为的那样。今天，他竟敢在家中对我说一些不三不四的话调戏我。为了使你看清他的真面孔，我当时假装答应他，约好今晚三更，在花园的那棵桃树下等他。我自己当然不去，我觉得你应该亲自去看一看，了解一下真相。还有，为了方便起见，你最好套上我的衬衣，蒙上面纱。我觉得他一定会出现的，到时候你就教训教训他。”

艾甘诺听完妻子的话，半信半疑地说：“是吗，这小子平时看起来挺顺眼的，竟然做出这种事，我非得了解清楚不可！”说完，他就摸黑起来，穿上妻子的衬衣，蒙上面纱，到花园里等去了。

等艾甘诺一出房门，妻子就起来把门锁上。今晚对安尼契诺的心脏是一次考验，有好几次他险些昏过去。在他心里早把夫人骂了上百次，骂完了夫人又骂自己笨，直到最后，他才明白原来夫人的用意在这儿。当时他那个高兴啊，都不知道怎么说了。夫人上床后让他抓紧时间，最后，当他们俩都感到满意后，夫人让他马上把衣服穿好，并对他说：

“亲爱的，你带上棍子去花园，看见艾甘诺；你只管揍他。把他当成我，说白天调戏我只是为了试我对他的忠心。记着打狠一点才有效果。”

他依照吩咐，拿着棍子去了花园，一眼就看见了艾甘诺，迎了上去。还没等艾甘诺开口说话，安尼契诺已经一棍子下去，并且破口大骂：

“没想到你真来了，你这个下贱的女人，老爷对你哪点不好，你竟然做出如此不忠之事。你以为我会像你这样吗？今天，我就替老爷教训你这个贱货！”

艾甘诺一听这话，以为自己错怪他了，再一看棍子过来了，赶紧回头就跑。但因为夫人有吩咐，所以安尼契诺紧追不舍，边打边骂：

“你这个不要脸的女人，我要你知道不忠的后果！ 明天我会告诉老爷。”

艾甘诺的后背结结实实挨了不少下棍子，最后总算是跑回了卧室。 妻子假装问他情况时，他说：

“我差点没被打死，夫人。 原来，他今天调戏你是故意试你对我的忠心，可能他看不惯你整天嘻嘻哈哈的，所以才要这么做。 我本来就怀疑，他这么忠心的人怎么能调戏你呢，现在可好，让我平白挨一顿猛揍。 你没看见，他刚才在花园里那个凶啊，追得我满花园跑，只差没把我打成肉饼，而且他把所有骂坏女人的话，都骂在了我身上，真倒霉！”

于是妻子说道：“对不起，丈夫。 我也不知道他是试我的。 不过幸好是你去，如果换成我，非被打死不可。 既然他对你那么忠心，那你以后多抬举他就是了。”

艾甘诺说：“今晚，你就这句话说对了。”

经过这次事件后，艾甘诺绝对信任安尼契诺，当然也信任他的妻子。 他却不知道，安尼契诺和他妻子每次谈起这件事都笑得差点背过气去。 后来，这对情人幽会就非常方便了。 安尼契诺再也没离开波伦亚，他给艾甘诺当了一辈子侍从，也和他夫人偷了一辈子情。

故事八

嫉妒的丈夫将妻子看得紧，妻子为了跟情人取得联系，把线系在自己的脚趾上，另一头放在窗外，结果被嫉妒的丈夫发现了，她买通丫头演了一场苦肉计，反而教训了丈夫一顿。

菲罗美娜的故事讲完之后，众人又开始议论女主人公白特丽丝，觉得她非常聪明，又说，安尼契诺被她抓住手后，听到她在丈夫前的表白时，一定很害怕。国王议论差不多了，就让妮菲尔讲故事。妮菲尔有点羞涩地开始了她的故事：

美丽的小姐们，前面的故事都很精彩，我实在难以讲得同她们一样好，只希望我的故事，你们都喜欢。

不知道大家听说过没有阿里古丘·贝林吉里这个人，他曾经是我们城里一个很有名望的富商。他结婚并不是为了爱情，而是为了抬高自己的身价，所以他娶了一个贵族的千金，叫茜丝梦达。但这位小姐和他很不相称，几乎所有的生意人都是在外奔波的，所以做生意人的妻子本身就是一件很辛苦的事，因此她们耐不住寂寞也是可以理解的一件事。所以茜丝梦达没过多久就和一个鲁贝托的青年打得火热，并且私下有了来往。

茜丝梦达胆太大，心太粗。所以时间一久，商人就有所察觉，于是生意先不做了，拿出全部精力，把她看守起来。每天像影子一样跟着她，就连睡觉他都要等她睡着之后，才放心去睡。这样，茜丝梦达一时找不着跟她情人幽会的时间了，这使得她非常苦恼。

于是她费尽脑力才挤出了一个办法。也是从丈夫的那些坏毛病着手，她发觉尽管丈夫每天比她晚睡，但是如果他睡着了就叫不醒他。这样茜丝梦达就找到了和情人幽会的时间。她想出了一个非常妙的主意，用一根丝线，一头由卧室的窗口通向外面的大街上，另一头藏在被褥下面，等到晚上睡觉前再把它系在自己的大脚趾上。然后跟鲁贝托约好，鲁贝托如果晚上来能把这根线拉走，那就表示她丈夫睡着了，那他就可以进来，因为茜丝梦达会给他开门的。如果这根线拉不走，那就表示她丈夫没睡，他也不用等了。这个主意不错，尽管不能保证每次都能见到，但是总比见不着好。因此，他们又开始了断断续续的联系，没出现过差错。

本来这事进行得很顺利，双方也都挺满意的。但有一次，因为这位太太的小小失误，差点酿成大祸。 有一天晚上，这位太太可能是太累睡着了，而她的丈夫竟然睡得不是很死，伸脚的时候触到了这根线，他就顺线一摸就摸到了太太的脚趾上，于是他知道这里面一定有玄机，因此偷偷把线扯断，然后系在自己的脚趾上，看看会有什么反应。

没过多久，鲁贝托过来拉线了，因为他拉得很用力，而丈夫那头线没系结实，所以一下子就拉走了。 鲁贝托以为今晚又可以一亲美人芳泽了，因此在门口等。 而另一边，丈夫忽一下跳起来，拿起武器，跑到门口，他决心一定要给那个不知死活的小子一点颜色看看。 尽管他是一个商人，却非常强壮。 他用力拉开了门，门外的鲁贝托已感到情况不妙，回头就跑。 因为他妻子开门绝对不会这样重的，不用看一定是阿里古丘。 丈夫看见了前面的人影，奋力猛追。 鲁贝托跑了一会，见甩不掉对方，就拔出剑，于是大街上出现了一场精彩的武打表演，绝对要比舞台上的好看。

而此时的茜丝梦达也已经惊醒，她一摸脚趾上的断线，就明白事已败露，结果将对自己非常不利，于是赶紧起来，把自己的贴身丫头叫来，丫头是知道女主人这段私情的，茜丝梦达恳求她睡在自己床上。 告诉她，自己现在有难，如果丫头不帮忙，那自己肯定死路一条。 而丫头那样做的话，最多挨一顿打，而且只要她坚持住，别出声，那自己会拿重金感谢她的。 这样软硬兼施的情况下，丫头同意了。 茜丝梦达安排好后，就把灯关了，自己找了个地方躲起来，看事态发展。

然后再说阿里古丘和鲁贝托的打斗把周围的邻居都惊醒了，他不想被人发现自己，所以放走了鲁贝托，自己匆匆回家，但他心中的一肚火还没发出来，一进卧室，他就大声嚷道：

“你这个不要脸的贱人，你干吗关灯，你以为我看不见你吗？ 我要打死你。”

他来到床前，以为那丫头是自己妻子，一把抓住头发把她揪了起来，然后拳头像雨滴一样落在她的脸上、身上，一边打一边骂，把能想到的脏话都骂了出来，把她的衣裤都撕烂了，最后还不解气，拿起剪刀对准她的头发就是一刀。那丫头早就受不住了，哭喊着求饶：“哎呀，不要再打啦！哎呀饶了我吧，老爷！”而阿里古丘都快气疯了，根本就没注意到这个女人不是自己的妻子。

“贱货，你等着，我不打你。我去把你娘家人叫来，让他们看看教出来的女儿。贱人，你完了，你别想从我这儿得到一点东西！”

他把门反锁上，找人去了。茜丝梦达在角落里听得清楚，见丈夫走远了，赶紧把门打开，点亮灯，可怜的小丫头被揍得面目全非了。她一边用好话安慰她，一边把她扶回她自己的房间，又叫了一个丫头去照料她。并拿了阿里古丘很多钱塞给那个可怜的小丫头，直到她满意为止。这边安排好后，她又赶紧回到自己的卧室，把乱糟糟的东西都收拾整齐，床整理得像没睡过一样。接着，又把自己整理了一番。当这一切都差不多了，最后在楼梯口点一盏灯，搬来一把凳子，坐在那做针线。现在战场被打扫干净了，没人会知道这儿刚才发生了什么，除了她的丈夫。

这时，阿里古丘已赶到了茜丝梦达的娘家，猛敲了一阵大门，把整个娘家人都吵醒了。于是岳母和三个妻舅出来开门，阿里古丘一进门，他就把事情从头到尾一点不漏的说给他们听。从他发现丝线一直说到最后。他甚至拿出一绺头发给他们看，说这是从他妻子头上剪下来的，这更为他的那些事实添加了证据。最后他告诉他们，他不想再见到他的妻子了，让他们去他家把她领回去，他们爱怎么处置怎么处置，跟他没关系了。

在如此“铁证”面前，妻舅们无法再说什么，只怪这个妹妹太不争气，都说要再教训她一顿。而母亲则跟在他们后面，她怎么也不能相信她的女儿会做出这种事。她一会儿要她的三个儿子别冲动，问清楚再说；一会儿又假设是她丈夫要报复女儿，虐待她女儿，然后为自己开脱。她母亲坚信自己女儿品德高尚。一路上就这么哭哭闹闹的过来了。

茜丝梦达其实老远就听到他们的声音了，只是等到他们快上楼时才问道：

“谁来啦？”

“贱人，你别假惺惺了。”

“兄弟！”茜丝梦达一脸严肃说，“你这话就不对了，”边说边站起来，“兄长来访，我这个做妹妹的本来应该欢迎你们，但你一上来就骂，我自持没做什么对不起你的事，你今晚必须给我一个交代！”

兄弟们包括阿里古丘这时已经能把她看得很清楚了，只见她手里拿着针线，脸上没有一点被打过的痕迹——怎么跟阿里古丘说的一点都不一样呀，这究竟是怎么回事。于是，他们追问她阿里古丘所说的事，威胁她必须从实招来，否则有苦头吃。

茜丝梦达给他们来个死不承认，说道：

“我不清楚这话是什么意思，也不知道阿里古丘都对你们说了什么。”

阿里古丘此时他开始怀疑自己的眼睛，刚才扇她耳光时出手很重，现在手心还有感觉呢，而她脸上竟然一点痕迹都找不着。她的兄弟们见她的脸色一点都不惊慌，于是把从阿里古丘那里听来的事又简单复述了一遍。茜丝梦达非常安静地听完，就好像他们在说别人的事一样，然后把目光停在阿里古丘脸上说道：

“丈夫，你能给我一个解释吗？我实在想不出你要这么做的理由。我没做过任何对不起你的事，你这样诬赖我对你自己也没好处，我想你不会感到脸上有光的。而从我们结婚到现在，你也从没打过我，再说了，今晚你就没回家，你怎么打得上我，我怎么连一点印象都没有。”

“你这个贱货！”阿里古丘嚷道，“我不明白你做了什么把戏，但今晚的事你没法赖，我跟你那个奸夫打了一架，绝不会错的。回来后我揍了你一顿，还剪了你的头发，这些都是证据！”

茜丝梦达慢慢地回答：“我不知道你今晚怎么了，阿里古丘。喝醉酒了吗？又不像，说你脑子有病吧，看起来又不完全是。好吧，趁现在大家都在，我们把事情好好分析一下，看看到底谁在说谎。你说你猛揍了我，还剪了我的头发。而我说这是根本不可能的事，这儿的每一个人都能作证，包括你自己，有没有在我脸上找到疤痕，或别的什么地方。而且这辈子我从没被人打过，包括我的家人，你又算什么东西敢打我，只要你敢打一下我会把你抓个大花脸。至于头发。”她一边说一边揭开面纱，头发马上展现出来，绝对是毫发未损，“你自己看吧，不知道你是不是撞见鬼了。”

她的话对她母亲和兄弟有很大的安慰，他们的怒火开始烧向阿里古丘，说道：

“阿里古丘先生，不知道你是否可以解释一下。”

阿里古丘是想给自己解释一下，可是不知道从哪里说起。

茜丝梦达对她的兄弟说：

“哥哥们，他毕竟是我丈夫，我实在不愿意在外人面前说自家的丑事。可是现在，我不说也不行了。他跟你们说的那些事，都是他自己做的，让我一件一件跟你们说吧。

“你们把我嫁给这样一个人，我只能怪自己命不好。对外他是一个商人，在社会上有名望有地位。这样的人本来是生活上节制，感情上忠诚的人。但他自持有点钱，每天在外面花天酒地，而且还乱搞女人。他哪天晚上不是醉醺醺的回来，或者索性不回来。我每天坐这儿等他到深更半夜，你们刚才也都看见了。他今晚做出这样的糊涂事，我刚才仔细想了一下，只有一种解释，他肯定又去喝酒了，醉了之后跟一个婊子鬼混，醒来却看见她的脚趾上系着一根线，然后争风吃醋跟人打架，回来后又打了那个婊子，还剪了她的头发；但他脑子还没清醒，把那个婊子当成了我，只能这么解释。你们看他那个样子，就知道我说的八九不离十了。但他仍然是我丈夫，无论他对你们说了什么，请你们忘掉吧，就算为了你们这个可怜的妹妹，请你们原谅他这一次吧。”

一句话没说的母亲，此时已经气得浑身发抖，她大声叫道：

“我的乖女儿啊，这种虚情假意之人，你还帮他说话吗？我绝不允许我的女儿被这种人虐待。你的那三个哥真是瞎了眼了，把你许配给这种猪狗不如的东西。不就是有三个臭钱的小商人吗？他们在三家村的猪栏里的时候，穿那种屁股有羽毛的粗呢的短衣马裤。让我们家把花一样的千金插在猪大便上，还自吹是什么大富大贵之人，呸！如果当初你们三个不争气的小子听我的话，女儿，你就不用像现在这么受苦了。你本是佛罗伦萨最纯洁、最好的姑娘。这个不要脸的家伙却三更半夜来砸我们的门，说你是一个贱货。他以为我连自己的女儿是什么的人都不解。你三个蠢哥哥如果听我的话，早打得他满地找牙了。”

说完后，老太太又开始教训她的儿子们，说道：

“我早就跟你们说过这门婚事不好，可你们就是不听，你们看把自己的妹妹害成什么样子了！这个不要脸的商贩竟敢这么虐待你们的妹妹，我要是你们早就结果了他，把他大卸八块喂狗了，这个该死的酒鬼！”

三兄弟面子有些挂不住，转身把阿里古丘骂个狗血喷头，临了威胁道：

“这次看在妹妹的面子上先饶了你！ 以后说话小心点，如果再犯到我们哥仨手里，那就老账新账一块儿算！”

阿里古丘直到妻子娘家人走光了，这魂好像也还没回来，他不明白在这个事件中，谁才是真正的糊涂虫。 但不管怎么样，这件事他以后再也没有提起过，而且对于他的妻子，他也随她去了。 这样，这个事件的最后受益者只有他那可爱的妻子，以后她会情人再也不顾忌她的丈夫了。

故事九

皮罗试验情妇，出了三个难题，丽迪雅办到了他出的三道难题。最后，她还骗得丈夫相信，他亲眼所见的她和情人寻欢的场面是假的。

妮菲尔的故事讲得这么好，以至于所有的人都乐得合不拢嘴，赞不绝口。 国王让她们安静，现在轮到潘菲洛讲了，说道：

可爱的小姐们，任何人一旦拥有了爱情，那他（她）肯定就会有无穷的力量，为了能够到达爱的彼岸，他（她）能克服所有的艰难困苦。 以上的故事对于这一点已经说得很多了， 而我下面要讲的故事说的也是这个道理，女主人公并不是聪明伶俐，而是因为运气好。 当然，我并不是提倡冒险，因为好运不能永远在你这边，而天下的男人也不全是愚蠢的。

阿古斯那是坐落在阿凯亚地区的一个非常古老的城市，它的出名并非城市本身非常壮观，而是在这个人杰地灵的地方出过很多帝王。有一个叫尼柯特拉多的贵族曾经在这个城市里非常有名，他的家私很大，仆人成群，出门时前呼后拥，很有排场。 他最喜欢的便是打猎。可能是祖上风水好，临近晚年了，竟然娶了个名门闺秀，名叫丽迪雅，人长得既美丽又热情。而在众多的侍从中，尼柯特拉多最宠幸的是一个叫皮罗的年轻人。皮罗不仅人长得英俊，而且办事稳稳当当，很有条理。

丽迪雅夫人不知不觉之中就得了相思病。最后，年轻的夫人把什么都放在一边，但皮罗好像对这位美丽的夫人无动于衷，不知是故意还是无心，反正他不明白夫人的心事。这使夫人非常苦恼，最后忍不住把她最宠爱的一个侍女叫到身边，向她倾诉：

“卢斯茄，你是我最信任的朋友。我告诉你一件事，但你要为我保密，谁都不能说，除非我对你说，明白吗？

“卢斯茄，我是一个女人，而且还是一个非常年轻的女人。我拥有了他们所没有的。但是卢斯茄，我并不幸福，有一样对女人来讲最主要的东西，我没有，想必你也猜到了，我的丈夫都能做我的爷爷了，我没有别的年轻女人所能得到的爱情。而另一方面，我这方面需求却又是那么强烈。既然命运安排了我不能有一个与我相配的丈夫，那么，我只有自己给自己想办法了。我需要一个情人，卢斯茄。挑来看去的，我发现自己最喜欢皮罗，而且我已在不知不觉中爱上了他，现在只要一天看不见他，我都难过得要死。卢斯茄，我已经快忍受不住了，如果得不到他，我会死的。卢斯茄，你快帮我想想办法。你一定要设法告诉他，我对他的一片痴情，而且当我需要他的时候，要他别推卸。”

侍女见女主人对自己这么推心置腹，当然也乐意为她卖命。接着，她选了一个合适的地方，把皮罗叫过去了，传达了夫人的心事。皮罗听完之后，第一个反应是夫人要试探他的忠心，所以想也不想，一口回绝道：

“卢斯茄，你说话最好小心点。我不信这是夫人让你说的。我只祝愿老爷夫人洪福齐天。 即使真有这种事，我皮罗也不会做出对老爷不忠的事情来。 以后，请你不要提这件事。”

卢斯茄说道：

“夫人让我做什么，我就做什么。 夫人让我说十遍，我不会只说九遍。 听不听在你，说不说在我。 只可惜，你不识抬举。”

侍女被皮罗的话激怒了，回去原原本本告诉了夫人。 夫人听完，就更苦恼了。 几天过后，夫人又把侍女叫到身边说：

“卢斯茄，我希望你再替我跑一趟。 皮罗非常忠于老爷，他只会以为我们在捉弄在试探他。 要把一棵大树弄倒，砍一刀是不够的，卢斯茄，你一定要有耐心，我就全靠你了。”

侍女没办法，只好又去找皮罗，不过这次她学乖了，挑了皮罗心情好的时候，才对他说：

“皮罗，我现在来重复几天前我告诉你的内容：夫人非常爱你，她的心正在受着痛苦的煎熬，只有你能帮她，皮罗。 即使是出于主仆间的关心，你也应该去看看她。 我觉得，你之所以有今天这样的地位，是因为你很聪明。 但如果你放弃这次机会，那你就是天底下最笨的人。 我都禁不住要嫉妒你，如果我是一个男人，我一定会和你决斗的。 这样的机会对任何一个年轻的男人来讲都是梦寐以求的。 你只要付出你的爱情，而你将得到一位美丽而高贵的夫人的真爱，你将拥有她的一切，包括她的财富和她那美妙的身体。”

“皮罗，我希望你能听我把话讲完，我是真心诚意的劝你。 机会总是像流星一样划过天空，如果错过了，那就很难再找回来。 如果你因为这次没抓住机会，而以后成了乞丐，那你就只能怪自己了。 另外，你做侍从这行，时间并不比我短，应该明白所谓的忠诚都是仆人对主人忠诚。 主人是不会对仆人忠诚的，如果你有一个漂亮的妻子或姐妹、儿女，却被主人发现了，会出现什么样的后果，你肯定很清楚。别再傻了皮罗，你只是老爷所有侍从中比较出色的一个而已，没别的。他只会在用得着你时，想起你来，而不会对你讲什么忠义。皮罗，去爱夫人吧，她不需你强暴她，她完全是自愿的。如果夫人真因为你而死，那你也会后悔一辈子的。”

其实，皮罗在第一次说话后就有些心动了。只是一时不敢而已，他必须判断出夫人是不是在试探他，才好采取下一步行动。他决定反试探，于是说道：

“卢斯茄，我相信你。但你也清楚老爷是怎样一个人，我现在掌管着这个家的一切家务，老爷派夫人来试探我的忠心是完全有可能的。我不得不防，你也知道侍从这一行不好做。长话短说，只要夫人答应我三个条件，那我就为她效犬马之劳。第一件，当着尼柯特拉多的面，杀掉他那只最心爱的鹰；第二件，送一绺尼柯特拉多的胡子给我；第三，我要一颗尼柯特拉多最好的牙齿。”

卢斯茄把话带到了夫人那里，条件很苛刻这是肯定的，但是总算有获得爱情的希望。为了爱情，夫人决定冒险一试。于是让卢斯茄给皮罗回话，三个条件没问题，另外她还给自己附加一个条件，她可以和皮罗当着尼柯特拉多的面寻欢作乐，而他不会说什么。

于是皮罗等着这位夫人的行动。

没过多久，尼柯特拉多举行宴会。丽迪雅在他们都吃好，喝好之后，穿戴一新出现在客厅，她一言不发，穿过皮罗和众宾客，直接来到放鹰的那个木架子前，解开尼柯特拉多那只最心爱的鹰的锁链，除了皮罗外，没人知道她干什么。丽迪雅抓住鹰的脚带，在众人都没反应过来的时候，把它猛地摔到墙上，可怜的鹰一声没叫就归西了。

“你干什么！丽迪雅。”尼柯特拉多又惊又怒。

她并不答理，而转身面对宾客说道：“各位高贵的朋友们，如果我被一只畜生欺负了都不敢报仇，那我还说什么自我保护呢？ 这只鹰已经剥夺了我们夫妇太多的快乐时光，每天清晨，尼柯特拉多都把我一个弃在床上，而带着这只鹰出去飞翔。 我早有杀它之意，一直等到今天，只是希望诸位朋友能为我说句公道话。”

众宾客只道这对夫妇情深意浓，怎么也不会知道另有深意，于是纷纷安慰生气的丈夫，说什么不就是只鹰吗，夫妻感情才是最重要的。 夫人走后，宾客们继续劝他，渐渐的他也就转怒为喜了。 皮罗对今天的表演非常满意。

这事过去没几天，一次夫人和尼柯特拉多在卧室里玩耍时，夫人的头发被抓住了，于是夫人借题发挥，抓住丈夫的一小撮胡子，一使劲把它扯了下来，尼柯特拉多直叫痛，于是夫人就说：

“你怎么那么怕痛啊？ 你刚才拉我头发的时候，我都不喊。”

然后两人你一句，我一句的继续玩着，于是这第二个条件也完成了。

皮罗的第三个条件是最难的，这确实让我们的丽迪雅夫人为难了好几天。 但凡事经不起推敲，这最后一个计策也被她想起来了。 尼柯特拉多身边有两个小僮，是在这儿见习绅士礼节的，都是大户人家的子弟。 他俩一个替尼柯特拉多切吃的，另一个为他斟酒。 丽迪雅把他俩叫到身边，告诉他们，他们有口臭，所以在侍候老爷时，头尽量往后仰。 另外又让他们别告诉老爷，要不然老爷会让他俩回家的。两个小家伙果然守口如瓶。 然后，没过多久，她又对丈夫说：

“你发现没有，这两个小家伙这几天有点奇怪。”

尼柯特拉多回答说：“发现了，我正想去问问他们呢？”

夫人说：“别问了，我知道。 以前我一直没告诉你，是因为怕你生气。 现在人家也知道了，那我就有必要提醒你：因为你有口臭。我不是很清楚你什么时候开始的，但只是最近比较严重。 而你经常要和人交往，必须赶紧治一下。”

“会是什么原因呢？难道是我有颗牙坏了？”尼柯特拉多说。

丽迪雅最想听的就是这句话，于是来个顺水人情，说道：“我给你看一下吧。”来到窗前，让他张开嘴，然后装模作样的看一下，最后夸张地叫道：

“啊！尼柯特拉多，我发现了一颗坏牙，而且已经开始腐烂，你要赶紧把它拔掉，要不然会影响别的牙齿的。”

丈夫回答道：“我也这么想，把牙医叫来吧。”

夫人马上说：“噢，亲爱的，千万别叫牙医，牙医都非常凶狠，我怎么放心把你交给他们呢。还是我来吧，我能行。而且痛的时候，我马上住手。”

说做就做，夫人叫仆人送来手术器具，然后让所有的人退下，就剩下卢斯茄。房门关好后，让尼柯特拉多躺在床上，然后让侍从按住丈夫，自己亲身拿钳子拔。她费了九牛二虎之力才拔出了一颗牙，然后迅速藏起来，把事先一颗烂牙拿出来给那个痛得半死的丈夫看，并说道：

“你看你的牙多烂啊。”

尼柯特拉多在女人的安慰下，感到疼痛好多了，他一点都没起疑心，反而挺感激他这位年轻的太太。

丈夫一看过，妻子立刻把牙齿送给了皮罗。皮罗此时已经完全相信这位太太的真情了。还有最后一个条件，她必须实现自己的诺言。一天夫人开始装病。丈夫自然非常关心，寸步不离的陪在身边，皮罗一人当随从。中饭后，夫人央求丈夫陪她到花园散心，然后他们在事先约定的一棵大梨树下的草地上坐了下来。一会儿，夫人开口说：

“我想吃几个梨子，皮罗，你上去给我摘几个吧。”

皮罗飞快地上树，采了几个梨子，低头往下看的时候，忽然说：

“老爷，我下来了。其实你们没必要当着我的面做这种事吧。我会难为情的。太太，你身体欠佳，在户外交欢会使病情加重的，老爷，你快带太太回卧室吧。”

夫人装着一脸不解的样子问她的丈夫：“皮罗在说什么呢？神经出毛病了吗？”

树上又传来皮罗的声音：“你们别装得好像什么也没干似的，我又不是瞎子。”

尼柯特拉多也不明白出了什么事，说道：“皮罗，你睁着眼睛说什么梦话呢？”

“老爷。”皮罗说，“我没做梦，这不很清楚吗，事情摆在眼前，你们还赖。拜托，你们别摇了，再摇我就掉下来了。”

妻子问他丈夫道：“怎么回事老爷，是他眼睛出毛病了，还是我们听错了。哎呀，老爷。我要身体赶紧好起来，我也要上去看看，皮罗到底看到了什么。”

这时皮罗被尼柯特拉叫了下来，老爷问他：

“你在树上都看到了什么？”

“老爷，你还问我？”皮罗说，“刚才你压在太太的身上要做那事，我不是让你们回卧室吗。但我一爬下来，你们又摆着这么正经的样子，干什么？怕我说呀。”

“你眼睛一定花了。”尼柯特拉多说，“或者就是你神经错乱了，我们在下面，什么也没做。”

皮罗说：“但我亲眼看见的，怎么可能有错，噢，老爷，你怕我笑你吧。”

尼柯特拉多终于忍不住好奇心了，于是说：“我上去看看，怎么可能有这样的幻景呢？难道树上有精灵。”

因此，他就上去了。老爷一往上爬，皮罗就和夫人迫不及待的寻欢作乐起来。老爷爬得差不多了，往下一看，果然看见这种情景，连忙大叫：“你们干什么，快给我住手！”说着，就往下爬。

下来一看，却见妻子和皮罗坐在原来的地方不动。尽管半信半疑，但他心里仍是不痛快，就臭骂了他们一顿。

皮罗说：“老爷，我不敢说你骂错了！但是，我必须承认，我刚才在树上看到的和你在树上看到的，那些都是错觉。老爷，你先消消火，然后再仔细想想，你太太是我们地区最贞洁、最漂亮的女人，我不想举例证明这一点，只要你退一步想，太太如果真要红杏出墙，她也不会当着你的面，所以你错怪她了。至于我，老爷，只要你一声令下，皮罗可以马上把心挖出来给你。老爷，如果你信我的话，毛病肯定出在这棵树上，这不是一棵吉祥的树，让我把它砍掉吧。”

这时夫人也来火了，嚷道：“你把我看成什么了，大白天，在一棵树下做那种事，你以为我是花痴啊！亏你还好意思说，我如果要做这种事，会找一个你永远看不见的地方。”

尼柯特拉多越听越觉得在理：他们没必要这么做，谅他们也没有这个胆。想通了后，他就把注意力移到这棵树上：也没见这棵树有什么特别吗，怎么会有这么奇怪的事。而夫人装着仍不解气的样子，对皮罗叫道：“皮罗，我命令你立刻把这棵邪树砍掉，竟然害我当众出丑。还有，砍完之后，再砍老爷子的脖子，上面那颗糊涂脑袋没用了。”

皮罗马上拿来斧子，砍倒了梨树，然后俏皮地看着太太，问道：“太太，还要继续砍吗？”

“免了，我气消了，谁叫我那么心软呢。”

在尼柯特拉多再三讨好下，夫人才假装不生气了，然后又跟他约法三章……可怜的丈夫以后都被这位美丽的妻子牵着，而同时，她和她的情人又过着神仙眷侣一般的生活。天主保佑！

故事十

有两个很要好的朋友，同时爱上了一个女人，其中一个是那个女人的孩子的教父。几年后，那个教父先离开了人间，按他生前的意愿，死后灵魂又回到了人间，把阴间所发生的事讲给他的朋友听。

小姐们听完梨树的无妄之灾惋惜不已。坐在一边的国王等她们叹息完了，便开始讲他的故事。

一般来说，英明的国王对自制的法规都会以身作则，否则他就不适合于国王的位置，而只有当奴隶的资格了。我作为你们的国王，总会要犯错误，而受你们的责备。我们今天所讲的故事本是我的意见，我并不想行使国王的特权，但是你们把我要讲的都给讲完了，而且还讲了许多别的动听的故事，我实在是再也找不出同一类型的、同你们所讲的一样动听的故事了。今天，我只好破例。现在，我请你们谅解，无论你们怎样责备我，我都会心甘情愿地承受的，只要你们同意我再行使一次我一向就有的特权。

亲爱的女士们，爱莉莎讲的那个教父和教子母亲私通奸情的故事，以及那个愚笨至极的锡耶纳人的故事，非常有意思，并让我情不自禁想起了另一个锡耶纳人的故事，只是这个故事的内容是“妻子戏弄丈夫”，从内容上看，这个故事有些偏差。这个故事里有许多内容都是虚构的，缺乏真实性，但如果你们仔细听听也许会感到有意思。

很久以前，在锡耶纳市里住着两个青年人，一个叫丁戈丘·明尼，另一个叫梅乌丘·第·都拉。他们都住在朴塔萨拉区，他们两人来往频繁，友谊深厚，但他们却很少与其他人交往。通常，他们也和其他人一样，经常去教堂听一些因果报应的故事，比如，生前行善，死后享福；生前作恶，死后受苦的故事，他们非常想证明一下这种因果故事的真实性，因此便订下协议：无论是谁先死，都必须回到人间，把阴间发生的事讲给另一个人听。

立下这样的约定之后，两个人之间的交往依旧密切。几年后，丁戈丘做了坎坡莱基一个叫安布鲁周·安塞明尼儿子的教父。那孩子的母亲很漂亮，名叫密达，丁戈丘常带着梅乌丘一同去看她，时间久了，丁戈丘不由自主陷入情网，他顾不得自己是教父了，不料梅乌丘见那太太确实妩媚动人，而且又听到朋友对她的赞美，也爱上了她。他们都没有说出对那位太太的爱慕之情，他们各有自己的理由。丁戈丘觉得自己是一个教父，同教子的母亲通奸是一件不道德的事，如果让别人知道了，将会蒙受巨大的耻辱；而梅乌丘的理由则是怕丁戈丘知道之后嫉妒他，而对他不利。因为他已从丁戈丘的行动和表情中看到了丁戈丘的秘密，他如果将自己的秘密说出，丁戈丘一定会阻止他并且还会在那女人面前说他很多坏话，这样女人会对他产生厌恶感，他就永远不会博得女人的欢心了。

两个青年都苦苦迷恋着那位太太。由于丁戈丘教父的身份，所以同那位太太有更多接近的机会，再加上他不择手段，花言巧语，不久便得到了她。这一切梅乌丘都看在眼里，他感到十分沮丧，但他没退缩，他坚信：总有一天我会成功的。平时，他装成什么都不知道的样子，以避免丁戈丘做出对他不利的事情。这样一来，两人一个是沮丧，一个是开心，丁戈丘找到了他爱的源泉，整日泡在那里，没多久，他便受不住，得了重病离开了人世。

他死后的第三天夜里，梅乌丘正在睡觉，他便按照生前的许诺来找梅乌丘了。他叫醒梅乌丘，梅乌丘起身问道：“你是谁呀？”

他回答道：“我是你的好朋友丁戈丘，我遵照我们生前的许诺，回来告诉你阴间发生的事。”

梅乌丘听了，不免恐怖起来，但最后他还是硬着头皮说道：“欢迎你回来，我的好兄弟。你的灵魂难道还在吗？”

丁戈丘说：“失去就不会再得，如果我的灵魂丢了，现在还能在这里跟你说话吗？”

梅乌丘大声说道：“我是想问你有没有得罪那些在地狱受磨炼的罪恶的灵魂。”

“没有。”丁戈丘说，“只是我生前犯罪，所以现在要受苦。”

梅乌丘又问了一些关于生前犯罪，死后会得到什么样报应之类的话题，丁戈丘都一一作了回答。后来梅乌丘又问他在人世还需要什么。丁戈丘便要求梅乌丘多做善事，替他积德，因为这对死者有很大的帮助。梅乌丘答应了他的要求，丁戈丘正要告辞的时候，梅乌丘突然想起了他和教子母亲之间的私情，于是便问：

“丁戈丘，你生前同女人私通奸情，死后难道不受处罚吗？”

丁戈丘说：“兄弟，我刚到阴间就碰到一个对我底细非常清楚的男人，他将我带到一个地方，让我受到了很大惩罚，并且还让我忏悔，在那里有很多人也在受同样的苦。我想起在人间同教子的母亲通奸的事，心里非常害怕，常常心神不宁，浑身发抖，后来我的秘密被发现了，他们取笑我说：‘笨蛋，这里并不管教父、教母的事情，所以你的担心多余了。’从那以后我便放心了。

天快亮了，丁戈丘说：

“梅乌丘，我得走了，天主会保佑你的。”

说完之后，他便消失了。

梅乌丘得知阴间并不过问教父、教母的事，不禁有些后悔，因为他放过了好几个本可以得到的女人。从此以后，他变得聪明起来，对每一个有机会得到的女人，他都不会放过。 如果林那多教士能明白这一点，那么他同教子母亲行乐时就不会那么费劲了。

国王的故事讲完了，这时已将日落西山，天刮起了西风，大家都沉默了，国王取下王冠，戴到劳丽达头上，说道："亲爱的女士，现在你是国王了，你应该以你的命令使大家快乐起来。"说完，他便坐下，等待劳丽达女王的命令。

劳丽达继任女王之后，便吩咐总管提早准备早餐，以便大家可以吃完早饭早些回去。 接着他又吩咐了总管在她任期内应该做的事。之后，她向大家说道：

"昨天我们讲的都是些妻子作弄丈夫的故事，如果明天我让你们讲些丈夫作弄妻子的故事未免显得太小气了。 所以我现在命令每人都想出一个故事，可以是男人捉弄女人，也可以是女人捉弄男人或是男人捉弄男人。 我想，这个题目也一定会很有趣。"

命令下完之后，她就吩咐大家自由活动，到晚饭时再会。 于是小姐、少爷们都散开了，各自做各自的事去了。 直到吃晚饭的时候大家才又聚到了一块，共进晚餐，她们你说我笑，尽情地吃着，玩着，似乎可以抵制任何外来的侵扰。

吃过晚饭之后，大家一边欣赏着落日，一边散步在美丽的山谷之中，然后又慢慢地走回住所。 一路上歌声不断，笑声不断。 回到住所时天还亮着，他们又吃了一些零食，消除了一天的疲劳。 然后在溪边翩翩起舞。 在乐器的伴奏声中有人唱起动听美丽的歌声：

啊，我的生活多凄苦！
这一生是否会有幸福，
命运之神还我旧日温情，
我怎知有无此幸运？
如火的激情澎湃我心中，

望能重游故地，再续旧情，
啊，我的恋人，心灵的家，
我的心在你手中，请告诉我，
我可否得此幸运？我不想问旁人。
啊，我心的主宰者，给我几丝希望之光，
抚慰我枯涸的心田。

我朝朝暮暮心神恍惚，
思念的火焰灼痛我身心，
这火焰，我耳闻目见心感觉，
它熊熊烈焰日渐猛，无时刻停息，
从此我日渐形瘦人无神，
如何能忍受此种煎熬？
只有你才能解脱它，
使我心愿得偿。

告诉我是否有约期。
何年、何月、何日得见你？
我要千遍万遍亲你的销魂眼，
啊，心上人呀，快来抚慰我愁怀！
我愿三秋如一日，
当同你相会时，愿太阳永不落。
长相厮守到永远，
我相思入骨，哪顾别人背后点点指指！

悔当初一时糊涂，

放飞了笼中金雀，
此番若你重入我怀，
定要将你牢牢抱紧，
才不管海枯石烂，地老天荒。
我要饱吸你唇上露。
啊，归来呀，归来，我的心上人，
只因思念你，我已吟唱了一大早，
其他的我不想多舌没完没了。

从歌词和歌曲中，大家都看出了菲罗美娜有了新的爱人，并得到了真正的爱情。众小姐对她羡慕不已，并祝愿她今后的生活幸福美满。女王宣布：

“各位小姐，先生们，明天礼拜五，是我主的受难日，我宣布这个礼拜五和礼拜六像上礼拜一样，不讲故事。我们将利用这段时间来帮助我们的灵魂。”

大家非常赞同女王的话，女王看天色已晚，就要大家各自回去休息了。

第八天

《十日谈》第八天的故事开始了，女王的角色由劳丽达扮演，讲述的是男女之间以及男人之间彼此戏弄的故事。

星期天早上，阳光从东方山峰上面照射，驱除了黑夜，照亮了万物。此时，女王和朋友们一起在房子外面的草地上漫步。在七点半的时候，他们来到一个小教堂做弥撒。然后回家吃午饭，洋溢着幸福的气氛。午饭过后是载歌载舞，一直到了女王吩咐他们进行休息才结束。到了傍晚，大家听从女王的吩咐，又围绕在水池边，开始讲述故事。妮菲尔按照女王的安排，第一个说了起来：

故事一

古尔法度从债主那里借了两百块金币，但是却和债主的老婆偷情，等债主要债，他就说已经还给了他的老婆，结果债主的老婆只好承认。

我今天第一个讲述故事，我很高兴上帝的这种布置。姑娘们，我们已经听过了很多女人让男人上当的故事，现在我讲述的故事是关于男人让女人上当的故事。不过我的目的并不是要为女人伸张正义，从而责备男人，而是要用这个故事来为男人的智慧叫好，谴责女人。这样，大家就可以明白一个道理：女人可以让忠诚的男人上当，男人也可以报复她。实际上，这是应该有的报应，而不能叫作欺骗。故事是这样的：

女人保持自己的贞洁，把它看成比生命还重要，这是一个美德。但是，说起来很容易，女人的性格柔弱，要坚持这个原则是很困难的。所以，我认为假如她是因为财物而与别人偷情，那她应该受到最严厉的惩罚；但是如果是因为火热的感情的因素而失足，则应该另当别论。一个宽容的法官对此是会予以同情的。几天前，菲洛特拉托的那个关于普拉托的法官对菲莉芭的判决就是如此。

从前有一个德国的雇佣兵，名字叫作古尔法度，他住在米兰，高大健壮，忠心耿耿，作为一个德国人来说，这是很稀有的。他借债就还，从来都不会拖欠，所以别人对他都十分信任，他向别人借钱也从来都不会遭到拒绝，而且利息很少。他在米兰的时候喜欢上当地一个有钱人的妻子，这人名字叫作加帕罗洛·卡加特拉丘，他们两个交情很好。这个妻子叫作安勃罗佳，十分美丽。他行为十分谨慎，所以别的人对此都不知晓。有一次，他实在是难以忍受感情的折磨，就给她写了一封信，乞求她满足他的心愿，并且许诺可以答应她的任何要求以作为回报。

那个女人在敷衍了一阵之后就同意了，不过有两个要求：第一，必须在保密的情况下进行，不能让别人知道；第二，他是一个富翁，必须给她两百块金币。只要他同意这两个要求，一切都可以。

古尔法度一直都认为她是一个品德高尚的女人，却没有想到她实际上是如此贪婪，对她的感情也就变成了气愤。他想戏弄她，就想了一个办法。他给她回信说，他同意这两个要求，而且只要能够让她幸福，他愿意付出一切。他请求她给一个机会，让自己可以把钱交给她，并且许诺说，除了他的一个知心好友，别人都不会知道这件事情。

这个妻子，或者说是一个贱女人，听说之后兴高采烈，回信说，等过一阵，她的丈夫就要到热那亚去，她一有机会就会告诉他。于是，古尔法度就趁此找到加帕罗洛。

“我现在缺少两百块金币，所以来借债，你是否可以按照以前的利息给我？”

加帕罗洛马上就同意了，把两百块金币给了他。几天后，他到热那亚去了，他的老婆立刻就告诉了古尔法度，让他带着钱去和她幽会。古尔法度在朋友的陪伴下来了，并且在朋友的面前把两百块金币交给她，说：

“夫人，这些钱请你在你的丈夫回来后交给他。”

那个女人收钱时也没有搞清楚这话的意思是什么，还以为是故意说给那个朋友听，好叫他不明白其中的奥妙呢。她就说：

“太好了！我先得数清楚钱的数目。”

于是她在桌子上把钱数清楚，果然是两百块。她兴高采烈地收好钱，然后把古尔法度带到卧室去了。而且在此之后，趁她丈夫还没有回家，又陪伴了他好几天。

她丈夫回家后，古尔法度估摸他们夫妻在一起时，就又和朋友去他们家，然后对着那个女人的面说：

“加帕罗洛，我前几天向你借债，可事情并没有办，所以钱也没有用，我已经还给你的妻子了，这笔债务就了结了吧。”

加帕罗洛问他的妻子是否如此，他的妻子看到证人也在，不敢抵赖，说：“是的，我一时却忘了告诉你了，钱我已经收下了。”

她丈夫说：“既然如此，古尔法度，这笔债务就此了结。”

古尔法度走了之后，这个中了圈套的女人只好把钱还给丈夫。这个聪明的人，就这样没有花费一分钱就把贪婪的女人给玩弄了一番。

故事二

神甫把一个农村妇女玩弄了之后，用一件外衣作为抵押；但是又假装借一个石头臼子，等他还给她时，就要回那件外衣，女人没办法，只好照办。

大家一致认为古尔法度对米兰女人的计谋很好，于是女王转身要求潘菲洛再讲述一个故事，他说：

姑娘们，我们在某种人面前总是吃亏，他们欺骗我们，我们却没有办法，——这就是神甫。他们就像十字军，不断地勾引我们的妻子，假如他们的阴谋得逞，勾引上了别人的妻子，他们就会认为这如同在战场中捉住了一个苏丹，把他到处游街那么伟大。而他们即使有什么滔天罪恶也可以原谅。我们这些俗人根本没有办法报复他们，只好向他们的亲属来报复。我准备讲述一个很简短的神甫和农妇的故事，有趣的地方是故事的最后，你们由此就可以发现神甫的言语是根本不能当真的。

在这附近有一个伐伦谷农村，大家就算没去过那个地方至少也应该听说过，这里有一个伟大的神甫，健壮有力，只喜欢为女人干活。他虽然也是半个文盲，但是只要到了星期天，他就可以在一棵树下为大家做一番道德的演讲。只要有什么人出去了，他就会去拜访他的老婆（你肯定没有见过如此热心的神甫）。带上圣水和蜡烛为别人祈祷，有时还带上一些小礼物。

他最喜欢的是一个叫作白科萝莱的女人，她是农夫本蒂维涅·台尔·麦索的妻子。她高大魁梧，褐色皮肤，尤其擅长推磨，同时又会打手鼓和唱歌。她跳起舞来，手拿丝巾，明艳动人，无人可比。我们的神甫被她迷住了，他一天到晚在这里游荡，就是为了看到她。星期天，只要是她来了，他都要高声唱赞美诗，为的就是让她听见他洪亮的嗓音；如果她没有来，他唱赞美诗就像是饿了肚子。但是大家对他的这种想法一直都不知晓。

为了对白科萝莱献殷勤，他总是送礼物。一会儿送大蒜，说是自己种的，味道最好；一会儿送豌豆，或者是大葱。若是没有人，就会说一些疯言疯语，可是她突然变得很本分，对他不假颜色，神甫也一直都没有得手。

有一天，神甫在村子里碰到本蒂维涅牵着一匹驴子，上面驮着货物，就向他询问，他说：

"神甫，我要到城里去，请纪内特莱托帮助我打官司，这些都是送给他的礼物。我碰到了一个莫名其妙的官司，法院要我出庭。"

神甫大喜过望，说："你是对的，愿上帝保佑你。如果你碰到拉浦丘或是奈亭诺，请他们把我的皮带还给我。"

本蒂维涅同意了，就向佛罗伦萨进发。神甫想，这是一个不可多得的时机，说不定白科萝莱会答应他。于是向她家跑去，一到哪儿就说：

"上帝保佑！有人在家吗？"

白科萝莱在放草的楼上，伸出脖子说："是神甫啊！天气这么热还出门，有事情吗？"

"是上帝保佑我，我看到你丈夫到城里去了，所以来和你做伴。"

白科萝莱下来招待他，然后坐在一张椅子上筛谷子。神甫等了一阵说：

"白科萝莱，你这样对我，不是要害死我吗？"

她笑着说："我什么也没有做，怎么会害死你呢？"

"你竟然不让我去做上帝安排的事情！"

"胡说八道，"白科萝莱说，"难道神甫也能这样做吗？"

"没错，"神甫说，"我们也是男人，和其他人没什么区别。而且，因为我们整天无事情可做，一定比他们做得更好。总之，只要你听从我，我一定让你有所收获！"

“收获？”她叫道，“你们神甫各个儿都是小气鬼！”

“这样吧，”神甫说，“随便你提出什么要求，我都答应你。你要鞋子？丝巾？还是腰带？随便！”

“胡说八道！”白科萝莱说，“这些我都不缺少，假如你肯答应我一个要求，我就满足你的愿望。”

“什么要求？我一定答应！”神甫说。

白科萝莱说：“星期六我会去佛罗伦萨，把我的羊毛卖掉，顺便修理我的纺车。我在佛罗伦萨的当铺里抵押了一件青色的袍子和一条作为嫁妆的裙子，只要五个金币就能够拿回来。没有它们，我根本就不可能出门，教堂也去不了。只要你同意借给我五个金币，我就答应你的请求。”

“上帝保佑！”神甫说，“可是我现在没有带钱，但是我保证一定在星期六之前把钱送给你。”

“不行！”白科萝莱说，“神甫的许诺一句也不能算数。我可不像琵莉莎那么容易上当，她不就是让你欺骗了吗？她真是连一个妓女都赶不上。要是现在没有，你就回去拿。”

“哎，别这样，”神甫说，“现在只是你单独在家，假如我回去，有人来就不好了。这可是不可多得的好机会。”

但是她就是不肯，“你不愿意就不行。”

神甫看到这个女人已经不会让步，他肯定要有所表示才行，于是说：“既然你不信任我，我就把我的这件丝绸外套留在这里。这样你就不用担心了吧！”

白科萝莱看了神甫一眼说：“外套？那价值多少？”

“多少？”神甫说，“这可是名牌货，两周前我才用七个金币从当铺里买回来的，根据行家牛托的讲法，我还赚了五个银币呢！”

“真的吗？”白科萝莱说，“我还不知道呢！就这样吧！”

神甫马上把外套给她，她收藏好了，然后说：

“来吧！ 神甫，草房子那里没有人！”

一到那里，神甫就拥抱她，亲吻她，热情洋溢，然后就成就了好事，缠绵了很久才回教堂，外套也没有穿，假装刚刚从婚礼上来。

等他回到教堂仔细琢磨，才发现自己吃了亏。 因为他一年的香火钱也只是两个金币，于是后悔抵押了那件外套，决定要想个主意把它拿回来。 他还比较机灵，没用什么工夫就想出来一个好办法。 碰巧第二天是过节，他派了一个邻居家里的孩子到白科萝莱那里去借石头臼子，假装说请平格丘和牛托吃饭，需要做香料。 白科萝莱同意了。 等到中午，神甫估摸本蒂维涅夫妻在吃饭的时候，就对教堂的一个教士说道：

“请把白科萝莱的石头臼子还给她，告诉她：‘神甫请你把借石头臼子的抵押品——外套还来！’”

那教士就来到白科萝莱的家里，他们夫妻正在吃饭，他把臼子放下，转达了神甫的话，白科萝莱听到这些，正要发火，她的丈夫已经骂了起来：

“难道神甫借东西还要抵押吗？ 上帝啊！ 我真想打你一顿！ 快还给他外套，贱女人！ 以后他无论借什么东西都不要拒绝，甚至是驴子。”

白科萝莱气愤不已，拿出外套给那个教士，说：“你告诉他，我向上帝发誓，以后他别再想借我的臼子了！”

教士拿回外套，回到教堂告诉神甫，神甫笑了起来，说：

“你要是看到她，就说这是互相帮忙的事情！”

再说，本蒂维涅听到他妻子的话，还以为是气话，也不放在心上。 但是白科萝莱对神甫却恨之入骨，一直到秋天还不搭理他。 神甫后来威胁说要把她送进地狱，她才害怕了。加上神甫又给她送来酒和热栗子，这才使两个人的关系恢复。神甫终究没有给她五个金币，只是帮她把手鼓蒙上了一张新羊皮，又给她一个铃铛，她也就高兴了。

故事三

三个很要好的人相约去缪诺纳河岸寻觅宝石，其中卡拉德林捡了一大堆石头，满以为宝石定在其中，兴高采烈地往家赶。谁知妻子不以为然，他一气之下，把她狠狠揍了一顿，并且还对另外两个朋友抱怨不停，其实他们正在心中嘲笑他呢。

听完潘菲洛讲的故事，姑娘们笑得前俯后仰。直到女王命令爱莉莎再接着讲一个时，爱莉莎才停止了笑声，对她们讲道：

诸位亲爱的姐姐们，我来讲一个小故事吧，这是一个真实的故事，很有意思的，我也不敢说我能讲得和潘菲洛一样有趣，但我尽力讲好吧。

在我们的城市，总会存在一些与众不同的人，他们做的事是常人难以想到的。大约几十年前，城市里有一个名叫卡拉德林的画匠，他的思想比较简单，性格也有点怪异。他有两个要好的朋友，也都是画匠，勃鲁诺和布法马可，他的这两个朋友都喜欢追求欢乐，而且头脑非常聪明，他们之所以与卡拉德林交往，就是喜欢他的头脑简单、愚笨迟钝，因为这样他们可以从他身上得到许多快乐。

佛罗伦萨城里还住着一个年轻人，他名叫马索·台尔·沙乔，他很精明，天生就很有幽默感，绞尽脑汁出主意去搞恶作剧是他的特长。当他得知卡拉德林生性思维简单时，就决定搞个恶作剧，戏弄他一次，对他胡乱吹嘘一气，以让他上当受骗。

恰巧有一天，这个年轻人和卡拉德林都去了圣约翰礼拜堂，当时卡拉德林正聚精会神于祭坛，因为最近祭坛上刚刚又有一个圣体匣[①]被奉上，他的精神完全投入到了匣子上的雕像与颜色。这个年轻人想，此时此地进行他的计策最好不过了；于是他和一个朋友商量了一下，他们故意在离卡拉德林不远的座位上坐下，大谈特谈各式各样的珍奇珠宝，马索说起这种珍珠有什么特异的功能，那种宝石又有什么独特的好处，听他的语气，完全是一个行家。

卡拉德林起初在自己座位上悄悄听他们的谈论，后来看他们那旁若无人的样子，就干脆走到他的身边，坐在一起了。马索见状，心里别提有多得意了，于是更添油加醋地讲起来。卡拉德林终于憋不住了，插口问道，到底这么多珍贵的宝石在什么地方。

马索于是回答他，这些宝石多数都产自“本谷地”国，“巴斯克”省的一个城市——“贝林松”那里，那儿可太富有了，那儿的人们用腊肠绑葡萄藤，在那儿，一只大肥鹅仅值一个铜子，另外还会附送一只小鹅。那儿还有一座纯粹由帕玛乳酪围成的大山，那里的人们一天到晚都无事可干，于是就把通心面、炸肉卷放到阉鸡汤中，制成鲜羹，扔在地上，供人们随意地吃。那儿附近还有一条小河，河里流得全部都是绝顶的好酒，不掺杂一滴水。

“啊，”卡拉德林叫了起来，“这个地方实在太好了！不过有一点我不明白，他们用阉鸡做成了鲜羹，那阉鸡怎么处理呢？”

“阉鸡统统都被巴斯克的人们给吃掉了。”

“你去过那儿吗？”卡拉德林问。

“你问我去没去过那儿？”马索回答道，“那还用说？还不只一

---

① 圣体匣：天主教在做礼拜时用来盛圣餐面包的匣子，面包是耶稣身体的象征，故得名。

两次，都不计其数了！”

“从这儿到那里有多远呢？”卡拉德林又问道。

“有多远？”马索答道，“一百多万里呢，即使你算上整整一夜，也算不出答案来。”

“照你这么说，去那儿比去阿布罗齐还要远？”卡拉德林又问道。

“那是自然，”马索答道，“当然更远一点。”

卡拉德林的头脑真是太简单了，他见马索说得有板有眼，没有丝毫骗人的样子，便对这些都信以为真了，于是他说：“真是遗憾，离得那么远，我又没有一大笔钱来当路费；如果稍微近点儿的话，说真的，我肯定会跟你跑一趟的，哪怕仅仅是去看看他们往地上抛通心面的场景，让我过一回嘴瘾也好啊。不过，愿上帝保佑你吧，我想知道，那儿是否有那种有特异功能的宝石呢？”

“噢，多得是，”马索答道，“那里还有两种非常神奇的宝石，一种叫‘赛第涅诺’，一种叫‘蒙第奇’，如果用这种石头制成磨子，把麦子往里一倒；面粉就出来了。因此在那儿有一句几乎家喻户晓的谚语，是这么说的：上帝赐予我们恩惠，‘蒙第奇’赏给我们磨石。可是偏偏我们这儿的这种磨石遍地都是，根本不认为它有什么价值，就如同那里的人们把翡翠看得平淡无奇一样；说到那里的翡翠，堆积起来高过了莫莱罗山，每到晚上，我的上帝，那耀眼的光芒，简直太美妙了！实话告诉你吧，若有人能用磨石做成一对光滑的宝石，镶在戒指上，去供奉给那儿的苏丹，苏丹就会满足他的一切愿望。

“另外还有一种被我们称为‘鸡血石’的宝石，说到这种宝石，它的功能可真是非同一般，如果你把这种宝石带在身上，那么你就像穿了隐身衣一样，你能看见别人，别人却看不到你。”

“那可真是价值连城的宝石啊，”卡拉德林感慨道，“那么请问，哪儿有你所说的这种‘鸡血石’呢？”

马索回答他说，只有缪诺纳河才出产这种宝石。

“这种宝石体积有多大？是哪种颜色的呢？”卡拉德林又询问。

“这种宝石形状不定，”马索答道，“有大有小，不过，它们差不多都是纯黑色的。”

卡拉德林用心记住了所有这些话，然后借故还有事要干，与马索他们告辞了，他决定要去寻觅这种宝石，不过他又想到，勃鲁诺和布法马可与他是亲密无间的好友，他应该告诉他们，有福大家同享。于是当天上午他四处去寻找他们，想让他们一块儿去找这种宝石，以免被别人抢先一步。他忙碌了一上午，直到午后，才突然想到他们在替法恩扎女修道院值班；他也不在乎炎热的酷暑天，也没想自己是否有事要做，就心急如焚地向修道院奔去，一看到他们就急忙喊道：

“亲爱的朋友们，如果你们愿意照我的计划去做，我们就会变成佛罗伦萨最富有的人。刚才有一个很值得信赖的先生告诉我说，缪诺纳河那里出产一种宝石，如果我带着这种宝石的话，谁也不会看到我了；因此，我认为我们要马上行动去寻找这种宝石，以免让别人捷足先登。我敢保证我们肯定能找到，因为我对它的特点非常清楚；我们找到以后，就把宝石放在衣袋里，然后去金银兑换商那儿，拿光他们的金钱，因为他们谁都看不到我们；那样的话我不是就暴富了吗，还何必像蜗牛那样，没明没夜地在墙上爬来爬去呢。”

听完他的话，勃鲁诺和布法马可都在心中暗暗嘲笑他，他们彼此交换了个眼色，都假装非常惊喜，夸赞卡拉德林居然能想出这么好的一个办法来。勃鲁诺又问他那种宝石的名字，可是头脑呆笨的卡拉德林早把它给忘掉了，于是他如是说：

“最重要的是它的魔力，至于它叫什么名字是无关紧要的。我认为我们最好马上行动起来。”

“那也好，”勃鲁诺说，“不过它的外观是什么样呢？”

“什么样的都有，”卡拉德林说，“不过，它们差不多都是黑色的；因此，只要我们看到黑石子就捡，一定能找到宝石。我们不要浪费时间了，立刻行动吧。”

“等一下，”勃鲁诺说；然后又回过身来对布法马可说，“卡拉德林说得非常有道理，不过，依我看来，现在去还不太好，因为此时烈日当空，直射着缪诺纳河，那里的石头都被晒干了，即使有黑石子，也变成白石子了；因此，我们需在早晨太阳还未升起之前就去，那样才能找到宝石。更何况，今天不是休息日，缪诺纳河边也肯定有许多忙碌的人们，我们现在去的话，万一让他们看穿了，他们一定会跟我们抢黑石子的，这样宝石就有可能会被别人抢走，那我们不就白费工夫了吗？假如你赞同我的话，那么我认为，我们应在早晨去办这件事，这样才能分清黑石子和白石子；并且还必须在休息日去，以免被别人识破。”

旁边的布法马可极力附和勃鲁诺的建议，最后卡拉德林终于也接受了这个建议，他们决定在那个星期天的清晨，三人一起去找宝石。他又反复嘱咐他们，一定要对其他人保密，因为他也是听人秘密讲给他的。之后他又给他们讲了关于本谷地的那些怪异的故事，并保证说这是千真万确的。

与卡拉德林分手后，他俩就商讨到那天应怎么捉弄他一下。

卡拉德林掰着指头盼望着星期天的来临；那天，一大早他就叫上他的两个朋友，一起走出圣盖罗城市，走到缪诺纳河，进入河床，顺着河流，寻找宝石。由于卡拉德林一心急着寻宝，所以一直奔走在前，蹦蹦跳跳，时而向东，时而向西，只要一看到黑石子，就奔过去捡起来，放在怀里。

他的朋友在他的身后，偶尔也捡一块石子。卡拉德林没用多久，怀里已装满了石子，他只好把衣服下摆兜起来，拿腰带系住，制成一个很大的布袋；但是没走多远，这个布袋也装满了，他只好把披肩也做成袋子，这个袋子也没用多长时间就塞满了。

布法马可和勃鲁诺看到卡拉德林已拾了那么多石子，恰好也快到中午了，于是他们依计而行。勃鲁诺先问道：

“卡拉德林去哪儿了？”

卡拉德林分明就在他们的前面，但布法马可假装环顾四周，答道：“我也没看见，他明明刚才还在这儿吗。”

“刚才，是吗？”勃鲁诺喊道，“我敢保证，他现在正在家里吃午饭呢，可我们都被他骗到这儿来像傻子一样找什么黑石子！”

“唉，”布法马可接道，“他除了能骗得了我们，还能去骗谁？世界上还会有谁像我们这么笨，居然相信他的话，不辞劳苦地专门来这缪诺纳河找什么宝石！”

听着他们一对一答，卡拉德林还以为是自己幸运，已捡到了一颗宝石，因为本来他就站在他们面前，他们却不能看到他，他心里别提有多高兴了，于是就默不作声，打算要回家了。看到他回过了身，布法马可又问勃鲁诺：

“现在我们该干什么？回去吗？”

“好吧，回吧，”勃鲁诺答道，“不过，我要对上帝承诺，从此之后卡拉德林休想再欺骗我们啦。假若现在他还像一上午那样，在我们前面的话，看我不把这块石子扔到他的脚跟上，让他疼上一个多月，记着他曾经怎样作弄过我们！”

他边说话，边抬起手臂，用力把手里的石头扔出去，刚好打到了卡拉德林的脚跟；他疼得抱起那只脚，口里大喘着气；但他始终忍着没发出一点声响，慢慢向前走。 然后，布法马可也同样拿起他刚才拾起的一块石子，对勃鲁诺说：

“你看，这块石子还蛮好的，真希望能用它打在卡拉德林的腰肢上！”

随着他的话音刚落，卡拉德林的背心上已挨了这块石头的一击。就这样，他俩一路上你对我答，一唱一和，边说边用石子往卡拉德林身上扔，一直到他们走出了缪诺纳河边，来到圣盖罗城门前，才扔掉了手中的石子，在城门前停留了片刻，卫兵们按他们事先的吩咐，装作没有看到卡拉德林，放他走了进去。 这真让他们乐得不得了。

卡拉德林住在马奇那街的拐角处，他一进城门，就向家里飞奔而去。 也真是无巧不成书，上帝要帮他演完这个戏剧，从他刚才从河边到城门，现在又在大街小巷中穿行，居然没有碰到认识的人，而且也没有任何人同他说过一句话——或许此时此刻，别人都回家去吃午饭了吧。 他的妻子苔莎，一个端庄秀丽，很安守本分的女人，看到他抱着一大堆石子奔回家时，正在楼梯口站着，由于等了他好长时间，他都没有回来，于是心里有一股气，看到他，便骂道：

“真是见了鬼了！ 别人都吃过饭了，你才懂得回家！”

听妻子这么一说，卡拉德林意识到妻子明明是看到他了，心里那气别提有多大了，于是骂道：

“哼，你这贱女人，你干什么站在这儿？ 你破坏了我的魔力，天主在上，我决饶不了你！”

他骂后，先奔到小会客室，把所有的石子都从袋子里倒了出来，然后满脸怒气，向他的妻子直奔而去，一手抓住她的头发，把她按在地上，任凭她紧握双拳，哭叫着求饶。 他使尽浑身解数，手脚齐上，直到把她打得伤痕累累，惨不忍睹。

话题再回到勃鲁诺和布法马可这儿来，他们在城门下同门卫们谈笑了一会儿，然后来到卡拉德林家；刚到家门口，便听见他正在痛打自己的妻子。于是他们就假装是刚刚才从河边回来，大声地叫着卡拉德林。他由于愤怒，满脸通红，急促地呼吸着，大汗淋漓，通过窗口喊他们到楼上来。他们假装被他欺骗了，满脸不愉快的表情，进到屋子里，只见满屋子都是石头，他的妻子蓬头垢面，衣服也被撕得破破烂烂，脸上被打得一块青一块紫的，正蜷缩在墙角里抽泣着，让人觉得很是怜惜。卡拉德林也解开自己的衣服，垂头丧气地靠在另一个墙角里。他们看着这一对奇怪的夫妻，然后说：

“卡拉德林，这到底是怎么啦？怎么满屋子都是石头，你要盖房子吗？”他们看卡拉德林没说话，又问道：“这又是怎么回事？苔莎夫人又惹着你什么了？你为什么要把她打成这样？到底发生了什么事？”

卡拉德林把这么多石头从大老远的地方运回来，又拼死拼活地把他妻子痛打了一顿，美好的愿望破灭了，他真是气急败坏了，所以喘着气，一时之间居然说不出一句话来。布法马可见他还不作声，就严肃地说道：

“卡拉德林，你给我听着：我也不管你到底因何而发这么大的火，无论如何你也不能这样戏弄我们呀。你说要领我去寻什么宝石，却把我们扔在缪诺纳河里，弄得我们跟白痴一样，你却偷偷地溜掉了，连一句告别的话都没有。你这样做也真是太不够意思了，从此一后，你休想再来找我们取乐啦。”

卡拉德林上气不接下气地说：“我的好兄弟，你们消消气吧，大家误会啦！我——唉，实在是不幸啊！——本来已找到宝石了，你们别着急，听我说完，就会相信我了。刚才你们在路上谈话，彼此问我在哪儿时，我就在你们前面呀，还不够十码的距离呢。后来你们回过身时，仍然没有看到我，其实我一直都在你们前面，仅相差了几步远，先回了家。”

于是他从头到尾，复述了一遍他们当时的话，又让他们看自己脚后跟和背心上的疤痕；然后他又说道：“还有件事，你们知道吗？当我拿着这么多石头走到城门下时，那门卫竟然没同我说一句话；你们也晓得，平时这些门卫是那么的婆婆妈妈，他们非得查过你所有的东西才罢休。走在街上时，我看到了许多友人和熟识的人，按惯例他们肯定会同我打招呼，然后请我去喝酒的；但他们根本就没有理我，半个字都没说，因为他们没看到我呀。可谁料到，一回家，碰上了这个倒霉的贱女人，你们也晓得，无论什么样的宝物，只要一见到女人便完啦。本来我会成为佛罗伦萨最有福的一个人的，可现在却成了最不幸的一个。你们说，我能不教训教训她吗？这样的女人！即便杀了她也没什么可惜的。唉，当时我第一次见到她——当时我同她结婚的时候，我真是倒霉呀！”

他愈说愈有气，差点儿又要去揍她了。

勃鲁诺和布法马可一直听他讲了这么多，也真难为他们忍着没笑出来，而且还得假装出很是吃惊的样子，还不时地要附和他的话，以示他们相信他；直到看见他再次怒火中烧，要动手打他妻子了，才去阻拦他，劝说他不能这么做，因为这也怨不得她，只能怨他自己，既然他早就知道宝物见不得女人，就应该让她早点藏起来，别和他的宝物碰面。遗憾的是上帝没有预先告知他，也许这也是命中注定宝物与他无缘吧——也或许是因为他自己得到了宝石却没有与他的朋友们分享、独自占有的缘故，上帝因此而惩罚他吧！

就这样你一言我一语地，他们费尽了口舌，终于使他们夫妻俩安静了下来；于是他们便离开了他家，只剩下他独自一人呆呆地望着满屋子的石头，唉声叹气。

故事四

在费埃索莱城市里，有一个教士暗恋上了一个寡妇，那寡妇巧施了一个计策，让她的女仆和教士躺在一张床上，又让她的兄弟去邀请主教，使那教士的丑行暴光于天下。

大家被爱莉莎的故事也逗得乐了好久；她讲完后，女王又让爱米莉亚接着讲，于是爱米莉亚讲起了她早已预备好的故事：

各位姐姐们，前面我们听的许多个故事，都讲的是关于那些修士们、神父们，及各种各样的教士们如何勾引我们女人的；但是这样的事情在教会里发生得太频繁了，一时半会儿怎能讲完，所以下面我再讲一个这样的故事。故事讲的是一个教士暗中喜欢上了一个很有地位的寡妇，他也不顾这与他的身份多么不配，也不知人家心里怎么想的，只是自己一味地痴心妄想，但这个女人是个非常精明的人，她用了一个小计策，就把他戏弄了一回。

我们都听说过，从前费埃索莱城非常繁华——在我们这儿还能看到那里的一座小山。如今这座古老的城市尽管已变得极为萧条了，但仍有主教住在那里。一个很有地位的寡妇，住在大礼拜堂的不远处，她是碧卡达夫人，她有一片庄园和一座不大不小的住宅。由于经济来源并不丰厚，她多半时间都在那里。她还有两个兄弟，和她在一起生活，他们都是很懂礼貌的年轻人。

这个寡妇年龄还不大，仍然还有几分姿色，她经常去礼拜堂做礼拜，没想到教堂里的一个教士居然迷上了她的美貌，恋她恋得神魂颠倒，再后来竟然向她表白，对她说了许多不堪入耳的情话。

这个教士已上了年纪，但他的智商很差；他生性孤傲、对人蛮横无理，还自命不凡，因此对什么都不在乎，言词行动，都令人非常厌恶，人人都憎恶他。假如，这世上还有敢对他无礼的人，那就是那个寡妇了，理所当然她不会对他有什么好的印象，说实在的，真是一见他就恶心。但总算她不是一般的女人，她非常精明，被他缠得实在没办法，于是就对他说道：

“神父啊，我真为承蒙您的厚爱而感到幸福；本来我应回报于你真挚而深沉的爱。但是我们的感情必须是纯真无邪的。因为你是教士，在性灵上是我的长辈，再加上你年龄也这么大了，所有这些都制约着你不能做什么过分的事情，更何况我已结过一次婚，再也没有年轻时恋爱的那份兴致了。你也是明白人，作为一个寡妇，我必须保全自己的名声，因此请你谅解我，你所需要的那种爱，我不能给你，也不敢要你的爱。”

这一席话说得那教士哑口无言，不过，他可不会因被人拒绝过一次，就垂头丧气、心灰意冷了；他依然不知羞耻，给她写了许多情书，还经常让人捎话给她，甚而至于她每次来教堂时，他都千方百计地接近她，调戏她。那个寡妇终于无法忍受他的无理取闹了，于是打算戏弄他一次，因为她实在是再也想不出其他的办法可以甩掉他了。

她把事情的前因后果告诉了她的两个兄弟，并说了自己想好的计谋，兄弟俩都极力赞成。几天以后，她又去教堂做礼拜。那个教士一看到她，急忙上前相迎，脸上仍然是一副怡然自得的表情，油嘴滑舌地与她瞎扯。这次，寡妇对他的态度非常好，一看到他就给了他一个脉脉含情的眼神，然后同他来到一个安静的地方，让他把那些陈词滥调又复述了一遍，最后装出很感叹的样子，说道：

“神父，有人说，无论一座城堡有多么牢固，只要不停地攻击，总有一天会被攻破的；现在的我就像这城堡一样，我实在经不住你一再的柔言说服，现在我的内心已被你打动了；既然你对我的感情如此的深，我不得不动摇了，我接受你的爱了。”

“夫人，这实在太好了！”教士心里甭提有多高兴了，他说道，“实话告诉你吧，我一直纳闷为什么这么长时间你对我的行动都无动于衷呢？ 要是换了其他女人，我简直就不费吹灰之力就能成功，因此我常告诉自己：‘即使是一个用银制成的女人，也是分文不值的，因为她们根本经不住铁锤的敲击。’算了，现在咱们不讨论这些了——我们何时找个地方欢快一次呢？”

“我的天，还用说什么时候吗，只要你方便，任何时候都可以，因为我是独自一人过的，晚上的时间归我自由支配；至于地点吗，我可没主意了。”

“为什么没主意？”教士叫道：“难道在你家不行吗？”

“神父，”寡妇答道：“你也知道，我的两个兄弟和我住在一起，他们整天和一帮人忙忙碌碌，出出入入的，而我的房子又不很宽敞；如果你真想来的话，只好委屈一下，不能说一句话，也不能发出一点声音，而且还必须暗暗地做事才行。 假如你同意的话，那就去我家吧；因为他们从来不会到我的房间里去；但是我的房间与他们的房间是紧挨着的，哪怕你小声说一句话，他们也能很清楚地听见。”

“夫人，”教士答道，“这样先凑合几天也没关系，以后我再想方设法找一个更好的地方就是了。”

“神父，”寡妇又说，“那就这么说定了；不过，求你一定要为我保密，万万不可告诉第三个人。”

“夫人，”教士说，“你就别操心了；不过，我看咱们今天就开始行动吧。”

“那最好不过了，”寡妇答道；然后她对他说了具体的路线、方法，订好了时间，才分手。

寡妇家中有一个使女，年龄很大了，相貌简直难看得要死，恐怕这世上再没有比她更难看的女人了，她的鼻梁塌了进去，斜眼歪嘴，厚嘴唇，红眼皮，一颗大门牙还长了出来，与那黝黑的皮肤搭配起来，让你觉得她是去西尼加利亚度过的夏天，而不是在费埃索莱。这还不是全部，她的屁股两边不一般高，走路的姿势非常难看，右脚还有点瘸。她本名叫西乌达，但由于她的相貌与一只癞皮狗没有什么差异，因此人们都叫她“西乌塔扎”。长相如此，那是天生的，倒也是没有办法的，但是她还很不守本分。那天寡妇把她叫来，对她说：

“西乌塔扎，假如你愿意今晚帮我一个忙，我就会赏赐你一件新衣服。”

一听说有新衣服，西乌塔扎立即插口道：“太太，只要有新衣服给我，就是让我上刀山下火海，我也会去，更不用说其他事了。”

“那就好，”寡妇接着说，“事情是这样的，今晚，你到我的房间来，陪一个男人在我床上过夜，并且要对他百般温柔，但你万万不可开口说话，否则就会被我的兄弟发觉，你也知道，他们的房间与我房间仅一墙之隔；事完之后，你就可以得到一件新衣服。”

“同一个男人过夜！”西乌塔扎叫起来，“假如您需要的话，就是有六个男人，也不成问题！”

晚上，这个可怜的教徒应约而来；两兄弟依计，在自己房间高声地谈论着，尽量让隔壁都能听到。他只好偷偷地进入寡妇的房间，摸黑走到床边，迫不及待地爬了上去；使女西乌塔扎此时正躺在床上。一切尽在寡妇的预料之中，可怜的教徒满以为身边躺的是渴望已久的情人，于是就一声不吭，拼命地亲吻她，她也以同样的热情回报他；就这样他们互相享受着彼此带来的欢乐，教士终于如愿以偿了。

这一切进行完毕，寡妇告诉她的兄弟可以实行计划的下一步了。

他们悄悄出了院子，径直向大广场奔去，去找主教。也是天公作美，由于那天非常热，主教也正想约两个年轻人，去他们家喝酒以避暑的；刚好他们就来了，于是和他们说了自己的想法，他们一起来到寡妇家里。小宅院中，空气清爽，灯火通明，兄弟俩拿出上好的陈年美酒招待贵宾，在主教饮得兴致正高时，他们依计说道：

“今晚有幸能请到主教大驾光临，真乃三生有幸，我们现在有一件小礼物，想献给主教欣赏一下。”

主教不知是计，满口答应了；于是其中一人在前面高举火炬，其他人和主教走在后面，向教士和西乌扎塔正在寻欢的房间走去。此时，那教士由于不辞路途遥，匆匆骑马从十多里远的地方赶来，已疲惫不堪了，所以尽管天气是那么炎热，他依然与西乌塔扎相拥入睡了。

那个年轻人高举着火把，引主教和其他人进入房间，让所有人都亲眼目睹这一场景。可能是嘈杂声太大，那教士突然被惊醒了，当看到火光四射，满房间里都是人时，他又急又羞，赶快把头藏进了被子里。主教严厉地斥喝他，让他探出头，看看躺在他身边的人是谁。

教士这时才慢慢睁开双眼，意识到自己被寡妇算计了。他上当受骗，当众出丑，世上还有人比他现在这样更丢脸的人吗？他只好遵照主教的指令，穿上衣服，被从寡妇房间中赶出来，押到自己的房间里关了起来，等候处理。

事情过后，主教询问事情的前因后果。两个年轻人就把事情一五一十地告诉了主教；主教听完，对寡妇和两个年轻人的做法大加赞赏，因为他们既让他得到了应有的惩罚，又没有使用武力手段。

至于那个罪有应得的教士，被主教责罚为自己的罪行忏悔四十九天。但是他的痴心妄想，岂止是四十九天的忏悔可以恕掉的。让他最不能忍受的是，从那以后，无论何时，街上的孩子们一看到他就说：

“快来看，就是他跟西乌塔扎睡了一个晚上。”

就这样，那个寡妇终于运用自己的聪明才智报复了不知羞耻的教士；当然，最幸福的也许要算西乌塔扎了，她不仅得到了一件新衣服，而且还度过了美好的一夜。

故事五

法庭上，法官们正在听审案子，他的裤子忽然被三个年轻人给扒了下来。

听完爱米莉亚的故事，大家都对那寡妇的聪明才智赞叹不已，这时女王吩咐菲洛特拉道：“下面该由你讲了。”他马上说他早已预备好了，于是开口道：

诸位小姐们，刚才听爱莉莎说起了马索这个年轻人，我决定不讲本来预备好的故事了，而是讲一件有关他和他的朋友们的故事，也许故事中有些话有点粗俗，你们可能会感到难为情。不过这个故事确实很有意思，而且也不会有什么不好的影响，因此下面我就开始讲这个故事了。

在我们城里，大官们有好几任都来自马尔凯斯，可能你们也有所耳闻，那里的人，品质都很差劲，他们品行不端，纯粹都是些傻瓜，并且视钱如命，上任时，总有一群法官和公证人员与之同来，这些人根本就没有上过法律学校，简直就像是一个农夫和修鞋匠。

话说一个马尔凯斯人来我们这儿任职，他有许多法官随从，其中有个人，自称是尼古拉·达·圣莱比第奥大爷，从他的长相来看，倒与一个锁匠没什么两样，他经常与其他法官一起听审一些刑事案件。

有些市民因为并没什么事，也经常到法庭去逛逛。一天清早，马索为了找一个朋友，到了法庭上，偶遇了这个尼古拉先生，觉得他很是扎眼，于是上上下下把他看了一遍，只见他的脑袋上扣了一个已黑得发亮的法国帽，腰带上别了一个极小的墨水壶，身上穿了一件大马袍，甚至于比斗篷还要大，总而言之他浑身上下都是那样的不合时宜。不过，马索最觉得有趣的是他所穿的裤子，由于他的斗篷窄而短小，一坐下来，前面就露出来了，所以他那仅到小腿的裤子已露了出来。马索把他全身上下看了个够，就放弃了本来要找那个朋友的计划，决定去找同他一样爱搞恶作剧的朋友——里比和马泰乌佐，他对他们说：

“假如你们愿意的话，我带你们到法庭，去欣赏一下世上罕见的一种怪物。”

于是他的两个朋友就跟他来到了法庭，他们看到了那个“怪物”及那条裤子；他俩从远处看到就不禁笑了起来，然后他们又走到了法官的座位旁边，发现在那个椅子下面，足够一个人容身，那个法官的踏脚板已破烂不堪了，一个人如果藏在椅子下面，可以自由地在这里把手伸出伸进。于是马索向他的朋友说：

“要把他的裤子脱下来，简直就是易如反掌。”

那两个朋友都认为这话很有道理。他们仔细计划了一番，第二天清晨又去了法庭，等法庭里人山人海时，马泰乌佐避开众人的目光，悄悄钻到那法官的椅子下，在他的脚边蹲了下来。这时马索和里比分别走近这位法官老爷的两旁，都钩着他衣服的下摆。马索先说道：

“老爷啊，老爷，请你为我做主吧，不要饶恕那个正在你身体的另一边的那个小贼，让他赔我的长筒靴！他偷走了我的一双长筒靴，还要抵赖，但就在十几天前，我看到他拿着去了修鞋店。”

里比这时在他的另一边高声申辩：“老爷，千万不能相信他的话！他是一个没有良心的大恶人，他得知我要告他偷了我的马鞍袋，于是便恶人先告状，反而说我偷了他的长筒靴，实际上那双长筒靴十几年来一直就在我家里。假如你不信任我，我会拿出许多证据来，我的邻居特莱卡，做牛肚子生意的女人格拉莎，还有一个在圣玛利亚当清洁工的男子，他从田地上回家时，曾亲眼目睹过。”

甚至他的话还没结束，马索就在一边大声辩驳，他们双方互不相让，激烈地攻击对方，逼得那法官没有办法，只得从椅子上站起来，向他们靠了靠，以便能听清他们说的话。马泰乌佐瞅准时机，把手从踏板的破洞里探出来，抓住法官的两条裤腿，用劲一扯，那个法官身体本就瘦小，屁股上又几乎只有骨头，所以那条裤子被这么一拉，竟轻而易举地掉了下来。

那个法官意识到了自己的裤子掉了，心急手乱，本想用衣服的下摆来遮一下，再坐在椅子上，但偏偏此时马索和里比两人在两边紧抓住他的衣服不放，还继续吵着：

“老爷，你不为我做主，不听我的控诉，却要退庭，怎么可以这样啊！诸如这种琐碎小事，在这里是根本不用查找什么资料依据的。”

他们一边说，一边专门拉起他衣服的下摆，这样法庭上的所有人都清楚地看到了他光着下身的一幕。这时马泰乌佐，早在把裤子撕下之后，扔在一旁，无声无息地钻了出来，离开了法庭，任何人都没有注意到他。里比觉得他们的目的已达到了，就说道：

“我向上帝发誓，我一定要到长官那里去上告。”

马索的手也松开法官的斗篷，不甘示弱地说道：“不，我也不会善罢甘休，今天真是事不凑巧，改天我再来，直到你没有今天这么仓促忙乱为止。”

说完这些话，他们就各自溜走了。此时此刻，这位在众目睽睽之下，被人脱了裤子的法官才回过神来，意识到自己上当受骗了。于是他查询刚才在这儿吵嚷着要告状的人去哪儿了；但他们早已跑得无影无踪了。于是他非常气愤地对上帝的奶奶发誓，一定要查明是不是给法官在法庭上脱裤子是佛罗伦萨的传统。

这件事被上报到市长那儿，令市长极为震怒。后来听他的朋友说，是因为他为了节省资源，聘用了一批笨蛋们作法官，所以佛罗伦萨人才在法庭上故意闹事，以示不满。他听后，认为此事还是不要追究为好，于是这件事也就这样不了了之了。

故事六

两个朋友偷走了卡拉德林的猪，却又建议他通过姜丸去追查偷猪贼，最后却查出猪是自己偷的，为了不让妻子知道，他只好给了朋友两对阉鸡，以求为他保密。

大家都被菲洛特拉托的故事逗得大笑不止，他讲完后，女王吩咐菲罗美娜继续讲下一个，她如此说道：

诸位亲爱的姐姐，菲洛特拉托讲的故事是受了马索这个名字的启发；我也因受卡拉德林这个名字的启发，而想起了一个有关他的故事，相信你们听完之后肯定会满意的。

不用我说，卡拉德林、勃鲁诺和布法马可这些人，大家已很清楚了；我要补充的一点是，在佛罗伦萨，有一块小田庄是属于卡拉德林的，那是他妻子的嫁妆。每年都会从田庄里收到粮食，这自然不用说，另外，他们还会有一头猪的额外收入。每到年底，他们夫妻俩就去田庄里杀了猪，然后做成腌猪肉。

话说一年年底，他的妻子生了点病，就让他一个人去田庄上杀猪，勃鲁诺和布法马可得知他的妻子今年没去，于是就悄悄跟着他去了田庄上，恰好他们的一个做教士的朋友就住在卡拉德林隔壁，他们就住在那里了。那天清早，卡拉德林刚刚杀完了猪，看到他们去了教士家，于是就说道：

“欢迎两位大驾光临。今天我要让你们知道，我在种地这一行上也是个老手呢。”

于是他邀请他们来到他家，向他们炫耀他的猪。他们看那头猪确实是膘肥体壮的，味道一定十分鲜美，卡拉德林对他们说，要把它制成腌猪肉，平时做成荤菜吃。于是勃鲁诺说：

“啊呀，你真是个笨蛋！你卖了它，换一些钱回来，我们一起聚一聚，不是一件美事吗？如果你妻子问你，就说猪被人盗走了，不就完事啦。”

“不行，不行，”卡拉德林叫道，“她才不信我的话呢，她一定会把我关在屋外的。不要出馊主意了，无论如何我也不会这么做的。”

他们又费尽口舌，极力向他保证，但他还是不听。卡拉德林也学会了客套话，假意让他们留下来吃饭，他们推辞掉，出来后，勃鲁诺对布法马可说道：

“今晚我们把那头猪弄来，怎么样？”

“我们应该怎么做呢？”布法马可问。

“假如卡拉德林的猪还放在原地，”勃鲁诺说，“那就好办了。”

“那就去吧，”布法马可说，“我们行动吧，对他还有何顾虑的？弄到之后，我们叫上教士大家一起聚一下。”

他们把想法对教士说了一遍，教士完全同意，于是勃鲁诺说道：

“我们要这么做，必须得用一个小小的计策。布法马可，你也了解，卡拉德林是一个很贪图小利的人，假如是别人请他喝酒，他一定会不停地喝下去的。所以我们可以把他请到酒店，说是应教士之请，让他也陪我们一起喝的，无论如何都不会让他付账；这样的话，他势必会不醉不罢休。而他家里只有他一个人，只要他醉了，那猪不就到手了吗？”

于是他们就依此计行事，果然不出布法马可所料，一听说是教士要请他们喝酒，他就不管三七二十一，拼命地喝，他的酒量本就不大，所以没多久便醉了。当他们从酒店出来时，天色已晚，卡拉德林没有吃晚饭，就回家去了。他一进家就倒头而睡，误以为关好了门窗，而事实上大门却敞开着。

布法马可和勃鲁诺他们一起到教士家吃过晚饭；然后按原定计划，拿了一些撬锁的家具，轻手轻脚地来到卡拉德林的住宅处，看到大门敞开着，于是就大胆地走进去，把猪从挂钩上拿下来，抬到教士家，藏好后睡觉了。

第二天清早，卡拉德林清醒过来，起来走到楼下，发现猪不见了，门却大开着，他急忙四处寻找，见人就问，谁偷了他的猪。但是谁能告诉他呢？最后，他只有干着急，没办法，叫道："天啊，我怎么这么不幸，我的猪被人盗走啦。"

勃鲁诺和布法马可一起床，便奔向卡拉德林的住宅，想要看看他丢了猪怎么办。他一看到他们，就赶快叫起来，几乎要流出泪来，叫道：

"我好命苦啊，朋友，我的猪被偷啦！"

勃鲁诺假惺惺地走近他，若有所示地说："真是难得啊，你终于变得精明了一点。"

"哎呀，"卡拉德林急忙解释说，"我没有撒谎啊！"

"就应该这样，"勃鲁诺说，"只要你一直吵嚷着，别人就会不怀疑你了。"

听了这句，卡拉德林真是急得不得了："我的老天的奶妈呀，我的猪是真被人偷啦！"

“好极了，好极了！”勃鲁诺说，“正应这样说，就这样大吵大闹，让四邻八舍都知道，这样谁也不会怀疑你啦。”

“你简直要逼我去跳河呀！”卡拉德林急叫道。“我都成这样了，你还拿我开玩笑。我真不想活了！”

“啊呀！”勃鲁诺叫起来，“这怎么可能呢？我昨天还明明看见它呢，莫非它长了翅膀飞走了吗？”

“我说的都是真话呀。”卡拉德林说。

“啊呀，”勃鲁诺又叫道，“莫非真有此事？”

“千真万确，”卡拉德林答道：“这回我可怎么办呀，让我如何回家交差呢？我老婆无论如何都不会相信这一事实的；即使她信了，明年的日子也好过不了。”

“大慈大悲的救世主啊，”勃鲁诺说道，“假若真是这样的话，那真是太不幸了。不过，卡拉德林，这可是我昨天给你出得主意，我可不能像你老婆那样上你的当！”

他的话气得卡拉德林几乎要跳了起来：“天哪，你们是不是非要把我逼上绝路才罢休啊？我再说一遍：我的猪昨晚被盗了！”

“假若真是这样的话，”布法马可说，“我们必须想方设法把它找回来。”

“能有办法吗？”卡拉德林急问。

“听我说，”布法马可说，“我敢断言，那猪一定不是被印度人偷走的，肯定是我们附近的人，如果你有办法让左邻右舍们都聚到这里，我就能用面包和乳酪，把那个偷猪贼找出来。”

“等一下，”勃鲁诺插话道，“你用面包和奶酪在这些友好的邻居中查贼，实在是有点冤枉那些好心人了，我敢肯定，猪一定是他们中的一个人偷的，但是万一他们识破了你的意图，不来怎么办呢？”

“那照你说呢？”布法马可问。

勃鲁诺答道：“我们准备好姜丸和上等的好酒，只消对他们说是宴请他们喝酒的。这样的话，他们谁也不会怀疑了，一定会都来的。姜丸与面包和奶酪有同样的功效，都有神奇的力量。”

“说得有道理，”布法马可赞同道，“卡拉德林，你说呢？你想不想这么做？”

“请看在上帝的份上，”那个傻瓜说，“请你们帮帮我吧，只要找到了那个偷猪的人，我心里就会好受一点了。”

“那就这样吧，”勃鲁诺说，“我就帮你一次，去佛罗伦萨去买这两件东西，不过你得先付给我钱。”

卡拉德林身上只带了四十个银币，他倾囊而出，全部给了勃鲁诺。勃鲁诺拿了钱立即前往佛罗伦萨，去他的一个朋友的药店买了一磅上佳的姜丸，又另做了两颗味道极浓的沉香丸，在表面涂上一层糖，看起来与姜丸没有任何差别，但他在上面悄悄做了标志，以便于能够辨认。然后他又去买了一瓶上等的好酒，急忙赶回田庄，去见卡拉德林，对他说：

“明早你去邀请那些你觉得值得怀疑的人来喝酒，正好明天放假，他们肯定不会拒绝。今晚，我和布法马可就要给其中一个姜丸上念上咒语，以备明早之用。看在我们是多年的好友的份上，到时我会亲自安排所有的事，一切由我做主。”

第二天一大早，卡拉德林就遵照勃鲁诺的吩咐，请了许多乡邻来他家，甚至还请了许多暂居在这里的佛罗伦萨的年轻人，所有的人都相聚在礼拜堂门前的一棵大榆树下面。勃鲁诺和布法马可来了，他们一人拿了一盒姜丸，一人拿了一瓶白酒，准备好后，让所有的人围起来，然后勃鲁诺说道：

“诸位乡邻们，请让我先申明此次把大家请到这儿来的原因，大家如有不愉快，那也不能怨我。前天夜里，卡拉德林家丢了一头十分肥壮的猪，直到现在也不知是被谁偷去了，不过，肯定的一点是，那个人肯定就在我们这些人当中，为了查清事实的真相，卡拉德林把大家请来，每人吃一颗姜丸，再喝一口白酒。你们听着，如果谁是偷猪贼，他吃到那颗姜丸时，就会感到奇苦无比，那味道超过毒药好几倍，他一定得把姜丸当场吐出来。因此，那个人如果不想当众出丑的话，我劝他还是去教士那里认个错算了，这样我们也省事。”

所有的人都说只管把姜丸给他们吃吧。因此勃鲁诺让他们站在一排，并让卡拉德林也站在其中，一个接一个地把姜丸分给大家，当走到卡拉德林身边时，他把那特意配制的姜丸给了他。卡拉德林一拿到姜丸，便放到嘴里，嚼了起来。他一吃到沉香，那苦味逼得他不得不把药丸吐了出来。此时，所有人都正注视着，看谁会吃到苦药丸；而勃鲁诺径自地分发着姜丸，装作没有看到他，忽然听身后有一个声音叫道：

“啊哈，卡拉德林，这回可有好玩的啦！”

勃鲁诺闻声而掉转头，看到那药丸已被卡拉德林吐出来了，于是又假装说：“等一下，真是太巧了，他怎么会吐出来苦姜丸呢。再吃一颗吧。”

他说着又往卡拉德林嘴里塞了一颗药丸，又忙着分发剩下的去了。

第一颗药丸已苦得他受不了啦，可这第二颗似乎比第一颗更要苦百倍，但他无论如何也不敢再吐出来了，为了不失自己的面子，他只好把药丸嚼在嘴里，豆大的泪珠一颗颗滚了下来，到了后来，他还是没有忍住，再一次吐出了药丸。

这时，布法马可和勃鲁诺正忙于为大家倒酒；所有的人都看到这种情况，吵了起来，嚷着肯定是他自己把猪藏起来了，甚至有几个人还把他骂了个狗血喷头。大伙都回去了，只留下了卡拉德林和两个没良心的朋友；布法马可对他说：

“我本来就说这猪肯定是你自己藏起来了，你却还极力欺骗我们：猪被偷了，敢情是你不愿用卖猪的钱来请我们喝酒呀。”

卡拉德林此时嘴里还是充满了沉香的奇苦味，发誓他绝没有偷自己的猪。于是布法马可又说：

“行了吧，老兄，实话实说吧，它究竟卖了几个钱，是不是六个金币？”

听他这么问，卡拉德林真是无可奈何，偏偏勃鲁诺还在一边添油加醋：

“卡拉德林，实话告诉你吧，我们有一个朋友，喝酒时他对我们说，在这儿有一个姑娘和你关系非同一般，你私下里在她身上花了许多钱，这么说来，那头猪你肯定是送给她了吧。你最近变得越来越聪明了。上次你骗我说缪诺纳河有什么宝石，可一到那儿，你就扔下我们独自溜了，后来还对我们吹嘘什么，你寻到了隐身宝石。这次你又欺骗我们说，猪被人偷了，还发什么赌咒，而事实上你一定是把它送人了，要不就是卖掉了。但是我们现在再也不会上你的当了，你不要再耍花招了。我告诉你吧，我们花了那么多精力给一粒粒姜丸上念了一大堆咒语，按道理你也应该给我们一点儿报酬吧，如果你不想给我们两对阉鸡的话，那也别怪我们不客气，就把这些事告诉你妻子了。”

卡拉德林吃了这么多亏，却无论如何都和他们讲不清楚，他想万一他们再去自己的妻子面前胡搅蛮缠一回，那更是雪上加霜了，所以只好又送了两对阉鸡给他们。他俩既得了腌猪，又得到阉鸡，高高兴兴地回到了佛罗伦萨，而卡拉德林却是“赔了人格又折猪”。

故事七

一位有识之士喜欢一个寡妇，结果在雪地上苦苦守候了一个晚上，也未见人影。于是有识之士想出一个主意，使得那个寡妇蒙骗上当，未穿上衣站在七月的酷暑里，曝晒了一整天，还让苍蝇、牛虻给咬得惨不忍睹。

当听到卡拉德林被人蒙骗的事，女孩子们就会大笑不已；若非因他实在值得怜悯，既让人将自个的猪给盗走，还给别人赌输了四只阉鸡，她们不笑翻天才怪呢！ 听了这个故事，女王让潘比妮亚接着说，她对人们如此说：

亲爱的姐妹们，一个故意开别人玩笑的人，常常会成了别人的蒙骗对象，因此未必一些搞小聪明的事都是出自有头脑的人之手。 我们已听说了不少的十分滑稽的小故事，当中的主人公都是被蒙骗者，只是还没有一个上当受骗者反过来回击的情节。 所以接着我就要给你们说一个住在咱们城内的一位妇女——这人实在叫人可惜，她就不应该故意去骗人，结果让自己尝到苦头，差点还丢了自个的小命。 知道了这个小故事，对我们也有一些好处的，起码能提示我们在以后处事时能懂规矩一点，不会乱骗他人。

故事发生在几年前，一个名为爱伦娜的年轻女人住在佛罗伦萨，这个女人的外表很不错，家庭背景也很好，财大气粗，因此，时常摆出一副贵小姐的模样。 她曾结过一次婚，但后来丈夫死了，她也没有再结婚的意思，就一个人生活。 那时她的心中已爱上了一个十分帅气的年轻小生。 其实她生活得无忧无虑，派了一个很知心的女仆在中间牵找，经常与他一起约会享乐。

那时，还有一个名为林尼厄里的年轻先生，也住在咱们城里，曾在巴黎学习了好多年，学完后又回到家乡，这时他已成了一位名副其实的绅士了，原因是他去学习完全是想弄清所有事的前因后果，而不像平常人那样学习只是为将来的生活。佛罗伦萨人就看在他出身不凡及学问宽广而对他十分敬重和钦佩。

一般越是知识渊博的人就越会为情所动，林尼厄里便是一个例子。有一个晚上，他出席一个晚会，与爱伦娜偶尔相见了，当时她身穿一套黑色的礼服（咱们这有个风俗，寡妇全如此着装）。在他的眼里，她是全世界最漂亮的女性了，而且她的心里在想，若哪一位先生，受了上帝的恩赐，能拥抱她那柔软的身体入怀，那么就会幸福得如步入天国。他一直在偷眼观察她；他也明白如此珍贵的美人一定是极难占有的，于是便下定决心要赞美她一番，以取得她的喜欢，以此来满足自己的心理需求。

但那个寡妇却看也不看他一眼，只顾自我表现，两眼不时地向两侧瞟一下，想看看她的外貌取得哪个人的垂青，于是不久便注意到了林尼厄里眼中流露的一切，便一边微笑一边自言自语："今天的收获不小，若不是我太敏感，那我已经捕到了一个笨鸟。"所以便时不时地向他暗送秋波，以迷惑他自己对他有了意思。在她看来，为自己所动情的男性愈多，就愈能增加自己的知名度，从而那个拥有她的爱，有了如此艳遇的男人，也会更加珍惜、爱护她。

如今咱们的那个大学问家已全然不顾自己的博大学识了，心中只有对她的依恋。当得知了她的地址后，就找许多不其成为理由的理由去她的大门口来回地走动，每天如此，只是为了让她高兴。那个小妇人心里有数，所以就更加喜悦了，每看到他，就表现出一副喜悦的神情。而最终这位大学问家收买了她的知心女仆，表述了自己对她的女主人是如何的爱恋，请她在女主人面前给多说些好话，以使他能有点收获。那个女仆爽快地答应了，一字不漏地向女主人转达了他的话，她听完之后狂笑不止，并说：

“这家伙怎么一点不顾曾去巴黎学习那么久才得到的东西，你知道是为什么吗？好了，就算是咱们怜悯他得了，若他还来乞求你，你就转告他，我对他的感情胜过他对我的。但是我不能因此而破坏了我的形象，否则我就无法在其他女性面前得意了，若他的头脑真如人们所谣传的那样的话，那么如此一来，他会更加为我而痴狂的。”

唉，你们说多么笨多么傻的女人呀，完全是不知天高地厚，竟想如此捉弄起大学问家来了。

女仆便将她的话全告诉了大学问家。他为此欣喜若狂，立即给她写起求爱信来，还不时送礼品给她，那种热情是十分强烈的。而那个女人将所有东西全收下来，只是从话中表示一下谢意，便没有其他反应了。她便如此而使得他进退全不可了，只能傻乎乎地等待。

再后来那个女人对她的情人讲了这件事。那个小男生既气愤又嫉妒。她为向小情人证实自己对他的忠诚，并且说明他的猜测是毫没根据的，她便又派女仆去向正在狂热追求着她的学者转达：感谢他能如此看得起她，但她却未能有机会回报他的情意，想在圣诞节那天，若有可能，与他相会一下。就是想知道圣诞节晚上他是否有空到她的后院来，如果她能抽出身来，便出来见他。

当学者听完这一消息后，幸福得无法形容了。历经好多焦急的等待，这一天总算来了。刚到天黑的那个时候，他便信心百倍地去了约会地。女仆把他带到院内，出去时自然地锁上了门，而他就一个人在那儿待着。

而房子里面，那个女人已在和小情人一边调情一边进晚餐了，心情十分愉悦。吃完后，她将所有的事都对小情人讲了，问他如何处置他，并且说：“这下你就不必再醋意十足了，你就在一边目睹我到底是不是在恋着他了。”

当听完她的这些话，那小情人的心里兴奋得无法形容了，想立即看到她的举措。十分凑巧的是，那天还是个下雪天，外面一片雪，所以那个学者就更加难受了，站在院子里不久，就开始冷得发抖了，天会冷成那样，学者也没想到，不过他还是很有耐心地等待着，还想着再过一段时间便可以补偿一下了。

就在这时，那个小女人在房内对她的情人讲着：“咱们过去站在窗前看一下吧，观察一下他在做什么，再听一下他有没有再说什么，我都让女仆去跟他说了。”

他们便来到窗前看院子里的他（而他无法看到屋内的他们）。传来女仆在另一个窗口对学者说：

“先生，真的不好意思，我们家的舅老爷碰巧来访女主人，还和她聊个不停，就只能让他在家吃夜宵了，真是没料到他这位亲戚都待这么久了还没有离去的意思，但我想不久他会离开的，女主人现在还没有时间，不过她会尽快赶过来的，她让我转告你一定别发火，她现在心里也是很难受的，还不停地犯急呢。”

林尼厄里听了，以为是实话，便说：“请你转达你的女主人，她有事就先忙，也不要内疚，但是我还是想着她能早点来就好。”女仆说完，便独自回去休息了。

那个小女人站在窗前对她的小情人说：“你觉得如何，现在你没有意见了吧！若是我真如你所想的那个样子，已爱上了他，那我还忍心叫他冷冷地在雪地里等吗？”说完后，便拉起了小情人，去床上寻欢作乐了。这下他是一百个放心了，与她在软床上尽情享受，还不时提到那个不走运的学者以取乐。

那个悲惨的学者，冷得几乎无法形容了，便在院内不停地来来回回地走动来驱寒。事实上就算他想坐下，也实在没个可以坐的地方，可以躲一下寒冷的大风。他仅在不停地咒骂那个舅老爷，竟死赖在人家，当每一次听见一点响动，他便以为是她推门来见他了，可是每次都让他大失所望。

那个小女人与小情人在屋内折腾了很久，午夜时，她对小情人道："亲爱的，你是如何看待那个学者的？你就将他的才智拿来和我与他的爱情相比较一下，观察究竟哪个更重些？几天以前我跟你开玩笑，你便记在了心上，现在我让他在雪地里待了一个晚上，你应该高兴了吧？"

"亲爱的宝贝，"小情人说，"到了现在，我总算明白了你对我的情义，你是我的欢乐，我的心灵，我的理想，我的人生的寄存体，而我对你而言，也是这样的。"

"如此说来，"她说，"你就和我亲吻一千下吧，让我知道你所讲的全是发自内心深处的。"

那个小情人还真的将她拉入怀内，接连不断地亲吻她，那样吻已不止一千下了，估计至少也有十万下了。他们便如此地闹了一会，那个小女人才说："我们先下床一阵子吧，我那个痴恋者在写给我的求爱信中讲，他每分每秒都在发出一股爱的火花，我们便去看一下他的火花是否暗了些。"

于是他们披上衣服下床来，走到窗前，看看院子里的情况。发现那个学者正十分可笑地在雪地上跳个不停，牙齿抖得格格响，就如打拍子一样。如此的舞姿，还是十分稀少的景象。

那个小女人说："你以为如何，亲爱的？你有没有发现，我不必配上喇叭、风琴，同样可以让人们翩翩起舞。"

"你真的了不起，我的宝贝哟。"他一边笑一边说。

“咱们到楼下去，我站在门内向他说话，你在一边静静地听吧，可能与他说话也会很有意思的，就像看他跳那样的舞一样。”

于是他们便蹑手蹑脚地走下楼梯，来到门前，那个小女人并未开门出去，只在门内朝着门缝跟他讲话。学者一听到响声，竟感谢起上帝来，认为总算可以被唤进去了，便向门这边跑过来，叫着：

“太太，我来了，请上帝恩赐，开门让我进去吧，我冷得快不行了。”

“噢，是的，”那个小女人从门内说道，“下了点雪儿，气温真下降得厉害，我一直在担心让你受冻了。但我从别人那听说，巴黎晚上的温度要比这儿更低呢？现在我仍不能让你进来，因为我那个烦人的哥哥今天来我家进餐了，此时还未离开，但他将要离开了，他一离开，我便立即会下来让你进来的，我费了很大的周折才抽身来与你讲话的，以便让你别太心急，好好地待一会儿吧！”

“唉，太太，”学者着急地说：“你就看在上帝的情分上，让我到屋内暖和一下吧，现在雪又下大了——真的很大的，一直到现在，雪都未停过。让我在一个暖和点的地方，一直等到你有空的时候行吗？”

“哎哟，我的宝贝。”那女人从门内叫起来，“这样不可以，我一打开门，便会发出一些声音的，那样就肯定让我哥哥知道了，我现在就去送他走，这样我便能放心地让你到屋内了。”

“那好，你快去吧！”那学者一副乞求的腔调，“烦你将炉火架得更旺些，我进来后好暖和暖和，我已几乎成了冰人了。”

“怎么会这样呢？”那个小女人说，“你一直写信告诉我说你十分热烈地爱我呀，激情似火吗？我总算知道了，你所说的全是假的，我要离去了，你就静静地在那等我好了。”

在她一边聆听的小情人，十分高兴。那个小女人讲了这些之后，又与小情人一块去睡觉了。但是他们并未老老实实地睡觉，仍在不停地互相挑逗着，还将那个学者作为笑料，如此这样度过了半个夜晚。

那个十分可怜的学者就在院子里，不停地打哆嗦，牙齿发抖发出格格的声音，极像一只鹳鸟。到了这个时刻，他才反应过来，自己上了别人的当了。他试了好多次想推开院门，无奈那门几乎纹丝不动，但又没有其他的方式可以跑出去，所以他便如一个被放进笼里的猛狮，只能在院内到处乱撞。他在骂这个冷冷的鬼天气，又骂那个女人居心险恶，还有骂这一个晚上竟如此漫长。接着还骂自个太傻了，到后来，他火气越来越胜，将原来炽热的一片痴情全部转化为激烈的仇恨。他想了一个又一个复仇的策略，——以前他只一心想着能与她相见、接近，如今只一心想着如何去报复，而且这种迫切的心理比以前的痴爱来得更加激烈了些。

他总算度过了这个夜晚，当东方已露出了一缕缕光时，那个女仆才起床，在主人的指派下，下来替他打开了院门，还十分虚伪地说道：

“太无耻了，这个家伙昨晚在这磨蹭了一个晚上，害得我们也在一边待了一晚，而你也受了一晚上的冻。但是这也是事出无奈，望你能见谅，幸亏就算这么过去了，以后还有好多机会的。我也看到女主人从未像这样伤过心。”

学者此刻正积了满脑的愤怒，若是他的礼貌差一点，那么一定会全发泄出来。但是他明白若真想报这个仇，千万不可先露马脚，于是便强压怒火，柔柔地说：“唉，这个夜晚太难度过了，我一生从未受过这样的罪，但我也明白这不是你们女主人的意愿，感谢她还替我难过，并亲自下来与我说了一番，让我有了一点安慰，希望事情如你讲的那样，昨晚未能实现，将来总会实现的。烦你向你家女主人传达一下我的问候，再见。”

说完这些，他立即往回走，整个身体已冻的快麻木了。一进家门，便直向床扑去，盖上被子，便失去知觉了。待他醒了之后，浑身没有一点力气。他赶紧让人去请医生来给自己看病，医生问清了病的起因后，便依着病情开了些药，因为他的身体强健，还有气候因素，所以不久，他便好了些，筋也不再抽了，手足也可以活动了，当一切都恢复了之后，他在心中牢牢记下了这一笔仇恨，但是表面上仍装出一副十分爱那女人的样子。

真是上天有眼，不久之后，便有了一个机会可以让学者复仇了。

以前曾被寡妇深爱的小情人将她抛弃了，重新找了一个女人，对那个女人去体现自己的温柔和甜蜜了，她一个人孤单地过着。不过她的女仆对她十分关心，看到女主人整天以泪洗面，不吃饭，不喝水，便心里很急，但又想不出可以使这个失恋的女人高兴起来的事可以做。

她在努力地想着，突然看见了那个学者和平时一样，从她的大门口经过，便头脑一灵活，想出一个妙主意，既然少奶奶失恋了，干吗不用学者代替以前那个男子，听别人讲他的学问很宽广，于是就向女主人说了自己的想法。这个女人也是个没头脑的女性，也未想到那个人既然有学问，那么肯定已做了许多预算了。于是她同意了女仆的主意，派她马上去向学者打探一下，他是否可以帮一个忙，若是他肯帮的话，那么她什么事都会顺从于他的意思去做的。

女仆又完完整整地对学者转述了她的话，那个学者高兴地从心内喊叫："太感谢上帝了，赐予我这么一个良机，我如此痴情于她，却受了她的嘲弄。如今是我让她受罪的时候了，也得让我心理平衡一下。"他转过身向女仆说了这样的话：

"烦你转告你家女主人，不要再想这件事了，即使她的情人跑去了印度，我也一样有能力替她找回来的，并且对她承认错误，改过自新的。但是具体的细节，我得亲自与她谈，让她选个空闲的时间，并选了合适的地点，我必前去见她，请你将这些都告诉她，让她不要再操心了。”

女仆回去之后，将一切对女主人讲了。过了几天，她便约学者到普拉托[1]的圣露西亚礼拜堂相见。她已完全忘记了自己害得他差点丢了性命的事情。当两人相见后，她便将一些情夫对待她的事，和自己的愿望全告诉了他，希望能助她一臂之力。

学者讲道：“太太，虽说我在巴黎学习时抽空学了一点魔法，并且自以为有点收获，只是一般人做法，是天主十分痛恨的，因此我曾发誓，不管是因为自己，还是因为他人，绝对不可以胡乱做法；但我对你又如此痴狂，所以我无法回避你的一切要求。就算我会为此而步入地狱，我还是会去替你做的。但我得提前说清一下，做法不是像你想的那么简单，特别是一个女性去换回一个男人对她的爱，或者一个男人想换回一个女人的爱，就更加有难度了。或许你还不曾意识到，这种事必须由当事人亲自参加，别人替代不了，另外当事人还得有坚强的意志，另外这样的事还必须在夜深人静，偏僻的地方，才可以进行。我不知你了解了这些是否有些担心了？”

那个小女人比较有激情，但就是少点头脑儿，于是便答：“现在我被爱追着，若可以换回那个人的心，我什么事都能做到，你快讲我得如何去表明心迹。”

“太太，”仇恨在胸的学者说：“我必须先给你塑一个蜡人，作为你想换回的那个人的象征，在我给你送来之后，你一定得在一个月

① 普拉托：佛罗伦萨西北十一英里，筑有城堡，有十二世纪所建的宏大的礼拜堂。

弯成钩的漆黑夜晚，刚睡了第一觉的时候，一个人将蜡像拿在手中，光着身子，跳进一条小河，洗七次冷水澡，完了后，也不可以穿上衣服，继续爬到一棵大树梢头，或者爬到一个破屋子的顶上，拿着蜡像，面向北方，不间断地读七遍咒语——到时我会告诉你咒语的。当你做完这些，便会发现有两个十分可爱十分陌生的女孩出现在跟前，并对你曲身行礼，等着你的指使，到那时你就按自己的心愿告诉她们一切事——要谨慎不可说错了小情人的姓名呀——等你交代完，她们便会去替你完成心愿的。你就可以从树上下来，重新穿好衣服，回家睡了。不到第二天的午夜，你的心上人就会回来，会对你痛哭不已，还会请求你的谅解，自此之后，他不会对你三心二意了，也不会离开你了。"

那个小女人听完后，完全相信了，心中的苦也减去了许多，似乎情人已回到了自己的怀抱，便说了："你放心吧，这一切我都能完成的，并且我也想了一个十分恰当的偏僻的地方。我在阿诺纳河上游的山谷中有一个农庄，就靠近河流，而且时值盛夏，到水中洗个凉水澡是很舒服的。我没记错的话，就在河的附近便有一个破旧的塔，塔下还有一架木梯，那梯子只有很少的人去攀登，除非是丢失一只羊羔的牧羊人才会上去看一下羊儿在哪儿。我将去那里做完你所说的所有事，并尽量做得到位一些。"

学者自己也知道这条河及农庄和破塔，因此当听了小女人的话后，心中十分得意，但嘴上仍说："太太，我没有经过那里，所以不了解你所讲的这些东西，若那真如你所形容的，确实是个很合适的场地了。到时我便将咒语和蜡像给你送到那。但在你的心愿实现之后请你不要忘了我曾为此付出过许多，也不要忘了你的承诺。"

那个小女人再三保证之后，便起身辞别回了自己的家。当学者知道复仇的第一步已过去了，便十分兴奋地回家去做蜡像，接着又乱写了一些咒语，作完后把这两样物件给送到她那，还另加了一个便条，叮咛她一定要在当天晚上按他所说的行动，千万不可推迟。 而他凑巧也有一个朋友就住在荒塔的近处，于是便领着仆人，去朋友家住下，以便实行自己的下一步行动。

那个小女人，也领了女仆到这里来了。 刚天黑，她假装自己想早点睡觉，便把女仆给安置在了床上。 等睡了一觉之后，她便偷偷地出了院子，向阿诺纳河边破塔的方向跑去。 她先把四周扫视了一圈，看看没一个人，也没什么声音，便开始脱衣服，隐在小树后面，手中捏着蜡像，跳进河里洗了七次澡，接着又光着身子，捏着蜡像，攀上破塔。

在黄昏时，那学者便领了侍从，提前藏在破塔旁边的杨柳树后面，将所有的事都看在了眼里，当她光着身子，走到他跟前时，她那雪白的身体在漆黑的夜里也可以看见，还有那对丰满的乳房及其他部位都十分优美；而又一想起再过几分钟，她这身柔嫩的肌肤便会受到残酷的摧残，便起些恻隐之心。 另外还有一种性欲在上涨，让他实在难以平静，差点都想冲出去，享受她的玉体。 备受怜惜与性欲的冲击，他快要垮下了。 忽然他又回想起自己是如何被她捉弄的，自己因何而受罪，是谁所害的，他便又冲出一股恼怒来，将怜惜与性欲全压下去了。 便狠了狠心任由她从面前走了过去。

那个小女人攀上了破塔，将正面转向北，开始一句一句地念起学者给她的咒语来。 他悄悄走进塔内，撤去那个梯子，接着在一边悄无声息地等待，观察她在塔顶的一切行动及表情。

那个女人念了七遍之后，便开始等两个美丽的女孩出现，但是从冷冷的深夜一直等到天快亮时，还没有女孩出现，此时，她才有点失望了，觉得学者的话没有奏效，接着她又一想：

“或许是他存心让我如他一样在这待一晚上，以平自己的气愤。

若他真如此想的，那他就搞错了，今天的时间还不及他那天的三分之一长，而且天气也不是很冷。”

所以她想在天亮前下塔，却不知梯子去了哪儿。她心里一急，便当场昏倒在塔顶。待她重新醒了之后，便开始大声哭叫，才反应过来自己上了学者的当，并埋怨自己轻易地相信了他，也不应故意捉弄了他，现在是自作自受。她心中越来越怨恨她自个，不停地向周围看，但怎么也无法下塔来。所以不由自主地又开始流泪了，自言自语道：

“唉，你这个可怜的小寡妇，当让人看见光着身子在这时，那么你的家人，你的亲友，你的街坊——不，所有在佛罗伦萨生活的人都会怎么看待你？人家一定把你视为一个不守规矩的女性，这可是名声扫地了，就算你寻一个为自己辩解的理由，也会被那个学者揭穿的。唉，你这个女人太可怜了，这下你既没有了深爱的人，连贞节也保不住了。”这时的她悲痛欲绝，只想自塔顶跳下去，一了百了。

太阳已升起来了，她靠着墙向远处看，看能否发现一个放牧人从此路过，也好请他去叫自己的女仆。那个学者靠着树大睡了一觉，此时也醒了。他们都发现了对方。学者自动地开口说：

“太太，早上好，有没有看到女童？”

当听完问话，那小女人禁不住又开始大哭了，乞求他进塔来，她想与他说几句话。他十分有风度地按她说的进了塔，她趴在顶上，将头伸出来，边哭边说：

“林尼厄里，说句心里话，以前是我令你吃了不少苦，如今你也已都报复过了。尽管现在是七月，昨天夜里我什么都没穿，在这待着也很不好受。另外，我边哭边埋怨自己不应那么对待你，更不应如此笨，中了你的圈套，我是个傻子呀！”

“我请求你放过我吧！你一定不会再那么爱我了，只是你是一个绅士，即使你不爱我，也会为了自己的形象，请别再生气了，你现在已惩治了我，发泄了一下，就请放过我吧！ 替我将衣服拿来，放我下去好吗？ 求你不要破坏了我的名声，当你万一破坏了，那么在以后你想补也来不及了。 我令你等了一个晚上，但是你若肯放过我，我愿意陪你几个夜晚，供你玩乐。 我现在对你认错了，你若真的是个绅士，我乞求你如报了大仇一样放我一马吧！ 不要再对我们女性逞能了。一头凶猛的鹰抓了一只小鸽子不算什么的，看在上帝的情分上，看在你的身价上，就饶我一次吧！”

那个学者本来仅想着自己遭受的屈辱，如今当她既流泪，又求饶，便心中既兴奋，又难过。 兴奋的是他终于报复了自己所受到的一切，难受的是目睹她如此可怜、受罪，心中有些不忍心。 然而怜惜之心还是压不过愤恨之心，他说：

“爱伦娜夫人，以前一个下着大雪的夜晚，我就坐在你家的后院快冷死了，请求你让我进屋暖和一下，尽管我没有如你一样的泪如雨下，说得凄凄动人，但是，那时你也能施舍我一下，那如今我会拒绝你的请求吗？ 若你如今猛地一下为自己的名声着想，认为这样有损于你的形象，那么你不要向我求饶，找另一个男人去好了。 那天当我在院子里一个劲地冷得打哆嗦，请求你的救助时，你却在与一个男人在做爱——那么，让他前来救你好了，让他给你送衣服吧，给你拿梯子吧，扶你下梯子吧，让他来维护你的名声吧——因为你就是因为他，才会有了现在的后果，以自己的名声为代价的付出。

“干吗不呼他来搭救你，他是唯一个应该救你的人，他是你的小情人呀，除了他，没有人会来爱护你，来营救你的！ 那个夜里，当你与他一块欢乐时，你不就问他，以我的傻和你对他的爱相权衡，那个更重吗？ 你这个笨蛋，快呼他来呀，你们的爱和你们聪明的头脑还斗不过我的傻吗；让他来营救你好了。如今你也用不着向我贡献我需要的东西；就算是我自己提出的，你也不会不许的。若经过了一切之后，你还有一口气，那你就去和你的小情人作乐吧！以后每天晚上和他共度美好时光吧！我受了一个晚上已足够了，没必要来第二次受骗上当了。

“另外，你拍马屁的手法也不错，你觉得就一句绅士便能使我放过你，不计前嫌了，如此轻松放过你。我不会像以前一样的傻乎乎了，不会因你所讲的一句好话，便什么也不知道了。我没有太自信，这可以算作你的功劳，你让我在一夜之间学了比在巴黎好几年学到的更多的东西。

“即使我心胸宽广，也不会表现在对待如你这样的人身上。你看见过对一个凶残的牲畜仁慈过吗？尽量杀了它才是对的。心胸宽广是相对于人而言的，我算不上凶猛的老鹰，你也不是小鸽子，你是个大恶蛇，因此我必须置你于死地，对待你时，我的心中只有愤怒，我必须全力以赴。说明白了，我现在只想小小的惩罚你一下，这算是很讲礼貌了，这根本不够报仇的程度，报复那是一种程度更深，强度更大，拳脚相加的行为。若我真的因为你的恶毒，而存心来报复你，那么就算杀你一百次也难以抚平我心中的怒火。因为即使你被杀了，只能说明卑鄙无耻的女人少了一个。

“每个人终归都会死的，难道你还是个天使投胎，和一般人两样？我不用爱护你美丽的容颜，不出几年时间，你的脸上也会布满皱纹，你的一切也就丧失了。感谢你把我呼为‘绅士’，但我这位绅士在你的恶爪下逃生了。

而这也不是因你心慈手软的缘故，所以我不会领你的情。我存在于这个社会上一天，胜过如你这个德性的女人十万个也不止。

“现在是我让你受罪了，是为了让你明白捉弄一个聪明的人，特别是一个学识渊博的人，将受到什么样的惩罚。若你今天还可以保住性命，那么我想在这之后，你也没胆量做那样的傻事了。

“若你想尽快离开这里，那么干吗不直接飞下来呢？也许上帝会同情你，令你折了脖子，这样你的罪便能减轻一些，而我也会十分高兴，比任何一个人都高兴。现在我已讲了我想对你讲的一切。我想了一个办法诱你登上塔尖，你也可以捉弄我，干吗不想个主意把自己营救一下呢？”

当被学者如此戏弄的时候，那个小女人只会一个劲地流泪，渐渐地太阳也爬上了半空，等学者讲完了，她讲道：

“唉，多么凶残的男人啊，那个晚上我真应该那么对你。在你看来，我真是这么恶毒吗？无论我怎么求饶，怎么哭泣，都引不起你的恻隐之心，不会被你同情，那你怎么也应该再深思一下，我要不是百分之百相信了你，将我的心里话全对你讲了，才使得你得以趁机报复，我也才会跪在这向你讨饶，就这些，也许可以使你的怒气冲淡了一点吧，难道丝毫也不同情吗。若是我没相信你，就算你多想报复我，也只能是空想呀。”

“请瞧在上帝的份上，请你做件好事吧，放过我好吗？若是你答应了我，使我下了塔，那么从此之后，我心甘情愿忘记那个没心肝的家伙，只一心一意地爱你，把你作为我的爱人。尽管你刚才把我的外表贬得没有一分价值，仅仅是一时的东西，但和其他女人相比，我很自信地说，就算我的外表不出众，怎么着也算作众人都爱慕的角色呀，而你也是其中一员吧！就算你如此残忍地对待我，我敢肯定你怎么也不会亲眼目睹我没有办法，而自塔顶飞下死了，若你以前没有像现在这样狡猾，那么你是我心中的最爱。”

“唉，求你看在上帝的份上，做件好事，放过我吧，太阳越来越晒了，我被冻了一个晚上，如今实在难以抵挡那火辣辣的骄阳啊，求你了。”

那学者与她讲的一切，全是想捉弄她，就道：

“夫人，你是为了挽回心上人才相信我的呀，而非对我产生感情，因此必须以更大的痛苦来偿还。若你还觉得是你给了我机会，我才能得逞，那你真是太笨了。我想了不下一千种复仇的计划。我一直从表面上不露神色，而背后一直在你周围挖陷阱，就算没有这件事，你以后也会中了我的圈套，而那个时刻，你要忍受的苦难和现在相比实在太大了。我之所以今天用了这个法子，不是想令你好受一些，而是想尽早地出了我的怒气。

“就算我每个方案全落空了，我还有许多钱，我会用它作为费用去详细地描写你的一切丑恶的事情，让它也被你知道，令你后悔得想去死，每天都处在沉痛的悔恨中。而从文笔上受到苦罪，只有你亲身体验过才可以明白。我对上帝发誓（今天他助我报了仇，那么希望能继续保佑我！）。我现在就有股冲动想去写你的丑闻，先不论他人看了怎么说，就是你自己看了，一定会因为羞耻而去挖掉自己的眼珠子，从而可以不再看见自己的形象。大海是由好多小河汇流才形成的，难道你可以去埋怨大海的大吗？

“我刚已说了，我不会再那么想得到你的爱了，也一定不会希望你来爱我。若你有能耐的话，就亲自去寻你的小情夫好了。我以前有一段时间十分憎恶他，如今我却很感激他，原因是他让你吃了这份苦。

“你们女性尽喜欢一些小白脸，身体单薄，留着小胡子，既能扭腰，又可以挡风的男人。事实上一个年纪大点的男性怎么也比他们强，另外他比那些小生懂得更多。在你们看来，那些小生骑马时十分威风，一天赶的路程比中年人赶的多出十几里来。而且我不否认，小生们在床上更具有活力，十分勇猛，但是中年人的体验更多。就如那些优质的食物，即使少点，也胜过许多没味道的食物。而且太过勇猛，你自己也难以承受。稳扎稳打尽管迟钝了一点，但却能令你十分舒服地做完想做的事。

“你们这些不会思维的，如同牲畜的小女人，你们只在乎长相、帅气，却看不到外表下的肮脏。年轻小生是不会只对一个女人感兴趣的，往往是见异思迁，还一副无所谓的态度。因此他们的爱是不牢靠的，而你看一下自己的下场，活活一个正规的实例。那群小生们心里想着为女性们所爱是很自然的，他们得意得了不得，逢人便吹自己拥有情人的数量。现在我才明白有些女性竟和教士暗恋，原来是他们不会把这些抖出去。也许你会讲，你的丑闻仅有你的心腹和我了解，若你真如此以为，那么你太傻了。现在你身边的人和他身边的人均在大谈而特谈关于你们俩的事，只是没传入你的耳朵而已，事情常常是局内人是最后一个知道传闻的人。而且，那个小后生是因为你的家产才看上你，但中年人只会给你带来财富。

“因此我提醒你，你看走眼了，你这么想与他生活，那就白头偕老吧。以前你只会把我当作笑料，如今也不必求助于我。现在我也有了一个情人，她比你强出许多，比你有学识，也能和我相沟通。若你一直待在上面，不知道我的立场，那现在你直接跳下来，当你的鬼魂步入地狱之门时（我十分肯定这个结果。），你便明白了，我看到你的暴死，到底是什么心情。只是我担心你顾忌自己而不会让我高兴。那么我传你一招吧；若你被骄阳晒得快着火了，就去回忆一下我被你害得蹲在雪地里的场景，这样便能降低一下温度，你也不会认为太阳太毒了。”

苦命的小女人从学者的话语中得知自己是无法取得他的同情了，便出声大哭起来，抽泣道：

“唉，就算我求死你，你也不肯动心，那么请看在另一个女人的爱的份上饶了我吧，你不是说，她比我有智慧，而你也得到了她的爱情，那么就看在你们的爱上，放过我，替我将衣服扔上来吧，放我下塔好吗？”

学者见她如此一说，不由笑了，又看到太阳已到中空，便说：

“哎，你都以这个来乞求我了，我就不能再不答应了，那么你说你的衣服在哪里，我去给你拿来吧，也能让你穿好下塔。”

那个小女人以为是真的，心里高兴了一下，就说了衣服的藏处。却不料学者出塔后，对仆人说在一边看着，让过路人别靠近塔，直到他返回为止。做完这些，他就直接去朋友家了，自由自在地吃了午餐，便上床舒舒服服地睡午觉了。

那个小女人坐在塔尖上。尽管心情因为稍存希望而好了一些，但阳光越来越毒了，所以她只好坐在上面，还找了一个靠墙，坐在阴影下。就如此地等待着，心情十分痛苦。她不时地幻想着学者送衣服给她，一会又失望至极，因为这样的思考，还有一夜未合眼，及心情忧郁，在以后她便不知不觉地睡着了。

如今正是骄阳在正天空，火辣辣的光直直地射到她那柔软的玉体上及裸露的头上。而那些细嫩的皮肤经这么一晒，都破裂了，痛得她从昏睡中醒了。她无奈地移动了一下身体，结果那些被晒得起来的皮都如火烧过的羊皮似的，微微一剥，全掉了下来，而身上又承受着难以忍受的痛楚，如同刀刮一般。——这是自然而然的事了。在暴晒下，那地面也在升温了，所以她连搁脚的地方都没有，一脸的泪水，找不到一个藏身之处。而且这个时间竟没有一点风吹，苍蝇牛虻到处飞，全爬到她的皮肤上，使劲地从那晒裂的表皮上吸血，每被一个牛虻叮一下，便要忍受一下如剑刺心的剧痛，她便只好不断地挥动着双手，去赶走身上的虫子，还不断地恨自己，恨上帝，恨那个小情人及学者。

骄阳从空中照晒，苍蝇牛虻又不断地叮她的身体，腹内空空如也，再加上巨大的悲痛：口中冒火，外皮开裂，疼痛难忍，情绪糟糕，她强忍着起身站定，向周围看，看能否发现一个过路人，有一点声响她便大叫求救，什么廉耻再也顾不了了。但是不走运的是，那天因太热了，近处的农民们都未出家门，只在家里晒谷物。因此除一些时有时无的蝉声和汹涌的阿诺纳河上的波涛声外，没有其他声响可以听见。可以看得见阿诺纳河，却喝不到那里的水，看见了四周的大树荫，却到不了树下乘凉。只要是一个破屋子，她也会十分满足了。

如此不走运的小女人所受的罪实在难以言表。上空是骄阳当空，脚下是火一般的平台，周边还有难以计数的苍蝇牛虻在叮，可怜她生得如此的玉体，前夜还可以从漆黑的夜里看得见，如今却到处是伤，多处流血，如同猪肝的颜色了。不管是谁看了她，均会把她当成天下第一大丑人。

她便如此一直失望而又无可奈何，只想一死来了结，总算等到太阳西坠。现在看一下学者，他睡醒之后，才想到那个倒霉的小女人，便来到塔前，想看她的处境如何，顺便叫仆人回去吃东西。那个小女人听见他说话，强忍着，用尽全力，也不顾周身的疼痛，爬到塔口处，边哭边说：

“唉，林尼厄里，你的手段太毒辣了。我是让你在我家后院挨了一晚上的冻，现在你却让我在塔顶晒了一整天的烈日——不对，是被大火灼烧了一整天，既饿又渴，都快死掉了。我请求上帝的怜悯，你将我处死得了，只因我实在没力气自杀，也因为遭受如此的痛楚，我生不如死呀！ 若这个你也不能答应，那至少你也可以送我一点水喝，好让我润一下喉咙，现在我如一团火似的，就只以泪来洗是不管用了。”

学者听完她声音沙哑的求饶，了解到她快抵制不了了，还看到她那快晒落的皮肤，以及那些让人实在同情的话语，所以有了一些同情的心理，但他的口中仍说道：

“如此凶残的女性，若你想寻死，就自个来吧，不要幻想让我来替你完成，你现在求我赐你一点水，但你有没有想过，我在雪夜里挨冷时，也曾求你给我一盆火来着？ 我现在还有一点不平衡。 当我被冻了一夜后，竟用火热的粪便来医治，那是多么难受。 但是被晒了一天后，却要用沁人心脾的浴液来洗身，那是多美的享受。 而且，我被冻了一个晚上，差点成了废人，几乎有性命之忧。 但你只晒裂了一些外层表皮，那样只会脱一层皮，却令你变得更加漂亮了。”

“唉，我太不走运了。”那个小女人说，“希望上帝能使我因此而有更加漂亮的东西送给你吧。 你真的凶残过于禽兽，竟想出如此残酷的方式来报复于我。 就算我再无情，杀了你的家族成员，也最多受如此的罪。 说实话，就算一个出卖了国家的强盗使的一个城的人们死在了敌人的屠刀下，也不过会受到如我所受的一切。 你却使我在这样的太阳下曝晒了一天，还让牛虻和苍蝇来咬个不停。 而如今就是一点水你也不肯施舍于我，你应明白，即使是判处了死刑的罪犯，在他被杀前，若是提出想喝一点水，也能被应允的。 如今你这么狠心，亲眼目睹我快要死了，也不会同情我一下，那我也只能耐心地等着死神，等着上帝的赐救了。 希望上帝没有发现你的卑劣行径。”

她说了这些之后，忍着剧痛爬到平台中央去，完全断了求生的念头。 在这许许多多的苦痛中，口干舌燥是尤为难忍的，每一次的痛都会让她昏死过去，但一次次地醒来后，就只能抱怨命运不公。

当到了晚祷的时候，学者觉得心理平衡了，便让仆人去将她的衣服裹在自己的斗篷里拿来，回到她的农庄，看见了那个女仆正焦虑地坐在大门前，一副束手无策的样子，他对她讲：

“大姐，你们的女主人呢？”

“先生，”她答，“我也不晓得，昨天晚上，我等她睡好后，便回房了，今天清早去她的卧室，却发现是空的，我到处找了，也没有找到，我实在想不出发生了啥事，正在着急呢，希望先生给我提供一点线索好吗？”

他回答说：“若是我当时让你也一块去，那便更加妙了，这样我就可以同时惩治了你们俩了，但是你记住，我不会放过你的，总有一天，我要让你受罪，看你以后还有胆量去捉弄别人。”

他转过身对侍从说：“将衣服扔给她吧，让她到那个地方去找女主人。”

仆人取出衣服，女仆拿过去后，辨认出是女主人的，而又一想到林尼厄里所说的，还认为女主人已死于他们手下，几乎大喊起来。等学者离开后，便拿着衣服，一边哭，一边朝塔的方向奔去。

这一天，女人的农庄里，碰巧有一个农民丢了两只猪，便四处寻找，学者刚离开，这个农民便来到破塔附近，四处找寻小猪，突然听到有女人的抽泣声，便进了塔，大声地询问：

“上面是谁在哭？”

那个小女人听出了农民的呼叫声，便直叫出他的姓名，说：“请看在上帝的情分上，回去叫我的女仆来，替她想个主意救救我。”

那个农民也听出了小女人的声音，说：“哎呀，太太，你怎么上到那上面去了？ 你的女仆一整天在四处找你，却怎么也想不到你待在塔顶上。”

他将梯子移到了塔口，并用柳条捆好了横的档栏[1]。女仆也在这时来到塔前，刚一进塔，便急急地大叫：

“我的少奶奶，你在哪儿？”

那个小女人听到女仆的呼叫，用尽全力地喊：“啊，我的好妹子，我在塔的上面呢，你不要哭了，尽快将衣服给我送上来。”

女仆听到了女主人在说话，这才放下心。农民弄好梯子后，扶她攀上了。她走上平台，看见女主人一丝不挂地、几乎没有气息地在塔顶躺着，而外表几乎已不是一个人，却是一块刚出窑的砖了。当她目睹了这些，便不由地去抓自个的脸，狂哭起来，似乎那个女主人已去了地狱似的。那个小女人说看在上帝的份上叫她止住哭声，快帮她穿衣。她问了女仆后，才晓得除了送衣服的人和塔下的农民，没有别人了解内幕，所以这才放心了一些，并对他们千求万求不可将这事传扬出去。

他们交代了这些事后，因那小女人已无法行走了，便由农民背着她下塔，使女在后面下来，结果不慎摔落下来，一条腿也断了，痛得她哭起来，那哭声胜过一头猛狮。那农民匆匆忙忙地将女主人安放在草地上，又转回来看女仆，见她的腿也折了，就只好将她也背过来，放在女主人旁边。那个小女人在幻想着女仆来照应她的一切，不料现在她也受伤了，命真是苦极了，想着想着，又大声地哭号起来，十分凄惨。那个农民也不会劝她，就只能跟她一块流泪了。

此时太阳快落山了，黑夜马上到来，农民在女主人的指示下，跑回自个家里，领着妻子和兄弟拿了一块板返回女主人躺的地方，最后把女仆抬在板上送回家，农民同时也带了一瓶凉水，给女主人先清一下喉咙，接着说一句劝勉的话，才抱着她回去安置在卧室里。

---

① 译注：“薄伽丘也许忘了说明，学者移走梯子，并将横档栏也砍断了，生怕那个小女人逃走。”

农民的妻子照应她吃了些粥，完了又帮她脱了衣服，安顿她在床上休息了。在当天晚上，他们便将女主人及她的女仆送回到佛罗伦萨。那个小女人本就鬼点子多，所以编了一些故事，说自己路遇鬼怪，才有了这样的事。而她周围的人也信以为真。人们马上去请大夫来给她医治，她也受了很多次巨大的痛楚，发了一场高烧，还掉了几层干皮，经过其他的并发症之后，身体才渐渐恢复了。摔断腿的使女也治好了。那个小女人受了这么大的罪后，便老老实实地，也不去想她的小情人，同时也不再作出风流韵事，捉弄异性了。而学者得知女仆也受了很大的罪，便认为这样自己的仇全报了，便不再去揭发她们的丑事了。

这一切都是一个无知的年轻女人故意戏弄男人而受到的惩罚。她原以为学者和平常人没两样，十分好欺，却未想到学者竟是如此诡怪。因此，各位姐姐，一定不可戏弄他人，特别是有学问的人，尤为不可欺。

故事八

柴巴突然发现妻子和自己的好朋友勾搭上了，便马上吓唬她，将好友哄得关在衣柜里，再与妻子坐在衣柜上作爱，以此来报复。

女孩子们听完爱伦娜的遭遇后，均为她惋惜，认为太残忍了；在她们看来，学者的举措太过激，太没有人情味了，几近凶暴。但是爱伦娜也是自作自受。她也得不到女孩子的怜悯了。潘比妮亚说完这个故事后，女王又让菲亚美达也讲一个，她受命地说起来：

尊贵的女士们，我觉得，当你们听完这个狠心的学者的报复后，肯定觉得太过火了，那么我便说一个比较平常的故事来调节一下大家的情绪吧！这是个很短小的故事，讲的是一个身受欺侮，但仍能平静沉着的面对，他所采取的手法算不上一丁点凶残与过激。这个故事让我们了解的是，当一个人被别人愚弄后，可以相应地报复一下便足矣，不必做得过于偏激。

我猜你们也了解，以前有两个年轻人生活在西埃，两人一个名为斯平纳罗丘·泰涅纳，一个名为柴巴·第·明诺。这两人都是上等人出身，家产丰富。并均住在堪莫利亚大街，且是邻居，交情也很深厚，几乎如同亲弟兄，或许更胜过了亲弟兄，好多时间是一块度过的。另外他们每人拥有一个十分漂亮的妻子。

先说斯平纳罗丘经常去柴巴家串门，有时候柴巴在，有时候柴巴不在，当柴巴不在时，他便与他的妻子聊，这样一来，两人便吃了禁果。两人暗中交往了很长时间，也没被人发现。有一天，柴巴在家时，他妻子以为他出门了，当斯平纳罗丘来时，她说：柴巴出门了，斯平纳罗丘立刻奔上楼去，当发现她一个人在客房时，便立即过去搂住她，开始狂吻。柴巴目睹了这一切，并未出声，只是藏在一边看事情的继续发展。不久，发现自己的妻子与斯平纳罗丘相拥着走进睡房，并反锁了门。他怒火中烧，但立即冷静下来，认真想了一下，若是公开这件事情，对自己只有坏处没有好处。于是便想用一个妙计，既可以发泄一下怒气，又不致伤到自己的名声。千思百虑之后，总算有了一个好办法，所以不出声地躲在原处，静观斯平纳罗丘与妻子的通奸，全当没看见。

当斯平纳罗丘刚离开，柴巴便走进睡房，看到妻子还未顾得上戴好头巾，原来她与斯平纳罗丘取乐时连头巾也给撕掉了。柴巴问她："你在干吗？"

她说："你没有眼睛吗？"

柴巴："有，但却目睹了一些让我发火的事。"

说完他将事情的全部过程复述了一遍，妻子被这一下弄得不知该怎么办，说了好多遍，才承认了一切，因为她与斯平纳罗丘交往已无法否认了。说了一切后，她一边流泪一边向他求饶，柴巴说：

“宝贝，你听我说，你做了对不起我的事情，若想让我原谅，那么就得按我的意志去行事，我想让你去对斯平纳罗丘讲，让他明天和我一起交谈时，到快敲午祷钟声的时刻便找理由抛下我，来找寻你。当他刚来，我便会返回，那时你听到我回来，便将他藏进衣柜里，并上了锁。做完这些，我会告诉你下面该做的事。你也不必太担心，我一定不会对他做什么的过分的事。”

他妻子同意了他的要求，并且如他所说的全做到了。次日两位朋友见面了，到了柴巴所说的时候，斯平纳罗丘便说：

“今天上午，我得去一个熟人家吃顿饭，所以现在必须离开，要不他得等我了。咱们先到此吧。”

“时间还早呀！”柴巴说。

斯平纳罗丘说：“另外我得与他商量一件事，所以提前去一会儿。”

所以他告别柴巴，从外面转了一圈，来到柴巴家，当他与柴巴的妻子刚进了睡房，便听到柴巴回来了。当听到这个，柴巴的妻子假装十分惊奇的神情，如她丈夫所要求的将斯平纳罗丘藏进衣柜里，且上了把锁。做完这些她出去接应柴巴，柴巴说：“宝贝，午饭准备好了吗？”

“好了。”他妻子说，“一会儿就开始吃吧！”

柴巴说：“斯平纳罗丘被人请去吃饭了，所以只有他妻子一人了，你去呼她也来吃吧，就在窗口叫一下吧！”

妻子胆小，只好按他说的办了。斯平纳罗丘的妻子经不住她的诚心邀请，又因为丈夫去了别人家，便真的来了。当她刚一进门，柴巴立即热情的款待她，并小声让自己的妻子先去厨房待一会儿，拉着她的手进了睡房，并随手将房门锁上。斯平纳罗丘的妻子见他这样做，便说道：

“哎哟，柴巴，你想干吗？你叫我过来，竟是想干这个呀？你原来与斯平纳罗丘是如此交往的？这便是你们忠贞的友情吗？”

柴巴将她拉到她丈夫躲的衣柜前，拥抱着她说：

“夫人，不要着急，让我来给你解释一下好吗？我一直当斯平纳罗丘为自己的亲人看，却没想到我如此的相信他，换来的是他偷取了我的妻子，与她如同与你一样上了床。如今他也不知道这事被我发现了。就看在我们的交情上，我也不想太凶狠地回击他，只是以他的手段表示一下而已。现在我的妻子已被他占用了，所以我也想和你玩乐一下，你同意吗？若你不肯，我也会有法子报复一下的，让他罪有应得，我会想一个妙计来惩治他的，让你们一生也过不了好日子。”

那夫人听完这些，又因为柴巴一再发誓，便也相信了这一切，所以说：

“哎，柴巴，这样一来，只有我才是挨报应的对象了，那我也只好认命了。但是，我们这样做，也是因你妻子先负于我的，因而我还想与她和睦相处。另外也但愿你们能互相恩爱依旧。”

柴巴答应：“我会做到你所说的，并且完事后我将会送给你一颗价值无量的钻石，这是世上独一无二的。”

边说边搂住她，开始亲吻起来，接着就叫她仰卧在她丈夫藏身的衣柜上，与她痛快地玩了一会儿。

现在看一下衣柜里的斯平纳罗丘，当听完柴巴与自己妻子的对话后，又感觉到头上的衣柜的震动，气得七窍生烟，要不是想到柴巴在场，他真想对着柜外面的妻子大骂一通。可又反过来一想，事情是因自己而引起的，也不可以怨柴巴，况且柴巴已经很尽人情了，尽了朋友的义气。当这么想了之后，他便决定了，以后若柴巴肯的话，他们仍然是要好的朋友，并且情谊比以前要更深。过了一段时间，柴巴觉得满足了，便从衣柜上下来。那位太太问他要钻石，他将房门打开，呼妻子过来，看到她面带笑容地进来，并说：

“夫人，这就当成是你对我的回报吧。”

柴巴急急地命令妻子：“将衣柜的锁打开吧！”

当开了衣柜后，柴巴让那位太太过来瞧一瞧自己的丈夫斯平纳罗丘。两人一见面，真的不知该怎么说。一个胜过一个难堪：当斯平纳罗丘看见柴巴时，明白了他已发现了自己的不轨行为，但是除了难受，还有自己的妻子在自己的爱人面前，了解了一切，还有面对丈夫所作的这些也让丈夫知道了，两人一阵窘迫。

“这便是我想送给你的宝石了。”柴巴指着她的丈夫说。

斯平纳罗丘从衣柜里出来后，立即说：

“柴巴，这下我们两不相欠了。方才我也听到你所说的，我们就继续做朋友，这真是妙极了。咱们从前是除了妻子，什么都不分着使的朋友。而现在，我认为就是妻子咱们也不用分什么彼此了。”

柴巴同意了他的提议，因而四个在一起进餐，相处十分友好。而且自此之后，这两位太太，同时拥有两个丈夫，而这两位先生也每人都有两个爱人，再也没有闹过一丁点小别扭。

故事九

一名笨医生遭到戏耍，两名画家假意请他出席宴会，而当他兴冲冲地走到乡间时，他们使他弄了一身大粪，颜面大失。

关于上面两个西埃那丈夫互换妻子的故事被女士们大加评论了一

番之后，女王发觉除了自己和那个拥有特权的第奥纽之外，别人都讲过故事了，她就说：

尊敬的女士们，斯平纳罗丘之所以遭到柴巴的捉弄，这完全是他自讨苦吃；所以，对潘比妮亚的说法我很赞成，捉弄那些搬起石头砸自己的脚的人是很恰当的，不但不该非议，简直应当提倡。好吧，我也要告诉大家一个关于自作自受的故事。

这个故事中被捉弄的主角是一名医生。他原来仅是个笨蛋，从波伦亚学医归来之后，即把自己打扮成一个饱学之士的模样。对这样的人我们是司空见惯的，凡是在波伦亚待过的人，都爱把自己装饰成法官、医生、要么就是公证人什么的回乡，身上也是装饰得十分华丽，有白色毛皮饰边的血红袍子，很是威风；可是，每个人都可以想象，他是不是个绣花枕头。故事中是名叫西蒙·达·维拉的医生，尽管他胸无点墨，却拥有大批世代积累的遗产。他同样是穿戴着血红长袍与巨大的毛皮帽子从波伦亚归来，他自称是医学博士，他行医的地点就在那个称依维亚·台尔·柯柯麦罗街的地方。

医学博士也带着一身昭彰的臭毛病，最让人难以忍受的毛病就是，他一旦在行医的时候注意到哪个路过的行人，就非要跟病人问清楚行人的来历。他把人们的一言一行都烙印在脑海中，像背什么有关医学的著作一样。最让他感兴趣的是两名画家，他们是勃鲁诺和布法马可，我们已经说到他们一次了。他们与这医学博士是近邻，每天都粘在一起。他们令医生感到奇怪，他们不为生活而劳碌，而且过着不同于常人的幸福生活，他逢人就问他们的事情，只是每个人都告诉他，他们仅仅是没钱的画家罢了。令他百思不得其解的是：为什么这两个穷光蛋可以每天高高兴兴地生活下去？他坚决地认为，他们两个必然是聪明过人，应该有什么特别的方法赚钱，而且是不为人知的秘密。于是他决心与这两个人交好——哪怕是成为其中一个人的好朋友。终于勃鲁诺成了他的朋友。成为他朋友后，勃鲁诺很快发现他就是笨蛋，于是就编了一大堆天方夜谭愚弄他，可他却听得津津有味。勃鲁诺又被他宴请了几次，他就视其为知己，以为可以无话不谈，就找了个机会试探，问他与布法马可这样的人，穷困潦倒，却可以生活得那么快乐，他一直不明白，这究竟是为什么呢？勃鲁诺强忍住笑意，心里盘算，他居然敢连这种既无礼又无知的问题都敢问，那就该这样给他一个教训，于是就对他讲：

“先生，这可是我们谨慎保守的秘密啊，但是，谁让你是我的好知己呢，我也完全可以相信，你知道这个秘密后必然也守口如瓶，我就决定告诉你了。就像你看到的那样，我们两个一直过着很快乐的生活——也许还要好过你的亲眼所见。我们没人拥有固定的产业，而且我们要单靠艺术谋生的话，也只能去喝西北风了。不要胡乱猜测我们，我们可是本本分分的人；我们能够生活得快乐，从未觉得缺少过什么，也从不损人利己；这一切都因为我俩居无定所，这就是你耳闻目睹到的，我们的幸福生活的来源。”

医生立即把这番话奉为至理名言，尽管他对此还是不甚明了，并且特别的好奇，非要勃鲁诺把流浪生活的具体做法都告诉他，他一面软磨硬泡，一面诅咒发誓至死也不会向旁人吐露一个字。

“哦，”勃鲁诺惊呼着，“医生，你根本不了解自己所打探的事情有多重要，它与我俩密切相关。对我们这是天大的秘密，一旦为外人所知，我就不必再活下去了，必然会落入那个圣盖罗的多嘴魔鬼口中。可谁让我偏偏对你这个傻瓜那么看重呢，对你的信任，让我无法不满足你的愿望；不过，你是否可以先向孟蒂松的十字架起誓，你守口如瓶，然后我就原原本本讲给你听。”

医生唯命是从地诅咒发誓之后，勃鲁诺缓缓开口：

“尊敬的医生，我现在就讲给你听：在这个城市中，曾有过一位著名魔术师。他来自苏格兰，因而被人们称为米盖尔·苏格兰。众多的绅士都对他青睐有加，他们大多已经故世了。魔术师离去之前，无法拒绝绅士们的殷切的要求，让两位优秀的弟子留下来了，并告诉他们俩，只要是依归他的绅士，他俩就可以满足他的愿望，不管它是什么。

“两名弟子完全照办了，绅士们在私情及一些别的琐碎之事上的愿望全被满足了。天长日久，他俩也习惯并爱上了这里的一切，也就决定在这儿住下去了。在城里，他们广交朋友，只要意气相投，他们绝不嫌贫爱富。他俩成立了一个由二十几个人组成的组织，以此取悦朋友，他们每月至少见两面，到时随便选在哪里。在聚会时，大家能够畅所欲言，把自己的愿望说出来，他俩即刻行动以便令他们在晚上就实现了愿望。

“这两位魔术师是我与布法马可的至交，所以我们也是那个团体的成员，而且直到现在还是。实话告诉你，我们的每次相聚都不亚于一次王宫盛会，场面十分宏大。我们的餐厅金碧辉煌，令人目不暇接，饮琼浆玉液、食山珍海味。就连那些侍女都是风姿绰约，明眸皓齿，无论你看上了哪个，都可以让她服侍。无论是吃饭、饮酒的各种餐具，还是令人垂涎的盘中之物，不怕你不能马上见到，只怕你无法想象那种奢华。

“再来听听那些仙乐神曲，就光那些五花八门的乐器，我都认不出；照明用的精致的蜡烛，席间送上的美味糖果，任你畅饮的各色名酒，实在是数不胜数。并且，亲爱的潘普金海先生，我不知如何说服你相信我，我们在宴会上与在平时穿的真是天壤之别啊。所有的人都穿着最讲究的衣服，气派非凡，哪怕你见到的其中衣着最为寒酸的一个，你眼中的人也不会逊于任何一位王公贵族的。

“这对于我们并不重要，我们最高兴的是我们可以任选美女侍奉，无论她在何方，无论她是谁。你甚至可以发现拉斯卡·洛女王，巴斯克的王后，苏丹的妃子，乌兹别克鞑靼的女王，诺洛威的醉格尔抓格尔台尔，福拉普都得兰的英拉格琳，以及武尔格则尔格林的马得凯特……真是不胜枚举。一句话，全世界的女王都供我们驱遣，就算普列斯特·约翰的那位角长在屁股当中的萱瑞维嫩丝都来了，哎，你是否也看到了？用过些糖果、饮过些琼浆，她们就袅袅娜娜地走到要她们陪的男人面前，与他们共度良宵。

“你无法想象，所有的房间都是那么富丽堂皇，犹如仙境。里面的香气，如同药房里磨碎茴香的味道。供我们休憩的床铺，连威尼斯总督也会羡慕它的华丽、舒适。而美女们的销魂之术，我简直无法形容，还是由你来想象吧。并且，我认为我与布法马可是所有人中最走运的。他最经常的伴侣是法国王后，而我则喜欢选英国王后。她们可全是世上无与伦比的美人儿。当然，我们也是因为都有一手，才能笼络住她们，让她们对别人不感兴趣。说到这儿你就知道我俩快乐生活的源头了吧，因为有两名仙女一样的王后深爱着我们。特别是我们一旦需要钱，只需向她们开口，要多少都可以立即拿到！我们把这些称为放肆，原因在于我们就像那些肆无忌惮的海盗一样，拿到这一切，我们唯一与他们不同的是：我们并不像他们那样，把到手的东西据为己有，我们会归还的。

“尊敬的医生，说到这儿你一定知道我们如何流浪了吧；你也一定了解，对这样的事该守口如瓶，我也就不必多说了。”

此位医生医术所及，顶多不过可以治孩子头上的秃疮，勃鲁诺的一番胡言乱语却令他深信不疑，满脑子都是要加入进去，比去干任何事都来得急切。他向勃鲁诺说，怪不得你们那么快乐，世上居然有此等好事。他竭尽全力才没让自己冒失地请求也让他参加，他觉得自己必须再拉拢一番勃鲁诺，这样提出请求时才觉得稳妥。

他自此更加殷勤招待勃鲁诺，早餐、晚饭都请他共享，体贴周到，对他一日不见如隔三秋，似乎画家已经成为了他生命的支柱。

勃鲁诺对他的无微不至很是满意，作为回赠，他为医生画了幅四旬节图在餐室，一幅“神的小羊图”在门口，还画了巨型夜壶在大门口，这样来治病的人一目了然，不会出差错。医生的走廊中被画了幅“猫鼠搏斗图”，他十分欣赏这幅画，假若哪天勃鲁诺没在医生家吃饭，次日他一定会上门解释：

“我昨天是去参加晚会了；我现在对英国王后感到十分乏味，就让鞑靼大王的桃拉桃克西来侍候我。”

“桃拉挑克西？那是个什么？”医生不解地问，“我真搞不清这些怪称呼。”

“啊，亲爱的先生，”勃鲁诺大声说：“我可以理解，因为在泼考格拉索与华那森那的讲述中不包括他们。”

医生说：“我想你说的是喜泼克拉底斯与阿维森那。”

勃鲁诺应声说：“也许，我怎么知道。你不知道我所说的称呼，我也不知道你的。不过‘桃拉桃克西’是鞑靼语中王后娘娘的意思。哦，那个的确是尤物！我打赌，你只需看她一眼，你以前学的那些医学名词就全被抛到九霄云外了。”

勃鲁诺一再这样撩拨他。直到一个晚上，医生为他掌灯画“猫鼠搏斗图”，想着他已在勃鲁诺身上下了那么多功夫，自己的心愿也该提了，他发现四下无人，就向勃鲁诺说：

“勃鲁诺，上帝知道，我对你比对任何人都好。怎么说呢，只要你一句话，我可以步行去那个离此四英里的泼里托拉去。我们已是如此友好，你不会不同意我的一个不情之请吧。说实在的，你第一次告诉我你们那个充满乐趣的集体的事后，我就心痒难搔，我真想也立即成为你们中的一员，慢慢你就知道，我为什么这么急切。我头年在卡卡文西格里时，有个非常漂亮的小妞让我动心了，我当她是宝贝，要以十枚波伦亚钱，换取她与我的交好，可她却不识好歹。我要是入了会，一定让她去侍候我，要不就任你嘲笑。因此我请求你，我如何才能加入，我需要你的帮助。我发誓自己一定是个合格的会员，一定为你挣面子。况且，我还这么健壮、风雅，脸如玫瑰般红润，而且又是医学博士，你们中正缺少这样的人吧？在许多方面我都很博学，还能歌唱。现在我就证明给你听。”

话一停，他就放声高歌。勃鲁诺简直无法忍受他这番无耻之言，他强迫自己半天才没有发出爆笑。医生唱完问道：

“唉，我唱得很不错吧？”

勃鲁诺答：“真太精彩了，这种嗓音无需任何乐器伴奏。”

医生又说：“如果不是亲耳听到，你能想象我能唱出这么美的声音吗？“

勃鲁诺答：“真的让人难以置信。”

医生接着说：“我还会唱许多。但今天就不多唱了。说实在的，我的父亲也是名绅士，但是住在乡下；我母亲则是伐莱丘家族的，你也知道我的藏书与长袍，在佛罗伦萨的医生中可是首屈一指。告诉你吧，我在十年前做了一件长袍，全算在一起，它花费了我一百多镑。因为我恳求你一定要帮我入会；我可以发誓，倘若你能帮上我，我就终身为你免费医疗。”

勃鲁诺听完，更加坚信这名医生是笨蛋，回答说：“先生，把这儿给照亮一下儿，别急，让我先画好这老鼠尾巴，然后再说你入会的问题。”

他画完鼠尾，假意很难办似的说：

“亲爱的医生，我很清楚我要是帮了您，必然会得到您的好处，可是，你的要求，也许在你这个饱学之士眼中不算什么，可对我却至关重要啊。可谁让是你请求我呢，我一定效犬马之劳，除了您谁也不能让我这样了；我之所以帮你，首先是我们交情甚笃，其次你也会说话，简直巧舌如簧，哪怕我一万个不愿，你也能说服我。随时间推移，我越来越感到你的智慧。除了这些，哪怕只是因为你说到的那个迷倒你的美丽女人，也会引起我的同情心。不过我还得向你声明：我并不具有决定权，因此我不能向你保证什么。但是，倘若你可以立重誓守口如瓶，我会教你如何做。你刚刚提到过你丰富的藏书与大量财产。那么，我很有信心得到好的结果。”

医生说：“不必顾虑，你就告诉我该怎么办吧。你并未完全了解我，你不知道我多么能保守秘密。我告诉你，福林波波里由瓜斯帕鲁罗·达·沙里塞托掌管时，他什么事都告诉我，因为他知道我善于保密。你放心了吗？他打算娶白茄敏娜时，首先就告诉了我，你现在总放心了吧？”

“太好了，”勃鲁诺答道，“如果这样的要员都信任你，那我也一样；我就全都告诉你吧。我们在聚会时，每次设一名首领，两名顾问，半年为一任。下月就该布法马可做首领，我当顾问了。首领只需发令，我可以允许你入会，因此，你有必要去拍拍布法马可的马屁，对他殷勤一点儿。以他的为人，注意到你的机灵，一定会另眼相待；之后你就可以发表一番议论，讲讲你丰厚的家资与藏书，给他戴顶高帽，再说出你的请求，他便无法谢绝。我早就向他介绍过你，他对你印象不错。你先做好我刚刚教你做的事，其他的就交给我吧。”

医生答道：“听了你的话我太快乐了；如果他是个伯乐，我只要与他说几句话，他就不会再放弃我了；说实话，我如此的博学强识，让全城人来分也分不完。”

勃鲁诺与他说定之后，就把此事原原本本地讲给了布法马可听，当布法马可得知居然还有这样的笨蛋活在世上，恨不得立即去戏耍他。回头看医生，他一心想去放浪形骸，每天坐立不安，只有与布法马可成了至交，他才可以放心。为此，他摆出盛宴邀请他俩。两名画家也颇为豪爽，这里的美味琼浆吸引住了他们，此后他们就经常主动上门，吃得沟满壕平，却大言不惭地说，来吃还是给了他莫大的面子。持续了一段时间后，医生觉得已有把握开口，就对布法马可说出了心愿，还是原来向勃鲁诺提出的那一套。布法马可立即勃然大怒，对勃鲁诺横加指责：

“上帝啊，混蛋，原来你是叛徒，我真该暴打你一顿，让你满地找牙！你说，别人谁会把这样的机密告诉他这个医生？”

医生连忙洗清勃鲁诺，一再表明勃鲁诺真的没有透露，是其他人告诉他的；他巧言辩解了许久，布法马可才不再深究了，他又问医生说：

“医生，你一定是从波伦亚学成回来的，应该会严守秘密，而且，我相信你也不是个笨蛋，不会为捡个芝麻而丢了西瓜，你并不与傻瓜为伍，却是拜痴子为师。我听勃鲁诺说，你在波伦亚选修医学，可我发现你收买人心的功夫倒是不浅；而且你心思灵敏、口若悬河，别人和你是没法比的！”

他还意犹未尽，但医生拦住了他的话头，对勃鲁诺说：

“想交上个聪明朋友，可是让人赏心悦目的！你这么不平凡的人，谁能和他比，三言两语就让我心情豁然开朗！你也没有一下发现我的优点。你曾经告诉我，布法马可是一个伯乐，记得我如何回答吗？ 怎么样，我言出必行！”

“是啊，是啊！”勃鲁诺说，“你做的比我想象中的还要好！”

医生又转向布法马可说：“你要第一次看见我在波伦亚就好了，你会更欣赏我的。说句实话，在那里上至王公贵族、下至贩夫走卒，无论他是干什么的，我只需鼓动我的舌头，略动心思，就可以让他们乐不可及，所以他们所有人都喜欢我。而且，哪怕我只随便说句什么，也可以逗得他们前仰后合。所以，最后他们谁也舍不得我走，希望我能留下。他们还希望我能留下给他们的医科生讲课。但是，我拒绝了，这里有我家族中大量遗产等我继承，我才回来了。”

勃鲁诺向布法马可说：

“你的意见呢？我上次向你提起时，你还以为我骗你。说实话，你绝找不到比他更专业的蠢蛋医生了。放眼全法国，可能也不会再有另一个人了。你就帮他这个忙吧，总之你也推卸不掉了。”

医生又说：“像勃鲁诺说的那样，唯一遗憾的是别人还没发现我在这个方面的天赋。你们佛罗伦萨人都比较笨，我和别的医生在一起的情形要被你们看到的话——哈，哈！”

“这很自然，先生！”布法马可答道，“我真不知道你有这么丰富的学识！我现在要在鲁班门前耍大斧了，借句文词，我会为你人会而‘尽心竭力’的。”

医生得到允诺，高兴得更周到地服侍他俩。作为回报，他们穷心竭虑地对他大加戏耍，允诺将如厕公爵夫人送他作情妇，还夸耀说那可是人类身后的情感尤物。医生追问说，那位如厕公爵夫人到底是何等样人；布法马可告诉他：

“亲爱的榆木先生，她可是个不同凡响的女人，她的职权范围是这里所有的居民。一般人就不必提了，圣方济各派的修士如何？也要将黄白之物拱手相送。说真的，只要她驾临，根本不用任何人介绍，只需她身上的味道传来，大家就清楚了。她一般都幽居于深谷之中，但前些天有一次，她出门途经你家，去阿诺河沐浴，那里有清新的空气。她最常在垃圾堆里居住。有一群侍卫、官员追随着她，用长矛与大锤作礼，很尊敬她。她的许多官员，可以让你随时见到，像茅厕·拉尔，粪屎·维尔，黄白·坑尔等人。大概你也见过这些人，只不过一下子又忘记了。倘若我们可以如愿以偿的话，那个卡卡文西格里的女人你就把她抛在一边吧，你想想那么美丽、高贵的公爵夫人，想象一下她的温柔乡。”

医生在波伦亚土生土长，还在那里学了医学，根本对这些话语一无所知，所以那个贵妇人更令他神魂颠倒了。在这次会面后没多久，两名画家就赶来通知他，祝贺他已经被他们的团体接纳了。在他们团体又经过一个下午的狂欢之后，医生再次把他们邀至家中。用罢晚餐，他仔细询问自己今晚加入的细节，布法马可说：

“医生，最重要的是你要自信；倘若你缺乏信心，一定会受阻挠的，我们也会被牵连进去。我们马上教你，该如何表现得勇敢。在天色已晚的时候，你走到圣玛丽亚·诺凡拉教堂外的一座新坟去。把你最最精致的衣服找出来穿上，你还是第一次去，别显得太寒酸了，我们还听说，公爵夫人想为你这个绅士设一个卫生间爵士的名位。你平心静气地等在那里，我俩尽快让人去接你。

“干脆全告诉你了吧，实际上，去接你的会是一只头上生角的黑妖怪。它并不巨大，会在你旁边的地方高声号叫，然后不停跳跃，就是要吓唬你。不过，你如果不被吓倒的话，它就变得不那么凶狠了，它会靠近你，你就离开那坟，一定要勇敢，更不要念什么天主或圣徒的名字，要在它背上坐稳。你坐上去以后，将手交叉放至胸前，来表达你对它毫无恶意，别弄它身体。然后，它就将你平安送到我们身边来了。但是，你一定要记住，天主与圣徒们的名字是绝不可以喊的，也不能显得胆小，否则它就不会再让你骑了，也许会把你甩到一个肮兮兮的所在，让你难堪死了。所以，你要是胆小如鼠，或没打定主意，就别去，否则不光你本身，我们也会遭殃的。”

医生立即保证：“你们怎么还不相信我。难道就因为我身着长袍、戴着手套，就以为我不勇敢？我要是告诉你们我曾经干过什么，我在晚上在波伦亚的时候与好朋友一起找女人寻欢作乐，会让你大吃一惊的。在一个黑夜里，我们见到一个瘦骨伶仃的姑娘，一个小个子，她却不愿与我们同行，我就过去给了她几记耳光，一下子把她抓到半空，甩手就把她扔了出去，让她不敢不和我们一起。我还干过一件事，在天擦黑的时候，只有一个用人跟着我，路过圣方济各会修士的墓地，恰好白天时在那儿下葬了一个女人，我却若无其事。好了，你们也该舒口气了，我有足够的勇气，而且百折不挠。我一定要为你们争光，我会身着我最好的、接受医学博士学位时的精美长袍，到时你们就会发现你们的好友们会多崇拜我，恐怕他们会马上选我为头儿也不一定呢。公爵夫人只听过我的名字便倾心不已，要自己花钱为我买爵位，可想而知，当我光临时，该是怎样盛大的场面。你们很快就可以知道，我是不是当爵士的料儿，会不会把一切做好！”

布法马可应道：“这太好了，但是别骗我们啊，我们一定会派人接你，你可别又不去，让我们空等一场。我的意思是，现在气温很低，你们当医生的最会保养了，对吧？”

西蒙医生高声说：“哦，我才不会怕什么冷天气呢，我禁冻着呢。偶尔在我起夜的时候，一般连件外衣都不必套。你就放心吧，我一定去。”

他俩向主人告了辞。挨到夜里，医生随便编了个理由瞒过妻子，自己偷偷把自己最好的长袍穿在身上，然后来到圣玛丽亚·诺凡拉教堂，站到了一座大理石的坟墓上，在寒风中等待着怪物的出现。回头看布法马可，他本来就人高马大，他不知从哪寻了个游戏用的面具出来，又把一件皮衣反穿，就好像一头熊一样，那面具十分鬼气，恰有只角生在上面。他化装好自己，也赶往圣玛丽亚·诺凡拉，勃鲁诺也赶去等笑话看。他发现医生已经在那里了，就跃起来，边跳边发出种种怪异的叫声，好像发疯了一样。

那个医生其实胆小如鼠，眼前的景象和声音早就令他战栗起来，胆都吓破了。他真的后悔自己来到这里，觉得还是家里好。可是，事已至此，再加上曾听过的种种美妙的描述，他又不甘心，只好硬着头皮待在那儿。布法马可发了一阵疯后，就安静了下来，向着医生所在的坟头走去，并停在了那里。

医生早已体似筛糠，拿不定主意是否骑到它背上，不敢轻举妄动；终于，他还是怕不上兽背的严重后果，只好强压下恐惧，从坟墓上下来，悄声祷告："天主佑我！"接着就上了兽背，勉强控制着身体的颤抖，还要听从他们所言把双手交叉起来。布法马可就缓缓向圣玛丽亚·台拉·斯卡拉爬过去，带他到了里波尼女修道院那里。

在当时，那里挖了许多的坑池，农民就在那里面储粪，作上田的肥料。布法马可走到那儿，靠近了一个池子，就握了他一条腿，一下把他拽下背来，倒扔进了池子里。随后，他又手舞足蹈了一番，似乎在大发雷霆，然后就沿着圣玛丽亚·台拉·斯卡拉路一路跑到奥霍罗的野外，勃鲁诺就待在那儿，这是因为，刚才的一切都被他看在了眼里，实在控制不了自己，就跑到这里来笑。两人又取笑了西蒙医生一番之后，就站在这里向那边观望，不知他带着这一身的污浊会怎么办。

那个笨蛋医生，发觉自己居然遭到了如此的下场，只好费力向上爬，要摆脱这个肮脏的所在。结果他跌跌撞撞，几次三番爬起又跌下，甚至还咽下了几口那种东西，等他最后爬出了那个坑，他已浑身上下污浊不堪，头巾也不见了，简直是惨不忍睹。他只好把一双手在身上乱揉，一筹莫展。他赶回家，费了好大劲才把门敲开。他才把一身脏物带到房里，门还开着呢，那两个好朋友就跟着来了。他们就是来这里看他们夫妻争吵的。他们到门口去偷听，听到那妻子正在破口大骂这个笨蛋：

“看吧，就这个样子还敢回来。是哪个女人把你的魂儿给勾去了，还要穿这件好衣服，好风流啊！有我你还不够？色胆包天！凭我当女人的手段，任何一个男人都会感到满意，你又算个什么东西！真是恶有恶报，你掉到那种地方就是报应！亏你还能活着回来，白披了一张医生的皮，家里的妻子不要，非半夜三更去鬼混！”

那妻子也不是省油的灯，骂得越来越难听，一边盯着他收拾自己，一边数落他到子夜。

次日清晨，勃鲁诺与布法马可利用画家的天才将身上画出淤青，极像被打伤的样子。做好后，他们来到医生那儿，没进屋就已闻到了臭气，他连屋子还没收拾呢。医生也睡醒了，他们就过去找他，医生忙不迭地去问候他们两个。这俩个家伙就决计按预先说好的方法，马上发起脾气来，说道：

“你还好意思问我们好？主会惩罚你的，让你死得很惨！你就是背信弃义的混蛋！我们一片热心为你好，让你去风流，谁知你却让我们险些被人杀了。你不守信，却使我俩被人大打出手，就算赶驴进城也用不着抽这么多鞭子。不仅如此，我们为了你也差一点儿被赶出会去。不信吗？看看我们吧？”

他俩边说边撩起了衣服，昏暗的灯光下，那效果十分的逼真；让医生略略望了一眼，就又马上穿好了衣服。医生只好努力洗清自己，将自己昨夜所遇到的件件倒霉事全抖搂出来，连进粪坑的事儿都说了，布法马可拦下他，问：

“怎么没把你从桥上扔下阿诺河呢？谁让你喊了天主和圣徒的名字呢？我们早就警告过你。”

“上帝作证，我真的没说过。”医生说。

“什么！”布法马可吼道，“你还说没有说过。你不停地叫嚷！我们派去接你的人回来说，你不停地颤抖，像只冬天的小鸡，连自己是谁都忘了。呸，你这个骗子，我们永远、永远不会再相信你！你把我们当成猴子耍，那我们也就不客气了！”

医生再三为自己辩白，要求他们可以原谅他，为他保全面子，还忙着赔不是，求他俩别再生气了。自这天起，医生为安抚他们，更加的周到备至，更多地请他们来赴宴，但求不要把自己的丑事抖搂出去。大家现在可以知道，去过波伦亚学习的人，他们的知识实际上是这样学到的。

故事十

一名商人为一个西西里女人所骗，失去一切，在商人重来时谎称拿了更多货物来，向那贱人要了大笔钱，而只留给她些苎麻和海水作抵押。

女王在讲述故事的过程中，令女士们笑倒了很多次，如果认真观察，她们一个个连泪水都笑出来，你可以想象她们的样子吧。女王结束了故事，第奥纽也明白该自己讲了，就主动讲起来：

各位女士，聪明人更容易受些蒙骗（因为人上有人嘛），同样的，人们也最最爱听这种故事。你们所述的各种奇谋妙想，当然都很扣人心弦，我也要讲个故事，我认为更加精彩，在这个故事中的女主角，她自己就善于骗人，而且比上面你们讲过的都有水平，但最终她也落入了别人的计谋中。

过去传下了一套规则，也许一直沿用到今天，只要是港口，只要有商人来了，有货物卸下，并且必须寄存到客栈中，那些地方被称为海关，有的是民间的，有的是当地政府的，有的商人将货物的种类与数量与货物价值全列在一张单子上，给海关的负责人，在由他们为这里货物找到合适的仓库，放置好、锁好，并把一切都登记入册，以便在商人们取货时能按这个凭据交纳税金。 那些中间人，也来这里查账簿，以便得到商人们的货物量，以及优劣程度，这样就可以在日后与其他商人做生意。

这是一种被广泛使用的方法，在西西里岛也有一个海关。 而且那里存在大批貌美如花、且不知羞耻的女子，倘若你不了解她们，必然会视其为守身如玉、出身高贵的小姐、夫人。 但她们所做的不仅是掏男人身上的油水，甚至要榨干他们身上的鲜血；她们要是盯住了哪个商人，就会到海关那里查他所带货物的量与价，如果满意，她们便用尽全身解数，让他们陷入她们精心编制的情网。 有许多精明的商人栽倒在她们的裙下，有些损失尚小，有些甚至不名一文，把货物、乃至生命全奉送给了她们。 这些美丽的女杀手，她们的屠刀磨得真是锋利。

说个比较近的故事，是个年轻的佛罗伦萨人，听从主人差遣到了那里。 他叫尼柯罗·达·西涅诺，但是大家都叫他为萨拉巴托。 他从萨莱诺买了大约五百金币的纺织品，运至此处出售，在他把货物存上后，就去找地方让自己快乐去了。

这个帅气的小伙子，头发金黄，朝气蓬勃，很是英俊；碰上了一个假装买货的女人，她自称姜考费奥利夫人，她已经对他的身价了解得一清二楚，就向他频频暗示。他在这种阵势之下，简直把她奉若神明，还以为她这个贵妇被自己的英俊迷倒了，也就暗自思量如何暗中把此事办妥。他自己严守着心中的秘密，只是更加频繁地在她家门前走来晃去。那个荡妇经过了几天的眉目传情，已经撩拨得他心急如焚，就也摆出了为他神魂颠倒状，于是就差遣了一名专门做这种事的侍女去找他。那侍女在他那里待了很久，眼泪汪汪地对他说，她的女主人早就为他迷人的外表而茶饭不思，每天都寝食难安，倘若他也有意，那就请他一定去间浴室见夫人一面。说罢，她还拿了一枚金戒指出来，说是女主人送他的定情物。

萨拉巴托听罢，简直不敢相信。他把戒指接了过来，热切地又看、又吻，才小心地戴到手指上，随后告诉那名侍女，夫人能够垂青，他实在十分荣幸，而且一定不会让夫人失望，他也很爱夫人，甚至爱过自己，如果夫人需要，他可以随叫随到。

那个以此谋生的侍女把此种情况告知了她的女主人，然后又通知萨拉巴托，夫人明晚将会在某间浴室恭候。他对此事还是守口如瓶，只是在约好的时候赴约，到后才发现夫人已经包下了那所浴室。他没到多久，有两个侍女就出现了；她们的头上分别顶了美丽、宽大的棉垫和一只大桶，那里面放了许多的物品。她俩将棉垫在房间里铺好，在棉垫上面又铺上两床锦绣的被子，又把一面床罩铺在上面，最后在上面放好了一对可爱的绣制枕头。随后，她们除去身上的衣衫，把自己泡进浴池，来清洁整个浴池。

不一会儿，那个夫人也驾临了，她又带来了两名侍女。萨拉巴托一出现在她的面前，她就迫不及待地对他抛媚，又拥又吻，喘过一阵儿后说：

“只有你，才能让我这么的魂不守舍！你这个来自佛罗伦萨的家伙，我心里的火全被你燃起来了。”

下面，他遵照夫人的吩咐，与夫人一起将自己剥得赤条条的，双双入浴，那两个侍女来服侍。但夫人只允许她俩为自己擦洗，她亲手用喷香的肥皂为他擦遍全身。随后，她要两名侍女来帮自己洗。都洗好后，两名侍女取来了熏过玫瑰花香的纯白的单子，把它们分别裹到夫人与萨拉巴托身上，将二人送到了那张大床上。让风吹干他们身上的水汽后，侍女拿掉了他们身上的单子，使他们赤裸着躺在一起。侍女们又取过篮子中的银制的精雕细刻的瓶子，那里面是各式香水，玫瑰香、橘子香、茉莉香、柠檬香，侍女们将香水喷到他们身上。还把准备好的各色美酒佳肴给他们送来了。

萨拉巴托感到幸福极了，简直不知身在何处，双眼在夫人的身上转了不知多少遍，她简直太迷人了。他真想马上下令让侍女们退去，这样就可以为所欲为，搂抱她，他简直等不下去了，似乎过去了好几个世纪。终于，夫人遣走了那两个侍女，她们走前给他们留下了一盏灯照明。他们立即拥抱在一起，他们一起销魂了多时，萨拉巴托心驰神往，感到自己已经溶化到了怀中这位贵妇的体内。

又缠绵了一会儿，夫人认为该起身了，两个侍女又被她唤了进来，为他们穿上衣服。然后用了点早餐，用香水清洁了手与脚。夫人临行，又告诉萨拉巴托：

“如果您对我有意，我会在今晚在家里等候您的光临，我很希望与你一起共进晚餐，再度过那漫漫长夜。”

萨拉巴托的魂儿早就附在这个艳若桃李又风度翩翩的女人身上了，他相信这个让他享尽乐趣的女人爱他爱疯了，就像他自己一样，就说：

“夫人，我任凭您的吩咐。不光今夜，直至永远，只要您一句话。”

然后夫人就回家了，她为今晚作准备，让侍女们把卧室收拾好，把她最精美的衣服、窗帘等等全拿了出来，又做了一顿丰盛的晚餐，只等萨拉巴托的到来了。天色刚暗，萨拉巴托就如约到来，夫人给了他一个拥抱，丰盛的晚餐加上细心的服侍。吃罢，他们又一同进入了卧室，馥郁的香水味一下子冲进他的鼻孔，床上根据塞浦路斯的传统，有许多玩具鸟放在上面，还有许多华美的服饰挂在一旁。在萨拉巴托眼中，这里装饰得太精美了，他已把这夫人认定是贵妇。即使有些关于这个夫人一些下流行径的流言传到他耳中，他也不愿去相信；就算他听信了别人所说的，有过那么多男人在温柔乡中吃亏，可他也不认为自己会成为他们中的一员。他在这里又度过了一个狂乐的夜晚，在他心中，她的分量更重了。

次日清晨临别之际，夫人把一条银制的腰带送给他，并亲手给他束在腰间，那上面还挂了只精致的钱袋。她说：

“最爱的萨拉巴托，记住我吧。自此之后，你就是我的人和我一切财产的主人，随你取用。”

萨拉巴托简直快乐死了，拥吻着美人，许久才离开她家，到众商云集的所在。此后，他俩交往不断，而且不用花自己一分钱，也更爱她。很快，他的纺织品货物卖了个好价钱，赚了很多钱，那个夫人也很快从其他渠道得到了讯息。

一个夜里，萨拉巴托再次见到她，他俩拥吻着，嬉戏取乐，不住地温柔缠绵，似乎情愿在他怀中逝去，似乎这才可以表达她的爱。她取过两只细致的酒杯，要把它当礼物给萨拉巴托，萨拉巴托怎么也不肯，理由是他总共已获得了她大约三十枚金币的礼物，而他还分文未花。夫人是那么风情万种和大方，他更加痴迷，此刻，一个侍女按早就说好的方式将她喊了出去。不久，夫人一回来就恸哭起来，倒在床上，声音哽咽，令人伤心。这一切看在萨拉巴托眼中，疼在他心里，他急忙抱她入怀，与她一起痛哭，问她：

“亲爱的，干吗哭呢？到底发生了什么事呢？最亲爱的，上帝啊，快说啊！”

夫人装成欲说还休的样子，禁不住他的再三要求，告诉她：

“宝贝儿，我太难过了，我怎么说，我该怎么办，我弟弟在墨西哥，我刚收到他的信，我得卖掉我拥有的一切家产，三日内凑齐一千枚金币送给他，要不他就活不成了。可我这么短的时间怎么可能弄到这么一大笔钱？如果是半个月的时间，也许我还可以想想办法，哪怕是要更多的钱，我完全可以出售一座农场。可现在什么都太慢了，我活着还有什么意思，偏偏碰上这种倒霉事儿。”

她马上现出不胜悲伤的样子，泪水不住地流下来。她早就把萨拉巴托的魂儿系在了身上，她如此一来，萨拉巴托早就深信不疑，安慰她说：

“亲爱的，我也没有那么多的钱，可是五百枚的数目还是有的，如果半月内你可以还我就行。幸亏上帝眷顾，昨天我才卖掉了自己的货物，否则我自己也是一文不名呢。”

夫人惊呼：“怎么，你居然没钱用？你为什么不告诉我？我一时没有一千，可也有一两百在身边。你跟我客气，我又怎么可以随便接受你的钱呢？”

萨拉巴拉为这番话感动不已，说：

“夫人，别辜负了我的一番心意，我只是从未像您现在这样急需用钱，否则我一定不会与您客气。”

“啊，亲爱的，”她高声说，“我终于了解你待我的赤诚，你在我如此困苦的时候，不用我问就主动帮我。你知道，即使你没有借钱给我，我也早已将自己完全地交给了你；但，你这下子成了我弟弟的恩人，我将永世不忘！ 你不了解我真不想要你的钱，你们生意人离不开资金，可我实在走投无路，但我一定会还给你的，谢谢你借我钱。剩余的那些，倘若借不到，也就只好押出去些东西了。”

她边说边靠上萨拉巴托的身体哭泣。 他也努力让她平静下来，随后共赴爱河。 次日，他不要她的提醒，早早准备好那五百枚金币，以显示自己对爱人的忠贞与大方。 她把钱握在手里，脸上还留着泪水，心里却乐开了花。 萨拉巴拉对她的一切都坚信不疑，根本未把此事放在心上。

她一拿到钱就不是那么回事儿了。 此前，萨拉巴托想见她就可以见到，可现在她总推说有事，偶尔才能见上一面，而且远远不及以往那么热情，那么高兴。 给她的那些钱，并没有如期奉还，而且一两个月后仍未还，他问起时她也不正面回答。 萨拉巴托如梦初醒，知道自己受骗了，真是悔不当初，可他丝毫办法也没有，那钱借得无凭无据，更没有中间人。 他不能对别人提起，既因为他已经被告诫多次不要受骗，而且还怕别人会耻笑他。 他之所以遭此下场，全怪他自己的轻信与自以为是，他只好偷偷垂泪。 他的主人也几次三番来信催他将货款寄回；他只好逃走，以防事情对自己不利。 他上了条小船，却不是去皮萨，而是开往那不勒斯。

因为那里有他的一位乡亲，他叫彼特罗·台罗·卡尼姜诺，掌管着君士坦丁堡女王的国库，他很近人情，又很机智，与萨拉巴托家是世交。 萨拉巴托对他十分信任，到了那里，他将自己的情况都告诉了这些智者，求他给出个主意，让他在这儿给他找个活干，他自己是不想再回佛罗伦萨了。

卡尼姜诺听罢，很是恼火，说：

“你已犯下了难以原谅的过失。 本不该将主人的钱轻易就花到了那么一个女人身上，可事情已经发生了，也就不必再提了，还是想办法挽回好了！”

他的确机智过人，眉头一皱就计上心来，告诉了萨拉巴托，萨拉巴托也很满意，打算依计而行。他拿出身上仅剩的钱和卡尼姜诺借给他的钱，买下了一捆捆系得结结实实的苎麻，再买来二十几只油桶，里面住满了水，再次用船运到帕勒摩。靠岸后，他把所有货物的价值都登记造册，托付给海关，按他本人的名义入账、存库，而且说暂不外售，因为还有货会运到，到时再卖。

这个消息很快传入了姜考费奥利夫人的耳朵里，而且传言他这次所载的货物，值两千多枚金币，而且还有值三千多枚金币的货物正在运来。她觉得自己上次从他那里骗来的钱太不值一提了，想还那五百给他，再将这次的货款吞一半进来。她算计好就去邀请萨拉巴托，萨拉巴托求之不得，随侍女来到她家。夫人似乎对他此行货物一无所知似的，只是对他千娇百媚地说：

“上次欠你的钱，到期了却没还，你是不是不高兴了……”

萨拉巴托并不让她说完，笑道：

“夫人，的确如此；我为博您一笑，不惜我的性命；我马上就要告诉你，你令我多么生气：我因为爱你，将我大多数家产都变卖了，有两千枚金币的货物业已运到，另有三千在途中，已快到了。我计划在这里经营，就不再走了。日日夜夜与你厮守在一起，让所有情人都羡慕。”

荡妇道：“亲爱的萨拉巴托，你不知我有多爱你，我是多么衷心地盼望你有美好前程。你能长住这里永不离开，这真太好了，我何尝不是这么想的呢。让我先来表达自己的歉意吧，记得在你上次离开前，你有很多次想见我都没见到，而见到了我也没能尽心地服侍你。更让我难过的是，我没能信守诺言，你的钱我没赶上还。

“可是，你该理解，我那时心里有多么难过。 谁碰上那样的事也不会再有心情与情人在一起厮守了，无论她是不是爱那人到发狂和多么想讨好他。 你可以理解，我一个妇道人家去凑那一千枚金币，会有多难。 他们欠我的钱都不守信用，不肯还，我没有办法，自己也只好失信于你。 我并不是故意想不还你钱，我实在是被他们害得没办法还你。 可你走了没多久，我就给你凑齐了钱，可又不知该把钱还到哪里去了，所以这钱一直保存在我身边。”

她边说边取出一只钱袋，那里面实际上就是当日他借她的那五百枚金币，她把钱给他，说：

“你来数数，应该整五百。”

萨拉巴托满心欢喜，数过了那笔钱，恰恰是五百。

“夫人，”他说，“我了解你的一片真心，现在你的真情更加显现出来。 所以，就凭我们彼此的信任与感情，只要你需要用钱，就不妨向我开口，我有求必应。 总之，我也打定主意住下来了，你可以等着瞧，我这人是不是言出必践。”

萨拉巴托与她又重修旧好，相互来往，她又变得与最初一样，对他呵护备至，似乎爱恨缠绵不尽。 但萨拉巴托已与上次大不相同了，他已决定要报复这个见利忘义的女人，要好好整治她。 这一天，他又去那女人那里过夜，他表现得心事重重，似乎大难临头了。 那女人不住地纠缠他，问他出了什么事儿。 他许久才开口说：

“我从今后是一贫如洗了，记得我那条还在海上的运货船吗？ 可它却遇上了海盗，他们要求一万枚金币作赎金，我负担一千，但我真的没有这笔钱。 上次那五百已经投到那不勒斯的布匹生意中去了。现在又没有什么市场，倘若急于要钱而卖货的话，肯定会赔许多。 我又是个异乡人，连借钱的地方也没有，我可怎么办。 倘若不付这一千，那货就会到摩纳哥了，再也拿不到了。”

夫人听了也极为忧虑。倘若如此，她的心血岂不白费了，什么也到不了手。她绞尽脑汁，想如何使货物不被运往摩纳哥。许久，她才开口：

“上帝啊，我太爱你了，我知道你的麻烦心都要碎了！但是，这不起任何作用，可惜我没钱，否则就可以给你救急。不过，我知道有个放高利贷的，我上次差的那五百就是跟他借的。不过，他必须要三角钱的利。借他的钱，还必须向他抵押些什么。我可以把自己、财产全押给他，可恐怕还不行，你还有什么可以抵押吗？”

萨拉巴托对她的诡计早就心知肚明了，他很清楚她的目的，也知道这个高利贷者其实就是她自己，他却觉得称心如意，再三道谢；说没办法，利息再高也还是要借。随后，他透露说，海关的货物可以抵押，可以过户换名，但他必须先保管那钥匙，需要看货他会带着去，否则丢了货物就不好了。

夫人很同意他的说法，也同意抵押的事。次日早上，她找来个熟悉的中间人，向他透露了原委，并给他一千枚金币。中间人将钱给了萨拉巴托，又将海关内的货物过了户，随后双方互换了凭证，直至办好了一切手续，才各自离开。

萨拉巴托拿了那一千五百枚金币，马上租了条小舟，来到那不勒斯的彼特罗·台罗·卡尼姜诺那里。到达后，他即刻将主人的钱寄了过去，把欠彼特罗与其他人的钱还了，他俩一起把那个女人捉弄了一番；从那天起，他决定不作商人了，去了弗拉拉生活。

姜考费奥利夫人怎么样了呢？得知萨拉巴托的离开令她大吃一惊，她不敢相信。过了两个月，他也没露面，恐怕他是不回来了，就请中间人去开仓库，他们才发现那些油桶里装的并不是油，而是满满当当的海水，只有上面一点儿是油。再查看那些捆着的货物，却原来只是些苎麻，只有一两捆衣料。一句话，它们只值两百金币。

她终于知道自己也上了当，不仅是骗来的五百，还加上自己的一千，她难过得哭了好长时间，此后对每个人都说："佛罗伦萨人太难缠了，与他们在一起时，可一定要加倍小心。"可惜她白费了心思，却遭到别人的戏弄，亏大了，也让她长了见识，知道自己并不高明。

第奥纽的故事结束了，女王的权限也结束了，她先称赞了卡尼姜诺的机智，又称赞了萨拉巴托的果断，可以将计使得滴水不漏，随后将王冠取下来，给爱米莉亚戴在头上，柔声对她说：

"女士，现在你就是女王了，我无法说明你是否幽默，但你的美貌是有目共睹的。希望你的政绩能像你的容貌一样。"

说完这番话，她就坐回去了。爱米莉亚很不好意思，她脸红得像火一样娇艳，却不是因为当女王的缘故，她还没被人这么在大庭广众之下赞美过——尽管喜欢这种赞美是女人的天性。她垂下了眼睑，直到脸色不再通红，才与大家一起探讨次日的衣食住行问题。随后，她又说：

"各位女士们，这是常识，一头耕作了一天的牛，也该放松它，让它自由地休息一下吧，让它自己找地方喂饱肚子。我们这里更多的是美丽的花园，比那草地又强了许多倍。几天以来，我们一直讲着有题目要求的故事，今天最好也轻松一下儿，放松自己，就像那些卖劳力吃饭的雇工们那样，这很有好处，而且势在必行，我们有了充足的休息，再重新干活时，也许就不觉得那么累了。

"因此，大家明天可以任选题目来讲个故事，我希望听你们心里最喜欢的那个，而且我也认为各种故事在一起，听起来也会比限定了题目的要丰富、有趣得多。如果实现了这一点，那我之后的那位贤明之人在取得王位后，实行那些严格的法规时，也一定会比以往都顺利的。"

说完，她就让大家去随便玩，在晚餐时再见面。每个人都觉得她的话是至理名言，都站起来，去做各自想做的事儿。女士们去编花环或其他什么，男士们则打牌或唱歌。晚餐时，大家重回到可爱的喷水池边，一起快乐地进餐，接着就是唱歌跳舞。在大家唱了几首歌后，女王按一贯的君王的习惯，让潘菲洛演唱，他马上唱了一首：

哦，我们的丘比特，
你给予我们无尽的欢乐，
我们有幸在你的烈火中焚烧。

我内心全是喜悦之情，
它令我如此欢欣，
一切都仰仗你的赏赐，
这无边无际的幸福、快乐，
已然冲出了我的躯体，
正在向四方涌去，
让我精神焕发。
是爱让我沉溺其中，
我情愿在你的烈火中焚化。

哦，神啊，我歌颂你，
可词句却是那么的贫乏，
即使有那生花之笔，
又怎能将我的快乐书写尽；
纵然有歌叙情、有舞达意，
我却要将它藏在心里，
不让任何人知晓，

否则，我的欢喜将变为哭泣，
我还有千言万语，
只是无法诉诸笔端。

无法想象我的拥抱，
怎样保护着她的身体，
我们的心都贴在一起，
终于感到幸福无比，
无论谁都不知道，
因为我将这心思锁牢，
哪怕那爱火不停地烧，
直至水尽、山也老！

大家齐声唱完了潘菲洛的歌，大家都很认真地记着词句，不明白曲中他隐瞒的秘密到底是什么，为什么不说出来，虽然大家都绞尽了脑汁，可还是不知道是怎么一回事。潘菲洛的歌也唱完了，女王看大家也都疲惫了，就下令让大家各自去休息。

第九天

《十日谈》的第九天开始了，女王由爱米莉亚担任，故事没有限定范围。

曙光驱走了黝黝的黑夜，漆黑的八重天已经放出淡淡的蓝光，沉睡的田间野花也从梦中苏醒，将头迎向光明；众人先后被爱米莉亚从梦里唤醒。不久，大家随着女王走出别墅，慢步走向不远处的一座树林，林中有着很多小动物，有小羊、有麋鹿，它们并不畏惧这群外来者，好像已被人驯养了一段时间似的。这可能是由于人类遭到了瘟疫，能来打猎的人已经少之又少了，它们便不再害怕吧。这群人时而摸摸这只羊，时而逗逗那只鹿，兴致勃勃地追赶着它们玩，闹得很欢。

没多久，太阳渐渐爬高，众人便认为应该返回住所了。他们有的头戴橡树叶编成的花冠，有的手中握着一束束漂亮的野花和香草，他们边走边谈笑风生，有人还唱着歌，如果有人遇见了他们，肯定会以羡慕的口吻说道："这些人定是青春常驻、终生快乐的人！"

他们一路上笑着，唱着，闹着，不久便回到了住所，此时，仆人已将一切都弄得妥妥帖帖，微笑着等待着他们。他们先又休息了片刻，几位小伙子和姑娘又唱了几曲，其中的愉悦之情一曲超过一曲。唱完了，众人便洗了手，整整衣服，在总管的指引下，坐到了饭席上。进餐之时气氛很活跃，大家都神情愉悦。饭后，众人又开始玩闹开了，唱开了，直到女王命令大家休息，众人才回到自己的房间各行其是。

到了讲故事的时间，众人便先后到达了指定的地点。遵照女王的指令，菲罗美娜面带笑容地开始讲述她的故事。

故事一

法兰切丝卡夫人为了摆脱她讨厌的两位追求者，便骗得他们其中一位躺到坟里装死尸，而让另一位到墓中去盗尸体；然而他们都没有完成这件事，她便借此不再与他们来往。

尊敬的女王陛下，既然您吩咐了，我为我是第一位讲述者而感到非常荣幸，俗话说好的开始便是成功的一半，我希望我的努力能使第二个故事会更加精彩。

漂亮的女士们，我们已经讲过许多有关爱情力量之伟大的故事。然而我认为我们在爱情方面谈论的甚少，懂得甚少，我认为，就算在上一年时间来专门讲述有关爱情的故事也是远远不够的。我将要讲到的故事会让大家增加一点有关对爱情力量的认识，你们会看到，爱情的力量不但让恋人为对方付出自己的所有，包括生命，还能让陷入情网的人装死尸，半夜去盗墓；大家还会看到，一位机灵的女士如何想了一个小计谋，就摆脱了两位男士的追求。

从前，皮斯托亚城里有一位年纪轻轻的寡妇，人长得很美丽；她同时被两位互不相识的佛罗伦萨人爱上了，而这两位男子都是被流放的人，其中一位名叫阿莱桑德·基亚蒙台西，另一位名叫林奴乔·帕莱米尼。他们虽然都在暗地里使尽浑身解数追求这名叫法兰切丝卡·德·拉扎利的寡妇，却彼此间并不知道。

法兰切丝卡不时收到这一位或那一位露骨的情书，还不时有为这两位做说客的人上门拜访。总之，她被他们缠住了。由于她为人谦和，因而令他们认为她是位弱不禁风的小女子，便越来越放肆。这样，后来她发觉他们已经紧紧缠住了自己。她便下决心摆脱他们。她想出了一个巧妙的小计。她让他们去做一件他们难以做到的事情，若真如她所预想的那样没做成的话，她便可堂而皇之不准他们再继续写信，派人游说她，她便可摆脱他们的纠缠。

当她思量周全后，恰好那一天，皮斯托亚城的一位家境富有的人家死了一个人，这个人生前是位怙恶不悛的地痞，而且长相尤其难看。陌生人见了他都不免会吓一跳；他被埋在了圣方济各会教堂的墓地中。那寡妇认为这正是一个实现她计谋的好时机，便对贴身丫环说道：

“你也知道，我是多讨厌那两位死皮赖脸的佛罗伦萨人阿莱桑德和林奴乔。他们老是来纠缠我，我却想早日摆脱他们，越早越好！他们时常说可为我上刀山下火海，不惜一切。我现在倒想瞧一瞧，他们的话有多真，让他们去做一件他们害怕去做的事，将他们难倒之后，我就有理由摆脱他们了。我现在把计划详尽地告诉你：

“我想，你也听说了，史卡那迪奥（上文所说的地痞的名字）今天早上被埋在了圣方济各会教堂的墓地里。他那副面容生前就挺吓人的，死后肯定更恐怖。你首先偷偷去阿莱桑德那儿，对他说：‘我受主人所遣来对你说，你既然那么卖力追她，现在给你一个机会，如果你做成了这件事，你的心愿就可实现，你可同她幽会，和她过夜。她的一位亲戚，想要在今晚将今天刚埋好的史卡那迪奥的尸体偷到她家中，至于原因嘛，我想你以后定会知道的；她非常害怕，不想见到这个人的尸体；因而她想请你助一臂之力，到晚上大约八九点钟时偷偷溜进坟墓中，将尸体上的衣服剥下，穿在身上，然后躺在棺材中装死尸，当有人来扛你的时候，你千万不能动弹和发出声音，那人会将你扛到主人家，她到时自然会将你留下，你以后便可随意在那儿和她待在一起。至于其他的，她自有安排。’如果他答应了，那你便离开；

如果他想推辞了，那你就说，请他今后从我面前自动消失——若他如此珍惜自己的生命，那就不必再用什么情书、或遣人来打扰我了。

“你将这办好了后，再去林奴乔那儿，对他说：‘我家主人派我来问候你，她说她很乐意同你相处，但这一次想请你帮她做一件小事。是这样的：请你今天晚上午夜时分去到今天上午被埋的史卡那迪奥的坟墓中，将他的尸体偷偷扛到她的家中，你千万不要让人发现，不论听到什么，遇上什么，都不能出声。做完后，你自会知道让你这样做的原因。而且，她答应好好款待你，让你如愿以偿。如果你连这点小事都不愿帮忙，那她说了，你以后就犯不上写信给她，或再找什么人上门为你说情。’”

侍女分别找到那两个男人，原原本本地将主人的话对他们说了。两人都是想都没想就答应了，还说什么为了得到她的情意，纵使是去地狱他们也敢，更何况只是坟墓。侍女回来后，将情况禀告了她的女主人，那寡妇又笑又得意，准备等着瞧这两个笨蛋是否能言行一致。

夜晚降临了，阿莱桑德等到八九点钟时，脱下外衣，只穿着贴身的衣服，偷偷溜向史卡那迪奥的坟墓。他进入坟场后，心中忽然冒起了各样各样害怕的感觉和想法，他禁不住自言自语道：

“哦！我这个笨蛋，我要去干什么？有可能她的亲人已经发现我在追她，还以为我们不清不白了，强迫她设下这个圈套，将我诱进坟墓中，然后将我杀死在里边。要是果真如此，我岂不是自寻死路吗？而且这样做神不知鬼不觉，他们就可逃过法律的追查了。说不准是她的情人想用这个诡计去掉我这个对手，他就能一个人占有她了；而她为讨情人欢心，便诱我上钩——嗯，这也不是不可能的！”他又想道：

“就算这些都是我瞎想的。她的亲戚真的将我扛到了她的家里，那就用不着担心，他们是不会搂史卡那迪奥的尸体的，也不会将尸体塞到她眼前的。也许他们以前被史卡那迪奥欺辱，现在便向这尸体泄恨。她叫我不管发生什么都不能说话，但要是他们要挖我的眼珠子，敲我的牙，砍我的胳膊，或其他什么这类的，那我该如何是好？咬紧牙关吗？就算我不得不说话了，被他们发现了，那他们说不定会杀人灭口的。就算我求饶，也不会将我送到她那儿，她也会说我没做到她所要求的，我还是不能从她那儿得到什么。”

他越想越害怕，就打算转身往回走了；然而她对他的诱惑力实在太大，因而又乱编一通理由来壮自己的胆；就这样，他硬着头皮来到了墓前。他撬开墓门，钻了进去，然后剥下尸体上的尸衣套在自己的身上，然后关好墓门，他将尸体搬到另一处，自己在棺材里躺了下去。

这时，他又忍不住想起死者生前所做的各种坏事，想起以前听到的有关厉鬼的种种传说，害怕得禁不住颤抖起来，老觉得史卡那迪奥的尸身就要向他扑来。幸亏他对那寡妇的种种念头使他压住了各种害怕的念头，一直如尸体般僵直躺着，等着事情的发生。

而林奴乔则一直等到时近午夜，从家中溜了出来，准备按照心上人的嘱咐去做。他在途中也不禁边走边想，他扛尸体时，是否会被巡夜的兵丁撞见，被人当成巫师，被逮住让火烧成一块块？要是走漏了风声，那可怎么应付史卡那迪奥家族的人？他越思量越感到不好，便停下了脚步，想返身回家。然而他又想：“哎，我那么爱她，她首次给我一次机会，求我帮她忙，我就不去做吗？而且，如果事情不出错，我便可同她亲热了；就算命丢了，我也得实现我的许诺呀！”

他便这样来到了坟墓前。他很容易就打开了墓门，爬了进去，来到棺材边，伸手往里摸，他摸到了阿莱桑德，便以为是尸身，便提起他的两只脚，搭到肩上，拖着就向外走。阿莱桑德发现有人进来，吓得浑身发僵，也不敢说话，任林奴乔拖着他向前走。

林奴乔感到肩上的尸身异常沉重，而又心慌意乱，急匆匆地赶往心上人家中，也不管什么尸体不尸体的，阿莱桑德就惨不堪言了，不是撞到墙角，就是撞到台阶上，或者石头上；加上黑灯瞎火，什么也看不清，因而更加撞得头昏眼花，眼冒金星。

更加有趣的是，就在林奴乔摸着黑一脚高一脚低地将要把阿莱桑德拖到那寡妇家门前时（她和侍女正静静地在窗后等着他们，同时早就想好了一通打发他们的话），他的脚步声让一群正在缉拿一名盗贼的兵丁听到了，他们立即亮起了火把，想看是谁，那些兵丁一个个拿刀持棍，猛地冲他叫道："站住！ 不准动！ 别跑！"

兵丁的忽然出现吓坏了林奴乔，他想也没想，扔下手中的东西，不顾一切转身就逃，才不想自己的腿是否会怎样。 而身着宽大尸衣的阿莱桑德也一骨碌便爬起来，慌张地逃向另一边。

那寡妇在窗后仗着兵丁的火光，清楚地看到林奴乔真的把身穿尸衣的阿莱桑德拖来了，她惊讶于他们竟然如此大胆，竟然真的按照她说的去做了；但是随后她又忍不住笑了起来，因为她清楚地见到了受惊的林奴乔怎样撒手便逃，阿莱桑德怎样随后也逃之夭夭。 这场闹剧就这样完了，让她轻松了不少。 她不由感谢上天的安排，为她解决了这个棘手的问题。 她同侍女一起回房后，对侍女说，他们肯定是被她迷住了，要不然也不会有胆子照她的话做。

逃到不远处的林奴乔见身后并无追兵，便松了一口气，停下来喘了一阵，心中越想越丧气，忍不住骂天骂地，然后又觉得心有不甘，便在近旁等兵丁离开之后，又溜回出意外的地方，在黑暗中找尸体，想找到后，就再扛去，那就大功告成了。 然而他怎么也找不到尸体了，便以为被兵丁抬走了，只好垂头丧气地回了家。 而阿莱桑德呢，也大为气馁，也不知如何是好，也不知是谁扛了他，只好也无精打采地回了家。

第二天，有人发现史卡那迪奥的墓门敞开着，尸体却不见了——它被阿莱桑德推到墓地的深处，金皮斯托亚的人对此议论了好一阵，说什么的人都有，有些笨信徒竟以为史卡那迪奥让魔鬼抓走了。

而那两位痴心的家伙却依然心有不甘，照旧去见那寡妇，向她解释了一番，说什么他们本来照她的要求去做了，然而却发生了意想不到的事，因而没有帮成忙，做不好那件事但这并不能怪他们，请她多多宽恕，还向她又表达了一番爱意。然后她却做出一脸不信的神色，严肃地回答他们：既然他们没做到她所要求的，那就只好从此别再来打扰她，这可不怨她！

故事二

一位偷情时被女院长逮住的修女指出院长自己头上戴的是条裤子，而不是头巾，因而得以免受惩罚；而且，女院长从此大开绿灯，只能随她们为所欲为。

菲罗美娜讲完后，寡妇的聪明计谋获得了在座的各位的称赞，说她竟然能以此摆脱她所讨厌的男人的纠缠；大家还议论了一番那两位痴心人，竟然对那寡妇言听计从，做出这等事，真是傻蛋，不能说是痴情。然后，女王命爱莉莎接着讲下一个故事。爱莉莎便开始讲述她的故事：

美丽的姐姐们，刚才故事中的女主人公依靠自己的聪明解决了困扰自己的难题：而我这个故事中的一位年轻的修女则是在危急关头用一句话逃过了一劫。众所周知，上天有时总爱令那些平时好对别人指手画脚的人出丑的，总爱将他们戏弄戏弄。我下面故事中的一位女修道院长就是这样的，而那位修女便是由她管的。

从前，伦巴第地区有一所以虔诚圣洁而为人所称道的女修道院。那时，院里有一位名叫伊莎贝达的修女，她本是个有名望的世袭家族的姑娘，长得也很美。有一天，她在会见亲人时，竟对一位跟随而来的英俊的年轻小伙子一见钟情。那位见她风情万种，被她的美貌所打动，竟也对她一见钟情。

然而，虽然两个人情意相投，却有着各种各样的阻碍，两人也因而变得六神无主。但是，皇天还是不会辜负有心人的，后来，那位小伙子竟找到了一条能进出修道院的少有人知道的通道，她也感到这样秘密进出而没人发现很不错，因而，他便从此三天两夜地溜进来和她幽会，共度快乐时光，愉悦之情自是难禁。

然而，要知道，天长日久不可能万无一失的，有一天深夜，当他从伊莎贝达房里回去的时候，被另一位修女发现了，两人却对此一点儿也没觉察。那位修女便偷偷地将她见到的告诉了另外几位修女，这几位修女原本想到女院长那儿去告发她，她们的女院长乌辛巴达在认识她的人眼中是位圣洁、心地善良的修女。然而，她们仔细一想，认为要让她无法抵赖，就得请女院长在伊莎贝达同那小伙子幽会时，当场逮住他俩。因而她们便没有声张，只是偷偷地监视她的行动，等待时机的来临。

伊莎贝达对此一点也没有觉察，全然没有防备，有一天晚上，她又让情人到自己房子同自己幽会，而那些监视她的人当然马上就发现了。等到深夜，她们认为是时候了，便分成两批，几个守住伊莎贝达这边，另外几位赶去叫女院长。

“快点起来，院长！快点！我们发现伊莎贝达正同一位男人在房间里偷情！”

无巧不成书，那一天晚上，这位女院长也正和一位教士在她的屋里偷情；原来那位教士经常躲入大箱中，让别人将他抬入女院长的屋子里，然后晚上出来同她睡觉。此时，房门口的那些修女敲门敲得那样急，又喊又叫，她生怕她们等不及而撞门闯入房中；因而她一骨碌从床上爬起，也顾不上点灯，就摸着黑乱找着衣服穿上，却不知错将教士的短裤当成自己的头巾！她们称之为“普萨尔德”，戴到了头上，又黑又慌，自然就没感觉出来，然后急急冲出门，及时顺手锁上了，没有感到头巾的不对劲，却用严厉的声音问这几位修女：

“在哪儿？那位主的罪人在何处？嗯？带我去！”

而那些一心想捉奸的修女自然也没有人注意女院长头巾的不对劲。就这样，女院长一马当先，急急扑向伊莎贝达的房间，这些人一起使劲，撞开了房门，拥了进去，只见两个人抱在一起。他俩可从未想到今晚会出现这场面。

那些修女在女院长的指示下，从床上抓起伊莎贝达，带到了大厅里去审判。却留下那小伙子在屋里穿衣服，那位年轻人至此便决心瞧瞧她们究竟会如何处置自己的情人，他下定决心，要是她们做出什么伤害自己情人的事，那他也不会什么都不做，他定会带走他的情人的。

女院长在大厅当中一坐：修女们便都看着那冒犯条规的罪人。女院长便在所有修女面前厉声厉色地训斥起伊莎贝达来，说她是位不知廉耻的女人，竟然置清规而不顾，做出这样淫荡的丢人的事。让外面的人知道了，女修道院多少年来的名声就会毁于一旦；她训完了之后，还说要对她严加惩罚。

伊莎贝达在大厅中央站着，又羞又怕，手足无措，默默地任她训斥，让旁观的修女禁不住怜悯她起来；然而那位却越训越来劲，以致后来手舞足蹈，又是拍巴掌，又是跺脚。伊莎贝达后来不经意望了一眼女院长时，却发现了女院长头上那两根晃动的吊袜带，心中马上便明白其中缘由，因而立即就不再害怕了，她冲院长说道：

“愿上帝保佑你！ 院长！ 请你先扎好头巾再来训斥我吧！”

正在劲头上的女院长当然不明白她这话的弦外之音，却怒不可遏地喝道：“什么头巾！ 真不要脸！ 你这个小淫女，现在你竟然还敢对我开这样的玩笑！ 你做了一件光彩的事吗？ 嗯？”

“院长，请你扎好头巾再教训我吧！”伊莎贝达又说了一遍。

觉得有些奇怪的修女们便不由转头查看女院长的头，她自己也下意识摸了摸头巾，顿时，所有在场的人都明白了是怎么回事。 女院长这才知道自己的秘情被大家发现了，而且已当着那么多修女的面出了丑，是无法掩盖的，因而她立即换上了温和的语气，说道：“然而硬让人清心守欲是万分困难的，因而大家不妨当这件事没发生，保守秘密，那就可自寻欢乐了。”

因此，伊莎贝达也平安无事了，秋毫无损；女院长回到屋里继续同教士同床共枕，伊达贝达也又回去同情人继续快活。 而且，此后她依然同情人在修道院中幽会作乐。 那些独身的修女便也非常艳羡，便都半公开半私下里寻了一位情人。

故事三

为了骗卡拉德林破财请他们玩，勃鲁诺同他的两位朋友连同医生骗得卡拉德林以为自己怀了孕。心急如焚的卡拉德林慌忙掏钱请他们买阉鸡和药，幸好药到病除，才没有生孩子。

爱莉莎的故事讲得很生动，女士们听到那位修女被嫉妒的其他修女抓住后，最终还是安然无恙躲过了这场人祸，便都禁不住感谢上天。 菲洛特拉托便依照女王的指令开始了讲故事：

美丽的姑娘们，我们大家都仍记得我昨天的那个被扯下裤子的来自于马尔凯斯地区的法官的故事，昨天它还使我想起了一个有关于卡拉德林和他的两位伙伴的故事，虽然我们已听到过好几个有关他的趣事，然而，我想，有趣的故事总是耐听的。因而我决定讲述昨天想起的那个故事。

我想，不用多说，各位都很清楚卡拉德林和他的两位伙伴是什么样的人。有一次，他的一位姑母去世后留给了他一些钱，零碎加在一起，差不多是两百个银币，因而他便又四处宣扬，说到这儿买田，到那儿买地，买房子，而且已同佛罗伦萨所有的房地产商人洽谈过了，好像他手头有了一万枚金币一样；而当别人一说价钱，他们的洽谈便总是无果而终，半途而停。

这一切当然也让勃鲁诺和布法马可了解了，他们便三番五次地对他说，别买什么田地了，那样岂不是用泥丸子射鸟？还不如拿出来大伙儿爽快地享受一阵。然而他们却白费了口舌，连饭也没有吃上一顿。这样一来，他们更气恼了；有一天，他们的一位名叫奈洛的画家朋友来找他们玩时，三个人便嘀咕了半天，认为怎么也得让卡拉德林花钱请他们吃一顿，然而三人商量出了一个办法，便分头行事。第二天一大早，卡拉德林一出门便遇见了其实已等候他多时的奈洛，奈洛迎面向他问好道：

"早上好，卡拉德林！"

卡拉德林回了礼，还祝他万事顺利，出门见喜；谁知奈洛猛地退了一步，煞有其事地打量了一番他的脸，卡拉德林感到很奇怪，问他："你在瞧什么呢？"

"你昨晚睡得舒服不舒服？"奈洛却冒出一句这样的话，"你的气色有些异常呀！"

听到这话，卡拉德林刹那间变了脸色，连忙问道："哦？有何高见？ 我染上了什么病吗？”

“唉，”奈洛一本正经地说，“这我倒不清楚，但你仿佛变了许多跟以前不大一样了——也许是我看得不对。”

说完这些话，他便和他分了手，卡拉德林满怀疑惑地向前走着，想不出自己哪里不舒服。 没走多远，便遇到了布法马可。 布法马可见奈洛已走远，就迎面而来和他打了个招呼，接着又问他是不是身体有些不适。

“我自己也说不清，”卡拉德林答道，“刚才，我碰到了奈洛，他说我跟以前不大一样了，怎么，你也这样认为？”

“当然，”布法马可说这两个字时的表情十分夸张。“我看，你啊，准是要死了，再不就是肚子得了病，你离死不远了。”

听了这话，卡拉德林顿时身体发颤，不知是真是假。 这时，勃鲁诺碰巧走了过来，谁知，他开口就问：“哎呀呀，我的卡拉德林，你这是怎么了？ 你那张脸和死人的脸毫无二致，你感到哪里不对劲吗？”

卡拉德林见已不止一人说他害了病，也就信以为真，便忐忑不安地问道：“你们谁能告诉我，我该怎么办呢？”

“照我说，”勃鲁诺答道，“你还是先回家休息一下吧，在床上盖好被子躺着，再将你的小便送到西蒙大夫那儿，让他化验化验，看看问题到底出在哪，你放心，西蒙大夫医术很高明，又是我们挺不错的老朋友，他会治好你的。 现在，我们先送你回去，有什么我们可以帮忙的地方，你尽管开口。”

这时，奈洛也赶来，三人把他送回了家。 卡拉德林满腹心事地走进房间，对他妻子说道：

“我感觉身体非常不舒服，快扶我上床休息。”

他躺下之后，便吩咐一个女佣把他的小便送到西蒙大夫那儿。勃鲁诺对他的朋友说道：

“你们两个在这里好生看着他，我去大夫那儿看看化验结果，看有没有必要请他来一趟。”

“啊，我的好勃鲁诺，你说得对极了，快去听听大夫怎么说，我现在感觉肚子里十分不舒服。”卡拉德林一脸苦相对勃鲁诺说道。

勃鲁诺三步并作两步，很快来到了西蒙大夫的诊所，而那送尿样的女佣脚力不如他，反被他落在了后面。他把计谋对大夫说了，得到了他的同意，所以当女佣送来小便，大夫只瞥了两眼，便对他说：

“你回去告诉你的主人，让他多盖几床被，我收拾一下，马上就来，叫他不要心急，他的病我可以治。”

女佣回来后把大夫的话原原本本地报给了主人。几分钟后，大夫和勃鲁诺都来了。大夫坐在卡拉德林的床边，先为他把了把脉，待他的妻子进来后，大夫说道：

“卡拉德林，你仔细听好，你并没有什么不可治的大病，只是怀孕而已。”

大夫的话音刚落，就听卡拉德林大声嚷嚷道：“苔莎，都怪你不好！每次你都要在我上面做，我说过，这个姿式是错误的。”

他妻子的脸皮薄，顿时羞得满脸通红，也不知说什么好，只好溜出了房间。卡拉德林对此怨声载道：

“哎呀呀，不知造了什么孽，竟让我倒这样的大霉！男人怎么会生孩子呢？这要是传出去，非被人笑掉大牙不可。唉，都是那个小荡妇坏的事，真该让她受些惩罚才对！如果不是我现在身体不适，我定打得她皮开肉绽。唉，也怪我当初太纵容她了，以后，无论她怎么要求，我都不会答应，我可不想再受这罪了。”

听了卡拉德林的一席怨言，勃鲁诺、布法马可和奈洛都禁不住想要大笑，而那个西蒙却笑得流出了眼泪。卡拉德林祈求他帮帮忙，他便说道：

“卡拉德林，前面都已经说过了，你这不是什么不可治愈的大病，你不用怕成这个样子。你放心，我一定能医好你，只是你得为此破费一下。”

“唉，我好心的大夫，”卡拉德林说，“请看在仁慈的上帝的份上，救救我！我存了两百个银币，原本计划用于买田购地的，现在如果需要这么多，你尽管拿去好了。只要能医治好我的病，花多少钱我都愿意。我可不想让自己遭受分娩的痛苦，我知道，女人在分娩时要忍受极度的痛苦，况且生孩子本来就是女人的事，我堂堂一个大男人怎能做这种事。”

“不用担心，”大夫说，“我给你调制一剂药水，你每天早晨空腹喝一点，连续喝三个整天，你肚子里的小孩便会自动消失，而你又能活灵活现起来。切记，以后可不要再出现这种情况了。调制药水得要三对肥肥的阉鸡和一些药材，可能五个银币就够了。你自己不方便行事，就让你的三个朋友替你办好了，让他们把买好的配料送到我那儿，我调制好后，就给你送来，另外这几天好好休养，不要随便走动。”

“我听明白了，大夫，我按你说的办。”卡拉德林点头应是。

他把五个银币给了勃鲁诺，此外又多拿了几个银币给他，表示辞谢。第二天早晨，大夫把调制好的药水送给了卡拉德林，嘱咐他要按时喝，这药水其实是些甜糖水。勃鲁诺拿了钱，办了一桌丰盛的酒席，和他的两个朋友，以及西蒙大夫共同享用。

卡拉德林按照大夫的吩咐，连续喝了三天的药水。三天后，大夫和三个朋友都来探望他。大夫替他看过脉相之后，对他说：

“嗯，现在你完全可以放心了，你肚里的胎儿已被打掉了。你也不用再躺在床上了，去做做户外运动吧。”

卡拉德林一听，那股高兴劲甭提了，立刻从床上一跃而起。这三天可把他闷坏了，他又像往常一样干这干那了。自此，他见人就夸赞西蒙大夫行医治病有多高明，使他没有遭受丝毫的苦痛，便打掉了肚里的孩子。勃鲁诺、布法马可和奈洛三人为他们的这条锦囊妙计扬扬自得了很久。而卡拉德林的妻子苔莎，觉得事情有些蹊跷，知道这是勃鲁诺三人的鬼把戏，后来就经常和她丈夫说起这事。

故事四

好赌成性的福塔利戈输得只剩下身上的一块遮丑布，仍不肯善罢甘休，又输光了主人的钱。主人弃他而去，骑马上路，他却在后面大喊捉贼。农田干活的农民不分青红皂白，帮忙把其主人的衣物和马都抢了过来，这时的主人身上只剩下了一块遮丑布。

卡拉德林对妻子的一顿怨言，使众人听了乐不可支。女王又示意妮菲尔讲下一个故事。她开口讲道：

年轻的小姐们，人们如若不是因为见地浅和没有修养，也不会经常说一些蠢笨至极以及没有德性的话来，所以我们说话总是很小心。那个傻里傻气的卡拉德林随便轻信别人的戏言，还口无遮拦，将房事也一并道出。我由此想到了一个情形正好相反的故事：一个诡辩的人是如何使一个有见识的人出了大丑。

现在说来也就是前几年发生的事。在锡耶纳有两个同龄的小伙子，都叫乞哥。一个是安朱利厄利的儿子，一个是福塔利戈的儿子。这两个年轻人虽然在情趣、性格等方面都不相投，但是在对父亲的怨恨这一方面却是共同的，两人因此结成了友人，常在一起聊天。

安朱利厄利是一个堂堂正正，有抱负的青年，认为只靠父亲每月微薄的收入，实在难以维持生计，所以决定出外闯闯。这时，罗马的红衣主教受教皇的委托，前来马尔凯斯处理政务。这位主教大人曾向他表示过对他十分赏识，他便想利用这次机会投奔到他的门下，好有个差事做做。他把想法告知给父亲，在父亲的同意下，他用他六个月的收入为自己添置了衣物和坐骑，好看起来体面些。

他有意再带一个仆人随行，却一直找不到合适的。福塔利戈听说后，急忙来到他面前，表明心迹，说只要他有饭吃、有睡觉的地方，即便是没有工钱，他也愿意。安朱利厄利对他早有所闻，知道他是个嗜赌成性的赌徒，同时也是个嗜酒如命的酒鬼，所以拒绝了他。可是，他经不起福塔利戈的苦苦哀求和赌咒发誓，最终答应了他。

一切准备就绪，两人便在一个清晨上了路。中午时分，他们来到了翁孔文托，便在那里吃了点饭。因为酷热难当，安朱利厄利请店家为他安排好一张床位，吩咐福塔利戈为他更衣后，就睡下了，睡前，叮嘱福塔利戈在午钟响后，就叫醒他。

福塔利戈见主人睡着了，便去酒店喝了些酒，又看到店里有赌局，禁不住也加入其中，不消一刻钟，他便输光了身上所有的钱，最后连衣服也输了进去，身上只剩下了一块遮丑布。他不肯就此罢休，无论如何也要把钱赢回来。他回到客店，见主人睡得正熟，随即偷走了他钱袋里所有的银币。可是，这些银币不多时又都被他输光了。

安朱利厄利醒来，不见了仆人，以为他又旧病复发，不知醉倒在哪里了，所以决定不再理会他。于是，独自一人收拾好行装，打算到了科西尼亚诺，再雇一个仆人。当他临走前，去店家那结账时，才发现袋里的银币不见了。这可急坏了他，他找店家理论，因为钱是在店里丢的，扬言要把这事报告给锡耶纳的长官，整个客店立刻变得熙攘起来。

就在这时，福塔利戈围着他的遮丑布进来了。他本想回来偷主人的衣物再去行赌，不料看见他已收拾行装，准备上路，便连忙说道：

“安朱利厄利，怎么，我们这就上路吗？哦，看在上帝的份上，请等等我，我用我的衣服做抵押，借了别人三十八个银币，他可能马上就要来了；我想，如果现在就给他三十五个银币，他准会把衣服奉还给我。”

就在他乱说一气的时候，来了一个人，把福塔利戈赌钱的事告诉给安朱利厄利，并肯定地说钱是他偷的。安朱利厄利一听，火冒三丈，恨不得立刻将他碎尸万段。他大骂福塔利戈，口口声声说，要让他忍受绞刑之苦，再不就把他充军，发配荒野。骂完，他上了马背。

福塔利戈一副不以为然的样子，似乎他与此事无关一样。他冲安朱利厄利嚷道：“算了吧，安朱利厄利，你就省点唾沫吧。如果我们立刻还钱给那个人，那我就可以马上穿上我的衣服了；如果等到明天，他一定会索要三十八个银币的，与其这样，我们何不占个便宜，捞他三个银币。你知道吗，这是因为我是按照他的意思下的赌注，他才会如此优待我。”

安朱利厄利听他说出这么不知羞耻的话，差点被他气死了，当着这么多的围观者，他竟好意思说这样的话。看他这副样子，似乎偷钱的并不是他，而是安朱利厄利拿着他的钱不给他一样，他生气地回答说：

“你的衣服关我什么事？我才不管你有没有衣服穿呢！你偷走了我的钱，还有脸和我说这样的话，你真不知羞耻！”

福塔利戈并不理会他的话，装作没听见，说道：“你怎么了？你有什么道理不让我捞这三个银币？怎么，你是怕我还不起你？亲爱的安朱利厄利，看在我们是朋友的情分上，帮帮我！你为人慷慨、大度，这是众所周知的。要知道，那件衣服是我最喜爱的，远不止三十八个银币，如若你不帮我，那我岂不是损失很大？ 拿出你的慷慨来吧，帮帮我！”

安朱利厄利见他这般胡搅蛮缠，肺都要气炸了。 他觉得他简直就是个不可理喻之人，于是骑马赶路，往托伦厄利方向行去。 福塔利戈见说服无用，顿时心生一计，只见他围着他的遮丑布，快步地跑了起来。 这样跑了约有六里路，他始终对他的衣服唠唠叨叨。 安朱利厄利无奈只好催马快进，以便脱离这个可恶的家伙。 福塔利戈这时也不跑了，而是冲着正在路边农田干活的农民嘶声力竭道：

“快来捉贼呀，快来捉贼呀。”

那些农民听到喊声，不容分说，拿着农具就冲到了大路上，挡住安朱利厄利的去路。 无论他怎么辩解，他们都认定他是强盗。 福塔利戈连忙走上前去，满面怒色地吼道：

“啊，你这个忘恩负义的家伙，亏我待你那么好，你胆敢偷走我的财物，我真想杀了你。”接着，他换了种语气对农民说道：

“啊，真是太感谢你们了。 各位，他是个赌徒，因为输光了家当，遂对我起了歹心，偷走了我的财物，使我成了现在这个样子。 好在你们侠义相帮，愿上帝赐福给你们。”

安朱利厄利想反驳，未料，农民们七手八脚把他从马上拽下来，福塔利戈脱下他的衣服，套在了自己身上，骑着马走了。 福塔利戈回到锡耶纳，得意地在众人面前说，安朱利厄利和他打赌，结果连马匹和衣服都输给了他。 不幸的安朱利厄利本打算十分体面地去见主教，可是却落得个赤身裸体，只好回到了布翁孔文托。 他向人借了几件衣服，骑着福塔利戈来时骑的那匹不怎么好的马，到科西尼亚诺一个亲朋那里暂且住下，等待父亲的帮助。

诡辩多端的福塔利戈就这样使安朱利厄利完美的计划破灭了。 当然，善有善报，恶有恶报，福塔利戈终究逃脱不了上帝的责罚。

故事五

卡拉德林喜欢一个姑娘，勃鲁诺教给他一个秘诀，只要用一个符咒与姑娘相碰，她就会听从他的命令，任其摆布。可是当他正要满足自己的心意的时候，他的妻子把他逮住了，使他受尽折磨。

妮菲尔说了一个简短的故事，大家听了以后默默无语，既无哄堂大笑，也无尖刻的批评。于是女王转身要菲亚美达再说一个，她愉快地接受了：

姐姐们，其实你们都明白，好故事是可以反复讲述的，如果把情节布置得合理，即使同样的主题也会让人们哄堂大笑。我的意思是，既然我们在这里的目的不过是为了高兴，所以在这里，只要是能够让大家开心的故事，都可以讲述，而无论重复多少次都不会令人厌倦。我们已经讲述了许多卡拉德林的有趣故事，菲洛特拉托刚才就讲述了一个，我也就借花献佛，再讲一个吧！当然，我可以胡编乱造地将姓名随意修改，但是听众还是希望真实的东西，所以我还是照实际的故事来说吧！

尼可洛·科纳基尼是我们家乡的一个有钱人，他在卡美拉塔有一块田产，他在那里建筑了一个美丽的房子。为了装修房子，特地请了勃鲁诺和布法马可，因为房子很大，所以又叫了奈洛和卡拉德林。房子由一个年龄很大的用人在看管，大多数空着，只有几个房间放进了一些家具、床什么的。尼可洛的儿子名叫菲力波，是个未婚的年轻人，总是带一些姑娘来玩乐，而且隔不多久就换一个。有一次带来一个叫作尼可罗沙的妓女，她是出生在卡马度利的乔纳的妓院的姑娘，只要有钱就可以把她带出来。

尼可罗沙容貌娇媚，装扮入时，行为得体。 有一个中午，她身穿白裙子，扎着头发，在房外的水井边洗手，正好碰上来水井打水的卡拉德林，于是他热情地向她套近乎。 她觉得这个人有点愚蠢，瞪了他几眼。 卡拉德林就仔细端详她，结果一发不可收拾，竟然呆呆地望着她，一步也不能动，但是因为是陌生的姑娘，所以不敢冒昧的说话。

尼可罗沙知道他的心事，为了调侃他，假装偶尔向他看上几眼，又略带哀伤微微地叹气。 卡拉德林于是像中了魔一样，呆呆地一动不动，直到菲力波把那姑娘叫进房子，这下才如梦初醒。

卡拉德林回到房子里面，仍然是呆呆地一动不动，叹气个不停。勃鲁诺向来认为卡拉德林是一个有趣的人，对他特别注意，这时看到他成了这样，于是询问他：

“我的伙计，你究竟有什么心事，竟然这样失魂落魄？”

“伙计，要是有人可以帮助我分忧解难就好了！”卡拉德林说。

“究竟是什么事情？”勃鲁诺说。

“你不要告诉别的人，”卡拉德林说，“你听了之后肯定会惊奇，我们的楼底下有一个天仙一样的姑娘，刚才我到水井去取水的时候就碰到了她，可是虽然我们是第一次见面，她就爱上我了！”

“有这种事情？ 她是不是菲力波的妻子？”勃鲁诺说。

“可能是，因为她听到菲力波叫她就进房子里面去了。 不过我可不管这些，即使是耶稣的老婆我也不管！ 何况菲力波？ 伙计，说实在的，我已经陷入情网了！”

“伙计，我帮助你去问一问她究竟是谁，”勃鲁诺说，“如果是菲力波的妻子，我和她可是老朋友，那么，把事情弄好根本不费丝毫气力。 但是不能让布法马可知道，他总是跟着我不放，我可能没有单独与她接触的时候。”

“布法马可没关系，”卡拉德林说，“只要防备奈洛就可以了，他是苔莎的亲属，他知道就麻烦了！”

“没错！”勃鲁诺说。

实际上，勃鲁诺明明知道这个姑娘是什么人，因为他早就看到过她，而且菲力波也告诉过他。没多久，卡拉德林又下楼去看那个姑娘，于是勃鲁诺就把这件事情对奈洛和布法马可说了，大家就私下计划好了如何捉弄他。当他又上楼的时候，勃鲁诺说：

“找到她了吗？”

“找到了！我为她简直就要死了？”卡拉德林说。

勃鲁诺说：“我去打听一下，看她到底是不是菲力波的妻子，如果真是这样就好办了！”

勃鲁诺下去，把卡拉德林的事情——他的为人，心事，言语——原原本本地告诉了菲力波和尼可罗沙，然后计划了如何捉弄他，以及大家如何演戏叫卡拉德林这个傻瓜中计。然后又回到楼上，告诉卡拉德林说：

“没错，就是她！但是你要谨慎，别让菲力波听到风声，否则我们就是跳到黄河也洗不清。假如我与她单独在一起，我和她怎么说呢？”

“好，就这样说，你说，我希望和她在一起共享快乐，我可以为她做任何事情，问她是否同意？你明白我的意思了吗？”

“明白了！”勃鲁诺说，“放心吧！”

没过多久，到了吃饭的时候，这些人收工下楼，正好碰到菲力波和尼可罗沙，于是假装待了一会，给卡拉德林一个表现自己的机会。卡拉德林对着尼可罗沙大献殷勤，那种可笑的神态让人真是忍俊不禁。尼可罗沙按照计划，对他也是百般迎合，把他搞得六神无主。尼可罗沙禁不住暗自窃笑。

这时，菲力波和勃鲁诺假装在说话，对此不闻不问。过了一会，彼此分手，卡拉德林不得不离开，但是他心里面是很不情愿的。在回佛罗伦萨的时候，勃鲁诺说：

“告诉你，你的真情已经俘虏她了，她的冰霜已经在你的热情下面融化。说真的，如果你能够带上一把琴在她的楼下唱上几首缠绵的歌曲，她肯定会对你百依百顺。”

卡拉德林说：“真的吗？你认为这是一个好办法吗？”

“没错，没错。”勃鲁诺说。

“你早晨的时候还不相信她已经爱上我了呢！伙计，说实话，我可是世界上最能讨女人欢心的人。你别以为那些油头粉面的家伙整天游荡，其实根本没有什么真的收获。但愿我在她楼下唱歌的时候，你能够看到我的风采！不过，我实际上还不老，可别误会！她一下子就发现我还年轻力壮——到时候她就会知道我究竟有多么能干了！嘿！我要让她舒舒服服，就像孩子对母亲一样，根本就离不开我！”

“哈！”勃鲁诺也说，“没错，她肯定会投向你的怀抱！我似乎已经看到了那一幕：你坚硬的牙齿紧紧地咬住她娇嫩的小嘴和鲜红的脸蛋，只一下子就把她收拾了！”

卡拉德林听到这些，仿佛已经得手，高兴得不知所以。

第二天清晨，卡拉德林真的在她的楼下，弹起了三弦琴，唱起了缠绵的歌，大家听了都忍俊不禁。中间的过程我们也说不了这么多，反正他似乎已片刻都离不开她，整天想着她，从楼上到楼下跑个不停，忽儿在窗前，忽儿在门边，忽儿进院子，只不过为了看到她。这个妓女聪明狡黠，按照勃鲁诺的计划，假装见他，假以颜色。勃鲁诺则穿针引线，充当红娘，替他们传递消息；有时她不在（经常如此），就说她回娘家了，还假装有她的情书，上面都是甜言蜜语，嘱咐他耐心地等候，但不要到她的娘家去。

勃鲁诺和布法马可唱起了双簧，把卡拉德林捉弄得失魂落魄，显得开心极了。他们用姑娘为幌子，向他要东西，诸如象牙梳、钱包、小刀之类的。有时又拿那些一文不值的礼物骗他说是姑娘的回赠，于是他就兴高采烈地收好。他想要他们帮忙，所以对他们百依百顺，请他们成天吃酒。

可两个月过去了，卡拉德林却一点实际的好处也没捞到。看着自己的工作即将完成，他心乱如麻：假如再不抓紧时机，就无法得手了。于是他哀求勃鲁诺。勃鲁诺趁那妓女回来，就和她计划好，然后告诉卡拉德林：

“我说，伙计，那位夫人在我面前信誓旦旦，说一定要和你相会，但直到今天仍没能让你如愿，她一定是想捉弄你。她不仁我们就不义，这一次我们不管三七二十一，只要你答应，我们就来个霸王硬上弓！”

“太妙了！”卡拉德林叫道，“拜托了，现在就开始吧！”

勃鲁诺说：“我有一个符咒，只要你拿着碰到她就行了，你敢吗？”

“这有什么大不了的？”卡拉德林爽快地说。

“好！”勃鲁诺说，“你去帮我找一张羊胎的皮，另外还要一只活的蝙蝠，三支香，一支祭坛上用过的香烛，一切都会办好的。”

这天夜里，卡拉德林忙乎了一宿，好歹捉住了一只蝙蝠，再加上其他的东西，一起交给勃鲁诺，勃鲁诺进到房中，在羊皮上胡画了一阵，对卡拉德林说：

“现在，你就把这个符咒碰到她身上，她就会对你百依百顺。假如菲力波今天到外面去了，你就趁机和她套近乎，然后碰她一下，接着你就跑到谷仓去，这样她就会随之而来，那个地方没人去，正是寻欢作乐的好地方，到时你就能如愿以偿。”

卡拉德林大喜过望，接过符咒说：

“伙计，你看我会办妥当的。”

卡拉德林最担心奈洛，但他还不明白他已经和这些人结成一伙了。奈洛按照勃鲁诺的吩咐，到佛罗伦萨去找卡拉德林的老婆说：

“苔莎，你还记得上次卡拉德林捡了一堆缪诺纳河的石头，莫名其妙地打你吗？我想这可是奇耻大辱啊！假如你就这么忍气吞声的话，我以后也会看不起你。别人请他去装饰房子，他却想偷情，正巧那个女人也是一个不正经的家伙，两个人整天闷在房子里不知搞些什么鬼。今天又是他们偷欢的日子，你去把他当场抓住，教训他一顿。”

那位妻子听到丈夫在偷情，勃然大怒地说道：

“啊！他这个该死的家伙，竟然这样对待我，这一次我一定要给他些厉害看看，他别想逃脱。”

于是披上斗篷，带上女佣，马上和奈洛一起到那里去。

勃鲁诺很远就发现他们来了，转身对菲力波说：“我们的朋友回来了！”

菲力波立刻回到卡拉德林那儿，假意说：

“大家辛苦了，我到城里去处理一些事情，请你们自己干活吧！”

他说完就到一个地方躲了起来，暗地里偷偷观察卡拉德林的一举一动。卡拉德林却以为菲力波已经走了，放下手中的活计到院子里去，看到只有尼可罗莎单独在那儿，就和她套近乎。她心里明白怎么回事，就假装和他很亲密的样子。卡拉德林把符咒触到她的身上，然后一言不发往谷仓里跑，而她则紧紧跟随。两人一进谷仓，她就关上门，把卡拉德林搂倒在一堆草上，压住他的肩膀，让他亲不到她的脸，然后柔情蜜意地对他说：

“亲爱的卡拉德林！我的小宝贝，我的一切，我日夜想念的就是如何与你在一起！我早就被你的风姿所迷倒，你的琴声让我心醉，我现在不是做梦吧！”

卡拉德林被压得一动也不能动，说：“我的宝贝，让我亲亲你！”

“哦！”她说，“别着急，先让我仔细看看你英俊的脸庞！”

在另一边，勃鲁诺、布法马可和菲力波藏在那儿，把全部过程看得一目了然。正当卡拉德林要亲吻尼可罗莎时，奈洛和苔莎来了。奈洛说：

“上帝啊！他们肯定就在这里！”

苔莎此时已昏了头，赶快推开谷仓门，用的劲如此之大，以至于门都飞起来了。这时尼可罗莎正压在卡拉德林身上。尼可罗莎看到卡拉德林的妻子来了，就站起来溜了。卡拉德林正要跑，被他的妻子一把抓住，牙咬指掐的，又拖住他的头发来回摇动，嚷着说：

“混账的猪狗，竟敢如此对我！你这老东西，我没长眼睛才看上了你！你在家里享乐享得不够吗？还要拈花惹草？真料不到你还是多情种子？猪狗不如的东西，也没自知之明。天知道你这个老骨头还能干些什么？我知道了，不是我让你怀孕，而是别的人！不过那也一定是个傻瓜、白痴，她才会看上你！”

卡拉德林看到妻子来了，进退两难，又很尴尬，只好任她打骂。他脸上全是血，头发乱飞，衣服破烂，最后摇摇晃晃地站起来捡起帽子，哀求她千万要小声，否则，那个女人的丈夫听到了，就会有弥天大祸！

“让她见鬼去！”她叫道。

勃鲁诺和布法马可，还有菲力波和尼可罗莎忍不住捧腹大笑。后来那两个朋友装着听到动静出来劝，才平息了苔莎的怒火。又劝卡拉德林回佛罗伦萨躲起来，以免这里的主人知道这件事，否则就会大祸临头。倒霉的卡拉德林顶着乱发，挺着破脸，沮丧地回佛罗伦萨接受妻子的百般谩骂，以后再也不敢回到这里来。他的这番自作多情，令他的朋友和尼可罗莎、菲力波大大地开心了一场，终于降下了帷幕。

故事六

两个年轻人住进小客栈，夜里，其中一个年轻人同客栈老板的女儿睡在了一起，而老板娘又误以为另一个是自己的丈夫，后来，前面那个年轻人又睡到老板的床上，阴差阳错，多亏老板娘伶俐，轻描淡写的一声，就使母女俩的丑事烟消云散。

大家对卡拉德林的荒唐事已经乐了好几回，这一次又是令大家捧腹大笑。姑娘们又对他品评了一次，于是女王让潘菲洛再讲述一个故事，他说：

亲爱的姑娘们，卡拉德林碰到的尼可罗莎，让我记起另一个尼可罗莎，我就把她的经历讲述出来，这是一个关于好太太如何随机应变从而掩饰羞辱的故事。

前些时候，缪诺纳平原上有一个人，家境清贫，他的财产仅是一个小房子，他的生活就靠烹茶卖饭给过往的客人来维持。有时碰到错过宿头的熟人，他的房子也充当一回小客栈。但如果是陌生人，就绝不留宿。他的妻子很漂亮，有两个小孩，一个十五六岁年纪，叫尼可罗莎，又漂亮又高大，还没有许婆家；一个只有一岁，尚未断奶。

我们那儿有一个叫皮奴乔的潇洒的年轻人，经常在这儿来来往往，见了几次那个姑娘，就陷入了情网；这姑娘因为得到这样有地位的年轻人的垂青，也禁不住骄傲起来，所以常常故意向年轻人卖弄风情，结果双双陷入爱河。两人你欢我爱，若不是年轻人怕两人的声名受损，恐怕早就做出事情来了。

不过他日夜情牵，实在难以自制，于是想找个机会到那里留宿一夜。因为那只有一间房子，只要众人入睡了，他就可以偷偷和她睡在一处。他下定决心，立刻就付诸实践。

和他同去的还有一个了解他心事的年轻人，叫阿德连诺。两人备上两匹马，装上两包塞满稻草的口袋；从佛罗伦萨一直到了缪诺纳平原。在路上磨蹭到天黑，然后回来，假装是从罗马来的，到那人的房前去叫门。这人看是熟人，于是迎接他们入内。皮奴乔说：

“今夜只能住在这里了。我们原定今天就回佛罗伦萨，但现在天黑了，看来今天回不去了。”

“皮奴乔，”主人说，“你要体谅我，你们这样的绅士怎么能住在我这样的地方呢？但已经这么迟了，你们不可能再走了，我就想法让你们住这儿吧！”

这样，两个人将马拴好，进了这个小客栈；他们还带着吃的东西，于是和大家一起享受这顿晚餐。

这儿只有一间房，主人就想方设法铺了三张床。墙边放两张，另一张正对面，中间只隔一条小过道，真是太狭窄了！主人把单独靠墙的这张床让给两位绅士——因为这张床算是最体面的了。没多久，年轻人就装作睡着了。主人的女儿睡到对面的床上，自己和妻子睡在剩下的一张床上，小孩子的摇篮就放在床边。

皮奴乔看了个清楚，又等了好一阵，等其他人入睡了，就溜下床来和他的恋人睡在了一起。她心里又是欢喜，又是害怕，对他百依百顺，于是两人都如愿以偿了。

皮奴乔正在云里雾里，一只猫碰到了什么东西，把主人的妻子吵醒了，她担心出事，于是下床去，摸黑在查看动静。

偏巧阿德连诺因为肚子不舒服，也起床去方便，正好被摇篮挡住了脚，只好拾起来移到自己床边。等方便完了回来，也不管其他的，就上床继续睡觉。

主妇在黑暗中检查了一阵，也没发现什么，于是口里嘀咕着回床睡觉。她走到丈夫的床边时，发现没有摇篮，禁不住暗自庆幸：“上帝啊！差点就出事了！真险啊！差点就睡到客人床上去了。”

她又在暗中摸索一阵，找到摇篮，这才上了床，结果和阿德连诺睡在一起，还以为是自己的丈夫。这时阿德连诺还没睡，大喜过望，抱住她亲热起来。

这时，皮奴乔已经兴尽而归，回到自己的床边。可他摸到摇篮，以为是主人的床，就又向前摸索一阵，结果睡到主人的旁边。主人醒了，他还不知道，以为是阿德连诺，就说：

“告诉你，尼可罗莎是这世界上最可爱的家伙了！哈，世上从没人像我这么大的艳福，刚才我可是大大地享乐了一番。”

主人听到以后，大为恼火，心里想：“这个混蛋在干什么呀？”越想越气，禁不住叫起来：

“皮奴乔，你这混账的家伙，这样的事情也做得出，我非教训你不可！”

可皮奴乔是个天不怕地不怕的年轻人，自己明明错了也不认账，也叫道：

“教训我？你敢如何？”

主妇还以为自己睡在丈夫旁边，对阿德连诺说：“啊！客人怎么吵起来了？”

阿德连诺说：“别管他们，他们都是在撒酒疯呢！”

主妇这时明白了，她听出了丈夫和阿德连诺的声音，清楚了自己身边是谁。但她很机灵，于是一言不发地站起来，拿起摇篮，摸黑走到女儿的边上，和女儿睡在一床，假装被丈夫吵醒了，问他们究竟发生了什么事情。

“你听到了吗？ 他干的混账事情。”主人叫道。

“哦！”她说，“他一定是在做梦！ 我整晚都和女儿睡在一起，而且又没睡着，那怎么可能呢？ 我看你是个白痴，竟以为他说的对。男人都是这样，喝多了酒就在床上胡乱做梦，明明在床上，还以为自己在干什么了不起的大事。 没被摔下床来，就应该感谢上帝了！ 但是，皮奴乔怎么会睡在那儿？ 怎么没有睡在自己床上？”

阿德连诺一听，想到这个主妇真机灵，轻描淡写地就把事情掩饰过去了；马上趁机就说道：

“皮奴乔，我反复劝过你别在外面留宿；你睡觉了还会梦游，而且还以为自己梦里的事情是真的。 你这毛病迟早会让你倒霉。 快过来，活该你倒霉！”

这么一来，主人认以为真，他抓住皮奴乔的肩膀拼命摇晃，叫道：

“皮奴乔！ 快醒醒，回去睡吧！”

皮奴乔听到这些，明白了，假装咕哝了几句。 主人禁不住乐了，又摇晃几下，皮奴乔才假装清醒，对阿德连诺说：

“怎么？ 天亮了吗？”

“对，”阿德连诺说，“快过来。”

于是皮奴乔装作刚睡醒，站起来走到阿德连诺身边。 等到早上，大家都起床了，主人把他打趣一番。 这样互相逗乐，两个年轻人备好马、装上包裹，和主人告别，直奔佛罗伦萨而去。 这一次两个年轻人都不虚此行，而且很顺利，越想越高兴。

在这次之后，皮奴乔又想了别的办法和那姑娘偷情。 那姑娘对她妈妈说，皮奴乔说的都是梦话；但主妇想起她和阿德连诺亲热的情景，心里说，看来那时候只有我一个人是清楚明白的。

故事七

泰拉诺在梦里看到她的老婆的喉咙和脸被狼咬破，于是要他老婆别到树林中去，她一意孤行，结果酿成大祸。

潘非洛说完以后，众人交口称赞主妇的机灵；于是女王叫潘比妮亚再说一个故事。她就说道：

姑娘们，我们前面说过梦境成真的事情，但大家都以为是笑谈。所以，我再讲一个这样的故事，这个故事说的是我的一个女邻居，因为不听她丈夫梦中的启示而终于酿成了大祸的事情。

你们知道吗，有一位叫泰拉诺·第摩莱赛的声名显赫的有钱人，他的夫人叫玛格丽达，美丽聪明，却喜欢一意孤行，对别人总是看不惯，老是自以为是。泰拉诺对这位夫人也是束手无策，只有总是顺着她。

有天夜里，他们住在乡间的别墅中，他做了一个这样的梦：他的妻子走进了一个离此不远的森林中，结果当她在漫步之时，从森林里跑出一只大恶狼，把她扑倒了，拖着她进树林。幸亏她不停地叫喊，才死里逃生，但是喉咙和脸都被咬破了。

第二天早上，他对太太说："我自从和你这么固执己见的人结婚以来，真是不幸极了；但我却不想让你遇到灾祸，所以请你听从我的劝告，待在家里别出门。"

她询问原因，他就讲述了他昨晚梦见的情景。可他妻子拒绝了：

"做这些梦的人一定是心怀恼恨。你故意像是在关心我，暗地里却希望我被恶狼吃掉，这就是你做梦的原因！你就别操心了，无论什么时候我都会小心，不会让你这种鬼心思得到实现！"

"我早就料到你会这样，"泰拉诺说，"真是卖力不讨好。但是我已经言之在先，而且是为你好。我再说一次，今天待在屋子里，起码别到森林中去。”

“好，我听你的。”她心里却打了另一番主意：“他真阴险，故意设圈套不要我进森林，他肯定是要和什么贱女人偷情，怕我发现才编出这套鬼话。这种鬼话骗得了谁？我又不是白痴，如果真的相信他才是愚蠢呢！我看他还是别自以为是了，我就算待在林子里一天，也要看看他有什么诡计。”

当他丈夫出门后，她就悄悄从边上溜出去，潜入林中，躲在一个树丛里，到处观察看是否有人。当她正四处张望看她丈夫是否到来时，灾祸已经降临，一头凶恶的狼从林中跳了出来，她只叫了一声“救命啊！”就被恶狼咬住了喉咙，往林中拖去，像一只羊。

恶狼咬住了她的喉咙，所以她根本叫不出来，也挣不脱。幸亏有几个牧羊人经过，否则她一定会窒息而死了。那几个牧羊人一起大喊才吓走了恶狼，她才得以挽救。他们与她相熟，而她已经不省人事，于是就把她抬回屋里。家里人请来医生为她治病，她直到很久才得以痊愈，但头脸上的疤痕却没法消除了。这么一个美丽的人，现在变得如此丑陋，以至于不敢出门去见人，只好成天藏在家里面哭泣，十分后悔自己为什么会固执己见，对丈夫的梦兆听不进去，本可以挽救的事情却已经无法挽救，以至于酿成弥天大祸，一辈子都后悔不及。

故事八

比翁德洛为了戏弄恰科，骗他说别人请他吃饭，恰科为了报仇，猛打了他一顿。

听完潘比妮亚的讲述，大家认为泰拉诺的梦并非虚幻，而是与事实一模一样。等大家安静之后，女王让劳丽达接着讲一个，她就开始说：

明白事理的姑娘们，今天的故事都是由上一个故事启发而来的。潘比妮亚昨天讲了一个学问家复仇的经历，今天我也讲一个类似的故事，尽管报仇的方式比较普通，但却也叫人十分佩服。

以前在佛罗伦萨有一位喜欢美食的男人，叫恰科。但他没什么钱，所以他的愿望常常无法实现。不过他谈吐风趣，行为高雅，所以尽管没有成为宫中的小丑，但却能说会道，常常在富人中来往。只要有吃喝，他都不请自到地来混吃混喝。

城里还有个个子不高，但健壮如牛，衣着华丽的男子，叫比翁德洛。他头戴小帽，长着长长的鬈发，也是机灵有趣，和恰科同出一辙。有天早上，正逢四月斋节，他帮维厄利·德·切尔基先生去市场买两条鳗鱼，正好遇到恰科，对方问他：

"这是做什么用？"

比翁德洛说："高索·士多那蒂先生昨天买了比这还肥的，但是他请的人很多，怕菜不够，所以又叫我买两条。你想参加宴会吗？"

"那是当然。"恰科说。

他计算好了去的时候，正好碰上高索先生和邻居们在聊天，还没有开席。主人问他来的目的，他说：

"先生，我是作为你们的陪客而来的。"

"太好了！"高索说，"现在到时间了，请大家进去吃饭吧！"

等大家坐好了，菜却只是豌豆、咸鱼之类的，最后又有一道油煎鱼。恰科知道中了比翁德洛的圈套，勃然大怒，就想要回敬比翁德洛一次。

比翁德洛正扬扬得意地把这个杰作四处宣扬，没多久两人再次相遇，比翁德洛急忙上前招呼，还打趣地问他高索家里饭菜的味道到底如何。

“我不用告诉你味道如何，”恰科说，“用不了几天你就知道了。”

于是他一言不发离开了，找到一个机灵的商人做帮手，许诺了一笔钱。然后恰科给他一只玻璃瓶，带他到卡维奇利胡同，让他认清一位骑士。这人叫腓力波·阿尔真蒂，身材高大，性格暴躁。恰科说：

“你拿着瓶子去说：‘先生，比翁德洛派我来向您要酒，因为他来了几个朋友，听说你有好酒，请装满这只白瓶子，让它变成红瓶子。’但你一定别让他抓住你，不然的话，你就会倒霉，我的算盘也落空了。”

“还有别的吗？”

“没了，”恰科说，“你讲完就拿着瓶子跑回来，我就付钱给你。”

商人立刻就去对腓力波说。腓力波本就脾气暴躁。听到这些，还以为是比翁德洛在捉弄他，勃然大怒。

“什么‘朋友’，‘白瓶子’，‘红瓶子’，你们两个混账东西！”

话音一落，他伸手就抓。幸亏商人早有准备，见机不妙，一溜烟走了。恰科看了个明白，商人回来又转述了一切，恰科心花怒放，付了钱，急急忙忙找到比翁德洛。

“你到卡维奇利胡同去了吗？”

“没有。”

恰科说：“腓力波大爷正在找你，不知什么缘故。”

比翁德洛说：“哦，我正好要去那里。要找他谈谈。”

说着他就走了，恰科紧跟其后，想看这场闹剧。

这边腓力波因为没抓住商人，正好一肚子气，对那些话又摸不着头脑，但他肯定是比翁德洛在捉弄他，正在气愤不已的时候，比翁德洛来了，于是他上前打了比翁德洛一个响亮的耳光。

“啊！”比翁德洛说，“这是干什么？”

腓力波不容分说，抓住他的头发，把他的帽子撕破，边打边说：

“混账，我一定要教训你。你要人来对我说什么‘朋友’、‘红瓶子’之类莫名其妙的话干什么？你以为我是个孩子，可以随意戏弄吗？”

他说着，用铁拳猛打他的脸，抓住他的头发拖着走。比翁德洛受了毒打，衣服破碎，根本无法插嘴问一声到底是什么缘故，对腓力波的话更是莫名其妙。

腓力波把他毒打了一场，围观的人多了起来，拉开他俩。这时的他已鼻青脸肿。大家听腓力波讲了缘由，都责备他的不是，认为他不应该捉弄别人，因为腓力波本来就是惹不起的人。比翁德洛咕哝着分辩说自己没做这件事，他挣扎着回到家里面，暗自怀疑是恰科设计的圈套。

过了许久，他养好了伤，又到街上去瞎逛，正好碰上恰科。恰科说：

“如何？比翁德洛，腓力波先生的酒滋味如何？”

“希望你到高索先生家里，鳗鱼也是这种味道。”

恰科说：“这都是你自己的事。假如我再吃到上次那样的鳗鱼，那么对你的答谢就是这些美酒。”

比翁德洛明白自己的机灵赶不上恰科，所以后来再也没有挑起事端，与他一直和平共处了。

故事九

两个年轻人问所罗门王，一个说如何取得别人的爱，一个说如何让凶悍的妻子驯服。所罗门王对前者说：“爱。”对后者说：

“到鹅桥去。”

第奥纽情况特别，如此只剩女王了。等大家对可怜的比翁德洛取笑过之后，她就开始说了：

姑娘们，如果我们仔细考虑万事万物的本质，那一定就可以知道，女人无论在哪一个方面都是男人的奴隶，应该任男人控制和调配的。假如女人想要过一种平静幸福的生活，那她一定要对她的男人百依百顺，并且要守妇道，因为明事理的女人都应该守住自己的贞操，片刻不能疏忽。

导致这种结果的原因不是法令有规定，也不是人所共知的风俗所要求，而是上帝的意志决定的，上帝创造女人时，就安排我们身体娇柔，性情温顺，和言善语，行为柔顺，这都是我们地位的证据。既然要受别人的支配，依靠别人，那么我们就必须服从他们，依顺他们。除了他们，谁还能支配和保卫我们呢？所以我们必须这样做。假如有女人不遵守这种规则，她就应当受到惩罚。

对于这个原则，我曾反复强调过。适才听到潘比妮亚的关于悍妇的故事，尽管她的丈夫束手无策，但上帝却惩罚她了。我认为，一个女人若违背了温顺宁静、楚楚动人的身份，其实就是违背了万物的自然之理，就会受到报应。我现在讲的所罗门王的故事，他的名言正是针对我们有些不守本分的女人的，而那些本分的女人对此则不要挂怀，尽管男人们总是说：

无论驯什么马，都要有马刺才行，

无论驯服什么女人，都要木棍来管教。

这两句话，任何女人都应该承认它所包含的真理，即使作为笑话来听也是如此。如果作为至理名言，也不过分。因为女人生性就很轻浮，对付这些放荡的女人，木棍是必不可少的，即使守本分，守妇道的女人，木棍也仍然必要，这样可以让她们自觉而不放纵。现在我们抛开这些空洞说教，来讲故事。

众所周知，所罗门王聪明绝顶，无人可比，况且他喜欢帮人排忧解难，这样经过大家的宣扬，人们只要有疑难，就都会跑来向他询问解决办法。

这里面就有一个叫作梅利苏的年轻人，他出身显赫而富有，专门从拉亚佐跑来请教所罗门王。 在他离开安提奥登上耶路撒冷的路途时，遇到一个同路的名叫约瑟夫的年轻人。 由于同路所以就彼此交谈，离开家的人都是如此。 梅利苏了解了他的身份和出生地之后，就询问他此行的目的。 约瑟夫说要去请教所罗门王，因为他的老婆无比的凶恶，无论他怎么委曲求全也没有用，她总是固执己见，所以他只好向所罗门王询问对付的方法。 接着他问梅利苏此行的目的，梅利苏说：

“我住在拉亚佐，也同样有一个麻烦。 我年轻而富有，为结交朋友不惜花钱，可怪就怪在我从未被人爱。 所以我也想请教所罗门王关于赢得爱的办法。”

于是两人结伴到了耶路撒冷，所罗门的武士带他们进宫。 梅利苏提出了自己的问题，所罗门王说：“爱”。 然后就让他出宫了。

等到约瑟夫说完，所罗门王也只说了一句：“到鹅桥去。”然后也让他出宫，等他在宫外看到梅利苏，就和他一起揣测这两个答案的真义，但却莫名其妙，为什么到鹅桥就会让泼妇驯服。 “爱”就能赢得尊重。 他们以为所罗门王是在捉弄他们，只好回家。

走了几天，到了一条河边，河上有一座美丽的桥，正好有一队载货的骡马过桥，他们只好等在一旁。

没过多久，别的骡马都已过去了，只有一匹骡子却固执地站在这边不愿走。 驭手拼命赶它也没有用，它就是不过去，反而转过身来。

骡夫大怒，用鞭子一顿乱抽，可仍然一点用也没有。

梅利苏和约瑟夫在一边看到这些，就插嘴说："你也太残忍了，为什么要如此打它？ 难道就不能用别的方法吗？ 那样岂不是更好？"

那人说："你只知道你的马的脾气，我也知道我的骡子的脾气，你别管。"

于是他挥鞭乱打，骡子终于听话了，老实的过桥了，这表明那人的话有道理。 他们过桥的时候，约瑟夫问一个桥上的人，这是什么桥？ 那人说：

"这桥就叫鹅桥。"

约瑟夫听说这就是鹅桥，马上记起了所罗门王的教诲，就对梅利苏说：

"哈哈，伙计，所罗门王告诉了我一个绝妙的办法，现在我才知道，我所要用的办法就是打老婆，那个骡夫就是我的老师。"

又过了几天，他们到达安提奥，约瑟夫要求梅利苏到他家做客。可是当他的妻子发现他带了一个朋友回来，一脸的不高兴。 约瑟夫只是要她去准备吃喝，他要梅利苏点菜，梅利苏出于客气，随便说了两个。 但是他的妻子端出来的确是不同的饭菜。 约瑟夫十分气愤，就对她说：

"你没有听见点的是什么菜吗？"

"什么？"他妻子转身对他说："算了吧！ 这不就是晚饭吗？你说你的，我做我的，至于是否满意，我可不管。"

梅利苏听见她这么说，心里很不舒服。 约瑟夫看到她如此蛮横，就说："老婆，看来你的脾气还没有变化，不过我马上就会让你变化的！"

于是他对梅利苏说："伙计，我们立刻就可以证明所罗门王的教导究竟如何。 我打的时候，你不要可怜她，也不要以为我是一时冲动。还记得我们听到骡夫的教导吗？你就不要拦我。”

他老婆也不管这些，叫骂着回房子里面去了。约瑟夫拿了一支很硬的木棍，进去抓住他老婆的头发，扔到地上猛打。他老婆开始还叫骂，但是约瑟夫根本就不停，直到她遍体鳞伤，挨不过了，向他求饶，并且保证以后对他百依百顺。但是他仍然不停，在她全身乱打，一直到没有力气了为止。这时，他回到朋友身旁，说：

“明天就可以证明所罗门王的教导是否有用。”

他和梅利苏一起吃了晚饭，睡觉去了。

那个女人受了这个教训，全身是伤，摇晃着爬起来，回到床上，一动也不能动，勉强过了一晚。第二天起得很早，请问约瑟夫午餐的菜单。约瑟夫和梅利苏觉得有趣。到了中午，等他们回去，一切都已经预备完毕，一点都没有差错。开始他们不知道所罗门王的教导是何意义，现在终于明白了。

梅利苏在约瑟夫的家中停留了一阵就回家了。他把所罗门王的教导向一个学者询问，那个学者说：

“他的教导真是绝妙。你其实从来都没有对别人有过爱心，你的慷慨只不过是在显耀你的富裕。所以所罗门王教导你，你爱他人，就可以得到他人的爱。”

所罗门王的教导，使蛮横的妻子成为了一个好人，也使年轻人因为给予别人爱从而得到了爱。

故事十

彼得请求詹尼神甫让自己的妻子成为母马，当神甫正在做法为母马安上尾巴的时候，彼得说：“不要尾巴！”结果做法失败。

女王的故事让大家开怀大笑，但是姑娘们却有点不乐意，等她们的不满平静之后，第奥纽就开始说故事了：

亲爱的姑娘们，如果白色的鸽子中间夹杂了一只白色的天鹅，问题倒也不太大，但是若夹杂了一只乌鸦，白色的鸽子就会更加显得洁白。同样的道理，如果不学无术的家伙夹杂在学者中间，学者的学问就更加突出，而且凭空就会有更多的有意思的东西。你们各个都是贤淑大方的姑娘，而我是一个不学无术的家伙，所以这也更加突出了你们的美好德行，你们应该特别高兴才对。否则的话，你们反而不如我，你们就会对我不满了。所以我的言语随便，这是我的本来面貌。你们也应该体谅我的无知，对我的言语中间不太好的地方有所谅解。现在我讲一个简短的故事，是想让你们明白，我们应该谨慎地不违背法术师的禁忌，否则，只要稍微有一些违反规矩或者不小心的地方，就会使法术失败。

一两年以前，有一个神甫住在巴勒达，名叫詹尼·第·巴罗洛，因为他并不富裕，所以经常靠骑着母马，到阿普里市场做生意来挣钱。路上认识了一个农民叫彼得·达·特莱桑蒂，两人很是合得来。他也是做生意的，不过骑着一头驴。为了显得很亲热，所以詹尼神甫称他为“亲爱彼得”。每次他到巴勒达，神甫总是很隆重的招待他。

彼得家境不宽裕，他的财产仅仅是一间破旧的小屋，连他和魁梧的老婆，以及驴子住的地方都不够，但是只要神甫到特莱桑蒂去，他就很隆重的招待他，以此作为对神甫的回报。但是夜里睡觉确实是一个大问题，彼得只有一张很小的床铺，他和年轻的妻子就睡在哪儿，所以只好让神甫住在马房里面，与母马和驴子为伍，实在算不上是一个好主人。

他的妻子明白自己的丈夫在巴勒达受到过神甫的隆重招待，所以每当神甫来的时候，就想到邻居家去睡觉，把自己的床铺让给神甫，但是神甫总是不答应，有一次他说：“大嫂，你不要这样，其实我在马房里很舒服，因为我高兴的话，就可以把母马变成一个女人陪伴我，等天亮时再变回去，所以我根本就不愿意离开那里。”

那老婆觉得十分惊奇，信以为真，就对丈夫说了这件事情，又说：“如果你们的情谊是真的很好，你就应该请求他传授给你这种法术，这样，你去做买卖的时候，就把我变成一匹母马，你骑着驴子，牵着母马，就可以挣两份钱。回家再把我变回来。”

彼得是一个无知的人，信以为真，就请求詹尼传授他这种法术。詹尼费尽心计想让他摆脱这种想法，却一点用处也没有。所以他说：

“既然如此，我们明天黎明的时候就起来，我教你这种法术。其中最关键的就是安尾巴，你到时候就明白了。”

这天夜里，彼得夫妻因为心里挂着这法术，一夜未眠；黎明时分就起来叫神甫。他到他们的屋子里面说：

“这世界上不会再有第二个人知道这种法术，你这么诚心，我就传授给你，但是一定要按照我对你说的去做。否则就会失败。”

他们夫妻接受了这个告诫，于是神甫给彼得一支蜡烛，说：“你要注意我的一举一动，特别是不要大惊小怪，千万不要有任何声音，否则事情就会失败。乞求上帝庇护，我们可以安上尾巴。”

彼得同意了一切都遵照他的吩咐。神甫就让珍马达像初生的孩子一样一丝不挂，然后四肢着地，就像一匹母马，又吩咐她也不要有任何声音。于是做起法来。

他用手摸她的脸和头，说，“变成马头吧！”

又用手摸她的头发，说，“变成马鬃吧！”

然后摸她的四肢，说，“变成马腿和马蹄吧！”

最后摸她的屁股，说，“变成马尾巴！”

这时，彼得叫到：

“詹尼，不要安尾巴！”

结果詹尼说：

“嘿！彼得，我早就说过千万不要发出声音，现在明明即将成功，却是功亏一篑！现在想重新开始都不可能了！”

这时彼得的妻子站起来：“你这个傻瓜，为什么把事情弄糟了？难道还有没有尾巴的母马吗？上帝保佑，你肯定会穷一辈子！”

可惜彼得的一句话，让法术失败，母马也变不成了，年轻的妻子只好沮丧地穿好衣服。彼得仍然重操旧业，仍然带着驴子与詹尼为伍，但是不再请求他传授法术了。

这个故事令大家哄堂大笑，特别是姑娘们，她们知道得如此清楚，以至于让第奥纽都十分惊讶。故事讲完了，太阳也落山了，女王知道该换人了，就把花环戴在潘非洛的脑袋上，现在只有他还没有当过国王。女王笑着说：

“国王，你是最后一个了，你要完成一个重要的使命，就是弥补我们前面所有的过失，希望上帝保佑你，因为是他赋予我的这种权利。”

潘非洛高兴地接受了这个花环，说：“你们的美好品德，一定会使我与你们一样得到光荣和赞扬。”

他按照习惯和管家对食物做了一番布置，然后转过身来，对着那些等候他演讲的姑娘们说：

“亲爱的姑娘们，我们这次的女王给了我们自由，让我们随意地说自己喜欢的故事，从而使我们得以休息自己的神经，现在休息已经足够了，我认为应该按照原来的办法，用统一的题目来讲故事，题目就是：在爱情方面，人们所表现出来的令人惊叹的、伟大的故事。这种故事肯定可以使我们更加受到鼓励，从而指导我们的行动。只有这样，才能够让我们的有限的生命永恒，而不是随着身体的死亡而消失。人与动物的区别就在于他不仅仅是为了吃饭而活着。只要明白了这个道理，就会去为这种荣誉而献身、奋斗。”

这些兴奋的年轻人都同意这个建议，在新的国王的同意下站立起来了，这是一段自由活动的时间，大家可以自行其是。晚饭时，大家又幸福地围绕在酒席的周围，受到隆重的招待。吃完饭，大家载歌载舞，歌曲的旋律美妙，而歌词更是有趣。最后，国王要求妮菲尔演唱一个她自己编的歌，她就用美妙的嗓音唱出了一支歌曲：

我是幸福的姑娘，
在春天里歌唱，
讴歌我的爱情和理想。

我漫步在绿色的草地，
五彩缤纷的花儿开放，
带刺的玫瑰和洁白的百合，
他的脸盘就像花儿一样，
我已经爱上他，
梦和心神都围绕在他身旁。

果然有一朵合适的花儿，
和我的恋人不相上下，
我摘下来亲吻，
向它倾诉我的衷肠，
然后又摘下朵朵鲜花，
织成美丽的花环。

这些花儿让我幸福，

仿佛看到了他的背影，
甜蜜的爱情让我陶醉，
我无言表达，
只能轻轻叹气。

我的叹气柔情似水，
不像别人那样有不满和忧伤，
它像风儿传到恋人身旁，
他知道就会回到我的身旁，
我说，“我已经无法再等待。”
这时他正好知道赶来。

妮菲尔的歌曲令大家赞叹不已。 这时天色已经很晚，所以国王下令各自安息。

第十天

这一天是《十日谈》的最后一天，即第十天。任国王一职的是潘菲洛。大家所讲的故事要和爱情有关，或是某些值得称颂的行为。

遥望远空，西边的几朵云儿悠然地飘浮着；东方的曙光已渐渐照亮大地，柔和的光彩也随之幻化成金色的光芒。这时，潘菲洛已起床将所有的同伴都唤醒了。待大家聚集在一起之后，他便提议出外走走。和他走在一起的是菲罗美娜、菲亚美达，其余的人都在他们后面走着。就这样，他们一边漫步，一边谈论着将来，大家各抒己见，情绪十分饱满。不知过了多久，阳光已有些灼热，让人稍感不适，于是他们按原路折回。来到别墅，他们当中的一些人把杯子在澄净的泉水中洗干净，如若有人口渴了，便可拿着杯子到泉眼处打水喝。接着他们在满是绿荫的园子里追逐嬉戏，直到午饭的时候才止。

像以往那样，大家吃过午饭，经过片刻的休息后，便到聚集桌会合。国王指令妮菲尔来讲第一个故事，只见妮菲尔神采飞扬地讲道：

故事一

在西班牙国王的军队中有名骑士，一直对国王怀有不满，整日满腹怨言，因为他功勋卓著，却从未受到过嘉奖；国王得知后，先是设法让他明白这是上帝的安排，与国王无关，而后再授予他嘉奖。

年轻的小姐们，承蒙国王的厚爱，让我来讲第一个故事，我感到万分荣幸。我们都知道，有如太阳普照万物那般，慷慨、豪爽的美德让世人受益。现在，我要讲一个短而有趣的故事。我想，大家定会从中受到些启发。

从古至今，在我们这座小城里英雄辈出，其中有一个勇士为人们所津津乐道，他便是路杰利·德·费乔凡尼。此人家财万贯，秉性豪爽。在土斯堪尼城里住得越久，他越发觉得这里不适合自己，他的潜力在这里得不到至极的发挥。当时，在西班牙当政的国王是位圣贤的国君，人称亚尔丰梭国王。听了他的事迹后，路杰利决定投其门下。于是，他整装出发。在西班牙，他得到了亚尔丰梭国王热情的款待。

因为路杰利为人慷慨豪爽，功勋卓著，所以，没过多久，他便扬名四方。在军中的这些时日，他发现了这样一个问题：国王在赏罚方面毫无标准、尺度。有时他将城池、市镇、珠宝和官位随随便便地赐给那些既无功劳又无苦劳的人。而他屡立战功，却不曾受到任何赏赐，这于己于人都说不过去，所以他打算另谋高就。他把想法告诉给国王，征求国王的意见，不料国王二话没说便恩准了他，并且把一头上好的驴子赐予他。路杰利想想，有头驴子总比没有好，倒也不再计较什么。

且说国王那边，待路杰利告辞之后，他暗中派了一个贴身的侍卫，乔装打扮了一下，与路杰利同行，他命这位侍卫一路上留意路杰利的一言一行，以便准确地报告给国王，并于第二天清晨，将路杰利重召回宫。一切准备就绪后，那个侍卫在城门处等着路杰利，一看到路杰利出了城门，他便立刻迎了上去，谎称自己要去意大利，希望与他搭伴而行。

国王赏赐的驴子这时成了路杰利的坐骑。一路上他和那个侍卫很投机地闲聊着，差不多要打晨祷钟的时候，他便说道：

“走了这么多路，我们的牲口也该撒撒尿了。”

随后，他们把牲口停在路边的马厩里，牲口们很会意，都撒起了尿，只有他的坐骑——国王赐他的那匹驴子不撒。然后，他们又上路了，那个侍从始终保持着抖擞的精神，仔细地倾听路杰利的谈话。走着走着，他们来到了一条小河边，牲口们迫不及待地饮起来，而那头驴子却在河边撒起尿来，路杰利不满地说道：

“啊，你这牲畜，真该死！竟同国王是一丘之貉！”

侍卫听后，牢牢地记住了这句话。虽然一路上他听路杰利说了许多话，谈了许多事，然而除了这句话外，其他的全是对国王的颂辞。

第二天一大早，路杰利收拾好行装，骑上驴子，正欲赶往土斯堪尼，谁知与他一路同行的伙伴竟向他宣读起国王的诏书，令他即刻回宫，他只有悉听尊便。

回到王宫，侍卫把路杰利一路上的一言一行都一五一十地报告给国王，自然也包括那句借骂驴子之言来抱怨国王的话。国王听罢，马上召路杰利晋见，十分热情地招待他，问他为何借骂驴子之言来骂国王。路杰利从容地回答说：

“尊敬的国王，我之所以说出这样的话，是因为您赏罚不明，受赏的人通常都是些无功之臣，而有功有劳之士都不曾受领过任何赏赐，就如同这头驴子一样，在该撒尿的地方不撒尿，不该它撒尿的时候它却撒起来。”

国王说：“路杰利，我确实给过许多人赏赐，而你却从未得过我的任何赏赐，论功劳，无人能与你相比。当然，我知道你是位英勇的骑士，功勋卓著，任何赏赐于你都是不过分的，可是你命中注定我必须这样对待你，我别无选择，你要埋怨，也只能埋怨你的命不好，与我无关。我知道，你会认为我是信口雌黄，为了让你心服口服，我现在就证明给你看。”

“尊敬的国王，”路杰利说，“城池、珠宝、官位对于我来说毫无意义，我建立功勋并不求升官发财。我之所以对您有所埋怨，是因为你根本无视我的功勋，似乎有我无我对您都毫无意义。话虽如此，我还是相信您所言都是真的，所以，即便是您不证明给我看，我也还是相信您的。”

说完，他跟着国王来到大厅，在大厅中央放有两个上锁的木箱，国王对他说道：

“路杰利，这里有两个木箱，一个装的是我所有的珍珠宝贝，另一个则装满了泥土，现在你随便挑一个，让我们看看里面是什么，如果你挑到了珠宝箱，那一箱子的珠宝全部归你。由此，你便可知，到底是命运与你作对，还是我对你不仁。”

路杰利按照国王的说法，随便挑了一个，打开后，众人看到里面满是泥土。随后，国王笑着对路杰利说：

“现在，你该知道，我所说的并非凭空捏造。可是，你的功勋实在伟大，我应该有所表示，我决定把这一箱子的珠宝都赐予你，虽然你得不到命运之神的厚爱，可我愿意为你冒犯她一次。你带着这箱珠宝荣归故里吧，在亲人面前好好炫耀一番吧！”

路杰利受领了那整箱的珠宝，虔诚地谢过国王，便兴高采烈地上路了。

故事二

强盗金诺劫获了克吕尼地方的修道院院长，奉为座上客，医治好他的胃病，对他十分礼貌。院长回到罗马，请示教皇原谅金诺，教皇最终原谅了他，并封他为救护团骑士。

西班牙国王阿尔丰梭对骑士路杰利的慷慨，众人听后，赞不绝口。国王对此也有几分喜欢之意，他又命爱莉莎讲第二个故事，爱莉莎讲道：

亲爱的小姐们，这位阿尔丰梭国王的大度的确值得赞美，不过，这件事如若换作一个教士，他无限慷慨地对待一个人，即便他视此人为仇敌，也未尝不可，那对于这样的一个教士，我们如何去看待他呢？ 我们知道，大多数教士都十分吝啬，从不施善于人，他们当中有的简直比娘儿们还小气，要想让他们慷慨些，简直比登天还难。 一般的世人受到别人的欺侮后，总是想方设法地去报复；这种事一旦落到了教士的身上，你别妄想他们会像他们所宣扬的那样容忍、宽容，他们绝不会！ 而且他们发起狠来，远远超过世人。 下面我要讲的故事便是有关教士是如何慷慨的。

从前有个名叫金诺·第·塔柯的冷酷强盗。 他早年在圣费奥利因为得罪了不少伯爵，所以被驱逐出锡耶纳。 他对康凡尼人激情游说，煽动他们去反对罗马教廷，并勾结一些闲人组成党徒在那里安营扎寨，专门抢劫过路的商旅。

庞尼法第八是当时的罗马教皇，克吕尼地方的修道院院长前来拜见他。 无论是财富，还是地位，这位院长在教会都是有头有脸的人物。 最近，他被查出患有胃病，在医生的建议下他准备去锡耶纳洗海水浴，据说这对胃病十分奏效。 获得了教皇的恩准，整理好行装，院长带着他的人马便出发了，至于强盗抢劫一事他根本不在意。

金诺得知此消息后，事先布下罗网，将院长以及他所有的随行、财物等围堵在一处十分险要的地方。 而后，他又派了一名亲信，带领了一队随从来到院长面前，以金诺的名义，恳请他在此小住几天。 院长听后，十分恼火，说他根本不认识什么金诺，难以遵命；又说，他有事要赶路，看有谁能阻拦他。 那名亲信听后，依然用恳求的语气说：

“院长，你最好放聪明点，你也不想想你现在身处何方。你要知道，在这里除了上帝，谁也救不了你，所以，你最好按照金诺的意思去做。”

院长四下里望了望，看到四面皆是金诺的党羽，情急之下只好跟随金诺的亲信来到山寨，随从和马匹都随之而来。金诺的手下按其吩咐，将院长独自关在一间漆黑的小房间里，而他的随从却被安置在十分舒适的套房里，并受到了周到的款待，他们的财物被妥善地保管着，由专人负责。一切安排就绪之后，金诺便朝院长的房间走去。

“院长，你现在是金诺的贵客，所以金诺专程派我来看望你，不知你此行终点是哪里？”金诺对院长说道。

此时，院长心里也有了几分明白，知道硬碰硬是不可行的，所以用十分缓和的语气说明了自己要去什么地方，又为何而去。听了院长的话，金诺没说什么便离开了，心想，这点儿小问题，根本不用洗海水浴，治法其实很简单。他让手下在院长的小房间里生了盆火，又命一个侍卫好好看着他。这样，直到第二天上午，金诺才用一个锃亮的餐盘端着两片烤面包和一杯葡萄酒来到院长的房间里，说道：

“金诺以前学过医，对治疗胃病很拿手。这是他为你配置的胃药，慢慢享用吧。”

院长虽然十分恼火自己被饿了一天一夜，但是一看到眼前的食物，不容分说，狼吞虎咽地吃了起来，之后才说了些抱怨的话，并强烈要求面见金诺。金诺只当作耳边风，慢条斯理地对他说，金诺知道该在何时见他。说完，便走出了房间。一直到第二天，才又带来两片烤面包和一杯葡萄酒。这样，一连持续了好几天。后来他特意带了些干豆子去，趁院长不注意时留在了那里，看到他有滋有味地吃了几颗后，他便询问他的胃病怎么样了，并说是金诺让他这样询问的。

院长回答说：

“你回去告诉金诺，谢谢他的配药治好了我的胃病；可是我还有块心病，希望他能尽快放我出去，我想好好地饱餐一顿。”

金诺从院长的房间里出来后，便让院长的随行仆人为院长整理了一间上等的房间，床上所铺的被褥是院长自己带来的。他又安排手下准备一桌上好的酒菜，打算第二天宴请院长及其随从。第二天，金诺又来到院长的房间，对他说：

“院长，贵体已安康，无需再接受治疗，现在您可以出院了。”

接着，在金诺的搀扶下，院长来到了那间已整理干净的上好的房间。他的随从早已候在那里，一见到自己的随从，院长心里顿时有种踏实感，于是就把这几天的遭遇，一字不差地讲给他们听；然而他的随从却告诉他说，他们这些日子过得十分舒服，他们受到了热情的款待。用餐的时候到了，院长及其随从被请入席，席上就座的还有几个金诺特地请来作陪的客人。在金诺有序的安排下，山珍海味摆满了一桌，尽是人间美食。这样的日子持续了好几天，金诺始终未表明自己真实的身份。有一天，他吩咐手下把院长的行李、随行用品等杂物堆放在大厅里，把所有的马匹都牵到院子中央，连体力最差的那匹也被牵到了那里。接着，他便去询问院长体力恢复得如何，是否能骑马。院长回答说，他现在体力强健，也没有什么胃病了，假使金诺能放了他，那他真的是什么病也没有了。于是金诺带他来到了大厅，厅里堆放着他的财物，他的随从依次站立着，金诺又让他来到窗边，看了看院中的马匹，而后说道：

“尊敬的院长先生，金诺·第·塔柯就是在下。我想，你一定听说过，我出身于上等阶层人家，而今沦落为山野强盗，并非我本意，而是出于求生的目的，我是被逼无奈才干上这个行当的。你现在也看到了，你所有的财物都完好无损，我没有私自动用，因为我觉得你不同于一般人，我尊敬你，否则换了别人，这么多财物我一定会全部受用的，而且我医好了你的胃病。所以念及这些，你应该对我有所感恩。你所有的财物都在你的面前，你要如何处置，随你的便；而且，你若现在想离开山寨也可以，或是多住几日都行，你愿意怎么样就怎么样。”

听了金诺的一席话，院长惊喜万分，顿时对金诺有所改观，他觉得像金诺这样一个强盗能说出这样的话实在令人感到敬佩，他真心希望他们能成为朋友，他急忙走到金诺面前拥抱了他一下，说：

“我向上帝起誓，能够与你结成友人，即便是多受一些罪，我也愿意！对于你的遭遇，我很遗憾，若不是命运的捉弄，你也不会走上这条路的。”

说完以后，他只带了些必需品和几匹马，就回罗马去了，剩下的财物他全部赠予金诺。对于院长中途遭劫，罗马教皇早有耳闻，心里甚是焦急。一见到院长，教皇便问及他的健康，他笑着回答说：

“尊敬的教皇，这次真是不枉此行。我的胃病不但治好了，我还结交了一位高贵的友人，正是他治好了我的胃病。”

然后，他便把事情的原委一五一十地讲给教皇听，教皇觉得十分有趣。他越讲越起劲，不由得再次被金诺的大度所震撼，竟向教皇提出对金诺施恩。教皇无丝毫迟疑，便一口答应，问院长有何要求，于是院长说道：

“尊敬的教皇，我别无他求，只希望您能恢复金诺的昔日身份。我一生中见识过许多英雄好汉，而他是我最敬佩的一个。他之所以走上一条邪恶之路，并不是他性本恶，而是被生活所迫，只怪命运太爱捉弄人了。您只要赐给他一些奖赏，使他能过上正常的生活，我敢说，不多久以后，您便会亲自体会到，他其实是个心地纯正的人。”

那教皇天性乐善好德，对才德兼备之人又十分厚爱。听了院长的讲述，他随即说道，倘若金诺确实是院长口中所述的那样的人，那他会不计前嫌，答应院长的请求，于是请院长转告金诺，请他到罗马一见。 金诺接到院长的请帖之后，马不停蹄地赶到罗马。 起先他在教廷做一些侍奉的工作，因为他的出色表现，没过多久，教皇便封他为救护团骑士，负责管理一个骑士团的修道院。 就这样，他成了圣教的虔诚侍者和克吕尼修道院院长的真挚友人，直到他生命的终结。

故事三

纳山是位施善传德的善者，声名远扬，米特里丹对此心生妒火，一心想要杀他；纳山以匿名人的身份善意地对待他，并教给他杀纳山的技巧。两人在林中相遇，米特里丹了解到真相，感到万分惭愧，两人自此成了密友。

众人听完爱莉莎的故事，议论纷纷，都认为一个教士能有如此慷慨的举动，确实让人感到惊讶。 待大家议论过后，国王便让菲洛特拉讲第三个故事，菲洛特拉清了清嗓子，开口讲道：

尊敬的小姐们，西班牙国王有着非凡的气度，克吕尼修道院院长的大度确实令人钦佩。 我现在要讲一个人的故事，大家听了之后一定咋舌，因为他居然对打算谋杀自己的人表现出无限的慷慨，尽管这个人要剥他的皮，喝他的血，而且假使那个打算谋杀他的人果真下了手，那他会毫不犹豫地献出自己的生命，故事是这样的：

只要游历过卡泰国的人，无论是热那亚人，还是其他地方的人，都说在那里曾有一个家世显赫的富豪子弟，名叫纳山。 据说他的财产多得足可以与一个国家相媲美。 在纳山的庄园旁边有一条大路，是来往于比南和来文两地的必经之路。 纳山为人十分慷慨，乐善好施，他很想成就一番事业，为世人做些好事。于是他雇佣了许多工匠，在很短的时间里建造出一座华丽的大厦，大厦的用料选材都十分考究，内部的设计更是别具匠心。这样，来往此地的游人，过路的行客便有了一个休息的落脚点。加之他家里用人成群，对来宾招待得极尽周到，众多宾客无不有回家的感觉。多少年来始终如一日，纳山的慷慨举动传遍了来文、比南两地，很快便成了人尽皆知的人物。

纳山暮年时期，宾客依然有如当年。这件事后来被一个名叫米特里丹的年轻人知道了，他顿生妒火。这个年轻人也是一个门阀显贵的富家子弟，和纳山相比，不相上下，所以对纳山名扬天下十分妒忌，也因此而不服，自认为他会做得远远超过纳山。于是他也仿效纳山那样建造一座大厦，和纳山的一样华丽。对来往宾客他亦无比周到、热情地招待，不久，他的名号也为人们所传说。

有一天，这个年轻人一个人在大厦的接待处待着。有个贫穷劳苦的女人从大厦的一扇门走进来，请求他施舍点钱给她，他毫不迟疑地给了她；没过多久，她又从大厦的另一扇门走了进来，依然是同样的要求，他二话不说给了她；这样的情况持续发生了十二次，每次他都有求必应，然而第十三次发生的时候，他不禁说道：

“老妈妈，您不必这么勤快吧！”但还是给了她。

老妇人经他这么一说，立即冲他嚷道：

“哼！你简直是徒有虚名，只有纳山才是真正的慷慨，他的大厦共有三十二扇门，我从每一扇门进去，请求他给我点施舍，他次次都给了我，而且并没有哪次表明认识我。然而在你这里，我才只来了十三次，你就有所怨言，还拆穿我，哼！徒有虚名！”

说完，她气呼呼地离开了大厦，从此再也没有来过。

米特里丹听了老妇人的话，心里很不是滋味，知道纳山的声名要远远超过自己，忍不住怒火中烧，心想：“上帝啊！ 真叫我难过！ 我极尽慷慨，却仍然无法超越他，连这样力所能及的事我都做不好，何谈超越！ 看来，只有他的死才能换回我的声名，对，就这样！”

他心意已决，没有向任何人走漏一点口风，便带了几个随从离开了自己的大厦。 三天后，他们来到了纳山的庄园，时已近黄昏。 他随即和几个随从分道而行并佯装彼此不认识。 夜幕垂幔时分，他在路上遇到一个正在漫步的老者，这时纳山的大厦抬眼可望。 这位老者身着一身素雅的衣服，和普通人毫无二致，这便是纳山。 米特里丹从未见过他，自然不知他就是纳山。 米特里丹向这位老者探寻纳山的居地，老者面目和蔼地答道：

“我的孩子，这你可是问对了人，还有谁比我更熟悉他呢！ 我这就带你去找他。”

米特里丹随即表示他不想和纳山见面，只要知道他是哪个人就行了。

纳山回答说：“这也很简单，我可以帮你。”

于是米特里丹下了马，与纳山一同向大厦走去，他们边走边聊，十分开心。 到了那里，纳山让一个仆人把米特里丹的马牵到马棚，又悄悄地让那个仆人去告知所有人，不要让这个年轻人知道他就是纳山，众人得到消息后，都谨言慎行。 接着，他又为年轻人挑选了一间上等客房安排他住下，又差遣了许多用人去侍候他，他自己也在那里陪伴他。

米特里丹和纳山相处了一段时间，始终把他看作长辈，对他也十分恭敬，但还是忍不住询问起他的身世。 纳山告诉他说：

“我不过是纳山众多仆役中的一员，无名小卒。 纳山还是小孩的时候，我就在他左右服侍他，到现在也还是这样，他从未因我的这份老资格而给过我什么奖赏或提升，所以，尽管世人都很尊敬他，热爱他，可我却不觉得他有什么地方让我对他感恩。”

纳山的这几句话，令米特里丹心里立刻多了几分勇气，自认为他心底深处那个卑鄙的念头，很可能就会变成现实。纳山介绍完自己，亦询问了一些他的情况，末了，还说，如果有什么他可以帮忙的话，他定会效犬马之劳。起先，米特里丹还有些犹豫，说话支支吾吾的，后来，他觉得面前的老者是个值得信赖的人，便决定把他当作知己，他把自己的计划全盘托出，并千嘱咐、万叮咛请他保密，同时希望听听他的想法，看他有什么高见。纳山知道了这个年轻人的阴谋计划后，心里甚是紧张不安，然而他很快镇静下来，用十分冷静的语气对年轻人说道：

“你的父亲是位高尚的人，而你能在如此年纪担负起这种乐善好施的事业，也确实令人敬佩。你妒忌纳山的美名，一心想要超越他，比他做得更好，我十分同意；假如这世上多一些具有这种心态的人，那么世风日下的情形就会有所转变。多蒙你对我的信任，把这事全都告诉我，我定会为你严守秘密。关于你的这番打算，遗憾的是我只能为你出谋划策，至于做就全靠你自己了。我告诉你：离这里约有一英里的地方，有一座小树林，纳山有每天早晨散步的习惯，他会准时出现在小树林里，到时候，你便可见机行事。你如果不想有任何麻烦的话，杀了他，你最好赶快离开，从林子左面那条僻静的小路走，可以为你省很多时间，而且不会遇到什么人。”

米特里丹又仔细询问了一番，彻底问清楚以后，纳山便辞别了他，他找到自己的随从，告诉他们明天何时在何地与他会面。第二天一大早，纳山像往常一样，准时到小树林里散步，他已准备好死在米特里丹的手里，绝无悔意。就在这时，米特里丹带着弓箭和宝剑骑着马也来到了林子里。在林中，他远远地望见有一个人在漫步。他并不急于动手，而是想先看看纳山的长相，听听他的声音，然后再下手。他跳下马，手握宝剑，奋力冲上前去，一把抓住纳山的后衣领，喊道：

“纳山，拿命来！”

只听纳山回答说：“你想要，尽可拿去好了！”

米特里丹觉得声音十分耳熟，又看了看他的脸，立刻辨出这面前的纳山就是那个对他悉心照料，为他出谋划策的老者，他胸中的妒火顿时消灭得毫无踪迹，愧意此刻占据了他整个心灵。他把手中的宝剑狠狠地甩在一边，双膝跪倒在纳山面前，抽泣着说：

“敬爱的老人家，你才算是真正的慷慨！我太自私了，竟然要用你的生命换取自己的荣誉，而你居然甘愿受死，和你相比，我是多么的卑鄙！感谢上帝，在这关键时刻，唤起了我的良知，让我明晓事理。我罪责难逃，你处罚我吧！”

纳山双手挟起米特里丹，慈祥地看着他，拥着他，吻着他，说：

“我亲爱的孩子，你有你做事的理由，我有我做事的原则。你的所作所为，无论是好与坏，我都会让你满意的，你无需自责，也不要恳求我的宽恕，因为我知道，你的此番举动并不是因为你性本恶，而是因为你想获得比我更好的美名。现在你既已不杀我，那就好好地生活，无需怕我。你要知道，你的动机激发了我对你的爱，因为我从你身上看到了一种高尚的精神，你拥有万贯家产，毫不吝啬地施舍给那些需要帮助的人，你这种取之于民，用之于民的理财之道，我十分赞赏。你根本不必因为要杀我这件事而引以为惭愧，至于我，这根本不足为奇。古往今来，多少王侯将相，为了扩大权力，永垂青史而不惜牺牲无数人的性命，甚至毁灭了一个又一个国家，而你只不过想取走我一人的性命，这实在是很平常的事，这种手法为世人所普遍采用。”

米特里丹为自己恶劣的行径没有一句辩护之言，只是一个劲儿地称赞纳山的慷慨，做人的伟大。有一件他无法理解的是，为何纳山甘愿前来受死，更有甚者还传授他杀人的方法。纳山回答说：

“米特里丹，我甘愿受死，甚至为你出谋划策，道理其实很简单。我自幼年时便下定决定将来为世人做一番事业，也就是你现在所担负的这种事业，到我有能力做这些事的时候，不管什么人到我家里来，我都极尽所能，有求必应，达到客人的满意。而今你到我这里来，你只要求取走我的性命，同样是要求，我有何拒绝之理！而且为了使你满意，我当然要为你出谋划策，使你做起来更容易一些。现在，如果你还想要我的命，你尽管拿去好了，我很高兴你能达成心愿。我很喜欢这种了结生命的方式。我在这世上生活了八十年，享尽了荣华富贵，该做的事都做了，世上不管是人还是物，都要遵循自然规律，人难免要生老病死，死是万物的终结。我知道，自己离世的日子也差不多了，所以我想，反正都是死，我一生施尽财物，最终连性命也施予人，岂不是很好。”

“一个人即使是活上一百年，到头来还是要死的，何况我根本活不到一百岁，最多也就五六年的光景，所以你最好还是要了我的命吧！活了这么大的岁数，我没有遇到哪个人想要我的性命，只怕你这次不要，以后也不会再有什么人要了，而我这老命愈久也就愈没什么价值了。所以，你还是拿去吧。”

米特里丹羞愧难当，回答说：

“我岂能下得了手，我不仅无权取走你高贵的生命，甚至无权这样想。我真心希望你能长命百岁，如果可以的话，我十分愿意用自己的寿命来使你长命百岁。”

纳山马上说道：“如果你是真的愿意把寿命移植在我身上，毋庸置疑，你办得到，这样的话，我要做一件这一生中我从不曾做过的事情——那就是，我要拿一些你的财物，你乐意吧？”

“当然，我十分乐意。”米特里丹立刻回答说。

纳山又道：“那好，就请你按照我的意思去做吧。你现在正当年轻，这是人生的大好时光，你要把握住，你日后就待在我家，改名纳山；而我则住到你家，就用你的名字——米特里丹。”

米特里丹说：“承蒙你的这番信任，我如若处世之道能赶得上你，那我定会从命；只可惜我的所作所为只能败坏纳山的美名，所以恕我难从命，以免叫我罪责满身。”

两人这样互让了许久，纳山把米特里丹请回他的大厦，热情地招待了好几天，还无限地鼓励他多为世人谋福利，把这件慷慨、伟大的事业进行到底。后来，米特里丹有意要带着随从回家，纳山同意了。在这里米特里丹得到了一个教训，那就是，在这项广布仁施的事业上，他不管怎么样都无法超越纳山。

故事四

金第先生的梦中情人害了急病，她家里的人以为她死了，因为她的样子跟死人毫无二致，于是埋葬了她。幸好金第在她尚有一丝阳气时救活了她，让她生下孩子，最后母子又回到了丈夫的怀抱。

少爷小姐们听了菲洛特拉的故事，无不感到惊讶，这世上竟有人慷慨到不惜牺牲自己的性命，都觉得纳山的品性之高贵确实远胜于西班牙国王和克吕尼地方修道院院长。国王待大家议论停当，便示意劳丽达接着讲第四个故事。劳丽达开口讲道：

高贵的小姐们，前面三个故事的主人公的品性的确是非常高尚，他们的慷慨是世人所不及的，我想，再没有谁能与他们相媲美了，慷慨的举动无处不在，爱情里也有。有关爱情的话题，对处于我们这般年纪的年轻人来说，尤其敏感，这也是我们最感兴趣的。现在我就要讲一个人对自己意中人的慷慨举动，我想，大家听了以后，一定会觉得这个故事也很精彩，一个人为了他的心爱之人，不惜花去所有的钱财，甚至不惜生命和荣誉。

在伦马第平原上，有座名城——波伦亚城。在那里曾生活着这样一位俊朗的绅士，名叫金第·卡利生蒂，他出身豪门，身份高贵，品性优良。他爱上了尼柯罗丘·卡辛米柯的妻子卡塔琳娜，遗憾的是那位夫人根本无意于他。而这时，他恰巧被委任新职，无奈中，他满怀着失落去了莫台纳赴任。

不久，尼柯罗丘因公事去了国外，卡塔琳娜这时已有身孕，便住到离城不远的乡村别墅里，突然间她害了急病，几乎就和死了一样，医生们对此束手无策，只说她已没救了。据她的几个亲戚说，前些日子，曾听她说过已怀有身孕，肚子里的孩子可能还未足月，他们如此悲伤了一番，便把她埋葬了。很快，这事传到了金第的耳朵里，虽然他从未得到卡塔琳娜丝毫的情意，却也是十分悲伤，后来，他心想：“卡塔琳娜夫人，为什么死去的不是我呢？你那般迷人，老天怎么就轻易地将你唤了去！在你生前，我很想多看你几眼，吻你几下，尽管这是你所不愿的，现在我可管不了这么多了。”

黑幕降临时分，他便带了几个亲信随从，马不停蹄地来到卡塔琳娜的墓前，打开墓门，他立即钻了进去，躺在夫人的身旁，抽泣着看了又看，把她吻了又吻。我们都知道，人的欲望是没有极限的，通常这个欲望达到了，又顿生另一个欲望，对爱情尤其是这样。当金蒂先生欲要离开之时，突然又想要抚摸一下她高耸的胸脯。

他抵不住欲望的诱惑，便把手插进她的衣衫，握住了她丰满的乳房。片刻之后，他隐隐约约觉得她的心脏在微弱地跳动。这时，恐惧侵扰着他，他壮着胆子又摸了摸，最后他肯定她还活着，于是他吩咐他的随从把她从墓中抬了出来，他抱着她骑在马上，快马加鞭，很快便到了他在波伦亚的家里。他家中还有一位老母亲，也是一位善良仁慈之人。她听儿子讲述了整件事情的经过，不禁起了爱怜之心，当即为她洗了个热水澡，又在房间里生了盆火，没过多久，卡塔琳娜慢慢苏醒过来，微微叹了口气，问道：

“啊，我这是在哪儿？”

老妇人告诉她说：“你不用紧张，好好休养，这里很安全。”

卡塔琳娜强打精神四下里扫视了一番，不知自己身在哪里，当看到金第先生也在这里，惊讶之情溢于言表，便询问他的母亲这是怎么回事，她为什么会待在这里。金第先生将事情经过全部告诉了她。她不禁悲从中来，泪水淌满了脸颊。一阵悲伤过后，她对金第先生的搭救之恩谢了又谢，又恳请他看在她曾是他的意中人的份上，并且本着他的仁爱心肠，一定不要让她在这里遭到任何有损于她及她丈夫声誉的事情，希望天一亮，他就送她回家。

金第先生说道：“夫人，以前我的确爱过你，这我已不想再提，我现在想要让你明白的是，现在及今后，不论你身处何地，我都会把你看作我的妹妹，这是因为承蒙上帝对我的厚爱，顾念我爱你的情分，使我能够救活你。然而我为你辛劳了一整夜，理所应当该得到你的回报，所以我有个要求，望你能答应。”

“金第先生，你有什么要求尽管说，只要我力所能及，不会毁了我及丈夫的声誉，我一定在所不惜。”卡塔琳娜和颜悦色地答道。

金第说：“夫人，你所有的亲属，乃至波伦亚城的任何一个人，都知道你已经死了，已被葬入地下，根本没有人知道你又起死回生，包括你的家人。所以我希望你在这里和我母亲住上一段时日，等我从莫台纳回来，会给你一个很好的交代，我会把本城所有有威望的人士请来，在他们面前，亲手把你奉还给你的丈夫。”

卡塔琳娜本来就对金第先生充满了感恩之情，又觉得这个要求很合理，所以便应承下来，虽然她很想早点见到自己的亲人。她刚把话说完，突然觉得身体有些不适，肚子痛得十分厉害，多亏金第的母亲很有经验，知道她要分娩了。果不其然，卡塔琳娜产下一名可爱的男婴，金第一家都喜欢得不得了，卡塔琳娜也非常高兴。金第又嘱咐家中的随从，一定要悉心照顾产妇，凡是产妇所需之物，一定要办到。这之后，金第便赶回莫台纳去了。

一段时日以后，他在莫台纳的任期界满，便打算回到波伦亚，于是他吩咐家里在他到家的那天上午，准备几桌丰盛的酒席，宴请城里所有名人，这其中有尼柯罗丘。他到家时，看到客人们都已入席，正等他回来，卡塔琳娜也在其中，她比以前长得更健美迷人了。金第非常高兴，吩咐仆人们上菜，很快，山珍海味摆满了整桌。在大家快要吃完的时候，金第站起来说道：

“尊敬的先生们，不知各位是否听说过林斯的一种风俗，十分有意思。据说，在林斯，如果有谁想要对自己的某位朋友表示极大的崇敬之意，就邀请那个朋友到家里做客，并拿出自己最珍爱的东西给他观赏，无论是自己的妻子儿女、情妇或是什么珍爱的物品，而且在拿出来的同时，要对那位朋友说一句，如果他可以做得到，他会把自己的心掏出来。”

“承蒙各位赏脸，光临寒舍，在下十分感激。今天，我有意要在波伦亚我的家里来仿效一下林斯的风俗，把我仅有的一件珍品拿出来给各位看一看。在这之前，我还有个疑问要向在座的各位讨教一下——如果某个人家有一位忠实的仆役，突然间害了急病，他的主人在他一息尚存的时候，便把他抛弃在大路上，自此不再管他。这时有个过路人路过，十分同情这个被弃者，便把他带回家，想方设法去救治他，不惜花费金钱，一心要救治他的生命，使他恢复健康，那我要问一问各位，如果这个过路人自此留下这个被弃的仆役，那仆役原先的主人是否有权责备他呢？ 如果仆役原先的主人要带走这个仆役，而过路人不从，那过路人是否应受到责备呢？”

宾客们议论了一会，大家意见一致，便让尼柯罗丘代表他们阐述他们的观点，因为他是个十分出色的演讲者。 尼柯罗丘先是对林斯这种风俗说了几句赞美之言，而后说道，仆役原先的主人没有丝毫权利带走他，因为在他急需帮助的时候，却被他的主人抛弃了，幸好那位善良的过路人及时救治了他，所以他理所当然应归属那位好心的过路人，这样做十分符合情理。

席上的各位名人佳士都赞同尼柯罗丘的说法，金第听了他的解释，十分高兴，又说道：

“那好，现在我就把我的珍品拿出来，向各位表示我的崇敬之心。”

说完，他吩咐两个仆人去把迷人的卡塔琳娜请出来。 只见卡塔琳娜怀抱孩子，缓步走了过来。 金第让她坐在一位享有很高声誉的绅士身边。 金第随即说道：

“各位，这位夫人就是我奉作至宝的珍品，不知各位是否同意我的话？”

卡塔琳娜秀丽的面容，端庄的仪态受到了来宾们的一致赞许，不禁又端详起她来。 这里有不少人都觉得她酷像已死去的卡塔琳娜，尼柯罗丘看到她后，更是心如火燎，急于要探寻其中的究竟。 趁着金第离席的空当，他不禁和她搭起话来，问她是不是本地人。 听到丈夫关切的问话，她忍不住要告诉他，她并没有死，可是因为她曾向金第许过诺言，所以不便开口。临座又有人问她，她怀中的孩子是不是她自己的；还有人问她，她是否是金第先生的妻子，或是他的远亲，对于这些问题，她只是回以微笑，却不曾作答。片刻之余，金第先生又回到了席间，有一个宾客对他说：

“金第先生，你这位国色天香的夫人怎么不开口讲话呢？”

金第回答说：“这恰是她的美德所在。”

那客人又接口道：“那就请你介绍介绍她吧。”

金第悦颜地说：“我十分愿意。那么，从现在开始，我希望大家能从头至尾地听我把故事讲完。”

“各位先生，这位夫人就是我前面所提到的那位忠实的仆役。可是她的亲人却像丢废物一样把她丢在街上，我好心收留了她，并尽心尽力地救治她，皇天不负苦心人，在我手中，她终于又出落成一位迷人的贵妇。现在我就把事情详尽地讲给大家听。”

接着，他把事情的原委一字不差地告知给众人，讲他是如何爱上卡塔琳娜的，又是如何救治她，呵护她。众人听后，甚感惊讶。这时，他又说道：

“如此看来，如果各位还是刚才的那种心态，那么这位夫人理当归属我了，任何人都没有任何权利把她从我这儿夺走。”

众人听了金第的话，都无话可说，根本就不知道该说什么，只有静候着，看他下面还有什么话。在场的很多人都被金第的行为所感动，有的眼里充满了泪花，尼柯罗丘和他的妻子都激动得哭了。接着，金第起身，从卡塔琳娜手里接过了孩子，并拉着她，走到尼柯罗丘面前，说道：

“亲爱的尼柯罗丘先生，请你站起来，现在我把我的珍宝奉献给你，你要知道，我并不是把你的妻子还给你，因为在你家中任何人的眼里，她已经死了，现在所奉献给你的是我的妹妹，还有她可爱的孩子，这孩子可是你真正的骨肉，他已受了洗礼，我给他取名金第。我特别要说的是，这位夫人在我家待了近三个月的时间，这三个月里，她一直和我的母亲住在一起，我可以人格担保她的圣洁，我希望你不要因为她在我这里住过，就减少对她的疼爱。我想，上帝之所以让我对她有所爱恋，或许是为了要我使她起死回生吧。”

说完，他又对卡塔琳娜说道：

“夫人，你可以跟你的丈夫回家了，你无需对我履行任何诺言。”

说完，他便把她母子二人交给尼柯罗丘，自己转身回到了座位上。尼柯罗丘一手抱着孩子，一手扶夫人坐下。他从未想到过妻子竟起死回生，对此也从未指望过，而今妻子却活生生地在他面前，他怎能不激动，不欢喜呢！他向金第再三致谢，说了无尽感激的话。这种场面令在座的各位都感动极了，大家异口同声地称赞金第——是的，只要听了这个故事的人，无一不表示称赞的。卡塔琳娜的家人见她回来了，都高兴得不得了；波伦亚城的人见了她，都流露出一脸惊讶的表情，很想知道其中的究竟。自打那以后，金第先生和尼柯罗丘成了挚友，两家相处得十分融洽。

年轻的小姐们，大家想想看，西班牙国王把一箱珠宝作为奖赏赐予勇敢的骑士；修道院院长使一个残暴的强盗转变成教皇忠实的奴仆；慷慨的纳山老人愿意牺牲自己的生命来满足青年的愿望——然而，这几件事怎能同我所讲的这件事相提并论呢？金第热诚、善良，救活了垂死的卡塔琳娜，并视之为珍宝，按理来说，对于一件心仪已久的宝贝，通常人们会据为己有，而金第却把她物归原主。其实，即便是他据为己有，也是顺理成章的事，而不会遭人蜚语，而他却拱手相让，品性之伟大，使人感到崇敬，所以我觉得，金第才算是真正的慷慨、大度。

故事五

狄安瑙拉太太因为无法忍受安萨多的追求攻势，便提出他如果能在正月里开辟出一座百花争艳的花园，她就答应他的追求。安萨多不惜重酬聘请魔术师施展法术，建造出一座花园。她丈夫得知此事后，要求她履行诺言，安萨多获知后，被她丈夫的慷慨所感动，随即让夫人取消了诺言。

这些快乐的年轻人，无不称赞金第先生的美德。国王吩咐爱米莉亚讲下一个故事——第五个故事。爱米莉亚抖擞了一下精神，开口讲道：

尊贵的小姐们，我们都为金第先生的慷慨所感动，可是，倘若认定他所做的事是前无古人，后无来者，那我倒要反驳一下。各位听了我下面的这个故事，便可知我说的是真话。

弗留里是个风光秀丽的国家，在那有座名为乌丁的城市。据说这城里曾有一位迷人的贵妇，叫狄安瑙拉，她的丈夫吉尔贝托是本城一位富有的绅士，生得风度翩翩，风流倜傥。在乌丁有位名叫安萨多·格拉登斯的伯爵，此人门阀高贵，机智勇敢，又善于交际处世，所以威望很高。他第一次见到狄安瑙拉时，便被她的美貌所吸引，偷偷地爱上了她。他因此想方设法赢取她的芳心，却始终未果，仅情书就不知写了多少。

这位伯爵尽管每次都遭到贵妇的严厉拒绝，依旧痴心不改，一有时机便表达自己的爱意。那位贵妇被他纠缠得实在忍无可忍，便想出了一个法子，向他提出一个几乎是不可能实现的要求，以便叫他死心。她就对那个常常替他穿针引线的妇人说：

“我亲爱的大妈，每次来你都会对我说，安萨多先生是如何如何爱我。以前他曾送给我不少珍贵的礼品，我都一一退回了，因为我不是那种见钱眼开，视钱如命的人，礼物打动不了我的心。我有一个心愿，倘若安萨多先生能够帮我实现它，那我便会相信他是真的如你所说的那样爱我，而我也会满足他的心愿，答应他的追求。”

妇人问道：“不知夫人有何心愿？”

狄安瑙拉说：“你知道，下个月就是正月了，在这个时候，很少能见到百花争艳的景象。我希望在正月里看到一个开满鲜花、长满葱郁树木的花园，就像五月里的那样。倘若安萨多先生不能如我所愿，那就不要再派你或是其他什么人到我这里来当说客。如若他一如既往地纠缠我，那我就会让他在公众面前曝光，让他没有好日子过。”

安萨多得知后，认为这几乎就是不可能的事实，寒冬腊月怎会出现百花争艳的景象。他也知道，她之所以提出这么离奇的要求，为的是让他知难而退，对她死心，然而他却不甘心就这么放弃了，决定试一试。于是他四处询问，征求别人的看法，看是否有人能给他出个对策。后来，他终于找到了一位魔法师，此人答应帮他完成心愿，条件是他必须以重金酬谢他。为了能够抱得美人归，他岂会在乎多花几个钱，所以当即答应了魔法师的条件，然后心里坦然地等待着那一天的到来。

正月，天寒地冻，寒风刺骨。在除夕夜，魔术师在城郊挑选了一块空地，对其施展法术，果不其然，第二天早晨，那里便有了一座有如五月那般漂亮的花园。花园里百花齐放，树木葱郁，有的还结满了野果，景象甚是迷人。安萨多先生欣喜若狂，急忙采摘了一把艳丽的鲜花和一些上好的果子，差人给狄安瑙拉送去了，并传达了他的爱慕之意，希望她能亲自到这里观赏，看看他为她所做的一切，这样她就必须得履行诺言了。

那位夫人对这座奇异的花园已有耳闻，眼下又看到安萨多送来的鲜花和水果，心里十分后悔。听归听，毕竟她没有亲眼见到，于是她便和城里的几位夫人，相约去看看那座被人们传得沸沸扬扬的花园。亲眼目睹之后，狄安瑙拉惊奇万分，对有如此美妙的花园称赞不已。可是，一想起自己曾许下的诺言，不免有些不安。回到家里，她丈夫见她闷闷不乐，便询问她原因，起先她羞于启齿，怎么都不肯说，后来经不住丈夫的咄咄追逼，便把事情的原委告诉给她丈夫。

吉尔贝托听后，对此十分恼火，后转念一想，他妻子并无什么不纯正的动机，便按捺住气恼，对她说：

"狄安瑙拉，你怎么聪明一世，糊涂一时呢？对于那些说客的话，你根本不必相信，一个珍惜贞操的女人，又怎么能拿贞操和别人讲条件呢？你知道吗，一个深陷爱情泥潭的男人，对于心上人的要求从来就是说一不二，即便是比登天还难的事，他也会想方设法使之成为可能。你相信那些说客的话，本身就犯了一个错误；后来又提要求，这又是一个错。我深知你的本意，你并不想把事情搞糟，你的用心是纯洁的，可是信口开河有时是要付出代价的，这次我暂且允许你做一次任何男人也难以应允的事。如果安萨多知道你骗了他，或许会让那个魔法师来报复我们，你无论如何都得履行你的诺言。如果在不失贞洁的情况下履行诺言，那当然求之不得了；如果不行，那也只有失身于他，记住，可不要把自己的灵魂也输了。"

他妻子听了他的这番话后，泪流满面，无论如何也不愿履行诺言，然而他强行要她这样做。于是第二天一大早，他妻子随便装扮了一下，便带了一个亲信侍从，向安萨多家走去。安萨多听佣人通报，他的意中人正在门外守候，甚感惊讶，立刻请来了魔术师，对他说：

"你看，你的魔法让我梦寐以求的愿望变成了现实。"

说着，他便迫不及待去把他的意中人迎进门，言谈举止极尽殷勤。于是，三人一起走进一间装饰考究的房间，房间的壁炉里生着旺火。待这位夫人坐定之后，安萨多开口说道：

“夫人，许久以来，我一直深爱着你，对你一片痴心，念及我的这份厚爱，能否请你回答一个问题，你为何一大早便赶到我这里来？我想，你不会对这个问题不屑回答吧？”

狄安瑙拉面色苍白，眼眶里噙满了眼泪，边抽泣边说：

“伯爵，我之所以来这，并非是对你有所爱恋，我根本不爱你，也不是因为我曾许下的诺言；而是因为这是我丈夫的命令。虽然你对我百般纠缠，但他念及你为我所做的这些，所以不顾我和他的声誉，吩咐我来这。我现在来了，你可实现你的心愿了。”

听了她的这番解释，安萨多惊讶极了，同时又非常感动，他没有见过哪个男人有吉尔贝托这样宽广的气度。他满心的淫念这时已烟消云散，他说：

“夫人，你的话深深地打动了我。你丈夫如此念及我对你的情意，如若我再做出什么有损他声誉的事，那真是天理不容。如果你愿意的话，就把我当成你的兄长，你什么时候回去都可以，只是恳请你替我谢谢你的丈夫，他真是个了不起的人！”

狄安瑙拉听了他的话，喜出望外，笑着说：

“以前就听说你是个正人君子，我想，这次到你这儿，一定会得到你的原谅。真的谢谢你，我一生都将对你充满感恩！”

说完，她便告辞回家，安萨多还差了几个随从保护她。回到家里，她把这一切都告知自己的丈夫，自此，吉尔贝托和安萨多成了挚友。

且说那位魔法师，吉尔贝托宽宏的气度和安萨多的慷慨，让他从中受到了启迪，当安萨多把酬劳按照约定的数目给他时，他说：

“当我看到吉尔贝托先生宽宏的气度，不惜自己的声誉，及你对意中人的大度时，我便已经决定不收你分文，我想，我这么做是应该的。我也深知这笔钱对你很重要，你还是好好地留着吧。”

安萨多觉得过意不去，执意要他收下，至少也要拿一部分，可是任凭他怎么说，魔法师都坚持不要分文。三天以后，魔法师把花园变回原先的空地，而后辞别了安萨多，便上路了。安萨多在心里默默地祝福他。从这以后，安萨多对那位夫人满是敬爱之情，没有丝毫的欲念。

尊贵的小姐们，现在你们知道我说的话都是真话吧？金第虽让他的意中人重回丈夫的怀抱，可是前提是他得知他的意中人害病身亡，那时，他已不存有什么炽热的感情；而安萨多的情况则迥然不同，他费尽心机才把意中人搞到手，他的情感也随之升温，他对爱情充满了希望，然而就在这时，他慷慨地取消了意中人的诺言。两者相比，哪个更算是慷慨呢？如果有人认为两人都一样的话，那就太可笑了。

故事六

国王查理暮年时期，迷恋上一位少女，后来自知不该如此，便决意把少女姐妹俩十分得体地许配给两位男爵。

小姐们听了爱米莉亚的故事，一时间争论不休，一时间不能确定在吉尔贝托、安萨多和魔法师三人中，谁是最大度的。关于这些争论，我们无需浪费笔墨来做详尽的阐述。国王等大家争论了一会以后，便命菲亚美达讲第六个故事。菲亚美达略有犹豫，随即开口讲道：

尊贵的小姐们，以我个人的观点，我一直都认为，我们聚集在这里讲故事，应当面面俱到，以免被人钻了空隙，引发论战。争论本来就是那些做学问的学者的事情，而对于这些连纺织都不在行的女人们，根本就毫无意义。我本打算讲的那个故事也是一个容易引起争论的故事，看到刚才这番情形，所以我想换一个故事，故事的主人公绝非普通人物，而是一个十分英明的国王，至于在他身上发生了什么故事，且听我慢慢道来：

提起查理一世这个名字，我想，大家一定不会感到生疏。查理一世国王机智过人，运筹帷幄，一生建立了不少功勋，特别是后期大败国王克夫莱，终于使教皇党人重回佛罗伦萨，保皇党人则被驱逐出境。于是，保皇党人纷纷逃离了该城。其中有一个名叫纳瑞·德里·乌贝第的骑士带着家人、财物来到了卡斯比拉迈·第·斯塔比亚。他在这里买了一块地，距离当地居民的住宅不远，周围全种满了橄榄树、胡桃树和栗树。在这块地上他建造了一座十分华丽的居所，在居所前面还别具匠心地开辟了一座花园，园内小桥流水，很有一番韵味；在花园中央他挖建了一个鱼池，式样是典型的佛罗伦萨式，池水清澈见底，可以看到许多鱼儿戏水。纳瑞把时间都花在了修整花圃上，一心想使自己的花园成为世上最美丽的花园。有一年夏天，查理国王到卡斯比拉迈来度假，听说当地有座妙若仙境的花园，很想欣赏一番。但是一听说园主人是自己的敌党，便有些迟疑，觉得理应差人去向纳瑞通报一声，并告之他，他及他的四个大臣预备那天晚上在他的住地用餐。纳瑞对此深感荣幸，于是紧锣密鼓地与家人为晚宴做准备。

那天，纳瑞把花园装点得格外赏心悦目，国王观赏时，赞不绝口。晚宴准备就绪，酒席桌就设在鱼池旁边，国王入席坐好，并让纳瑞和他的大臣葛·德·蒙福特分别坐在他的两边，又让另外三个大臣依照主人家的安排，分坐在两边。山珍海味很快摆满了所有酒桌。纳瑞一家的款待极尽周到，而且井然有序，毫无忙乱之声，他们对此称赞不已。

他一边畅快地饮着美酒，一边观赏着这幽雅的园中景色。突然有两位年纪约莫十五岁的如花少女来到园中，金色的卷发松散地披在肩上，两人的头上都戴着用迎春花编成的花环。她们如花似玉，有若天仙；身着一袭洁白的细麻布衣裙，腰身紧束着，恰到好处地衬出两人曲线型的体形。第一个进园的少女左肩上扛着两副渔网，右手上是一根长竿；紧跟其后的那个，左肩上是一只煎锅，腋下夹着几根干木柴，左手提着一个三脚架和一瓶油，右手举着一个燃着火苗的火把。国王见此情景，十分惊奇，一时猜不出两位少女要干什么。

两位少女在国王面前有如两朵羞答答的玫瑰，腮边泛着红晕。她们恭敬地向国王行了礼之后，便来到鱼池另一边。只见那个起先拿煎锅的少女把煎锅在一旁摆好，又从另一个少女那里拿来长杆，两人随后跳进了鱼池，池水没及胸部。这时，纳瑞家的一个男仆小心翼翼地把煎锅放在三脚架上，又往锅里倒了些油，而后便在锅下生起火来。往鱼池里望去，只见她们一个握着长竿在水中来回捅着，另一个手持渔网在一边作网鱼状。国王神情专注地望着她们，见她们不多时就网了许多鱼，心中甚是欣喜。她们把网到的鱼儿向仆人所在的地方掷去，这个男仆稍作清洗之后，便投入油锅中。最后，她们又从中挑了几条上好的鱼，朝国王和他的大臣们掷去，鱼儿鲜活地蹦跳着，国王见了甚是欢喜，随手拿了几条，又向她们那边掷去。就这样，他们相互掷了几个回合，这一举动无不令在场的人捧腹大笑。不多时，仆人把已做好的鱼端到国王的桌上，与其说这是一道美味佳肴，倒不如说是纳瑞特地安插的一段娱乐小插曲。

两位少女见鱼已做好，便从池中爬了上来。滴着水珠的细麻布衣裙紧紧地贴着她们的皮肤，使她们的线条看来更撩人心弦。她们满脸羞涩地从国王眼前走过，径直回房间去了。国王、大臣，以及那些侍者，都把目光落在她们身上，无一不在心里夸耀她们如花的容颜，优美的曲线。特别是国王，两眼看得出神，连眨都不曾眨一下。如果这时即使捅他一刀，恐怕他也只当作是给什么带刺的东西扎了一下，连叫都顾不上叫。他急于想弄清她们的身份，猜不出什么样的父母竟培育了这么一对美若天仙的女儿。他心里涌起一阵阵冲动，渴望现在就和她们认识，他非常乐意在她们面前献些殷勤。有意思的是，这两位少女简直就是一个模子刻出来的，彼此长得像极了，他自己也搞不清到底对哪位更垂青。他想了想，就问坐在一旁的纳瑞，这对少女出自谁家。纳瑞回答说：

“国王，是在下的双胞胎女儿，一个唤做迷人的金妮芙拉，另一个叫窈窕的伊淑塔。”

国王对两位少女的貌美赞不绝口，又提到她们已到了婚嫁的年纪了，纳瑞不便说什么，只说他的经济状况尚且还没有这个能力。这时，主餐已用完，只差水果还未端上来。只见那两位少女已换了一身华贵的绸缎装，手持两大盘水果走了过来，并将之放在国王的桌上。接着，她们退到一旁，唱起了歌，前面两句唱的是：

啊，爱神呀，如何才可道得明白，

我降临在你的脚下——

歌声悠扬动听，深深打动了国王，他觉得她们简直就是上帝派来人间的两位小天使。唱完后，她们在国王面前跪下，请求退下，国王尽管不情愿她们离开，但还是佯装出一副欢快的样子，恩准她们退下。

吃过晚饭，国王和大臣离开了纳瑞家，向王宫行去。一路上，几个人谈这谈那，没有一刻停嘴的时候。国王虽然国事繁忙，却仍念念不忘那对小可人儿，胸中激情四溢，就好比他少年时的初恋；他实在太痴迷她们了，以至于他对任何事情都提不起兴趣。因此，他常常是没事找事，借观赏纳瑞家的花园之际，多瞧几眼迷人的金妮芙拉。

最后，他难忍单思之苦，却又想不出什么好办法可以释放自己炽热的情感，而且，一位少女远远不能满足他的欲望，他希望最好能把两位少女一起要过来，于是便把想法告诉给葛伯爵，想听听他的高见。葛伯爵为人十分正统，听了国王的叙述，不禁心生几分诧异，说道：

“国王，你的话使我好生诧异，因为我与你情同手足，对你十分了解。在你尚且还是个青年的时候，本来你很容易受到情事的干扰，因为壮志在胸，你从不儿女情长；而今你已是到了暮年时期，思想早已定形、成熟，怎么反倒被这儿女之情弄得魂不守舍，我真有些不理解，也感到十分奇怪。作为你的一名忠臣，我觉得有必要规劝你一句：你刚刚进驻这个国家不久，一切都还在动荡之中，不了解民情，怎能治国？叛乱谋反仍是气息尚存，难道你愿意将失而复得的国家再次拱手让出吗？许多棘手的国事问题摆在你面前，处理都还来不及，你又怎有心思去和情人卿卿我我？

“这不是一个圣君所应专注的事情，只有那些闲来无事，不思进取之人才会对儿女之事十分用情。纳瑞在自己的园中设宴招待你，极尽周到，还把他的一对宝贝女儿展示给你看，他把自己最宝贵的东西呈献在你面前，那是他对你十分崇敬，否则，他怎么会叫自己的女儿几近赤裸地在你面前展现呢？这恰恰说明他十分忠诚于你，视你为一个圣君，而不是一个好色之徒，而你却想在这把年纪独占那两姐妹，这如何说得过去？你再想想，我们是如何攻破这个国家的？正是因为克夫莱沉迷女色，终日不理朝事，以至于国家日益衰败，我们因此也才有了进攻的机会！纳瑞先生殷勤地侍奉你，你却掠夺了他奉作至宝的珍物，你这样做就是恩将仇报，你让你的臣民如何去拥戴你呢？他们会视你为怎样的一个君主？或许，你会这样辩白：你这样做是对叛党的惩罚。不错，他曾是保皇党派的，但在保皇党被驱逐出佛罗伦萨时，他却来到你管辖的范围内以求你的庇护，而你在受用了人家热情的宴请后，却对其横加欺侮，你自己说，这是王者风范吗？这是一个人君所应做的事吗？尊贵的国王，你要三思而后行啊。还有一点最重要的，你战胜了克夫莱，征服了这片国土，这是一项永垂青史的业绩，然而，你若能战胜你自身，克服你的缺点、欲念，那才是最大的胜利。作为一国之君，你若心术不正，又怎能明示天下人？否则，后人会说，上梁不正，下梁歪！不要为你光荣的历史添一污渍，一个小小的污点就可能抹杀你一生的光荣。”

伯爵的一番话语重心长，叫国王心里甚是惭愧，他觉得有负明君的称号。他虚了一口长气，说：

“伯爵，你说得太好了，是的，一个身经百战的勇士克敌制胜，确实没什么了不起，真正了不起的是战胜自身的弊端。你放心好了，虽然这是一件十分难做的事，但有你一番忠言，我定能做得到，你就拭目以待吧！”

没过几天，国王又来到那不勒斯。这次来，他主要是为了回报纳瑞的深情厚谊，把他的双生女儿看作自己的亲生女儿一样嫁出去，虽然他十分迷恋她们，爱得无比深切。在纳瑞的允许下，他为这两个女儿配置了十分体面的嫁妆，将迷人的金妮芙拉嫁给马费奥·达·帕利济男爵，将窈窕的伊淑塔嫁给德列摩·台拉·马尼亚男爵。婚事完毕后，国王痛楚地去了阿普利亚，他强抑欲念，不再为儿女之情费神，淡泊地度过了一生。

其实，一国之君为两位小姐办了十分体面的婚事，这本算不上什么，然而叫人为之敬佩的，便是这位君王在深陷情事，为情所困的条件下，为自己热恋的意中人圆满了婚事。慷慨的查理国王既回报了纳瑞的情谊，又体面地向自己心爱的姑娘表明了敬爱之意，而且坚决地抵制住欲念的诱惑，这实在值得我们敬佩。

故事七

一个生自民间的少女深深地爱上了彼得国王，并患上了相思病；国王得知后，急忙去探望她，并将她嫁给一位高尚的青年；彼得亲吻了她的前额，并以她的骑士自居。

听了菲亚美达的故事，众人都异口同声地赞扬查理国王的慷慨以及他的自我约束力，只有一位小姐，没有发表任何看法，因为她是保皇党派的。潘比妮又接着讲下一个故事，她讲道：

尊贵的小姐们，对于查理国王的赞美之辞，是无可非议的，除非有谁因为个人原因，对他本人有所成见，那就要另当他论了。我下面要讲的这个故事，是说一国之君对一位民间少女的恩泽，这也是一个值得称赞的君王，我十分乐意讲给你们听。

有一年，法国人被驱逐出西西里岛。在帕勒摩这个地方有一位药剂师，是佛罗伦萨人，名叫贝那多·普契尼，家道殷实。贝那多膝下只有一个女儿，天生丽质，姿色过人，已到了婚嫁的年纪。那时，西西里岛由一位名叫彼得的国王掌管。一日，彼得国王和他的众大臣在帕勒摩参加宴会，并遵循卡达鲁尼亚的风俗赛马竞技。贝那多的独生女丽莎和几个同龄姑娘恰巧在窗边远眺，不经意间注意到骑马狂奔的彼得，顿时对他产生了爱意，或者可以说一见钟情。宴会结束后，国王和大臣们都回王宫去了。丽莎整日足不出户，苦心思索着她的爱情。她满眼都是他伟岸的身躯，俊朗的笑容。然而令她极度痛苦的是，她认为伟大的君主无论如何也不会理会她这样出身卑微的民间女子，更别说实现她的爱情梦想。虽然如此，她始终对彼得国王念念不忘，但是，为了避免不必要的麻烦，她只好将这份情感深深地埋在心底，没有告诉任何一个人。

国王对此毫不知情，根本没有想到民间有位女子正苦恋着他。日子一天天地逝去，丽莎也一天比一天更加思念意中人。明明知道相思苦，却要偏偏苦相思；衣带渐宽，人渐瘦，丽莎一天比一天憔悴，好比没有甘露滋润的玫瑰花，失去往日夺目的光彩。她的父母看在眼里，疼在心里，对她悉心照料，说了许多安慰的话，同时，又请来名医为她医治，总不见病情有所好转。她因为此生的心愿未了，绝望至极，甘愿在相思中死去。

一日，她父亲问她想要些什么，并许诺说，无论她要什么，哪怕是天上的星星，他也会去摘。她为父亲的疼爱所打动，心想，如果能让国王知道她的一番情意，就算死了，她也会含笑辞别人世。于是她告诉父亲，她想见见敏奴丘·达雷佐。这位名叫敏奴丘的是时下一位很讨国王喜欢的音乐家。贝那多毫不迟疑地派人火速去请敏奴丘。敏奴丘为人十分温和，见有人邀请，也没说什么便去了。他先对丽莎说了些逗乐的话，想哄她开心，然后拉起了他心爱的“维纳尔”，为她唱了几支小调。他本想用歌声来抚慰她，谁知，这些歌反倒激起了丽莎对爱情的狂热。她随即让侍从都出去，打算和敏奴丘单独谈谈。

她对敏奴丘说：“敏奴丘，我请你来，是因为我觉得你是个值得我依赖的人。许久以来，在我心里有个秘密，也正因此，我才变成现在这副样子，我非常需要你的帮助。事情是这样的，在彼得国王参加宴会的那天，我见到了他，那是我第一次见到他，你知道吗，就在那一天，我爱上了他，深深地爱着他，我承受不了相思的苦痛，才到了今天这步田地。我知道自己出身卑微，无论如何也配不上他，可是我实在无法从自己心中解脱出来，所以我想死，宁愿死了，倒也落得清静。

“可是，我十分渴望他能知晓我的这番情义，否则，我死也不瞑目。而你是唯一一个能帮助我的人，我恳请你，帮我这个忙，千万不要拒绝我。你将我的意思告诉给国王之后，再给我一个口信，这样，我便可以含笑九泉了。”说完，她又伤心地哭起来。

敏奴丘被丽莎的忠贞不贰所感动，因为也被她殉情的决心所震撼，他决定不惜一切来帮助她，便对她说：

“丽莎，承蒙你对我的依赖，我向你保证，我会尽心尽力使你达成心愿。你对爱情的忠贞实令人感动，我一定会帮你，但是你也得答应我，在我还未带回口信的这几天里，你要耐心些：切不可轻易地就去寻死，我会让你满意的。我现在就去办。”

丽莎也向敏奴丘保证，她一定耐心等候来者，并再三向他致谢。敏奴丘从丽莎家出来后，径直来到米可·达·西埃纳的居所。米可是当代一位非常出名的诗人。经过敏奴丘的再三请求，米可写出了下面这首爱情诗：

爱神，你速速飞去见我的国王，
对他说，我止苦苦相思他，
相思苦，难倾诉，
不如死去灭心思。
爱神，请受我深深一拜，
请发善心去王宫，
对他说，我如何爱慕想念他，
内心有着多炽热的情焰。
啊，它烧我体灼我心，
我想我将小命从此尽，

让我终身受罪，抱恨而去。
思念他，我既惊又羞愧，
啊，请你看在上帝的情面上，
向他诉我一心的思念。
爱神，我对他生了情
你从未让我有勇气，
让我去诉请国王听，
我只会暗地神伤泪落；
如我这般与世永别，怎瞑目？
我的相思苦被多情国王知，
也许对我情意生，为何你总不愿
鼓舞我去诉说给他听？
啊，爱情，怨你不肯
对君王诉我情，我才得此心病，
你不愿替我传讯，不让我表达心意；
现在只求你怜悯我，去他面前，
告诉他，只因在那盛典日，
见到骑士中间的他武姿英豪无双，
我从此时刻思念，病入膏肓，
体瘦人失神，没个人样！

敏奴丘随即为这首诗谱了曲，曲调哀怨婉惨，把相思中人的心情谱写得十分细腻，带着这首配乐诗，敏奴丘第三天就到王宫见国王。国王这时正在用餐，看到他带着“维纳我尔”，便要他唱歌助助兴。敏奴丘于是边拉边唱，他唱得动听极了，王宫里的人都全神贯注地聆听着，体会着歌中的哀怨。 国王更是听得出神，待敏奴丘唱完后，他便问起这首歌的来由。

敏奴丘回答说："国王，这首歌的创作，从头到尾所用的时间还不到三天。"

这首歌是敏奴丘带来的，国王猜想他是知情人，便让敏奴丘把这首歌制作的缘由告诉他。

在敏奴丘的请求下，国王吩咐所有人退下，只留下他和敏奴丘，敏奴丘便把丽莎的话向国王全盘托出。国王听了也备受感动，让敏奴丘回去转告她，他这天晚上做完祷告一定去探望她。

丽莎得知后，欣喜若狂，苍白的脸上立刻有了血色，她请求敏奴丘把那首打动国王的歌曲再唱一遍，听着无比哀婉的曲调，她不禁潸然泪下，但转念又笑了，因为国王马上就要来探望她了。

国王原本是个风流多情的君王，对这位民间少女十分同情，实在不忍她自我作践。不管怎么说，这都是因他而起，他决定要拯救这位姑娘。晚祷时间刚过，他便骑着马来到了贝那多家，他推说想要观赏一下他家的花园。在花园里，他和贝那多闲聊了起来。关于国王临驾的事除了敏奴丘和丽莎以外，无人知晓。所以贝那多对国王的突然驾到有些惊讶。国王东聊聊，西谈谈，最后问起了药剂师的女儿，问她是否已许配给人了。

贝那多回答说："尊敬的国王，小女尚且待字闺中。这些天无缘无故病倒了，怎么诊治都不见好，说来也怪，今天自下午起，脸色比先前好看了一些，也愿意开口讲话了。"

国王可是知情人，知道其中的究竟。遂表示他想去探望一下病人。贝那多并不知道国王的用意，也没有推却，便带着国王来到了丽莎的房间。丽莎十分焦急地等待着国王，看到国王进来了，立刻有了几分精神。国王快步走上前去握住她的手说：

"姑娘，你这又何必呢？你看你，本来一个很迷人的姑娘现在就像一朵缺少水分的花儿。我可不想你终日这样。你还年轻，切不可自我作践，快快把身子养好，像以前一样美丽、迷人，我喜欢青春有朝气的姑娘。”

手被意中人紧握着，丽莎觉得从未有过这样的温暖，心里甜得像蜜一样，强打精神，用极其微弱的声音说：

“国王，我柔弱的身子承受不起偌大的苦痛，所以才变成了现在这副样子。你来看我，我太高兴了，同时对你满怀感恩。我答应你，不久，你便可以看到从前那个我了。”

这位姑娘的话外之意，国王自然明白，总算放了心，对她也更加疼爱。他又嘱咐了她几句，便起身离开了贝那多家。

国王的仁慈，为众人所盛赞。丽莎受到了国王的恩泽，十分欣喜，对生活又充满了信心，所以没过几天，身体就康复了，看上去比从前更美、更迷人。国王和王后都觉得少女痴心一片十分难得，应该对她有所回报。这天，国王和王后带了一队浩浩荡荡的人马来到了贝那多家中。在花园里，国王和王后把丽莎单独叫在一边，国王开口说道：

“尊贵的小姐，为了感谢你对我的一片痴心，我决定要报答你。你现在已到了谈论婚嫁的年纪了。我准备做主把你嫁出去，而我十分乐意成为你的骑士，我别无他求，只要求在额前吻一下。”

丽莎顿时涨红了脸，羞怯地对国王说道：

“国王，倘若我告诉别人，我深爱的人就是你，别人一定会认为我是病人说疯话，太自不量力了。只有上帝是最清楚的，我从爱上你的那一刻开始，我就知道你是国王，而我只是一个民间女子，我出身卑微，自知无法与你匹配。然而一旦深陷于爱情之中，很少有人能自我解脱，之所以这样，是因为男女相爱的出发点是两情相悦，而不是门第配不配。我不只一次地告诫自己，却始终无法走出这团迷雾。我爱上了你，无论现在还是以后，我都会珍惜这份情感。

“不过，我早已下定决心，事事都会遵循你的意志，所以，我十分乐意接受你的指婚，我可以很坦然地告诉你，我会好好爱他，对他忠贞不贰，因为这是做妻子的责任。而且，我也愿意成为你忠实的奴仆，无论你叫我做什么，我都在所不惜。我无比荣幸，能有你这样一位骑士。关于你提出的那一吻，我觉得应该先问一问王后，只有她同意，我才可这么做。你和王后的仁慈，我一生受用不尽，我只能为你们虔诚地祈祷，愿上帝赐福于你们。”

王后对丽莎的回话十分满意，也和国王一样认为她是个通情达理的姑娘。国王立刻接见了贝那多夫妇，向他们表明了心意，他们听了都一副乐不可支的样子。于是国王把他早已物色的青年传唤来，这位名叫培弟康的青年出身虽然低微，品性却十分高洁。国王当众宣布把丽莎许配给他，并给了他几个戒指。国王和王后又给丽莎许多珍贵的财宝作为陪嫁，此外，又把赛法罗和卡拉塔贝罗塔两块富饶的土地赏赐予培弟康，对他说：

“你娶了丽莎，要好好待她，担负起当丈夫的责任，这两块土地就当是我们给丽莎的嫁妆，你们会用得着的。”

说完，国王又来到丽莎面前，对她说：

“现在，是我留下爱情见证的时候了。”说着，他双手捧着她的脸，在她额前亲吻了一下。

不久，国王和王后为丽莎和培弟康举行了一个十分体面的婚宴，两人欢天喜地地成了婚。

据说，国王一直信守与那位民间少女的诺言，一生都自称是她的骑士。每次赛马竞技，他都随身带着给那位少女的赠礼。

他的这番举动，受到他的臣民的称颂，也使他自己流芳百世。然而现今这样的国王少之又少，几乎很难找出一个，很少再听到类似这样的故事。

故事八

第图斯在好友吉西帕斯的成全下结了婚，并携妻回到罗马。当吉尔帕斯穷途末路，来到罗马时，误认为第图斯鄙视他，一气之下，便要求死，于是供认了一件不关乎己事的命案。第图斯为了搭救他，甘愿代他受死，遂谎称是他所为，在二人争执不休时，真凶自首，案情水落石出。第图斯把自己的妹妹许配给他，并与他共享财产。

听了潘比妮亚的故事，众人都对国王彼得赞不绝口，特别是那位保皇党人尤为兴奋。在国王的示意下，菲罗美娜开始讲下一个故事，她开口讲道:

尊贵的小姐们，众所周知，对于帝王将相而言，只要他们愿意，再难的事他们也能做到，特别是当别人向他们祈求恩惠的时候。以此看来，无论什么人，凡是力所能及的事，为何不求近乎完美呢？如若做到了这一点，这也只说明他们尽了自己的本分，我们也无需用些夸张之辞来盛赞他们，换句话说，他们应该这样。真正值得我们盛赞的是那些在能力有限的条件下做出了根本不可能做到的事的人。在座的各位都对古往今来的君王的伟大业绩赞不绝口，既然如此，对于那些同我们一样的凡人成就了与君王们相同的功绩又作何评论呢？我觉得，这样的人更值得我们钦佩。我的故事讲的便是两位普通人的故事。

我们都知道，屋大维、恺撒在称帝之前，是统辖罗马的执政官。这一时期，罗马有位名叫帕白列斯·坤塔斯·孚维斯的绅士。他的儿子第图斯，资质聪颖。 青年时，被他送到了雅典求学，主修哲学。帕白列斯把儿子安置在他的好友克瑞梅斯家中，请他代为照顾。 克瑞梅斯，家道殷实，膝下有一子，与第图斯同龄，名叫吉西帕斯。 于是他便请了一位哲学家阿瑞斯提帕来教这两个孩子。

两个年轻人一见如故，情投意合，有若亲兄弟一般。 两人总是一起干这，一起干那，谁离了谁都不行。 他们同处了三年，因为天资聪颖，学习成绩都十分优秀，在哲学方面尤为突出，克瑞梅斯对此十分赞赏。 他对两个孩子一视同仁，疼爱不分彼此。 然而不幸的事情终于发生了，已近古稀之年的克瑞梅斯与世长辞了。 生老病死，在所难免。 两个年轻人都无比悲痛，痛哭流涕，那场面不禁催人泪下。 在克瑞梅斯家的这三年，第图斯始终把他看作自己的父亲，现在他永远地离开了他们，他怎能不悲痛。

几个月后，在家人的安排下，吉西帕斯与本地的一位姑娘相识，并决定不久以后成婚。 这位名叫莎孚朗尼亚的姑娘，年方十五，门弟高贵，有着一副闭月羞花之貌。 婚期日渐临近，第图斯却从未见过这位姑娘。 于是有一天，吉西帕斯和第图斯一同来到了姑娘家。 第图斯仔细端详着好友的未婚妻，觉得她简直是世间难得的美人，不由得竟热恋起她来，出于对朋友的尊重，他对此并没有任何表情流露。

他们在她家里待了不多时便告辞了。 第图斯在房间里一个人坐着，脑海中不时地浮现出那位姑娘的娇艳容颜。 他想着想着，就爱上了她，而且任他怎么挥都挥不走出现在他眼前的佳人倩影。 他不由得叹了口长气，自言自语道：

“啊，第图斯，你这是怎么了！ 你难道忘了克瑞梅斯一家对你无微不至的关怀以及你与吉西帕斯深厚的友情？ 你要知道，这位姑娘是你情同手足的吉西帕斯的未婚妻，难道你不可把她视作一个妹妹吗？

你知道吗，你陷入这本不该属于你的感情的缠绕中，就是对感情的一种亵渎，你这是在自寻死路！ 让你的头脑冷静些，让你的思绪理智些，将苗头扼杀在刚刚萌生的初始。 一个人如若被邪恶的欲念所控制，那他的人生便无价值可言。 第图斯，看看吉西帕斯那真诚的双眼，你就知道你的这些念头是邪恶的。 假使你还念及深厚的友情，不想有负于朋友，那就像个正人君子，立即斩断情丝。”

接着，他的脑海中又浮现出莎孚朗尼亚那如花似玉的面容，他知道他无法抗拒她的诱惑，索性胡乱猜想起来，这回他心里的告白与刚才的截然不同。

“爱情的力量能够摧毁一切牢固的防线，根本没有什么能抵挡得住它的冲击。 从古到今，有多少父亲爱上女儿的，兄长爱上胞妹的，后母爱上继子的？ 至于爱上友人的妻子的，更是不胜枚举。 况且我是如此年轻俊秀，试问，这世上哪个年轻男子不对爱情动心？ 哪个年轻男子不对年轻貌美的姑娘动情？ 动心、动情乃是人之常情。 人都有七情六欲，我也一样，所以我会爱上她。 我无法拒绝这份狂热的爱，我不管她归属于谁。”

他如此这般想了一番，突然又觉得自己十分卑鄙，不禁又自我嘲讽了一番。 这一夜他失眠了，无论如何都无法入睡，两种想法在他脑海里交替出现。 接下去的几天，情形并没有所转变，反而愈来愈烈，他整日茶饭不思，夜不能寐，终于郁闷成疾，病倒了。

吉西帕斯早就注意到他有些不对劲，现在见他卧床不起，心里十分焦急，关切地守在他的床边，一刻也不离开。 他问他，是什么使他变成了这样。 第图斯哪里说得出口，只是随便编造些谎言，最后被逼不过，他便把这些天来一直折磨他的痛苦告诉给吉西帕斯。 他很坦然地道出自己对莎孚朗尼亚的爱慕，并承认因为她才得了相思病，以致变成现在这个样子。说到这，他已泣不成声，片刻后，他又说道：

“吉西帕斯呀，与其这样痛苦的生活，我宁愿一死了之。我知道自己犯了一个不可饶恕的罪过，心里十分羞惭，可是我已无法自拔，所以，我甘愿受死，希望死能救赎我的罪过。”

吉西帕斯此时心里也不好受，他对莎孚朗尼亚的情感虽然没有第图斯那般炽热，但他是真真切切地爱她。可是，眼下最要紧的是要安慰他的朋友，不能让他这样寻死寻活的。听了第图斯的一番讲述，他也禁不住含着眼泪说道：

“唉，亲爱的第图斯，若非见到你这个模样，那我便要数落你一顿。你应该明白，朋友间应患难与共的，你将如此的痛心事对我隐藏了那么长时间，那真不够义气。虽然你觉得这是一件见不得人的事，但这种事尤其应该向朋友说的；一个人固然愿意分享好友的光荣事，但更愿意尽己所能为友人解决一些不雅的念头；好了，其他的就不说了，我们来讨论讨论另外一件更急需计划的事情。你爱上了我的未婚妻，我觉得很正常；而且我还认为，要是你没有爱上她的话，倒是奇怪了，要知道，她算得上是一位很美丽的人儿，而你又品性高傲；当然，每个人都钟爱美好的事物。你越是感到你爱上了莎孚朗尼亚是情理之中的事，那你就越不应责备命运之神将她许配给了我，你可能有这样的想法，如果命运之神不将她许给我，那你对她的爱便是很正派的。如果你此时还不糊涂，还如往日那样聪明的话，我倒要问问你：如果她是别人的未婚妻，不管那人是谁，难道那种情况比现在这样还更有利于你吗？先不说你对她的爱情有多高尚，我只问你一个问题：不管她是别的何人的女人，那人是会自己享受她呢，还是会想到你？然而她属于我的话，你就大可放心了；要是你依然视我为挚友的话。你很清楚，自从我们结交以后，我便将一切东西分与你共享。而有关这漂亮女郎，即便我和她已有关系，遇上你现在这种情况，我也会像处理其他事物一样，与你共享的，更别说现在情况还更好处理，我一定让你完完全全地拥有她，我可以做到的。如果我可以公然为你做成这件事而又不愿按你的想法去做，那我的友谊也不值得你稀罕了！当然，我很爱莎孚朗尼亚，她也是我的未婚妻，我很想早日同她双宿双飞；然而，你的才能和对她的情意都超过我，你比我更热切地想同她生活在一起，那么，你就不要再担心了，因为我虽将迎娶她过门，却是让她成为你的妻子。因而你就丢开你的烦心事吧，你不用再独自悲戚了，你应高兴起来，好好地养好身体，保持愉悦之情来等待你的这份比我高贵的爱情水到渠成。”

吉西帕斯的一席话令第图斯心怀大开，重新又燃起了心中的希望，然而却也是兴奋中掺杂着许多愧疚的成分。因为他内心的良知对他说，吉西帕斯如此待自己，而自己要是竟然利用他对自己的情意来满足自己的欲望，那他就太可耻了。因而他又哭了一会儿，心中如同打翻了五味瓶，后来，他才生涩地对吉西帕斯说道：

“吉西帕斯，我知道该如何做了。若非你对我是如此大方诚挚，我便做不到这样。上帝将如此一位姑娘许配给了你，那是由于你比我更配得上拥有她，如果我带走她，那是触怒上天的事啊。要是上帝认为该我拥有这位美人儿，那谁都不会相信上帝会将她许给你的。因而我想对你说的是，既然上天将她许给了你，你就应该珍惜她，好好拥有她，那样才不会辜负了亲人友人的好意，主的恩宠；你也用不着管我，让我一个人承担自己的痛苦吧，不用管我是否会流泪，是否会消瘦；如果不是我打败忧愁，同你交往，便是让忧郁打败我，我也就从此解脱了，不会再烦恼了！”

吉西帕斯回答他说：“第图斯，要是凭我们之间的情义，能准许我强行让你听从我的安排，那么，我便要在这件事上运用我的特权了。如果你不肯听从我的意思，那么，作为一个朋友，我就不得不强行让你同莎孚朗尼亚结婚了。我很清楚情感力量的分量，我也知道从古到今在爱情上有多少人为之不惜一切。我认为你濒临那种状态很近了：你既做不到放弃，也做不到淡然置之，只会一天天消瘦下去，然后死去，要是你不在了，我想，我也会活不了多长的。”

“如此一来，即使不为别的，只为我自己的性命着想，也应该对你的生命负责。因而，莎孚朗尼亚必须同你结婚，要知道，我做得到移情别恋，而你却对其他姑娘产生爱意的可能是小之又小的。因而，这样做的话，我们就能很圆满地解决这件事。要是找妻子也如同得到一位挚友那样不容易，那我可能就不会如此慷慨。而事实上，我很容易就能找到一位满意的姑娘做妻子的，却很难再找到一位像你这样情深义重的挚友的。而且，我也乐于见到她同一位比我更优秀的男人白头偕老，过美满的生活。因而，我宁愿将她嫁给你，也不愿失去你这位挚友。好了，我要说的都说了，如果你不是全然当作没听到的话，那就开心起来吧，不要让我再担忧。振作起来，准备好好同那位你深爱的美人儿共享快乐吧。”

第图斯羞于开口答应娶莎孚朗尼亚做妻子，因而一声不吭。然而，爱情的诱惑力和吉西帕斯的一再劝说终于使他开口了：

“亲爱的吉西帕斯，你如此一再劝说我，说这样做皆大欢喜。如果我真的依着你的吩咐去做，我也不清楚是为了满足自己的欲望还是为了让你高兴。但是我决定接受你的意见，因为我的羞耻之心已被你的大方所击溃。然而我要告诉你一件事情，我这样做了，会一生都记着你不但委屈了自己，成全了我，还救了我的命，你对我的爱护超过了我对自己的爱护。我并不是个薄情寡义之人，但愿将来我能将这份情义还报你。”

听到他这样说，吉西帕斯回答道：

“第图斯，为了确保这件事顺利地完成，我认为我们应该这样做：你也很清楚，莎孚朗尼亚同我的婚事是经过了我们双方长辈很长时间商议才定下来的；如果我就这样忽然轻率地说我不想同她结婚了，那肯定会引起别人议论猜疑的，我们双方长辈也会生气的。当然，要是这样能使你拥有她，我是不会在乎这些的。我所担心的是，一是我说不想同她结婚了，她就会立即被家人许给别人，那可未必是许配给你的，那样的话，我们就是两头落空，不但你得不到，我也失去了，那不就让事情变得棘手了。我看，现在只能这样行事，我照旧同她举行婚礼，将她娶到这儿，然后想办法让你悄悄地去同她行夫妻之事，成为事实上的夫妻。然后，我们再在恰当的时间和场合将实情公之于众。到那时，不管别人怎样反对，也是生米做成了熟饭，他们也无计可施了，不能把我们怎么样的。你觉得这办法怎么样？”

第图斯对这办法当然没有异议。没过多久，他康复了，烦恼也一扫而光了。吉西帕斯便同莎孚朗尼亚举行了婚礼，当然场面是非常热闹的。入夜后，伴娘们都先后离去了，只留下新娘留在床上等待丈夫。第图斯的房间和洞房挨着，而且中间有扇门，可以很方便地进出；吉西帕斯回到新房后，吹灭了全部的灯火，然后无声无息地溜到了第图斯的房间里，让他到新房去同他的心上人共度良宵。谁知，第图斯这时忽然觉得自己太无耻了，感到羞愧无比，想要改变念头，不愿按原来商量好的办。然而吉西帕斯却意志坚定地要促成这件美事，因而最后还是劝服了第图斯，将他送入了新房。

第图斯脱衣上了床，便抱住新娘，好像是开玩笑地轻声细气地问她是不是愿意成为他的妻子，新娘则全然以为他是吉西帕斯，当然也就甜蜜地回答说：“愿意。”于是，第图斯便在她玉指上戴上了一只精美贵重的戒指，然后说道：“我也非常愿意成为你的丈夫。”

就这样，一桩有趣的姻缘就结成了，两情相悦之情也不必说了。

然而，只有这两位好朋友才知道与新娘共享温柔的是第图斯，连新娘也浑然未觉。

然而，这时一件他们未曾料到的事情发生了。洞房花烛夜后没两天，第图斯便收到了一封家书，家人在信中说，他父亲帕白利斯过世了，请他赶回罗马料理葬礼。因而，他便同吉西帕斯商量，准备携同莎孚朗尼亚回去，然而，这就得将真相告诉她了。于是，他们便选了一个合适的时候，在一间屋里向她详尽地说出了一切。为了使她相信，第图斯还说出了许多他们两人间的一些秘密的话。听完一切的莎孚朗尼亚先是来回注视他们俩，目光中透着鄙视的意味，然后便放声哭了起来，哭哭啼啼地说，你这可恶的吉西帕斯不应使出这样的诡计来骗我呀。然后，她也没有再说什么，便回了娘家，对家人说出了一切，说出了吉西帕斯怎样骗了自己一家人，她现在的丈夫事实上是第图斯，而非如他们所认为的吉西帕斯。

听到这事的她父亲便又惊又愤又气，赶到双方的亲属面前这儿哭，那儿申诉。因此这件事被闹得风风雨雨的。吉西帕斯因而陷入了四面楚歌的境况，亲人恼他，新娘家族的人对他咬牙切齿；每个人都说得好好惩罚他，不能只骂骂他就了结了。然而他却觉得心安理得，认为他所做的是一件很光彩的事，而莎孚朗尼亚家人应该感谢他为她找到了一位胜过自己的丈夫。

而第图斯见搞成了这种局面，便烦恼不已。他很了解希腊人：他们是欺软怕硬，色厉内荏，你越是让着他们，他们就越凶得来劲，耍派头，而当他们感到你是位难缠的人，他们便会谦卑地让着你，听从你。于是，他便决定不能再任他们耍威风而自己却无动于衷了，他继承了罗马人的无畏的精神，训练出雅典人的聪明才智，便想到了一个解决的办法。他将双方的亲属请到一个大庙殿中。然后他同吉西帕斯携手走了进去，然后他便对那些等待的人大声说道：

“众多哲人都认为，神的旨意决定了凡人的一切，因而，有人便曾这样说：不管是已发生的还是将发生的，都是必然的，不可变的，虽然有些人认为只有成为事实的才是必然的事。我们只需认真分析一下这些观点，便会清楚地认识到，试图改变任何已发生事件的企图，都是螳臂挡车，想同神争高低。我们难道可否认神不是以永恒的智慧准确地主宰人世的任何一件事？

“这样的话，你们也会发现：指责神的行为的言行是怎样的狂妄和盲目；要是有人违背神的旨意，我想，那肯定无异于飞蛾扑火，自取灭亡。我听到你们一直嚷嚷着，说什么许给吉西帕斯的莎孚朗尼亚不应成为我的妻子。要是我所听到的是正确的话，我想，你们便全都成为了这样的狂妄之辈。你们未曾这样想吗？神一直都是选定我成为她的丈夫，因此才发生了这样的事，而不是让吉西帕斯成为她的丈夫。神的旨意如此，我们又能如何抗拒得了。

“然而，许多人都认为神的旨意是不可捉摸的，那么，我就暂且假设神是不干预世事的，而按照普通人的观念来讨论一下这件事——这样的话，我看来得违背我自己的原则去做两件事了：赞美自己和适度地评论其他人。而做这两件事，我都是不得已而为之，我不能置事实而不顾。

“你们一时被气愤冲昏了头，那样不近情理地辱骂斥责吉西帕斯，不但私下里说些本不该说的话，还公然叫骂，你们之所以如此不顾体面，只是因为他出于高洁的意愿心甘情愿将你们好心许给他的姑娘让给了我；然而你们却不了解他的这行为有多高尚。我可举出两点理由证明他的举动是值得赞美的：首先，他做到了一个做朋友能做的一切；其次，他在这件事上做得比你们更好。

“我此刻不想对你们说友情的高尚、真挚；我只想告诉你们，真挚的友情胜于骨肉间的关系，因为友情来自于人与人的真心相待，而血缘关系是生来就决定了的。因而，要是吉西帕斯对我的生命的重视甚于你们的情谊，那你们不必吃惊，因为我们是真正的朋友。我再说第二点更加重要的事实，那就是，他的才智高于你们甚多，因为我认为你们对神的意愿和友情的力量都是一无所知的，我说，你们经过反复思量才把莎孚朗尼亚许配给了吉西帕斯这位年轻的哲学家。而他又甘愿将她让给另一位年轻的哲学家。你们本想让她嫁给一位雅典人，而他却将她让给一位罗马人。你们想将她嫁给一位大户人家的儿子，而他将她嫁给了一位更加富有的人。你们想将她嫁给一位出身高贵的年轻人，而他却将她让给了一位地位更加尊贵的人。你们为她选的丈夫并不爱她，也不了解她，而他给她找的丈夫却爱她胜过爱自己，胜过爱世上任何东西。

“为了让你们清楚我所说的并非瞎编，你们所做的不及吉西帕斯所做的。我将一点一点分析给你们听。像吉西帕斯一样，我也是位有成就的年轻哲学家，这不用我多说，我的风采和学识可以证明。我与他年龄相仿，同窗苦读，齐肩并进。没错，我们有不一样的地方，他是位雅典人，而我则是位罗马人。要是我们要比一比这两个城市谁更尊贵而有荣耀，那么，我要说的是，我生自自由的城邦，而他生自附属的城邦；我所在的城邦统治了天下，而他所在的城市却被我所住的城邦统治；我所在的城市不管文韬武略都享誉世界，而他所在的城邦仅以文艺见长。虽然你们认为我只是个卑贱的书生，而我事实上却出生于罗马世家。我家先辈的雕像被供到了罗马的许多公共场合和家族庙殿中，第图斯家族对罗马帝国的贡献写满了罗马的史籍。而且，我的家族声望如今依然是日渐其盛。而我家的庞大家业，我更是不愿多谈，因为我没有忘记：高贵的罗马公民古往今来都认为最大的财富乃是贫贱不能移。即使我的话被庸俗之辈视为妄言，那我也不妨告诉你们，我家家财万贯，而且全都是来路正派的钱财。我也知道，你们一直以来都乐意攀上吉西帕斯这门亲，此时依然有意于他。然而，你们也不应该将我这个罗马人看小了：要知道，我在罗马也是位贵族，不管哪一方面，我的才干、胆识和勤奋都是优秀的。

“现在，我暂且请你们理智一点，静下心来思考一番：谁会觉得你们的行为优于我的好友吉西帕斯？有谁？嗯？没有人。那么，莎孚朗尼亚同一位富有的罗马世袭贵族子弟第图斯结婚，而且又是吉西帕斯的好友，难道不是很配吗？要是有人对此事说什么闲话或不满意，那便是太不明智了，太过分了。可能会有人说，他们并不想非难这一婚姻，而只是认为第图斯用如此不正当的方法娶到她是无耻的。然而，这是什么稀奇的事，有什么值得见怪的？

“这个世界上多少女人背着父母同情人私订终身的，多少女人同情人私奔而成为夫妻的。还有些女人先同男人有了肉体关系，怀上了孩子才嫁人的，这样的事我就不想多说了。而莎孚朗尼亚嫁给我却是正当的。吉西帕斯经过了深思熟虑，通过正当和体面的方式才将她让给了第图斯。可能还有人会说，吉西帕斯将她让给一位这样的人是不应该的。这些都是些鼠目寸光的没脑子的观念。神已为她安排了一切，因而出人意料也是在所难免的。打个比喻，这就如我要找人为我做事，我要找的是能完成任务的人，我才不管他是哲学家还是鞋匠，如果鞋匠能做到，我就让他做，我也不管他会以何种方式去完成。要是鞋匠做得不好，那么，这一次我感谢他，下一次我便不再找他就是了。要是吉西帕斯主持的这桩婚姻很好，那么，你们指责他下流便是不明智的行为了。要是他令你们失望，那么你们这一回感谢他，此后不要再让他转身嫁你们的女儿就行了。

“然而，我要向你们说清楚，我并未对莎孚朗尼亚使用任何不正常的、无耻的手段，使你们的名望受辱；我虽然娶她时是偷偷地，然后我并未以粗鲁的方法来得到她的贞操，也不像敌人那样占有了就算了；事实上，我心中有着对她的熊熊的爱之火焰，她的容貌、风韵和德行令我倾心不已；我很清楚，她是你们的掌上明珠，因而，要是我竟只用通常的方式向她求婚的话，那我可能就得不到她，因为你们怕我将她带回罗马。

“因而，我只能先瞒住你们了，到了现在这种情况，那我就向你们说清楚吧。这桩婚事是我说服了吉西帕斯以他的名义才有的。他原是不情愿的。而且，虽然我非常爱莎孚朗尼亚，但我向她求欢时却是以一个丈夫身份问她的。我以温柔的声音和结婚戒指向她求了婚。我先问她是否愿意嫁给我，她说愿意，然后我才给她戴上了戒指，这才和她同床共枕的。这一点，我想你们可以去问她自己。要是她认为自己上了当，那有一部分责任便应归于她当时并未问我是谁。因而，不管是吉西帕斯以友人的立场说，还是我以情人的身份说，我们的过错也不过就是不应当偷偷地让莎孚朗尼亚成为了第图斯·昆第阿斯的妻子。这就是你们指责他、恐吓他和暗算他的理由。要是他将这位大家闺秀让给了一位农民、无赖或是奴隶，那你们又会如何？我想，只怕你们将他毒打了，绞死了也会恶气难消的吧。

“这些我都不想再继续说下去，没多少时间了，因为家父刚过世，我得赶回罗马。我想携莎孚朗尼亚一起回去，因而才对你们说了这些本不想告诉你们的事，现在真相大白了，要是你们还明智的话，便应欣然接受这个皆大欢喜的结局；你们应该明白，我要是有意蒙骗、辱没你们的话，我就不会这样做，我可以一走了之，丢下莎孚朗尼亚在这儿被人笑话，然而神不允许一位罗马人有这样无耻的想法。

“因而，莎孚朗尼亚已属于我了。这是由神的旨意，我朋友吉西帕斯的计谋和我的聪明而成就的，还履行了社会的法律程序。要是你们自作聪明，甚至认为神是低能的，那你们可通过两种途径来阻挠这件事，同我作对。第一个途径是：你们要莎孚朗尼亚不随我走，但你们无权那样做；第二个途径是：从此仇视吉西帕斯，而置他对你们贡献于不顾。我现在不想说你们那样做会有多么不明智，只是以一位友人的身份，劝你们不要再为此生气，消去心中的怨恨之情，让我和莎孚朗尼亚团聚，让我同你们成为亲戚，这样，分别之时，大家都相安无事，以继续交往。要知道，现在事情的大局已定，无论你们是否情愿，要是你们故意同我作对，我就带走吉西帕斯，等我回到罗马，我将带人来夺走莎孚朗尼亚，到时候，我瞧你们再如何从中作梗，因为她在法律上是属于我的。等我成了你们的冤家对头，你们就会尝到厉害的罗马人的滋味了。”

说完这些，第图斯怒气冲冲地站起来，拉着吉西帕斯走了出去，还故意大摇大摆，摇头晃脑，做出一副无所谓的神情吓唬他们。而那些人一方面觉得他的那些联姻结亲的观点都是正确的，也想和他握手讲和，另外也慑于他的那几句威胁的话，怕他真的那么做，便都觉得，既然吉西帕斯不愿娶她，那就让她嫁给第图斯，这样不至于既得罪了第图斯，又同吉西帕斯结了怨。于是，后来他们找到第图斯，说他们决定将莎孚朗尼亚嫁给他，结成这门婚事，也愿意同第图斯言归于好，以后友好地对待他。然后，双方客套了一番，便都离去了。莎孚朗尼亚也被送回到他身边。她本来就是位有头脑的、机敏的女子，见事已如此，便顺应了形势，将所有的绵绵情意都从吉西帕斯身上移到了第图斯身上，并随他去了罗马。她在那儿果然受到了很体面的对待。

而留在了雅典的吉西帕斯的情形却不妙，他被人所鄙视；没过多长时间，有人便设计陷害了他，并想了个恶毒的办法，将他一家人判成终身流放，逐出雅典。他孤独无援，求告无门，变得一贫如洗，情形非常悲惨，几乎沦为了乞丐。他忍受着饥饿的折磨，前往罗马找第图斯，看他是不是还没忘掉以前的情谊。他挨着饿到了那儿，打听到了已在罗马很有威望的第图斯的府第，便到他家门前等他出现。他看到自己流落到这种地步，便感到主动去叫第图斯很不习惯，便决定想办法让第图斯先认出他，先开口叫他。然而谁知第图斯经过他身边时没有注意到是他，没理他就走了过去，他还以为第图斯故意视而不见，想避开他，便想起从前自己待他有如手足，没想到他如今这般薄情寡义，便又愤恨又气馁地离开了。这时已是晚上，他肚子饿得咕咕叫，身上早已没有一文钱，心头一片茫然，便稀里糊涂地东逛西逛，心中充满了对生活的绝望之情。没过多久，他逛到了这城里一个偏僻的地方，看到了一个大洞穴，便走了进去，准备度过这个暗暗的黑夜。他在里面想起心酸事，便忍不住哭了起来，直哭得浑身没力气，头昏脑涨，才一头倒在光溜溜的地上睡了过去，样子很是凄凉。

时近黎明之时，有两位分赃的盗贼闯了进来。两人由于为赃物的分配而争吵，继而拼起命来，最后当然是弱的那位给打死了。目睹了这场经过的吉西帕斯，觉得生活已经没有了意义，还不如一死了之，借这个机会结束自己的残生。因而他就一直在那儿等着，后来，巡丁得到消息赶了来，凶神恶煞地将他抓了回去。他在被审时口口声声说是自己杀了那个人，杀了之后，一直找不到机会逃离；执政官马卡斯·瓦罗便下令按规定要将他钉死在十字架上。

碰巧的是，那天第图斯有事来到了法庭上，听到别人谈论这件命案，便不由地留意看了看犯人，于是他马上就认出了吉西帕斯，禁不住吓了一大跳：不知他的挚友发生何等变故，竟然沦落到了罗马，还成了强盗、杀人犯。他心急如焚，只想救他，但觉得一时间只能以代他认罪的办法才能救得了他，于是，他便急匆匆地冲到审判者面前说道：

“马卡斯·瓦罗大人，快收回你的命令，那位囚犯是无辜的。今天上午你的兵丁发现的那具尸体其实是我谋害的。我的这桩罪行已严重地冒犯了神明，这个人要是代我受死，那我就更是罪该万死了。”

瓦罗听了，吓了一大跳，然而他的话已被所有在场的人听到了，他身为一方长官，可不想被人视为失职的昏官，于是，他便让兵丁将吉西帕斯押了回来，并在第图斯的面前对吉西帕斯说道：

“你是不是疯了，我们又没对你严刑拷打，逼你认罪，竟拿性命开玩笑，冒认死罪。你说，这个人是你昨晚杀的，而他又承认他才是真正的凶手。”

吉西帕斯抬头一看，看到了第图斯，心里马上明白了第图斯的心意，知道他是想用性命救自己，报答他以前的情义，便禁不住悲伤地哭着说道：

“大人啊！我才是真凶；第图斯不过是想救我才冒认凶手的呀！”

第图斯却对执政官说：“大人，我想，你也看得出他并非本地人，他会同死者有关系？而且，你们在死者身边抓住他时，他身上也没有凶器。我想，你也看出了，他不过是贫困潦倒，想以死解脱的。而我才是真凶，请你放了他，来判我的罪吧。”

那位执政官见他们争着说自己是凶手，让他放了对方，便怀疑他们都不是真正的杀人犯。他正要想一条正当的理由释放他们时，这时又有人说话了，众人一看，原来是城里有名的恶棍帕白列斯·安杜斯塔斯。他才是那位杀死人的真凶。原来他见到这两个人无缘无故代他认罪，忽然间良心发现，便出来自首，他对执政官说道：

“大人，也许我是命中注定得为这两个人解决争执的，神明令我良心重现，让我明白了自己的罪过，到你这儿来投案自首。你们都听清楚：我才是真正的凶手，他们都是无辜的、清白的。是我在今天凌晨杀了这位死者。我们俩因赃物而拼了命，我杀死了他，而这位苦命人那时只不过是睡在那个山洞里。我想，这样的话，我也用不着替第图斯辩护，城里人都应该知道他是一位德行高洁的人，他是绝对不会做这种事的，他不是这样的人。因此，我请你放了他们，按刑律判我的罪吧，我想我是罪有应得的。”

这件奇异的案件马上就被屋大维听到了，屋大维便让人传召将他们招到跟前，问他们为什么这样做。三个人便将各自的情形都完完全全告诉了他。于是屋大维便释放了这两位情深义重的好人，也赦免了那位真凶，因为他爱护了那两位重义气的人。在回家的途中，第图斯便数落了一番吉西帕斯，说他不应对朋友没信心和怕羞，然后高高兴兴地回到了第图斯的府第。吉西帕斯自然欢喜得流了泪，如待自己兄长般待他。然后，第图斯就让他在家中休养，让他穿自己的衣服，用自己的东西，和自己共享家中的一切。后来，又将自己的妹妹孚维亚嫁给了他。一切都安排好之后，他便对他说道：

“吉西帕斯，你现在可以决定：你是愿意长久同我们住在一起呢，还是愿意带着我给你的一切回到阿凯亚去？”

吉西帕斯由于想到自己被家乡所排挤，而第图斯又待他如手足，便选择了留在罗马。此后，他们两家人便一同住在了这座大宅院里，感情也日益深厚，达到了极限，彼此处得很情投意合。

如此观之，友情是一种非常神圣的事物，不但值得我们永为它高歌，也值得我们永远推崇它。它是慈悲和感激的兄弟，是大方和光荣的贤母，是仇恨和贪心的敌人；它令人时刻都能做出为朋友义无反顾的献身而不求回报的事情。然而，令人痛心的是，现在人类的贪婪使每个人都只顾自己的利益和欲望，不守信用，忘恩负义，薄情寡义。崇尚义气之风早被丢到天外了。

你们想一想，如果不为了友情，世界上还有什么血缘关系、什么财富、什么情感能令吉西帕斯感动于第图斯的痴情，痛苦，以至于割爱于他人？如不是为了友情，还有何种威胁、何种社会规则、何种害怕心理能阻止吉西帕斯不在无人之处、在黑暗中、在他的床上用他有力的双臂去拥抱那位美人呢？——也许她正企盼着他的柔情呢？如不是为了友情，有何种酬劳、何种职权、何种荣耀，能诱使吉西帕斯不顾别人的嘲弄和轻蔑，不惜抛却所有亲人去满足一位友人的心愿呢？

而第图斯呢，当他的朋友故意惹祸上身后，他大可装成没发现，不闻不问，也不会遭人指责非议，然而他却毫不犹豫挺身舍命相救，是什么使他这样？是友情！在友人贫困潦倒时，第图斯竟然愿同他共享自己的所有财产，他为何如此豪迈大方？为了友情。他很清楚他朋友已是一位身无分文，居无定所的穷光蛋，却将妹妹嫁给了他。这是为何？为了友情。

众所周知，现下的每个人都想自己家财万贯，儿女成群，仆人如云，兄弟姐妹一大堆，亲朋好友比比皆是，可惜他们只顾自己的利益，于自己，怕树叶砸头，于别人，天祸人难如云烟，为友之道也是截然不同的。

故事九

埃及的苏丹乔装成商人去刺探国情时，曾受到托勒罗的殷勤款待。后来，参加十字军东征的托勒罗同妻子约定，超过了约定日期而又没有消息的话，她便另寻人家。没过多久，托勒罗被伊斯兰教徒俘虏了，因善驯鹰而成为苏丹仆人，后被苏丹认出，遂为上宾。后来托勒罗得了相思病，苏丹则请术士用法术将他送回家乡，使他得以及时阻止了妻子的改嫁，夫妻重新团圆了。

众人待菲罗美娜讲完了故事后，便纷纷开口称赞第图斯的重情义，认为他很伟大。国王让第奥纽将他的故事留到最后讲，自己开始讲第九个故事。

可爱的姑娘们，菲罗美娜刚才那些评论友谊的话真是太精辟了；她最后的斥责批评也是非常恳切的。如果我们此时在这儿是为了痛斥人情世事，或是指摘民风，那我也有许多感慨要发。然而，我们并非想做这样的事。因而我要讲我的故事了。这故事要谈的是萨拉丁的大方豪爽。虽然故事有些长，然而却生动有趣。故事的主旨是想让世人都懂得：虽然由于先天的原因，人与人之间的真正友情很难建立，然而我们可很容易做到帮助别人，且获得快乐，而可能终有一天会得到回报的。

我的故事这就开始了。经过各类人士的证实，在国王腓特烈一世统治时期，为了收复圣地，曾组织了庞大的十字军，发动了一次规模巨大的东征运动。那个时候，治理埃及的苏丹是位贤明英勇的君主，他名叫萨拉丁，他很早就得到了消息，便决定亲自去探一探各个基督教国家的军情国情，也好有备而战。他将国内一切事情安排妥当之后，便扮成一位商人，带上两位足智多谋的大臣和三位侍从，秘密出发了，对宫中的人说是去圣地朝拜。他们考察了许多基督教国家的情况，后来，他们准备取道伦巴第，越过阿尔卑斯山去法国。

有天傍晚，太阳即将西沉之时，他们正风尘仆仆地走在从米兰到巴维亚的途中，遇上了一名带着鹰犬仆人的绅士。这位名叫托勒罗的先生正前往他的漂亮的别墅，在那台西诺河边上的别墅里休养几天。托勒罗一见萨拉丁这一群人，就知道他们是远道而来的高贵的绅士。这时萨拉丁正好走过去询问他的一个仆人，这里到巴维亚还有多少路程，巴维亚的城门何时会关上。那位仆人还未张嘴讲话，托勒罗便抢先回答说："各位先生，天色已晚，今天你们可赶不及进城了。"

"哦，有劳了，"萨拉丁说道，"我们途经贵地，人生地不熟，可不可劳你告诉我们最近的上好的客栈？"

托勒罗听了，说道："乐意为你们效劳。我正要派位仆人到巴维亚去做件事：我让他和你们同去，带你们去一个地方投宿，一定会令你们住得非常适意的。"

他对他们说完，便回头对一位随从小声地吩咐了一阵，让他同他们一起走了；托勒罗自己急匆匆地赶到别墅里，对仆人们说他要招待贵宾，速去准备丰盛的晚宴，而席面要设在花园中；一切的事宜吩咐准备完毕后，他便到门口站着，等候贵宾的出现。

而那位带路的亲信则领着那几位远客穿过一条条小路，一路上同他们说笑着，以使他们不致起怀疑，最后，他领着他们来到了主人的别墅里。托勒罗一见到他们，便赶紧笑着迎上来，大声说道："欢迎各位先生光临寒舍！"

萨拉丁本是位聪颖的人，马上明白了这是怎么回事。这位先生之所以没有一开始就邀请他们做客，也未说要带他去何处，便是怕他们推辞，因而才通过这种方式将他们领到这儿，使他们无法推辞，只能在此留宿。于是，他便以礼相还，并说：

"先生，即便是盛情有时也会受到责怪的，我们可不得不说你，你不但耽误了我们的行程，而且，你我只是路上偶遇，你便让我们无法拒绝你如此盛情高贵的款待，真是让我们过意不去！"

托勒罗本是个豁达善言之人，回答说："各位先生，从诸位的风姿看，我这不甚体面的招呼远远配不上你们尊贵的身份。然而巴维亚城外实在没有什么好地方能让各位住得称心如意。因而我只好擅自主张让诸位绕远来到寒舍，委屈各位一晚，敬请大家多多宽恕。"

说话间，用人们都已来到了这群宾客前，把他们扶下马，将马牵入马厩，卸马鞍，饮马喂食。

然后，托勒罗先生便带领那几位先生来到早已为他们准备好的屋子里，让仆人为他们除帽脱鞋，请他们先喝了一点冷酒，好让他们精神松弛下来，恢复一些精力，主宾共同品着美酒，说着话，等待晚餐准备好。

萨拉丁一行人都精通拉丁语，因而大家谈得很欢，笑声不断。他们谈了一阵之后，都感到这位主人是一位少有的风雅幽默和热情善良的骑士。而托勒罗同他们交谈之下，也感到这些客人是些地位尊贵的人物，远远超过自己最初所猜测的。因而，眼见无法当晚举行盛大的宴会来招待他们，请些有身份的人来陪伴他们，他便深感不痛快。于是，他决定在明天做些补救，便叫过一位亲信，详尽地吩咐了他一番，让他回到巴维亚去请他那位非常贤淑、大方的夫人做安排——其实这儿距巴维亚不远，而且城里晚上并不关城门。做完这件事后，他便领着几位宾客来到了花园，恭敬地询问了他们的尊姓大名。萨拉丁告诉他说："我们来自塞浦路斯，都是到各处易货而卖的商人，现在准备到巴黎去处理几件生意上的事务。"

"哦，老天爷，"托勒罗语气惊异地说，"要是我们城也能出几位有着塞浦路斯商人风度的先士就好了！"

主宾欢愉地交谈着，没多久，晚餐就开始了，托勒罗请他们各自照自己的身份地位坐好，然后热情万分地招待着他们，他们便在一种融洽的气氛中吃起了这顿临时准备出来的晚餐。饭后，众人又谈了片刻，托勒罗想到他们旅途劳累，便请他们回屋休息了，卧室自然干净整洁，被褥非常的华丽舒适；他自己也随后便上床睡觉了。

而那位领命行事的仆人自然很快便回到了城中主人家，向夫人禀明了一切。那位气度豪爽大方的夫人自然马上着手安排起来，她迅速地召集了所有仆人，请来了能找到的亲朋好友，嘱咐指示他们分头准备这场盛大的宴会，又让人连夜点着火把出去向全城的有身份、有头有脸的人发请柬，一面又吩咐仆人洒扫整理屋子庭院，按照丈夫的嘱咐，让人在屋中挂上绸缎的窗帘帐帷，铺上华丽的台布，挂上精美的毡毯。

第二天早晨，托勒罗等萨拉丁一行人起了床，陪着他们上了马，同时放出几只鹰，然后领着他们在近旁的河滩上逛了逛，让他们看他那些展翅高飞的鹰。萨拉丁让他派位向导给他们，带他们去投巴维亚的上等客栈，托勒罗便回答道：

“我也正有事要回城里。就让我为你们做向导吧。”

萨拉丁一行人都相信了他的话，带上行李，很高兴地随着他一起向城中奔去。他们到了巴维亚城时，已是晨祷的时间了。他们原以为马上就能住上好客栈了，却不知正被托勒罗领向他的府第。托勒罗领着他们来到家门前，看到早有五十多位城中有头有脸的人已在门口等候迎接这些初次见面的宾客，并且有仆人立即上前要为他们牵马卸物。萨拉丁等人一见，便立即醒悟过来，说道：

“托勒罗先生，这可并非我们想请你帮我们做的。昨夜已不胜烦扰，都已令我们非常过意不去。你今天应该让我们上路的。”

“各位先生，”托勒罗对他们说道，“昨晚我能很荣幸地招待各位，应该说是天赐机缘让我们途中偶遇，而那时天色又不早了，因而只好让你们屈驾在陋室过了一晚。然而今天各位赏脸光临敝居，我真是异常感激，我想，我的众多亲朋好友也是如此；然而要是诸位客气，不便同我们一起共进一顿便餐，那我也只能悉尊君意。”

萨拉丁一行人听他如此说，觉得难以推卸，只好下了马，随主人进了他的那个布置得整洁华丽的府第，除去旅行衣，休息了片刻，便进入了客厅，只见丰盛无比的宴席一切准备就绪。他们洗漱之后，便坐到了桌面上；各种美味的菜井井有条地端了上来，主人热情地向他们敬酒劝菜；这种场面可以说即便是君主驾临也只能如此。身为王公大臣的萨拉丁一行人虽平时都见惯了奇珍异物，此时见了这情形也禁不住暗暗称奇；因为他们清楚，主人并非什么侯爵王卿，只不过是一个平民。

酒足饭饱之后，仆人们撤下了桌席，主宾又谈笑了一阵，这时，气温逐渐上升，慢慢热了起来，托勒罗先让人送走了当地的那些陪客。然后，他独立领着三位贵宾进了一间内室，请他夫人前来拜见，以示他招待他们的诚意。他那位夫人是位身材修长的美人，穿着得体华丽，她一手牵着一位如小天使般的漂亮小孩，向贵宾们请安问候。这几位宾客都起身还礼，神色很是恭敬，又称赞了一番两位小孩。她便神色愉悦地同他们交谈起来，后来，托勒罗有事暂时离开了，她便语气客套地询问他们从何处来，去何处，他们便以回答她丈夫的话回复了她。于是，那位夫人神色愉快地说道：

“如此说来，小女子倒也并非孤陋寡闻了；我想敬请各位赏脸——我有几件小物品想送给各位，愿你们千万不要拒绝。而且，小肚小量的妇道人家也只能送些不起眼的东西，愿你们是重情轻礼的人，收下这些小物品。”

然后，她唤来仆人送上礼品，原来是每人两件长袍，一件是皮压边的，一件是绸压边的，这种袍子不管是平民、商人还是王公穿都是合适的。她还送了三件绒缎上衣和三条麻纱短裤，还说：

“请别拒绝；我丈夫身上穿的也是这样的衣服；至于另外几件，虽然不值钱，却可能适合你们在途中用。你们离家赶路那么辛苦，而且我知道商人都注意衣着干净整洁的。”

三位伊斯兰教徒惊讶不已，只感到托勒罗先生真是盛情好客，礼数如此周到，而且心细如发。他所送的华贵的衣服，并非商人所配穿的，有可能，托勒罗已瞧出他们非同常人。然而他们中一位回答说：

“尊敬的夫人，我们本不能轻易接纳你如此贵重之物，然而你既然如此盛情，我们也只好恭敬从命。”

这件事完结后，托勒罗回来了，夫人便告退了，并为他们祷告了几句，又送了些礼物给那几位随从。托勒罗先生又盛情挽留他们再住一晚；因而，他们休憩了片刻之后，换上新衣服，由托勒罗先生陪伴骑着马一同在城里城外游玩了一番。晚饭时，又有许多富绅豪士前来陪客，豪饮了一餐。餐毕，他们又高谈阔论了一阵，就各自回房休息了。这几位宾客第二天出发前，见到他们的三匹羸马被换成了三匹膘肥健壮的上等好马，随从的马也换了。萨拉丁一见，便回头对另外两位同伙说：

“真主呀，我发誓，世上再也找不到第二个如此有礼有节，热情好客，豪放通达的人了。要是基督教国家君主都如这位骑士一般，埃及的苏丹便是一个也敌不了，何况许多？”

他们明白盛情难却，便再三感谢，然后上了马。托勒罗便带着许多人将他们送出好远。萨拉丁此时已经对这位托勒罗心生情谊，竟有些留恋他，然而他军情紧急，得快些做完他得做的事。虽然托勒罗也有点依依惜别，也只好说：

“各位，既然这样，送君千里，终有一别。然而我想对你们说：我不知你们是谁，也不想询问，只是你们说什么，我就信什么，然而，无论如何，我也不相信你们是商人。愿上帝保佑你们。”

萨拉丁便对托勒罗说：“尊敬的先生，可能会有一天，我们会让你见到我们的货物，那时，你便会相信我们是商人了。后会有期！”

于是，萨拉丁便带领他的手下上路了，他决定：如果能够没有在这场战争中战死沙场，他一定得好好回报托勒罗，隆重地招待他。在途中，萨拉丁又在手下面前称赞了托勒罗夫妇好几次，说他们是如此热情好客和善于处世，而且越说越多。等他考察了所有西方基督教国家的情况，感到已竭尽全力了，便同手下乘船返回了亚历山德利亚。他此行收获甚丰，便开始备战。

而托勒罗先生回到城中后，捉摸了一番他们的来历，却没有得到丝毫头绪。后来，东征运动开始了，十字军四处招兵买马，厉兵秣马，准备大战一番。托勒罗先生也不管妻子的苦劝和哀求，意志坚定地参加了十字军。他准备就绪，起程投军前，便对心爱的妻子说道：

“夫人，我想你也知道我的想法，我此次参加十字军有两个目的：为了荣誉和拯救自己的灵魂，今后，家中的一切事情全都劳你多费心神了。现在我去意已定，然而世事难卜，说不定我得战死疆场。因而我请你允诺我一件事，那就是，不管以后如何，要是我音信全无后，你只需等我一年零一个月加一天，便可另寻人家。”

那夫人泣不成声，回答说：“托勒罗，你此行生死未卜，只让我独守空房，真不知我会如何挨过以后的时日。然而，你放心，只要我活着，不管你怎样，我都会等你。我生为你的妻，死亦为你的妻！”

托勒罗便对她说：“夫人，你说什么我都深信不疑，然而，你现在年轻又漂亮，正值好年华，以前又是名门闺秀，城中人谁不知你有多贤惠。然而，要是城中人听说我死了，不管是真是假，我想，达官贵族前去你娘家的求婚只怕会踏破门槛。那种情况下，就算你心如铁石，恐怕也难以架住他们的苦苦相逼，不由你是否情愿。因而，我也只求你等我这么一段时间。”

夫人哽咽着，说：“我答应你的话我一定不会食言的；要是万不得已，我也会按你的意思去做的。愿上天保佑，不会那样。”说完，她便投入他怀中，抱住他，哭了起来，又从手上摘下一枚戒指，递给他说："要是我未及见你就死了，那你可时常见物忆主。"

托勒罗将戒指接过，藏好，骑上马，同亲友们一一挥手告别，策马走了。没过多久，他随同另外一些人到达了热那亚，然后乘船来到了阿卡，在那儿加入了基督教的主力部队，谁知那军队里忽然起了一种瘟疫，死了许多人，战斗力大大损失了。

当瘟疫盛行之后，萨拉丁率领的部队不知是由于战术高明还是幸运，竟然兵不血刃便俘虏了几乎所有的基督教士兵，将他们押在各城中做奴隶。托勒罗也被抓住了，然后同其他一些战俘一起被押往亚历山德利亚。他对那儿人地两疏，他也怕被熟人撞见，便不得不为别人驯养猎鹰。他本来就精于此道，有一天被萨拉丁发现了，便将他从俘虏中挑出来，让他为自己驯养老鹰。然而，彼此间都未认出对方。

此后，萨拉丁就称托勒罗为"基督徒"。托勒罗一心惦记着家中妻儿，几次试图逃跑都未成功。后来，来了几位热那亚大使，到这儿同萨拉丁商谈有关赎回战俘的事宜；因为他认识其中一位大使，他便赶紧修了一封家书，信中告诉了妻子自己的情形，希望她等他回去，然后找机会交结了那位大使，托付他将这封信交给他在巴维亚城西也尔——道罗的圣彼得修道院做院长的叔父。

不久，有一天，萨拉丁在同他闲谈有关养鹰之事时，他笑了笑，嘴唇动了动，萨拉丁猛然觉得这神情动作非常像那位巴维亚的主人的神情，因而想起了托勒罗，然后打量了他一阵，发现竟然就是他，于是，他故意问道：

"嗨，基督徒，你的老家是哪儿？"

"主上，"托勒罗恭敬地回答说，"我是伦巴第的巴维亚人。我出身低微人家。"

听到他如此回答，萨拉丁更加确信无疑，心中异常高兴，想到：“天赐神恩，让我要好好报答他的情义。”

于是，他不动声色，马上命令仆人将以前托勒罗送给自己的衣服摆到一间屋子中，他将他带到那儿，问道：

“看一看，基督徒，你曾见过这几件衣服吗？”

托勒罗瞧了瞧，认出了那几件衣服，可又怕不是，便回答说：“主上，我只是对其中两件感到有些眼熟，仿佛是我有一年送给曾在我家住过的三位商人。”

此时，萨拉丁再也无法忍住了，上去一把抱住他，说：“瞧瞧我是谁？ 托勒罗·德·伊斯特里亚先生。 当年承蒙你盛情款待赠物之人中，就有我呀；还记不记得，我分手时曾说，我以后会让你见识我是干什么的，现在那一刻来到了。”

托勒罗对此又惊又喜，又有些惭愧，高兴的是，当年竟然有幸招待一位君主；惭愧的是，当初的款待实在太不体面了。

片刻之后，萨拉丁对他说：“托勒罗，既然这是真主的旨意，你以后就当这儿是家吧。”

两人叙了一会儿旧，萨拉丁吩咐仆人为他洗浴更衣，给他换上一套十分体面的华服，接着带他去见自己的臣僚。 在这些达官显贵的臣僚面前，他先是极大地称赞他的品性有多可贵，而后当众说，无论是谁只要是期望获得苏丹恩泽的人，都必须敬重托勒罗，就像敬重苏丹本人那样。 众臣当即表示他们会这样做，特别是那位曾与苏丹在托勒罗家受到礼待的人，对此更是表示得十分坚决。

托勒罗沉浸在这突然而至的恩宠中，原先归心似箭的心情一时间竟已烟消云散，也不知道那封家书是否已到了叔父手中。

在萨拉丁所俘获的那批基督教徒中，有个与托勒罗同名但不同姓的普罗望斯青年，他的全名是托勒罗·德·代尼斯。 凑巧的是，在被俘获的那天，这个姓代尼斯的托勒罗死了，因为托勒罗·德·伊斯特的慷慨大度早已在基督徒中广为流传，人尽皆知，于是大家便以为是他死了，彼此相告：“托勒罗死了！”这样，许多意大利人回到本国后，将此消息一传十，十传百，还有人甚至诡称，他们亲眼目睹他被埋葬了。他的妻子及亲友得知这个噩耗后，无比悲伤痛心，谁听了，都不禁为他垂泪，他实在是个大好人！

几个月过去了，他妻子一想起他，仍然心有余痛，伦巴第的一些高贵子弟这时都赶来向她求亲，她的亲友也竭力规劝她再嫁。不管别人怎么劝，怎么说，她都不答应，后来被逼不过，便向他们说起了她和丈夫的约定，就算再嫁，也得等到期限以后。

他妻子在不幸中又苦等了几个月，转眼间，离他们约定的日期还有八天。事有凑巧，一日，托勒罗在亚历山德利遇到了那个送热那亚大使回热那亚的人，他便问起他的家书是否已被送到他叔父那儿。

那人回答说：“大爷，我在克里特那儿听到了不幸的消息。在西西里附近，航船遇到了狂风暴雨，船上所有的人都遇难了，我的两个兄弟也在其中。”

情况属实，不容托勒罗不相信。算算日子，他和妻子约定的日期马上就要到了，而整个巴维亚城的人对他的去向浑然不知，他可不想把如此能干的妻子拱手于人。这样想来，他心如针刺，几天都食不甘味，夜不能寐，只想死了算了。萨拉丁得知情况后，先是埋怨他没有早些时候告诉他，而后抚慰了他一番，说了很多言辞诚恳的话，并许诺让他尽快回到热那维亚和妻子团聚；最后将自己的想法告知他，使他明白他将采用何种方法。托勒罗早先听人说起过这种法术可帮人达成心愿，但并未知道是否有人试过，不过既是出自萨拉丁之口，他也就放下心来。萨拉丁立刻差人去把他曾经求教过的一个魔法师请来，向他说明用意。魔法师告诉他，此事完全可以办到，但前提必须是托勒罗进入沉睡的状态中，这样才可施展法术。

萨拉丁和魔法师详谈后，马上赶到托勒罗那儿。托勒罗再一次表示了他的决心；如果不能赶在约定日期前回到巴维亚，那他甘愿受死。萨拉丁对他说：

“我的朋友，你这般疼爱、珍惜你的妻子，实在叫我感动。你的妻子也的确值得你这样做，因为在我所见过、所接触的女子当中，无论从哪方面来看，你的妻子都是最出众的：她姿色过人，仪态万方，品性高贵。我对上苍充满了感恩，是他把你带到了我这儿，我本想与你共同执政江山，不料你与夫人有约在先，而且你心意已决，那我也只有尽自己全力来帮助你达成心愿。我已和魔法师相商过，他说完全可行，你很快就可以见到你妻子了。”

“啊，上帝啊，”托勒罗无不感慨地说，“谢谢你对我的厚爱，让我结识了一位如此仁义的朋友。亲爱的苏丹，你的恩泽我永世不忘，愿上帝赐福于你，保佑你。明天便是约定的最后期限，我们就按照你的意思，快些办吧。”

萨拉丁再次向他保证一定可以达成他的心愿。第二天夜里，他吩咐仆人在厅里准备了一张华丽的软床，按照本地的风俗，床垫是用天鹅绒和金丝绒织成的。床上铺展着一条用宝石和珍珠镶嵌而成的垫子，这些珍宝都是世间罕见的无价之宝；床头上还放着一对配套的枕头。一切准备妥当之后，他使差人把托勒罗招来。托勒罗这时身着一身华贵的伊斯兰教徒的绸袍，头上缠绕着美丽的长头巾。

天色渐晚，萨拉丁带领许多臣僚来到托勒罗的房间，拉着他的手，满眼是泪地说：

“我亲爱的朋友，分手在即，我实在有些不舍。这是一次不一般的旅行，任何人都不能陪送你，包括我在内，所以我们就在这里话别吧。 我与你的友情深似海，请你务必在到达巴维亚后，派人给我送个信，也好让我放心；如果可以的话，我希望你处理完正事后，能来探望我一次；如果你有什么难处需要帮忙，你尽管直说，我当效犬马之劳。”

托勒罗也不忍与他分别，早已是眼泪汪汪，激动得连话也说不出来，最后好容易克制住激动的心情，对他说，他的恩德他永世不忘，只要他还活着，有生之年里一定常来探望他。 接着，两人紧紧地热拥着彼此，挥泪告别。 众臣僚都纷纷祝福托勒罗，随后跟着萨拉丁离开了他的房间，来到大厅里。

魔法师早已候在厅里，时间已经不早了。 医生给托勒罗送去了催眠的药水。 托勒罗喝下后，立即熟睡过去。 于是几个仆人把他抬到了厅里那张华丽的软床上。 遵照萨拉丁的旨意，魔法师把一个无比珍贵的王冠放在他的枕边，王冠上刻着几行字，说明苏丹为了表示对夫人的尊重，特地赠予她以此聊表心意；接着，他又为他戴上了一个价值连城的红色钻戒，并把一只宝剑挂在他的腰上，剑柄上缀满了珍贵的饰品；然后，他把镶有各种珍宝的挂饰放在他的胸前，又将两个盛满珍珠财宝的百宝箱放在他的两旁。 一切就绪，萨拉丁走到床边，再次亲吻了他，紧接着，魔法师施法，大床飘了起来，并向宫外飞去，速度越来越快。

没过多久，大床便到达了巴维亚，并降落在西也尔道罗的圣彼得教堂门前。 教堂的守门人被这突兀而至的景象吓了一跳，拔腿就跑。修道院长和教士们见状，便问他发生了什么事。 他胆战心惊地叙述了他的所见。 院长听后，不以为然地对他说：“哎呀，你看你给吓成这个样子，难道真有魔鬼，你又不是小孩子，别人的鬼把戏你也相信，走，我们一起去看看。”

于是，院长和教士们拿着火把，来到教堂门前。果真有一张华丽的软床，上面还躺着一个正在酣睡的绅士。看到这张床装点得如此华丽，上面又放了许多珍宝，他们猜不出缘由，心里也有了一些害怕，只是远而望之，不敢靠近。托勒罗很快就苏醒过来，动了动身子，轻叹了一声，这可把院长和教士们吓坏了，他们转身就逃，嘴里不停地叫着："上帝保佑，上帝保佑。"

托勒罗向周围扫视了一番，确定自己已到了叔父的教堂，心里欣喜万分。他起身后，看到自己身上、床上放满了珍物，不由得又为萨拉丁的情深义重而感动，他觉得他是世间慷慨第一人。抬眼，他看到了正慌忙逃跑的教士们，心里便有了几分明白，他纹丝不动，只是大声叫着他叔父的名字，说他是他的侄子托勒罗。院长一听，更加感到害怕，心想真是撞见了鬼，早就听说他在几个月前死在了异乡，怎么又活了？然而他心里又有一股力量驱使他上前看个究竟。于是，他壮起胆来，走到床前，只听那人说道：

"叔父，是我，您的侄子托勒罗，我从异乡回来了，我没有死。"

托勒罗尽管是一副伊斯兰教徒的装扮，他叔父还是认出了他，拉着他的手，激动地说："我亲爱的孩子，感谢上帝，你还活着。几个月前，这里盛传你已经死在异乡，我们都万分悲痛。你最好现在就赶回家，你的妻子明天就要另嫁他人了。自从得知你死后，你的妻子爱苔丽达，一直生活在痛苦与不幸中，她娘家人对她软硬兼施，逼她改嫁，她被逼不过，就答应了。婚礼就定在明天。"

托勒罗心里已有了打算，他嘱咐教士们不要透露他已回来的消息，他自有安排。他把萨拉丁送他的珍宝妥善地安放起来。接着，便向他们讲述了他的种种遭遇，应该说，他的遭遇是幸运的，所以，他不停地感谢上帝。托勒罗又问道，是哪家的王公子弟要娶他的妻子，院长告诉了他，只听他道：

“现在，除了你们，没人知道我已经回来了，所以，我想趁机刺探一下我妻子对改嫁的态度。 也因此，我想请您和我一道去，虽然我知道这类聚会您一般是不参加的，但为了我，请您答应我和我一起去。”

院长很爽快地答应了。 第二天一大早，他就差人到新郎家，告诉新郎说，他要和一位好友一同来参加婚礼；新郎请来人回去转告院长，十分荣幸他们的到来。

托勒罗穿的依然是那身依斯兰教徒的衣服，宾客们见了他，都十分惊讶，但谁也没有认出他来。 院长向宾客们解释说，他是伊斯兰教徒，是苏丹派到法国的使臣。 因此，他被安排在新娘对面的座位上。他看到新娘满面愁容，精神不振，知道她根本无意改嫁，这可让他心里美滋滋的。 他虽然与他妻子相对而坐，她也看了他几眼，却始终未被她认出来。

片刻之余，他决定考验一下她，看她是否是真的记得他，于是他摘下妻子当年临别前送他的戒指，又叫来一个侍奉新娘的女仆，对她说道：“我有几句话请你转告新娘，在我们信奉伊斯兰教的国家，有这样一个习俗，如果婚礼上有陌生人参加，新娘得用自用的酒杯给参加婚宴的生客敬酒，以示欢迎；至于喝多少，客人随意，喝过后，客人盖好杯子，由新娘将剩余的酒一饮而尽。”

女仆一字不差地把他的话转告给新娘，姿质聪颖的新娘，断定他必是一位深藏不露的高贵之人。 为了以示主人家的热烈欢迎，她让女仆将自己的酒杯斟满酒，端去给客人。

托勒罗喝酒时，将早已含在嘴里的那枚戒指趁机吐在酒杯里，并且喝了酒杯里一多半酒，再将杯盖好，请女仆送去新娘那里。 新娘揭开盖子，正欲一饮而尽时，看到了杯里的戒指，遂认出了那位伊斯兰贵宾就是自己的丈夫。于是，她不顾一切地扑向他，并高声叫喊道：“啊，我的丈夫还活着，他是我的丈夫，托勒罗大爷。”

她奔过去紧紧地抱住他，痛哭流涕，无论旁人怎样劝说，她都不理会，无论如何也不放手。托勒罗拥着她，在她身边轻声细语了几句，她这才松了手。众人见他们爱戴的大爷又回来了，都欣喜若狂。在众人的要求下，托勒罗把自己的经历从头至尾讲了一遍。末了，他对新郎说，新郎之所以要娶爱苔丽达，是因为他听到了他死了的消息，现在他又回来了，他要和妻子团聚，希望他不会见怪。

事已至此，新郎虽是满心失落，却可以体会到他们夫妻的真情，便说，他想怎么做就怎么做，自己没有意见。爱苔丽达当即摘下了新郎送她的戒指和冠冕，取而代之的是酒杯中的那枚戒指和萨拉丁赠予她的那个金顶王冠。而后，夫妇俩在众人的簇拥下回到了自己家中，托勒罗的家人和亲朋见他安然无恙地回来了，都惊喜万分，于是他们大摆宴席，为他接风洗尘。

托勒罗把珠宝财物分了一部分给新郎，以此作为他为婚宴所花费的赔偿；又分了一些宝物给院长以及其他一些人。做完这些事情，他写了一封长信给苏丹，好让他知道他已顺利到家。此后，每隔一段时日，他都会给萨拉丁写信，为了表示对他的尊敬，他总自称是他的仆人，挚友。托勒罗和他妻子幸福地过了一辈子，他们的慷慨得到了世人的称颂。

托勒罗夫妇历经坎坷，待人接物十分慷慨、热情，他们的优良品性最终得到了上帝的赐福。这便是本故事的始末。有许多人都想象他们一样，却因为心术不正，到头来什么也得不到，还落了个不好的下场。人不能一味地想着索取，没有奉献，何来索取？奉献与索取是成正比关系的！

故事十

在下属三番五次的劝解下，萨卢佐侯爵终于结了婚。他的妻子是位农家女子，先后替他产下一子一女。为了验证妻子是否贤淑，他告诉她他已将一双儿女杀死；后来他又声称要把她休了，再置家室，一纸休书把她休回娘家。他妻子自始至终都对他百般依顺，从无反抗之意。多年后，侯爵将她接了回来，并让她与一直寄人篱下，已长大成人的儿女相认。这以后，侯爵与她感情甚笃，对她恩宠疼爱，并将她尊为侯爵夫人。

听了国王的故事，大家都觉得意犹未尽。第奥纽笑眯眯地说：“那天晚上，他要驯服小鬼，不让它翘尾巴，他并未因你对托勒罗的无限盛赞，而许下两文钱的诺言。”话音落下，他意识到该自己讲故事了，便开口说道：

尊贵的小姐们，今天各位所讲的故事，大都是关于君王和苏丹的，我也围绕这一方面，讲一个发生在侯爵身上的故事。我并非赞扬他的伟大功绩，而是讲讲他极其愚笨的一面。他的愚蠢实在叫人生气，听完了故事你们一定会有这样的感觉。

从前，在萨卢佐，有位名叫土蒂耶里的侯爵。而立之年，他仍未娶妻生子，终日打猎放鹰，根本不去考虑婚嫁问题。他的下属对此都持有异议，三番五次劝他早些结婚生子，将来也好有人继承他的爵位，国不可一日无主。侯爵想想，觉得也有几分道理，下属们便决定为他挑选一位门弟高贵的贤淑的小姐。他听后，立即说道：

“各位，关于娶亲一事，就我个人而言，我并不赞成。要想娶一位和自己意气相投的妻子，是何等的难，然而和你性情截然不同的女人，却是比比皆是。结婚是一辈子的事，万一娶的妻子不合你意，你又怎能和她共度一生呢？ 你们可以说，从父母的为人就能判断出他们的女儿是怎样的，如果你们这样认为，那可是大错特错了。 你们如何能把姑娘的父母了解透彻，又怎能断定女儿一定就是她们父母的模子里刻出来的？ 所以，我不会允许你们这样做。 我答应你们的要求，但是妻子得由我自己来选，我自己选的人，我不会有任何悔意。 还有一点值得一提的是，不管我选的妻子是怎样的人，不管她的出身有多卑微，既然做了我的妻子，你们都必须尊重她，就像尊重我一样！”

赤胆忠心的下属们个个点头应是，十分高兴他终于肯结婚了。

其实在土蒂耶里心里早已对一个女子有了深刻的印象。 那位姑娘生自农家，出落得娇艳动人，仪态万方。 土蒂耶里决定就选她为妻，当下就把姑娘的父亲招来，向他说明了他的意思。 那父亲穷困劳苦了一生，巴不得女儿能嫁个好人家，当即便应承下来。 和姑娘的父亲谈完之后，他把所有的亲朋都聚集来，对他们说：

“多少年来，你们一直都希望我结婚，不停地劝服我，现在，我决定这么做，你们也知道，这主要也是为了你们。 我希望，你们能信守你们的诺言，无论我选的人怎样，你们都要接受她，尊重她。 现在，我同大家宣布，我已找到了我的意中人。 接下来的事就靠你们了：在这几天里，你们要为我的婚礼做一番筹备，如何使婚宴豪华、丰盛；迎接她的仪式如何更加盛大。 相信，你们会令我满意的。”

下属们听了侯爵的宣布，喜出望外，从心底里为他高兴。 为了表明诚意，他们起誓说一定尊重他的选择，接受他的选择。 说完，他们当即投入筹备婚礼的工作中，大家按照吩咐各主其事，土蒂耶里也加入其中。 他的婚礼理当是这里最盛大的，他打算把这一地区所有声名显赫的人物都请来。 此外，他又请来一位身材和新娘相差无几的姑娘，按照她的尺寸为新娘制作了许多华丽的礼服，又为其准备了不少珍宝首饰以及一顶光辉四射的王冠，只要是新娘应该有的，他无不准备得十分周到。

迎接新娘的日子转瞬即到，那天清晨，还未敲响晨祷钟的时候，土蒂耶里带着他的迎亲队伍向新娘所在的村庄出发。

不多时，迎亲队伍在那位农家姑娘的门前停下了。姑娘这时正提着水往家赶，她听说侯爵到她们村里来迎娶新娘，急于想看个究竟，谁知竟在自家门前碰到了侯爵。“格丽雪达，”侯爵一见到她，就叫了声她的名字。“你父亲现在哪里？”

“我父亲在家，侯爵。”她羞怯地回答说。

土蒂耶里这时已下了马，他让大家在外面暂且待一小会儿，自己进了姑娘家。见到姑娘的父亲贾纽柯罗，他对他说：“我的心意早已向您表明过，我这次来是要正式迎娶你的女儿。不过在您面前，我有几个问题问她。”

说完，他转向格丽雪达，问她，他们结婚以后，她能否做到事事都让他顺心；能否对他百依百顺；另外他又问许多类似这样的问题。她的回答都只是一个字：能。

于是，土蒂耶里拉着她走到众人面前，高声说道：

“各位，这就是我的意中人，我要和她结婚。”

说完，他把姑娘拉到自己面前，问她：

“格丽雪达，你愿意做我的妻子吗？”

“我愿意。”姑娘回答，一脸娇羞。

“而我也愿意做你的丈夫。”

然后，他吩咐几个仆人为姑娘梳妆打扮了一番，他亲手将王冠戴在她头上。就这样，他们举行了婚礼，而后把她带回到侯爵府。那场面之盛大，在当地极为罕见。回到府中，宴会立即开始，众人都举杯欢庆这一盛事，府里到处一片喜庆。

原本就十分娇艳的格丽雪达，在新装、首饰的陪衬下，越发出落得美丽迷人，仪态高贵，不知道底细的人，一定会以为她是哪个帝王将相之女。

婚后，她对丈夫十分体贴，照顾得细致入微，土蒂耶里觉得自己能有这样的妻子，真是无比幸运。在与她丈夫下属的交往上，她处处表现得仁爱慈祥，大家为此都十分敬重她，祝福她永世幸福。从前，曾有人认为土蒂耶里娶农家姑娘做妻子是非常不明智的，然而现在，他们却认为他是个很有眼力，很有头脑的人。因为除了他，没有谁能从她衣衫褴褛的外表，看出她高贵的内心。很快，格丽雪达的贤淑远近闻名。除了本土，外地人也都盛赞她。那些当初对这件婚事持有异议的人，现在一改常态，都认为侯爵娶了个世间难得的女子。

没过多久，格丽雪达怀上了侯爵的孩子，到时候生下一个女儿，土蒂耶里欣喜若狂。看着可爱的小女儿，他突然有了一个想法，想要考验一下他的妻子。于是便流露出十分苦恼的神情，对她说，因为她出身卑微，他的下属们都对她有异议，自从她生下这个女儿，他们满腹怨言，也非常讨厌她。听了他这席话，她不动声色，没有表现出任何不满的情绪，只是对他说：

“亲爱的爵爷，让您为我心烦意乱，实在是我的错，请不要顾念我，您想怎样做就怎样做。只要能使您摆脱困境，保全您的尊严，我在所不惜。相比之下，您的属下比我重要。我知道，我有今天，全靠您抬举，我自己不配享有这份尊荣。”

土蒂耶里对她的回答十分满意，他知道，他的妻子虽享有无尚的尊荣，却并未因此而滋生骄纵的情绪。

又过了些时日，他先当面和妻子含糊地说了几句关于他的属下不喜欢他们的小女儿之类的话；又私下里找来一个仆人，仔细交代了一番，便打发他去夫人那儿。仆人见到夫人，黯然神伤地说：

“夫人，侯爵有命，让我来把您的女儿……给……给杀了，君命难违，否则我性命不保，还请您原谅。”

夫人听了这话，想起她丈夫以前和她说过的话，却不料此事来得这般快。她心里纵然是心泪四溢，表面上却无丝毫的流露。她怀抱女儿，亲了又亲，为她祈祷了一番之后，便交给那个仆人，说：

“既是侯爵的命令，你尽管照办，我知道君命难违，你不可有疏漏。只是别把这孩子弃尸荒野，当然如果侯爵有令在先，你便不必考虑了。”

仆人抱着孩子来到侯爵跟前，向他回禀了夫人的话。侯爵被妻子的忠贞感动得几乎流出了眼泪。他又差遣这个仆人，吩咐他把孩子带到波伦亚他的一个女亲戚那里，请她代为照料孩子，抚养她长大成人，无论如何也不能说出这个秘密。

后来，侯爵的妻子又顺利产下一个儿子，土蒂耶里就像他初获孩子那般欣喜。他的考验随之又有了理由。一日，他满面愁容地对妻子说：

“夫人啊，自从我们的儿子降生后，我的臣僚们常常在我面前抱怨，他们无法容忍将来由贾纽柯罗的外孙来承袭爵位。看来，我们不得不再次承受失去骨肉的悲痛，如果不这样，我的爵位势必难保，也许末了，他们会让我休了你，再续新室。”

他妻子听后，安慰他说：

“尊贵的侯爵，您大可不必为我考虑，只要能使您得到快慰，对您所做的事，我绝不会有任何异议的。”

几天后，土蒂耶里又玩起当年送走女儿的那套把戏，把他们的儿子同样送到了波伦亚。他妻子依然如往昔，任凭他处置孩子。土蒂耶里感慨万分，他知道妻子对孩子疼爱有加，其实根本舍不得离弃他们，然而为了顺从夫意，她毅然决然地这样做了，这怎能不令他感动？

他的臣僚都以为他果真杀死了自己的一双儿女，他们对此表现出极大的愤慨，痛骂他骨子里充满了兽性，同时为他妻子感到惋惜。每当女仆们因她失却孩子来安慰她时，她都表现得很从容，说，他既是孩子的生父，便有权这样做，她不会有任何异议。

岁月如白驹过隙，一晃数年过去了，在失却孩子的这些年里，格丽雪达的生活过得很平静，然而丈夫对她的考验仍没有结束。这日，土蒂耶里当众宣布他打算休掉现在的妻子，另置新家室。他说，当初他的决定太草率了，他已经不爱格丽雪达了，他已写信给罗马教皇，希望能获得他的恩准。臣僚们没有一个不谴责他的，他只说是情不得已。

他妻子得知后，有如万针穿心般难过。她难过，并非因为日后贫困穷苦的牧羊生活，而是她不忍看到她钟爱的丈夫被别人占有，她爱他，始终都是那样深爱着他。然而，命运和她开了一个又一个玩笑，她知道天命不可更改，所以也就认了，无论丈夫对她做什么，她从来都只有顺从。

不久，土蒂耶里伪造了一封来自罗马教皇之手的信件，并把它展示给他的臣僚，使他们对这休妻事件无话可说。接着，又吩咐仆人把他妻子请来，当众对她说：

“夫人，我已得到教皇的恩准，我打算休了你，另娶新人。你知道，我的祖辈世代都是王侯将相等显贵之人，而你的祖祖辈辈都是农夫，在这一点上，我们不相匹配。你现在可以回到你娘家了，把你的嫁妆一并都带了去吧。不久，我会另娶新人，可喜的是，我已有了目标，她可是一位名门闺秀。”

她看到他这般无情无义，实在忍不住想大哭一场，但她还是忍住了，说道：

“爵爷，我出身为一个卑微的农家女子，自知配不上你，承蒙您的厚爱，让我服侍了您这么多年，这是上帝赐予我的福分。我从未当自己是侯爵夫人，而是把自己当作您众多仆役中的一名。对我的厚爱既是您赐予的，您当然可以索回，我愿意将之奉还，还有您给我的结婚戒指，我也一并奉还。至于嫁妆，您不必费心，我从里到外的衣服都是您为我制作的，我的娘家没有给我丝毫的陪嫁，他们也负担不起，如果您要我赤身裸体的从这里走出去，我也一定照办，但请您看在我曾将处女的童贞献予您，以及我为您生过一双儿女的份上，容我穿着内衣走。”

土蒂耶里听了他妻子的话，心如刀绞，可是他尽力摆出一种不以为然的姿态，说道：

“我对此没有意见，随你好了。”

众人都请求他不要这样绝情，让她穿着外衣走，毕竟他们是十多年的夫妻，一日夫妻百日恩，何况他们共度了十几年。无论众人怎样请求，侯爵依然如故。她没再说什么，辞别了大家，只穿着一身内衣，赤脚，散发，走出了爵爷府。众人十分同情她，为她悲哀为她落泪。

从她出嫁的那天开始，贾纽柯罗就担心不幸会降临到女儿身上。因为他怎么也不相信一位高贵的爵爷愿意娶贫贱的农家女为妻，所以，女儿那身旧衣服；他一直妥善地保管着，心想，或许哪一天，他女儿还会再穿上它。果不其然，事情如他所料的那样发生了。格丽雪达回到家后，如往昔一样操持家务，和父亲一同下地劳作。虽然遭受了一次又一次的打击，她却始终毫无怨言，干着自己应该干的事。

土蒂耶里休妻后不久，便向他的臣僚们宣布，说他已相中巴那戈伯爵的一位小姐，并打算在近日内完婚，让他们筹备婚礼。他又差人将格丽雪达召进了府，对她说：

“再过几天，我就要迎新人进门了，我想把这次婚礼搞得隆重些。你知道，如果是这样的话，就要将整个侯爵府彻底整理一番。你在这里住了这么多年，对这比谁都了解，所以，我请你来帮我主持一下，我知道，请你来做这件事，绝对没错。再就是，你盘算一下，这一地区哪些小姐太太有资格参加这次婚礼，把她们都请来，你暂且先以女主人的身份招待她们，婚礼结束后，你就可以回家了。”

格丽雪达心里有说不出的难过，她纵然愿意舍弃当夫人的尊荣，却无论如何也难以割舍与丈夫的这份感情。可是，她依然冷静地回答说：“我乐意为您做一切。”

接着，她开始了在侯爵府的劳务工作。她卖力地把每个房间清扫、整理，给客厅挂上新的窗帘，铺上新的地毯。大大小小的事情，她都亲自料理。她就像一个女仆人一样，一刻不停地辛苦劳作，直到万事俱备，她才知道应该休息休息。

按照土蒂耶里的吩咐，她把本地所有名门小姐太太全都请到了。婚礼那天，她依然是一身粗布衣裳，尽管如此，她招待女宾时的姿态却是仪态万方，一副贵妇气质。

再说那位侯爵。当年，他将一双儿女送到了波伦亚的女亲戚家（她是巴那戈伯爵的夫人）抚养，那女孩已年方十二；长得娇艳动人，那男孩也有六岁了。他给巴那戈伯爵写信，请他将他的一双儿女送回萨卢佐，并派几个有身份的随从护送左右。伯爵遵循他的意志这么做。几天以后的一个午间，这一行人到达了萨卢佐，许多人都闻讯而来，想见识一下侯爵的新娘。

新娘被迎进门，衣衫褴褛的格丽雪达走上前来，恭敬地对她说：

“热烈欢迎您的到来，新夫人。”

在这之前，女宾曾恳求土蒂耶里不要让格里雪达出来招待来宾，她那一身破衣服实在太叫人寒碜了，然而土蒂耶里却坚持要她出来。这时，宾客们都已入席就座，只等婚宴开始。众人不停地打量着新人，异口同声地说，这个新娘可比第一个美多了。格丽雪达也觉得她的确长得美，还有她的弟弟，长得十分可爱、乖巧。

格丽雪达的一举一动，一言一行都深深打动了土蒂耶里。他心想，经过这么多世态变迁，格丽雪达却一如往昔，始终是那样温顺，贤良。他知道，她精神上一定承受了莫大的痛苦。他觉得是该结束考验的时候了。于是，他把她叫到眼前，当众问她：

“你觉得新娘如何？”

格丽雪达答道：“爵爷，你的新娘完美极了，而且我看得出，她将会是位十分贤淑的妻子，就如同她的美貌那般出众。我相信，您将是全天下最有福气的人。只是我诚恳地请求您，好好疼爱她，别再叫她遭受你前妻所遭受的痛苦。她还年轻，又出自名门，怎能受得住半点罪呢。”

事情都已到这份上，格丽雪达依然不变初衷，这实在令土蒂耶里感动，他不禁拉着她，在他身边坐下，语气凝重地对她说：

“格丽雪达，你既是这般贤良，上帝一定会赐福予你的。许多人都说我薄情寡义，没有人性，我其实并非如此，我之所以这样做，是别有用心：我是想让你明白如何才能做一个贤良的妻子，好使我们能白头到老，共度一生，同时，也让天下的男子明白，什么样的妻子是真正的好妻子。刚和你成婚的时候，我十分担心你是否能让我满意，所以我三番五次地考验你，这使你受了不少苦。结果我发现，你的一言一行，一举一动都让我感到称心如意，我知道，因为有你，我才可能成为天下最有福气之人。所以，我不能没有你。你知道吗，我所谓的新娘，其实是我们的女儿，看，她长得多像你，和你一样漂亮，还有我们可爱的儿子，他们是我们的一双儿女。当年，我并没有处死他们，只是将他们寄养在伯爵家里。格丽雪达，你依然是我的娇妻，永远都是，而且是天下最好的妻子，我爱你，直到永远。”

说着，他把格丽雪达抱在怀里，重重地吻了她一下。格丽雪达此时泪流满面，她太高兴了，痛苦的泪水她可以忍住，然而无论如何也抑制不住快乐的眼泪。接着，他们将一双儿女紧紧地拥抱在怀里。最后，土蒂耶里把事情的经过一字不差地讲给在场的宾客听，使他们明白了其中的道理。

女宾们都为这个故事所感动，有的甚至流下了眼泪。她们簇拥着格丽雪达走进卧房，替她梳洗打扮，并换上了从前的绸袍，使她像过去一样光彩照人地出现在众人面前。她仔细打量着她的一双儿女，疼爱之情溢于言表。众人都为侯爵一家团圆而举杯庆贺，宴会达到了高潮，他们纷纷向他们一家表示祝福。宴会一连持续了好几天。众人都认为土蒂耶里侯爵才智过人，只是他对妻子的考验未免太过残酷了，恐怕也只有他那贤良的妻子才消受得起，所以，侯爵自此对她更加敬重疼爱。

几天以后，巴那戈伯爵回到了波伦亚。土蒂耶里把贾纽柯罗接到府里住，对他百般照料，使他安享晚年；又将自己的女儿许配给一个门阀尊贵的人家，自己和格丽雪达快慰地共度了一生，他对妻子敬爱至极。

故事到这里就结束了，值得一提的是，贫穷困苦的农家所抚育的子女有很多都是贤德之人，而有些纨绔子弟却只配做些粗重的农活，根本没有资格治理疆土。这世间恐怕也就格丽雪达能忍受土蒂耶里那残酷的考验，能坦然面对一次又一次沉重的打击。倘若土蒂耶里的妻子不是格丽雪达，而是另一个女子，当她被休回家，而且是只穿着一身内衣回的家，那她完全可以用美色随便勾引个什么人，替自己搞一套华丽的衣装，这也并没有什么不对啊。

听了第奥纽的故事，小姐们各抒己见，有的称赞丈夫，有的怜惜妻子的；有的认为某件事做得不好，有的却恰恰认为那件事做得好，总之各有各的说法。

此时已近黄昏，国王对众人说道：

“亲爱的朋友们，我们都知道，人类的伟大所在便是从旧的事物身上可认识到新事物，而且还能举一反三。不知有多少智者都是因此而著称于世的。当佛罗伦萨遭到瘟疫的侵袭时，到处都呈现着一片悲凄。我们因为无法忍受这种惨相，也因为维护自己的健康和生命，特到外面郊游散心，算算日子，我们离佛罗伦萨就快十五天了。就我个人的看法，我觉得这十多天我们过得十分快乐。尽管大家所讲的故事有许多都让人产生冲动心理，尽管这十多天我们都在吃喝寻乐，载歌载舞，但是大家并没有谁做出伤风败俗之事；而对于那些意志脆弱，经不住诱惑驱使的人来说，结果一定很让人失望。

“我觉得这些天来，我们彼此相处得甚是融洽，情同手足，我对此感到莫大的快慰，相信你们也有同感。不过，我想，如果生活一成不变，即使是逍遥快乐的，我们总有一天也会感到腻味。所以，我认为我们应该回城了，在外面待得越久，越容易引起别人无端的猜疑。

“再有，我想大家都知道，这一地区的许多人都对我们这个团体十分感兴趣，有意加入其中，这样势必会发生一些麻烦事。你们如果还想在这里待下去，我们就再选一个国王，继续我们的故事；如果不想的话，我们明日就启程。”

众人讨论了好一会儿，最后决定遵循国王的意思办。于是，国王招来总管，与他商议明日启程的事宜。大家各自散去，去做自己想做的事。

和往常一样，晚饭时，他们又聚到了一起，大家愉悦地用过晚饭后，开始又唱又跳，载歌载舞，好不快活。这期间，劳丽达领头跳了一段舞，而后，在国王的示意下，菲亚美达唱了一支歌，歌中是这样唱到的：

如若爱情来时没有嫉妒伴随，
会有那位女人比我更美滋滋？

每位少女都想她的恋人，
青春年少，勇敢心细，
心性高洁，通达知礼，
言谈高雅，柔情似海，
他还要聪明机敏，
有着一切的良性，
如此少年当然合我心意，
我时时怀恋着，
如此一位恋人。
谁料其他姑娘都鬼怪精灵，
我油然生忧心，怕有一朝
一场欢喜转成空，
让她们瞧中了我的心上人，
让我所有的憧憬化成风逝去，
成天孤闷独悲泣，
想到如此揪心事如若变成真，
如何不令我心惊？

要是我的恋人英俊又有才，
还是一位忠心汉，
我哪会有妒意。
然而你瞧多少女子诱男子，

我只怕世上再无痴心人。
念及此，我心刺痛，真想一死了之。
无论哪位女性望望他，
我心便绞痛，
生怕我的恋人被他抢。

我要凭借上帝的名义，
求各位夫人女士们，
莫要欺我伤我心，
要是谁敢有坏念头，
冲他抛眉又弄眼，故弄风姿；
让我知道定不饶，
即便我与他容颜俱毁坏了，
也让她悔当初，泪涕俱下。

听了菲亚美达的歌，站在一旁的第奥纽就笑嘻嘻地对她说："亲爱的小姐，如果你真是如此担心别人会抢你的心上人，那何不介绍他一下，以免日后，这里的哪位小姐无意间抢了他，那泪涕俱下的可就是你了。"

他的一席话逗得大家合不拢嘴。这之后，他们又玩闹了一阵，国王见时已不早，便吩咐大家各自安歇。

第二天一大早，他们便起身出发。总管负责运送行李，在前面开路；大家在国王的带领下紧跟其后。到了佛罗伦萨的圣玛丽亚、诺凡拉教堂时，那三位男青年辞别了七位小姐，这儿曾是他们当初聚集的地方，正是从这，他们开始了行程。与三位青年分手后，小姐们也各自回家了。